当代中国社会
写实小说大系

李师东　王强　卢今／主编

另一种禽兽

阿宁／等著

文化艺术出版社

当代中国社会的文学读本

王　强

文学是现实生活的形象反映，作家总是站在一定的高处审视现实，观照生活，思考人生。而当代中国日新月异，社会大潮风起云涌，为现实主义作家提供了无比丰富的创作资源。拥有灵敏触角的作家，比一般读者更为敏锐地感受时代的风云变幻，更加细致地观察身边的多彩世界。

收入本丛书的这些小说，从不同的角度反映了当代中国社会生活的真实面貌，塑造了个性鲜明的人物形象，倾诉了普通百姓嫉恶如仇的心声。这些作品所反映的社会问题是很有代表性的，有沉疴已久的干部腐败问题，有积重难返的工作作风问题，有日显急迫的法制建设问题，有新兴城市两个文明发展不平衡问题，等等。其中的一些优秀之作，作者并没有停留于展示负面社会现象，而是在主人公的身上，寄托了对正义力量的殷切希望。这些作品以反腐倡廉为主题，着重于涤浊扬清、弘扬正气、崇尚英雄。有着社会责任感的作家激愤于现实社会中几乎无处不在的腐败现象，出于义愤，出于要疗治社会的责任心，创作这类题材的小说；读者喜爱这类题材小说，也是出于同样心态。这是一种“疗治型”创作。

还有一些反腐小说，着力于展示描绘现实面貌，对于腐败的真正原因，少有涉及少有揭示，或者简单地归之于市场经济环境，欲望冲出道德的牢笼等等。对于这些小说，我们不能只是从纯粹的意识形态角度进行简单粗暴的解读，一味指责这些作品中的主人公对丑恶现实采取了妥协的态度，指责这些作品只是停留于揭示现实的困境而没有写出如何走出困境。实际上，现实中的腐败行为远比小说家笔下的腐败要复杂，腐败的原因也并不像小说中描写的那样简单。我们当然不能苛求作家给现实社会种种问题的解决开一剂良药，指一条明路，不能苛求作家一定要为故事情节的发展安上一条光明的尾巴。应当指出，作家们关注现实直面现实的勇气是值得充分肯定的。当然，作家也不应仅仅停留在提出问题，只是工笔描摹腐败的官场丑恶的现实脆弱的小人物。这些作品给读者带来的启发，仅仅停留于分享艰难是不够的。现实主义文学就是要善于发掘意义，分析这种艰难，展示超越艰难的可能性。

另有部分作品，把现实社会中假恶丑的一面撕开来给读者看，着重于展示、揭露，着重于将不光彩的隐私曝光，这类作品多数以白描写实手法描绘腐败现象，个别作品以讥讽批判的笔调描写官场里那些只可意会不可言传的“规矩”和官场斗争的细节，调侃很多。一些作品倾力于要把社会顽疾的各种症状暴露出来，求得一种逼真的效果，笔墨集中于权力的倾轧欲望的膨胀，有的甚至还以欣赏的态度肯定那些腐败手腕的机智聪明。为了使自己的作品更“好看”，更有“卖点”，一些小说加进不少腐化堕落的细节描写，这是一种“展览型”创作。这种作品需要我们以审慎鉴别的眼光来看待。

一个伟大民族的文学首先应当崇尚正直，呼唤正气，主张正义，要在给人以愉悦的同时，给人一点向上的精神。

就像作家肖克凡所说的："我始终认为写作是一种精神职业。一个作家与普通人最大的区别是他的精神的溶解力。一个作家究竟能走多远，就看他具备多少精神溶剂。我越来越意识到小说中的精神力量的存在是不可或缺的；越来越认为小说中充满了生活现象是必须的前提，但必须有一种精神的阳光穿透这些东西，才能走向文学的境界和品位。"

目录

另一种禽兽

阿　宁

一

我怎么会想起写这个故事？在这之前，我对这个家庭一无所知，面前这个企业家不过是人们茶余饭后的谈资，和我毫无关系。

那是个炎热的夏天，我光着背趴在凉席上，感到凉席上的热气正被我吸走，偶尔有风吹过来，窗外树叶一阵响动，接着是死一样的寂静，风再也没有了。

荣光走进来，问我忙什么。我说，等待。他问等待什么？我说等待漫长的夏季过去，凉爽的秋天到来。

他说，到了冬天你又会等夏天。你的生活需要改变一下，今天带你去见一个人，是咱们市有名的企业家。你知道他跟费市长什么关系？称兄道弟。

我意识到他要我见谁了，市里人都知道这家伙。我说：我想写篇关于扇子的散文，省报约我好长时间了。

他把我架起来说：扇子算个屁，等从他那儿回来，你写一篇关于空调的散文不更好。

我说：轻罗小扇扑流萤，那是什么情调。空调怎么写？

他说：你要想当好作家，就得写空调。

我在市里算个名人，发了一百多万字的小说，就是没写过空调。因此当我走进那座丛家大厦时，最先感受到的就是凉爽。原来秋天离你并不远呵。

大厦里的地面像镜子一样光滑，低下头能看见自己的脸，虽然不太清晰，却有另一番效果。抬起头，目光所到之处都光可鉴人，包括那些小姐。

服务台里站着四五个小姐，似乎向你笑，又似乎是冲着别人笑，这就是职业的笑。楼梯口上站着两个小姐，这次真是冲你笑的。这栋楼一下子就亲切了。

我看见荣光冲两个小姐点头。我们乘的是电梯，本来要去三楼，荣光却把我带到了八楼。八楼的会议大厅比我去过的市委大会堂还高档。好家伙的，真漂亮。我脱口赞叹道。

荣光告诉我说：你知道以后市委市政府的会议都要挪到这儿开了。我们在的这个地方，是首长休息厅，专供领导在会议中间休息的。要知道，这一切都是他的私有财产呵。

他说的这个“他”，就是我们要见的人。电梯一直下到三楼，电梯口的靓丽小姐主动把我们引到里面，在总经理室轻轻敲了两下，示意我们进去。操，我去见市领导也没有这份气派。

他的办公室比市委吕书记的办公室还大，一位很有姿色的女子站在他身边，好像在请示什么。和外面那些小姐相比，这女人姿色不次于她们，她的纤纤玉指扶着桌上的表格，老板台后面那个人头也没抬，他脑袋顶上有一片秃，就用那亮亮的秃顶对着我们。他很专注，大概这就是敬业吧？

荣光走上前，轻声说：丛大哥，给你介绍个朋友。

老板台后面的人抬起头，油光光的脸，气色很好，脸上的肉把眼睛堆得很小，我感觉到他犀利地瞟了我一眼，指着旁边一组沙发说：随便坐吧。

接下来听见荣光使劲儿吹我，说我是省里著名的作家，发过什么有名的作品，获过什么奖，说张艺谋看上了我的中篇，要改编电影，说下一届省作协副主席就是我的，是省领导说了话的。

老板注视了我一眼，说：我看过你的文章，不是前几天还获了奖吗？

我诧异，他把谁的事弄到我头上了？后来才知道，他说的是市报一篇征文，我得了一等奖，奖品是个影集。

我开始以为他在讽刺，后来终于明白，他眼里市报就是最大的报纸，他只看市报。他不知道《人民文学》，也不知道省报和市报的区别，能在市报获奖，就是了不起的。

面对这么个老板，你既好奇又无奈，他认定你是最好的作家，因为你在市报上获了奖。荣光又在吹他，说他是市里最大的企业家，是百万富翁、千万富翁。他闭着眼睛听着，好像有些厌倦，我替荣光难过。他是市委的干部，太丢份儿了。

荣光是市委政策研究室的笔杆子，已经爬到副科长了，在我眼里他是个年轻有为、前程远大的小政客。以前他也爱好过文学，后来又看不起文学了，他从五金公司调到了市委宣传部，又从宣传部调到了研究室，他在寻找适合自己升迁的位置，他好像对现有的一切并不满足，眼前这个叫丛森的老板成了他的明星。

墙上的表嘀嗒嘀嗒走着，我感到不对劲儿，已经到了吃饭时间，我们是不是该走了。我对荣光指了指表，荣光拍拍我的膝盖，凑到我耳边说：有安排。

从老板正在打电话，对着话筒说：弄得好一点儿，燕窝羹、烧鱼唇、基围虾，不要元鱼了，上次人家不爱吃。别的你看着弄吧，别忘了上豆腐。

荣光冲我挤眼睛，脸上满是得意之色，接着听见从老板在给另一个人打电话，问对方一个什么客人来了没有。

这顿饭还没吃我就感到了无聊。不过说实在话，燕窝羹对我还是有诱惑力的，人有时候没有多少骨气。哪怕厌倦，你也没有勇气站起来走开。你有很多理由，怕得罪这个，怕得罪那个，其实最怕得罪的是自己。

吃饭地点就在旁边的餐饮娱乐城，这是我们市吃饭最有名的地方，也是他的产业，连同我们刚刚出来的从家大厦，是市里第三产业的龙头。

门口已经等了几个人，我们一进去，立刻有人簇拥过来。走到一个地方，他招手把值班经理叫来，批评什么地方服务不到位，那个扎着领结的经理点头称是。我想起有一次市领导到我们单位视察工作，跟眼前的情景差不多。

走到一个叫西柏坡的雅间，看见下午见过的那个颇有姿色的女人正在等着。几分钟后，她搀着一位五十多岁的老太太走进来，桌上的人一齐站起来迎接她。老太太很瘦，不过瘦得极有精神，瘦得气色极好。她的眼睛很明亮，这是她这个岁数少见的。

从老板彻底放下老板架子，站起来给她让座，她毫不谦让，一屁股就在主位上坐下了。

看着人们对老太太的恭敬劲儿，就知道这不是一般人物，我开始以为她是市委哪个领导的丈母娘，后来才知道，她是市工商银行的行长。怪不得从老板这么隆重呢。

从老板向她介绍桌上的客人，局长、副局长、经理、副经理。原来桌上聚集了这么多有头有脸的人物。他特地介绍我是作家，著名作家，在《人民文学》发过小说，在省里获过大奖，张艺谋都准备改编他的小说呢。

他不再提我在市报上发的豆腐块儿，也不提上次市报征文的那个一等奖了。看来他完全知道《人民文学》和市报的差别，那刚才他为什么装得一无所知？

我忽然发现，这个看起来大大咧咧、颐指气使的老板，其实一举一动中都潜藏着心计。

老太太一落座，从老板就成了健谈的人，讨人喜欢的人。他说着天南海北的新鲜事，脑门儿上闪着油亮的汗珠，我吃着桌上的山珍海味，想着雅间门口西柏坡三个字。他为什么要起这么个名字？多么大的讽刺呵？

我问：雅间的名字是你起的吗？

从老板说：基本上是我起的，这边的雅间都是坡，有武家坡、落凤坡，那边都是村，有地球村、宇宙村。怎么样，有意境吧？我说：不错，很有内涵。你真会起名字。

眼前这个人物把我吸引了，他是个什么样的人？他比这些酒菜有滋味得多，你甚至辨不清他是什么滋味。

老太太主动拿起酒杯，说：来，敬我们作家一杯。

我有些受宠若惊，慌忙端起杯子。老太太说：我年轻时是个小说迷，那时候我一夜一夜不睡觉，看《青春之歌》。可惜现在再没这么好的书了，希望你能写出这样的作品。

我对老太太产生了尊敬，就因为一句话，她同酒桌上的人区分了出来。她毕竟是副厅级领导。我干了杯中酒，向她介绍王蒙和李国文的小说，还有从维熙的。她竟然都看过。她特别提到王蒙的《失态的季节》，说那些事他们都经历过。

一桌人都安静下来，听着老太太对文学的见解。我没想到在这地方遇到一位文学知音，不知不觉也说多了。但老太太没有觉得我说得多，反而在认真听着。

一瞬间我感到了文学的价值，我抬起头看着在座的人，他们都在听我们聊天。从老板的样子使我从得意中警醒过来，我忽然意识到这个下午是他安排好了的，就为了现在的效果。他们知道老太太爱好文学。

我一下子就没了说话的情绪，从老板及时插话，让我把作品送给老太太。我答应了。然后他开始说他的计划，他打算把北面郊区的一大片土地买下来，在那里建一个靶场和滑雪场。他说这个计划市长很感兴趣，因为这有利于改善咱们市的投资环境，再说这里离北京很近，完全能吸引北京的客人到这里游玩。他还把这叫做第二次创业，说是要给外商创造良好的投资环境。

老太太认真地听着，有时提几个问题，提得都很敏感，我猜想她已经心中有数了。

后来我问荣光，他为什么要建这个靶场，市里能有几个人去打靶，北京的人会为打几枪跑这么远的路吗？

荣光说：这其实是地产生意，他从村里以极低的价格买下，十年后那片土地价格翻着番往上涨，到时候靶场周围设施将价值连城。另外，靶场管理很严格，基本上是封闭式的，进去的人除了打靶，还可以搞别的特殊娱乐，很安全。

荣光说这些时没一点厌恶，他说现在社会上的事你不懂的太多了，你整天关在家里写，把自己写死了。我们都得走出去，走出去眼界才宽阔。

那天我真开阔了眼界。酒喝到兴奋时，餐饮部经理来敬酒，她恭敬地对老太太说：陈行长，我们服务质量不高，我敬您一杯，请您多提宝贵意见。老太太还没说话，从老板就拦住了她：不行，不行。叫陈行长多外道，叫得亲近些。

餐饮部经理看着他，说：那就叫大姨？

从老板说：叫大姨更不行了。

那叫什么？

从老板一板一眼地说：叫娘。

桌上的人一下都静了，看着餐饮部经理。

餐饮部经理迟疑了一下，说：好，叫干娘！

从老板拍着桌子说：叫干娘还行？叫亲娘！

这是个尴尬的场面，我看见餐饮部经理的脸沉了一下，极快地恢复正常，她搂着老太太的肩膀说：娘，你可喝好了呵。

桌上欢声四起。

餐饮部经理喝干了酒，转身出了雅间，我看见她脸上没有表情，一出雅间她就飞快地抹了一下脸，我疑心那是个拭泪的动作。

老太太脸上不自然，她说：你闹得太过分了，人家一个女孩子。

从老板说：她还女孩子？她是厕所里的耗子，什么男人没见过。她要不叫，晚上我就把她开除了。

我疑心他喝多了，后来才知道，这就是他的语言方式，真实的原因是他对老太太不满意，他这么说，既是发泄，也是炫耀。

靶场需要几百亩地，资金要一个亿。从老板告诉老太太，省里一家银行答应给贷八千万，剩下几千万我打算从市里解决。这就是说，他想从老太太这儿贷款。

老太太没接他的话题，她跟我说：作家，你要写写这样的老板。你看看，这就是人物。你们不是讲要塑造人物吗？你看看他多能干。她一边说一边吃着豆腐，我注意到她很少吃肉，只吃青菜和豆腐。

我不知道怎么接她的话，因为我不知道她这话是褒是贬，眼前这个从老板的确给我留下了深刻印象，我却没什么写作冲动，只是觉得不舒服。从这个环境到这些人，我都不适应。

从老板拿出一个摄像机，是那种小型的。我们碰杯，他手卜一个人拿着机子给我们录像。录出来的效果可以在机子里看到，从老板把机子递给荣光，荣光看了把镜头凑到我跟前，我看见我正和老太太干杯。

我怀疑那是不是我，我心里不是厌烦这一切吗？可镜头里的我兴高采烈的，我冲着老太太举着杯子，脸上满是阿谀之色。

我极豪爽地干了杯，对老太太说着祝福的话，周围的人冲着我们笑着，有人在鼓掌，丛老板在朝我伸着大拇指。我跟这个环境这么和谐，看不出一点儿格格不入的样子。

那么到底哪一个我是真实的呢，是心里的我？还是镜头里的我。还有周围的这些人，他们真的像镜头里表现的这么快乐，这么尽兴吗？就连我身边的荣光，我也觉得远远没有看透他。

当然，最看不透的就是老太太了，她到底是什么人？丛老板的目的很明确，她的一切却不明朗。她真的相信他要为市里改善投资环境出力吗？她真的相信这个靶场和滑雪场能够带来丰厚的利润吗？她似乎对这个项目听得很认真，有时候还很感兴趣，可实际上却一句表态话也没有讲，她是看透了这一切，还是觉得仅仅这一顿饭，还远远不足以让她开口？

镜头里的一切真是扑朔迷离，以至于我久久不愿放下，我觉得拿着它很好，它挡住了我的脸，却把别人的脸弄得清楚了。

过了一会儿我才知道，这机子价值十多万元，是丛老板送给老太太儿子的新婚礼物。他对老太太说：我这个岁数的人已经玩不惯这个了，让他们年轻人拿着玩去吧。

老太太不置可否。我猜想，老太太如果不打算要这个东西，很快就要走了。过了一会儿，她的手机响了起来。她拿起手机说了几句，关了手机对丛老板说：对不起，家里出了要紧事，我得提前走了。

丛老板当然无法挽留她，走到雅间门口。她回过身安慰丛老板，你们再好好聊会儿，我一走你们就方便了。

我一边跟她道别，一边注意看着。我看见丛老板手下的人，飞快地把摄像机装进包里，提着包送下去。后来那个人又提着包返回来，把包放在了旁边的地上，这一切都这么不动声色，从往外送，到拒绝，到拿回来，你简直看不出发生了什么。

包就那么放在那里，丛老板肯定看见了，但他朝那个方向看也没看，我感到那个包放在那里有些落寞，有些委屈。如果它有感觉的话。它肯定想不到会有人冷落它。丛老板肯定也没想到，他仍然在喝着酒，但是他的眼皮下垂着，他心里的失落只是从这个小小的细节里泄露了出来，眼睛是心灵的窗口，他用眼皮把这个窗口遮盖了。

喝。他突然说了一声。我意识到这些年的成功已经使他变得敏感脆弱，他经不起拒绝，也许他以前经受过比这大的挫折，听人家说他连监狱都坐过了，现在他害怕人家看不起他。

不管怎么振作，老太太一走，这顿饭就好像让人抽走了精神，再也吃不出原来的气氛了。剩了的情景有些像电影里的国民党兵败退，就连荣光的情绪也明显低落了。一行人出了雅间，又一齐上五楼，那里是舞厅。舞厅的经理想不到他来了，有些慌。他摆了摆手说：忙你的，一切照常进行。

跟着他的人如鱼得水，很快就溶进了幽暗的灯光里，屋顶的旋转彩球投射着摇动的光斑，周围的镭射光束一闪一闪，人的脸忽儿明，忽儿暗。人人怀里各抱着一个尤物，旋转呵旋转，窃窃私语呵窃窃私语。所有的快乐都来了，所有的不快，都在这里消失了。

我怀里也有一个，这个香喷喷的姑娘在我面前怯生生的，我开始以为她怕我，后来知道是因为我是总经理带来的客人。我忽然闪过一个念头，如果我使劲儿搂着她，摸她的大腿，她肯定不会拒绝，因为我是总经理带来的客人。

这时我才发现，带我们来的那个人不见了，我仔细在舞厅里寻找着，在一个角落里发现了他。他面前的茶几上摆着饮料和水果拼盘，切好了的西瓜用牙签插着，他动也不动。他身边坐着个女孩，正在给他按摩胳膊，仔细一看，发现脚下还蹲着一个，是按摩脚的。

两个女孩子扶着他进了旁边的门。我问荣光那是什么地方，荣光凑到我跟前，压低了声音说：想不想进里面看看?

我这才发现，大厅的墙上到处是这样的门。我一下子就明白了。荣光一字一句地对我说：那是打炮的地方。

二

回到家里是深夜，我有些心虚。这是我第一次进这种场所，我使劲儿洗着脸，怕爱人闻出那个女孩子的香味儿。我觉得我身上到处都是舞厅里留下的痕迹。我就像一个女孩子失了身一样，觉得身上哪儿都不干净了。

轻轻躺在爱人身边，心里充满了内疚。我答应过要永远爱她，答应过永远不沾染社会上那些东西。我现在也非常爱她，我在舞厅里什么也没做，除了跳舞，除了心里闪过些乱七八糟的念头。荣光带着我不止是吃了一顿饭，他向我打开了一扇窗口，我看见的是另一种生活。

躺下前我环顾了一下屋里，最简陋的沙发、写字台，油漆已经剥落的木椅，屋顶的电扇勤奋而又毫无效率地工作着，令人怀念空调带来的凉爽。我以前从来没意识到家里的陈设这么简单，巨大的失重感使我无法入眠，耳边不断响起嘭嚓嚓嘭嚓嚓的乐声。

爱人说我那天夜里喊了好几次。我不置可否。我把自己出版的书找了几本，准备送给银行的老太太。答应了别人的事，我就一定要做，何况我对她极有好感。

我开始有意无意打听那个老板的情况。他的传说很多，有人说他是杀人犯，他在一个人的肚子上捅了两刀，连肠子都流出来了。因为那人看上了他喜欢的女人。那人没死，他为此坐了几年监狱。有人说他是个骗子，他发迹前骗了很多人，他用骗来的钱开了一家服装店，那时社会上经商的很少，他就这么发了起来。

在别人嘴里这家伙恶贯满盈，我不太相信。我不喜欢他，却看不出他有什么凶恶的地方。如果把他身上贴的钱剥掉，他可能是个很好相处的人。用通俗话说，可能比孙子还孙子。

当然这是一部分人的说法。另一些人嘴里就不一样了，说他如何如何了得，他给下岗职工捐了三十万元，给市中心花园广场捐了八十万，给一个见义勇为的人装了假肢，给一个跟他关系不错的女人买了一套单元房。他跟一个外地商人叫劲，把点一支歌的价格从十元抬到了两万，他是个慷慨的人，花钱如流水的人。跟在他鞍前马后的人，都得了好处。我想起了荣光，他是不是也得了好处？

荣光给我打来一次电话，问：哥儿们，那天的感觉怎么样？不怎么样。我实话实说。他说：我一开始跟他接触也不习惯，后来明白了错的不是人家，而是自己。我们太拿自己当回事了。社会在变，人家有钱，人家就要以自己为中心。这是不以人的意志为转移的。

我说：我没想那么多，只觉得格格不入。

他说：你看我，在市委当了好些年科级干部，以前老为别人升上去了，自己没升上去，别人得到领导宠信，自己没得到宠信心忧气烦。我天天谨小慎微，树叶掉下来也要琢磨半天。事后一想，那点儿事算个屁，世界大着呢。跳出市委这个大院看世界，我觉得眼界很宽。说实在的，我觉得他们这些人比领导好相处，你真心实意对他，他就给你好处，你看得起他，他就给你实惠。有些领导你给他卖命，到关键时刻也不给你使劲儿。

这是经验之谈，融入了他对官场的感受，我一两句话驳不倒他。我问他丛森的情况，真像人们说的那样吗？

他说：那些事确有其事，不过分析起来情况就复杂了。他是坐过监狱，他把人差点儿捅死。坐过监狱的不见得全是坏人。别人要睡了我的女人，我也要捅他。他可能骗过人，生意场上都那么谦谦君子能行吗？他骗人时别人也骗他。那时候到处都是三角债，你欠我，我欠你。

我说：别人说得太难听了。

他说：我不在乎别人怎么说，你看他像个坏人吗？他多讲义气。你知道那天晚上花了多少钱？五六千块打不住。人家连眼睛都没眨，就跟往地上泼了一碗水似的。

我不喜欢他的口气，一沾钱，他的话音就像摸了女人的手。我说：我那天不该跟你们去吃饭。

他说：他挺看得起你，一般人坐不到那个桌上，他没文化，但是看得起有文化的人。你猜他后来跟我说什么，他说，你那个朋友很有水平。还说，什么时候要跟你再聚聚呢。

我心想算了吧，我再也不想见这家伙了。

我去了老太太那儿，把书送给她。她办公室里聚了很多人，不过她还是把别人都扔开，跟我聊起来。她翻着我的书说，一定要好好读读。

屋里人都看着我们，有的羡慕，有的脸上露出焦急，我觉得不能久留，我告辞了，老太太记下我的电话号码。她送我时，我忽然在办公桌上看见了那个黑包，摄像机的镜头一半露在外面。

这东西到底还是到了这里，我心里吃惊。

老太太看出我注意了，说：有的人就像苍蝇一样，没皮没脸地整天叮着你，她一脸无可奈何。

她这话什么意思，是为自己解释，还是真的不满？生活正在变得像迷宫一样。头脑简单的人每走一步，都要迷惑半天。

老太太后来没给我打电话，我也没给她打。我不知道那个包后来的下落。不想打听，也害怕打听，如果打听出包真留在老太太那里，岂不又要失望？我应该学会避免坏心情。

不管怎么说，从老板的靶场和滑雪场还是破土动工了。他如愿征到了地皮，以极低的价格买下。虽然那个村的农民天天上访，虽然好些农户已经种上了冬小麦，第二年春天小麦返青时，推土机还是把地里的绿色推平了。

城郊的几百名农民站到了推土机前，有老人，有孩子，有妇女。推土机在他们面前轰着油门，他们岿然不动。他们不说话，沉默的躯体就是他们惟一的武器，推土机旁边的人上前拉他们，接着是推搡，双方就这么打了起来。最后发展到拿起铁锹、扁担，地里到处是女人的喊叫和孩子的哭声。

公安局民警制止了械斗。好几个农民受了伤，有人还被民警抓了起来，后来又都放了，一切就这么不了了之了。

那些日子到处涌动着农民的愤怒，这愤怒漫延到市里，连报社记者也跟着激动起来，大报小报去了很多人，说要曝光，最后还是无声无息了。他们的激动就像春天的雪一样，从老板给他们输送点儿热气，就消化了。

推土机又开起来，靶场工程顺利地进行着，人们对从老板的不满渐渐变成了对记者和市政府的不满。我为那些领导可惜。他们没有意识到，姓从的挣了钱，却败坏了他们的形象。他们太傻了。

我的担心被别人当成了笑话。他们笑着说：你以为就光姓从的挣了钱？从村里到市里，跟这个工程沾上边的，哪个头儿不捞钱？你以为领导真那么爱听姓从的摆布？引一条狗，还得扔块骨头呢。

这话刺痛了我。一个工程，把一大串干部的形象败坏了。

我不相信真像人们说的那样。可群众上访的结果，是使从老板补上了所有没办好的手续，说土地局没批准吗？现在批准了。说土地没有使用证吗？现在有了，填的日期还是群众上访前的。你还要什么手续，还想怎么合法，从老板都能办到。

农民看了这些证件，再也没有上访的理由。他们除了愤怒，手中一无所有。他们不再上访，市里规定不能越级上访，尤其不能集体上访。向村里反映问题解决不了的，要拿着村里的解决意见找乡里，乡里解决不了的，要拿着乡里的解决意见找县里。村干部才不会给他们写书面解决意见呢，因为那等于给上访开了介绍信。

没有人再上访，似乎问题就这么解决了，靶场一天天在顺利施工，从老板不时检查着工程进度，他拍着隆起来的肚皮，有些志满意得，在这个市里他还有什么渡不过的难关？

我至今还奇怪，那么多资金他是怎么筹集的。一年后，老太太调到外地任职。临行前她给我打过电话，说我文笔不错，可是还没写出深刻的社会矛盾，没写出时代的主流。她说：不管怎么说，时代是前进的。

关于她调走的说法很多，有人说是因为丛森的靶场工程，市里人告状说她接受了丛家多少贿赂，上边为了保护她，把她调开了。

还有人说是因为得罪了丛森。他们可以举出很多例子，比如建安区工商局的局长跟丛森关系紧张，丛老板跟上面说了一句话就调走了。税务稽查局的黄局长得罪过丛老板，一封告状信就免职了。丛老板可不光会送礼，两手都很硬。

荣光持后一种说法，他说：你以为丛老板只是企业家吗？错了。我告诉你，大企业家都是政治家。你知道费市长是怎么当上市长的？那是丛老板花了二十多万运作的，咱们市的这些市长书记，到省里见一次领导，不见得比丛老板容易。人家是踢开门就进，费市长还得提前预约呢。

许多不正常的事，就这么变成了可供炫耀的资本。那一瞬间我没表示鄙视，（其实这才是我真实的感受。）我“呵”了一声，表现出惊讶。

荣光说：别人都以为，费市长是丛老板的后台，这话说反了，是费市长在依靠丛老板。我跟你这么说，丛老板在地上跺一下脚，咱们市的地皮都要颤一下。你信不信。

我不愿意说我信，不过我点了头。

荣光说：哥儿们，你还不知道企业家的作用，你闷着头写一辈子，可能也不如他们说一句话。我告诉你个消息，他压低了声音，凑到我耳边说：再过半年，我的副处就解决了，研究室副主任。这消息我连老婆都没告诉。

不用说这是丛老板在起作用。我说：祝贺你。

他说：一把钥匙开一把锁，这回我找着钥匙了。

他对自己很满意。他好像也应该满意。对他这样的从政者来说，如果不提拔，就等于没有进步，就像花开了没人欣赏，女人打扮好了，没人来追求。那份落寞是难以忍受的。

我开始跟他开玩笑，说他是小母牛下犊了，牛逼大了。说他是早晨一脚踩在狗屎上，跌倒拣了个金元宝，走了狗屎运。我不断地调侃他，恭维他，看着他像个猴子一样，兴奋地在我面前抓耳挠腮。

我觉得这不是人，他正关在一个看不见的笼子里，对着外面人家举着的食物欢呼、跳跃。

接下来的日子，他经常到我家。有时拿一条烟，有时带一包茶叶，还有一次拿着个打不开的铁盒子，我帮他费了九牛二虎之力打开，才发现里面是外国奶粉。他说：留给你孩子吃吧。

我疑心他早知道那是奶粉，还疑心这东西是从姓丛的那儿弄来的。我故意说：这不是英国奶粉吧？

他认真了，拿着字典一条一条查，终于证明那是荷兰母牛的奶。没有疯牛病。

不管我有多少戒心，我们还是一天天亲密起来。他很善解人意，跟坏人比他不坏；跟好人比，他不好。他就是这么个寻常的人，有优点也有缺点。我可以有自己的生活方式，但不能干涉别人的生活方式。

三

初夏一天，荣光给我打电话，说丛老板想跟我聚聚。他让我到市委门口，然后我们一起坐车去餐饮娱乐城。

我告诉他我不想去，因为下午还有个朋友要来。他没想到我会拒绝，打车直接跑到我家里，死乞白赖拽着我说：咱们去吃顿饭，又不是赴鸠山的宴，你怕什么。

我说：我这人怕吃饭。

他脸色有些难堪，说：我答应了人家，你就给我个面子吧，好不好。吃一顿饭又撑不死你。

我要再拒绝，他可能真要翻脸了，心里一犹豫，他拽起我上了出租车。

这一次我们吃饭的雅间叫井冈山，我们进去时，丛老板等人已经坐好了。荣光进去以后就抱拳谢罪，他说：对不起，下午开会，来晚了。

丛老板身边坐着个美艳女子，打扮得很入时，我只看了她一眼，就像被电击了一般把脸转向其他人。其实我只是环顾了一下，那些人我一个也没看清，目光就又回到了她身上。

吸引我的是她那丰满的前胸，一对颤悠悠的大乳。我老婆前胸干瘪，使我对所有丰乳女人心怀渴慕。何况她不止是肉感，眉眼间还显露出几分聪明。

她的眼睛很深很亮，眉毛很细很长，鼻孔单看有些粗了，配在这样一张脸上，却有性感的意味，使你想到她喘息时的急促。她最好看的是一副洁白牙齿，像是玉石精雕细刻出来的，笑起来满眼洁白。

荣光看见她笑着点头，说：吕姐来了。

丛老板不满地说：什么吕姐，叫嫂子。然后他向别人介绍我，这是我们市著名的作家。作家，这是我老婆。你叫嫂子。

我疑疑惑惑地看着他，觉得他在开玩笑。可他一点儿也不像开玩笑的样子，再看那个女人，也不反驳，只是朝我笑着。

我终于相信了他，叫道：嫂子。

“哄”的一声，桌上人全笑了。丛老板是仰着脸开怀大笑，荣光是乐不可支的笑。其他人有的捂着嘴，有的摁肚子，还有的得意洋洋，一个劲儿冲着那女人喊：叫你呢，快答应，快答应呵。

女人等别人嚷够了，才答应了一声：哎。

人们又笑起来。她对丛老板说：听见了没有，我答应了人家，你可真娶我呵。从老板说：真娶，真娶，明天就娶。

笑声刚刚落下去，又进来一个女人，这女人长得很清秀，围着纱巾，她在从老板身边坐下，一边摘纱巾一边还气喘吁吁的。她的身条很好，举止纤柔娇媚，行动一摇一摆。

荣光不认识这女人，眼睛有些发直。他让从老板介绍一下，从老板说：这也是你嫂子。

我看见姓吕的女人脸色沉了一下，很快又跟着大伙儿笑起来。

新来的女人还在发呆，对别人的笑置若罔闻。从老板说：刚才介绍的是大嫂，这个是二嫂。人们再一次大笑。连我也不由得忘了刚才的困窘。

新来的女人问：你们说什么呢？

人们笑得更厉害了，然后告诉她刚才开的玩笑，她说：我可不当二嫂，要当就当大嫂。这话显然说得很不得体，姓吕的女人在一旁撇嘴。

我觉得这个狐媚女人在哪儿见过，别人告诉我她是市歌舞团的演员，我想起来了，前些日子市中药厂生产的一种治疗女性阴道炎的药品广告，就是她做的。她在银屏上扭着腰说：

……炎必康能解除你难言的烦恼……

我有些恶意地对她说：我在荧屏上见过你，你是咱们市的明星。

明星说：拍片那天我感冒了，效果一点儿没出来。我悄悄对荣光说：这不是个活脱脱的傻逼吗？荣光在我腿上捶了一下，附在我耳边说：你别瞎说，从大哥听见不高兴。

两个女人一左一右坐在他身边，使他神采备至。这一顿饭显然跟上次不一样，上次是找银行老太太办事，这次是为了开心，一顿饭从头至尾欢声笑语不断。“明星”后来索性坐到了从老板腿上，惹得那个吕姐把头扭到了一边。

在座的男士除了我和荣光，还有一个画家，一个书法家。我看过画家的画，不错。书法家的字则一般。这些人显然要比我跟他熟。看来他真是喜欢文化人，他把画画的、写书的、搞书法的，都搜罗到身边，要干什么？

剩下还有个肥头大脸的家伙，宽鼻翼，高额头，豹子眼，脸上带着一道长长的刀疤，显出几分凶相。我问荣光他是干什么的，荣光冲我急忙摆手，说：这可不是一般人物，下来我再跟你细说吧。

看得出来，他虽然长得很凶，在丛老板手下却很服帖，他不好色，对两个女人很少注视，倒是荣光两只眼睛在两个女人身上搜来搜去，想用目光掏出人家的肥奶来。

我是个生活在下层的穷文人，对腐败很敏感，对跟女人有关的腐败更敏感，两个女人各有各的风韵，对丛老板百般讨好。你看见这些当然不舒服。

饭吃完了，丛老板让人们随便玩儿，有人要游泳，有人要打保龄球，荣光本来想去舞厅，丛老板问我去不去，我说不去，他就让我和荣光回到经理室，说要跟我们好好聊聊。

“明星”也跟到了经理室，因为“明星”跟着，本来要去打保龄的吕小姐也跟着来了。两个女人跟丛老板又笑又闹，荣光也在旁边起哄，折腾了一个多小时丛老板终于说：让我的车把你们送回去吧，我们还要说事儿。

两个女人扫兴地走了。丛老板靠在老板椅上说：这就是我现在的生活，金钱、美女。我只追求这些。

他拿出一本香港杂志递给我，封面上他开怀大笑着，身边一左一右搂着两个女人，头顶上是金灿灿的金元宝。

想不到他竟然上过封面。我接过来，发现封面上原来的头像换了，他的脑袋是另接上去的。他为这个小小的花招得意，说：我就要过这种生活，将来比李嘉诚、曾宪梓还有钱，玩天下最美的女人。

荣光说这理想他已经实现了。他摇着头说：差得远，再过二十年你看我是什么样子。到时候你们这些哥儿们，都能跟着我发起来。

荣光的眼睛闪闪发亮，他被他的话激动了。他就像一个临近过年的孩子，被对年节的想像激动着。

从老板说：我这人能干事业，就因为我好交，为朋友花钱不在乎。作家，你想出书吗？我给你出钱。买个书号不就万把块钱么？上面评奖时需要活动，你说话。跑一趟上边，也就一两个小时的事儿。

我心里却在想，他不可能对我这么好。世界上没有无缘无故的爱，也没有无缘无故的恨，这是伟大领袖说的。

荣光说：从大哥，我这哥儿们只是一门心思苦写，从来不会要求什么，不信你到他家看看，现在还住着两间平房呢。

从老板沉吟了一下说：这么吧，富昌小区快盖好了，到时候我给你买一套三居室的单元房，估计明年春节就能拿到钥匙。

他的样子不像是开玩笑，很郑重，很费斟酌。我扭头看了看荣光，看见他的眼睛像猫眼一样放光。我想，他跟他跑了这么长时间，可能也没给他许过这样的愿。我相信这是真的了。

一时间我喉头发紧，每一句话说出来都是艰难的，我说：我帮不了你什么，怎么能沾你这么大的光。

他说：我要的是广告效益，我给你一套房子，市里很快就传开了，比做广告还来得快。

可是，这市里有的是比我名气大的，唱歌的，演小品的，踢足球的，游泳摔跤的，你送给别人比给我影响更大。我感谢你的好意，房子却不敢收。这是我给自己定的原则。我说。

他说：真是个文人呵。

他轻轻挥了下手，好长时间不说话。虽然极力掩饰，我还是能感到他的挫折感。

他一挥手，我心里也一阵发飘，如果我不拒绝，一套三居室的房子就到手了，我的老婆不知会怎么高兴，她会把我看成有本事的人。想到这些，我又怀疑自己这么做是不是对。我两手攥得紧紧的，手心里都是汗。

荣光事后跟我不高兴，说：知识分子就是鸡巴心眼儿多，给你房子你还不要，跟那些女人似的，拿着个劲儿，你没看现在女人都不拿劲儿了，你还拿什么？

丛老板不再跟我谈房子的事，开始跟我说他的宏伟规划，原来他的雄心壮志并不在产业上，而是在政界，他说要让每一级政府都有他的代言人。

他说：现在市里已经没问题了，不论哪一级机关，都有人替咱说话，有挡道的我也能把他拉下水，拉不下水的就一脚踢开。银行的老太太还跟我装正直，不出一年我就让她滚蛋了。

我脱口问道：老太太怎么调走的？

他却避开话题不说。我意识到了自己的唐突，不再往下追问。像他这样的人，你看着他好像跟你什么都说，其实不该说的他一句都没说。在他内心里，有着应有的距离。

他跟我们说着他在省里的铁关系，他的话让荣光在一旁叹息不已，说：我们这些人是白活了。

他说：从政的人要有我这么多关系，还愁上不去吗？

我回过身来看着荣光，见荣光低下了头。我猜他心里肯定很痛苦，有许多东西近在咫尺，却终生都不能得到。你闻见了香味儿，却吃不到嘴里。

他说：下一步就是更大的头儿了。

我怀疑地问：有这必要吗？

他说：怎么没必要，你想做多大的生意，就得有多大背景。我可不是个死做生意的人。我做的是政治。

我用自己的身体语言鼓励他。他说：我能把生意做这么大，不是靠的资金，而是靠的头脑，他用手指着自己脑袋说。

相比之下，我是个死写作的。我不相信他真能打到上边去。他看我不相信，从抽屉里拿出一本精美的影集，我看见那里面竟然有一张他和某领导人的合影。

我简直被他惊骇了。这是个什么样的人呵，他像章鱼一样，用他的触手捕捉着所有能触到的东西，紧紧抓在手里。

他看我吃惊，笑了：你怎么这么看我，他们也是人呵，对不对，他们一样有七情六欲。他们也得吃饭，也得拉屎，拉出屎来也是臭的。白天他们批文件开会，晚上也干那种事，说不定还不如咱们干得利索呢。

他哈哈大笑。

也许他说得对，我只是听着不舒服。他有这个本事，让这世上很平常的事，都变得不舒服。

一时我感到压抑，这个宽敞明亮的总经理室变得有些空气稀薄。我想站起来，身体却觉得沉重，有下拽的感觉。我看见窗外的黑暗正一点点漫上来，我像一个溺水的人，向上挺着身体，却一点点地在黑暗中沉下去。

刚跳完舞的“刀疤”这时走进来，冲我们点点头，他把丛老板写字台旁的一个黑包提在手里，那黑包我在银行的老太太那儿看到过，终于还是退回来了。

“刀疤”拿了包跟丛老板告辞说：那件事你就放心吧，用不着我出面。丛老板点点头，问用不用让车送他，他说自己开着车，不用送。

他那道长疤让人觉得不像正道的人。我问荣光，他是干什么的。荣光隐晦地说：大哥生意上的朋友呗。

丛老板用手比了个砍杀的手势，说：他做屠宰生意。前年银行门口杀死一个人，把运钞车抢了，你知道吗？

我知道，案子当时轰动了，好长时间都破不了。丛老板说：那就是这小子干的。他脸上表情有几分得意：别看公安局治不了他，在我面前他可服服帖帖，我让他怎么着，他就怎么着。

我问：凶手不是早抓起来了吗？

从老板冷笑一声，伸出一根小拇指说：那事真正的主谋是刀疤，公安局抓住的只是一个喽啰。

我猜想这就是支撑他的信心，他所以要一级一级地往上钻，就是相信大的最安全。

荣光毕竟是党政官员，赤裸裸地面对这些事还不习惯。他想装作听不见，可是从老板不理解他的意思，他说，以后你有什么为难事就跟我说，跟刀疤一句话就全解决了，比什么都省事。

从餐饮娱乐城出来，荣光再三跟我解释，你别听从老板瞎吹，那小子根本没那么大本事，抢银行的运钞车，抢个要饭的他还差不多。

他这一解释，我倒觉得是真的了。姓从的原来不就是杀人犯吗？杀人犯认识杀人犯，那是再正常不过了。不过，他为什么要跟我说这些，按道理这些是绝密的，他真那么信任我？

他不是想告诉我秘密，而是想让我知道他不但有钱，还有势力，不但能打进政府机关，还能调动黑社会。

幸亏我没接受他什么，这就像站在悬崖边上，脚下的石头已经松动，你一步跳开，那块石头也不再往下滑落了。

我向他告辞，看得出来他很遗憾，他一定还有很多话没说，只能留待下次了，现在我不再害怕跟他交往，我掌握了他的弱点，就是不断拒绝他的恩惠。他的钱能打倒某些官员，却打不倒我。

走到电梯口，看见吕小姐从一个房间里出来，她刚洗过澡，头上还包着浴巾，身上穿着类似睡衣的衣服。她朝我们打招呼。我惊奇，她刚才明明走了，怎么又出现了。

荣光问：你没走呵。

她把食指竖起来放在好看的嘴唇上，说：我杀他个回马枪。

荣光乐不可支，说：吕姐，真有你的。刚才那个“明星”真没层次，替我把大哥看好了呵，不能让别的女人近他的身。

她说：我使了点儿小计谋，把那个傻波依给甩了。

她一闪身就不见了，就像她刚才突然出现一样。我猜她又进了从老板的屋子，这将是一充满想像力的夜晚，你怎么想也不为过。

四

我跟从老板的来往多起来，不只是他吸引了我，而是那种生活吸引了我。他有时直接把车开到我家门口，接我到他的餐饮娱乐城打保龄球。我迷上了这个。我在光滑的球道上摔了几次跤，就成了老手。我懂得把球拿起来掂一掂分量，挑一个适合的球来投，懂得向前助跑时调整好呼吸，随着球的脱手，呼吸也放松了。

我有时还到游泳馆里游泳，在碧绿的游泳池里，从老板和吕小姐一前一后在水里嬉戏。吕小姐的身材非常漂亮，泳衣里的丰乳呼之欲出。她的那种蜂腰肥臀形的女人，身上的肉多一分则嫌多，少一分则嫌少。她站在水边跳跃，身上水珠四溅，精气四溢，欢声随着她的跳动在池边洋溢开来。

在和“明星”的竞争中，她占了上风。她和从老板一起出现的机率更多，但是从老板还有别的女人，经常中途把她甩到一边，她对这些听之任之。

有时从老板没来，她一个人在水里懒懒地游着，她看见我立刻欢快地朝我这边游来，看到我淡淡的样子，她脚下一蹬又向远处游去。她的腿很有力，我想像她两条腿紧紧夹在一起，心咚咚直跳。我向远处看去，我必须转移一下自己的注意力，不然下身就会产生出不舒服的感觉。

有时我们在近处聊几句，彼此都不习惯，她还没碰见过像我这样疏远她的男人，她身边的男人总是迫切地想占有她，向她进攻。她能感到我对她疑心重重，对眼前的一切很隔膜。这时她望着我，用手指蘸了水朝我脸上弹，水珠溅到我脸上。她莞尔一笑，转身游开了。

渐渐我习惯了这里。一个偶然机会我听说：这里的游泳馆三十元一张票，我吓了一跳。我想，许多官员从来没想到这是堕落，他们活得很累，当他们在游泳池里泡着，在舞厅里且歌且舞时，觉得身心都放松了。等到他们意识到什么时，已经不再想放弃了。

我不是官员，我在这里享受腐败产生不了社会后果，因为我没有权力。从老板愿意让我沾他的便宜，他需要有个人陪他说话。那些女人起不到这样的作用。

他告诉我说，他曾经是个很穷很穷的苦孩子，到现在还能记起挨饿的滋味。那时他两天才吃一顿饭，只觉得身上一阵阵出虚汗。直到现在他最怕饿，一出虚汗就以为是饿了。

他说他是坐过监狱，那时他是个纯真的男孩，在他心里最神圣的是爱情。他爱上的那个女孩子并不漂亮，他却把她当做了自己的生命，她后来跟着一个鱼贩子跑了。现在再漂亮的女人他也不在乎，他说，我真想再遇见一个能让我为她坐牢的女人，可惜再也没有了。

他说第一次进到号子里时，号头让他睡在马桶旁边，他睡了一晚上，尿骚味儿呛得他睡不着。第二天他说要换地方，号头朝号里的犯人使了个眼色，一号的人忽然都朝他扑来，没头没脑地打他。他把身子弓起来，两只手抱着头死挺着，后来他没了知觉。醒来后，号头问他犯的什么事儿，他说杀了人。号头说你胡说，杀人犯能关到这儿来？他说，我捅了两刀，可能没杀死。号头看了他半晌说：行，你还算有种，从那以后，就不让他挨着马桶睡了。

出狱后他开始做生意，两个礼拜去广州进一次货，每次背回两大袋服装，回到店里加一倍的价。那时他吃干馒头、方便面，困了就在火车座位下面铺张破报纸，听着车厢的撞击声摇摇晃晃地睡去。有一次他背着两大袋服装回到店里，一进门就晕倒了。

那时是拿自己的身体换钱，他说。后来他终于明白沾上权力钱才好挣。明白了这道理，他就像面团一样发了起来。

就在他和吕小姐如胶似漆时，靶场工程也在顺利进行着，靶场外面的设施已经修建好了，他投资建起一个宾馆、一个商店，还有洗车场、加油站、汽车零配件商店等等。人们把那里看成未来的商业区，许多商家想在那里建店铺。为了筹资，他把一部分地皮以更高的价格转让了出去，跟着又有一批店铺盖了起来。消息很快就传开了，村里人愤愤不平，说村干部当初以极低的价格出让给他，肯定接受了他的好处。他们都肥了。

村里人又在酝酿大规模的上访。

他不怕上访，推土机已经把地里的青苗推平，围墙垒了起来，楼大部分已经建成，这一切是他的私有财产，他还有什么可怕的。

村干部迫于压力找到他，请他缓一缓再转让别人。他沉了脸说：卖给了我，那地方就是我的，我想卖给谁就卖给谁，想什么时候卖就什么时候卖，你们管得着吗？

村干部没想到他这么硬，愣了。陪着小心说：村里人要闹起来，乱子小不了。

他说：你们怕上访，我又不怕。他们上访碍不着我。他几句话就把村干部赶走了。

我们觉得他做事太绝，他还不解气，在屋里骂道：这帮王八蛋，当初他们拿了我十几万好处，现在又想当好人。我就要让老百姓骂他们，不骂他们我都觉得对不起村里人。

村干部找到乡里和县里反映情况。县领导为了平息农民情绪，只好返过来再宴请他，那天是在市里另一家豪华酒楼里请客，他带我和荣光去了。县里的书记、县长都出了面，对他十分客气。

他们说：你做生意也不容易，你要挣钱，不挣钱还叫经商吗？不过你也要考虑一下社会影响，闹出事来对谁也不好。这次你让一步，就算帮我们一个忙，以后还有合作机会嘛。

从来都是他请别人，现在终有官员请他的客了，他很高兴。他尽兴地吃了喝了，却说没别的办法，如果不出让一部分地皮，他的资金就不够。施工单位都在追着他要款呢。

县领导为了平息上访，答应给县农业银行和建设银行做工作，再贷给他一笔巨款。八百万贷款就这么到手了，县里还做了担保。

事后他得意地告诉我，这都是他事先计算好的，他说：他们以为我的肉那么好吃，吃我一口猪，就得吐出一头牛来。

他看起来很粗，其实心一点儿不粗，一切都是有计划的，第一期工程快要完工时，他开始琢磨要找一个国家领导人给靶场题名。名称是我事先帮他想好了的：塞北射击场。

他在办公室里给北京打电话，联系了几个人。事情并不像他想像的那么容易，他有些不高兴，皱着眉头在屋里转来转去。

他对自己的能力有了怀疑，他可能还发现，他以前所信奉的那些东西，换一个环境行不通。

荣光看他这么着急，告诉他省长要来本市检查工作，让省长题了更有作用。北京的大领导毕竟管不到这块儿。他摇了摇头说：省长算个屁，让他题还不如我自己题呢。

题字的事折腾了一阵也没着落，只好先放下了。现在他正在靶场旁边修一个大型的人工湖，把三公里以外惠明泉的水引来。他想在人工湖中央建一个小岛，四面环水，只有小船才能渡过去。那里才是整个靶场最精华的地方：一座小型赌城。

他把这个岛叫雄岛。他说，这才是男人去的地方，里面美女如云。

他看起来信心十足，其实题字的事还是影响了他的情绪。为了能够跟吕小姐在一起，他划出一笔钱给电视台，让“明星”给餐饮娱乐城拍一部广告片。吕小姐原来以为自己占了上风，听到他给“明星”出了一笔款，不高兴了。他只好又带吕小姐到北京燕莎买了一件高级首饰。

“明星”知道他给吕小姐买首饰，也不高兴，非缠着让他买个六千块钱的裘皮大衣。这点儿小钱平时算不了什么，现在他让她们弄烦了，气头上说：我给你买个鸡巴。

“明星”说：行，你给我买，我就要。

他不理她。她说：你要是不给我买，我就揪你的。“明星”坐到他怀里，在他下身揪扯起来。她本来想以这种方式讨他欢心，没想到今天心情不对，他伸手扇了她个嘴巴。

他骂道：给你一点儿脸，你就想上脑袋了。你也不看看你是什么东西，你以为上过一回电视就成人啦？上电视又怎么样，上了电视逼上也是一个窟窿，有什么了不起的。

骂够了他从钱包里掏出一叠钱，扔到她身上：给你，以后我再也不想见你了，给我滚得越远越好。

不光她滚了，在场的人都默默地退了出去。荣光看见他这样，气得连连叹气，说：怎么能这样，说翻脸就翻脸了。

我们把“明星”送到出租车上，她还在抹泪。荣光安慰她说：你还不知道他，就这么个脾气，明天他就没事了。

我问荣光到底为什么，荣光说，可能还是为题字的事，另外他喜欢的一个女孩子离开了他，出国找男朋友去了。

我问：他有这么多女人，还在乎一个女孩吗？

荣光说：到手的不算什么，一脱手就成了好的。

“明星”没有滚，第二天又来了。这一次她老实多了，怯生生地坐在一边，生怕丛老板再赶走她。

看丛老板没有赶她，她试探着问：老板，广告还拍不拍了？

丛老板带着气说：你还不赶紧去找电视台，在这儿泡什么。不知道我不想看见你吗？

她立刻喜笑颜开，提上包走了。临走还冲我们使了个鬼脸儿。

五

阳春三月是个让人躁动的日子。村里的狗都在恋爱，城里的人也安分不下来。一直忙于生意的丛老板给我打来电话，说好长时间没见面了，让我和荣光过去聚聚。还说吕小姐和钱小姐（就是那个“明星”）都在。我推说家里来了亲戚。

就在我为这么推辞得意时，外面响起了轿车声。我刚猜到他来了，他就跟荣光一前一后走了进来，大大咧咧地说：我就知道你蒙我呢。

我说：哪里，我是不愿让你破费。

他说：挣钱不就是给朋友花的吗？我妈都不花我的钱，你们再给我省，那我要钱干什么，总不能光给女人们花吧？

我随他们到了外面，见吕小姐在车里坐着，却没有钱小姐。他拉我们在外面吃了饭，那顿饭吃得很拘谨，中间他说了些工程上的事，荣光出了几个主意，就没话了。那大概是我们吃得最沉闷的一顿饭。

半夜里荣光给我打来电话，说丛老板出了事。我跑到外面，天漆黑漆黑的，看不见一辆出租车。过了一会儿，荣光开着车来了。爱人让我加一件衣服，我也没顾上。

上了车，发现车并不是往餐饮娱乐城开，而是出了市区。

我问他怎么回事。他说，吃完午饭后，丛老板一个人开车到省城，找一个以前认识的歌女鬼混。这种事以前常有，从来没出过事。偏偏这天赶上公安部门打击卖淫嫖娼，两个人正热乎时公安人员从天而降，把他们都抓了。

他的身份证和手机被扣了，幸亏没扣下身上带的钱，他给一个办案人塞了些，托人家给荣光打电话。他知道荣光在省司法局有个同学。

荣光开着车说：要是不打电话，让人家扣一个月，咱也不知道他去了哪儿。

荣光说完就不说话了，车开得飞快，车前的大灯把路上的黑暗冲开一条光的胡同，静夜里不时响起轿车的鸣笛声。

我们急匆匆地赶着路，就像在从事一件神圣的事，实际上不过是去解救一个嫖客。想到他的荒唐，荣光的认真，我不由笑出声来。

荣光问我笑什么。我说：你这位丛大哥精力真旺盛呵，他在本市那么多女人，吕小姐、钱小姐天天缠着，他还有精神到外面打野食。

荣光显然无心开这种玩笑，他眼睛瞪得溜圆，一眼不眨地盯着前方，路上他急着超车，好几次差点儿跟别人的车蹭了。

我们是第二天凌晨赶到省城的，荣光找他的同学，他的同学再找公安局领导，一直折腾到上午十点多，才把丛老板从派出所接出来。

他身上灰乎乎的，脸上还有一块擦伤，名牌西服上沾满了土，领带也不知扔到了哪儿。脚下的一只鞋丢了，说要转回去跟派出所要，荣光说一双鞋算了，给他在小摊上买了一双，他嫌不是名牌，套在脚上说：我哪儿穿过这种破鞋。

我们问他在里面挨打没有，他说没有，脸上的擦伤是在走廊里蹭的。拘留所里有个小子想跟他动手，他提了以前坐监狱时认识的一个惯犯，那人就不敢跟他发横了。

话虽这么说，他的神气却没有了，满脸都是沮丧和气急败坏。怕他再出事，荣光没让他开车。他坐在车的后边一言不发，过了一会儿，我们听见了鼾声，他大概是太累了。

荣光把这看成了跟他加深感情的机会，回到市里，特意在红都酒家给他压惊。我觉得可笑，说家里还有事，要回去。荣光拉住我说：别走，现在人一冷清，他该以为咱们看不起他了，求求你，就算你帮我个忙还不行吗？

我只好去了。那天在座的都是常在他身边转悠的人，人们你一言我一语地恭维他，使他渐渐恢复了神气。他说：我这些年交朋友总结出来了，尤其是公安局的，最黑。他妈的，我玩女人是花了钱的，又不是白玩，他们凭什么抓我，再说那女的心甘情愿，他们管得着吗？

我说：人家就是抓花了钱的，不花钱的叫外遇，花钱的才叫嫖娼呢。

荣光踩了我一脚，说：丛大哥，那是人家的地面，在人屋檐下，不得不低头，这事儿过去就算了。

丛老板说：我咽不下这口气。回去我就给他们市领导打电话，先把领头的那小子撤了。

大伙儿劝他：大哥，你跟小喽啰治什么气。他们在局子里就是混口饭吃，出了那个地界，你从腿上拔下一根汗毛也比他腰粗。来，咱们喝酒。就像他真能把人家撤了似的。

干了杯，他的气消了，不再提刚才的话题。大伙儿说的都是他过五关斩六将的事。喝到最后大伙儿高兴了，就忘了刚才的忌讳，问他省城那个歌女比咱们市的女人哪儿好。他说：一个女人一个味儿，那娘儿们的东西是活的，这种女人一千个里面才两个，可惜正走在半路上，让那帮公安给搅了。他一边说一边摇头叹息。

桌上的人全让他给逗得乐晕了。

吃完饭人们一一散去，他嫖娼的消息就在市里传开了，人们在传话时加了许多内容，说那天被抓的还有本市某领导，他是用这种方式拉拢市领导，荣光深夜里拿着五万块钱，把他和那个领导接了回来。荣光这次是肯定要提拔了。

虽然没点领导的名，但人们都知道他和费市长的关系，心里都猜是费市长。费市长知道后很生气，打电话把他狠狠训斥了一顿，说：你以后别再给我找麻烦了。

消息传出后，市里的干部都不敢招惹他了，凭他花多少钱，人家也不愿为他搭上前程。昨天还一呼百应的日子，转眼就冷冷清清。

荣光提拔的事，又泡了汤。虽然丛老板真给他使了劲儿，上面也答应了，但到这时候，谁都不愿担这个嫌疑，事情就这么不明不白地完了。

那些日子荣光无处可去，常扎到我家里长吁短叹。文人家没什么好东西，深夜里我们就着一碟花生米、一碟拌黄瓜对饮，这对于常常出入酒宴的他来说，太简慢了。他却并不在意，说这才是真正的朋友。那些过去宴请他的人，现在见了都说太忙，连手都顾不上握就走开了。

我安慰他：官场有官场的游戏规则，你用不伤心。

他说：我混到这一步容易吗？不甘心呀，好些能力不如我的，都提拔了，过去因为没根子，才把希望寄托在姓丛的身上，现在看来，这步棋是走错了。

他喝了口酒，开始恨恨地骂丛老板，说他纯粹是个花花公子，成事不足，败事有余，说他除了有几个臭钱，其实屁本事没有。

我说，能把事情做这么大，没点儿真本事不行，另外他也的确付出了辛苦。

他把酒杯在桌上一墩：屁，当初他在市里认识谁？第一次去工商局见头儿还是我领着去的，当时人家打个喷嚏他都哆嗦。能把人家请出来吃饭，就跟过年似的。还有，他怎么认识的费市长？还不是我给引见的。

我说：这么说是你制造了一个神话，这神话又把你征服了。

他垂下头，呆了半晌说：也不只我，他妹妹在电视台当记者，噘着红嘴唇，扭着小屁股，整天往领导堆里扎。要不是有这浪货，他在市里没这么大能量。他们那两套不是钱，就是色，没别的手段。

痛苦和烈酒使他说出了心里话，我听了只是可惜。他本来可以不这么活，可以活得坦然些，平静些。过去一直在我心里隐伏的自卑感，开始慢慢地消失，我感到自己原来很幸福，并不比别人缺少什么。

我说：算了，以后你就踏踏实实地上班，别再想提拔的事。老百姓多着呢，不都活得挺好?

他说：不，这时候认输，我不甘心。

我无法再劝他，只好陪着他喝闷酒。两人喝了一瓶半二锅头，荣光趴在桌上睡着了。

他这个样子肯定回不去了。我把他扶到沙发上，给他盖上一条毛毯，屋里很快就响起了呼噜声。爱人夜里起来，看见一个男人在沙发上躺着吓了一跳，等明白过来是他，不高兴了。她说：这个人怎么这么讨厌呵。

我说：他正走背运，心里痛苦。

爱人说：那是自找的，整天跟狗腿子似的围着老板转，整个一个现代穆仁智。我看你再跟他混些日子，也快成一路货了。

妻子的责备使我整夜没合眼，我开始回想跟从老板交往的经过，我发现有些生活就像吸食鸦片一样，一沾上就再也摆脱不开了。

几天后从老板打电话请我们吃饭，我和荣光都去了。

酒席上荣光和从老板话不投机。荣光觉得自己深夜开车救了他，有功。如今前程却被莫名其妙地毁了，很委屈。他不再像以前那么奉迎他，从老板显然也看出来了，当然不肯吃这一套，酒席间气氛一直不对，总像有个定时炸弹，随时要爆炸。

那天从老板只有一个话题，就是攻击政界的人。说前几天他去市委办公室，一个科长正跟他说话，看见领导来了，吓得急忙就躲。他说：这些东西脸变得比女人还快。

这些本来也是荣光的感受，现在却觉得是在说他。他冷笑说：你别拿女人来比好不好，你有一天能离开女人吗？你要能离开女人，也走不到现在这一步。

从老板抬起头看着他：我就这么比，怎么了?

吕小姐在一旁默不作声。

荣光说：你玩儿谁？你玩了你自己。你拿别人当玩物，在别人眼里你就那么高贵？你看不起政界的人，政界的人又没让你贴他们，是你自己要贴的。

丛老板一时被堵在那里，脸有些发白。

荣光又说：你们经商的有什么了不起，不就是有几个臭钱吗？离了钱你跟别人有什么区别？要是没人看得起你那几个钱，你连屁都不是。

他这话把在场的人说愣了，没人敢这么跟丛老板说话。丛老板显然也不适应这种变化，呆了片刻说：嗬嗬，真是人走了背运野狗都来咬你，看来我在这地面上真是不行了。

荣光也许是喝多了，也许是故意仗着酒劲儿闹。他说：谁是野狗？谁是野狗？这桌上有当过野狗的。你才富了几天呀，就忘了你满街流浪，在垃圾筒里捡馊馒头吃的日子了，那会儿你倒跟个野狗差不多。

我看见丛老板的手哆嗦着，打算把一桌饭菜掀到荣光身上。我拉住荣光：你胡说什么，是不是喝多了？

荣光说：我心里清醒着呢。姓丛的，你不是说要给我解决副处吗？你不是说有办法吗？你的办法呢？你的副处呢？我他妈的对得起你，我为朋友两肋插刀也行，可是不能让朋友要我。我半夜里开着车到省城接你，你操逼我给你把门儿。我哪儿对不起你了？

吕小姐尖叫起来，说：别说得这么恶心好不好？

她很快就平静了。因为丛老板已经站起来，指点着荣光说：我瞎了眼交了你这么个小人。实话跟你说，我灭你就像灭个苍蝇那么容易。我只要给“刀疤”打个电话，你的小命就活不过三天，就算你今天当上副处，明天我也能让你回老家。

荣光不再喊叫，站在那里眨巴眼。丛老板说完一甩袖子走了，别人也跟着走，只留下他在那里呆愣着。我看出他害怕了。

从老板走时没算账，指示领班小姐找荣光要钱。小姐来了，问：哪位把账算一下。荣光突然醒悟了过来似的，说：我算，我算。

我说我算，他却抢着把钱付了。那一桌七八百块钱，他一点儿没心疼，好像付了钱，心里就能平安了。

我扶着他打车回到家里，他突然问我：他不会真让“刀疤”找我吧？

我说：不会，你不值得他下那么大本钱，那搞不好要进监狱的。

我的话使他安了心，他开始说自己的不是。他说丛老板本来是真给他办事，只是突然出了事，这事怨不得人家。他说，我喝了酒，实在太浑了。

我想，这话你应该跟丛老板说去，在这儿嘟囔有什么用。后来我领会了他的意思，说：你放心好了，明天我去给你解释。他不会放在心上的。

万万没想到的是，第二天研究室领导通知他说，市委组织部要找他谈话。接到通知他就忐忑不安。他把这些和昨晚酒场上的事联系在了一起，怎么想也不是好兆头。

谈话其实就是几分钟的事，市委组织部一位副部长告诉他，经过研究，决定让他到常阳县担任副县长。他愣在那里，好一会儿才明白，这就是说他的副处终于解决了。

因为消息来得太突然，他脸上没有欣喜，反而有些想哭。他觉得眼睛和鼻子一阵阵发酸，好容易才忍住眼泪，说：感谢组织，感谢领导的信任。

副部长看出他激动了，安慰地拍了拍他的肩膀说：不用感谢，说实在的，这事多亏了丛老板，听说你跟他关系不错？

他说：我们认识好些年了。

副部长说：什么时候我也认识一下，这个人很讲义气。

回到办公室他就给我打电话，让我在家等他，他来了，没有被提拔后的兴奋，满脸都是愧悔。那模样就好像我是丛老板。

即将到手的权力使他变得谦恭，再也不见昨晚吃饭时那小公鸡似的样子，他不止是对从老板，而是对整个世界都变得感激涕零了。下午我陪他去了从老板那里，从老板不在，我们就在大堂沙发上等着。领班小姐问要不要给我们开个房间，他摇头。要是以前他早让小姐开了。

快六点从老板才从外面回来。一看见那辆奥迪，荣光就站起来。从老板看见了我们，装作没看见，他身边跟着的人也装作没看见。荣光跟在他们身后往里走，他低着头，像个做错了事的孩子来见生气的家长。他的脚步很轻，连呼吸也变得谨慎了。

从老板铁着脸进了总经理室，对跟着的人说：把门关好，小心狗进来。跟着的人关门时，挤了荣光的胳膊，荣光急忙把身体抽回来，我看见他在门口稍稍犹豫了一下，最后还是把门打开了。

我跟着他进到屋里，从老板头也没抬。荣光在周围看了看，小心地找了一个座位坐下。从老板对我笑了笑，说：你也坐。这句话竟然使荣光如释重负，他开始结结巴巴地向从老板道歉。

从老板根本就没听，他对屋里人挥了挥手说：你们走吧。然后拿起电话，荣光愣住了，不知道该不该往下说。从老板放下电话，他才又接上话题。他说他昨天喝醉了，胡说了什么自己也不知道。咱们这么些年，我要说了王八蛋话，大哥千万原谅我。

从老板不说话。

荣光又说：今天组织部找我谈了话，让我到常阳任职。我昏了头，拿着别人的好心当驴肝肺，我对不起大哥。

从老板把身体靠着转椅，一只脚翘起来放在老板台上，说：噢，原来升官了，我说我怎么又成了好人呢。

荣光说：听到这消息我一点儿也高兴不起来，只是觉得对不起大哥。我当不当这官儿不算什么，跟你的交情才是最要紧的。大哥你要不原谅，我就不去常阳，我没脸当那个副县长。

从老板盯着他看了半天，问：想让我原谅？

你要不原谅，我什么心思也没有。荣光指着我说：不信你问他，昨天我一回家就后悔了。

我赶忙证实，荣光说的确有其事。

从老板点点头：原谅你也可以，你得答应我一件事。

荣光连问也没问就说：我答应，什么事我都答应。

从老板说：你跪下，舔一下我的脚指头，我就原谅你。

这话使我大为吃惊，我看见荣光猛地抬起头，脸上显出惶悚的表情。他看了看我，又低下头看了看从老板的脚。从老板的脚翘在那里，脚趾一颤一颤的。荣光的喉结动了一下，一口唾液很响亮地吞咽下去。然后他脸上显出奇怪的表情。他问：大哥，你是跟我开玩笑吧？

从老板说：不开玩笑。

尴尬漫延到了我身上，那一刻我说不清对荣光的感受，我们很小就在一起，他爸是个残废，朝鲜战场上打掉了一条腿，他妈崇拜英雄，不顾家里人反对坚决嫁给了他爸爸。他生下来的时候，他妈给他起名叫光荣。后来才改成了荣光。现在他会不会真舔人家的脚指头？

我想，今天我真不该陪他到这里来，我宁愿瞎掉双眼，也不想看见这一切。不是怕他难过，而是自己难过。

痛苦使我产生了幽默感，我对荣光说：要不我出去一下，给你行个方便？

荣光有些怨恨地看了我一眼，这时从老板忽然大笑起来，他拍了一下荣光的肩膀：走，咱们吃饭去吧。

一次危局转眼烟消云散了，荣光一副如释重负的表情。他抖擞着精神跟在从老板后面，一边走一边悄悄擦着脸上的汗。

吃饭时从老板告诉他：昨晚我真气坏了，回来我要是打一个电话，常阳的事就吹了。想了想，你小子跟我这么些年，没有功劳也有苦劳，我就不跟你这个混蛋计较了。

荣光一副感激涕零的样子。

酒过三巡后，从老板已经彻底忘记了昨天的不快。他不是个小心眼的人，在他没发迹时，让人斥骂是家常便饭，他完全可以不当回事。潜意识里，他可能还为能听到另一种声音而高兴。

最主要的是，他的不快已经被新的兴奋代替，荣光提升是一个信号，说明市领导又开始买他的账了，前一段的危机已经过去，一切已经好转了。

六

靶场工程进展很顺利。人工湖已经挖好，湖心的雄岛也堆积了起来，岛的周围用石头垒起护坡，下一步要打平地基，建起一座宾馆。

这个工程知名度很高，前一段省长来本市检查工作，指名要去看看，市领导只好陪着去了。电视台做了报道，每家每户都看见从老板的秃头在省领导身边闪闪发光。省领导的肯定使市委统一了意见，这时已经不再是费市长一个人支持他，都对这个工程寄予了期望。

从老板的得意溢于言表。他把省长挂在嘴边上，使市里干部搞不清他根基有多深，尽管人们觉得他来路不正，表现出的却都是对他的尊敬。

一切都理顺后，他才对我揭开了谜底，说想让我给他写本书，他的要求只有一个，就是真实。他说：你一定不能光写我的好，要什么都写，让人家一看就知道这是我。这本书要有创业的艰难，要有生活的磨难，要有女人，有色情，有苦有甜，有笑有泪。我死后，要让下一辈人知道，我就是这么个人，不好也不坏。

我笑着说：这比歌功颂德还难呢。

他说：要不怎么找你呢，荣光说只有你，别人都不行。我想让你先了解我，所以当时没跟你说，一说你就光看我的好了。

我心想，你怎么就肯定我会光看你的好呢？也许我写出来的是个人人生厌的角色。我说：真写得像你说的那样，得费不少力气。

他说：你说要多少钱吧。只要你说出数来，我就给。要不然，我送给你一套三居室的房子。

我说：这事从长计议，反正你是写给下一辈人看的，现在你连儿子还没有，着什么急。

他说：也不能拖长了。下个月我就结婚，很快就要有儿子了。

我以为他在开玩笑，没想到一个月后，他真给我送来了结婚请柬。日子是九月八号，荣光正在县里搞夏粮收购，听到消息也赶了回来。

去了餐饮娱乐城，我们才知道这事八字其实还没一撇，因为婚礼就要举行了，新娘还不知道是谁。可丛老板就敢这样办下去。

结婚的起因是这样的，他在省城嫖娼的事被人说漏嘴，传到了他母亲耳朵里。老太太气得病了一场，认定这孩子做这种下三烂事，是因为没有娶媳妇，院里别的老太太也跟她说，娶了媳妇再生个孩子，心就收回来了。

她命令丛老板尽快结婚，要是再不成家，她就不吃饭，饿死在家里。

老太太可能真饿了几天，丛老板答应了。他说：娶媳妇还不好办，你说吧，你看上哪个，我就娶哪个。

老太太说：放屁，你娶媳妇，又不是我娶。就你不争气的样子，我看上的肯嫁给你吗？

丛老板说：那好，我把我看上的领来，让你挑还不行吗？

老太太没听懂他的意思，稀里糊涂地点了头。第二天他领着八个小姐回了家，让她们一个一个地在老太太跟前走猫步。八个女孩子打扮得花枝招展的，在家里嘻嘻哈哈地笑，她们一个跟着一个走到老太太跟前，说：

大姨，您好。

大姨，您辛苦。

老太太开始看见他领来这么多漂亮的女孩子，还高兴地笑，后来明白过来是怎么回事。气得拿起鸡毛掸子抽他。说：老娘天天给你操心，你耍开老娘了。

从老板被抽了两下，回身抓住掸子说：妈，我不是开玩笑，你看上哪一个，我真的娶她。不信你问她们。

那些姑娘们就笑着证实，从老板说的真是那么回事。老太太没见过这个，气的当时就晕了过去。从老板把她送到医院，她醒过来后说：你的事我再也不管了，你爱怎么着就怎么着吧。全当我没你这个儿子。

从老板却真动了结婚的念头，因为他想要个儿子，他挣下这么大一份家业，总得交给一个人，不然不是白挣了吗？

这时八个小姐都要嫁他，他倒不知道怎么办了，这八个小姐他都睡过，要不娶都不娶，娶了一个，另外七个就不干。本来他想把这难题交给他妈，现在老太太不管他这个事儿了，难题就到了他身上。

我去的那天，是婚礼的前一天，八个小姐都在他屋里，有的脸上挺平静，有的噘着嘴不高兴，还有的笑嘻嘻的。她们看见我都好像没看见似的。

这些小姐有两个我认识，一个姓霍，原来给他当过秘书，后来他出钱让她另外开了个商店。另一个是钱小姐，就是那个“明星”。其他六个我都不认识。我想跟钱小姐打招呼，看她正低头摆弄腕子上的手镯，就打消了念头。我想她心里肯定不是滋味。

我注意到吕小姐不在其中。嫁给从老板等于嫁给了上千万财产，但她对这个不感兴趣，或者她不喜欢这种游戏。

我至今还记得第一次看见吕小姐的情景，当时觉得屋里一下就亮了，现在显然没这种感觉。女人就是这样，在某个场合单独看，可能一下子就被吸引住，现在八个美女站在一起，看见的反而是缺点。这就像吃饭一样，饿了吃什么都香，饱了吃什么都那样儿。八个美女站在一起，眼睛就饱了。

我觉得她们都不如吕小姐漂亮，有一个身材不错，可惜嘴大了。那嘴很性感，我暗暗叫她阔嘴。还有一个长得像某个逃税的明星，我叫她欠税。最吸引我的是一个面容忧郁的女孩子，她在这些小姐中显得与众不同，我叫她“忧郁”。看着这些女孩子我心里难过，怜香惜玉的心情涌了上来。她们站在屋里的角落里，显出落寞的样子。女孩子怎么能这样嫁人呢？

八个女孩子堆在屋里，成了一道难题。我不知道丛老板怎么处理，看他那样子并不发愁。他咧着大嘴冲电话嚷：再不拉过来，我的工地就停工待料了……行，不就是一顿饭的事吗？……操，别跟我来这一套呵，哥儿们没对不起你过。不信你打听打听姓丛的去，什么时候亏待过朋友……好，再见，再见。

他一会儿指挥工地的人，一会儿联系某个管理部门的领导，就好像屋里没这些女人似的。我想，人家这才是干大事的人，把这么多人玩弄于股掌之上。

放下电话他对我说：快请坐。你看我这儿，快成人铺子了。

我说：听说丛总要当新郎了，恭喜，恭喜。

他哈哈大笑，说：郎是新的，家伙是旧的。

我用眼睛扫了一眼，见那些小姐有的扭了脸，有的低着头笑，还有的显出一脸冷漠。于是我身上的尴尬也随之消散。人家都不尴尬，我算什么呢？

我问他婚礼准备的怎么样，有没有需要我帮忙的。他说：也没什么准备的，明天餐饮娱乐城对外停止营业，婚宴就在那里举行，晚上歌舞厅和多功能厅里举办舞会，保龄球、游泳馆都开放，随便玩儿，会议厅放电影。咱们天天就是干这个的，这次就是给自己服务一回，算不了什么。

荣光说：让我们干什么，你就说话吧。

从老板给荣光的任务是，给市里有关部门打电话，请柬已经发出去，电话再问一下收到没有。给我的任务是体验生活，将来在书里对婚礼大书一笔。他说：你想看什么就看什么，想找谁就找谁。

我说：我还是先干点具体事吧。他又说，明天市里两家电视台要来录像，书画界朋友还要即兴挥毫，让我负责联系和接待他们。

他让小姐给我们在楼下开了房间，说晚上可以在这里睡。我在房间里给那些记者、画家们打电话。打了一会儿电话，觉得很没意思。我想起鲁迅先生曾用一句很精典的话形容过我们，叫：资本家的乏走狗。这个“乏”字用得好呵。不知道荣光乏了没有，反正我是乏了。

打开电视，看见某主持人正采访小岗村农民，问他们当初怎么冒险在全国搞起大包干的。我想，他们也是生计所迫，想让生活过得好一点儿。怎么也想不到二十年后成了英雄。

我想起二十年前，我和荣光都为单位不支持我们上电大苦恼。荣光说不学了。我说：宁可让领导不高兴，也要学下去。为此我失去了一次提拔机会。二十年后我们在这个宾馆里，给一个既精明又可笑，既有创业魄力，又有几分市井无赖的老板当跑腿的，成了鲁迅先生嘲笑的那种人。

我换了一个台，主持人在采访马胜利，这个名字曾经在全国很响，人们都叫他马承包。现在他在街上开一个小小的店铺。我佩服他能上能下，但看见他总有一丝英雄落魄的感觉。

轰轰烈烈的失败也是财富，可是，真正的历史也许并不是这些人写的，倒可能是那些上不得台面的人，也许就是我、荣光、从老板、吕小姐。

电话铃响了，我拿起听筒，里面是吕小姐好听的笑声。我问：你在哪儿。她说在隔壁。我马上到你那边，方便吧。我说：方便，我这儿什么时候都方便。没有在那八个小姐里看到她，使我对她产生了好感。门铃一响，我打开门，她笑盈盈地走了进来。

我问：你怎么在这儿？

她说：你说我该在哪儿？

我说：你该在楼上，钱小姐她们都在那儿呢。

她撇了撇嘴说：我才不想嫁他呢。钱小姐是傻波依。那些女的都是傻波依。她们以为嫁给他就能过好日子了，好日子是这么容易来得吗？

说着她点上一支烟。我看她情绪还是有些激动，不过她抽烟的样子很好看，有一种魅力。女人抽烟总是很动人。

她的裙子很短，一条腿叠在另一条腿上，修长的大腿非常好看，她问我刚才正在看什么，我说正在看记者采访小岗村的农民。她说：我刚才也在看，说出来你可能不相信，我都哭了。

我问她为什么哭。她说：觉得自己渺小呗。

我知道她说的是什么意思，说：我也渺小。

她说小岗村那样的日子她们家也过过，她的父母就是农民，小时候她就在村里长大，后来才跟着哥嫂到了市里。她说：我有时候觉得自己没有错，谁都想过好日子。人生在世，皆为利来，小岗村的人冒那么大风险，是为了过好日子，我也是为了过好日子。可是……

她眼睛一红，一行泪水流了下来，很快又恢复了正常，她说：我反正就是这样了，破罐子破摔吧。

她起身去了洗手间，一会儿再出来又变得光彩照人，她身上一股香粉的气味，这使我有些不安。我想起了许多文学作品中写过的人，像曹禺的陈白露，易卜生的娜拉，她跟这些人都不一样。惟一相同的是，都有那种令人不安的东西。

眼泪使我对她放松了警惕，我知道她和我实际上是一类人，我们都在为一件事痛苦，就是不知道要什么样的活法。过以前的日子，觉得很亏，过另一种日子又觉得不安。我们都不肯抛弃现在的享乐，又向往以前的清白。

我想起荣光在酒醉时骂丛老板的那些话，当时我暗暗为他喝彩。那一瞬间的荣光，和后来那个感激涕零的荣光，哪一个更真实？回到家里扪心自问，他自己更喜欢哪一个？

到了吃饭时间，丛老板打来电话让我们到西柏坡。走在大厅里吕小姐忽然挽住我的胳膊，我知道她是故意给人看的，上电梯时我借故甩开了她，她也不在意。吃饭时她谈笑风生，她给丛老板敬酒，预祝他新婚愉快。

丛老板说：有你我就愉快不了。

她突然正经起来：你这是什么意思？

丛老板说：因为我最想娶的是你呀。

她说：那还不好办，你娶呀。操，这对你算不了什么大事。说着她坐到了丛老板身上，非要跟他喝一个交杯酒。她说今天你就是我的人。他们把胳膊弯起来，互相勾在一起一饮而尽。桌上的人一齐喝彩。

晚餐吕小姐喝了好些酒，说了许多出格的话。她显然比荣光精明，知道怎么把心情表现出来，又不出大格。丛老板很有涵养地容忍着她。我疑心她不是故意要让丛老板难堪，而是想让丛老板感动。她在房间里对我说自己渺小，现在却把这渺小表演得很精彩。

吃完饭各自回了房间，荣光说还有几个领导没打通电话，我则跟市书法家协会的主席联系，问他省里一位著名的书法家明天能不能来。忙完以后我们到了他的经理室，看他干最重要的一件事：决定在八个小姐中娶哪一位。

他用的是最简单也最传统的办法，写了八张纸条，团成一团，让她们八个抓。这事有点儿像玩笑，到了这时几个小姐也都认真起来。她们互相推来推去，都不肯第一个抓，丛老板说：快，快。要是不想抓就算了。她们才不再推了。

她们伸手时都做了个夸张的表情，有的抚着胸，深深地吸一口气，有的默默地祈祷，还有的先跟丛老板握一握手，说丛老板有福气，要沾他的好运。

打开纸条后，有的捶胸顿足，有的默不作声，还有的摊开双手翻一个白眼。这时已经不是在表演，而是掩饰不住地显出内心的失望。前面七位都没有抓到那个“娶”字，最后剩下的是那位面容忧郁的小姐，她不情愿地伸出了手，其实这时人们已经知道结果了。

小姐们用嫉妒的目光看着她，把她当成了幸运者。我发现，在这样的时刻她并不快乐。别的小姐装出无所谓的样子，嘻嘻哈哈地一哄而散。她却坐在那里抹起了眼泪。荣光说这是激动的，我说不是，是难过。我对荣光说：你很危险，因为你已经丧失了理解正常人心理的能力。

荣光说：你少跟我扯这个鸡巴蛋。操，你以为你就正常吗？

我说：我也不正常。

我发现，这个晚上人们的火气都非常大。大家表面上陪着主人快乐，其实心里都有一肚子火。时间已经很晚了，我们回到各自的房间休息。一天的紧张使我睡不着觉，心里很累，大脑却停不下来。我的眼前总是闪过那个叫“忧郁”的女孩，她哭泣的样子使我安静不下来。

我索性不睡了，打开电视看香港卫视。一位漂亮的主持人正在谈女人是怎么回事。她谈的头头是道，其实有多少女人，就有多少种女人的活法。你的理解总是在生活的后面。

半夜里门铃响，我问：谁。外面没人回答。我正要走开，门铃又响。我又问：谁？还是没有回答。我本能地猜到这是吕小姐，打开门，果然是她站在外面。我的门刚开了条缝儿，她就像条鱼一样无声无息地滑了进来。

她身上只穿了件睡衣，走进屋里就直接钻进了我的被窝。她解释说：我身上太冷了，你要不愿意，就在外面光着身子坐着。

我没说话，也钻进了被窝。她说：这就对了。拒绝女人是不礼貌的。

我说：这本来就是我的被窝，凭什么让你把我赶走。我这么说时声音有一些哽咽，不管怎么说，我还是紧张了。

她说：我太坏了。我在勾引一个纯洁的男人。

我说：不。从见到你那天起，我就被你吸引了。

我解开她的睡衣，开始轻轻地抚摸她，她的前胸饱满得像一颗熟透了的蜜桃，一丝甜香沁入我的心脾。她的乳房沉甸甸的，鲜红的乳头很大，乳晕也很大，好像随时都会有奶汁喷射出来。我想说一句什么，却说不出来。我使劲儿吞咽着唾沫，听见嗓子里发出很响亮的声音。这让我尴尬，生怕她听到这声音。

我试探着向下抚摸，她的大腿沁凉滑爽，皮肤有着丝绸般的感觉。我的手指滑行过的地方，身体发出音乐一样的声音。接着我听见了一声呻吟。她的面部涨起潮红，微微地闭上眼睛。我懂得这是女人的身体语言，这种时刻没别的选择，因为你做与不做都很卑鄙，不做甚至比做了还卑鄙。

那种时刻是不顾一切的。我把她的睡衣和被子都蹬到了地上，屋里开着空调，事后我觉得鼻子不通气。我的身上都是汗。一种虚脱般的感觉。

我无力地从她身上滑落下来，感到一丝困窘。体力恢复以后，仇恨和尴尬也慢慢滋生出来。我第一次产生了堕落的感觉。这个女人改变了我的一生。

吕小姐坐起来，点起一支烟。刚才高潮时如痴如醉的表情不见了，她的脸异常白皙、冷酷，甚至浮起一丝冷笑。我忽然悟了出来。我说：你在报复。

她没有点头，也没有反驳。

我说：我明白，你现在一定很痛苦。

她冷笑一声：我痛苦什么。真正痛苦的是他。你想想，一个把自己婚姻大事弄成恶作剧的人，心里会幸福吗？别看他一副自以为是的样子，其实根本就没拿自己当人看过。

我说：不管怎么说，你爱过他。

她说：现在早没了那种感情，每次听到他那些烂事，我就觉得自己不值钱。现在我不在乎了。听到他要结婚的消息，你知道我怎么想吗？

我问：怎么想？

她说：在他结婚那天，街上找一个不认识的、最穷、最肮脏的人睡觉，让他们干我。

我吃惊：你把我当成这样的人？

她说：别误会。我的意思是，任何一个人都比他干净。

她忽然哭了。她说：你知道我这些年经受了多少失望？我是忍着泪欢笑。有时候我就想，假如我是垃圾，还怕别人脏吗？他能睡多少女人，我就能睡多少男人。可我到底是个女人，有些事我做不出来。

虽然她的解释很真诚，我还是摆脱不开受伤的感觉。她实际上是以这种方式，把我和丛老板都羞辱了。

她告诉我说，一切都是从她母亲去世决定了的，为了逃避后母，她跟着哥哥来到市里。哥哥结婚后，她总觉得在家里是个多余的人，她迫切地想离开哥哥家，想独立生活，于是就认识了许多男人。

她说她在认识丛老板前，从来没失身过。她是个聪明女人，知道什么时候有危险，看见了丛老板，她一下失去了全部警惕。

几乎就在他们发生关系的同时，丛老板告诉她不能娶她。因为他到现在都忘不了初恋的女人。他为她坐了二年监狱，从那以后就再也不想结婚了。

那时她反而很感动，以为看到了一个真正懂感情的男人。他对她说：你是个纯洁的女孩，应该找个真正的好男人。我除了有钱，没一点可取之处。连我都看不起自己。我认识的女人太多了。

她说：后来我知道了他好些事，心里很难受。我问他，你是不是要报复所有的女人。他说，不是，这只是需要。男人不能没有女人，就像不能不吃饭一样。我说那你就是玩弄我们，他说你说得那么难听干什么，随你怎么想，如果你不愿意，就离开我。

她说：我当然不会离开。该失去的我都失去了，不离开我也再失去不了什么。我不会轻易放过他。

我问他：这一次你没想嫁给他吗？

她说：你以为他真是抓阄？他那套东西我明白，只是没说破他罢了。他不会娶我，他想娶的是那种傻女人。

过了一会儿她又说：其实从另一方面看，他对我也不错，这次给了我三十万块钱，我没要他的，我让他给我在靶场那儿建个商店，我也尝尝当老板的滋味。要三十万太便宜他了。

从老板花了钱，却想不到吕小姐会这么想，他在这女人面前输得干干净净。我想不论财富，还是对美色的占有，对从老板来说，可能不过是笼罩着他，他从来没有真正拥有过。

吕小姐在我被子里呆了很长时间，天快亮了才回到自己房间。临走时她点上一支烟，插在我嘴里。她在我额上吻了一下，祝愿我做个好梦。实际上她走了以后我就噩梦不断。天亮醒来，身上特别疲乏。

第二天的婚礼并不顺利。晚上在家哭泣了一夜，一清早新娘子忽然改了主意，不想嫁给从老板了。

从老板得到这个消息后，气得在经理室里大发雷霆。这次他是真愤怒了。他跟荣光那次在饭桌上吵起来，也没这么生气过。

他拍着桌子喊：怎么，想晾老子台是不是？想让老子在别人跟前出丑是不是？他妈的，老子娶你是看得起你，什么样的女人老子没见过，离了你这个臭鸡蛋，我还做不成槽子糕了？

女孩子在沙发上哭着，低着头，不停地抹眼泪。她的眼睛已经哭红了，肿得像个水蜜桃。

大厦里的几个女人围着她，七嘴八舌地劝解。她们说：这是多好的事，你跟从总真是天上一对，地上一双，比牛郎织女还合适呢。

她们说：你跟从总结了婚，就是这儿的老板，这家业也有你的一份。多少人实现不了的梦想你一夜就实现了，以后市里哪个人不敬你？

你看看，谁嫁人能有这么大排场。凯迪拉克、奔驰接亲，连市领导都要出席婚礼，当女人的还要怎么风光？还要怎么体面？

你想想，事儿要是办不成，跟市里人怎么交代？从总可不是一般人，这可不是开玩笑的事。

她们劝了半天，女孩子只说了一句：我觉得，谁都看不起我。然后就又痛哭起来。

又一番劝解声浪响起来：怎么会呢？……你可真是生在福中不知福……别听人们说闲话，你打个颠倒想想，看看她们是不是嫉妒你……

从老板拍了桌子：算了算了，别吵了。这个婚礼我也不办了。小李，给我往机场打电话订票，明天我就去香港。

这一下大家又放下那个女孩子，围着他劝解。

吕小姐就在这时走了进来，屋里人安静了。吕小姐说：瞧你们咋咋呼呼的，有什么大不了的，不就是我们妹子一时想不开吗？我跟妹子好好说说。来，妹子，你跟我到这边来。

吕小姐把女孩子领走了，屋里人也纷纷散去。从老板两手捂着太阳穴，胳膊肘儿支在桌面上。他的脸被人为地拉长了，成了一种奇怪的样子。沉默了一会儿他对我说：我早就说过，不能结婚。女人你要是不娶她，都老实着呢，一娶腻味事就都来了。

不知道吕小姐施了什么法术，女孩子同意了。另一间屋里，美容师正在等着，这边一说通，美容师立刻就赶过去化妆。据说化妆时女孩子还在不停地流泪。化好了的妆一会儿就冲了，只好重新再来。

十点半，我和荣光到了餐饮娱乐城的大厅，等着接待自己负责的客人。大厅里已经来了很多人，握手，寒暄。每个人脸上都挂着笑。有几个是我认识的书法家，我给他们安置到了一张餐桌上。

大厅外面吊着喜庆的宫灯，门口铺着长长的红地毯，红地毯旁边是两排花篮，落地窗户上贴着两米高的“囍”字，马路便道上放着两个巨大的气球，每个气球上的“囍”字，都有一间房那么大。

大厅里拉着彩练，到处摆满了鲜花。这个喜气洋洋的大厅像一张张开的大口，吞咽着涌来庆贺的人。到的人比预想还多，大厅经理不得不临时加了十几张桌子。我听见一张桌上有个女人说：听说今天市领导全参加，连省领导都要来呢。

另一位说：他们这样的人办事，领导能不来吗？来了都不白来。

我慢慢走到另一张桌旁，听见有人压低声音问：知道新娘是哪儿的吗？

不知道。人家说是哪个领导的亲戚。

不是费市长的亲戚吧？

不是。好像比费市长都大，现在都愿意嫁老板，嫁老板享福。

对方不以为然地摆摆手：我有女儿，绝不嫁这样的。

我有女儿也不嫁这样的。不过现在女孩子都愿意嫁这样的，嫁到老百姓家能有这份气派吗？

十一点多，外面响起了鞭炮声。新郎和新娘走进大厅，大厅里安静下来，人们站起来看新娘长得什么样儿。新娘一化妆的确光彩照人，两个眼睛盈着泪，知道的是刚哭过，不知道的还觉得水汪汪的，越发有种楚楚动人的魅力。

餐饮娱乐城的几位小姐往他们身上抛洒着彩屑。新郎彬彬有礼地向大家点头示意。他头上戴了假发，显得比平时年轻，个子也好像比以前高了。举止风度都不是以前那个丛老板，显得有教养多了。

市电视台的两位著名节目主持人主持了婚礼。他们说，在香港回归的大喜日子里，我市又迎来了一件大喜事，就是我市著名企业家丛森先生和毛惠娟小姐喜结良缘，让我们大家表示衷心的祝贺。

大厅里掌声雷动。

下一项是介绍人、证婚人讲话。介绍人是荣光，证婚人是费市长，费市长没有来，临时换了市计委一位领导，他们说得很简单，都是祝愿的话。主持人又让新郎新娘谈恋爱经过，丛老板摆了摆手，主持人发现他情绪不高，就取消了。

丛老板情绪不高是因为市领导都没来。本来答应了要来，不知为什么，吕书记和费市长都说有事，不来了，其他领导听说他们不来了，也不来。下面的部门领导原来觉得这是个和领导接近的机会，现在领导不来了，他们很扫兴，好像上了丛老板一当。

酒过三巡后，新郎和新娘给各个桌的客人敬酒。人们站起来，纷纷说着祝福的话，把杯里的酒干掉，用杯底照着他，让他看是不是够意思。这情景多少感染了丛老板，他也接连喝了几杯，然后让主持人安排歌手唱歌。

乐队是市歌舞团的乐队，事先已经请好了。这边一挥手，那边乐声就响起来。先是一段婚礼进行曲，然后市歌舞团一位女演员款款走到麦克风前，唱了一首《在希望的田野上》，接下来是一首男演员和女演员的二重唱《纤夫的爱》。唱到“让你亲个够”时，大家一齐鼓掌。

荣光唱了一首《掀起你的盖头来》，唱的水平很低，唱完以后掌声稀落。唱得最好的是吕小姐，她的一首《阿哥阿妹情谊长》，悠扬动听，不让歌舞团的专业演员。唱完以后，大厅里响起经久的掌声，许多人喊：再来一个，再来一个。

吕小姐脸色绯红，向大家鞠躬致意，却没有再唱。

丛老板也鼓了掌，他眼神直直地看着吕小姐。这时的吕小姐非常动人，从老板肯定想起了以前的许多事，但是他不知道，吕小姐昨晚已经把他彻底埋葬了。

下午的婚宴比中午还热闹，一直持续到十点钟还没结束，有几个人喝醉了，他们声称是从老板中学时的朋友。有一位说：从老板想当年借了我三百块钱，到现在都没还我。现在他发了财，忘了我们了。让他过来，领着他那小娘儿们陪我们喝一杯。

另一位说：让他过来。什么从总，不就是从老二吗？想当年他在厕所里还跟我比过鸡巴呢。

荣光听见说得不像话，赶紧推他们走。这些人不走，说：让从老板过来，我们再走。从森，你过来。

从老板躲开了，他看着荣光等人半推半扶地送那几位上了出租车，脸上露出一丝嘲讽的笑容。

酒宴还没结束，楼上的多功能厅就开始了盛大舞会。来跳舞的大都是机关里的小科长，过去让这里的小姐陪舞都要付台费，现在免费供应，比喝酒还有诱惑力。他们早早就放下酒杯，来这里等着了。

主持人致辞之后，音乐响了起来。大家开始都不动，等着新郎新娘入场。从老板和新娘一下到舞池，周围响起一片掌声，接着人们纷纷上场，一对对男女翩翩起舞。

歌舞团的乐队和歌手们也到了楼上。他们奏着乐，唱着一首首祝福新人的歌。有些歌手还主动邀请客人跳舞。从老板和新娘的身影很快就被人们淹没了。

我和荣光整整忙了一天，现在都有些累了，但是吕小姐兴致不减，主动拉着我下了舞池。

我说：你今天唱得真好，人们都服了。

她说：我就是要干扰他一下，让目光转移到我这儿。

我说：你达到了目的。

她说：这不算什么，待会儿我告诉你个惊人的消息。

说到这儿，舞曲结束了。下一支舞曲响起时，她已经被别人邀走。我看了看周围，所有的女舞伴都下了舞池，我只好落寞地坐在那里，想吕小姐将要告诉我的是什么消息。

新郎新娘刚才还在跳舞，一转眼就不见了。我问荣光，荣光说不知道。我急于知道吕小姐要告诉我什么消息，想和她尽快离开这里，我想走以前应该跟新郎打个招呼，找遍了舞厅各个角落，都没有他们。

后来一位小姐把我带到一间小会客室，我轻轻打开门，看见新郎和新娘果然在那里。新娘坐在门口的沙发上，身上的婚纱已经卸下来，显得瘦小、孤单，像个被大人遗弃的孩子。

新郎则坐在最里面的角落，两个人好像互不相识。我走到丛老板跟前，见他已经睡着了。他的头低垂着，一丝涎水从嘴角流下来，挂在西服上。因为坐得不正，西服歪歪扭扭的。我突然想到，不管他是个什么样的人，有一点可能和我们是共同的，那就是累了。

我推了推他，他醒了，说：快坐。

我问：累了吧。

他说：不累。来，我正有个事儿要告诉你。说着他甩下新娘，领着我到了另一间办公室。

他从抽屉里拿出一张纸，告诉我明天北京将有一个广告公司到这儿来，他打算在高速公路收费站附近，给即将建成的射击场竖起一个二千平方米的巨幅广告牌，这些人就是来跟他洽谈这件事的。

纸上写着的，是广告公司拟出的二十多条广告词，他让我从中选一两个。如果没合适的，再重新拟一个。

我答应了他。

他说：现在工程那边问题不大了，从现在起得把精力转移到宣传上。宣传上不去，开业后冷冷清清，以后还怎么做？得造成一种声势，把周围城市的客户都吸引过来。

他的确是个敬业的人。我说：今天是你新婚的日子，还在想业务的事？

他说：就是个形式罢了。我本来不想结婚，后来发现不结婚有好多不便。

我知道上次在省城出的事给他找了麻烦。他想用这个办法树立新形象，给领导们解除顾虑。不过，抓阄的办法怎么想也有些出格了。

我说：你真是个特别的人，竟想出抓阄的办法。你能保证手气那么好，抓到最喜欢的女孩子？

他说：那是个魔术。那八个条子上都没写着“娶”字，真正的“娶”字在我手里，我想给谁给谁。他说着给我表演了一遍经过。

这个谜底除了我，只有吕小姐猜到了。她不是个简单女人。

荣光跟从老板跑了这么些年，也看不透真正的从老板。他的眼睛只注视着钱和权力，真该让他到这儿听一听。我问：广告的事，用不用跟荣光说？他在这方面脑子比我灵活。

从老板说：别理他，他干不成什么。

我说：他现在是副县长了，怎么也比我水平高。

从老板轻蔑地哼了一声：他自以为聪明，实际上是个笨蛋。他在政界已经到头了。

我问：为什么？

他以做生意的口吻说：因为我看透了他。这种人你要倒霉了，明天就朝你落井下石。那天喝酒我看清了一个人。本来想跟他翻了，想了想觉得不值。他不是想当官吗？就让他当一个。以后他会像狗一样在我面前服服帖帖，彻底翻了，我以前不是白在他身上下功夫了。只是以后，我再不会给他出力了。

他一边说一边挠了挠头皮，大概觉出那不是他的头皮，把头上的假发摘了。重新露出的秃头显得很刺眼，原来那个风度翩翩的形象不见了，一个真实的新郎显了出来。秃头给他带来的不止是苍老，还有油滑，凶狠，甚至有几分无赖，但是却显出了精明，干练。

他对我说：在我眼里，你比他强得多。现在我身边这些人，没有一个有你这素质的。我喜欢你不卑不亢，喜欢你总是动脑筋，喜欢你不爱钱财，你现在只是不习惯我，对我还有种种顾虑，我丛森会让你了解我的，以后咱们会坐在一辆车上。你信不信？

他说得那么肯定，我无言以对。反驳他没有必要，只是一瞬间，我心里的反感涌上来，他显然把我当成了某个工程的一部分，他那份自信就像在筹建着另一个靶场，知道他在那里投下的诱惑会起作用。

我再一次祝愿他新婚快乐，他把我送到外面，我看见新娘正在走廊里等着。他送我时，新娘走在他身后两三步的地方，显得单薄、瘦小。我说：你不要送了。然后走出了餐饮娱乐城。

马路边上停着一辆出租车，我进到车里。我本来想在车里给吕小姐的手机打电话，却发现吕小姐已经在车里了。她说：我等你半天了。

她脸上笑盈盈的，我没说话。车开到我家门口，我们下了车。两个人在夜风中站了一会儿，我看了看表，已经是深夜两点，我说：你是不是来告诉我那个惊人消息的。

她笑了。

我说：你说吧。

她说：其实明天你就能知道，不过我想让你早几个小时高兴高兴。你知道今天费市长为什么没来吗？他已经被检察机关抓起来了。现在，村里的农民正聚集在靶场周围，准备把丛老板建的那些设施都推倒呢。

好长时间我才问：你怎么知道我听到这消息会高兴呢？

她说：因为我知道，这世上真正的坏人很少。

我问：那什么人多？

她说：软弱的人多。她说完这话哭了起来，我看见夜风把她的头发吹起来，她把脸转向一边，听任脸上的泪水一直流着。

我的目光越过她的脸，恍然看见，成千上万的农民聚集在靶场周围，随着他们“一——二，一——二”的呐喊声，靶场的围墙轰然倒塌。我感到身体燃烧起来，细小的火焰在我血管里飞蹿，连我自己也没有意识到，身体里原来隐藏着这么多愤怒，这愤怒一旦燃烧，就仿佛要把自己焚毁了一般。

那个晚上我再一次彻夜不眠，两年来的经历一幕幕从眼前流过，我亲眼目睹了自己从一个清贫文人，成为一个大款的食客的过程。我在享受别人提供的优越生活时，忘记了起码的荣誉感。吕小姐的消息点燃了我的渴望，恢复了我固有的是非感和道德意识，我看到世界正在恢复它应有的秩序，香的，臭的，新的，旧的，都回到了应有的位置，使人容易辨别，最重要的是，我感到了一种叫做希望的东西正从我心里冉冉升起。

早晨醒来我情绪很好，没有失眠后的焦躁，反而神清气爽。我吃了早点以后来到街上，等着别人把那个好消息证实给我。

事情并不像吕小姐说的那样，人们的脸上都很平静，我听见费市长还在视察工作，许多人还在为不能得到他的垂青而苦恼，容易市正在以它惯有的节奏，一如既往地行进着，没有什么改变。我走到丛老板的靶场，看到还在热火朝天地施工，它周围的围墙没有被人推倒，还牢固地矗立在那里。

我打吕小姐的手机，手机关了。呼她，寻呼小姐说“机主不在服务范围”，后来别人告诉我，她去了外地。

我想，她是不打算在容易市呆下去了，她在走以前把一个梦留给了我，然后自己扬长而去。

疲劳一下就袭倒了我，我回到家里，在床上大睡了两天。我再一次感到了文人的单纯，一个小姐的梦想就可以欺骗我，那还有什么不可以欺骗我的呢？

其实我的失望完全不必要，因为没过一周，她的消息就被陆续证实了。当然，实际发生的事还是与她说的有出入，比如抓这个案子的不是检察机关，而是纪检部门，听说中纪直接过问了。费市长也不是被抓起来的，而是被“双规”了，让他在“规定时间，规定地点”交代问题。不管怎么说，这也足以让市里人激动不已了。

这些消息最初被证实，还是在从老板那里。那天他突然打电话叫我，说有一份材料想让我帮着看一下，我打车去了。他告诉我说，费市长已经完了。

我装出不相信的样子，说：不可能吧？

他说：怎么不可能，这事是中纪委直接抓的，别说一个费市长，就是十个费市长也跑不了。

我问：那怎么办？

我极力想在他脸上找出恐惧或沮丧，可是没有。他大大咧咧地说：这有什么怎么办的，他是他，我是我，我该怎么着还怎么着。

他把桌上的材料递给我，我看了一眼，是揭发费市长向他索贿的。那上面写了费市长向他几次索贿的经过。我抬起头看着他，不知道他为什么要这么写，据我所知，费市长从来没向他索过贿，都是他自己主动的，以他跟费市长的关系，难道这时候也要落井下石吗？

他说：你这么看我干什么，难道我就不能反腐败了？他妈的，我的钱往外拿你以为心里好受，实话跟你说，我比谁都痛恨腐败。你没听人说吗？人最难受的两件事，一个是割自己的肉，一个是拿自己的钱。他妈的，我早就知道姓费的有这么一天，这一天终于让我等到了。

我无言以对，只好低下头看那份材料。我总觉得这一切不对劲儿，似乎这么宣泄快乐的应该是我，而不是他。怎么一切都反了？

他说：我知道现在有些人在高兴，以为费市长倒了，我就完了。我要告诉他们我不会完。费市长可以倒，我永远不会倒，我给社会创造了财富，我给市里人安排了就业，我花的钱是自己的，我就是挥霍过，挥霍的也是自己的财产。腐败的是他们，而不是我。

我一字一句地看着那份材料，意识到这仅仅是他的权宜之计。他要用这种方式保护自己，他也可能是自信的，可是他的紧张和自信一样多。

费市长栽了绝对是他的损失，不管他在外面有多少关系，真正的靠山还是费市长。他不可能不痛苦。他越是想证明自己无所谓，就越是证明了他的慌张。

我有些恶意地问：你不是说要在政界打出天下吗？现在连本市的基础也丢了。我掂着手里的材料说：你写这样的东西，以后市里哪个领导还敢再接近你？

他想了想说：我当然不会现在就把材料送出去，这只是其中一个办法。你太多虑了。你放心，只要有吃的就不愁没有耗子。难道我手里有钱，还怕送不出去？只要想送，就没有送不出去的。丢了一个费市长，我还能找出十个费市长来。

他站起来，在屋里来回踱着步说：你给我把这材料再改一遍，这事不能让打字员打印，自己抄，抄写三份，一份咱们留着，另外两份当然不送更好，如果真需要送时，就等时机送上去。我要让他们知道，我丛森在这个世上混，凭的是自己的智力，他们永远也奈何不得我。

和他的自信相比，我是懦弱和犹豫的。我想起了吕小姐的话，她说这个世界坏人并不多，多的是软弱的人。我不知道该不该给他修改和抄写这篇东西，虽然我极不情愿，可是想到拒绝会得罪他，我无论如何也自信不起来。

陈宗辉的故事

祁 智

一

陈宗辉大专毕业后到市财政局工作。他被安排到老干部处，处长是局党委副书记兼的。书记是局长，局里只有一个副书记。副书记原来是副局长，是局长的上级，而且提拔过局长，只是被年龄卡住了，就做了副书记，成了局长的下级。因为有这一层关系，又因为副书记年龄过线了，不会有什么威胁，局长就把许多本该是自己牢牢抓住的事，交给副书记管，比如纪检、办公室，既从繁琐的事务中解脱自己，又尊重了老领导。这样，加上党务、工会、共青团、老干部处，副书记整天忙，而且不说累。距离退休不足两年了，副书记却迎来了人生最辉煌的时期。看他的热情和干劲，如果不是一刀切，他还真能当一把手，再干上一两届。

老干部平时并不到老干部处。如果没有特殊情况，只有发工资的时候，老干部才会来局里一下。来一下，也不是就一定到老干部处来。一般来说，他们对“老干部”这三个字比较敏感：曾经是干部的，现在已经不是干部了，就要显得超脱、知趣一些，尽量回避“干部”，表示自己不倚老卖老、不碍手碍脚；曾经只是相当于“国家干部”，实际上连副科长都不是的，当然更不能朝“干部”中凑。老干部的工作，说到底，就是工资、福利、娱乐、生老病死等，这些工作都可以由办公室或者工会负责，老干部处完全可以不设。但是，设和不设是截然不同的两种态度，无论从政策上，还是从人之常情上考虑，都有设的必要性。因此安排一间办公室，安排一个工作人员。机关常常这样，安排出来的部门，都是必要而不重要。所以，一听说局里要来一个大专生，原来的工作人员就要求离开老干部处，把位置空出来给陈宗辉。

副书记没有时间管，老干部不常来，而工资、福利、娱乐又不是天天有，生老病死的事也不是天天发生，老干部处就比较冷清。老干部处惟一的工作人员陈宗辉，就处于可有可无的状态。他一杯茶、一张报纸。有时候也串串门，但看到其他人都在忙，他只好缩回办公室，继续喝茶、看报纸。过了几天，他搞明白了，老干部处没有什么油水，几乎没有什么前途。都是和离退休的老人打交道，有什么油水和前途？不被他们缠住就算幸运了，所以没有人愿意到老干部处。他心里不免会有想法，觉得局里欺生，没有把他当一回事。但他也就是想想而已，他能怎么办呢？他是大专生，又没有后台，能进财政局真是天大的福分，现在连重点大学的毕业生都难找工作！

“你不要以为老干部处可有可无。”副书记和陈宗辉简短地谈过一次话，“从中央到地方，都必须尊重老干部。”

“我一定尊重老干部，把工作做好。”陈宗辉认真地说。他还从来没有和副书记这样高的级别的领导说过话，副书记主动找他，让他激动了一段时间。他的眼睛都被副书记说亮了。

陈宗辉上中学的时候，成绩不错，可高考没有正常发挥，又没有填好志愿，最后进了大专。他想再考一年，他爸爸说：“谁知道明年是什么情况？万一你明年还没有今年考得好怎么办？考场上什么事情都会发生的。”他妈妈说：“大专怕什么？是金子，在哪里都会闪光。”他就进了大专。他在大专是最高分，看上去老实、沉稳又不失机灵，班主任让他当了班长。他干得不错，二年级的下学期入了党、当了学生会主席，还在三年级的时候被评为省优秀大学生。毕业前夕，同学们削尖了脑袋找工作，经常碰壁。人才市场的情况是这样的：“研究生多多益善，本科生考虑考虑，大专生以后再说。”他不敢去人才市场，怕被上了本科的同学看见。本科的同学应该比他晚毕业一年，但他们也迫不及待地到人才市场去串，好像要感受一下气氛。三年的碰上四年的，三年的怎么说？如果他在中学时的成绩不好，也就算了，可他在中学时是一路领先的，他在中学时更像是四年的，而他们更像是三年的。有一段时间，他觉得自己走投无路，心情很不好。班主任却让他不要着急。

“你的工作，我会尽力让学校帮你考虑的。”班主任说。他说这话的时候仿佛是大权在握的领导，至少胸有成竹。他说：“我会找学校反映的，学校一定会让你进一个好单位，让其他同学清楚，只要表现好，即使读的是大专，也是有前途的。”

“是金子，在哪里都闪光。”班主任又说。

陈宗辉进了市财政局，到了老干部处。

“孟老师，谢谢你。”陈宗辉有一次回学校见班主任，真诚地说。

班主任摆摆手。他在学校的一场权力之争中站对了队，刚被许诺不久的将来出任系副主任，正春风得意。重点大学以学问为本，老师一般都不想当什么系主任、副主任，因为主任副主任虽然有一些好处，但要为大家服务，会占去不少个人的时间，所以重点大学的主任副主任一般都是大家轮流干："你还没有当过，该你服务几年了。"但这是大专，教学为主，科研为辅——大专能搞什么科研呢？条件不够，老师自身水平也不够，于是主任副主任的职务就显得重要了，如同一个有抱负的猴子没能变成人，就要想方设法当猴王。班主任笑着说："不要谢。这一，是你努力的结果；这二，我帮助你，我也有私心，你出在我的班上，是我的成绩。"

"我好像一工作就退休了。"陈宗辉半开玩笑说。

"哪里，你前程远大呢。"班主任说，"你跟着副书记好好干。到一个地方，关键要跟对人。"

"他快退休了。"陈宗辉说。

班主任笑着说："他快退休了，你跟着他，才不会犯忌讳。再说，他和局长的关系不一般，你跟着他，实际上是绕了一个弯子跟了局长。"

陈宗辉笑了一下，他在一瞬间好像成熟了。成熟的程度并不和年龄成正比，有的人即使很年轻，也能及时适应环境、调整心态。陈宗辉就是这样的人，他在大专的出色表现就说明他有成熟的基础。

没有谁像陈宗辉更像一个本分的机关工作人员了。他每天老老实实地上班，除了大小便之外，都坚守在岗位上。他桌上是一本业务书籍。过了几天，他拉开抽屉，桌上是一本业务书籍，抽屉里是一本小说。如果有人进来，他的大腿往上一抬、往里一送，抽屉就关上了。他是在等副书记注意他。他设计好了和副书记单独会见时的对话，包括对话时的表情。副书记抽烟，他不抽，但他买了一包"红塔山"。他把在递烟时候的对话都准备好了：

“李书记，您抽烟。”

副书记笑着问：“你又不抽烟，你哪来的烟？”

“买的。”陈宗辉说。

副书记接过烟问：“你买烟干什么？”

“为老干部准备的。”陈宗辉说。

副书记把烟在指甲盖上蹾了蹾，问：“你为他们准备烟干什么？”

“万一有什么难解决的问题，递根烟过去，总是能缓和一下的。”陈宗辉说。

实际情况与陈宗辉的想像有很大的出入。就像一个既有本职工作又有社会兼职的人，不满足于完成本职工作，却把社会兼职做得红红火火；或者就像一个很会吃饭的人，在家马马虎虎吃，在外吃得脑满肠肥，副书记把大部分的精力投入到原本不是他管的部门，好像他还有精力做更多的事情。老干部处有人就行了——陈宗辉不是调皮捣蛋的人，否则不会被安排到老干部处而毫无怨言；老干部只要不出事就行了——这年头要出事还真不容易。他有这些就满足了。他至多在门口探一下头。在陈宗辉的印象中，副书记的头像乌龟一样在门口一伸一缩，既像是问候，又像是查岗。

如果没有长远的想法，稍微成熟就足够了，而如果理想远大，即使比较成熟也还不够。陈宗辉意识到自己所谓的成熟是多么的幼稚。坐在办公室等副书记，相当于守株待兔、坐以待毙，要真正引起副书记的注意，老老实实坐在办公室是不行的，只有干出一些实绩来。他知道把他安排在老干部处，是没有把他当一回事，是“柿子专拣软的捏”，但他宁愿把这看作是希望一个年轻人能开创新的局面，否则老干部处要一个年轻的大专毕业生干什么呢？弄一个临时工或者一个临退休的人就行了。他迅速穿过了最初的一些不成熟的想法，决定安心做一些事情。他一家一家地给老干部打电话，或者等他们来局里的时候请教，了解他们的家庭成员、住址、身体状况、就诊医院，了解他们的困难、要求，还查清了他们的血型、嗜好。他把摸到的情况画了一张表格贴在墙上。

陈宗辉的做法很让老干部感到新鲜，并且为之感动。他们觉得有人来关心他们了，来温暖他们了。他们的老年本来是复杂、混乱、冷清的，现在变得单纯、清楚、热闹了，因为他们已经化解成表格，让人一目了然。有时候，他们会到老干部处，望着墙上的自己幸福而羞涩地哈哈大笑。

市财政局的人发现，老干部到老干部处的次数多了，老干部处热闹了。

“好，好。”副书记拍着陈宗辉的肩膀，很高兴。老干部处能这样，成绩是陈宗辉的，但向上看，说明副书记领导有方。

陈宗辉看到副书记高兴，自己也高兴了。他写了一篇《新形势下如何做好老干部工作》的文章，准备寄给省委组织部主办的《阵地》。他把副书记的名字署在自己前面，再交给副书记审阅。

副书记卷着稿件批评陈宗辉：“你怎么能这样呢？明明是你写的，我一个字都没有写。”

“文章是我写的，但做法是你的。”陈宗辉说。

“那，”副书记说，“至少也应该把你的名字写前面。”

陈宗辉笑着说：“把我的名字放前面，人家也许就不发表呢。”

“哦？这是为什么？”副书记明知故问。

陈宗辉装着没有看出来，说：“副书记，人家认的是你呀，人家哪里认识我？”

副书记的表情顿时严肃起来，好像要说一件重要的事。他背着手，稿件卷成圆筒敲着腰，边踱边说：“小陈，这次就算了。过几天，我还真要找你，和你坐下来好好谈谈。我是有一些想法，可我没有时间写成文章。我说，你写。我们真正合作一次。”

“年纪大了，是该总结总结了。”副书记感慨万千地说。

一瞬间，陈宗辉激动得心脏好像停止了跳动。他想起“红塔山”，拆开，抽出一支递过去。

“李书记，您抽烟。”

“你又不抽烟，你哪来的烟?”

“买的。”

“你买烟干什么?”

“为老干部准备的。”

“你为他们准备烟干什么?”

“万一有什么难解决的问题，递根烟过去，总是能缓和一下的。”

副书记点上烟，透过烟雾看着面前这个刚来的大专毕业生。真正有难解决的问题，就是递根金条过去也没有用。但他没有说什么，只是赞许地朝陈宗辉笑笑。

二

陈宗辉等副书记找他谈想法。他在等待中度日如年，也在等待中体会到了一种幸福。他的感觉就像一个人拿到去欧洲考察的飞机票，等待起飞的日子的来临。但副书记还是难得到老干部处，有时候见到他，问这问那，就是不谈想法，好像根本就没有合作的事。他明白了，副书记那天的话，是要及时将自己从尴尬的话题中引开。这是技巧，也是艺术。他就不再空等。他再次提醒自己，一个二十出头的年轻人，一切都是次要的，关键是要做出一些成绩。自己目前的表现，还不足以引起副书记更多更大的注意。即使副书记现在就注意他，又能把他怎么样呢?总不能因为他画了一张表格就提拔他吧。他把目光放在成绩上。但是，对一个在老干部处工作的人来说，要做出大的成绩是很难的。他思考了不少时间，没有好办法，只好决定还是一家一家去跑。

老干部住在这座城市的许多地方，就好像有谁随手撒了一把豆子，豆子落得到处都是。陈宗辉就骑着自行车去找他们。去之前，他先打电话：

“我是老干部处的小陈啊。我想来拜望您，您看——”

老干部一般都说：“啊呀，不巧啊，我要参加一个活动。”

“那我以后再找机会。”陈宗辉一般都说。

“不，不，你来吧。”老干部一般都说，“我把活动推掉。”

陈宗辉就去了。他到某一家楼下，都先抬头向上看，都能看见某一个老干部站在窗帘后，自以为隐蔽地在注视他。他敲开门，老干部都已经及时把老花眼镜架在鼻子上，手里拿着一张报纸，或者拿着一本书。茶几上一定还有一支笔，那是在报纸和书上画圈用的，仿佛多年看红头文件、读马恩列斯毛养成的习惯。因为他们都还不是高级干部，所以家里不可避免地弥漫着普通老百姓家庭都有的气息，但地面和桌椅都是收拾过的，来不及藏起来的有碍观瞻的东西，临时用报纸或花布蒙着。家里的其他人不是被藏在里屋，就是被打发到外面去了。他这才明白，自己打电话，不仅是约定，而且给老干部提供了做准备活动的时间。如果他冒失地闯上门，彼此都会尴尬。

“喝茶。”老干部说。

陈宗辉说：“谢谢，谢谢。”

然后就一人一边坐下来谈话。老干部面向前方，跷着腿，坐成指教的姿势；陈宗辉侧向老干部的方向，两腿并排屈着，一副聆听的样子。陈宗辉能让这种姿势从头保持到结束，老干部却坐着坐着就坐忘记了，如同一个不常穿西装的人衣冠楚楚赴宴，不知不觉就会脱掉西装挂在椅背上，挽起袖子，解开衣领最上面的纽扣，让领带松开成为一个圈套。

陈宗辉一开始对这种局面不习惯。一个二十来岁的年轻人，本来可以做其他事情，或者说应该有许多事可做，可他现在必须面对比自己的父母年纪都要大的老人，必须听他们带着唾沫星子的谈话，这是他从来没有想到的。他好像从小就恐惧老人，觉得他们身上有一股不好闻的气味，还有一种垂垂老矣的气息。但他暗暗调整情绪，寻找感觉。有一天，他突然觉得，此时他代表的是市财政局，至少是代表市财政局的老干部处，他是在深入群众的家庭——从工作的角度来说，再高级的干部此刻都是群众。这种感觉真是好极了，这种感觉帮助了他。他坐得更谦逊，谦逊得像一个近视的人戴眼镜那样自然和必然。然后，他就开始同情面前这些老年人。他们或者真诚正直，或者虚伪猥琐，总之一生不容易，最后也就是目前这种样子。他听出了他们的不甘心，他还听出了他们对时光倒退二三十年的憧憬。他的心在同情之后就猛地一缩，紧迫感油然而生。他想，如果他不努力，他老的时候充其量也和他们一样：用报纸或花布蒙住寒酸和窘迫，向一个嘴上没毛的人倾诉。

一个老干部就是一个单位的见证人，就是一个故事的叙述者，就是一个历史的评判员。他们的讲述都带有明显的个人色彩和感情倾向，难免没有偏颇和遗漏，但是加起来就全面、丰富了。似乎在听一个精彩绝伦的章回小说连播，陈宗辉听上瘾了，一天不听就难过，就像缺少了什么。他早晨都是按时上班，喝过茶，打过电话，再在门上写粉笔字：

去孙龙生家

电话 4956305

陈宗辉知道了单位的许多过去，也知道了同事的许多过去。有些人到新的单位，总是来不及了解过去，甚至看不起过去，满眼睛和满脑子都是未来和前途，其实等于在沙地上盖高楼。过去是基础，基础越深，你的大厦就越会高耸入云；过去是基石，基石越高，你越能高屋建瓴。他在实践中明白了这一点。

掌握了过去，再打量某个同事的时候，陈宗辉心里就有了异样的感觉，仿佛暗中捏住了同事的把柄。他先把某个自以为是的同事从架子上拉下来，再谦恭地把同事向架子上捧，也就是说，他在心里鄙视，再在表面上恭维。比如他见到局办公室主任，脸上笑着说："你好，马主任。"心里却在想：面前这个人曾经像狗一样跟在老局长后面。他没有办法不表里不一，就像看见过一个女人光身子之后，即使在光天化日之下，即使这个女人穿戴整齐，也还是要想到她白鱼般的身体。他脸上的笑因为表里不一而更灿烂，又因为内心的鄙视而使自己不感到灿烂得过分，灿烂得肉麻。局办公室主任不知道内情，以为自己在新来的人心目中地位重要、显赫，把过分肉麻的灿烂全盘接受了：

"小陈啊，你好啊。最近忙吧……"

再和同事相接触的时候，陈宗辉就能比较好地把握感情的基调和交往的策略。有些人老实，其实如同一条枯木头似的鳄鱼，轻易不出击，一旦攻击就能致对方于死地；有些人咄咄逼人，其实只是贵州的驴子，似乎能左右局势，好像全身都是本事，真正出事往往一筹莫展。一个单位真正要注意的，并不是咄咄逼人的人，咄咄逼人的人在咄咄逼人的时候已经破绽百出，好像一个功夫不深、脾气火暴的小和尚，一块土疙瘩都会让他人仰马翻甚至送命。一个单位真正值得注意的，是那些看上去老实的人，他们在长期的默默无闻中，已经修炼成掌握独门暗器的高手，将别人的套路烂熟于心，时机成熟就脱颖而出，成为最大的受益者。这样，他面对老实人的时候，表面上当做枯木头相处，心里当做鳄鱼提防；他面对咄咄逼人的人的时候，表面上处处尊重，心里当成黔之驴。

因为闲着也是闲着，陈宗辉就在纸上把局里的人分成两队，一队是咄咄逼人的人：陈乃光、金庆华、周希贵、莫崇武、华承翔……一队是看起来老实的人：黄怀清、解国盛、李苏民、郑咏诗、尤泽枫……还有一部分人分不清队伍，他把这些人列出来，准备等进一步观察之后再说。

陈宗辉没有想到，在无用武之地的老干部处，居然能掌握这么多的东西，仿佛是不小心掉进一个坑里，本来要怨天尤人，却发现是进入了一座古墓，每一眼都能看见财富，每一脚都能踩到财富，每一手都能抓到财富。这些财富对一个年轻人的成长非常重要，许多人在这方面都是一穷二白，而他已经在奔小康。这之间一进一退，天壤之别。

“小陈啊，你的表现还是不错的。”副书记在处务会议上说。老干部处实际上就一个人，会议怎么开都不像样子，每周一次的处务会议都是和局办公室一起开。

阳光照射在陈宗辉的脸上，他眯着眼睛，把笑掩饰在皱紧的眉头里。

副书记说：“这至少说明两个问题。一是，只要肯干，即使是大专毕业生，也能做出成绩；二是，只要肯干，即使是在老干部处，也能做出成绩。”他说完，看着大家。

大家点点头，还有人朝陈宗辉笑笑。陈宗辉回笑，正好把掩饰住的笑放开。有的说，小陈是不错，一个新同志，能迅速打开局面，不容易；还有的希望他不要自卑。

“自卑?”副书记问。

那位同事说：“是啊。不要为大专自卑，不要为在老干部处自卑。”

“对。是金子，总是能发光的，挡是挡不住的。”另一位同事附和。

有人跳跃性很大地学着广告：“挡不住的感觉是可口可乐!”

大家就说去买一些饮料吧，天天喝纯净水都喝腻味了。于是有人拿出卖废报纸的钱，让陈宗辉去楼下买来一箱易拉罐可口可乐，“屁屁屁”地打开，往喉咙里灌。

“今天这饮料应该是小陈请客。”有人说。

大家都说对。

陈宗辉笑着说：“下周处务会，我一定请，一定请。”

一个单位，想做事的人往往最容易被别人提防、暗算。想做事总是和有企图联系在一起，没有企图那你想做事干什么呢？你想做事，企图就可能变为现实。你有现实了，别人就吃亏了。于是你就成了靶子，什么硬东西都会往你身上砸，什么脏东西都会往你身上泼，你往往在一无所获的时候，就已经千疮百孔、身心疲惫、声名狼藉。所以，单位里的人一般是按部就班，靠表面的熬时间过日子，而把功夫放到暗地里，在暗地里提防、暗算想做事的人，在暗地里为自己寻找升迁的台阶。但老干部处的陈宗辉现在是个例外，他是想做事的人，可他没有遭到提防和暗算。原因很简单：他在老干部处。老干部处不是重要的部门，换句话说，财政局要提拔年轻干部，至少不会先从老干部处考虑，何况他还是一个大专毕业生——财政局最近进的都是本科毕业以上的人。他和年龄相当的同事不在一条起跑线上，所以，他做点事，别人不会注意，别人也不忍心注意——大家都是视力 1.5，他是高度近视，总不能不让高度近视的人戴副好看一点的眼镜吧？在大家的心目中，他做的一切，就等于想戴一副好看一点的眼镜。看到木讷的他忙忙碌碌，大家还情不自禁地同情、可怜他，如同同情、可怜一个明知无望，却还在挣扎着求医的病人膏肓的绝症患者。

“小陈，又出去啊？”

“去钱老家。钱老病了，去看看。”

……

“老干部处吗？”

“是的。您是钟老吧？”

“你是小陈同志吧？”

“是的。钟老，您有什么事吗？”

“我家下水道堵住了。”

“我马上来。”

……

三

有一天，陈宗辉回学校，和他的师弟们见面。他回学校的时候有一种光荣感，好像是名人返乡。老师会指着他对他的师弟们说：

“看到了吧？他就是陈宗辉。”

师弟们会刷地偏过头，目光穿过窗子，随着移动的陈宗辉而移动。

陈宗辉感觉到了大家的目光。他在重点大学也许不算什么，但在这个每届毕业生都要为找工作而头痛的大专，他是一个榜样，是一个偶像。他在法国梧桐树下走着，年轻、高大、沉稳、自信，却又不张扬、傲慢，与他在局里的小心翼翼截然不同。他好像是一个刚发了一笔小财的人，进大宾馆精神紧张，进小酒馆却绰绰有余。阳光透过梧桐树叶洒下来，在他身上产生了迷幻的色彩——当阳光要照耀某个人的时候，想挡是挡不住的，挡只会增强阳光的穿透力，只会增加阳光要照耀的那个人的魅力。

在见面会上，陈宗辉首先笑着说：

“我在老干部处工作。”

陈宗辉用嘲讽的语气，介绍了自己服务的部门。他的话引起大家一片笑声和掌声。大专的同学在听讲座的时候，总是高度紧张、生怕自己领会不了幽默，在关键时刻没有发出笑声和掌声。敢于嘲讽自己的人，一定是突出的人，就像名人总是不回避自己睡觉爱打呼噜，不回避自己在小学三年级的时候，曾经对一个异性同学产生过好感。一经自己嘲讽，被嘲讽的对象也就有了特殊的意义，老干部处仿佛成了一个非常重要的部门。当陈宗辉苦恼地说到“老干部处目前真正干活的只有我一个，处长是局副书记兼的”时，大家已经领会了，把他放到老干部处，是局领导有意安排。大家是这样想的：他学的专业与财政局不对口，局领导觉得把他放在业务部门对他成长不利，就把他放在不需要专业只需要专心的老干部处，让他一个人工作是让他独挡一面。难道还有更好的解释吗？大专生在一些问题上总是设法考虑得非常周全，他们处处要证明，他们和本科生、研究生只在分数上有区别，在智力上没有什么差距。

在两句介绍之后，陈宗辉就开始说是怎么在老干部处工作的。他工作的时间不长，但事情做得多，事情的细节更多。大家对机关不熟悉，对老干部处的情况知道得更少，所以听得津津有味，仅老干部那些稀奇古怪的病，就让大家新鲜无比又恐惧无比。

“当心，你也会老的。我很高兴能为你服务。”陈宗辉最后说，站起来向大家鞠了一躬。

陈宗辉的幽默先让师弟们一愣，再让师弟们爆发出热烈的笑声和掌声。大家知道他的结束语一定很精彩，许多人在暗暗思考他会怎么结尾，希望自己猜想的结尾能和他的相同，结尾相同说明心智相同。谁也没有猜到他会结束在这一点上，大家看出了和学长的差距，更看出了现任学生会主席的差距。现任学生会主席明年毕业，梦想能和他有同样的结局，所以既讨好老师、领导，希望得到关照，又讨好同学，希望得到民心。大家崇拜陈宗辉，却又因为陈宗辉有好的结局而嫉恨现任学生会主席。他们把现任学生会主席和陈宗辉一对比，发现他全是缺点。他们故意不听他的，却听副主席的。副主席明年也毕业，他当然不能带头和“一把手”闹对立——主席说起来是民选，实际上是学校安排好的，所以，他一方面为能得到大家的支持而高兴，一方面又为无力将自己扶正而着急。他想，他至少不能让主席去好单位。

会后，主席利用带陈宗辉上厕所的机会说：“陈处长——”

“我不是处长。”陈宗辉笑着说。

“嘿嘿，陈处长，学校是什么时候和你交底的?”主席问。

“交底?”

“就是让你不要为工作着急。”

“大概、大概是三年级开学不久。”陈宗辉说。他把学校和他交底的时间提前了大半年。

主席说：“可是，到现在，还没有和我谈呢。”

“也许情况和以前不一样，也许你我的情况不一样。”陈宗辉说。

主席有些不好意思地说：“我当然不能和陈处长比，我不是省三好学生。”他有些气愤地说，“我本来可以是的，被我的副手捣蛋捣掉了。”

“具体情况我不清楚。”陈宗辉说。他看到副主席在不远的地方向他看，他和副主席招招手，向副主席走去。他能肯定主席对他的背影和做法目瞪口呆。他对他的继任者没有好感，觉得面前这个面孔扁平的主席像一个奸商。他不希望他的继任者也能和他一样，被分配到一个好单位，否则他到财政局，就不是因为他的出众，而是职务给他带来的好处。

副主席看到陈宗辉和主席说着话从厕所走出来，心里很难过，也充满了嫉妒。但他看到陈宗辉向他走来了，连忙迎上来。他是无意的，但他的动作让敏感的主席以为他们的见面好像是一次约定，好像他们早就熟悉了。

“陈老师，他肯定是和你谈分配的事。”副主席推推眼镜说。

陈宗辉说：“快毕业了，都这样。”

“他太狂，以为你去了好单位，他就能去好单位。”副主席说。他有一张白皙的脸和一个好看的鼻子，这使他有几分秀气和书卷气。他说：“他在学生会基本上不干事，但我们干成了，都是他去领导那里汇报。这样，我们干的事，好像都是他支持的，或者干脆就是他干的。”

陈宗辉笑着说：“你不要指望一把手亲自干什么，你们干什么，他不反对就是你们的福气了。”

“他去好单位，对你不好。人家会怎么想？人家会说——”副主席说。

陈宗辉觉得这位副主席有几分可爱，接过话说：“会说我不是干出来的，是职务带给我的。是不是？”

“是。我们有一个计划。我们并不想在背后捣他的蛋，我们只是不希望你去帮他。我承认我妒忌他，但不让他得逞，不仅是我的意思，也是民意。”副主席说。

陈宗辉拍拍副主席的肩膀说：“他能不能得逞，我说了不算。你找工作的时候，去局里找一下我，我帮你找找人。”

“我到时候一定去找陈老师。”副主席满意地说。

陈宗辉觉得“陈老师”比“陈处长”亲切，他差一点受气氛感染，要和副主席作学生状的击掌。

陈宗辉侧眼看树阴下，主席茫然不知所措地在那里站着。矛盾无处不在，这是因为有利害冲突就有矛盾，无利害冲突也会有矛盾。主席有好的结局，对副主席他们并没有坏处，但副主席他们要想办法终结主席的美梦。你有我无，我就是失败。现在的哲学是你无我有，你有我多，你多我优，你优我仇。继任者将会面对各方面的反对，他不禁笑了。他既同情主席，又非常迫切想知道副主席他们的计划的具体内容。学生之间的争斗一定幼稚可笑又一针见血。但他没有问副主席有什么计划，孩子之间的事，还是搀和得越少越好——他忽然觉得他们是孩子，其实他们只是比他晚毕业一年，只是比他小一二岁。有了老干部处的工作经历，他似乎已经满腹沧桑。

这天晚上，学校宴请陈宗辉，班主任作陪。

“去哪里?”班主任问。

校长说：“校园餐厅。”

班主任愣了一下。

陈宗辉没有想到学校会宴请他。如果班主任不问、不愣，那他也许只会激动，不会有什么其他想法。在班主任不容易被人察觉的愣之后，他一下子沮丧起来。他原来是这所学校的学生会主席，偶尔也会参加一些招待。学校招待来宾有四种规格，最高是到闹市区的大饭店，次之是去城南民俗风光带品尝风味小吃，再次是在学校对面的“东方大酒店”，最次是在学校的校园餐厅。当然还有更次的，那就是不招待。最次的接待让他心里不是滋味，让他掂量出了自己的分量。他算什么名人呢？他只不过是财政局老干部处的一个很普通的工作人员，他的所谓成绩没有得到过任何一级部门的承认。如果他算名人，那这个名人实在不伦不类。他慢慢跟着大家。大家没有注意他的情绪，似乎也没有必要注意他的情绪，说笑着往前走。

餐厅有包间，冷菜和酒水已经准备好了。服务员了解各位领导的习惯，一一倒白酒，并且注意了量的多少，只是到班主任面前征求了一下意见："孟老师，你喝什么？"

"我饮料吧。"班主任说。

教务主任偏过头说："老孟，你是第一次来吧？怎么可以是饮料？白酒白酒！"

"那舍命陪君子，就白酒。"班主任看看校长，兴致勃勃地说。

班主任比平时活泼，动不动就找机会站起来敬酒。他都是先豪爽地将酒杯掀得底朝天，再将酒杯亮向大家。大家只好跟着干。但没有过多少时间，大家就发现了班主任的秘密：他将酒含在嘴里，等大家掀酒杯的时候，嘴唇一松，酒溢了出来，漫过下巴，被领口、前胸无声地吸收。大家不饶他：

"老孟你怎么这样！"

"哈哈，老孟，你敢和我们玩花招！"

"老孟，我们差一点被你这个家伙骗了。"

"偷一罚二！老孟，你撞到枪口上了！"

大家逼班主任把刚才的酒全补上，把酒杯在他面前一字排开。

班主任无辜地看着大家，又笑着等小姐把酒倒满，再将十一杯酒全部倒进嘴里。他不胜酒力，在倒第六杯的时候，舌头已经不怎么管用了。

陈宗辉不会喝酒，宴会成了学校领导和班主任喝酒的机会和场所。他应该是这桌酒席的主客，但只有他像一个无关紧要的陪客。他基本上是在看他们针锋相对。他最先发现班主任把酒吐到领口、前胸的秘密，他还发现，这个秘密是班主任故意让大家发现的，当时，班主任手绞着挤胸前的水，眼睛此地无银三百两地瞄着大家。班主任似乎就在等大家发现他的秘密，就在等大家逼他把酒灌进胃里。陈宗辉非常吃惊。在剩下的时间里，他嘴在吃饭，心在思考。

“孟老师，不练不行啊。”教务处长又往班主任的酒杯里倒酒。

班主任勉强抬起嘴巴，抖抖地抓住酒杯，往嘴里倒。他没倒准，一杯酒浇在头发里。

饭后，陈宗辉把烂醉如泥的班主任架回家，然后推着车往回走。深夜的风吹着头顶的树叶，发出簌簌的响声。他忽然想到了《红楼梦》中进大观园的刘姥姥。刘姥姥装憨装傻，是为了取悦于老祖宗和太太公子小姐们。班主任今晚就是刘姥姥，可班主任为什么要做刘姥姥呢？

四

元旦过后，机关工作人员的心思就不在工作上，因为快过年了。坐在办公室是过不好年的，大家就往区县跑，往效益好的企业跑。想不跑都不可能，区县和企业的电话一个接着一个打来，你无法拒绝，只有排时间表，今天去这里，明天去那里。或者上午去这里，下午去那里。连油水不多的民政局都在忙，财政局就不要说了。财政局是什么地方！你不让财政局过好年，你一年都过不好。

就像硬币都有正面和反面，财政局里也有没有油水的部门。在老干部处工作有什么油水？不仅没有油水，还要让老干部过好年。老干部过不好年，机关一年都过不好。陈宗辉元旦前就遵照副书记的指示造了一个计划，什么时候开老干部茶话会，什么时候发放“元旦春节两节补助金”，什么时候上门慰问、了解具体困难，什么时候送到外地过春节的老干部，什么时候分送过年物品，谁家有孩子结婚需要派车、让领导到场，等等。根据老干部的实际情况，陈宗辉还制定了应急措施，比如老干部生病怎么办，老干部家发生矛盾纠纷怎么办，老干部家失火、被盗怎么办，老干部家突然没有煤气、房屋漏雨怎么办，老干部在外地过春节发生意外怎么办，等等。“总负责”都是副书记，“联系人”都是陈宗辉。

老干部们到老干部处看到计划和应急措施，非常激动，也非常感动。

“就是我儿子也没有考虑这么细致。”

“老实说，还从来没有人这样关心我们。”

“都像这样的话，我就早退下来几年了。”

“……”

有些老干部在赞扬之后开始挑剔。在晚辈面前，他们没有忘记自己的身份，仿佛不指教几句就是失职。

“失火呀，被盗呀，不太吉利。这些事情，小陈你心里有数就行了，不要把具体条文写出来。”

“对。还有什么突然没有煤气、漏雨，什么生病、矛盾纠纷，什么在外地发生意外，好像什么倒霉的事我们都要碰到。”

大多数老干部开始反击。

“这些事情碰还是会碰到的。”

“我们是唯物主义者，还怕什么不吉利？”

“不管吉利不吉利，生病、老死，天灾人祸，总是难免。”

“不写怎么行？应该写，否则领导们高高在上，怎么知道老干部原来还有这么多事要做？”

“还是写出来好，要不然，出了事还真不知道怎么办。”

在春节快到来的时候，市财政局的同志基本上在为自己忙，陈宗辉全心全意在为别人忙。他骑着自行车跑来跑去，先张罗茶话会：打扫会议室，拉横幅，准备茶水和水果，买纪念品。他本来设了主席台，让领导和老干部面对面。后来他觉得这样做好像人为地分成了两个阵营，就把桌子按长方形围成一圈，像圆桌会议似的不分主次，中间的空地上摆放几盆冬青植物。

“没有用。他们一来，还是往角落里坐。”帮陈宗辉搬盆景的工友吴老头说。

陈宗辉想了想，用画报纸做成席卡，再在上面写上名字。

吴老头提醒说：“位置放不好，他们要闹的。”

“都退了，还闹什么？”陈宗辉抬起头说。

“他们和我不一样，你让我带张小板凳坐在门口都行，他们可不行。”吴老头说，“他们忙了一辈子，还不就是为了一个名分？过去，老婆还分大小呢。”

陈宗辉差一点被吴老头的话逗笑起来。但他没有笑，他知道遇到了一个难题。他背着手，围桌子转了一圈，突然找到了解决问题的办法。他先把局长的席卡放在朝南一边的正中央，然后把在职的领导乱放到四周，再在他们旁边放老干部的席卡。在职领导不分主次，老干部就不好计较。

“好好，这样好这样好。”吴老头赞不绝口。

陈宗辉抑制不住得意，干脆笑了起来，说：“我也只能这样了。”

茶话会在下午三点开。一个星期前就定好的时间，局领导这个下午就没有其他安排。局领导在局里，局领导的车就在局里。七辆局领导的车、一辆面包车按照老干部处的时间表、局办公室的安排，一点半就出发，分八路沿线去接老干部。陈宗辉事先就给老干部们打了电话，要他们在什么时间下楼等车。

小车司机平时都是眼睛长在额头上，今天却很配合。因为局长和副书记都明确作了指示，副书记还悄悄让陈宗辉给司机每人买了一条烟。

“这帮兔崽子被下面人惯坏了。”副书记说。

老干部们以前开类似的会，除了从局领导岗位退下来的，由局里派车接之外，都是自己准备交通工具，有的骑自行车，有的挤公共汽车，有的步行，有的“打的”，也有的从其他什么地方搞来车。这一次不同了，这一次有小车接送。他们本来是应该到巷口或者路口去等，但都不约而同地要车开到楼下。

“恐怕时间不好掌握吧，还是让车直接开到楼下。”老干部们说，“省得我们在路口等，也省得司机在路口等。”

如果是别人通知，老干部或许不会这样说，主要是对知道底细的人说不出口，工作时都没有享受过小车待遇，退下来就更不用说了。现在是陈宗辉通知，有要求不提白不提，即使提错了，陈宗辉也不能把他们怎么样。

陈宗辉向副书记请示。

副书记笑着说：“真是越老越幼稚了。你就按他们的要求办。”

陈宗辉两天后才想明白副书记的话，老干部们是想让邻居看见他们乘车。

小车一般都准时到楼下，老干部却很少准时出来。小车催促的喇叭响了几声后，不相干的人都被叫探出了头，老干部还是不见踪影。

“吵什么！我们不要睡午觉啊！”楼里有人从窗子里伸出头抗议。他们的脑袋被窗子框着，像一张张拍得不成功的照片。

这时候老干部及时出了楼洞，一边仰头对邻居说对不起，一边对司机说对不起，然后大幅度拉开车门，慢慢钻进去，再把车门用力带上：“砰！”

陈宗辉在会议室门口等老干部。他和他们都熟悉，他紧握他们的手，一边摇着，一边不动声色地使劲，把他们往里引，这样可以减少握手的时间。一开始他不是这样的，一开始他让老干部握着，听他们问寒问暖。他一双手握着那人的一只手，那人的另一只手拍着他的手背。握手的时间长了，就很别扭，他想早一点松手，又找不准松手的时机。他无意中看到局领导和他们握手，都是紧握着往里引：

“喔哟，郭老啊。身体还好吧？”

他们边说边松手，或者边说边抽手，眼睛离开这个人，笑着望下一个，嘴里却还是对刚才这个人说：“郭老先坐，你看刘老来了，一会儿听你指教。”

局领导的手松得自然，抽得自然，既及时，又得体，还不由分说。

陈宗辉很快就学会了，边说边往席卡拖，“马老，您坐这里，对，这里。”

“小陈，你让他们自己找席卡。”副书记悄悄对陈宗辉说。

陈宗辉以为给老干部指明位置是分内之事，没想到被领导制止了。他一阵心慌，以为做错了什么，又想自己没有错，但仔细一想，他发现自己真是错了。让老干部自己找，不是对他们不尊重，而是让他们在寻找中体会到一种快乐，就像发工资的时候给他们一张存折，让他们自己去银行取钱一样。生活处处有学问，就看你是不是有心人。他很高兴自己是有心人，同时他暗暗吃惊，当官的都把人的心琢磨透了。然后他又隐隐担心，万一自己有什么心思，不是像一个病人站在 CT 面前了吗？

老干部中的大多数都没有面对过席卡，席卡让他们感觉新鲜，他们似乎很喜欢这种被固定在座位上的方式。

席卡是重新做的。副书记很欣赏陈宗辉的做法，但嫌自制席卡太粗糙、太寒酸，“小陈啊，你要掌握一个原则，该节约就要节约，不该节约就不能节约。”他立即让陈宗辉去买有机玻璃席卡，同时让办公室的小储用电脑打姓名。

一些老干部本来要提一些意见，但面对今天的待遇，觉得再提什么意见就是不知趣了。他们就一致赞扬老干部有了新气象，有了新局面，并由此说到整个财政局都是新气象、新局面。

“不服不行啊洪老。人家小季当政，就是比你我强。”钟老笑着说。六年前他是局长。

洪老笑着说："那是，长江后浪推前浪。"他去年是局长。

"哪里哪里。"局长笑着摆摆手说。"这都是李书记干的。"

副书记笑着说："具体都是小陈干的。"

"年轻人，多做一些具体的事，是应该的。"钟老笑着说，"这个小陈还是不错的。"

陈宗辉不在现场，他在和吴老头把"澳毛"毛毯往小车上放，晚上正好让老干部带回去。

成功的茶话会后往往跟着一个成功的晚餐。老干部今年破天荒没提意见，所以晚餐气氛很好。大家喝到了醉而不醉的程度，意识像小鸟在头顶上盘旋，而不是像断了线的风筝，飘得无影无踪。这是最好的状态。陈宗辉没有坐下来吃饭，饭桌上不会有他的位置，即使有，他也不会坐下来。他是工作人员，在宴席间张罗。其实他夹在训练有素的服务小姐中间，什么都插不上手。他想到的，她们想到了，他没有想到的，她们也想到了。他做不了什么，却又不能什么也不做。如果你什么都做不了，那你就准备做一个领导。他就站在宴会厅中央，眼观六路、耳听八方，做出指挥的样子。开始他做得不好，有些瞎指挥，但小姐们笑着看他点点头，依然我行我素，既不让他丢面子，又没有影响局面。他吸取教训，让自己的指挥慢三分之一拍，就像一个水平不高、脑子精明的乐队指挥，总是跟在水平很高的乐手后面做手势。整个宴会好像在他的指挥下井井有条。

大家真正吃喝起来，陈宗辉的指挥就显得多此一举，继续站在宴会厅中央有些尴尬。在他不知道该怎么办的时候，一个小姐过来对他说司机们要他过去。"我就去就去。"他跟着她走了。小姐把他带到宴会厅旁边的包间，司机们都在里面。

"对不起对不起，那边太忙。"陈宗辉笑着说，"各位师傅，我准备过一会儿来敬酒的。"

局长的司机笑着说："你抓紧时间坐下来吃一点吧。你在那边凑什么热闹？那边要我去，我也不会去。不如自己人喝起来舒服、痛快。”

“小陈，大老板让你坐，你就坐。”副书记的司机说。

局长平时被大家称为“大老板”，在司机当中，大老板的司机就是大老板。

陈宗辉坐下来，不放心地问：“他们吃完了，怎么办？”

“你放心。吃完了，会过来找我们的，不然他们怎么走？”副书记的司机说，“再说，他们没有三个小时吃不完。”

陈宗辉拿起小姐添的餐具。包间的菜不像大厅里那么多，但精致，看上去是认真挑选的。他忽然看见司机们的面前都有一个酒杯，又发现桌子中间开着的两瓶“五粮液”都下去了一大半，吓了一跳。司机是不能喝酒的，现在八个司机眼看要把两瓶白酒干掉了！他心里着急，嘴上不好说，几次伸出筷子漫不经心地在菜上绕了绕，又缩回来。

“小陈你放心，我们都有一斤的量，不会喝醉的。”局长的司机看出陈宗辉的心思。

陈宗辉笑着选择适当的词语说：“可是，一会儿天黑，还要送人。”

“这一点路不算路，没有一点问题。”副书记的司机说。

陈宗辉明白直说不管用，想了想，就用知心话的语气说：“他们年纪大了，你们都还年轻，还是——”他没有说完就想到了这句话的副作用，想改口，局长的司机端着酒杯站起来说：

“哥儿们，小陈这话说得贴己。是朋友！值得交！来，干一杯。”

司机都站起来，把酒倒满，伸向陈宗辉。

陈宗辉也站起来。他不会喝酒，但他让小姐满满地倒了一杯，然后一饮而尽。他做这些动作完全是不由自主，仿佛不是他在喝酒，他只是一个看客，是班主任在把酒往嘴里倒。酒辣烫地穿过喉咙，通过食道，滚进肚子里，辣烫又从肚子里回旋出来，直冲脑门、鼻子和眼睛。他连打了五个喷嚏，一声比一声响。紧接着，他的眼球像被烧红了似的，眼前既模糊又灼热。他只好伏在桌上。一伏上桌，他的头就无法抬起来了，就像一棵被吹折的向日葵。

五

今天和昨天一样，明天和今天一样。有人说太阳每天都是新的，这是科学道理，用在机关上却不适宜。从机关的窗口看出去，昨天、今天和明天的太阳都是那一轮。机关就是这样，如果指望机关一天不同于一天，那最好不要到机关来。陈宗辉在茶话会后有一点失落感，好像从一个比较高的地方落到了地上。茶话会虽然开得他很累，但他心里快乐，他深深地体会到了“工作着是美丽的”的道理，他宁可天天忙、天天累。但是，机关怎么可能经常开茶话会呢？就像他怎么可能长时间停留在空中呢？他现在落到地上，恰恰是最正常不过的。

陈宗辉是一个善于调整心态的人，马上就将自己放到老干部处。

但是，陈宗辉还是感觉到了不一样。春节之后上班，有一天，他随便摸了摸下巴，一种像沙子似的东西蹭着他的手。他知道那是胡子。他的胡子不是很密，属于可以三天刮一次的人。他平时也摸过下巴，也摸到过胡子，但没有像今天这样有一种异样的感觉，胡子一直硌到他的心上。机关的每天都一样，机关的人却不是每天都一样，人在一天一天变老，不变的只是机关。

“我二十三岁了。”陈宗辉对着窗上模模糊糊的他自言自语。他二十三岁了，迎着他走过来的都是苍老的面孔，背过身离他而去的都是苍老的背影。

陈宗辉走到过道里。春节刚过，大家还没有完全从假期里脱身，他们或者到处里报过到就走了，或者三五成群地聊天，或者品尝谁从外地带回的土特产，或者漫无目的地走来走去。一个春节，让大家连牙齿都胖了。他这是工作后的第一个春节，原来打算要和父母回老家看看，因为怕老干部有什么突发性的事情，一个人留在了这座城市。

“这样也好。”父亲赞赏陈宗辉的做法。父亲在市石油公司做了一辈子工作人员。

做老师的母亲心里不愿意，但还是问：“要不要送点东西？”

“财政局的领导还缺东西？你送什么东西都俗气，他都看不上眼。”父亲说，“打个电话吧。”

陈宗辉吃了七八天的速冻水饺。这期间他给每一个老干部都打了电话拜年，年三十晚上九点钟给副书记打了电话。

“李书记，祝您新年快乐，祝全家新年快乐。”陈宗辉说。

副书记的电话里传出春节晚会的声音和吃喝的声音，他笑着说：“小陈啊，你急什么，离新年还有、还有三个小时呢。”

“我提前给您和全家拜年，我怕十二点您家电话忙，打不进去。”陈宗辉说。

副书记笑着说：“好，好好，我也给你全家拜年，祝你全家新年快乐，祝你新年找个好对象吧。哈哈哈哈……”

“谢谢，谢谢。”陈宗辉笑着说。

副书记问：“你父母亲都好吧？”

“……”陈宗辉想说为了照顾老干部，他一个人留在这里吃速冻水饺。话到嘴边，他又想起局领导洞察一切的目光，怕副书记认为拜年是假，邀功请赏是真。他说：“谢谢，都挺好的。”

“小陈啊，你再给季局长打个电话。”副书记说。

陈宗辉随口问：“干什么？”

“给他拜个年。他对你印象不错的。”副书记说。

陈宗辉还是不懂副书记的用意，他宁可把副书记的话往坏处想。他用晚辈的口气说：“我不。我给您拜年是应该的，您是我的顶头上司，您平时也很关心我。我给局长拜年就太那个、那个了。”

陈宗辉说的是真话，他没有想过要给局长拜年。他觉得，在领导面前，对一些关键的问题，要不然不说话，要说就要说真话，说了真话就不用担心语气不对，就不怕领导听出什么弦外之音。

“你这小子还一套一套的。”副书记在电话那头笑着说，“随你吧。”

陈宗辉在过道里站着，想起老干部诉说的往事，往事中充满了矛盾、竞争，甚至充满了看不见的你死我活。他向远方眺望。城市没有远方，城市的远方被一幢幢建筑挡住了，就像机关没有波澜，机关的波澜被一个个彬彬有礼遮盖住了。

“小陈，你来一下。”副书记在楼道的那一头喊。

陈宗辉走过去。

“你后来没有给局长打电话?”副书记问。

陈宗辉点点头，说：“没有。局里，我就给您打过电话，还有就是给老干部电话拜年。”

“没有打也好，否则局长说不定还以为是个‘阴谋’。”副书记笑着说。

陈宗辉问：“阴谋?”

“小陈，你觉得换一个部门怎么样?”副书记转过话题说。

陈宗辉的心突地一跳，“换？换到哪里去?”

“到办公室来，怎么样?”副书记问。

陈宗辉的心又是突地一跳：“办公室？为什么?”

“我有一个考虑，你和办公室的林和平换换。”副书记说。

林和平是前年由省领导介绍来的硕士生，学的是财经专业。局里对他寄予厚望，先把他安排到预算处。但是他既没有工作热情，似乎不屑与比他学历低的人打交道，又缺乏工作能力，好像才华都在考试的时候用完了。局里就把他放到局办公室，让他做一些事务工作。他又专业不对口。碍于省领导的情面，如果局里不是实在没有办法，不会轻易动他。

陈宗辉当然想去局办公室，但是他突然觉得不能答应副书记。如果答应了，别人就会说，他在老干部处的一切做法都是为了改变环境。还会得罪林和平——得罪林和平并不怎么可怕，可怕的是林和平是省领导介绍来的。而且，他在老干部处没有竞争对手，显不出谁高谁低，一到办公室，和其他人一比，他这个新手尽是不足之处。这时候，一个念头从非常隐秘的地方跳了出来：局里不可能把林和平换到老干部处的。林和平从预算处到局办公室，不算被贬。因为一个是业务部门，一个是行政部门，两个部门都能发展，而且在机关工作，行政部门的发展可能还会快一些，但是从局办公室到老干部处就不一样了，省领导不会不管。与其将来调不成反而被动，不如现在不答应副书记。紧接着，一个更隐秘的念头，像闪电一样划过漆黑的天幕：局里不是真的要给他换工作，而是在试探他是否安心在老干部处。他非常惊讶自己怎么会在瞬间有这么多、这么深的想法，并且能立即作出判断和结论。

“李书记，我不是不服从组织。我知道您把我调到办公室，是为我好，可是，老干部的工作，我刚上手，还是让我再干一段时间再说。”陈宗辉诚恳地说。他很奇怪自己怎么突然就能流利地说出这么多得体的话。他以前不是这样的。他继续说：“我在老干部处，只要手脚勤一些就行了，到办公室就不一样了，要动脑子的，我一没有干过，二学历又低。”

副书记点点头，又摇摇头，说：“我和局长已经商量好了，局长也许已和林和平谈了。”

“又没有公布，改还来得及。”陈宗辉说。

副书记想了想，平和地说：“你要有思想准备。在老干部处，是难有发展的。至少，在相当长的时间里，局里不会从老干部处提拔干部，否则也不会由我兼任处长。”

“我才工作，谈不上什么发展。”陈宗辉说。副书记把话说得很直，让他有些腼腆，这腼腆正是他现在最需要的，腼腆使他在副书记面前更显得单纯。他说："发展不发展是以后的事，我还是先做些事情吧。"

陈宗辉的态度出乎副书记的意料。副书记点点头，去局长室，局长正在接电话。

"李书记，你和他说啦?"局长放下电话问。

副书记笑着说："说了，刚说。"

"怎么样?"局长问。

副书记把刚和陈宗辉的谈话重复了一遍。

局长想了想，说："那就先这样吧。"

副书记刚出办公室，陈宗辉就觉得自己也许太神经过敏、想得太多了。他从前没有这样复杂。他在老干部处卖力地干，就是希望有一天离开老干部处，没想到机会来了，他却轻而易举地放弃了，是老干部处给了他一次机会，又是老干部处让他失去了一次机会。他有些后悔自己的选择。但他又想，既然存在那么多的可能，就不能不考虑，或许还有更复杂的可能存在着，只是因为他的不成熟而没有考虑到。

幼稚有幼稚的快乐，成熟有成熟的悲伤。幼稚是只看见好处看不到陷阱，快乐中隐藏着万一陷进去的悲伤。成熟把好处全当成陷阱，悲伤中隐藏着很难陷进去的快乐。陈宗辉既为过早地失去幼稚而悲伤，又为自己过早地得到成熟而快乐，如同一个少年既伤心过早地失去童贞，又高兴过早地得到情爱。

老干部处在楼层的顶头，平时很少有人过来。那些说说笑笑的声音，到隔壁的综合处就拐弯进屋。外面来办事的人不熟悉局里各部门的布局，有时候会沿着楼道走过来。他们看看办公室，又看看门框上方"老干部处"的牌子，会再看看办公室里的年轻人，嘴里含义不明地自言自语：

"哦，老干部处。"

陈宗辉在这些话中曾经自惭形秽，好像自己来路不明，有许多值得怀疑的地方。后来他习惯了。他虽然在老干部处，但这是在市局，和他相比，许多人是在基层，他已经胜了一筹。人就是要不断调整自己的心态，使自己不断适应环境，直至最后想办法去改造环境。他觉得很少有人过来是一件好事，在寂寞中可以做自己的事情。他把成人高考的书籍放在抽屉里，没有人的时候就看。他想，趁年轻，在老干部处多坐几年。坐吧，坐过三年五年，一切都会有的，至少他可以完成“专升本”。

陈宗辉看了一会儿书，心思跳到书外。他又想起林和平的事。事情虽然没有办成，但从这一件事上能看出局领导已经注意他了，不然不会把他从无关紧要的老干部处往局办公室这样的核心部门调。他直想笑：一个大专毕业生，才工作半年，又没有什么后台，却已经被领导注意了，这不容易的，这要付出多少心血！想到不被当一回事地安排到没有人愿意来的老干部处，想到自己的处处小心翼翼、勤勤恳恳，他没能笑起来，下意识地摸摸胡子。

陈宗辉遇到林和平，还是像往常一样先打招呼，林和平也还是和往常一样点点头。林和平似乎从来没有把陈宗辉这个大专生放在眼里，陈宗辉也从来没有想到，自己会和林和平这个硕士发生什么关系。但现在不一样，领导的一个想法把他们联系到一起。虽然没有产生什么实际后果，陈宗辉还是觉得，他是失败的成功者，林和平是成功的失败者。只要愿意，他就是在局办公室，硕士林和平就是在老干部处。

六

三月开全国人大会议。因为要换届选举，涉及到国家领导人的人事变动，又因为要讨论并决定机构改革的问题，涉及到千家万户，会议在召开之前就有许多说法或者谣传，所以这次大会特别引人注目。市财政局局长是全国人大代表，又是市里最年轻的局长，会议结束后，财政局肯定是全市改革力度最大的单位，所以财政局的人比谁都关心这次大会。大家每天晚上都注意收看电视，每天早上都注意收听收音机。有一天，中央电视台播放各省分组讨论的情况，大家看见局长了。局长穿着藏青色西服、天蓝色衬衫，打着素花领带，胸前别着代表证。他正在做笔记。镜头扫过去后又切换回来，这一次他在发言。他两手扶着茶杯，似乎在严谨中夹杂着拘谨，不像在局里讲话腾出一只手做手势。他在局里讲话的时候很会用手。遗憾的是没有他的声音，他和许多人是播音员罗京的声音的背景。

局长回来后，根据市委市政府的部署，立即进行机构改革试点。市财政局十一个处室将合并、调整成六个处室。各处室定编定员，处室领导竞争上岗。全局八十二人，将有二十四人分流，分流人员将参加再就业培训，争取在一年半内到达应该去的岗位，培训期间待遇不变。

市委书记在动员会上说："市财政局的改革，一切按改革方案进行。分流的同志，要根据自己的特长，认真参加再就业培训，不要到处喊冤叫屈，也不要到处找关系、走后门。我可以代表市委市政府领导表个态，我们绝对不为某个人写条子、打招呼。我们也希望，财政局的领导同志不要理睬任何走后门的条子、说情的电话。财政局的改革方案，是市委市政府批准的，也得到了省委省政府主要领导同志的同意，因此，希望财政局大胆改革。如果改革中出了问题，责任由市委市政府承担。"

市委书记最后用手指点着桌子说："请大家想想，市财政局有八十二个在编人员，还有二十七个从基层单位借用的人员。一个局就有一百零九个人在吃财政饭哪同志们！那么全市这么多部委局办，有多少人在吃财政饭？不改革行吗？"

市财政局像被谁用竹竿捅了的马蜂窝，大家狂飞乱舞，找不到头绪。在没有结果之前，谁都可能分享到改革的甜头，谁也都可能经受改革的阵痛，问题是谁都想分享甜头，谁都不想经受阵痛。乱糟糟的几天过去了，一些估计自己在分流之列的中年人开始骂骂咧咧，从局里向上骂，一直骂到中央，再从中央一直骂回局里。他们想读书，赶上文化大革命；想当工人、当兵，赶上上山下乡；想多生一个孩子，赶上计划生育；好不容易回城挤进机关，熬到该提拔了，赶上干部要知识化、专业化；孩子上学了，赶上"并轨"，要交培养费；正是有病可生的年龄，赶上医疗制度改革；急需房子，住房制度改革；万念俱灰，只剩下想安心工作、养家糊口，又赶上分流。他们人到中年，上有老，下有小，中间还有一个眼看也要下岗分流的老婆或者丈夫。要命的是他们进了机关之后，什么也不会干了，什么也不肯干了，就会坐机关，也只想坐机关。可是现在在机关坐不住了，需要八十岁做吹鼓手，重新择业，他们想想就怒不可遏。接近老年的人不是非常害怕分流，无非就是提前退下来，退一步天地宽；而掌握一技之长的半老年人退下来之后，就像时鲜菜一样抢手。年轻人对分流似乎更不在乎，他们既有知识，又年轻，归根到底，事业是掌握知识的年轻人的事业。即使分流，他们也可以迅速找到更好的岗位。他们中间的许多人原先就不安分，想闯一闯，如果让他们分流，就等于在马后面抽了一鞭子，马就会撒开四蹄狂奔。

局里以为一些人会闹事，准备了一系列应急措施。市委市政府有两点指示：不管遇到什么情况，都只能说服教育，耐心做思想工作；不管遇到多大的阻力，都必须坚持改革。但局里没有人闹事，中年人怎么可能闹得起来？他们那么多的事都经历过了。他们想想就想通了，那么多的人都挤在机关，非改革不可；改革是大势所趋，反对也没有用；这次不仅是一般工人、机关干部下岗分流，连部级领导都要面临下岗分流了，官民一致，还有什么好说的？再说，谁分流都还没有定，谁闹事不是自找没趣吗？即使分流，因为是试点，市里也一定会让他们有一个好的去处，使后分流的人心里踏实。这样一想，他们觉得前几天的骂实在幼稚和不应该，见到局领导，脸上的笑就格外多，格外亲切。

年轻人也不是每一个人都想出去闯。陈宗辉就不属于想闯的年轻人。他是大专毕业生，出去闯底气不足。而且，一个大专毕业生分到了市财政局，还有什么不满足，为什么还要自找苦吃出去闯？他庆幸是在老干部处，从中央到地方都不敢不重视老干部工作，老干部处就他一人，他又干得很出色，局里不可能让他分流。这样一来，他在局里似乎是最不可能分流的人。谁都认为老干部处无关紧要，恰恰是无关紧要的老干部处救了他。他觉得，他没有去局办公室是对的。人生的路很长，关键的也就是几步。

没有分流之忧，这是非常愉快的事情。陈宗辉想，他愉快，就有人不愉快。他不能让大家看出他的愉快，就增加了往老干部家跑的次数，即使不得已在局里露面，也总是故意皱着眉头，好像心事重重，仿佛他在分流人员中首当其冲。

陈宗辉暗暗兴奋了几天。人兴奋的时候，就把日子当美味咀嚼；人沮丧的时候，就把日子一截一截地咀嚼人。日子被兴奋的他咀嚼得有滋有味，老干部处的日子就像一颗颗新鲜橄榄。咀嚼之后，他开始琢磨谁被日子咀嚼。他希望这次分流的都是年轻人，要是有一些有水平、高学历的年轻人分流就更好了。多一个这样的年轻人分流，他就多一份竞争胜利的荣耀，少一个今后发展的障碍。他排了一份名单，排完之后他笑了，这些人都是局里的中坚力量，如同一支足球队的主力阵容，没有哪一个教练会愚蠢得把主力阵容全部排除在外。他重新排名单，这一次尽量客观公正。他的新名单上只有一个人：林和平。

一天，陈宗辉在楼道里遇到林和平。他闪进厕所，从窗口观察林和平的脸色。林和平一脸惨白，但仅仅一会儿工夫，脸色又半黑半白。陈宗辉不相信脸色会变化这样快，这样大。他从厕所出来，被太阳耀花了眼睛。他找到了答案，林和平的脸色变化是光线在作怪。他被一种异样的感觉驱使着，他一定要看清林和平有一张什么样的脸。

“马主任，下一周老干部处有什么工作安排吗？”陈宗辉走进局办公室。

局办公室主任本来对陈宗辉印象不错，后来局长要把陈宗辉调到局办公室，他对陈宗辉的印象就发生了变化。他内心当然认为陈宗辉比林和平好，而且管理一个大专毕业生比管理一个硕士容易得多，但他宁可要林和平，因为林和平有背景。虽然他明白，他还用不着省领导关心，但在机关时间长了，背景就被他看得很重。再后来，他听说陈宗辉不来局办公室，对陈宗辉的印象又好了，而且还想着要在什么时候帮一把。当然，陈宗辉不清楚这些。他笑着说："下一周？下周没有。"

"马主任，今年春游去哪里呢？"陈宗辉问。

局办公室主任问："老干部有什么意见？"

"老干部想参观新机场。"陈宗辉说。

"也好。一辆车拉过去，带他们看看，中午在那里吃快餐，不费多少事。"局办公室主任说，"去年发的是钱，每人一百块。"

陈宗辉问："今年是不是可以让他们带老伴？"

"这样吧，你先写个计划，我们相关人员再讨论一下，最后交局长办公会议定。春游时间可以放在下下周。"局办公室主任说。

陈宗辉出局办公室回到老干部处。他看清林和平的脸色了，林和平的脸色非常正常。他弄不懂林和平为什么死到临头了还无动于衷，然后他想到了林和平身后的关系。林和平是一堵不牢靠的墙，背后的关系却是坚强有力的支撑。市委书记说坚决不开后门，那是一种姿态。有后台的人用不着开后门，他们的事情在前台就做完了。有后台的人既然不可能被安排到环保所去扫马路、扫厕所，也就不用开后门调离环保所，如果局里没有把林和平列入分流名单，还要开后门吗？难怪林和平会临危不惧，他根本没有危险。

一阵刺耳的声音从远处响来，又向远处响去。声音中有警车的声音，有救护车的声音，有消防车的声音。这么多的声音混杂在一起，让人心里发慌。大家冲到过道里，向马路上看。马路上的行人在向远处看。谁也不知道出了什么事。这时候，有人打开收音机：

“各位听众，交通台记者铁平向您作现场报道。位于黄河路薛家桥巷五十八号的一栋居民楼十五分钟前倒塌，以副市长匡儒信为总指挥的抢救指挥部已经成立。公安、消防、医疗等部门正在全力抢救。有多少人被压在里面，目前还不清楚。由于巷子太窄，大型抢救工具无法进入现场投入抢救。据了解，这栋居民楼是市第二机床厂的宿舍楼。这栋楼在十年前就被有关部门定为危房。十年来，危房问题一直没有得到解决，值得深思的是，这栋楼里的干部，1990 年前，也就是在定为危房后的两年内，陆陆续续全搬走了。各位听……”

收音机里充满了嘈杂的声音，记者只好贴紧话筒，用最大的音量报道。

“你乱说什么!”一个粗大的声音突然出现在记者的旁边。

“啪!”一声钝响，记者和现场的声音消失了。

一段时间的空白之后，收音机里传出的是歌曲《天不刮风，天不下雨，天上有太阳》。

没有了现场报道，大家无声无息地回自己的办公室，好像什么事情也没有发生。在机关工作，必须学会不要轻易表态，必须学会熟视无睹。陈宗辉回味着记者的话，气愤就像强大的气流一样在他胸中冲撞。他伏在办公桌上，满腔仇恨地把林和平的名字涂成墨团，再一一列举当干部的好处。他没有当过干部，也没有见过什么大一点的干部，列出的好处无非就是汽车、住房，没有到过高档饭店的人，当然无法报出山珍海味的名字。他觉得自己可怜之极。

陈宗辉一天的心情都相当糟糕。他觉得，即使是为了少几个贪官污吏，他也应该当官，并且要把官当大，可他目前离最小的官都还有许多距离。他在老干部处！即使他能在老干部处得到提拔，这个无关紧要的部门领导也无法进入局的核心层。他懊恼极了，如同费了九牛二虎之力，只打到一粒干瘪的枣子。

到下班时间了。陈宗辉慢慢关窗子，他要等下班高峰过去后再出办公室。他不想和大家一起走。和那些气宇轩昂的同事相比，他觉得自己更像一个工友。他隔着玻璃看见局长在楼下。局长在等司机把车开出来，一边和下班的人打招呼，一边看手表。汽车到了，局长开门矮下身子钻进去。林和平从楼的死角走出来，从车旁走过。汽车经过林和平的时候停了下来，林和平也收住脚步。陈宗辉看见林和平弓着身体和车里的局长说话。他不知道他们会说什么。他希望局长说的是要林和平做好分流准备。但是，林和平直起身体的时候，陈宗辉看见他是笑着的。陈宗辉还看见车里伸出一只手做再见的动作。

局里为什么要调我去办公室，而让林和平到老干部处？刹那间，陈宗辉想到了这个问题。这个问题一出现，就在他脑子里爆炸了。他差一点站不住脚。他想，这个问题其实一直蹲在不远的地方等他，就看他能不能想到。他现在想到了，说明他又成熟了一大步。他关掉灯，让屋子暗下来。他必须要好好想一想。

让林和平去老干部处只有一个答案：不让林和平分流。局长才四十岁，怎么可能让林和平分流？

让陈宗辉去办公室有两个可能：陈宗辉新到局办公室，工作无法开展，正好找理由让他分流；陈宗辉在老干部处干得很好，调到局办公室是为了更好地发挥才能，不可能分流。

陈宗辉在两个可能之间漂荡，好像一条在两岸都失去码头的渡船。

七

校园隐在树阴中。

这所大专已经有四十年的历史。学校的绿化非常好，一排排法国梧桐、水杉、白杨、雪松、钻天杨，把校园有机地分割。楼前房后还有玉兰、腊梅、桂树等树木。如果不近看，学校就像是谁家的庄园，郁郁葱葱，清静幽远，走近一看就大煞风景。学校原有的建筑一律是三层楼，尖顶，虽然结实，但显得非常笨拙，木质屋檐和门窗早就开始腐烂。后来建的几栋楼结构很简单，似乎没有经过什么设计，是泥瓦匠用砖块随便垒起来的，而且它们建得不是地方。学校最早的规划没有考虑到后人要扩大规模，每一栋楼都处在最合理的位置。后来的建筑插在它们中间，就像非常霸道的人硬在人家的卧室里铺床。

“一绿遮百丑。”大家都这么说。所以有人说，因为没有钱维修改造旧房子，没有钱建新房子，学校就狠抓绿化工作，癞痢头没有钱治病，不就是在帽子上下功夫吗？

夕阳把软弱无力的光芒散开，像一个老人絮絮叨叨地倾诉毫无意义的往事。这时候，陈宗辉走进校园。他戴着墨镜，埋着头走路，没有引起忙着打饭和吃饭的学生注意。他经过一排长长的广告牌，广告牌上重重叠叠、横七竖八地贴着名目繁多的告示，出租电脑和自行车、招领、遗失、学生会开会、团委开会、周末录像片名、英语角活动、冷饮店开张酬宾、家属居委会不准养狗、绿化委员会严禁践踏草坪、“天皇”杯卡拉 OK 复赛名单、篮球比赛、舞蹈队排练、田径队改期训练、心理咨询、养蜂场直销蜂蜜……让人眼花缭乱又不得要领。学生们拿着饭碗，用各种各样不修边幅的姿势走路，高谈阔论。大专的学生永远是这样，在校园里目空一切，关注不着边际的东西，一出校门就把校徽摘下，遇到综合性大学的学生就情不自禁地自卑。陈宗辉想他当时也是这样的，现在想想过去的事情，恍若隔世，只觉得幼稚好笑。

班主任家在学校最后面的半坡上，那里有一栋三层的筒子楼，每层住户合用卫生间和盥洗间，家家户户都是在过道里烧饭做菜。他家在二楼的最顶头，隔壁是盥洗间，斜对面是卫生间。

门口总是潮湿着，走路必须小心脚下；进出必须及时关门，因为难闻的气味总是想朝他家钻。

陈宗辉小心翼翼地上楼，偏着身体穿过阴暗潮湿、气味复杂的过道。许多燃烧着的炉子提高了过道里的温度，菜进油锅了，“刺拉”声中爆起一股烟雾。有人在往过道里搬家具，也有的屋子已经空了。他想起学校最近建了一栋宿舍楼，班主任也是要搬的。他拉开班主任家的纱门，在门上敲了敲。

“请进。”班主任在里面说。

陈宗辉推开门。他看到班主任夫妇两个板着脸，一个坐在椅子上，一个坐在床上。他们好像在生气。看见陈宗辉进来，他们脸上的表情有些松动。

“孟老师，什么时候搬家?”陈宗辉知道来得不是时候，指着外面没话找话说。

班主任的夫人在床帮上拍了一下：“搬家？你问他！”

“小陈啊，今天怎么有空来的?”班主任答非所问，顺便笑了一下。

陈宗辉说了局里要改革的事。

“大势所趋。”班主任仰在椅背上说，“谁反对改革，无疑是螳螂挡车。中央下了决心。”

班主任的夫人呼地跳起来，“你少放酸屁！我看你就是螳螂！”她啪地推开门，又啪地带上。“咣当！”她大概踢了炉子一脚，炉子上的铁锅掉在地上。

陈宗辉不知道出了什么事情，让女主人发这么大的火。在他的印象中，班主任的夫人脾气是很好的，文静得像一个淑女。他看到班主任的脸色先是发白，又发紫，再发青。

“怎么啦?”陈宗辉问。

班主任摆摆手说：“没什么。她心里不顺的时候就这样子。”

陈宗辉想了想，试探着问：“孟老师，系里最近——”

“你也许不知道，冯勤生当副主任了。”班主任讥讽地笑了笑，“不过，回想一下他的为人，你也许能猜到。”

“怎么一回事？不是说好让你——”陈宗辉感到意外。

班主任掩饰性地咳了几声。学校实行校长负责制，校长常常把书记晾在一边，常务副校长和书记联手，抓住校长的把柄，把校长赶下台，实行党委领导下的校长负责制，常务副校长成为校长。在较量中，班主任坚决站在常务副校长一边，因为常务副校长和他是老乡。常务副校长曾经暗示，革命成功后，让他当系副主任，大家也以为他要得到提拔，但是，出乎大家意料，最后被提拔的是冯勤生，而冯勤生是原校长的人。大家不理解的东西，恰恰是政治，打江山需要父子兵，坐江山却要搞统一战线、搞平衡，即使是为了显示自己的大度、不任人唯亲，新任校长也会提拔冯勤生而放弃自己的老乡，何况老乡只是培养了一个陈宗辉，冯勤生却是党员，又发表过不少论文，在教学和科研上都有长处。班主任是事后才有些领悟这其中的奥秘的。他故作轻松地抖抖肩，说：“一介书生，玩不过官场上的人。好在我无意在仕途有什么追求。”

陈宗辉看出班主任口是心非。即使是再豁达的人，突然失去唾手可得的东西，心里也会不好受，何况班主任并不豁达。他做学生的时候，就知道班主任和冯勤生之间有竞争。有竞争就有隔阂，有隔阂就有矛盾，有矛盾就有斗争。冯勤生是另外一个班的班主任。那年，冯勤生入党了，班主任忿忿不平，“做领导的跟屁虫有什么意思？关键是要在学问上做文章！我不希望我的学生误入仕途。”班主任告诉大家，他在专攻文艺美学。后来冯勤生在班上宣读刚发表的论文，班主任又冷嘲热讽：“学问是那么容易做的吗？找个关系发篇文章，其实是一堆废纸。我不希望我的学生沽名钓誉。”陈宗辉今天来找班主任，是想让班主任指点迷津，现在改变了主意，班主任现在也有迷津需要别人指点。向一个盲人请教如何注意保护眼睛，既不合时宜，也不道德。他找准机会退出门。

陈宗辉在楼下遇到班主任的夫人。班主任的夫人是数学系的老师，和班主任是大学同学。

“何老师。”陈宗辉有礼貌地站到路边。

班主任的夫人说：“怎么就走了？你看，我把菜都买回来了。”她提起手上的食品袋，里面似乎有不少东西，另一只手上还拎着三瓶啤酒。

“我还有事，必须要走的。”陈宗辉说。他以前多次在班主任家吃过饭。

班主任的夫人放下东西，叹着气，平和地说：“你也许奇怪我为什么要发火。小陈你也不是外人，我说给你听听。”

班主任的夫人说，她家这次是申请住房的。按双职工、双中级职称、双十七年工龄、双十三年教龄、一个孩子的条件，她家这次能分到一个中套。但是，班主任说他要当系副主任，而当上系副主任可以直接住进校长掌握的大套，就把住房申请撤了下来。班主任说这样可以不占一个分房名额，既能多解决一个老师的住房问题，也多一份群众基础。

“我说，副主任的事没有着落，还是先把中套要下来，省得将来鸡飞蛋打。你知道你老师说什么？”班主任的夫人望着陈宗辉。

陈宗辉笑着说：“我不知道。孟老师说什么？”

“他说：怎么可能鸡飞蛋打？都定下来了！”班主任的夫人说，“我说官场上的事，不宣布就不能算。你知道他说什么？”

陈宗辉笑了一下，问：“孟老师说什么？”

“他说，领导定下来了，我还申请住房，不是故作姿态，就是不相信领导。再说，群众可以不讲信用，领导还能不讲信用？”班主任的夫人说，“可是呢？领导什么信用也没有讲！”她的音量渐渐高起来，但她不是习惯高声的人，一高上去就低了下来。她无奈地笑着说：“他不当副主任也好。他这样的人，就是当上副主任，也是受罪。”她的脸色又变得非常难看，“可是，中套没有了。我们在筒子楼都住十年了，婚是在里面结的，儿子是在里面生的，我们估计还要老死在里面。”

陈宗辉出了校门，又回头到冯勤生那里去。在学校的时候，他和冯勤生接触也比较多，因为他是学生会主席。

冯勤生在集体宿舍改建的房子里，但显然正在搬家。橱柜的边缘用旧衣服、废报纸包了起来，书都一堆一堆地捆好，码在墙边。学生会主席带几个学生运走一车东西，夫人在新居接应。他坐在家具和书籍之间，踌躇满志，他对陈宗辉的到来有些吃惊。

“恭喜冯老师，双喜临门。”陈宗辉说。

冯勤生笑笑，让陈宗辉在一捆书上坐下来，说：“你是从孟老师那里来吧？”

“孟老师好像比较消沉。”陈宗辉说：

冯勤生笑着说：“都说我是前任校长的人，其实错了。前任校长对我不错，是因为我是干事情的人。老实说，像我这样干事情的人，无论谁掌权，他们也是要用的。”他停了停，让陈宗辉有一个接受、消化的时间，又说：“老孟就知道投机、跟人。当官的你能跟吗？当官的是你跟的吗？历史上有几个人能跟着得到善终的？”

有关的历史像烟云在陈宗辉眼前飘过。他觉得有道理，而且觉得比班主任当初的教诲更深了一层。

“官场没有是非，只有利益。”冯勤生说，“我和你交个底。我干副主任，至多一年。我干这个副主任，惟一的原因是可以有一个大套。大套到手了，副主任也就不干了。”

冯勤生领着陈宗辉到学校的餐厅吃了晚饭。“你是学校的名人，我有理由请你吃饭。”他说。吃过之后，他在菜单上签了字。又接过餐厅经理递过来的三个快餐饭盒：“这是当官的好处。”他笑着说，“老婆、孩子就不用做饭了。”就在陈宗辉暗暗羡慕的时候，他突然厌恶地说：“一个堂堂正正的人，满足于捞这些好处，实在无聊之极，实在荒唐透顶，实在没有出息到极点！可有些人还拼命想得到它!”

陈宗辉的情绪被冯勤生弄得大起大落。冯勤生的话非常明白，但他还是看不透冯勤生，除非他能相信冯勤生的话，可冯勤生的大实话反而不能让他相信。他已经不是一年前的陈宗辉，他在机关、老干部处呆过一年，想什么都下意识地要绕一两个甚至三四个弯，看什么都下意识地要看透一两层甚至三四层。他在岔路口和冯勤生分手，向前走了几步，再闪到一棵大树后面，把冯勤生的话和背影一起品味。有些人就是这样，把什么都往明白处说，实际上是借明白为自己掩护，就像一个麻子跳到阳光下，既落得光明磊落的名声，又让人看不清他的缺陷——强烈的阳光刺得人睁不开眼，连他的鼻子都看不清，又怎么能看清细小的麻子？冯勤生就是这样的人。班主任是另外一些人，整天躲躲藏藏，似乎要把什么掩藏起来，实际上大家从他那神色上，就把他的那点心思一览无遗。想到班主任的房子，他觉得好笑，又觉得心酸。

下晚自习的同学一批一批地过来又过去。成对的男女拐进树林，隐入黑暗，亲吻的声音，像缺氧的鱼在水面张合着嘴巴。陈宗辉从树后走出来，他的思路在这时候被堵塞了，目前他还只能想到这一层面上，而且，机关分流的事，突然如同光芒四射的白炽灯亮在他眼前。他的心好像被谁猛地抓了一下。

八

陈宗辉现在的心情，比毕业前找工作时还要糟糕。那时候他毕竟幼稚，想不到那么多，现在脑子里全是想法，每一个想法都拽着他通向同一个目的地：分流。他忽然发现，他在市财政局中，最可能分流，也最怕分流。老干部处可以撤消，老干部处的工作由局办公室管，因为对老干部工作是否重视，不在于有没有设老干部处。如果不撤消，局里也可能让陈宗辉分流，调另外一个年龄大一些的同志来，就是从照顾那个人的角度也可以解释这一做法。老同志和年轻人不怕分流，中年人因为在机关经营多年，建立了不少关系，很容易找到退路，似乎也可以不怕分流。他是一个新手，又不在关键部门。没有帮过任何关键人物的忙，而且还是大专毕业生。他惟一的资本是年轻，可年轻又怎么样呢？在相当多的时间和场合，年轻一无是处。

陈宗辉理解不透领导的意图。在没有新的办法之前，他只有沿用老办法：到老干部中去，想看准时机请关键的老干部帮他说说情。他给曾经在局里当过主要领导的老干部打电话。

“洪老吗？我是老干部处小陈。您有空吗？我过一会儿来看看您。”陈宗辉说。

洪老说：“有空。你来吧。”

“钟老吗？我是老干部处小陈。您有空吗？我下午来看看您。”陈宗辉说。

钟老说：“有空。你下午三点钟来吧。”

陈宗辉骑车去找洪老。他给洪老买了一盘香蕉。洪老当过局长，比一般老干部家要宽松、气派。他先问洪老最近的身体情况，再说一些局里没有意义却有意思的事情，然后就听洪老回忆过去。洪老大部分都说过了，有的不止说过一遍，陈宗辉又耐心地听一次，并且要做出第一次听说的样子，在恰当的时候放声大笑，一次次鼓舞洪老。

“后来呢？”陈宗辉问。

洪老咳嗽着说：“后来？后来——”他想了想，接着说后来。他显然是搭到了另外一件事情上，因为这个“后来”和以前的“后来”不一样。

陈宗辉等洪老说话的激情过去，小心地绕到分流的话题上。

“这一次要动真的。”陈宗辉看着自己的脚尖说。

洪老微微点点头，目光停留在对面墙上的一幅字上。字是省里最著名的书法家彭秋写的狂草。本来是一个个独立的方块字，但狂草起来，笔笔相连、字字相关，即使分开，也是遥相呼应。整幅字粗粗细细，大大小小，错落有致，每一个细微的地方都有道理，都有讲究，都有韵味，就像闪电亮在乌云上的瞬间凝固了。陈宗辉每次来，都努力辨认每一个字，到现在还是只能连猜带蒙地知道那是苏东坡的《题西林壁》。

“这一次涉及的人员比较多。”陈宗辉看看洪老说。

洪老欠欠身子，让自己坐得更舒服一些，但目光还是没有离开那幅字。他好像把每一个字的笔画拆开了，手指在大腿上比划，在缓处慢而有力，在急处快而沉着。手指在运作的时候，既像重如泰山，又像轻如鸿毛。最后一个字了，他的手指猛地一戳、一顿，再把手一甩，仿佛是扔掉了手中的如椽巨笔。然后，他瘫坐在书法上，气若游丝，似乎全身的力气在一撇一捺中消耗殆尽。

“好！”陈宗辉赞叹说。他知道洪老在学书法，只是底子薄，字写得像小学生的书法作业。副书记在背后曾经这样评价洪老的字：

“很有童趣。”

“嗯？好，好。”洪老站起身，“好的，就这样。”

陈宗辉一愣，跟着站起来。只要是思维正常的人，都会明白陈宗辉谈分流的目的，但洪老就是不明白。洪老不是思维不正常，而是思维超常，是不肯明白。洪老先是及时地沉浸在书法中，让人不敢惊动他，再及时地把他的赞叹理解成告别，一次见面没有碰到一点实际问题就结束了。在官场混久的人，遇事首先临危不惧，然后金蝉脱壳。他暗暗佩服洪老，也能理解洪老。洪老毕竟是退下来的人，讲话不管用了，何况是面对下岗分流的大问题。

中午，陈宗辉给钟老打了电话，说下午有事，改日再去看望。他不想让上午的事再重复一遍。他必须好好地为自己想一想。如果领导让他去办公室是为了分流他，那么，即使最后没有能把他分流，他在局里呆着也没有什么意思。他辛辛苦苦地干，还要被分流，那要怎样干才有前途？而且，如果局领导想体面地留住林和平，他却不肯换部门，这就给领导出了难题，而一般人是绝对不肯给领导出难题的。他越想越觉得是这样，越觉得是这样他越兴奋，因为他变得前所未有的聪明了，复杂的事情也能理出头绪了。但是，他越兴奋，就越灰心丧气，因为越是如同他看透的这样，结局越是对他不利。他就像一个发现自己得了不治之症的医生，既对能发现病症而激动，又对清楚自己的结局而沮丧。

门口一暗，学生会副主席来了。

“陈老师。”副主席兴奋地说。

陈宗辉很不情愿地把副主席让进来。他有些尴尬和恼火。总的来说，他对副主席没有什么好印象，上回和副主席多说几句，是因为恼恨主席，是一种策略。他觉得，如果副主席懂道理，应该先打个电话来预约，他至少有时间把办公室收拾一下。同学们一定以为他的工作十分重要，但他的办公室实在不像重要部门的办公室，办公用具好像都是大家捐助的，格式不配套，颜色不统一。指挥家希望自己永远以穿燕尾服的形象留在大家的心中，绝对不想让大家看到自己有赤膊的时候。他在母校座谈的时候穿的似乎是燕尾服，现在，他在办公室好像是赤膊。

副主席坐下来，他脸上的表情告诉陈宗辉，他是把学长当成了朋友、师长、知音，他认为他和陈宗辉之间没有什么隔阂。

陈宗辉心里被副主席的表情弄得有些惭愧。他笑笑说：“什么事情让你这样高兴?”

“他没有得逞。”副主席的手向远方一指。

陈宗辉故意问：“他？谁啊?”

“还能有谁?”副主席把两只胳膊向后挂在椅背上。

陈宗辉想了想问：“怎么回事?”

“自绝于人民。”副主席的手脚跟着叙述胡乱做着动作，“我们原先是有个计划的。其实那个计划也不能把他怎么样，主要是出出我们心里的气。我们还没有行动，他就不行了。”

“为什么?”陈宗辉不由自主地追问。

副主席兴奋地说：“他给冯主任送礼。冯主任把礼交到系里了。”他又说：“不过，他也蛮可怜的。”

陈宗辉立即联想到自己和班主任。冯勤生这一手很毒辣，明里是表明自己廉洁，实际上是影射班主任收过礼。冯勤生为了自己，把主席的一生都毁掉了。

“他一直在做梦，等学校分配呢。”副主席说。

陈宗辉突然就同情主席起来。人总是在别人无药可救的时候同情别人。他能想像得出主席现在失魂落魄的情景，主席一定像一条断了脊梁的癞皮狗——虽然他没有见过癞皮狗是什么样子。他有些厌恶和憎恨副主席。副主席幸灾乐祸，但浑身上下洋溢着青春气息。他知道，在一般情况下，副主席找不到什么好工作，故意笑着问：

“你的工作找到了吗?”

“去年就定了，”副主席说，“去市委组织部。”

陈宗辉大吃一惊，“市委组织部?”

“我爸爸是省政府秘书长。”副主席轻描淡写地说，“陈老师去年到市财政局，孟老师和学校就是找的我爸爸。”

陈宗辉简直不敢相信自己的耳朵和眼睛。他原以为自己在副主席面前是高贵的孔雀，气宇轩昂，光彩照人，没想到副主席轻而易举就揭示了一个秘密，如同一个驯养师随便就掀开了孔雀的尾巴，露出了孔雀丑陋的屁股。他一下子拿不准对副主席应该有什么表情，就用手掌撑住下半张脸，眼睛从手指上方看着副主席，既不表明自己知道这些事，也不显露自己对这些事一无所知。

“就那么回事吧。”副主席耸耸肩说，“关键还是看自己，如果陈老师不行，我爸爸再帮忙也没有用。”

陈宗辉似有深意地笑笑。

“我爸爸说过，是金子总会闪光的。”副主席说。

陈宗辉轻轻咳嗽了一声。

“我不像陈老师。我不想在仕途上有什么发展。我进组织部，是先找个清闲的工作。等我把研究生文凭拿到手，我就离开组织部。”副主席说，“我高考没有考好，但是我的外语很好，英语四级过了。我一直在听研究生课程的课，明年就能参加英语六级考试。通过了，再通过论文答辩，我就是硕士，就能出去发展了。”

陈宗辉问：“机关不是在分流吗？你怎么还能进机关？”

“现在先改革的是政府部门，党委系统推后一步。再说，两三年之后，组织部分流，我已经走了。”副主席说。

陈宗辉问：“你爸爸同意你这样做？”

“我爸爸不同意我从政。他同意我‘曲线救国’的计划。”副主席说，“我爸爸原来是大学中文系最年轻的教授，现在还带博士生。他这样帮我，是因为他从来没有时间管我。”

副主席后来又说了一些他爸爸工作上的事情，看样子他很崇拜他父亲。陈宗辉没有心思听，却又不得不装出非常有兴趣的样子。他内心忿忿不平，如果没有一个当官的爸爸，副主席有这样潇洒？别人找工作，要花九牛二虎的力气，副主席不费吹灰之力；别人削尖了脑袋也进不了机关，副主席进出机关就像进出家门那样容易。

“对了，陈老师，”副主席在出门的时候像想起了什么，“我的对手已经留校了。是我帮的忙。”他恶作剧般笑了笑，“他求我帮忙，我当然要帮忙。这个时候只有我能帮他的忙。”

陈宗辉瘫坐在椅子上，虽然他明白应该送送副主席。他研究了副主席的话。也许副主席听到了市财政局的风声，是来暗示可以帮他的忙，可是又不像，副主席好像只是来告诉他一件事，没有什么其他含义，否则不会那么若无其事。但是，他又否定了自己的想法，也许副主席城府很深呢？他顺着这条思路想下去，甚至觉得他在市财政局不顺利的原因在副主席，副主席想办法让他分流，今后回学校座谈的就是副主席了。副主席的爸爸是官场上的，他哪怕只是看，也把官场上的一些手法学会了，他所谓的放弃仕途完全是骗人的鬼话。

“嘿嘿嘿嘿……”陈宗辉笑了笑。任何一个能把事情想到这一层次的人，都会笑的。

九

一束阳光斜射在白墙上，再折射到陈宗辉的脸上。他眯着眼睛，感到脸皮渐渐发烫。他的对面坐着局党委副书记。

最近的消息是，市委书记突然找副书记谈话，让他在主持局新党员“七一”宣誓之后，就退居二线当局巡视员。他本来是想干到退休的，有些想不通，但市委书记说遵守组织纪律就当巡视员，要不然什么职务也没有，等待退休。他只好愉快地接受组织的决定。据说，市委书记在一周内找了市里十二个部门临近退休的领导。

副书记距离当巡视员还有两个月时间。

“我要在你这里放一张办公桌了。”副书记自嘲地说。

陈宗辉看见副书记脸色灰暗。副书记就像一个气球在变大的时候被戳了一针。气球再大，也顶不住一根细针。他笑着说：“今后就可以多听李书记的指教了。”

“指教？我能指教什么呢？”副书记若有所思地说，“小陈啊，你还记得不记得，我说过要和你合作的事？”

陈宗辉的五脏六腑突然缩成一团。他怕副书记谈写文章的事。他已经没有什么必要和快退休的副书记合作了。他首先不是因为势利，而是因为内心的愤怒。副书记在得意的时候不把他放在眼里。现在失意了，就想到他了，就想到还有最后一个人可以利用。他一直以为副书记把合作的事忘记了，或者只是当时的推托之词，没有想到副书记把它放在心上。高明的棋手在布局阶段投下一颗棋子，看起来漫不经心、毫无用处，实际上要在关键时刻和某一颗棋子呼应，发挥作用。他不敢不答应副书记，面前的副书记还没有退。他笑着说：“我随时听书记的指示。”

“我哪有什么指示？我的指示是，你在适当的时候，把我写到上面去。”副书记望着墙上的表格，笑着说。

陈宗辉看着副书记走出门。副书记的动作有些迟缓，腿不听使唤似的。陈宗辉没有想到，职务对一个人会那么重要。对一个曾经有职务的人来说，职务就是精、气、神，就是灵魂。他又不争气地同情起副书记来，同时，他又深深地悲哀：他即使祖坟冒青烟，恐怕也难当上比副书记更高的职务。如果是这样，那在机关小心翼翼、诚惶诚恐干什么呢？和一个自由自在一生的人相比，在机关实在是得不偿失。他在瞬间几乎不想再干下去了，可是，另外一个他又在瞬间冒出来问他：既然得不偿失，为什么还有那么多人往机关挤呢？为什么还有那么多人在机关干一辈子呢？可见在机关有非同寻常的妙处，只不过他还没有体会到这种妙处。

电话铃响了。打电话的是局长。陈宗辉紧张得要爆炸，局长从来没有给他打过电话，他以为是和他谈分流的事。

局长问：“小陈吗？你给省委组织部《阵地》投过稿吧？”

“是是是，是这样的……”陈宗辉又是一阵痉挛似的紧张，以为局长对只挂副书记的名不开心。

局长说：“李书记待会儿和你谈。”

陈宗辉抓着听筒，还没有来得及想，副书记急匆匆走来了。副书记说，省委副书记看了《阵地》的清样后，觉得陈宗辉的文章有血有肉，对新时期如何做好老干部工作有指导意义，决定到市财政局来视察。

“明天市老干部局来人了解情况，”副书记说，“我们先议一议。下午下班前局长来听我们的意见。”

陈宗辉惊魂未定，说："李书记，你说你说。"

"我先说说，你再写个稿子。"副书记说。他眯着眼睛想了想说："你看是不是这样。"他等陈宗辉准备好纸笔，再说自己的想法。他的话题在老干部工作上停留了不到一分钟，就开始离题。一个小时过去后，他说到了 1954 年震惊全国的一桩银行杀人抢劫案上，他曾被公安机关讯问过，因为他那天从银行门前走过一次。

"那真是人海战术，一个一个排查。"副书记说。

陈宗辉忍住性子问："最后呢？"

副书记笑着说："最后？案子到今天也没有破！"他好像一点也没有发现离题，站起来边向外走边说："我就说这些，你先拉个稿子。"

副书记把驴唇不对马嘴的话当做了指示。陈宗辉不仅对副书记的做法不满，而且十分气愤——离下班已经没有多少时间，局长还要等着听汇报，这个时候就像总攻开始之前，时间就是生命。他转动手中的笔，因为气愤而找不到头绪。他沉静一些后又不得不佩服副书记。副书记已经向他说过了，至于说什么，那是另外一回事，这是领导技巧；副书记的话驴唇不对马嘴，可是心安理得，这是领导艺术。他写那篇文章时几乎是无中生有，好在后来他有了具体做法。他在那篇文章的基础上进行加工。下班前，局长让他去办公室，副书记、局办公室主任、局里的三大笔杆子都到了。另外还有四个有模有样人，局长介绍说他们是省委办公厅和市委办公厅的。

经过半个月的反复、精心准备，省委副书记到市财政局视察了。计划是视察一个上午，先听汇报，再到一些老干部家看看。这些天一直阴雨，大家心情很沉重，担心省委副书记的情绪受影响。视察的这一天早晨却阳光灿烂，而且还有阴雨后的凉爽，但情况突然发生变化，省委书记感冒发高烧，省委副书记要在上午十点半代替书记接见外省的一个考察团，他视察的内容只能压缩。省委办公厅通知说直接到老干部家看看，原准备看四家的，改成看两家，汇报在看中穿插。

陈宗辉听到消息后，心里十分着急，生怕临时调整会出什么乱子。其他不说，单交通管制、现场保卫等工作就很难做。但是，他马上发现他的担心是多余的，平时像“老爷车”的机关，这时候就像突然换了大功率发动机的机器，高速运转起来。大家忙而不乱、急而不躁，各司其职，应对自如。他突然对机关肃然起敬：就是这个看起来松散的机关，如果天塌下来，它也能把天撑住。他全身猛地一麻，好像经络在这一瞬间被机关打通了。

几个公安人员对着对讲机说着话，不一会儿，他们上了两辆警车，警车拉响警笛，一前一后出门。在财政局等候的领导纷纷上车，“砰”、“砰”、“砰”的关车门声此起彼伏，一辆一辆小车按领导的级别先后驶出大门，迅速组成一个车队。

陈宗辉在最后一辆面包车上。他看到每一个路口都站着交警，无关的人群和车辆被交警的手势和红灯制止住。那些被拦住的车辆老老实实地熄火，骑自行车和步行的人尖着眼往车里看。似乎想弄明白车里是什么人。他心里顿时涌出许多感慨。权力是实实在在的，权力的实质就是让大多数人站住成为瞻仰者，使自己通行无阻。他一时间产生了幻觉，好像现在是将来的某一天，他将到市里来视察。机关干部大概都会有这个幻想，他笑了笑。

先到洪老家。去洪老家的道路很干净，车辆停到洪老家后面，前面的空地留给省委副书记的车队。一些人在上上下下，还有几个便衣模样的人，似是而非地将右手手指的三分之一伸进第二个和第三个衣扣之间，仿佛随时能快速反应掏出枪来。更多的人站在楼下。洪老穿了新衬衫，打了领带，脸红得像加了色素的熟西红柿。他不知道是应该在楼上恭候，还是在楼下迎接，又不好意思问，一问倒显得没有什么见识，几个来回跑下来，人矮了，气也粗了。

陈宗辉站在离局领导不远的地方，等待指示。局领导不看他，而是和大家一样，把目光投向省委副书记来的方向。

九点整，一辆警车开来，后面是两辆“奥迪”，车牌号是10001和00003——这是市里一号领导和省里三号领导的车。陈宗辉以为市委书记和省委副书记会从里面出来，但后面又开来一辆面包车。大家纷纷让开一条路，又以面包车为中心形成一个包围圈，包围圈随着面包车的移动而移动。本来还站在空地中央的局领导，一下子就被包围圈甩在外围，只好找人缝往里钻。洪老挤不进去，急得满头大汗。

陈宗辉没来得及反应，就已经在外围之外。他踮起脚看到车门开了，市委书记一个箭步跳下车，伸手接省委副书记。省委副书记下来视察，市委书记可以不陪同，也可以陪同。但省委副书记年轻，有传闻说他不是进中央，就是接省委书记的班，市委书记当然要陪同。省委副书记低着头下车，只让陈宗辉看了一个侧影，就被人群淹没。又下来的是省委秘书长、组织部部长等领导，他们也被裹在其中。包围圈缩小，往楼道里涌。二十几个人进了楼道，还有二十几个人被警察挡在楼下。陈宗辉看到局领导和警察说了什么，警察放他们进去了。洪老这才发现自己还在楼下，急忙拨开人群，警察一拦就拦住了他。

“我是洪泰仪！”洪老说。

警察想了想，问：“你是干什么的？”

“我是406的洪泰仪。”洪老指着楼上说。

“对不起，有任务，请你等一会儿再回家。”警察说，“给你添麻烦了。”

洪老的手比划了一阵才说出话：“他们、他们就是到、到我家看我。”

“……”警察疑惑地看着洪老。

警察旁边一位文质彬彬的中年人上前一步说：“已经视察了，你再上去就来不及了。四楼呢。”他特意看看手表。

“我不上去，那他们看哪个？”洪老问。

中年人笑笑，不答。

“怪了，怪了。”洪老松开领带，抓抓头发，坐在台阶上。他掉进这个问题里了。

楼道里有了声音，局领导最先出门洞，看样子他们没有能进屋。陈宗辉想笑。领导们平时都高高在上，这时候都自动站到下风。这时候的省委副书记就像平时的局领导，这时候的局领导就像平时的他，甚至连他都不如，他毕竟没有这样谦卑过。他就觉得当领导有当领导的好处，也有当领导的难处，当然，有难处是为了有更多的好处。又倒退着下来几个人，然后是省委副书记和局党委副书记并肩握手下楼。陈宗辉以为两位副书记是熟人。洪老想过去说什么，人群又把他卷到外围。

大家又上车，车又一辆一辆开走。陈宗辉坐的面包车开了，他看见副书记没上来，而是在和洪老说话。他急忙向副书记招手，身旁的一个人说：“他不去了。”他问为什么，那人说，刚才省委副书记在楼上问谁是洪老，因为洪老没有上楼，大家就把局党委副书记拉过去。

“什么？年龄也不对呀。”陈宗辉忍住笑说。

那人笑着说：“对呀。省委副书记拉着你们的副书记说：‘洪老啊，身体不错嘛。’”

“李书记怎么说？”车上有人问。

那人说：“你们的李书记很镇定，说：‘精神好，就年少。我们财政局的老干部工作做得不错。’”

车上的人笑得前仰后翻。陈宗辉在笑中想起了楼道口那位中年人的表情，知道陪同视察的人员把什么特殊情况都考虑到了，他们即使不拉副书记冒名顶替，也会有其他办法巧妙应付；省委副书记即使能看破这些，也不会揭穿，而是顺其自然，使得大家都方便。他原来以为自己已经入道了，现在发现自己连边缘都还没有摸到。他就像一只小蚂蚁奔向一块巨大的蛋糕，他还只是隐约闻香味，离中心的奶油还远着呢。那个人又说，领导视察，都是坐进口面包车，既宽敞，又显得廉洁。

“03不是来了吗？不坐不是浪费吗？”有人问。

“来是一回事，坐又是一回事，这是两回事。03是一会儿接省委副书记去接见考察团的。”局办公室主任说。

陈宗辉看看身边这个披露内幕的人，这个人来的时候没有乘这辆车。他问：“你怎么知道的？”

“我是记者。”那人说。

陈宗辉问：“那你们回去怎么报道？”

“一处理就行了。”那人晃着大腿说。

陈宗辉想起那个报道住宅楼倒塌的记者铁平。如果铁平今天来，又该怎么报道呢？

去钱老家的巷子进不了车，车队在巷口停住，大家步行进去。最前面的队伍形成之后，后面的人不知不觉就加快了步伐，企图挤到省委副书记身边。他们脸上准备了充足的笑，随时可以迎接省委副书记的面对。前面的队伍就成了一团，大家都在向省委副书记说什么。和省委副书记距离这么近是难得的，他们希望能给负责组织工作的他留下印象。

陈宗辉也想挤上去，可上去了有什么话好说？就是能说上一句话又能怎么样呢？省委副书记一天要听多少人讲话！而且，像他们那样硬挤是需要勇气的，一种不怕屈辱的勇气，他还没有这个勇气，他仿佛是一个情窦初开的少年没有勇气面对异性。他落在队伍的最后。队伍的最后好像是彗星的尾巴，稀稀拉拉。队伍的顺序标明了人的地位，他有些沮丧，见不得人似的，如同参加一个婚礼，被主人安排坐在门槛上吃饭。

“小伙子，你是哪个单位的？”一个五十多岁的妇女问陈宗辉。

陈宗辉没见过这个人，这个妇女的气色很好，举手投足显得很大方、得体，似乎应该是一个在办公室蹲久的人。他笑着说：“我是市财政局老干部处的。”

“那你知道你们局里的老干部工作了？”妇女问。

“知道。”陈宗辉笑着说。他说了局里的做法，因为事情都是他做的，又参加过汇报材料的起草，所以讲得很动听。他一边讲，妇女一边听，不时点点头。他们本来是被队伍落下的，现在好像是因为一个汇报一个听汇报耽搁了。他希望能一直讲下去，他的落后就一直有借口。这个妇女很配合，手背着，仔细听，在需要更清楚的地方问一些问题，还扬起头笑笑。

“小伙子，大学一毕业就和老头子老太太打交道，你不觉得亏？”妇女问。

陈宗辉老实说：“一开始是这样，接触多了，就觉得很有意思。他们都是财富呢。如果不是‘一刀切’，他们还在掌舵。”

“哦？”妇女笑着看看陈宗辉。

陈宗辉说：“我说的是真话：局里调我去办公室，我没去。”

“嗯。”妇女点点头。

钱老退休前只是一般工作人员，住房面积没有洪老家大，所以上去的人更少。留在楼下的三三两两说着话。

“啊呀！卫部长，你在后面啊？”有人朝陈宗辉这边喊。

陈宗辉想起视察人员名单中有省委组织部常务副部长卫馥之，惊讶地问身边的妇女：“卫部长？”

“怎么，不像吗？”卫副部长笑容可掬。

“不，不。”陈宗辉涨红着脸说，“不，我不知道、不知道。”

“不知道很好啊。小伙子，你刚才说得很好。”卫副部长说。

有人跑过来笑着挽起卫副部长的胳膊，“卫部长，你怎么在后面啊？”

“听财政局的小陈讲讲，很受启发啊。”卫副部长说。

大家围上来，卫副部长立即成为中心，许多为省委副书记准备的笑，都像花一样向卫副部长竞相开放。陈宗辉又像轮盘上的水滴，被不断地甩向边缘。他看着脸色红润的卫副部长，回想刚才的讲话有没有什么漏洞。他没有说错什么，然后他恍然大悟：

他需要为落后找借口，卫副部长更需要找借口。大家刚才忙着追省委副书记，顾不上卫副部长，现在卫副部长是最高领导，大家又以她为中心。大家永远只有现场的最高领导，都变成一道道菜，放在最高领导面前，其实这是一种错误，最高领导哪里能吃得下。这时候，如果明智一点，应该把自己放在另外一位领导面前。这位领导正饿着呢，在饿领导面前，即使你是山芋，他也会把你当美味佳肴。机关真是充满了学问，只有留心，就会有收获。

陈宗辉局外人似地看着包围圈。卫副部长像一个吸铁石，大家就像一个个大头针。他觉得卫副部长应该会记得大家刚才的冷落，心里一定比他还明白，但卫副部长不动声色，手交叉在小腹前。他知道这是领导的涵养。他又想到，在许多场合，卫副部长不也是一根大头针吗？这么一想，他心里就通明透亮了。什么事情就怕身陷其中，跳开去看，一眼就能看清楚。“不识庐山真面目，只缘身在此山中。”他似乎明白了洪老挂《题西林壁》的道理。

省委副书记一下楼，和几个人握了握手，就匆匆朝巷口走。大家又去追他，许多人一溜小跑。市委书记快步跑着，侧着身子和他说话，走路的姿势别扭得像螃蟹要去办什么急事。卫副部长又一次落在最后。

“卫部长。”陈宗辉上来说。

卫副部长笑着说：“小陈啊，有什么事吗？”

“没有没有。”陈宗辉说。

“真的没有？”

“真的没有。”

卫副部长想了想，说：“小陈，你记一个号码：3836006。”

“3836006。记住了。”陈宗辉的心快蹦出胸膛了。

卫副部长说：“这是我家的电话。这个星期，你到我家来聊聊天。你来的时候给我打个电话。”

“不不，我没有什么好说的。”陈宗辉连忙说。他凭感觉认为应该这样说。

卫副部长笑着问：“怎么，是不想和我这个老太太聊天？”

“不不，我不是、不是。我、您、您是……”陈宗辉沿着自己的思路向下演化，让自己像一个涉世不深的孩子，他觉得，这个时候不应该把卫副部长当领导，而应该当长辈，至少是当阿姨。他所有的经验和感悟，在这个时候全部调动起来发挥作用了。

卫副部长母性十足地说：“你这孩子。记住啊，本周给我打电话。好好干，是金子，在哪里都会闪光。”

03 号“奥迪”开走了，各种车辆各奔东西。财政局的面包车兴致勃勃往局里开。陈宗辉觉得这次视察就像是做游戏，他在游戏中学到不少东西，最大的收获是结识了省委组织部常务副部长，看来还不是一般的结识，否则常务副部长不会约他到家里聊天。高考没有考好、进了不起眼的大专，分到不重要的老干部处，他每次都似乎死定了，却每次都柳暗花明，绝境逢生。这真是一条罕见的、奇妙的路，他把这条路走宽了，走亮了。

“小陈啊，你笑什么呢?”一上车就坐到陈宗辉身边的局办公室主任问。

陈宗辉没有意识到自己在笑，说：“马主任，我在想，李书记成了洪老了，提前被接见了一下。”

大家笑了起来。

局办公室主任小声问陈宗辉：“怎么，你认识卫部长?”

“……”陈宗辉一愣，“不认识。”

“我都看见了。”局办公室主任说。

陈宗辉笑笑。

“她可是实权人物。她父亲是当地下党的时候牺牲的。那一年，要不是她生病，省委常委、组织部长就是她的了。她二十一岁就到了省委组织部，现在的组织部长就是她提拔的，连今天来的省委副书记包立民也是她提拔的。”局办公室主任说。

陈宗辉点点头。

“这些你肯定都是知道的，你看我还和你说这些。”局办公室主任笑了笑说：“你什么时候帮我向她讨幅字?”

“……好的。”陈宗辉说。

局办公室主任很自然地把手搭在陈宗辉肩上。

回到局里，林和平正往一辆“桑塔纳 2000”里钻，边钻边向大家招手。陈宗辉听到大家议论说，林和平调到省财政厅政策法规处了。这事进行得很秘密，等大家知道了，调令已经到了局里。局办公室主任扶着门框呆若木鸡，看样子他对此事也一无所知。

陈宗辉没有想到林和平说走就走了。他把林和平当对手，并且曾经认为这个对手不堪一击，实在是庸人自扰、不自量力。他垂头丧气，内心深处受了重伤似的。他坐在老干部处，班主任、冯勤生、校长、局长、副书记、学生会主席、学生会副主席、洪老、省委副书记、卫副部长……许多他认识的人列队从他面前走过，让他很久才从思想的深处浮出来。他回忆着卫副部长说的号码，把它抄在电话号码本里，然后看日历表。今天是星期四，他想了一下，准备周末去看望卫副部长，去时买一束鲜花。最近的什么时候，他还要去感谢学生会副主席的父亲，他是有理由去的，他不去倒反而没有理由。

大雪无乡

关仁山

这年冬天反常。往年冬天，福镇就有下不完的雪。福镇人喜雪，雪天里赶大集，而且结婚的特别多。福镇女镇长陈凤珍记得自己也是雪天里举行婚礼的。今年镇里经济滑坡，也不至于老天爷动怒。可是到了农历大寒，愣是一星雪花没掉。土拉光叽的街道除了大集，便显得冷冷清清，更别提那婚礼的热闹了。寒流倒是不断弦儿地来，使镇上有股难闻的气味。

冷节气里，一天到晚净是难事儿。陈凤珍从镇政府搬回家里躲清静。镇政府每天都有要账的，还有农民告状的，眼不见为净吧。其实她的家就是父亲的家。她的丈夫和婆家都在县城。傍晚吃过饭，陈凤珍坐在灯下看书。书是丈夫田耕从城里捎来的，关于农村股份制的书。这些天她迷恋股份制，对现今杂乱无序的乡镇经济，股份制也许是个好招子。这阵儿家里也不安静了，天不下雪患病的多起来，满街筒子都是咳嗽声。陈凤珍父亲是镇上开药铺的，小药铺猛地火起来，父亲的炒药锅昼夜亢奋地响着。连经常在外乡卖野药的弟弟陈凤宝也赶回来，加入家庭熬药大会战。父亲一边捣药一边哼着“扁食歌”。她知道这是民间祭礼古代名医扁鹊的歌，父亲哼了几十年了，凤宝和小媳妇阿香边熬药边调笑。阿香并不嫌弃凤宝的瘸腿。这家伙卖野药嘴皮子练得不善，不仅嘴把拢人，而且在床上缠绵起来也不差。凤宝说，这年头市场疲软，可有两样不软！阿香问啥两样？凤宝笑嘻嘻地说：一是卖淫的，二是咱卖药的。阿香笑着揪凤宝的耳朵问，你个鬼东西咋知道？是不是在外头嫖女人？凤宝讨饶说俺有色心没色胆哩。父亲阴眉沉脸地训斥凤宝，别胡扯淡，混帐东西！那些玩艺儿与咱卖药能往一块儿扯么？陈凤珍合上书，弄得哭笑不得，这都哪儿跟哪儿啊？她又听凤宝解释说，爹，俺错了，是不一样。咱卖药有淡季，人家可没淡季。父亲生气地骂，你小子中啥邪气啦？咱祖传立佛丹有淡季吗？一年四季都叫好儿。阿香顺杆爬说，凤宝，你不能长敌人志气灭自己威风！凤宝咧嘴笑。父亲又嘟囔说，荒年饿不死手艺人，快熬药吧！陈凤珍就听不到他们说笑了，只有单调的炒药声。

北风挺硬，风很响地拍打门扇。冷节气并没冻掉凤珍的热情。刚才父亲说的立佛丹启发了她。她知道立佛丹是祖传医治下肢瘫痪的药。眼下镇里好多企业都瘫痪了，医治它的立佛丹是啥呢？福镇是富镇，与其它乡镇比一直是羊群出骆驼。撑到今年冬天也不行了，里走外转见不着钱。镇财政逮住蛤蟆攥出尿，手拿把掐仍不见亮儿。前几位镇长都升了，据说都是因为敢于上项目上规模，勇于负债经营，有了政绩也肥了腰包，轮到陈凤珍接手，赶上银行不放贷，治理整顿烂摊子。一年的光景，镇里经济越治越乱，好多企业关门放假了，银行催还贷款和外地索债的不断。眼瞅快年根儿了，县里又要各乡镇报产值。福镇报啥？她愁。那次去县里开会，宗县长夸他们精神文明抓得不错。言外之意是经济上不去，一手硬一手软了。都知道宗县长器重陈凤珍，不仅仅是赏识她，而且因为他们都是一条线上的。宗县长当过团委书记，而陈凤珍被宗县长提名来到福镇之前也是团县委书记。陈凤珍能摸领导意图，一到福镇就将镇团委书记小吴提为副镇长。这种团结方式确实不错，小吴鞍前马后围她转呢。陈凤珍继续看那本股份制的书，她好像找到了祖传的立佛丹。

这时院里有车笛响。陈凤珍抬头看见副镇长小吴进屋来，脸冻得通红。小吴说，陈镇长，又出事啦。陈凤珍问出啥事啦？小吴说，那几户承包草场的农民，把咱镇政府给告啦。陈凤珍收起书叹道，这是我意料之中的事。小吴说，宋书记让我通知你出庭，潘老五去珠海要债去啦！都是潘老五惹下的祸，干吗要你一人？陈凤珍沉吟半晌无语。她知道镇党委书记宋鹤年是部队转业干部，跟县委组织部李部长是部队战友。他比陈凤珍早到福镇两年，福镇的农工商联合公司总经理潘五兰也是宋书记的人。虽然由陈凤珍挂着公司总管，实际早已被潘五兰架空，直接由一把手老宋调遣。好事轮不着陈凤珍，被告出庭的孬鼻子事自然跑不了她。潘五兰经理男人起女人名儿，处处晦气，人们都叫他潘老五。潘老五是手眼通天的人物，农民企业家，福镇乡镇企业的创始人。伺候了几任书记镇长了，喜欢他也好，恼他也罢，谁也动不了他。福镇的厂长们都是潘老五一手提拔的，别人很难插手，陈凤珍发号施令也都是通过潘老五进行。小吴又说，潘老五哪是去要债，分明是躲了。陈凤珍咬咬牙说，我去出庭，变不了凤凰还变不了胡家雀么？没干成光彩事儿还怕丢人？小吴相信陈镇长能对付过去，可心里还在鸣不平。这场民告官的官司完全是潘老五一手惹起的，潘老五听谁的？还不是听一把手宋书记的？她记得镇塑料厂从西德进口一些废塑料，潘老五提议并一手操办。当时陈凤珍和几个副镇长都提醒他，别上外国佬的当，潘老五眼里压根儿就没他们，他只听一把手的，他向来都这样。废塑料运回福镇，一拆集装箱就傻眼了，全是臭味熏天的民用垃圾，往东河坡一卸，捡破烂的就围上来，还翻出不少黄色画报来。陈凤珍让潘老五赶紧派人看管。正是春天的雨季，雨水将垃圾冲散了，污水顺东河流向那片草泊，不久那片春笋般的芦草都枯死了。草场是上了保险的，县保险公司来人查看，是废垃圾里的污水污染的。保险合同没有这一项。草场承包者刘继善等几户农民找潘老五，他们要求索赔。潘老五没好气儿地说，俺这儿有一百万的垃圾找谁去赔？除非德国佬赔了俺，俺就赔你们！然后潘老五就去给德国拨电话。对方哈喽哈喽叫两声就放了，话务员当即朝潘老五要两千元电话费。哈喽哈喽两千块的话柄就在福镇传开了。陈凤珍要求镇党委对这一事件追究责任。宋书记说咋追究？这十几年经潘老五贷款就有两个亿，谁接手谁来还？陈凤珍哑口无言。潘老五这阵儿真成爷了。退休的公安局副局长老徐给他当保镖，还从镇医院聘请了贴身保健医生。有个头疼脑热的病，银行行长都来看他。那些农民不交村里草场承包费，追着潘老五要钱，拖到了冬天也没个眉目。陈凤珍开始也帮着农民说话，后来听说几户农民中有她三姑家，也就不张嘴了。小吴愤愤不平地说，潘老五穷横凭个啥？还不是能欠债。这阵儿黄世仁都给杨白劳叫爷！陈凤珍苦笑说，别这样说，老潘也想把镇里经济搞上去，碰着这样大气候，加上他素质又差，没办法呀！这些天，县里号召各乡镇搞股份制，可谁也不敢动。我想，咱们带个头，摸一套经验出来。不是说，福镇历来出经验嘛！股份制企业和股份制公司，就能避免进口废垃圾这样的失误，兴许能把乱哄哄的乡镇经济捋顺过来！小吴颇有疑惑地说，咋个股份制？还不是换汤不换药。陈凤珍解释说，各企业吸收股份，搞股份制企业，对于镇总公司，各企业和分公司就是股东。企业和总公司分别成立董事会，大的经济活动要由董事会决定，这样的话，乡镇经济才有可能走向良性循环的轨道。小吴点头说，想法很好，不过，这不等于罢潘老五的权嘛，他不会答应的。陈凤珍说，大势所趋，我们耐心做他的思想工作。小吴说，潘老五反对，宋书记也不会支持的。陈凤珍笑笑说，这是给他一把手脸上添光的事儿，他会转过弯儿来的。在乡镇一把手和二把手是有本质区别的，镇里成绩多大，也得记到老宋的帐上。小吴摇头说，那难说，宋书记这人难看透！陈凤珍说，他反对更好，反对咱也干。小吴笑了，心想那样出政绩可能就记陈镇长身上了。经济上不去，搞出一套经验来，她见到宗县长也好有话说。陈凤珍站起身，脸上显出被压抑的兴奋说，这场官司打定啦！镇政府是输是赢，都说明搞股份制的必要性。哪找这材料？小吴，你执笔写写吧！然后她披上军大衣说，小吴，跟我去那几家看看。小吴没吱声就跟陈凤珍走出屋子。凤宝拐着身子朝吴镇长摆手说，吴镇长有空来呀，缺医短药的说话。陈凤珍瞪凤宝一眼说哪有咒人吃药的。凤宝嘻嘻地笑，吴镇长不是刚结婚么，俺说的是那种药。陈凤珍说瞧你个没正经的。小吴边笑边往外走。陈凤珍骂归骂，她从心里挺服气这个瘸弟弟。凤宝研制了一种民间补药挺畅销，他姐夫田耕来了就朝他要这药。陈凤珍生得高高壮壮的，而田耕是个戴眼镜的瘦弱书生。他跟陈凤珍头一宿见面还行，过两天就支撑不住嘴里老讲股份制，吃上凤宝的药就再也不讲股份制了，天一落黑就朝凤珍身上乱摸，惹得陈凤珍烦他了。自从她调到福镇来，田耕才不大吃这种药了。

小吴开那辆旧 212 来的，是镇里钢厂淘汰下来的旧车。陈凤珍钻进去感觉四处跑风，冷呵呵的。好在他们要去的草上庄离镇子不远，吸袋烟的时辰就到了。这村的地皮儿陈凤珍踩熟了，她三姑在这村，她从小就跑三姑家玩。草场被污染事件，她也跑来几次，为那几家农民办了点实事。她怕因她出庭，这几家农民心里有负担，就来说说。车路过三姑家门口的时候，陈凤珍扭头望了望，看见三姑院里屋里围了好多人。她怕是出啥事了就让小吴下车看看。小吴看回来说三姑正上香算命呢，好多远道来的农民，屋里盛不下在外头等着。陈凤珍半晌无语，叹一声示意小吴快开车。三姑上香算命看病是收钱的，她知道就得管。她在汽车拐弯的时候看到三姑家门楼上插满了灰白的艾叶，三姑管这叫桃符。艾叶在寒风中瑟瑟抖动。她不明白三姑为啥成仙了呢？她不信，可有那么多人信。想起来三姑命够苦的，从小就浑身多病，二十出头就瘫痪在炕头了，东求医西寻药，家都败了也没啥起色。后来又建议她去远村的一个大仙那里看看。三姑说那行么？三姑夫说有病乱投医看看再说。三姑被马车拉着去了远村的大仙家里，大仙一见她就给三姑跪下了，并学了两声蛤蟆叫。大仙说他是蛤蟆仙，而是三姑是狐仙，仙中之王，请她赶紧出道上香，有病自除有祸也自消了。三姑半信半疑回来操持上香。果然如蛤蟆仙所说的，三姑上香能看病看宅看命相，自己的病也好起来，在这块地儿上声名大震。陈凤珍委实弄不明白，也不想去弄明白。三姑托她父亲捎信给她，注意这小人亲近那贵人的，她还能升官的，陈凤珍一概不睬。一个乡下老太太该成组织部长了。不过，近来她还真听到风声，说三姑将草上庄全村老少都算服了，连村支书村长都找她，卖地建厂等大事都请三姑踏看风水。村委会研究好的决议，愣让三姑的香火给否了。陈凤珍听到又好气又好笑，让父亲给三姑捎信别太张狂了，否则影响太大，别怪她这个当镇长的侄女无情。陈凤珍问小吴说，你信我三姑那套么？小吴迟疑一下说，这年头的事儿没准儿，啥也不能全信，也不能不信。陈凤珍笑说，小吴啥时也学油啦？小吴板了脸说，不是油，你三姑够神的。就拿镇塑料厂来说吧，当初潘老五选东河岸边的老坟地当厂址，厂长老周也是草上庄的，老周就请你三姑看看风水，你三姑说这地方凶，压着龙头了，建厂准黄。潘老五被老周骂了一顿，还是没挪地方，结果咋样？一开工建房就砸死了人，门口那段路老翻车。厂子建起来就没盈利过，潘老五又从德国进口废塑料，是垃圾不说，又惹出这场官司，厂子一进夏天就关门了。陈凤珍听得心里嗖嗖冒凉气。她说，别说了，听起来怪吓人的。哎，今晚上，咱们见见老周。小吴点头开车，不一会儿就在村民李继善家门口停下来。风大了，铜钱大小的树叶子满地滚动。

李继善人缘好，每天晚上家里串门的都是一屋子。大伙正为官司开庭的事戗戗，见陈凤珍和小吴进来都挺吃惊。李继善的父亲见陈凤珍就说，陈镇长呀，俺们这几户打官司可不是冲你呀！早知是你出庭，俺们就撤诉啦！都是潘老五那杂种给俺逼到这份上啦！陈凤珍朗笑道，没事儿，公司是镇里的，我是镇长出庭是应该的，我就怕你们有顾虑，才来看看。一句话说得李继善一家子挺感动。李继善说，陈镇长没给俺们少操心哪！陈凤珍示意大伙该唠啥唠啥，然后她就盘腿坐在大炕上烤火盆子。老的少的，男的女的，陈凤珍如鱼得水。她说坐在老乡的大炕上心里踏实，上了法庭也有根哩！李继善端来一盘子瓜籽，陈凤珍一边嗑瓜籽一边逗大伙说实话。好多人有些拘束，同着镇长好像没啥可唠的了，陈凤珍就往股份制上引。她听说这几户农民承包草场的形式是股份制。这回李继善和乡亲们就打开话匣子了。陈凤珍让小吴找塑料厂厂长老周来。老周与李继善是一起光屁股长大的好哥们儿，这阵儿在家歇着，一直为这几户农民幕后出主意。老周怕伤了潘老五，一直不敢在公开场合亮观点。听说陈镇长叫他，犹豫了半天还是硬着头皮来了。陈凤珍问他一些塑料厂的情况。她看出老周有些慌，额头沁出青虚虚的冷汗。老周检讨似地说，都怪俺无能，没把厂子搞好，辜负了陈镇长和潘经理的希望。陈凤珍笑起来说，咱们不是开批斗会，你尽管拿观点，你看厂子还有救么？老周想了想说，咋没救？荒年饿不死精明汉，只要干，还是有救的，主要是管理……陈凤珍再往下追问，老周就不再说了。她看出他的心思，只要潘老五不乱插杠子就成。陈凤珍说，镇里马上推广股份制，完全科学管理，按经济规律办事。老周脸松活了说，真正是好招子。我们早就盼着改革一下，要是股份制，我和李继善两人承包塑料厂。陈凤珍与小吴对视一眼，两人都笑起来。老周叹道，镇长，我看着那堆机器扔着心疼哩！真打实凿地干吧，不干没出路。小吴笑道，阎王爷不知小鬼难受，你不怕那块地方犯邪气？老周不好意思地说，那不算啥，人正能压邪，再说，求三婶子上香给寻个破法儿，准能镇住。陈凤珍和小吴大笑起来。小吴举手指指点点说，他妈的，这日子确实有邪气，是得靠正气拨一拨啦！陈凤珍笑说，瞧，小吴也上仙儿啦！一屋子人都跟着笑。说说笑笑直到深夜风息，陈凤珍和小吴才回到镇上。

涉及潘老五的经济案连法院都很憷头。要不是被告方陈凤珍在法庭上替原告说话，恐怕这案情又羊屙屎似地拖下来。陈凤珍在县城找了宗县长，想尽快将这码啰嗦事了断，也把抓股份制的想法都向宗县长说了，宗县长挺支持。法院断定由福镇农工商公司向七户农民赔偿草场损失费四十万元。回到镇上，陈凤珍就到处找钱，总公司的帐上没钱，镇财政也没钱。偏在这时山西某煤矿来了一拨儿要帐的。前半年镇里铁厂和瓷厂用煤都是潘老五从这个煤矿赊来的，粗一搂就有百余万。镇党委书记老宋和陈凤珍好生接待，让煤矿客人吃好玩好。老矿长跟镇领导哭穷。矿上开不起工资啦。这次再要不回钱去，工人们就得把我吃喽。陈凤珍心里挺难过。她看见老矿长拿着速效救心丸，时时就含两粒，她又害怕出事。看来劝是劝不回去了，只有等潘老五从珠海回来。陈凤珍让小吴找来镇铁厂朱厂长，她命令朱厂长把客人陪好，就抽身出来与宋书记商量股份制的事。

宋书记每天都保持一个短暂的午休，无论春夏秋冬都这样。下午三点钟左右，陈凤珍就来到宋书记的办公室等他，宋书记却四点钟才从休息室里出来。他见陈凤珍看报等他，有些不好意思。他仰脸打了个喷嚏，连说感冒了感冒了，感冒脑袋就沉，脑袋一沉就是一个漫长的午睡了。陈凤珍看了看宋书记多皱的脸，感觉他苍老了。五十多岁的人了，已经到了不提拔年龄，儿子女儿大学毕业都在县城工作。潘老五也派镇里工程队在县城为宋书记盖了栋两层小楼，也有了退路。镇上工作是难，再难也不是自己的事。他不相信这年头还有为工作愁死的。有时他真不理解陈凤珍，她忙得脚后跟打脑勺子，忙半天有啥起色？福镇发展到今天是用钱堆起来的，不是哪个忙出来的。他嘴上的口头禅是，人随势走。陈凤珍在老宋身上的感觉总是发生误差。老家伙的更年期到了，本来应该高兴的事却立马沉了脸。关于搞股份制，陈凤珍又把老宋估计错了。老宋当兵出身，功臣似的脾气嘴还损。他对陈凤珍提出的股份制不以为然，边喝茶水边说，凤珍哪，你的心情我理解。想通过股份制来治理这个烂摊子，把工作抓上去，这是官话；私话呢，搞出个经验捞点政治资本，能往上升一升。这没错，谁年轻都想闯一闯。不过，你们团系统的干部有个通病，干事轰轰烈烈没下文，开始就是结束。陈凤珍脸通地红了，争执说，只要路子对，我会干到底的。老宋摆摆手说，别急，别急，听我说完。我是说，搞股份制，别是秋后的黄瓜棚空架子。目前福镇最大的难题是缺钱，钱，懂吗？陈凤珍心里乱糟糟的静不下来，生气地说，这样胡整，多少钱也会败光的。老宋依旧笑说，别激动，凤珍！我不是反对股份制，只怕费力不讨好。陈凤珍干脆就端出进口废垃圾一事讲股份制的迫切性。她说，股份制就能避免失误，它能逐步使管理科学化，走上良性循环轨道。也许，我们这茬领导不能受益，可后来人会记起我们的。从某种角度说，股份制也是一场革命！老宋说，你说得挺悲壮啊！理儿是这么个理儿，谁都想弄个刀切豆腐两面光，可这是福镇。福镇的狗屁事够你研究一辈子的。陈凤珍不服气地说，哪儿不是在摸着石头过河。老宋呵呵笑道，凤珍，你别误解我。搞股份制我没啥意见，关键是白弄了也搭不了啥！陈凤珍自知说服不了他，默默一想，一张嘴巴两张皮，横竖由你去说，出水才看两脚泥呢。她问宋书记啥时开动员大会？老宋说，等潘经理回来再说。他不回来，我们咋动？陈凤珍没说啥，自知她和老宋在福镇动经济，是丫环带钥匙当家做不了主。按常规，潘经理应是在镇党委镇政府领导下进行工作，眼下却啥都倒过来了。没办法，她只有傻巴呵呵地瞎等了。如果潘老五在南方被女人缠住，看来股份制还得像这西北风白刮腾。她出了宋书记的屋，就到小吴办公室里放怨气。小吴说她头发长见识短，见怪不怪吧。陈凤珍气糊涂了，嘴里也带了脏词儿，这鸡巴潘老五走了快半拉月啦！是要帐还是旅游？小吴听见这话，忍不住抿着嘴笑，陈镇长急了也敢捅词啊！别急，告诉你，潘老五后天回来。陈凤珍问你咋知道？小吴说，昨天跟文化站的小敏子打麻将，我套出来的，露透社消息忒准哪。陈凤珍知道小敏子是潘老五多年的姘头，人长得一般，挺白嫩的，有股刁骚劲。丈夫过去是军人，复员后让潘老五安排到福镇驻海南办事处了，潘老五喜欢小敏子，也舍得给她花钱。有一年夏天，潘老五给小敏子买来一件高档连衣裙，小敏子穿上又露又透的，人们就叫她露透社了。潘老五的老婆恶声败气地来文化站跟小敏子闹，被潘老五一脚踢回去。老婆怕离婚，就忍气吞声装着没看见。陈凤珍听小吴说出露透社有消息，心里就踏实了，只要潘老五出差与小敏子有热线联系，就说明他在外头没叫别的女人缠住。陈凤珍叹道，唉，山西那要帐的还没走哇！她感觉心口有啥东西堵得慌。

捂了好久的雪，终于在黄昏落下来。雪片子好像在天上焐热了，落在陈凤珍的脸上也不觉凉，还有股子日头的气息。她在雪地里愣了半天神，正准备去食堂吃饭，小吴颠来告诉她，正如露透社所说，潘老五一行到家啦，而且还要回了欠债二百万。陈凤珍与小吴回到办公室，陈凤珍拿围巾扫去头上的雪说，小吴，你给老潘家打电话，说晚上到镇政府开会。小吴说镇长又犯路钱错误，潘老五这会儿能在家？陈凤珍说他不先回家去哪儿？小吴说准在露透社，不信咱俩打赌。陈凤珍摇头说，老潘毕竟还是镇里的招聘干部，他会注意影响的。小吴说你不信我给小敏子家拨电话。随后他拨通了小敏子家的电话，传出小敏子娇滴滴的声音。小吴怕小敏子打谎语，一张嘴就蒙开了，我是吴镇长，潘经理找我有急事，他让我打这个电话。小敏子支吾两句，还是让潘老五接了电话。小吴一听潘老五的声音，怕老家伙翻脸骂他，就赶紧把电话塞给陈凤珍。潘老五听是陈凤珍的声音，心里恼，嘴上还是蛮客气，汇报汇报要债情况，问她现在吃饭没有？陈凤珍逗他说，潘大经理不回来，我们吃啥？吃雪都不下，还得老潘回镇子，镇上就下雪，连老天爷都知道溜须趁钱的。潘老五说，别跟你五叔逗，咱们都去福斋楼涮羊肉！就把电话挂了。陈凤珍放下电话说，小吴，果然给你猜着了，往后就叫你吴大仙吧。小吴说，你赌输了，晚上你多喝一杯酒。他们说笑着奔福斋楼去了。

雪纷纷扬扬下得紧。天黑下来，白雪照得人总想闭眼睛。陈凤珍走在雪地里，远远地看见潘老五的奥迪车驶过来，车里坐着小敏子。在福斋楼门口，她才发现是潘老五自己开的车，潘老五跟小敏子明来了。陈凤珍记起，去年在县城开三级干部会，散会那天，招待所里摆满了接人的豪华车，明眼人发现好多厂长经理们车里有小姐。小敏子就坐在潘老五车里，人们也都见怪不怪了。不过，陈凤珍发现那些乡镇长挺眼热，却不敢明来，吃行政饭儿的顾虑多一些。这时陈凤珍透过雪花，看见潘老五穿着皮夹克挺着肚子往楼里走，小敏子颠颠地跟着。到楼上雅座坐下来，陈凤珍才发现潘老五这次回来脸呈菜色，人没瘦，后脖梗鼓出一骨碌肉疙瘩，眼神儿还那么亮。好几个女人都说潘老五眼睛带钩儿，陈凤珍倒没觉出来。潘老五张罗着点锅上羊肉，又问陈凤珍喝啥酒。陈凤珍说随便，反正我喝不多。小敏子说，那就喝孔府家酒。潘老五笑说，对对，喝孔府让人想家。小吴暗笑，你想啥家？回到镇上半天了，也没进家门一步。陈凤珍说，把宋书记叫来，他可能喝！潘老五摆摆手说，老宋感冒重了，让他家里捂汗去吧。咱们喝！出门在外，挺想你们的。陈凤珍心想这话应该对着小敏子说。小敏子为潘老五脱下皮袄，抖着油渍麻花的袄袖子说，在外准没少喝，看这油袖子。潘老五哈哈大笑说，本人才叫酒精考验的油袖干部呢！不喝酒，这二百万能要回来？南蛮子灌我酒，一万块一盅酒，你算吧！老子喝完最后一盅酒，醉眼一看，全鸡巴没人影儿啦！我以为他们故意丢下我，出了酒店门，才听说那群尿包们全钻桌下哼哼呢。陈凤珍担心道，你后来咋样？潘老五，我带着凤宝配制的解酒药呢。甭说，凤宝的药挺灵，这小子有点鬼头门儿。陈凤珍就格格地笑开了。小吴边笑边逗潘老五，潘经理，凤宝的解酒药灵。那个药更灵吧？潘老五见小敏子拿眼瞪他，就支吾倒酒将话题遮过去了。喝了几杯酒，陈凤珍的脸就红扑扑好看了。小敏子喝雪碧，小脸白雪一样，潘老五就喜欢皮肤白的女人，小敏子白脸蛋儿跟陈凤珍一比就更让他怜爱了。陈凤珍不时瞟潘老五，她在盘算咋跟他提股份制的事，还有法院替李继善几户农民追赔款的事。她感觉跟宋书记说话累人，跟潘老五说事就轻松，这家伙头脑简单直来直去，要是喝到兴头儿上，跟他说啥都应承。陈凤珍见潘老五喝欢喜了，举着酒杯吼了两嗓子京剧。他喜欢京剧，没少拿公款往县京剧团里赞助。陈凤珍趁潘老五高兴就把事情说了。潘老五拍着胸脯子说，其实我全知道啦！陈凤珍马上想到宋书记给他通过电话。小吴却说，老潘是不是露透社的消息？小敏子拿拳头捶着小吴肩膀笑骂。潘老五罚了小吴一杯酒，自信地说，吴老弟，不是跟你吹牛，福镇的事都在你老哥手心攥着呢！顺我者昌，逆我者呢，你小子说。小吴笑着说是，心里骂着老杂种。小敏子看陈凤珍脸色不好，就圆场劝酒说，陈镇长，别听他胡吹六侃的，咱俩喝一杯。陈凤珍已经头晕了，强撑着完全是为说事，潘老五拿话点她，点到疼处也火了，她把酒盅往桌上一摔说，老潘，你把话说明白，是不是我和小吴哪点惹着你啦？潘老五愣了愣，扭脸对她说，凤珍，这是哪跟哪啊？你五叔向来高看你，我这大老粗说话没溜儿，你还不知道？甭说别的，就凭凤珍替我出庭这一手儿，我就感激不尽哪！小吴插嘴说，是哩，陈镇长出庭冲谁？还不冲你老潘？这回你可别叫陈镇长坐蜡啦。潘老五顺着小吴的杆儿爬，连说，凤珍哪，我潘老五说话算话，欠那几家的钱，从这二百万里出！陈凤珍嘴角渐渐浮了笑影说，是哩，快把这点啰嗦了啦吧，我们还有多少事要办呢！潘老五接下话茬说，不就是股份制的事么，这事五叔也支持你！有人给我报信，说搞股份制是罢我的权，我不听这套！事在人为，权是鸡巴啥东西？又一根木头！权得看你咋使啦。镇里企业上人，都他妈一群土打土闹的家伙，是得来点洋玩艺儿，提高提高！人家南方企业，早就股份制啦！股份制能救活福镇，替我把贷款还上，我他妈算是抱着猪头找着庙门儿啦！是不是？你五叔脑筋不老吧？陈凤珍虽然听着别扭，但她心里还是热乎乎的，老潘办事比老宋痛快。她笑笑说，股份制哪有那么神？替福镇还贷款？有一点是肯定的，符合经济发展规律，最终受益的还是福镇。潘老五大咧咧地说，我不是那意思，靠股份制来钱，喝西北风吧！我同意干，关键是也不搭啥！然后就张罗喝酒。陈凤珍从潘老五最后一句话里听出他跟宋书记是通了气的。他们是一个年龄段儿的酒肉朋友，连说话都臭味相投。明摆着，潘老五和宋书记对股份制是应付，她挺知足，他们不跳出来反对就成，小车不倒只管推着走吧。末了，她又跟潘老五喝了两盅，脑袋嗡嗡的吃不下羊肉了。潘老五的大嗓门儿将旁边雅座里的山西客人引了来。他知道老矿长带人来了，想明天再见面，没承想铁厂朱厂长也带他们到这涮羊肉来了。这样见到老矿长一行，潘老五挺尴尬。老矿长和另外三个人端着酒杯过来敬酒。陈凤珍看出客人是一肚子气。老矿长心脏不好，喝的是矿泉水，边喝边埋怨说，老潘，你个挂羊头卖狗肉的家伙，是不是躲我们？潘老五说，老哥，别误会，我今天刚下飞机，晚上又没看见你们。老矿长不依不饶，你小子是瞎了眼，还是黑了心？没良心的东西，你去了我们那儿好吃好喝不提，连陪睡的小姐都供你挑！好，现在给我们晾起来啦！良心呢？潘老五恼了脸，没等他反驳，小敏子醋劲儿上来了，她站起身指着潘老五的鼻尖说，闹半天你在外边……话没说完就披上大衣跑下楼。潘老五一直在小敏子面前营造正派形象，被老矿长捅露了。去年小敏子被染上了性病，她整天审潘老五，潘老五说洗澡盆传染的，好说歹说总算蒙过去了，这回真麻烦了。陈凤珍端行政这碗饭，思想属传统型，她过去根本容不下这些，到福镇来见多了，心里腻歪表面还得应付过去。她站起身说，老潘，我去看看小敏子！潘老五心里惦着，嘴上充硬说，别管她，婊子养的，连句玩笑话都吃不住！然后他一挥手喊上酒，我他妈以酒表忠心吧！山西客人就都并到这桌来，陈凤珍举杯对山西客人说，老潘刚回镇上，打电话约我商量为你们筹款的事，你们别冤枉老潘啊！老矿长又含了一粒药丸说，得看潘老五喝酒的态度啦！潘老五脱了毛衣，摆开喝倒一片的架势。陈凤珍酒喝得有些飘浮，又看出这群喝酒的人情绪不大对头，就说自己有事起身告辞了。

到晚间，雪已很厚了。陈凤珍看雪里的街景跟白天没啥两样，那些临街的窗户亮着，映得半个街筒子白里透红。雪前的街道脏乱，雪后就十分爽人眼目。她觉得眼前有些恍惚，走路时整个人像踩在雾上，周围啥声音也没有。她在自家门口站了一阵儿。父亲的小药铺子黑着灯，房顶、墙头和附近的草垛蒙着积雪。这阵儿的心情明显跟酒桌是两样的。她厌烦酒桌，桌上虚头巴脑的话说得累心，乡镇工作又离不开酒桌，喝酒就是团结，多好的关系久不喝酒也生分，就会带来瞎猜疑。其实，她与老宋潘老五等人没啥隔膜，就是刚来时总躲他们的酒局，才慢慢被他们视为异己的。形势逼着她也喝白酒了，孰不知嘴馋吃倒泰山，这无边的吃喝风何时能刹住呢？她不知道在将来的股份制运作里还要喝上多少酒呢。想起潘老五酒桌上说的一句话，酒精考验的油袖干部，她就无可奈何地苦笑了，看看自己袄袖子也脏了。雪越下越猛，她就裹紧脖领进屋了。阿香一人看电视，父亲和弟弟不在家。陈凤珍问爹和弟弟干啥去啦？阿香说他们爷俩去北滩林子里打兔子啦。陈凤珍嗯了一声就倒水喝，暖瓶里空空没开水。阿香正津津有味地看一部都市爱情片，边看边念叨，瞧人家过的日子，瞧人家的爱情多带劲儿。陈凤珍没理她，她早就看出阿香是个好吃懒做的坯子。她模样儿俊，弟弟又残疾，凤珍和父亲只有宠她。陈凤珍红头涨脸地呆坐一会儿，正想烧壶水，看表已到了中央电视台经济半小时节目，里边正播出中国农民奔小康纪实专题，时常涉及股份制，她有空就看，她让阿香拨中央二台，阿香不愿意。陈凤珍心里有气，表面还得哄着她。她说，阿香，你不是喜欢姐姐的花围脖儿么？就送给你啦。阿香乐着试围脖儿去了。陈凤珍拨通二台看起来。那里讲股份制要有一个强有力的领导班子。她由此联想到福镇的班子，算强还是不强？越想越没劲，甚至有点像喝了涮锅水一样恶心。这时候，父亲和弟弟扛着猎枪回家了。凤宝的枪上挑着四只血淋淋的兔子。父亲拍拍身上的雪，摘下两只兔尾巴耳暖，弯腰操刀挖兔眼。陈凤珍看见父亲脸上的肉棱冻得紫红，就劝他先歇歇。父亲说误了时辰兔眼就废了。凤珍这才想起祖传立佛丹的药丸里有兔眼睛当原料。凤宝仄仄歪歪走到陈凤珍身边说，姐，今晚我们看见红兔子啦。陈凤珍问，咱这块地儿上还有红兔子？别是撞见黄鼠狼了吧？凤宝一口咬定是红兔子。陈凤珍知道祖传药书上说红兔子眼睛做立佛丹最佳。父亲在一旁拿手颠着红乎乎的兔眼睛，深沉的老脸天真无邪地笑了。他说，明晚咱们打红兔子！凤宝咧嘴说，红兔子那么好打么？比人都精鬼！父亲洗完手，捋着黄白的胡须笑，连狐狸都斗不过好猎手，何况红兔子。陈凤珍心疼父亲说，保重身子骨儿吧，爹！人为财死，鸟为食亡，别为几个钱，连老命都搭上。父亲瞪陈凤珍一眼说，你以为你爹是个老财迷？你爹活了这把年纪，最重义气。俺打红兔子都是为了你糊涂爷呀！陈凤珍问，糊涂爷咋啦？凤宝插言说，糊涂爷下肢瘫痪啦！在敬老院里炕吃炕屙遭尽了罪。陈凤珍哦了一声，明天我去敬老院看看糊涂爷。她知道糊涂爷是她们家的恩人。瓜菜代年月，糊涂爷省下口粮送给她家。凤珍上大学那年家里穷，连件像样的衣裳都买不起，糊涂爷将自己的皮袄卖了，给凤珍添东西。凤宝小时候特别淘，七岁那年爬老树掏老鸹窝摔下来，不是糊涂爷救得及时，小命就难保了。陈凤珍动情说：糊涂爷是好老人哪，给他做立佛丹可千万别收费哩！父亲说那自然，收糊涂爷的钱还叫人么？凤宝说，糊涂爷是五保户，要是公费咱就收！父亲黑着脸吼，啥费也不能收！陈凤珍同意父亲的观点。睡觉前，陈凤珍还觉头晕，就朝凤宝要解酒的药，凤宝一拐一拐地送药过来，阿香追过来说，凤宝，你看拿错药没有？凤宝细眼一瞧，叫了声妈呀补药。阿香格格笑，该死的，不是我心细，叫大姐这宿咋折腾呢？陈凤珍吃下凤宝换过的药，躺在炕上感到十分疲累，不再想股份制，倒真觉得白己骨分肢了。她扯过一条被子，蒙头盖脑睡了。

第二天早上，陈凤珍被父亲扫雪的声音弄醒了。她穿好衣裳，洗了脸，就见小吴挺急地走进屋子。她见小吴脑袋上没雪，才知雪停了，但她看见他脑门有块血痕。不等她寻问，小吴就哭丧着脸诉屈。昨晚上陈凤珍走了不久，酒桌上就出事了。潘老五心里窝着股鸟火，三说两说就跟山西客人闹崩了，他口口声声说人家煤质不合格，不减价就不给欠款。山西客人见老矿长犯了病，上来跟他闹，潘老五犯浑一抡酒瓶子，还把人家伤了。小吴上去拉架也挂了彩。陈凤珍吓得腿杆子都颤了，骂道，这个潘老五，成事不足败事有余！客人呢？小吴说人家连夜就走，陈凤珍问，客人伤得重不重？小吴说是轻伤。陈凤珍又问，老潘咋样，伤了么？小吴说他没伤，醉得一塌糊涂，我和福斋楼的老板架他回家啦。陈凤珍唉声叹气，埋怨道，就潘老五这素质，还咋搞股份制？小吴劝说，别生气呀陈镇长，照样搞股份制，死马当活马医呗！陈凤珍坐着不吱声，早晨不吃饭也不知道饿，满眼里浑浑雪景。过了片刻，她又问，宋书记知道这事么？小吴说宋书记感冒重了，在镇医院输液，可能不知道。陈凤珍站起身说，上午咱们先去医院看望宋书记，然后再去找老潘，大同方面得赶紧派人安抚，矛盾激化还会出大乱子的。小吴点头应着，脚跟脚随陈凤珍出了院子。积雪在他们脚下脆脆地吱吜着。虽然没有日头，陈凤珍依然感觉到雪地上眩目的强光刺眼，眼前明明是白雪，不知怎的一片盲黑了。在镇政府楼道口，陈凤珍碰见了镇党委副书记老王。镇党委共三个副书记，老王是主管工业的，他当过镇基金会主任，每到节骨眼儿上，陈凤珍临时动钱都找他。老王属中间派，既亲和宋书记，也靠近陈镇长，潘老五使唤起他来更灵，老潘从不把老王当副书记看。老王刚从县里开会回来，听说潘老五回来了就去家里看他，然后正准备买东西看宋书记，就碰上了陈凤珍。老王笑起来像尊佛。他笑说，陈镇长，我啥时跟你汇报会议情况？陈凤珍都忘记老王开的啥会了，又不好意思说透，只是点头嗯嗯着。她说，我还有大事跟你商量呢。老王神秘地笑说，是不是搞股份制的事？我在县里听宗县长说了，他还在会上表扬你的闯劲儿呢。陈凤珍脑袋轰地一响，镇上这里八字没一撇呢，宗县长倒给唱出去，这回可是非干不可了。她惊喜地问宗县长还说啥啦？老王就学说一遍。陈凤珍想想说，你单独给老宋讲讲这些，不过别提我个人，懂么？老王说我会说，然后夸了几句雪景才走了。陈凤珍挺激动，有宗县长做后盾，搞股份制就好办多了。正想着，她看见小敏子背着小提包上班来，她满脸脂粉很浓，眼影乌了大圈，也遮不住红肿的眼皮。她走路扭来扭去恰似扭秧歌。陈凤珍远远喊了小敏子一句。小敏子装成没事人一样过来问候，昨晚镇长没喝多吧？陈凤珍笑说，我没啥，老潘真喝多啦！小敏子怒脸道，从今往后别提那老东西，我不认识他！陈凤珍说，别任性了，凭你这气，就看出你疼他。告诉你，昨晚老潘喝多了酒将山西客人打伤了，这邪气还不是因为你甩手走了？只有你能劝老潘，让他赶紧向山西那头道歉！小敏子说他死不死呀，就扭身上楼去了。陈凤珍愣在那里。她只听人说老潘与小敏子有一腿，但很少研究他们是怎样的维系方式。只能简单理解：她爱财，老潘爱色。从昨晚小敏子的醋劲儿上看，这女子不仅仅是爱财了，就老潘那猪都不啃的南瓜脸，还有啥恋头呢？陈凤珍打开办公室的门，翻出一个网兜，就去小吴办公室。小吴已经买好了两大兜东西等她。陈凤珍扔下网兜，拍着小吴肩膀说，你买就你买吧，这点小便宜我就占了。小吴没听清陈凤珍说啥，就跟她去镇医院看宋书记了。在镇医院的病房里，陈凤珍看见潘老五和老王都在，像是密谈，见了陈凤珍和小吴就转了话题。陈凤珍望着躺在病床上的老宋问了问病情，然后说雪后就不会感冒了。老宋叹一声说，是哩，福镇是大雪的故乡，福镇人喜雪呀！陈凤珍就笑。她扭脸对潘老五说，正要去看你，恰巧你来了，煤矿那头得去人安抚哩，千万别激化矛盾。潘老五悻悻地吼，甭鸡巴理他们，我这回还真恼他们啦！一群草寇，打官司我接着！就不给他们钱，煤里掺了他妈多少石头？老宋说，老潘，又犯牛脾气，你可是代表镇政府的形象。凤珍说的对呀！明天上午开股份制的会，会后快去山西。潘老五不耐烦地摆着手嚷，好生当你们的官，经济活动我自有主张！陈凤珍心里说，你这一肚子屎，别再惹出祸来了，福镇可经不住折腾了。

开会那天上午，又下雪，鹅毛大雪把福镇装修一新。雪花一飘，陈凤珍情绪就好。她很早就来到四楼会议室，室内暖风扑面。老宋出了院，他端着茶水杯坐下来，潘老五紧挨着他坐。副书记副镇长们都来了，各厂厂长和各村支书村长们，满腾腾一大屋子人。这次镇党委扩大会由老宋主持。老宋悠着长腔说，今天的会议中心议题是企业股份制改革。陈凤珍对老宋的第一句话就不满意，明明定好的是股份制改革动员会。老宋说，都说咱福镇出经验，这回上级希望咱在这方面弄出点经验来。他话音没落，底下人就窃窃议论，过去经验把福镇坑苦了，还搞经验？陈凤珍心里着实不悦。她插言道，大家别误会，过去福镇的经验是在极左路线下产生的，而股份制是科学的治理经济的手段。老宋笑笑说，那就先让陈镇长读段材料，让大伙明白明白啥叫股份制。陈凤珍打开笔记本就边读边说。底下人听得直瞪眼，妈呀，这招子不错呀。既能阻止个人胡来，又能提高企业自主权和工人积极性。陈凤珍说，镇里办个学习班，详细讲讲股份制。甭看在全县是超前一步，实际是大势所趋，长期受益。厂长们说好好的同时都瞟潘老五。潘老五眯着眼皮听会，一言不发。陈凤珍看得出，厂长们讨厌潘老五瞎干预，又怕他。陈凤珍说，老潘说两句，你走南闯北，介绍一下南方乡镇企业股份制咋搞的？潘老五嘿嘿了两声，拿眼瞟宋书记说，今儿个是宋书记主持会，我不喧宾夺主，宋书记先说。宋书记说凤珍不是讲的挺好嘛！陈凤珍听出老宋和潘老五话里有话。她看出来，按潘老五的脾气不放几炮才怪，是老宋事先嘱咐他了，他不表态，给个手下人心里没底。果然给凤珍猜着了，老宋私下还给王副书记任务了。老王从县里信访办公室带回一封揭发信，揭发草上庄陈三妮装神弄鬼骗取钱财的事，县里要求镇里查办。老王知道陈三妮是陈镇长三姑，怕她为难，就在病房交老宋了。老宋让他开大会时说说。老王知道老宋难为陈凤珍呢，又不好驳老宋，就答应下来，想私下找陈凤珍，结果这两天家里装修房子，一忙就忘记找陈凤珍了。凤珍这头老王更不想惹，他在县里开会听说女副县长要调省妇联当副主任，而陈凤珍是她的最佳替补，往远看，老宋日薄西山了。老王看见老宋给他递眼色，老王故意装没看见，一个劲儿地抽烟，但他猜出老宋心里骂他滑头呢。他心里也骂老宋，这股份制的会提那事合适么？你们之间争权拉我垫背？他正琢磨着，老宋沉不住气提名点他了。老宋说，趁草上庄支书村长都在，老王你把县里带来的信说说。老王见躲不过去了就说了出来，最后补充说，陈镇长，我是怕你为难才没跟你讲。屋里的目光都集中在陈凤珍身上。陈凤珍面无表情。草上庄支书说，那老太太是给人看病的，哪里是装神弄鬼？老宋十分严厉地说，她是中医还是西医呀？我看你们都中毒不浅！我也听说，你们村委会都听老太太的，你们把党放在哪里？限你们回去三天，责令她停止迷信活动！村支书哆嗦着说，你就是把我这个支书撸了，我也不敢动那老太太。我还想多活两天呢！会场哄地笑开了。老宋很恼火，啪地一拍桌子说，照你这么说，现在就撤你的职！然后扭头对主管精神文明的镇副书记小田说，你去办。小田怯怯地瞟陈凤珍。陈凤珍赶紧说，陈三妮是我三姑，我去办这事。老宋说你办就你办。陈凤珍说，老宋，今天是股份制的会，怕是离题太远了吧？老宋呵呵笑，大家接着说股份制。潘老五听人一说老太太那么神，就私下好奇地打听。人们净唠大仙了，怎么也不能把兴趣引到正题上来。陈凤珍望着鼎沸起来的会议室，气得脸子寡白。眼瞅着快晌午了，陈凤珍站起身，嘴里夹枪带棒地吼，这股份制给我自己搞哪？不搞就算啦！人群静下来了。老宋望着陈凤珍说，沉住气，陈镇长！不搞股份制可是你嘴说的，宗县长怪罪下来你兜着？厂长们嚷道，谁说不搞？这是好事儿，快落实方案吧！陈凤珍斜瞄着宋书记说，咋样，老宋，这是民心所向吧？潘老五笑着圆场说，对，民心所向，民心所向！整个会议潘老五就说了这句话。老宋见潘老五憋不住了，就抢话说了一些计划生育和小康村建设的事，末了他说，股份制改革说干就干吧，下午镇党委领导班子分工包片！他大掌一挥说散会。他连陈凤珍问都不问，说散会就散会了。陈凤珍知道老宋眼里没她，受这种气也惯了，没再补充啥，随散会的人群走在最后。草上庄村支书蔫蔫地跟在她身后说，陈镇长我这事……陈凤珍说，别沉着脸像奔丧的样儿，你还是支书，他说撸就撸啦？村支书点头说那我还干着？不过，你三姑的事可不是村委会捅的。哪个狗日的生事？不怕报应？陈凤珍扭脸熊他，你们村也真不像话，我去让三姑关门歇业！你个大支书怕她啥？村支书想讨好陈凤珍却抹了一鼻灰，悻悻地躲开了。见到小吴，陈凤珍总想说些啥，又说不上来。有个村里头头请她喝酒，她也推辞了。老宋和潘老五被铁厂朱厂长请走，到福斋楼喝酒去了。老宋没有酒桌陪到底，提前红着脸回来午休。等到下午开会时，陈凤珍发现老宋彻底醒酒了，还是老宋主持会。老宋一时半会儿都不肯放权，跟这样视权如命的人搭伙，关系很难相处，尤其是第二把手难当。陈凤珍体会颇深。老宋开场说，关于搞股份制与上次搞增收节支是一样的，增收节支有开始没结局，但愿这回干彻底一些。是不是，小吴？陈凤珍又来气了。他知道老宋言外之意，团系统出来的干部干工作开始就是结束。小吴不服气地哼了一声。老王笑着打圆场说，宋书记的意思是一杆子插到底。大家谁不想把福镇弄好呢？老宋抢老王的话题说，对，我们是想把福镇的事办好。为了搞好股份制，我们成立一个股份制改革领导小组。我当组长，陈镇长和老潘任副组长，老王任总秘书长，负责组织、联络和宣传等工作，在座的其他同志都是领导小组成员。下面呢，就具体议一议，镇里哪些企业搞股份制。不能一刀切，国家可以搞一国两制，我们福镇来个一镇两制。老潘主管镇企业，你先提提。潘老五抽口烟，十分悠闲地荡着二郎腿说，其实呢，按国外股份制的规矩，当经理和当厂长的，得占公司或工厂的百分之五十以上股，才配当经理厂长。而我们呢？是乡镇企业，集体所有，那就得搞咱中国特色的股份制啦！总公司搞股份制，吸收各厂做股东，更欢迎外资入股。至于各厂么，我看可以分批来，第一批搞股份制的企业是钢厂、铁厂、瓷厂、鞋厂、高频焊管厂和塑料厂。目前就塑料厂停工，其它企业虽然效益也不太好，也是麻杆顶猪头强撑着。他瞟瞟宋书记说，咋个包片分工我就不管啦！陈凤珍知道全镇还差一个停产企业玛钢厂就全了，潘老五迟迟不提，是玛钢厂盲目上马财务混乱，而且玛钢厂建厂用的大部分资金全是镇基金会的贷款。潘老五有自己的算盘，玛钢厂搞股份制启动资金难找，弄不好还会惹出意想不到的麻烦，老百姓的活钱在那儿变成了死钱。陈凤珍觉得那里早晚会出事。她说第一批搞股份制的六个厂，那第二批还有啥？不就玛钢厂了么？老宋说，玛钢厂停产呢。小吴插嘴问，塑料厂也没开工啊！陈凤珍看出潘老五和老王都很紧张。她知道基金会的款都是老王帮着贷过去的，老宋也插手了，鬼才知道幕后有啥勾当。潘老五怕陈凤珍疑心，就爽快地大笑说，这有啥争的，那就连玛钢厂一起搞。不过，陈镇长，玛钢厂可是条大老虎，停产一天只赔一辆夏利，开工一天可就得赔一台桑塔纳啦！到时没钱可得找你这大镇长啦！陈凤珍防不胜防，把球踢过来了，心里骂，好处你们匿啦，亏损找我？想得美。她也不大姑娘要饭抹不开脸了，倔倔地说，当初要是搞股份制，就不会盲目上玛钢厂。这种教训还少吗？老宋说，当初大气候多好，你知道吗？陈凤珍说，我们得往自身上找原因，蒙准了，就说气候好，弄砸了，就埋怨大气候。咱福镇下雪了，不照样有人患感冒么？老宋脸色难看，忍着。可是治陈凤珍的招子想好了。潘老五吃不住劲了，说，大姑娘不养孩子，是不知肚儿疼哩！老王见会场气氛不对头，就出来劝说，别扯闲篇儿啦，快定分工包厂的事吧。扯到实质问题，会议立时冷了场。老宋抓住了时机，一锤定音说，我看，就按上次搞增收节支那样分吧。陈凤珍脑袋一炸，眼前立时显现塑料厂的烂摊子。潘老五包钢厂、老宋包瓷厂、小吴和小田包鞋厂、老王包玛钢厂、李副书记包高频焊管厂。老宋见陈凤珍发蔫，为自己思谋得妙欣喜。他笑着问陈凤珍，现在看来，就陈镇长和老王压力大，两厂没开工。我看把小吴调出鞋厂，搭配给你们哪一方啊？陈凤珍不高兴地说，老宋，这是干工作，又不是做买卖。老宋又瞅老王。老王说我自己折腾吧。老宋说，陈镇长是女同志，刚开完世妇会，照顾妇女是应该的。小吴去塑料厂，这么定啦！他不等陈凤珍回话就宣布散会了。都走了，会议室就丢下陈凤珍和小吴。小吴嘟囔着骂，狗眼看人低！陈凤珍瞪着两眼不说话。小吴又说，他们存心欺我们！明知塑料厂不行，还让我们一起出丑！陈凤珍想想塑料厂够难的，设备老化，而且没有资金，塑料销路不好，更别想让工人入股了。股份制如果搞不起来，弄个劳民伤财，会给福镇雪上加霜的。她有些犯难，这地方没法干，还是找宗县长调回城里算了。福镇没福了，却是很可怕。一直到吃晚饭，陈凤珍情绪都很低落，直想哭鼻子。

傍晚时大雪停了，停雪的空气有些压抑。陈凤珍心浮气躁地给丈夫田耕拨电话。占线。小吴放放怨气就静心了，过来叫她去玩麻将。陈凤珍回绝了，继续拨婆婆家电话，这才知道婆婆病了，田耕已开车来福镇找老岳父抓药来了。陈凤珍就悄悄回父亲那里等田耕。路上车熄火修车误了时间，田耕到家时都九点多了。田耕在县工商银行当办公室主任，亲自开车。吃罢饭抓完药，田耕赖在陈凤珍住室胡侃。凤宝和阿香知趣地躲出去了，田耕笑模悠悠地往陈凤珍身边凑。陈凤珍说你不是连夜赶回去吗？田耕还是嘴巴抹蜜套近乎。陈凤珍耳根一热就明白了。她将门插好，上炕就脱衣裳，边脱边说，你快点来吧，动作快点，要不赶回城里就太晚啦！田耕看见她胸前白嫩的肉窝儿说，我不是这意思，我有别的事求你。陈凤珍没好气儿地将脱到一半的衣裳穿上说，这阵儿你们男人不知咋啦，活得都像太监。田耕在夫妻生活上一向被动，久别胜新婚，这回可行了，又没那份心情。他讷讷地说，老太太要死要活的，我哪有干这个的心思？这几天，我们行长让我找你。陈凤珍整理头发问啥事？田耕说，是催还贷款的事。你们福镇潘经理，从我们行里贷走两千万，去年到期还不上，办了延贷手续，今年年底咋也得堵上吧？行长让我找你！陈凤珍沉着脸说，行长咋不找潘老五？田耕说，潘老五蛮横不讲理，才求你的。陈凤珍笑笑说，怕是行长得好处了才理屈。田耕说闹不清。陈凤珍叹息一声说，福镇太复杂，这事你别管！田耕急赤白脸地说，这行长待我好，管也不白管哪！告你说，再不还贷，行长要倒霉啦！陈凤珍冷冷地说，你非要管，就请让行长把延贷表送来。田耕惊叫，咋还办延贷呀？陈凤珍说恐怕这是惟一结局，多快的宝刀到福镇也得卷刃子。田耕说你不答应我，我就不走。陈凤珍说不走就躺下睡，这冰天雪地的我还不放心呐！田耕还不动。陈凤珍探头望了一眼雪夜说，你非走不可么？田耕站起身说我走啦，我妈找人给咱俩看命相，说我沾不上你啥光。果真说对啦！陈凤珍听他说看相，就想起三姑那里的麻烦事，说又是看相，看相能办大事，我也不当镇长了，跟三姑学学去。亏你是国家干部，也信歪信邪的。田耕提着那包药头也不回地往外走，风裹着雪粉砸脸。陈凤珍看着丈夫瘦弱的身体钻进汽车，心里挺不对劲儿，灵机一动，想陪他回城，看看老婆婆，也好见见宗县长赶紧调回去。她回屋拿出大衣，又用头巾围好脖子钻进汽车。田耕还生她的气，半路上经陈凤珍介绍福镇的现状，田耕就明白了，同时也冒冷汗，为那行长哥们儿捏把汗。他说找宗县长快回来吧，咱们生个孩子。陈凤珍好久都在男人群里斗心眼儿，几乎忘记是女人了。丈夫一提孩子，又勾起了她原本的女性柔情。她记起了哪本书上的一句话，只有经历难产阵痛的女人才算是真正的女人。由此想到福镇，眼下的福镇就像一位胎位不正的孕妇，面临着难产的洗礼呢。田耕纠正说，你们福镇就像一位到处乱搞的荡妇，又泼又辣。陈凤珍给了田耕一拳头说，该死的，不准你骂福镇，好赖也是我的家乡呢。田耕笑说，你家乡有一样最美。陈凤珍问是啥？田耕让她猜。陈凤珍想了想说，福镇在你眼里，准是姑娘最美。不然咋会娶福镇姑娘当老婆呢？田耕撇撇嘴说，自我感觉良好，就你这五大三粗的也叫美，那天下没有嫁不出去的姑娘啦！陈凤珍笑着捶他。田耕笑着说福镇雪最美。陈凤珍挺服气，情不自禁地往外看，层层叠叠的雪梁子像雪雕似的。

一大早儿，陈凤珍给婆婆熬完药，就去县政府找宗县长，路上她想了不少诉屈的话。她相信宗县长会大发雷霆，帮她出气，给她调回来，或是将老宋调走。她在办公室见到宗县长。宗县长本想听她汇报股份制的进展，却听她婆婆妈妈地告状。她理直气壮地说着，就感觉宗县长脸色不对了。宗县长问说完了没有？陈凤珍说完啦。宗县长没鼻子没脸地狠训她，你口口声声说，老宋和老潘他们欺负你，让你包塑料厂就是欺负你啦？依我看，反差越大越能显示股份制的力量！你说，老宋他们反对股份制怕丢权，有啥行为证实呢？人家不正是在干吗！我看福镇大有希望，有问题也是你有问题，怕困难，患得患失，你没听有人传言，说咱们团系统的干部干工作开始就是结束。你这可好，没开始就想结束，想调回来，调哪儿？我看放你到幼儿园当老师都不合格！陈凤珍懵了。她脸上挂不住了，双眼汪了泪。她讷讷地说，宗县长，我不是那意思。宗县长果断地说，啥意思？我不听你说，说好说坏没用，干好干坏才立竿见影！至于过程嘛，自己去折腾！凤珍哪，干工作一着不慎，全盘皆输哇！说完宗县长就被叫去开会了。陈凤珍瞪着两眼呆坐。她无路可退了。可细一品宗县长的话，证实了宗县长对她是寄予厚望的。宗县长批评她越狠，就说明关系越近。如果自己真是无能，就顾及不了关系。她不服输，从小就这性子。她惊叹老宋的手腕高明，明明是欺你走，还让你哑巴吃黄连有苦难言。这就是工作中的艺术，够她好好学一阵子的。她想学，想单枪匹马杀回福镇，真正尝尝大姑娘生孩子的疼滋味，是坑是井都得跳了，别无选择。陈凤珍回到家里，替婆婆熬下最后一锅药就要走。田耕说你不想回城生孩子啦？陈凤珍说想生孩子跟我回福镇。田耕咧嘴埋怨，你疯了么？陈凤珍冷冷地说，说的对，如果我在这一冬干不出个名堂，你只有在年根儿去领疯老婆啦！说完她去了大街，租了一辆汽车回福镇了。

一进福镇的街口，陈凤珍就从车里看见几个人在墙上贴标语。标语写道，大搞股份制经济大翻番。她轻轻笑了。她走到镇政府，听见人们私下议论股份制分工包厂的事，都说陈镇长太吃亏了。陈凤珍笑说没啥关系。她越这样，人们越替她鸣不平，感觉老宋一伙太霸道。陈凤珍的沉默反显出大家气。她一进办公室，小吴就跟过来问她宗县长咋说的，陈凤珍又拿出宗县长的口气批评他。她叮嘱说，一着不慎，全盘皆输！小吴说我听你的。陈凤珍将桌上凌乱的报纸收拾好，坐下来稳稳神说，我们去草上庄，你开车就行啦！小吴问干啥？陈凤珍胸有成竹地说，先把我三姑的事办妥，然后再找老周李继善他们谋划谋划，让塑料厂开工。小吴忽然想起什么来说，那天晚上，老周和李继善不是说，搞了股份制，他们能承包吗？陈凤珍惊喜道，对呀，看我都忙忘了。随后她又拨电话给潘老五说，老潘，赔李继善草场损失费啥时给？潘老五说哪儿都缺钱，又来要债的啦，让他们先等等吧！陈凤珍唬他说，你再不给，人家法院可就责令你顶财产啦！潘老五说，别逗啦，给法院仨胆子也不敢！张院长刚派人要过大米呢！陈凤珍放下电话叹口气说，这个潘老五，让我咋见李继善的面儿呢？小吴说再想想别的法子吧。陈凤珍让小吴备车去草上庄，硬着头皮也得去了。

上午出日头了，到处都水啦啦地化雪，平原上的残雪晒成浅灰色。陈凤珍望见汽车的泥轱辘甩下两道弯曲的车辙，辙印子扭来扭去，一直拖到草上庄村头才甩掉了。村头有一块洼坑，下雨积水，落雪积雪，她们的汽车到那儿就陷住了，小吴猛打火也不行，围了不少村民看热闹。陈凤珍下车来招呼着人搁车，愣是没人上手，还有一位半疯半癫的老头呸呸地说，这些贪官们，上午围着轮子转，中午围着盘子转，下午围着骰子转，晚上围着裙子转。逗得村民笑。陈凤珍瞪那老头一眼，老头还旁若无人地呸呸。这时后边顶上一辆双排座车，下来村里一个支委见是陈镇长，就组织村民搁车。汽车驶出老远，陈凤珍还看见那老头站在村口呸呢。扭回头，她看见三姑家的门楼子了，车就停下来，她又看见门楼和墙头上的艾叶了。憔悴的艾叶被化雪濡湿了，耷拉着摆动。陈凤珍看艾叶的时候，姑夫从屋里迎出来。姑夫笑呵呵地将她和小吴带进屋里，说东房里你三姑正上香呢。陈凤珍一进屋就闻到香火味了，她不喜欢这种气味。她这时想起，福镇入冬以来的难闻气味，也许就是这种味道。虽然不爱闻这香味，但陈凤珍是爱三姑的，三姑百病缠身，够可怜的。由于道儿不远，她小时候常带凤宝到三姑家玩，后来她当了镇长，听说三姑成大仙了，就不敢常来了。三姑夫是老实巴交的好庄稼人，几十年为三姑治病，几乎熬干了骨血。如今他苦尽甜来，再也不下地做农活了，每天背着钱兜子坐在家里收钱。陈凤珍看见满屋挂着牌匾，都是受益人送的，写着感激陈大仙妙手回春一类的话。陈凤珍弄不明白，三姑这里为啥比父亲的药铺还火？她问姑夫，姑夫说这里从来都给人带药的。药就是一罐子白水。小吴问这白水能治病？姑夫挺神秘地说，这哪里是白水，是神水哩！大仙将香灰点进来，边点边数唠各种中药名，病人拿走就当药去喝，每两天才能喝一小口，病慢慢就好了。陈凤珍问姑夫，这水是哪弄来的？姑夫用手指指前院里的压水井。陈凤珍笑道，这井水喝了不坏肚子吗？姑夫说是神药咋会坏肚子呢？陈凤珍说我倒要看看三姑咋唬人。姑夫说上香的时候，你三姑认不出你来。陈凤珍挑开门帘进了东屋，三姑果然没认出她来，屋里烟气腾腾，三姑正摇动枯瘦的长臂给人看前程。那人很虔诚地坐在三姑对面，升腾的香火将他和大仙的脸隔开了。那人问大仙道，我要搬家往哪边搬好？大仙说西南方。那人又问婚姻咋样。大仙说香火若分若离还是拧在一起，打打闹闹分不开！那人挺服气，又问啥时间离婚好。大仙说仙人不拆姻缘，凡人自拿主意。陈凤珍听三姑变了腔，很像狐狸的叫声。也怪，香火一灭，三姑就恢复了常态，声音恢复了原样。那人好像是老板，塞给姑夫一张百元的票子走了。三姑认出陈凤珍来，就站起身来打招呼。坐在炕沿等候的人纷纷跟大仙溜须，都嚷嚷先给自己看。三姑看陈凤珍脸色不对，猜出有急事，就跟陈凤珍到西屋来，姑夫也跟过来。三姑问，有事啊凤珍？陈凤珍冷冷地说，别干啦三姑！三姑愣了眼问为啥！这时候三姑夫疑心陈凤珍父亲怕挤了生意捣鬼呢。陈凤珍说，上头不让干的。然后她让小吴将检举上告信念给他们听，姑夫软软地蹲在地上。三姑老脸寡白说，凤珍给说说情呗，你当镇长，三姑还没沾上一点光呢。陈凤珍说，民不举，官不究，认了吧！我帮不上忙。说完硬硬地给三姑一个冷脊背。三姑坐在炕沿儿，掏出长杆烟袋，啵啵地抽。她吐口烟说，凤珍，你三姑做善事呢！给人治病，给人看前程，昨天还给镇上工厂看风水，俺哪儿错啦？陈凤珍愣了。问她谁让你给企业看风水啦？三姑夫说是潘老五请去的。陈凤珍瞠目结舌。小吴好奇地问，你看塑料厂风水咋样？三姑说以前太凶，这阵儿行啦，厂门口的浅水渠挖对啦！陈凤珍想起夏天泄洪，在塑料厂门口挖了条浅水河。小吴高兴，又问玛钢厂咋样。三姑说凶。小吴还要问下去，陈凤珍拿眼神将他逼住了。她竭力排开三姑仙气的干扰，果断地说，不管咋说，这是迷信！关门吧！三姑夫狠狠地说，啥叫迷信？神好退，鬼难送哇！陈凤珍故意不理他，她看见三姑泥胎一样端坐，眼睛很深，很忧郁，三姑夫又拿神仙吓陈凤珍。三姑一抡烟袋锅，扣在老头的腮上说，你算哪路神仙？牛槽里多出驴脸来啦。三姑夫怯怯退下来。三姑问陈凤珍，俺开这号影响你前程不？陈凤珍无语。小吴说影响可大了，弄得陈镇长不硬气。三姑一字一句说，那就关门！陈凤珍看见三姑双眼流泪了，陈凤珍劝说半天，三姑呆坐流泪不说话，伸手拿红布将身边的神龛盖上了。陈凤珍和小吴走出三姑家，汽车开动时，他们听见哀哀的哭声。陈凤珍脸颊一片火热，眼皮子也湿了。

走进李继善家，陈凤珍看看表都晌午了。李继善笑说，找老周去村口酒店吃饭。陈凤珍说就在家里吃便饭。李继善说在那里吃啥有啥。陈凤珍说家里有啥吃啥。没听村口老头骂咱是贪官么！小吴摇头笑着，这村还他妈真有能人，编的挺有意思。李继善说，那是个神经病，别往心里去，说你们二位是贪官，那打死俺也不信！陈凤珍叹息一声，逗小吴说，那老头是不是冲你编的？坦白交待！小吴支吾说，要说轮子盘子骰子我转过，至于晚上的裙子就没有转过啦，我不会跳舞！陈凤珍话里有话地笑道，你别遮盖，这转裙子可不仅仅指跳舞哟！小吴摇头说，那指啥？既没权又没钱，小妍都找不到。都笑着，李继善的孩子将老周叫了来。老周又往酒店拉他们，陈凤珍推辞了。李继善父亲将陈凤珍让上土炕。请客上炕，是平原农村的最高礼节。空心土坑连着锅灶，烧饭烟火，穿过炕底的火道，从墙壁直达屋顶的烟囱冒出去。陈凤珍盘腿坐在炕上，身下到心里都暖烘烘的。不一会儿炕桌就放上来，桌上摆满白菜炖粉条和千层饼。陈凤珍说吃这最好，就不喝酒了，吃饱饭咱们商量塑料厂的事。李继善心里歉歉地说，陈镇长为俺们打官司追赔款，操尽了心，到俺家里吃这个，心里过意不去呀！陈凤珍红了脸说，别提官司啦，到现在也没兑现赔款，我这当镇长的也不好意思哩！李继善说那不怪镇长。小吴说，临来时陈镇长还催潘经理呢！老周问，潘经理咋说？小吴说他总是应着，就是不知拖到啥猴年马月。这家伙，有啥道理好讲啊！这不，又给陈镇长和我挤到塑料厂来啦？陈凤珍止住小吴话头说，不能这样说，现在是困难时期，大伙摽劲儿往前奔，才有希望！老周和李继善忙点头。然后就没人说话，都吃饭。正吃到半截儿上，村支书看见门口的汽车，以为是小吴来了，进来一打听才知道有陈镇长，就派村治保主任到酒店买些酒菜来。村支书先进屋跟陈镇长说话，治保主任端着鱼肉进来。村支书这官是陈镇长给保下的，他见陈镇长想表示点心意。陈镇长来村里也不打个招呼，村支书埋怨说。陈凤珍已经吃饱饭说，我来村里是解决三姑的事，怕给你们吓着。村支书问咋样？陈凤珍说她关门啦！村支书叹一声，也有人吸凉气。村支书说是不是到村委会歇着？陈凤珍笑说，这热炕我坐舒服了，就在炕头上商量事，土是土了些，可心里踏实呢！然后她就往塑料厂开工的话题上引。老周是潘老五发现提拔的，他借潘老五的光，所捞的全捞到了，在农民企业家称号底下挣了钱。塑料厂亏损关门，厂长个人却是很肥的，而扔下的烂摊子则属于镇里的。这是乡镇企业的一大通病。陈凤珍十分明白这些，唯有她还看中老周，就是发现他对塑料厂有感情，还想干实事。陈凤珍试探着问，老周和老李在上次说个人承包，可行么？老周摇头说，俺问过潘经理了，个人承包要先注入一百万元的风险金。这些钱，我和老李哪去弄？陈凤珍说，搞股份制，厂长和副厂长们个人注入高于工人的股份，而且效益与分红挂钩，可行么？老周说这样行。陈凤珍说，老周还当厂长，老李当副厂长，原来的副厂长老周看着留。人员先这么定了，关键是看一下塑料的市场。上次搞增收节支，我就看塑料行情不好。老周，现在还行么？老周说疲软得很呢。陈凤珍沉默不语。小吴说，股份制也好，人员改革也罢，都是形式，形式搭台经济唱戏，塑料市场完蛋，一切努力都白搭，还会背上更大包袱的。屋里人都点头。陈凤珍把脸扭向窗外，她的心思跟屋里不搭界了。她看见了挂在墙头上成串的玉米棒子，也看见遮住阳光的棉花秸垛。她眼睛一亮，扭回头来说，大家是不是往农业上想想，咱乡镇企业两眼光盯着工业，弄不好就背个大包袱，而农业呢？被忽视了，投资少收益大，船小好调头嘛！小吴说，陈镇长的意思是转产？陈凤珍兴奋地说，对，转产，利用塑料厂的厂房干别的。村支书说，现在粮食加工和棉花加工看好，咱这是三镇交界处，没一个这样有规模的加工厂。俺村里想上，积了些资，还不够哇！陈凤珍说，那就跟镇里合股吧！如果转产，可以变卖塑料厂的机械，然后添些粮食加工的机械。村里投资入股和工人集资入股，就能把加工厂运转起来。老周和李继善都说好。陈凤珍说，从卖塑料厂机械的资金里拨出四十万，给这几户赔偿草场损失费。李继善问，那潘老五会干么？陈凤珍说，我当镇长，这点事还是当得了家的。塑料进口垃圾引发的官司，自然由塑料厂还！李继善看老周情绪不对，忙说，真的还咱四十万，我们就往加工厂入股啦！那几户俺去做工作。陈凤珍和老周都笑起来。陈凤珍对老周说，赶紧张罗卖旧机械，购置加工厂的设施，回头写个报告给我，我向镇党委汇报！老周说，俺们下午就去塑料厂！陈凤珍感觉双腿在炕头坐麻了，走下炕来，险些瘫在地上，由小吴搀扶着上了汽车。化雪天，屋里暖风扑面，到了外面，陈凤珍依然感到冬天的寒冷。汽车路过三姑家门口时，陈凤珍看见门口没有车辆，那股难闻的气味消散了。出了村口，陈凤珍心情格外好，就让小吴唱一支歌，小吴就唱了一首《村里有个姑娘叫小芳》。陈凤珍听得正上心，觉得有股热气扑在她额头上，热热的。她在想，啥时候才能把热流带进福镇冬天的梦乡？

陈凤珍和小吴又去塑料厂看了看，回到福镇已是傍晚。陈凤珍说去找潘老五说说想法。小吴想想说，不能让老宋他们太兜底喽，否则又该生事了。陈凤珍想想也对，工作得讲策略，跟他们玩玩袖口里捏指头的把戏。在镇政府门口，她看见弟弟凤宝坐在三轮摩托上等她。她问凤宝有啥事？凤宝说爹叫你晚上回家过扁食节。于是陈凤珍就跟弟弟回家了。她一进家门就看见父亲和阿香包饺子，她洗洗手也上来着手包。扁食节是纪念民间名医扁鹊的，陈凤珍从小就听父亲说扁鹊来福镇行医的故事。有一年寒冬，雪花纷飞，福镇有寒流，不少人得了冻疮，扁鹊得知后来福镇治病，给人们熬祛寒娇耳汤，就是把羊肉、生姜、辣椒与祛寒中药掺在一起做馅包饺子，病人吃下就好了。早些年福镇家家过扁食节，这些年只有中医世家过这个节了。陈凤珍知道父亲很看重这个节日，父亲也是福镇的名医。正包着饺子，父亲耸起弓一样的眉毛说，你三姑夫下午来告你状啦，说你把他家营生封啦，骂你胳膊肘往外拧！陈凤珍问父亲，您咋说的？父亲说我没给你姑夫好听的，整日装仙弄鬼的给我们老陈家丢人！陈凤珍知道父亲一身正气，听父亲说的话挺过瘾。父亲欢欢势势地学说道，我跟你姑夫说，缺钱花到我这拿，也别蒙人啦！你姑夫说，你三姑不上香就得病，我说得病也是你挤兑的。你姑夫可是个老财迷呢！陈凤珍就笑说，有人告到县里，要不谁有闲心管这破事儿。这时候凤宝说水开了，就往锅里噼哩啪啦下饺子。陈凤珍问了问糊涂爷的病情，就去父亲屋里看那些新做的立佛丹。一颗颗圆疙瘩，在灯影里放光，整一案子药丸子，陈凤珍还能辨认出有六颗丸子很特别，猜想准是拿红兔子眼做的，是父亲专门给糊涂爷的。父亲佝腰进屋，陈凤珍一问果然是。她知道，这些天父亲和凤宝夜里打兔子，等了多少天才碰上红兔子，父亲将祖传的药书也翻箱倒柜地找出来，昼夜翻弄着，终于做成了这几颗立佛丹。陈凤珍又顺这根筋想远了，想到医治福镇经济的立佛丹，想像都搞了股份制以后是啥局面。父亲插言说，啥局面？这年头人心不古，都变得不像原来的人啦，能好哪儿去？就说潘老五吧，我跟他爹潘老爷子早就熟，从小看潘老五长大的。掏良心话，潘老五在十年前创业建厂还是挺好个孩子！这会儿可好，这兔崽子五毒俱全啦！陈凤珍知道父亲得了肺气肿病，听了不对心思的事就生气。她劝说，你别骂人潘老五，人家是咱福镇改革开放的带头人，省劳动模范。父亲呸了一声说，啥带头人？啥模范？这年头敢送礼敢花钱就能买来！我才看不起这号人呢！凤珍哪，你当镇长的可别跟他们同流合污！小心你爹骂你！陈凤珍笑说，您老少操这份闲心吧。潘老五是招您惹您啦？父亲板着老脸说，你还护着他，虽说我是听买药的镇里人传说的，可那无风不起浪！他挥霍公款搞小姘我老头子见不着，可那天夜里找狗的事，我是亲眼所见哪！陈凤珍愣起眼问，找狗的事？父亲说，半月前的夜里，潘老五家的法国狗跑丢啦，潘老五从三个厂子抽出上夜班的工人十八名，分头找狗，找不到扣奖金，你说霸道不霸道？陈凤珍笑着问，你咋知道这详细？父亲说，我和凤宝正在雪夜里打兔子，碰着找狗的工人啦！那工人开始挺横，说见着长毛狗别开枪！我说见着四条腿儿的就开火！那人刚要急，一晃手电认出我来，才客客气气地诉屈。陈凤珍没再说话，坐在灯下发呆，只觉心上郁结了一股寒气。直到她吃上祛寒娇耳饺子，浑身才暖和了。父亲草草吃上一些饺子，说要去敬老院给糊涂爷送饺子。陈凤珍站起身说，我去吧，外面路滑。然后她挎着篮子出了家门。她额头的热汗不用擦，转眼就被北风吹干了。她怕撞见熟人费话，躲躲闪闪地走着，街灯在寒风里不住地闪动。

夜里又下雪，雪不大，可下起来就没完没了，直到第二天上班也没停下来。陈凤珍没理会这场雪有啥不好，而对于潘老五却是富有灾难性的，这将给福镇带来怎样的影响，谁也说不上来。陈凤珍早晨上班后就被宋书记叫到屋里，宋书记告诉她潘老五出事了。昨天夜里被矿上的人掏走啦，那时刚好下雪，那边留下一封信，不还上拖欠煤款一百二十万别想取人。陈凤珍叹一声说，都怪老潘死鸭子嘴巴硬，我早有预感会出事。哎，老潘不是有老徐当保镖么？宋书记说，他是从小敏子家被掏的，早晨起来，老潘的媳妇就找小敏了打架要人，给小敏子脸抓得流血！老潘媳妇又找我哭啊嚎的。唉，都鸡巴乱套啦！这个潘老五啊！陈凤珍没加评论，她怕言多有失，说多了还会被老宋认为她幸灾乐祸，毕竟潘老五是他的心腹。宋书记见陈凤珍不拿意见，脸就沉下来说，你看咋办？是不是得开个紧急会议研究一下？陈凤珍说，还研究啥，拿钱换人呗！宋书记等的就是这句话，他说自己高血压又犯了，医生嘱咐不要出远门。陈凤珍听出老宋的话外音，想让她带人带钱换潘老五，又不好直说，看来老宋也不是啥事都专权的。陈凤珍在心里做好了去山西的准备，可就是不跟老宋明说，急得宋书记在办公室团团转。老宋又分析说，如果我们福镇的主要领导不去，恐怕那头还会不依不饶的。正这节骨眼儿，老王推门进来。老宋就赶紧给老王戴高帽儿鼓动他去山西。老王哭丧着脸说，救老潘是我的份内事，老伙计出事还能看热闹？不过，这几天我家里正装修房子，大小子准备结婚，缺这个少那个，都得我去跑腿儿。老宋刚要再说，老王腰里的BP机响了，老王趁机回电话溜了。陈凤珍心细，她听出老王BP机响音是均匀的连声，只有自己按动红键才发出的声音。她觉得老王好笑。细一思忖，都说山西好风光，可解决这场纠纷不是观光，是够叫人憷头的，加之潘老五素质差，不时会让你当众出丑丢面子。镇长在当地算个人物，可一离开福镇又算个啥？她想起自己刚来福镇的时候，出差去北京。在北京车站排队买票，人群疯了一样地挤，她简直支撑不住了，同行的镇文教助理小马冲人群嚷道，都别挤啦，这是我们镇长！人群立时哄笑了。一位手提公文包，被挤出人群满地找鞋的人说他是处长，不进北京不知官小哇。当时陈凤珍脸就红了。陈凤珍想去山西遭这个难，不是迫于老宋的压力，而是有了争取潘老五的想法。人在难处拉一把，将会记住一辈子。陈凤珍瞅着老宋那一脸褶子说，我去接老潘吧！宋书记意味深长地笑了。

都说奶大压不死娃，像福镇这样的富镇，前几年凑百八十万块钱，还是小菜一碟。如今凑这一百二十万，可难坏了陈凤珍。她看出这步棋了，谁去山西谁找钱。潘老五从珠海要回的二百万，往企业一分，如泥牛入海不见啥动静，这次往回拽就比登天还难了，费了九牛二虎之力才凑上八十万。余下的四十万咋办？陈凤珍愁眉不展的时候，小吴说去露透社看看。没有找到小敏子，小吴又出主意求援潘老五的老婆。小吴猜测潘老五家里至少有三百万存款。陈凤珍瞪小吴说，他家有钱也不敢拿出来呀，那还不出了虎窝进狼窝呀！正上下为难的时候，小敏子听见风声来找陈凤珍。小敏子脸上的血条子已经浅淡了，但两只眼睛如熊猫似地黑了两个大圆圈。小敏子要求自己跟着去山西，陈凤珍答应了。然后小敏子就说她借了四十万块钱，是从镇里基金会借的，说镇基金会的余主任是她表兄，跟潘经理关系挺好。陈凤珍连声说好，让小敏子回家准备动身。小吴见小敏子走远了，就大发感慨，瞧人家潘老五多有福气，看来小敏子对他真心的好！陈凤珍也赞叹说，有这样一位红颜知已，潘老五值啦！看来，余主任也真帮忙，这阵的基金会也够紧的！回来让老潘堵上钱！小吴却与她的看法不同，听说余主任跟小敏子也有一腿呢，不看僧面看佛面嘛！陈凤珍骂小吴，你别瞎说！我倒是怀疑是小敏子自己的钱存到基金会了，余主任才敢借她！小吴沉下心来说，也有这可能，这些年老潘可没少给她钱呢！陈凤珍疑惑地自语，有这么多么？小吴十分认真地说，这还多？听说北京死的那个王宝森，给情人的钱都是上千万的呢！陈凤珍从窗口看见小敏子提着皮箱来了，就赶紧打住话头。她这次去山西做了多种准备，小敏子去了更多一套方案，她是镇长只能讲道理，关键处让小敏子犯浑也许会管用。她让小吴留在镇上，盯紧塑料厂改造转产的事，就在黄昏落雪时分动身了。跟随陈凤珍的除了小敏子，还有镇政府办公室刘主任以及镇农工商总公司的会计小兰。陈凤珍一行劳累都不怕，怕就怕矿上翻小肠，怕他们见了钱仍胡搅蛮缠，因为潘老五酒后伤过人家。这回任人家横挑鼻子竖挑眼，处处给咱小鞋穿吧。谁知一到那里，情形有变。原来，有一天夜里，潘老五依旧不服软儿，口口声声说甭想要款，上次挨了打的矿长助理想出治潘老五的招子，就派人将潘老五装进一条麻袋，放在拉煤的小拖车后斗，在矿区河边颠了一宿。小拖车跑一段，那人就问潘老五一回。傍天亮路过一个沟坎子，车颠得潘老五鬼叫，连说还债还债。对方将潘老五拖出来，潘老五瘫软如泥，裤裆都湿了。送到矿区小诊所一查，潘老五的腰折了，腰椎神经阻断，需要进行大手术。躺在矿诊所的潘老五疼得哼哼呢，见到陈凤珍一行眼泪就下来了。陈凤珍发现潘老五脸白得像骨头。就这样，不给钱也别想取人。陈凤珍说告他们人身伤害，对方说你们还伤过俺们呢。陈凤珍见对方挺硬，则软硬兼施，说就凑来八十万块钱。老矿长怕潘老五治病让他们花销，就应承下来，说那四十万回头再还。其实，双方心里都明镜儿似的，四十万块不会再有人提起了。陈凤珍从当地租了一辆救护车，一行四人护送老潘去北京住院。只能去北京，小医院做不好手术，老潘就下肢瘫痪了。小敏子说好在还剩四十万块钱呢。老潘又抓拿不住地说，到北京跟到家一样，我老潘朋友遍天下，没钱也能先住院。小敏子猛然想起北京某医院院长每年都来福镇拉大米，那就住这个医院，还能请个名医来。陈凤珍这样说，只要能治好老潘的病，花多少钱都行！潘老五听着她的话心里热乎乎的，不管是真心还是假意，有这句话还咋着？陈镇长注定不是这条线上的人。小敏子见潘老五还拢着自己那一套，就把陈镇长为营救他操心费力的事说了。老潘知道小敏子跟他没假话，这样一听到真的招架不住了，他不敢看陈凤珍的眼睛。小敏子又说老宋老王他们溜边走，听得潘老五只流泪不说话。等小敏子都说完了，潘老五紧紧抓住陈凤珍的手，说出一番热肠子话来，凤珍哪，五叔这回可看清好赖人啦！人在难处见人心哪！过去我受老宋的撺掇欺负过你，给你出了不少难题。谁知你个女人家比咱大老爷们儿心路还宽，会有大出息哩！然后他就伸长脖子骂老宋老王，骂他们王八犊子装人，不见兔子不撒鹰，没良心！陈凤珍劝他说，别生气呀老潘，你多虑啦，我向来都把你当自己人！她越这样说，老潘听着越难受。他依然没撒开手说，咱福镇盼着我潘老五倒运的人很多！听说我这样子，不知有多少人笑呢！其实，幸灾乐祸的该是凤珍你才对，谁知你从不记恨人，只想着福镇的工作。我老潘是个粗人，老秃子做和尚将就材料，再就是走道拣鸡毛凑足了胆子。都拍拍胸脯的四两肉，没我折腾，福镇有现在的规模么？都有气，端着碗吃肉，放下碗骂娘。凤珍，你不知内情，多少任镇长书记的从我手里发达了，唯有你不黑不贪。往后我搁着你干啦！陈凤珍说，别这样说，你好生养病吧！她感觉手被老潘攥疼了，想抽回又怕老潘多心。潘老五将陈凤珍的手越攥越紧，说，凤珍哪，你有前途，但要明白，现在升官一要靠关系，朝里有人好做官；第二靠钱，有钱能使鬼推磨；末了才轮到这工作政绩，是不？别看这话挺俗气，却跟臭豆腐似的，闻着臭吃着香呢！等我好了，五叔出钱出物，为你打通上头关卡，咋样？陈凤珍苦笑着。小敏子暗暗拧了老潘一把说，都瘫了还不忘放毒！潘老五哎哟了一声，陈凤珍以为他腰疼了，就搁他。潘老五叫出声的时候才将手松开了。其实小敏子又犯醋劲儿了，她知道潘老五说话爱攥女人手，瘫着身子也不改。陈凤珍显然对潘老五的热肠子话反应冷淡，她到福镇来好像就为升官似的？这是她老家，如果拿老百姓的钱去买官，这官做着有啥意思呢？她为潘老五的说法打了个哆嗦。别人也许这么干，我不干，一个女人家官升则升，升不了就当一个好妻子。她真这样想。那天她在报纸上看到一个报道，说某地区一位女副专员贪污行贿进了监狱，她当一个粮店主任时就敢贷款送礼买官，一直买到副专员，做了官再贪污偿还贷款。陈凤珍颇不理解这个女人，好像不升官一辈子就不活了？她不是不想升官，得看咋个升法。入冬以来她在股份制上押了注的，为的啥？潘老五猜不透陈凤珍在想啥，但看得出她对自己这套不感兴趣，就叹一声说，凤珍，我知道你们瞧不起我，但又拿我没办法，应付应付罢啦，对不？可我跟你一样心情。王八蛋才不想把福镇搞好哇！陈凤珍看见潘老五眼圈又红了，说，别激动，你是福镇的功臣，谁小看你啦？别猜七想八的。小敏子也说他，你这人坏事就坏在这张破嘴上，快留口唾沫暖暖自己的腰窝子吧！潘老五叹一声蔫下来，让小敏子给他点支烟。陈凤珍知道潘老五眼下最怕啥，虽然他没点破。他怕自己站不起来，由此失去福镇江山。小敏子嘴上不说，看出她心里也怕潘老五真的瘫了。陈凤珍忙给他们宽心说，老潘啊，做完手术，养好身子就快回，没你撑着，我可弄不了那摊子！潘老五嘴角渐渐浮了笑影说，别愁，咱不是稀泥软蛋，别看我在北京治病，福镇的事也能遥控！这牛皮不是吹的！小敏子撇撇嘴说，都该归残联管了，还吹呢！陈凤珍笑笑说，我相信老潘有这个能力！趁着潘老五的兴致，陈凤珍跟他说了说塑料厂的打算。潘老五说，你当家，你的意思就是我的意见。陈凤珍心里讨了个底便不再提股份制了，不承想这股份制先将老潘给骨分肢了。到了北京那家医院，陈凤珍紧一阵忙活，就等专家做手术了。镇里来京一个车队看潘老五，老宋带着各厂厂长们来了，潘老五的老婆也到了。潘老五没给老宋好脸色，又听说老宋将接他班的人都暗暗找好了，心里更来气。老宋将铁厂朱厂长抽调到总公司，在老潘住院期间任代总经理。其实，老宋是让老潘安心养病，谁知老潘却接受不了。潘老五不好明说，嘴上大骂某些人过河拆桥落井下石。老宋以为他骂陈凤珍那边人，也跟着附和。他不知自己走错一步棋，不该让陈凤珍去山西。他想为难她，孰不知把手下干将让出去了，弄个肉包子打狗有去无回了。老宋一走，潘老五就跟陈凤珍咬了半天耳根子。本来，陈凤珍要跟老宋的车一起回福镇，这时接到田耕的电话，说他们薛行长到北京看老潘，她只好等田耕他们。田耕和薛行长一到，陈凤珍才知道，来了一帮行长们。不光是工行，农行建行等行长都到了。他们怕老潘瘫了，怕老潘死了，否则这些贷款找谁去还？陈凤珍看出这帮行长们的心思，表面还得潘大哥长潘大哥短地叫，心里早没这份感情了。薛行长直接问陈凤珍，老潘的手术能好么？陈凤珍不置可否地笑笑。田耕急赤白脸地说，不管老潘咋样，我们行的贷款由你盯着还上！陈凤珍不表态。她学聪明了，这个时候不管她说啥，传到老潘耳朵里都不好。薛行长叹息说，老潘瘫了，福镇也许他妈站起来，可我们不行，他完蛋我也完蛋！陈镇长可得帮忙啊！陈凤珍点点头，没说啥。她说啥呢？搞股份制潘老五是碍手碍脚的，可眼下社会风气，没有潘老五这样的人也不行，她脸上现出极度的迷惑。陈凤珍正想跟田耕他们回去，县委办公室打来电话，说县委书记陈东林和宗县长到京看望老潘。潘老五强留陈凤珍，他说等县里领导来了，他将给福镇动大手术！陈凤珍说，你的手术还没做，就想着给别人做手术啦？潘老五说，你不信我老潘？你要是不走，你还会看见地委领导来看我！陈凤珍觉得潘老五的作派像一介武夫，却能勾连社会各界。他说话还真有人买帐，这家伙不仅仅是大肚罗汉一肚子屎了，有时这样人也能成大事。果然这几天就立竿见影了。那天有个北京老板来看潘老五，闲谈的时候知道老板是搞旧设备转卖的，陈凤珍就把塑料厂的事说了，老板有意要。陈凤珍很高兴，就说她先带老板回福镇，等老潘做手术那天再来。潘老五说舍不得你们走，不过别误了正事，走就走吧！临行前，陈凤珍看老潘老婆和小敏子共同厮守不是办法，一山不容二虎，两只母鸡到一起还乱掐架呢，何况这俩人。她就动员小敏子跟她一起回家，也免得县里领导见了影响不好，谁知潘老五就明来了，一个劲儿轰他老婆回去，说我这德行还有啥错误要犯？老婆无奈眼泪汪汪地跟陈凤珍回福镇了。

霜前冷，雪后寒。陈凤珍一行赶到福镇时，正巧赶上一场大雪末梢儿，车一进福镇的地埝，雪停了，但冷的厉害。陈凤珍好久没看见福镇的雪了，今天看见雪原，总想下车来走几步。洁白的树挂一闪而过，使她分不清是霜还是雪。陈凤珍这时真想到雪地里搭个雪屋，过几天不食人间烟火的浪漫日子。她欢快地说，等咱福镇度过眼下难关，就搞一个冰雪节，不比哈尔滨差呢！然后就有冰雪节的场面在她眼前晃了。当她走进镇政府办公室，一大堆难题急待解决的时候，她就再也不想雪景了。先陪着县里精神文明检查团转了半天，她还特别汇报了将大仙关门的情况，陪着人家吃午饭，县电视台的车又开进来了，找陈镇长要赞助，说他们正准备播一部关于股份制的电视剧，要求福镇点播。陈凤珍说好是好，可福镇眼下没钱。说没钱人家还不信，那伙人赖着不走。陈凤珍想了个主意 ，给他们打了个白条子，让他们先播。那伙人知道陈凤珍办事黄不了就走了。走时，陈凤珍让办公室给他们每人一袋大米。老规矩了，空手回县里不知怎么编排陈凤珍呢。陈凤珍这时才想起，该给县里部门准备年货了。今年她得亲自去送年货，去年她刚到基层不好意思，结果派办公室的送货出了差头。首先是电力局计量局没送到，弄得福镇电力不足产品不过关，据说是没找到人，办公室小薄把东西拉家匿下了。还有一个更大的失误是给宗县长送的一筐河螃蟹。小薄将满筐活螃蟹往宗县长院里一放，说陈镇长的意思，没说啥东西，县长夫人以为是一筐苹果没有动，结果半夜里河蟹拱碎筐盖儿爬出来，爬得满院子都是，还有一大部分爬过墙头，到退休的老县长院里了。老县长得了便宜还骂人腐败。宗县长虽然不好直说，还是旁敲侧击地说陈凤珍年轻呵。陈凤珍的神经总是绷紧的，稍不留神就会出乱子。下午老宋和陈凤珍听取各个厂汇报股份制进展情况。从汇报上看，陈凤珍十分满意，各厂都动起来了，铁厂瓷厂最好，职工们纷纷取出存款入股，就连停产的塑料厂也通过北京老板变卖了旧设备，新的粮食加工机械已购进，眼瞅着就要开工了。就是玛钢厂没有动静，陈凤珍狠狠地批评包厂的老王，老王终于说了实话，他说潘经理有打算，说不搞股份制。陈凤珍望了老宋一眼，老宋也绷着脸长时间不吭声。陈凤珍感到了包袱的可怕。她说，玛钢厂是颗毒瘤，不，是炸弹，不定哪天就会引爆的。老宋哼了一声不服气，心里后悔没把她分到玛钢厂去。这大气候你能抗得住么？陈凤珍说，玛钢厂投资太大，不好调头，只好等资金咬牙上了。她又对老王说，赶紧把资料准备一套，寻求合作伙伴！老王说这招子早试过了，谁愿把鲜花插在牛粪上？陈凤珍认真地说，谁说玛钢厂是牛粪？老宋插言说，陈镇长说的对，就是牛粪，我们自己也不能小看！老王，跟老潘商量一下，把玛钢厂弄活了。老王叹息说，难呐，连老潘都瘫了，玛钢厂还有个活？老宋说，谁说老潘瘫啦？不是还没做手术么！就是老潘真瘫了，福镇就不干经济啦？然后他拍拍铁厂朱厂长的肩膀说，老朱也很有能力嘛！现在我宣布，由老朱暂时代理老潘的工作！总公司的事由他处理！随后他一挥手宣布散会。陈凤珍知道老宋怕她安插自己人，就先斩后奏了，一挥手就定了，连跟她商量都不商量。她心里生气也没办法，在基层就是一把手说了算，谁让自己是二把手呢？要是有了为难着窄的事儿，二把手想逃也逃不脱。十天以后，镇基金会出了乱子，老宋又将基金会余主任支到政府这边了。余主任带来的种种迹象表明，玛钢厂这颗炸弹引爆了。老百姓积极响应股份制，要将存在基金会的钱取出来入股。基金会哪有钱？钱都压在玛钢厂了，有几千万呢。老百姓支不出钱，才知道基金会濒临倒闭了，基金会不比银行，它是民间金融组织，一倒闭就完了。老百姓急了，托门子找关系支钱，山西剩回那四十万都支光了，基金会就再也没有一分钱了。支不到钱的储户领到一张白条子。不知谁放风，说基金会倒闭了。老百姓急红了眼，怕自己的血汗钱泡汤，追着余主任要钱，追得余主任东躲西藏满街跑。找不到余主任，老百姓就将余主任家围了，拿他妻子、孩子和七十岁的老娘做人质，不给钱就不让孩子上学。老太太心脏病犯了也不让出屋，眼瞅着快出人命了。陈凤珍愣了愣，沉沉地叹口气，这场乱子迟早会来，没想到会这么快，而且是搞股份制成为导火索。看来这股份制台好开戏难唱了。她问余主任老宋咋说？余主任急出满嘴燎泡说，宋书记说他也想想法，让我找政府处理！他说他主要抓党务。陈凤珍心想这号事老宋就不挥那一把手了，抓党务就别在经济上乱插杠子。她顶着火气说，上玛钢厂是老宋主持的，就让那些储户堵着老宋门口要钱。余主任哆嗦着说，陈镇长，我们全家老小就指着你啦！陈凤珍说，我不是推，老宋他们也太气人了。余主任赶紧附和说，老宋这人奸滑，他说这是由搞股份制引发的乱子，理应找陈镇长！陈凤珍一拍桌子也骂街了，这叫啥他妈理儿？走，咱们去找他，是他们盲目上马劳民伤财，还是股份制搞错了？我要拉他到县政府理论。余主任吓白了脸说，别生气陈镇长，你这一闹不是把我卖了吗？陈凤珍气哼哼地到老宋办公室找人。办公室的人说，老宋老王带着潘老五的老婆去北京了，刚刚开车走。陈凤珍都气糊涂了，她这才想起潘老五明天做手术。她也应该去，这节骨眼儿不去，潘老五又该疑心她了。要去，扔下家里的乱子出了人命咋办？老宋真他妈拿得起放得下，连声招呼不打就走了。她犯难了，望着窗外的积雪愣神。余主任看形势不对，就跪下求她。陈凤珍受不住了，紧着把余主任扶起来，说我无论如何也不会撒手不管的！有啥算啥吧，救人要紧！然后她叫上小吴和镇派出所民警去了余主任家。余主任躲在小吴的车里不敢露头，他看见陈凤珍他们朝人群走去了。雪地是很凉的，屋里盛不下，院里的雪地铺上秫秸坐着人。见陈凤珍来了，有人说天皇老子来了不给钱也不走。陈凤珍没理他们，带人径直奔屋里去。余主任母亲搂着儿媳和孙女落泪，见到陈凤珍就哭得上气不接下气了。陈凤珍让小吴和一民警抬老太太上镇医院，抬几步，门口就呼啦围了人。陈凤珍想跟他们说软话讲道理，可又咋讲呢？存款取钱是天经地义的事，老百姓没错。难道代表镇政府向百姓道歉？向他们说明盲目上马的失误？又不能。那么老百姓就会把镇政府围了，敢在一宿之间抢了玛钢厂。她在这刹那间，把自己豁出去了。她镇静地说，大伙都进屋来，外面冷。放老太太走，我替她留下，咱们商议还款的事。然后她就在老太太坐的地方坐下来。人们见陈凤珍真的坐下，一时愣神，小吴他们就将老太太抬出去了。老太太一走，陈凤珍心里踏实许多。余主任媳妇不认识陈凤珍，只是老宋常来家喝酒，她问老宋咋没来。陈凤珍没好气儿地说，他去北京抓党务工作去啦！提起北京，陈凤珍的心就悬吊吊难受了。潘老五的性子她知道，就说处理这场乱子脱不开身？潘老五注定不高兴。那老宋咋能来？还是你心里没当回事。如果老宋他们再添几句坏话，那些天算白忙乎了。不能输给老宋。这一刻，陈凤珍忽地想起一层关系。潘老五最听小敏子的，而眼下她营救的老太太就是小敏子的大姨，余主任是她表兄，她要趁老宋他们未到京前，给小敏子通电话，就说老宋如何如何，就说自己被老百姓围在她大姨家，然后再让余主任媳妇做个证明，现场气氛说服力强。她一找皮包手机，发现小吴拿着呢。在小吴赶回之前，老百姓赶她走她也不走了。半个小时左右，小吴他们赶回来，说将老太太安顿在医院打针呢。陈凤珍拿出手机拨通了北京的电话，她啥都跟小敏子说了，说得小敏子在电话里传出哭腔，末了又让余主任媳妇说了几句。陈凤珍见余主任媳妇哭得不行，就收回手机说，那头还吉凶未卜，就别给北京添腌臜了。小吴悄悄跟陈凤珍说，余主任不落忍，想进来换你，陈凤珍说不行，弄不好出人命的，没见老乡们急眼了么！然后她就想脱身的办法。她说得想法子找钱来，不然躲过初一也躲不过十五。小吴说，从哪儿弄这么多钱？现印都来不及呢。陈凤珍说少弄点压压大伙心惊。然后她就给银行的丈夫田耕打电话。田耕说，我的镇长夫人呐，那几百万都还不上，还贷款哪！陈凤珍可怜巴巴地说，先弄十万八万的，堵基金会的窟窿。告诉你，我被围困了，跟你们薛行长说，帮这忙，年根儿钱先还你们，这回不帮忙，那几百万就没影儿啦！田耕说，这样说话合适么？陈凤珍说，叫你咋说就咋说，你敢打折扣，明天就见不着你老婆啦！田耕赌气说，见不着就见不着，你哪儿还有一点女人味儿呀！我妈说了，你要是不能生孩子？就……陈凤珍急着问，就咋着？田耕胆怯了，支吾说，就只当我又多了个哥们儿呗！陈凤珍笑喷了，骂了句缺德的。小吴在旁边也听见了，哧哧笑。陈凤珍问小吴笑啥。小吴说镇长越来越像我的老大哥了。陈凤珍大咧咧地说，爱像啥像啥，这阵儿给我来钱就行！田耕会办好的。然后她让小吴清点屋里屋外储户手中的白条子。清点完了，共有二十六万块。陈凤珍又分别给他们打了一个镇长担保条子。老百姓拿着双白条子听陈凤珍说话。陈凤珍说，我担保，钱跑不了，明天开始，先还大家的百分之十五。储户们挺知足，千恩万谢地撤兵了。陈凤珍望着老少爷们儿的背影，鼻子竟有些酸。都走光了，她叹道，中国老百姓还是老实啊！小吴心情沉重，没有再说啥。陈凤珍望天，是傍晚，天阴得居然像是后半夜，北风扑打着她的眼睛。

二十多天没有下雪，往年进了年关，瑞雪格外厚实。福镇人喝了腊八粥，隔月的积雪融融化尽，新雪不下来，陈凤珍预感父亲的小药铺又该热闹了。她仿佛看见了空气中移动的病菌，好像又袭来那股难闻的气味儿。不出几天，父亲的药铺子又昼夜响着炒药声。不仅感冒的多，而且还迎接了像潘老五这样瘫痪的病人。潘老五的手术砸了，终究没能站起来。其实在专家会诊时就说没把握，因为潘老五的腰是肌肉与神经同时阻断。潘老五沮丧了几天，后来陈凤珍去京看望他时说，我家祖传的立佛丹兴许管用呢。潘老五又有了依托，嚷嚷着回福镇治疗，还可以边工作边治腰，他就跟陈凤珍回来了。这时已是年根儿了，潘老五这次住进家里了，其实家里是新盖的二层小楼，装修一新。老婆将土暖气烧得挺旺。平时他很少住家里，尽管小敏子那里条件差些，那感觉那味道不一样。人就是这么个贱东西。潘老五不大情愿，可老婆子挺知足，总算给家里保住个整人。小敏子常到他家里来，老婆虽然脸上不高兴，但也不打架了，她知道老头子瘫着搞不了娱乐活动了。潘老五家里几乎成了他的办公室。他每天坐在轮椅上处理日常工作，工作效率比先前还高了。陈凤珍发现老潘变了个人，过去他啥事都显在脸上，吼在嘴上，现在深沉多了。刚到家的第二天，潘老五就想到各厂转转。老宋劝他歇上一冬再说，潘老五说歇上一冬黄瓜菜都凉了。老宋听出他话里有话，细咂巴才知道他变了。这个潘老五一瘫，疑心太重，竟连老东旧伙都不相信，难道是让朱厂长代理经理的事？老宋有些慌，反复解释，潘老五也不睬他。老宋说陪他去厂子转转，潘老五冷冷地说，还是让陈镇长陪我去吧，你那儿党务工作那么忙。老宋更加摸不着头脑，自从他瘫了，老宋一直忍让他。后为陈凤珍给小敏子通电话，老宋一行进病房，就让潘老五闹了一通。老宋强装笑脸，心里骂，你个潘老五别跟我装爷，我是福镇一把手，说你是企业家才是企业家，说你是臭狗屎就别想上台盘了。陈凤珍也不知小敏子咋跟潘老五捅的词儿，使她痛痛快快出了这口气。让老宋尝尝孤立是啥滋味儿，因为陈凤珍看出，老王和朱厂长也暗暗往老潘这边靠了。陈凤珍在老王老朱眼里变得有权了。陈凤珍感觉到了，也开始品尝出工作的乐趣了。潘老五坐在轮椅上，指指点点地看着他一手建起来的工厂，眼眶子抖抖的想落泪。他自顾自说，这是老子打下的江山，谁他妈也别想坐享！别想把老子挤垮！老子还会站起来的！说完，他将南瓜脸埋进大掌里，呜呜地哭起来。陈凤珍知道潘老五难受，就悄悄躲开了。让老家伙哭个够吧，要知道，这是市场经济，并不是会哭的娃有奶吃！陈凤珍想，前些年商战胆子大了是英雄，往后则需要智能了，可悲的是潘老五还没明白过来。她就想通过股份制改造他，能行么？陈凤珍也是摸着石头过河心里没底。没底归没底，陈凤珍目前还没找出哪个人物能将这一大摊子统起来。从这理儿推一推，陈凤珍倒是真正盼着潘老五还能重新站起来。潘老五在回家的路上说，要以高薪聘请陈凤珍的父亲当保健医生。陈凤珍回家就找父亲说了，父亲一听就黑了脸骂，我才不跟潘老五贴身呢，有钱就能随心所欲？他买立佛丹，我卖！买我这人，做梦去吧！陈凤珍劝说父亲，也就是吃立佛丹呗，贴身医生也就是他从外边学来的洋叫法。父亲依旧不开脸，别跟我提潘老五，说破天，我是不放酱油烧猪蹄儿，白提！阿香听见风声了，悄悄把凤宝叫过来。凤宝拄着拐杖进屋就说，我给潘老五当医生，只要给钱多。父亲扭脸熊他说，你也别丢这个人！陈凤珍说，爹老脑筋该改改啦，你不去，就叫凤宝去吧，要知道潘老五对福镇经济很重要！凤宝欣欣地笑，省的我大冬天去外地卖野药啦！陈凤珍心想，凤宝去也好，近来她听人反映，凤宝在城里卖假药。她知道这是阿香的主意，他拿走老爷子的真药卖，回来要如数交钱，卖了假药就归小两口支配了。她怕弟弟出事就说了他几句。凤宝嘻嘻笑着说，这年头的人认假不认真，不吹不骗，屁事别干！你看人家潘总，瘫着也还能呼风唤雨，这回说啥也得沾沾咱残疾人的光啦！陈凤珍笑着说，你去还不知老潘要不要呢。凤宝说，你就给我吹着点，吃了立佛丹，立地又顶天。陈凤珍被逗得格格笑。父亲叹一声躲了，冻缩的身子像一根风干的老木。陈凤珍就去跟潘老五商量，说凤宝来了也是用老爷子的立佛丹，潘老五摇着脑袋说，我不是信不过你家的立佛丹，而是觉着凤宝跟我后头跑不合适！陈凤珍笑说，有啥不合适？潘老五说，这不秃子头上长虱子明摆着么，我瘫着，他瘸着，接客办事，别人还以为是一帮乌合之众黑社会啥的！陈凤珍想笑，见老潘挺认真地说话，强忍着没笑出来。谁知凤宝就在外面听着呢，听到这儿也沉不住气了，拄着拐杖进屋来，嘴巴甜甜地喊五叔，又跟潘老五吹了一通，自己有啥治瘫痪的绝招儿，他说他表里兼治阴阳平衡，刮毒生肌，增筋展骨，中西结合。他直说得潘老五咧着瓢嘴笑了。潘老五便拍拍凤宝的屁股骂，侄小子嘴巴挺溜，你小子可别拿卖野药那套胡弄我呀！凤宝说，七天一疗程，准见效，不成你就辞了我！潘老五说，有病乱投医，谁他妈知道哪块云彩有雨呀！然后就将凤宝留下了。一连几天，人们发现潘老五的轮椅后面多了凤宝。凤宝的待遇升格了，他跟随潘老五出出进进，有时还陪客人上桌喝酒。他随时给潘老五下药，凤宝对这样的环境适应很快，也觉着新奇，平时都不愿回家见阿香了。他对潘老五也很卖力，将父亲为糊涂爷做好的立佛丹偷偷拿过来，每丸加五十块钱，让潘老五吃下去。凤宝说这是红兔子眼做的特效药。老婆看着潘老五吃过药眼睛发红，害怕地说别吃坏了。潘老五照着镜子看见自己的红眼，感觉腰眼儿酥麻。凤宝说这感觉就对了，然后他又在药丸里掺上一些西药。潘老五吃过，在七天头儿上竟能在轮椅上一窜一窜地蹦高了。消息像雪花一样，在福镇沸沸扬扬地传开了，有人喜有人忧。这样闹腾了十来天，后来听说潘老五又不行了，腰也不酥麻了，更别提蹦高了。潘老五沉着脸质问凤宝为啥？凤宝胡吹了一通，心里也没底了，心里骂，这个潘老五人隔路，病也跟着反常，怕这祖传的立佛丹栽在他身上了。那天镇上来个气功大师，凤宝领来给潘老五发功，开始吹得挺邪，弄得潘老五从轮椅上跌下几回，最后也没啥起色。潘老五心灰意冷了，一边吃着立佛丹，一边偷偷往草上庄大仙那里跑。潘老五瘫后就越发迷信了，总是觉着陈凤珍的三姑挺神，掐算预测治病啥的都对路子。大仙还算出他能站起来，也算出他身边的小人。潘老五问小人是男是女，大仙说是男。潘老五眯眼一想就是老宋。陈凤珍后来听说潘老五坐汽车往县城跑了两趟，八成是要鼓捣老宋调走了。陈凤珍从潘老五嘴里套话，也没套出来，她就不去琢磨，装成一个心里不装事的新媳妇。进了腊月二十三，别的乡镇都蜂出巢似地放假操持过年了，福镇不行，捂了个把月的瑞雪不下，县里领导却是不断地来，考察班子的，视察股份制的。这天老宋通知陈凤珍说，宗县长要来福镇看看股份制开展的情况。陈凤珍愣了愣，宗县长来福镇为啥不跟她直接说呢？她刚刚跟宗县长通了电话的，她不说也猜出有啥事发生了。

这天一早就变天了。不是下雪，刮风。冷风将那股难闻的气味冲掉了。但陈凤珍感觉到，土拉光叽的街巷，又有新的病菌潜伏下来。她看到宗县长的汽车开进来，落了一层灰土，车都不像辆车了。老宋、陈凤珍和潘老五等人都在会议室等宗县长。宗县长问了问潘老五的病情，就听老宋的汇报，陈凤珍又补充了一些。宗县长没有对股份制明确表态，就说去各厂看看落实情况。老宋这时候还动心眼儿，说先去陈镇长包的粮食加工厂。潘老五看宗县长发愣，就解释说，就是原塑料厂。宗县长马上明白了，老宋明明知道这个厂是刚转产的老大难，还要第一个让他看，是不是冲陈凤珍来的？陈凤珍看宗县长脸色不对，就笑笑说，听宋书记的，他也没去过加工厂，就一起看看吧！她说这话时给小吴递眼色，小吴悄悄下楼，提前开车布置去了。其实不用咋安排，陈凤珍心里有数。眼下的加工厂可是鸟枪换炮了。老周和李继善他们够能干的，生产一个多月，就扭亏为盈，获利十万。好多农民往里挤，入股的不少。陈凤珍是留了后手的。她总在老宋面前给加工厂哭穷，是想申报减税，先取税前利，等有了后劲，再得税后利。宗县长也不知详情，看陈凤珍挺爽快，就答应先去看加工厂。老宋是看不起粮食加工厂的，认为是土打土闹没啥出息，潘老五也没咋看重这个厂。一路上，他们当着宗县长直拿粮食加工厂开涮取乐。一进工厂，厂容厂貌就很有改观。看过生产线，又看了生产进度表，听取了老周和李继善两人的汇报，宗县长惊喜地笑了。他看见老宋顿时沉了脸，潘老五坐大轮椅上惊讶了一下，满口称赞，俨然像个大干部。陈凤珍捅他，宗县长还没表态，你倒先做结论啦！然后瞥一眼老宋，老宋闷闷地吸烟。宗县长忽然认出李继善来说，你就是承包草场的吧？从跟镇政府打官司，到搞加工厂，是咋转过弯儿来的？李继善笑笑说，都是陈镇长一手操办的，咱平头百姓跟着干呗！然后他就介绍过程。宗县长微笑着点头说，陈凤珍镇长是不是逼你们太狠啦？跟我告状，我替你们出气。李继善说，哪里呀，感恩不尽哩。宗县长瞟了老宋一眼回头又问，陈镇长干事是不是虎头蛇尾呢？李继善摇头。宗县长又问，那小吴呢？李继善又夸了半天小吴。老宋装成没听见，但内心犯嘀咕，是不是自己平时说团系统干部的话，传到宗县长的耳朵里去了？宗县长扭头问老宋有啥看法。老宋淡淡地说，还可以吧。宗县长当即纠正说，不能说可以，是成功，是突破！从这个厂的变化，我们不仅看出股份制的活力，而且给全县提供了一条方向性的经验，就是乡镇工业与农业的联姻。过去，我们盲目上马了一些工业项目，弄不好背包袱，而把眼光瞄准农业产品加工，是我们过去忽视的！他说到这里又问潘老五，你说呢，老潘？潘老五也变乖了，点头说好的同时，又说自己在北京为塑料厂变卖旧设备时，也想变变路子，不过，没有宗县长站得高看得远。老宋越瞅潘老五越来气。陈凤珍看出潘老五并不超脱，这样了还紧抓挠，他怕退出福镇经济舞台。宗县长把秘书叫到跟前说，回去通知政研室，到这里搞个材料，年后在这儿开现场会！然后宗县长又看了看其它工厂，午饭后准备回县里，临行前单独跟陈凤珍征求意见。陈凤珍很平静，她早已过了领导夸几句就激动的年龄。提起老宋，陈凤珍没有说啥，她猜想宗县长已经心里有数，况且潘老五把她的话早说了。宗县长走时鼓励她明年得挑重担子了，她就明白老宋在福镇站最后一班岗了。陈凤珍就要成为第一把手了，心情却高兴不起来，如果说是潘老五鼓捣走了老宋，她又有啥值得高兴的呢？加工厂的转机能说明股份制在福镇的成功吗？快过年了还不下雪，福镇还能称为大雪之乡吗？她连续问自己几个问题。

第二天福镇农工商总公司召开董事会。会议由董事长兼总经理潘老五主持。这是年前的最后一个会，也是总公司的第一个董事会，研究决策玛钢厂命运。眼下看，玛钢厂是福镇经济的核心难题了。陈凤珍和镇里领导都不参加会议，怕行政干预影响董事会。陈凤珍试图通过这第一次董事会，将这些农民企业家行为方式纳入经济规律。各厂厂长都是董事，陈凤珍怕他们不懂董事的权力，专门召集上来学习。会后她还找到铁厂朱厂长加工厂厂长老周说了说，让他们依据自己的经验，说出自己意见。不怕错，关键培育这种意识，福镇就有希望了。厂长们都满口答应，说我们盼着股份制，我们厂入了股，就是要行使权力的。说的挺好，到了会场就霜打一样蔫下来。会议开始就冷了场，潘老五没敢先表态，瓮声瓮气地启发大伙，他越装深沉，董事们越紧张，不知谁挑头说了句听潘董事长的。老潘说，我提个方案，挺吓人的，不同意见可以反驳嘛！那就是让玛钢厂破产！随后他从市场角度进行分析，又讲了讲啥叫破产。厂长们惊得打寒噤。看来让玛钢厂破产，是潘老五心里酝酿已久的事，他为啥不让老王在厂里搞股份制呢？董事们恍然大悟。余后又是冷场，谁也不拿反对意见，末了潘老五从轮椅上一窜拍了板。散会后，陈凤珍听说完全过程就目瞪口呆了。门缝扑进来的寒流，刺激得她鼻子发酸。抛开个人成见，这现象本身就够气人的。她生气地叫来老朱和老周。老朱知道陈镇长会生气，进屋就当着陈凤珍骂潘老五。他骂，十个瘫子九个怪，一个不死都是害！挺会赶时候，搬出破产的招子！虽然陈凤珍对于宣布玛钢厂破产也觉突然，但她眼下生的不是这个气。陈凤珍冷冷地问他同意破产么？老朱说我看玛钢厂还有救儿。陈凤珍吼道，那你为啥不在会上说？老朱哭丧着脸说，我咋说？都没个响屁，让我去伤人？本来老潘因我代理那阵总经理，就瞅我气不顺，再顶撞他这回，非把我撸了不可。陈凤珍气呼呼地说，你保自己怕伤人，就不怕公司受损失？老朱说，又不我一家，天塌下来大家顶着。陈凤珍倒觉得自己没话了。她沉默片刻，又扭头问老周为啥不行使董事权力。老周和善地笑笑说，咱是重义气的人，人家老潘过去对我有恩，这阵刚瘫了，咱不能落井下石呀！陈凤珍气得苦笑起来，她骂，真是歪锅对歪灶，歪嘴和尚对歪庙，让我咋说你们？你们盼着股份制，你们受过老潘瞎决策之苦，该你们行使董事权了，却豆干饭焖起来了。老朱和老周见陈凤珍真生气了，还要解释。陈凤珍一挥手骂，都滚，不值得为你们操心！她坐在办公室直喘气，一时觉得肺疼，怕是跟父亲一样患肺气肿了吧。这时潘老五打来电话叫她去他家，说有喜事报告。有啥喜事，这一天要帐的就来三拨了。按着破产法，破产企业不偿还债权债务。那样，年前保密，年后都知道还不知乱成啥样子呢。陈凤珍心情烦乱，这时候非常想到雪地里走走。可是天不下雪，天上有太阳。傍晚时分福镇落下大雾，小镇便灰得不见别的颜色了。陈凤珍在雾气里去看潘老五。她有些腻歪，但还得去，还得去看这铁腕人物的脸色。恰巧小敏子和她丈夫来看潘老五。她丈夫从海南办事处回家过年了，从南方带来人参酒给潘老五。陈凤珍看着挺憨厚的小伙子，心里直替他难过，小伙子真的不知晓，还是睁一只眼闭一只眼呢？小敏子当着丈夫也敢给潘老五捶背，无拘无束地说笑。陈凤珍觉得潘老五周围转的人形形色色，包括自己，真该够演一台戏的了。也许是为显示自己的威力，潘老五当着小敏子两口子就跟陈凤珍谈工作。他说的喜讯是，老宋调县委信访办公室当主任，陈凤珍提拔为书记。陈凤珍又觉得潘老五天真的样子挺可笑。潘老五又向陈凤珍说起上午的董事会，他很得意地说，董事会开得很成功，大伙一致建议，玛钢厂倒闭！我正跟你商量呢！陈凤珍轻蔑地笑笑，心想往后你乱插杠子，又可以往董事会推了，他总会有理的。陈凤珍说，既然董事会定了，就执行吧！其实她也想不出医治玛钢厂的好办法。明年，明年会是怎样呢？潘老五边喝药边笑说，从这次会议看，我老潘威力不减当年哪！不过，董事们也是够懂事儿的，不跟我老潘对着干！陈凤珍听见他的笑声浑身发冷。她问，你不觉得破产，也是冒险么？潘老五大声说，是的，毛主席说，无限风光在险峰嘛！冒这次险，福镇也许就有救儿啦！陈凤珍心里祈祷，但愿这次潘老五歪打正着。她问，你有把握？潘老五抓着后脑勺嘿嘿笑，我是让你三姑卜算好了的，你三姑说玛钢厂凶，废了才有救。不信，你回家问凤宝，他陪我去算的！他又笑。陈凤珍心一凉，没啥话可说了，只仰脸呆呆地看雾。

天黑起风时陈凤珍朝家走。她听见零零星星的鞭炮声了。买年货的人们，像走马灯似地来来往往。她已经嗅到浓浓的年味了，到家里却看不出过年的意思。田耕开车来接她回城里过年，他刚来就碰上凤宝和阿香打架。陈凤珍到家时他已将架拉开了。她没问田耕，就看见凤宝撅嘴蹲在地上发呆。阿香把她拉到东屋，哭哭啼啼地说，凤宝这狗东西跟潘老五学坏了，拿来黄色录相看，看过还……陈凤珍生气地说别说了恶心不恶心？随后她走到西屋，想狠狠批评弟弟一顿，又不知咋开口，就说明年你别跟潘老五啦。凤宝愣起眼不明白，不是你让我去的吗？陈凤珍说别问为啥，此一时彼一时懂么？凤宝嘟囔说我不是董事咋会懂？陈凤珍问父亲去哪儿啦？还不操持过年？阿香说，都让凤宝给气跑的！凤宝偷了父亲为糊涂爷做的立佛丹，给潘老五用上了，父亲刚知道，跟凤宝闹了一通，就扛起猎枪，去北滩林子里打红兔子去啦！陈凤珍叹一声，也断不透谁是谁非了。她拉上田耕开车去北滩找父亲，她知道父亲打不到红兔子不会回家，甚至连年也过不安生了。到了车里，他们看见小镇彻底被雾笼罩了。田耕问她那些贷款明年能不能还。陈凤珍怕他和薛行长过不好年，就没把玛钢厂破产的事说破，只是一笑。田耕从她神秘的微笑里得到了答案。汽车拐过镇口，她们看见一家结婚的，门口彩灯闪烁，鼓乐班子吹起喜庆的曲子，给福镇的年根儿添了好多喜气。田耕算了算是双日子，夸了几句今天结婚好。陈凤珍心平气和许多，说碰上结婚的好，如果赶上瑞雪结婚就更好了。田耕说我们结婚不就天降瑞雪么。陈凤珍回头看见小镇的灯光了，在雾夜里划着十分优美的弧形。她说，瑞雪兆丰年是老皇历了，福镇是有福的，没有瑞雪下来也会有好年景的。一年更比一年好，是不？田耕说谁不巴望着好哇。陈凤珍将脑袋歪靠在田耕的肩头想，父亲在这无雪的平原上能打着红兔子么？

向上的台阶

周大新

一

1

廖老七从儿子怀宝三岁起，就开始教他识字。这是廖家的规矩，孩子从三岁始就要“学写”，这倒不是因为廖家是书香门第有这种家教传统，实在是因为这是谋生的需要。廖家的祖产除去三间草房和几床破被，就是一方砚台和几管毛笔，此外再无别的。廖家几辈子都是靠在街上代人写点柬帖状纸为生，作为廖家的长子，不识字怎么能行？

这小怀宝倒也聪明，四岁时就能把“上下左右天地大小金木水火”等字，用他爹那杆狼毫毛笔在老刀牌香烟纸上写了，而且写得很有几分样子。七岁时，便已能用小楷抄完《论语》。九岁时，小怀宝已把常用的柬帖格式全部学全。这时，廖老七出摊时，便把儿子带上，老七在前边一肩挂着那个装有笔墨纸砚的小木箱，一肩扛着那个窄窄的条桌走；小怀宝则抱着一条歪七扭八的长条凳在后边紧跟。父子俩到了小镇邮局门口，先将桌凳摆好，后把笔墨纸砚放开，再把托放在邮局门后那个写有“代书柬帖对联一应文书廖”的布幌在桌后的墙缝里插好，父子俩便在桌后坐了。小怀宝就开始研墨，用长条的墨块在大石砚上一圈圈旋转，不一刹就有乌亮沁香的墨汁在砚里洇出来。这时老七就叫一声：宝，行了。小怀宝也就住手，坐一边聚精会神地看爹写，同时用手指在自己的腿上跟着照样描画，偶尔也帮爹挪挪纸。若是信封需要封上的，怀宝便伸出细细的手指，从一个瓶里抹些娘用高粱面打成的糨糊，小心翼翼地按爹交待的方法把信封粘好。遇到一些简单的请帖，如“请过重阳节”和“订婚请媒人”一类的帖子，廖老七便放下笔，手捻着下巴上的短须说：宝儿，你来！父子俩就互换位置，小怀宝拈笔蘸墨，先问一声来人姓啥名谁所请何人，尔后小嘴巴一鼓，低首便在信封和信纸上写：

谨择十四日寒舍丁宅订婚洁治嘉筵
恭雅
冰驾
光临
丁振西鞠躬

大红叶冯老先生阁下

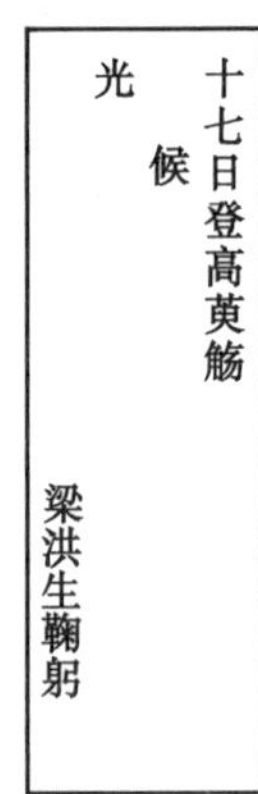

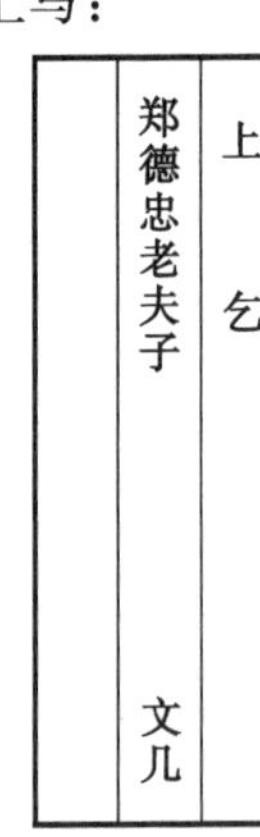

小怀宝每次写完，桌旁站的人看了，都要说声："好!"怀宝这时脸就羞得通红。遇到来求写帖写联的人，不是立等就要的，廖老七就一边忙一边嘱怀宝：宝儿，把这位大叔要写的东西记下来！怀宝就摸出一个用旧纸装订的本子，把来人要写的内容和写讫的日期一一记下，尔后收下润笔费。

润笔费不高。有时父子俩一天不停地写下来，所得的钱扣去纸墨费用，只够买二升包谷，够全家人吃两天。当然也有好的时候，逢到急等寄信的人或慷慨而稍有钱的顾客，父子俩中午饭就常由人家买来，或是几个烧饼或是两碗面条，这就省下一小笔饭钱。还有更好的时候，那就是大户们的"请写"，也就是富户们家有事时把廖老七和儿子请到家里写字。每逢这时，所得润笔就比平日多出许多，而且父子俩可以饱饱地吃它几顿。但是，这样的好机会不多，怀宝记得最清的，是他十一岁那年到镇南头有两顷地的富户裴仲公的家里写字，整整写了三天，三天里顿顿可以吃到白馍、豆芽和猪肉，而且写完后整整得到了三斗包谷，使全家人吃了许久，更重要的是，他就在那次认识了裴仲公的小女儿姁姁。

那是怀宝第一次走进富人家家里，真是开了眼界，第一次知道人竟可以住这么宽敞的屋子。裴家有三进院子，前院住的都是长工佣人，中院住的是裴仲公和夫人，后院住的是裴家老人和孩子，光是两个女佣住的那间屋子，就比他全家住的房子宽出一倍。写字桌就摆在两个女佣的房里。那次是裴仲公为大女儿举办婚礼请客，裴家的亲戚朋友真多，不说对联，光各式请帖就有几百封。怀宝那时已可正式执笔，父子俩一人一桌一砚，不停地写，不停地封，当然，中间，廖老七也暗示怀宝放慢点速度，以便多吃几顿饱饭。怀宝记得，在他们到裴家写字的第二天后晌，他正按爹给他的"婚娶喜联选"往红纸上写着："鸾妆并倚人如玉，燕婉同歌韵似琴"；"缘种百年双璧白，姻牵千里寸丝红"，忽听一阵轻轻的脚步声响进屋来。怀宝停笔抬头，只见一个穿粉红绣花衣裳的俊俏小姑娘正站在桌前，歪了头看他写好晾放在地上的喜联，边看边小声念着，念毕，抬头瞪了漆亮的眸子问：你们这是为我姐姐出嫁写的吗？廖老七这时认出这小姑娘是裴仲公的掌上明珠——小闺女妁妁，忙起身答：是的，小姐！那妁妁这时就又说：给我也写副好吗？你呀？廖老七笑了，还早哪。——我是女的，也是要出嫁的呀，为什么不给我写？妁妁依旧坚持。好，好，给你也写一副。怀宝，你给妁妁也写一幅！廖老七嗬嗬地笑了。怀宝就按爹的话，看一眼那婚娶喜联选，为妁妁写了一副：双飞不羡关雎鸟，并蒂还生连理枝。妁妁嫌一副太少，怀宝就又照着那喜联选上的顺序写了：且看淑女成人妇，从此奇男已丈夫。怀宝刚写完，那妁妁就高兴地提着两副喜联跑出了门。

这是怀宝第一次见到妁妁。妁妁给他的小脑袋里留下了一个聪明漂亮的印象。不过，仅仅是一个很淡的印象，没过几天，他就把她和那两副喜联忘了。他根本不曾料到，妁妁今后还会介入他的生活。多年后，当他回忆旧事重想起那两副喜联时，他才意识到，那第二副喜联选得不当。

怀宝十二岁那年冬天，一直卧病在床的廖老七的爹也就是怀宝的爷爷去世。这个为人写了一辈子字的老人是在傍黑掌灯时分咽气的。像所有知道自己要远走西天的老人一样，枯瘦如柴的怀宝爷爷在咽气之前，也要把自己在人世上弄明白的最重要的世理留给后代，他那刻望着儿子、孙子断断续续地叮嘱：……不能总写字……要想法子做官！……人世上做啥都不如做官……人只要做了官……世上的福就都能享了……就会有……名誉……房子……女人……钱财……官人都识字，识字该做官，咱写字与做官只差一步……要想法子做官……官……

廖老七和怀宝那阵子都含泪连连点头。

仿佛要证明老人的遗嘱正确，第二年廖家就被一场官司推入到灾难之中。官司的起因很简单，镇公所长新娶一妾，让廖老七给写喜联，廖老七写的是：好鸟双栖嘉鱼比目，仙葩并蒂瑞木交枝。廖老七写罢喜联，又紧忙为另一丧家写挽联，喜联和挽联放在一处。也是不巧，镇公所长派人来取喜联时，老七和怀宝都不在家，派来的人不愿久等，就问怀宝娘哪一副是给所长家写的。怀宝娘不识字，就顺手指了摊放在那儿的对联说：你自已拿吧。不想那人也不识字，而且多少还有些呆，胡乱动手挑了一副八个字的对联就走，回去就贴，岂不知那是一副挽联，上边写的是：绣阁花残悲随鹤泪，妆台月冷梦觉鹃啼。所长一看就叫了起来，说这是故意毁人名声和家庭，当即告到了县法院。廖老七再三出庭辩解，法院仍判廖家赔款三十块大洋。可怜老七四处喊冤，终因原告是镇公所长而未得改判。廖家只好卖了两间房子把款赔上。廖老七因此气病在床，整整躺了一年。廖老七病好起床时含泪对儿子怀宝叹道：还是你爷爷说得对，只要有一点门路就去当官，这世道只有当了官才能不受欺负……

怀宝当时听了也不过是苦苦一笑，心想谁会让咱去当官？他那时根本没有料到，一个巨大的变动正在中国的土地上发生，一个重要的机会正向他快步走来！

2

他们知道那个变化的发生是在怀宝十七岁那年的一个午后。当时，怀宝和他爹仍在镇街的邮局门口摆摊写字，怀宝那会儿正为一个哭哭啼啼的妇女写一状文，状告东唐村的村长。怀宝刚写一句：尊敬的橙州国民法院院长阁下。忽听镇北响起一阵枪声，枪声中伴着汽车引擎响。眨眼之间，一长溜汽车便驶到了镇街北口，车上满是穿黄衣的国军士兵。父子俩见状慌忙搬桌拿凳躲进了邮局。两人隔窗看到，汽车队过去之后，是马队；马队过去之后是步兵；步兵过去之后是伤兵担架队，队伍松松垮垮吵吵嚷嚷却又走得十分急迫。人车马整整过了一天，他们父子躲在邮局一天没敢出门回家吃饭。直到第二天早晨他们才知道，国民党第五绥靖区中将司令王凌云放弃了南阳城防率兵逃往襄阳，这整个豫西南已成了共产党的天下。第三天，他们看到一队穿便衣的挎枪的人来到街上贴一张毛笔写的公告，公告上写着自即日起柳镇回归人民手中，镇上店铺商号尽可以放心开张营业等等等等，末尾署名是柳镇工作队长戴化章。十七岁的怀宝胆胆怯怯趋前看了那张公告后回家只给爹说了一句：那毛笔字写得太赖！

镇上店铺开始营业，怀宝家的摊子也照样摆了出去，摆出去的那个上午他们在写字桌前刚坐下不久，就看见三个挎枪的共产党便衣向他们走来，为首的一个膀宽腰粗二十六七岁，斜挂着的匣枪在屁股上一晃一动极是威风。父子俩第一次见共产党不免有些慌张，离老远就站起来点头哈腰打着招呼：老总好！不要叫老总，要叫同志！为首的那个走上前来朗朗笑道，与此同时伸手摸了摸怀宝的头说：小伙子，你的毛笔字写得挺好嘛！边说边捻起一张怀宝正写的帖子放眼前看着。这时候怀宝闻见了从三个人身上飘过来的汗酸味和刚吃了蒸红薯的那股甜味儿。这熟悉的味儿让他对这些人的胆怯消却了许多，于是就开口说了一句：你们要是有什么写活叫我干我可以帮忙！是吗？那为首的习惯地摸了一下屁股后的匣枪，饶有兴趣地看着怀宝，同时把手中捏着的帖子递给同来的那两个人说：你们看看这字！那两个人看了一阵之后差不多同时点头说：队长，是不孬！怀宝这时才明白眼前站着的是共产党工作队的队长戴化章。你们家有几间房子，几亩土地？戴化章忽然转向廖老七问。回老总，地没一分，只有一间草房。廖老七毕恭毕敬地答。噢，这么说是属于城镇贫民。戴队长转向他的两个队员点头，然后就拍了拍怀宝的肩头说：小伙子，我们是一个阶级，愿不愿出来跟我们一块干？怀宝被“阶级”两字弄得有些茫然，问：干啥子？就是来镇政府干呀！我们正在筹建柳镇人民政府，正缺人才，你来当个文书，如何？戴队长又摸了摸怀宝的光头，动作中带着亲密和信任。不，不能呀，老总，廖老七慌了，全家还指望他挣钱糊口哩！戴化章哈哈笑道：你以为当文书就不能挣钱糊口了？共产党能叫人饿死？你知道镇政府的文书是什么？用一句旧话，就是官！懂么大伯？“官”！

这最后一句许起了决定性的作用，中国所有的老百姓都知道这个官的含义。廖老七和怀宝自然更懂，听懂了之后他们又有些吃惊：共产党的官就这样好当？

愿不愿干，小伙子？那戴队长又拍了拍怀宝的肩膀，有一种即刻要走的意思。

愿！怀宝尽管心中还有疑虑，但答得十分干脆，一种要改变自己穷困生活的潜在愿望使他本能地觉得，不应该丢掉这个机会。

那好，明儿上午你去镇公所找我！戴化章摸了摸匣枪就转身走了。

答得对！廖老七对儿子的表现很是满意。只要是官我们都当！

怀宝那刻扯了扯自己的耳朵，他对自己这选择是吉是凶是福是祸还心中无底。许多年后当他回望这一天时，他才明白这其实是他命运的转机，他能抓住这个机会并不是凭他的智慧、知识和对局势的分析，他凭的是本能！

有时对本能做出的选择也不能看轻！

3

新政府正急需用人，廖怀宝不仅识字而且字写得漂亮，就被看作了宝贝，他去见戴化章的当天，就被任命成柳镇人民政府的文书。

文书这个官当起来并不是太难，怀宝很快就胜任有余，无非是抄抄报表，发发通知，写写布告，一点也觉不出吃力。戴化章这时已是柳镇的镇长，他很满意怀宝的工作，见了面常拍拍他的头说：小伙子，干得不错！

怀宝现在常住在镇政府院里值班，那架手摇的直通县上的电话就由他守着，铃声一响，他便恭敬、肃然地拿起听筒，把县上的通知、通报什么的用毛笔在本子上工工整整记下，尔后呈送镇长。逢到有人来找镇长办事而镇长不在，他便抻抻衣襟很庄重很严肃的出面接待，而且开口说话前必学戴镇长的样子，先咳嗽两声，然后再开腔。

街上的人都已知道怀宝在政府里做事，平日见他时，眼里就多了不少恭敬和畏怯，怀宝发现后心里就很舒服，对戴化章就生出更多的感激，就在心里暗暗发誓：一定要干得让镇长满意！

廖老七见儿子果真当上了镇政府的官，心里的那份高兴更不用提。他一家人平日都穿土布，那次他上街到布店一下子扯了一丈四尺蓝士林布。布拿到家怀宝娘吃了一惊，问：你是不打算过日子了吧，一次扯这么多洋布，这要花多少钱？廖老七把手摆摆说：少啰嗦，快动手剪，给咱怀宝做身官服！他如今是官场上的人，不能再穿咱百姓的衣裳，干啥啥装扮，不然的话会遭人笑，他也难有个官气魄！怀宝娘一听这话，也不再争执，只问：剪啥样子的？廖老七沉吟了一下说：要依我自个的眼光，大清朝的官服最威风，可一个是咱没那布料，做不起；二个是戴镇长都没穿那样的，只咱怀宝穿，也太惹眼；我看你就照早年同咱打官司的镇公所所长的那身官服剪，那样式穿着也行！

怀宝娘于是拿起剪子，边想边剪，接下来就是缝，几天后，一身崭新介乎马褂和中山服之间的一种衣服就做了出来。

怀宝脱下原先打补钉的那身旧裤褂，穿上这身新衣服，果然就长了不少精神。因为衣服板整，他走起路来胸也挺得更直。廖老七看见就说：行，有点像个官人的样子了。

长期为人代写柬帖状纸，使得怀宝懂得看人眼神面色行事，变得十分乖巧。如今对戴镇长，他也极会察颜观色揣摩他的心态，把事情做得让对方满意。戴镇长喜欢发表演讲，怀宝就暗示镇上的中学校长多请戴镇长去给学生们讲话；戴镇长喜欢读史书，怀宝就去镇上早先的几个富户家搜罗古书；戴镇长喜欢让自己的讲话家喻户晓，怀宝就常用粉笔把自己记录下的镇长的话抄在镇政府门前的黑板上。在生活上，怀宝对镇长也照顾得颇周到，早上起来，他总要把洗脸水给戴镇长打好；晚上睡前，又总是把戴镇长的被子抻开；逢了开会，戴镇长刚在座位上坐下，怀宝便把他的茶杯泡了茶放到了他的面前；过节时怀宝家包了饺子，他也总要给戴镇长端来一碗。一来二去，戴镇长就越发喜欢怀宝。有天晚上，戴镇长拍拍怀宝的肩膀说：好好干，将来会有更重要的担子交给你。我们正在建立一个崭新的政权，这个政权需要许多新干部，知道什么叫干部吗？干部就是“官”，但我们的官将不会同于中国历史上任何一个朝代和世界上其它国家的官，这些官一个个清正、廉洁、有才，全心全意为平民百姓做事、谋利益。我们中国吃昏官、贪官、赃官的亏太多了，我们要有一大批全新的官……

怀宝对戴镇长大部分话听不太懂，但有一点他听懂了：中国需要许多官，自己有可能当再大一点的官。

那天晚上他回家把自己听懂的意思给爹讲了，廖老七听后两眼放光，抓住儿子的手说，好呀，你娃子遇上好年代了！听你老爷讲，咱们廖家祖上只有一位爷在明朝时当过一任乡官，其余的都是布衣百姓，如今该你为咱廖家光宗耀祖了！好好干，千万不能大意！……

二

1

新政权对富户们资产的清抄工作正在进行。那日镇上清抄大地主裴仲公的家时，戴镇长让怀宝去负责登记。这是他又一次走进裴家大院，这次和过去不同的是，他再无了那种缩头缩脑唯恐惹了主人不高兴的胆怯心理。他昂首走进中院，看见抄出来的各种物品山一样堆放在那里，也看见了裴家一家人战战兢兢立在院子一角的情景，更看见了裴仲公那个掌上明珠姁姁。姁姁已长成了一个身个苗条的漂亮姑娘，正用胆怯而惊慌的目光望着他。这景况让他确实感受到了一种翻身的自豪，他想起了他过去来裴家代写帖子时的那份恭敬和惊恐，以及看一眼姁姁都怕对方着恼的那种心情，更觉得解放军把权力夺过来交到像他这样的穷人手里实在重要。

他煞有介事十分威严地坐在一张桌前，在另外几个农民的帮助下清点登记各种物资。登记好的东西，便送进没收来做镇政府仓库的裴家厢房。干了一阵当几个农民去前院喝水时，怀宝忽然听到身后响起一个胆怯而柔细的声音：廖文书，能不能把那一小包衣服还给我？那是我的内衣，拿走了我连换洗的东西也没了。怀宝闻声扭头，看见姁姁正站在自己身后，白嫩光洁的脸满是胆怯和恳求。怀宝被姁姁那神情弄得慌慌起身，他几乎没想到拒绝，便顺她手指的方向去物品堆上把那卷红红绿绿的衣服拿来递到了姁姁手上。在递过去的瞬间他闻到了从那卷衣服中散发出的一种好闻的香味，同时瞥见了放在最上边的一件粉红裤头，他心里陡起一阵莫名的激动，同时感觉到自己的脸已经红透。姁姁把衣服接到手后鞠一躬，感激地说了一声：谢谢！这一切是在几分钟内发生的。到了当晚怀宝躺到床上重忆这件事时，心里满是一种甜丝丝的感觉。姁姁那光洁的脸、红润的唇、白嫩的颈、幽幽的眼，总在他眼前晃，那卷红红绿绿的内衣散发出的香味仿佛还留在鼻腔，使得他在床上翻了无数个身才算勉强睡着。

自这天以后，不由自主地，只要一有了空闲，怀宝就往裴家大院跑，好在他往那里跑还有借口，那时候裴家已被指定在前院的东厢房里住，剩下的房子或是做了镇政府的粮食、物资仓库，或是做农会、民兵们办公处，他要么借口去仓库里有事，要么借口送什么通知。每次跑去的真正目的，则是想看一眼姁姁。姁姁的父亲这时已潜逃在外，哥哥去了嫂嫂家居住，姐姐也回了婆家，家里只剩了她和有病的母亲以及一个五十来岁的女佣。怀宝去时，开头几次见到姁姁，也只是红着脸点点头，不好意思说话；后来去的次数多了，加上那次看见姁姁挑水时把水桶掉进井里，他急忙跑过去相帮着捞，两人边捞边说些话，把原先存在二人心中的那份拘谨就消了。以后再见面时，姁姁也不再胆怯地喊他“廖文书”，而是喊他“怀宝哥”。他也敢直呼她的名：姁姁。只是每次都叫得很轻很轻。

姁姁家的生活此时已是一落千丈，吃的和用的都见紧张，姁姁的母亲有时看病开了药单，姁姁却又无钱去抓药，就急得捧了药单哭，怀宝知道后，总是把自己身上的钱朝姁姁手里塞几张。姁姁对这接济很感动，每次接了钱都是双眼含泪。姁姁家这时在镇上的地位更是低了，姁姁有时上街，常会遭到一些泼皮酒鬼的纠缠。那日她去杂货铺里称盐，遇上一无赖店员趁往她篮里倒盐的机会捏住她的手腕嬉笑，姁姁羞得连叫：放开！放开！那店员竟仍捏住不丢嘻嘻笑着说：嗨，看看你长得白不白，怎么，你这地主的千金小姐，我们就看不得了？恰好这时怀宝由街上经过，见此情景，上前朝那店员叫道：住手，你还要脸不?！那店员一见怀宝，知他是镇政府当官的，不敢回嘴，赶忙改笑着进了里间。如此一来二去的接触，姁姁渐渐就也离不开怀宝了，偶有一天见不到他，就有些神不守舍，再见了面必问：昨日咋没见你？那日，怀宝在裴家大院仓库里收拾东西，出汗时就脱光了上衣。这情景让姁姁看见，第二天两人再见面时，姁姁就朝怀宝手里塞了一团东西，怀宝展开一看，是一件手做的白布汗褟，胸口那里还用红线绣了一对蝴蝶，看了那对头相挨翅相连的蝴蝶，怀宝美得嘴里直咽唾沫。那晚他回家穿上汗褟，高兴得在屋里转了几圈。

此后，两人见面愈加频繁，姁姁甚至把自己住的那间厢房上的钥匙悄悄给了怀宝一把。一日正午歇晌时间，天热，院里无人，怀宝过去开了姁姁的门，原想进去说说话的，进门后才发现姁姁穿着短裤背心仰躺在床上熟睡。怀宝惊得本想回身就走，但姁姁那雪白的半裸的身子却又吸得他挪不动步子，他脸虽扭向门口，双脚却像被人绑了绳子一样一步一步向床边拉近。这是他第一次观察姑娘的睡态，原来睡着了的姑娘竟是如此美妙，那白嫩浑圆的大腿，那微凸起伏的小腹，那饱满如梨的双乳，那被背心压扁了的状如樱桃似的两个奶头，那白玉一样的臂膀，那轻微闭合红红润润的双唇。他的目光像舌头一样把姁姁的身子舔了一遍，他感觉到自己的呼吸开始变急变粗，一阵哆嗦从双脚升起并停在了两条小腿上。他咽了一口唾沫，双手不自觉地慢慢抬起，像捉一个即将惊飞的小鸟一样向那其中的一个乳头伸去。他只轻轻地触了一下，一阵快感就像虫一样地沿着胳膊爬向了他的心里。他刚要再去触第二下，姁姁醒了。她的眼睛在睁开的那一瞬间，满是惊恐，及至看清是怀宝，又放心地笑了。她这个安恬的笑，一下子消除了怀宝的胆怯，给了他极大的鼓励，只见他像久饿的饥汉见了馒头一样，猛地伸手朝那两个乳峰攥去。姁姁没有半点挣拒，姁姁说你别慌干脆让我把衣服撩起来。他没理会，他只是把那两团东西抓得更紧，以致于疼得姁姁的眉心一耸，随后就见他三下五去二撕开了那件背心，把嘴伏了上去。他吸得很响，像那些饿极了的孩子一样，姁姁红透了脸呻吟似的说道：轻点，别让俺娘听见。怀宝哪管这个，吸溜声更响更大，像吃西瓜，姁姁只好不再管他，只把眼睛闭了。当怀宝的双手去撕姁姁的紫红短裤时，姁姁有些惊慌地睁开眼来，两只手急急地去护，口中喃喃地求道：怀宝哥，不行，晚点了再，行吗？行么？但怀宝那刻哪能听见这话，只一个劲地忙着。姁姁的恳求最后被那声撕疼的哎哟弄断，此后，她便又合了眼，一任怀宝去忙了。

当怀宝终于做完，喘息着坐在床上看着赤条条柔顺地躺在身边的姁姁时，心中升起一股从来没有过的满足和自豪：我的天呵，要在过去，一个有两顷土地的富翁的女儿，怎么可能归我呢？老天爷，我廖怀宝知足了！

那天临走前，他一边给姁姁穿着衣服一边俯在她耳边说：我要娶你做老婆！……

2

如今，廖家的境况已与往日大大不同。有了房——分得了一家董姓地主的三间堂屋；有了地——分到了三亩休耕田；重要的是，因为怀宝在镇政府做官，廖家在镇上的声望地位高起来了，廖家人外出走在镇街上，满街的人争着打招呼。

廖老七如今再不是低三下四去街上代人书写柬帖状文了，除了在地里忙活之外，就是拉了小女儿在街上悠闲地溜达，再不就是在院子里哼几句戏文。他还特意让木匠做了一把黑漆太师椅，他认为这椅子气派，作为一个官人的父亲，坐这种椅子才合身份。每到傍晚，他便把太师椅搬到院里，沏一杯茶，仰靠在太师椅上给小女儿讲古时皇亲国戚们的各样故事。

日子开始变得有滋味起来。

一天晚上，廖老七正坐在太师椅上品茶，忽见东街的刘顺慌慌提一个竹篮进院来，到他面前扑通一声就跪了下去带了哭音说：廖老哥救我，他们要把我定为中农，我家的境况你该知道，下中农都够不上呵！这定了中农，以后就和你们不是一个阶级了，求你让怀宝侄替我说句话吧……廖老七在最初那一刹有些愣怔：他活这么大岁数，还从来没有人朝他跪下求过情哩！过去，都是他朝别人下跪，当年为那场笔墨官司，他曾跪求过多少人呀。在这刹愣怔过去之后，他心里感受到了一阵从未有过的满足：我廖家到底也可以让人求了！他缓缓起身，弯腰扶起了刘顺说：都是兄弟，快起来，有话好说。

那晚刘顺临走时，把竹篮里装的礼物掏了出来：三斤白糖，一斤洋碱，一丈五尺花洋布，一小坛黄酒，一包信阳毛尖茶，五盒大舞台香烟。廖老七看着那些礼物，嘴上说着何必破费，心里却着实又惊又喜：送这么多东西呵！——这是他第一次接受亲友之外的人送的礼物。

第二天头晌怀宝由镇政府回来时，廖老七把那些礼物指给了儿子看：这些东西，要在过去，我们得为人写多少对联书信才能挣来呀！今儿，咱们不费半点力气就得了来，是因为啥？是因为你是个政府里的官，你手上有权，你能为人说话办事。所以你要记住，今后啥东西都可以丢，唯有这官不能丢！懂吗？丢了别的，只要你是个官，还都会再弄来……

怀宝那天无心去听爹的训教，他心里有事——回来是要同爹商量娶绚绚的大事。待爹的话告一段落之后，他才找到了开口的机会，说：爹，我该找个人了。

找人，找啥人？廖老七一时还没从自己思考的事情中拔出身来。

老婆，如今叫妻。

哦？廖老七略略有些意外地看了儿子一眼，不过随后就笑了，可不是嘛，该找了，前几天我和你娘还在说这事哩，你有没有相中了谁？

绚绚。

绚绚？

就是裴仲公的小女儿。

噢，我想起了。嗯，那姑娘的貌相是不孬，日后生的孩子也会仪表堂堂，行，你还有点眼光。这裴家的千金，在过去，你要没有一顷两顷田地，是甭想娶她的。如今她家虽说败了，但虎死威不倒。我们娶了她，别人也会说：看，裴家漂亮小姐跟了廖家儿子。这也是一份荣耀。中，这门亲事中！再说如今她虎落平阳，要的嫁妆也不会多，到咱家也会听招呼，只是，她会不会不愿——

她愿。

托人问过她了？

问了。

好，这就好，我和你娘这就为你们着手准备，咱先行个订婚式，再择喜日子，反正你的年岁也到了，早成婚早得子早得济……

怀宝没有再去听爹的话，他只是在心里快活地叫：絢絢，爹同意了，同意了，咱们就要名正言顺地做夫妻了！……

3

夜色把裴家大院捂得严严实实。怀宝轻轻拉开絢絢的门往外走时，屋里的黑暗和院中的夜色很快融在了一起。怀宝放心地舒了一口气，放轻脚步向大门走去。直到这时，他才感觉到腰部那儿微微有些发酸，两条腿在迈动时略略嫌沉，他估摸这是因为刚才和絢絢连续三次做成那事时间太长的缘故。他今晚原准备来同絢絢说完订婚酒席安置的事就走的，可一见絢絢在灯下那副娇柔美艳的样子，他就忍不住了，就不由分说地动起手来。好在絢絢在经过那个正午第一次之后，对他已经完全顺从，他要做什么她都羞笑着依了，要她怎么躺她就怎么躺，还时不时地帮帮他，使得他越发激动。本来做完第二次他已经准备要走，已经穿好了衣服，可一看裸身猫一样躺在那儿微微笑着的絢絢，他又舍不得走了，就又宽衣解带起来。只是在这时，也只是在这时，絢絢才柔柔地说了一句：好像俺明儿就不是你的了，你不怕累？他说了一声我不累。就又扑了过去……

街道有些高低不平，他走得有点趺趺撞撞。他觉出有一股睡意想缠住他的头，在把他的上下眼皮往一起挤。他在朦朦胧胧中忽然记起，很久之前他曾在这街上听到过两个光棍汉的对话，一个说：我要是娶了老婆，一夜非干十回不可；另一个说：我要是有了老婆，保准会超过你五回！他当时听不明白他们说的几回几回是什么意思。如今明白了。他满是倦色的两颊在黑暗里浮上了一个笑意。

女人真是宝物！他含混地嘟囔了一句。他的眼前再次浮现出了絢絢那雪白柔软的胸脯，她竟可以把你带到那样一个快乐的境地。昫昫，我发誓，我要跟你永远在一起！

戴镇长还没睡，仍在灯下读书。怀宝进屋时他扭头招呼了一句：回家了？怀宝应了一声，急忙抖擞起精神，上前给镇长的茶杯里续了点开水。他和镇长住里外间，镇长住里间，他住外间，他往外间走时，忽然想起，摆订婚酒席时，该把镇长请去。凭自己和他的感情，他兴许会答应参加的，他一到席，也给自家添了荣耀。于是就开口说：镇长，过几天，我想请你到我家喝酒。

喝酒？你应该请我抽烟，我对酒一向缘分不深。戴镇长笑道。

可这杯酒你该喝，这是我的订婚酒。

定婚？嗬，你找到对象了？是哪家的姑娘？

怀宝于是就说了昫昫的名字，说了和她的相识的过程，说了她的家庭，当然，两人亲热的事是要隐了。先上来，他注意到戴镇长满面笑容地听着，但渐渐地，他发现对方脸上的笑容在减少，到末后，竟全是一副肃穆之色了。

怀宝的心一紧，本能地感到这事情哪点有了毛病，他有些慌慌地看着镇长。

怀宝，这件事你应该早告诉我。镇长的声音很沉。你如今是政府里的一个干部，像这样的婚姻大事应该先报告领导知道。昫昫那个姑娘我有一点印象，看上去是个不错的姑娘，但她的家庭属于我们的敌对营垒，同我们不是一个阶级，在政治上她不适宜同你结婚！我还要特别告诉你，我们已经准备提升你为副镇长，名单已经报到县里，估计不久就要批下来，这种职务对你配偶的家庭出身要求得更为严格。这倒不是说昫昫就会搞什么破坏，而是担心她以妻子的身份来软化你的立场。当然，你的生活道路归根结底要由你自己来选择，你还不是共产党员，我们不会用纪律来要求你，只是你如果选择昫昫做妻子，你就不能再在镇政府当干部了！

怀宝愕然地望着镇长，他根本没想到一个人娶谁做老婆也要由领导决定，没想到娶妁妁和当官只能二者取一。他嗫嚅着说道：让我想想……

那天晚上他基本上没有睡，娶妁妁和当副镇长，两样东西都是他渴求的，如今生生要他丢掉一样，丢哪样他都不舍，不娶妁妁？不！一想到妁妁那柔嫩丰腴的身子不再属于自己，他就心如箭穿，他不能想像别的男人去触摸妁妁的身体，那种想像会使他的双腿打起哆嗦。那么不当副镇长？不！廖家世代都当百姓受人欺负，可有了一个做官的机会再白白放弃？放着人人尊敬的官不做，难道再去低三下四地为人代写柬帖状文不成？两条路由他的脚下向远方伸展，他真想两只脚各踏一条路同时往前走。天亮的时候他合了一会儿眼，几乎刚一合眼就沉入了一个梦里：一叠巨大的台阶竖在眼前，台阶顶端隐约可见放有一把椅子，椅子闪着耀眼的金光，椅子上放着一身缀满饰物的衣服，一个空洞而巨大的声音正对站在台阶底部的他叫：孩子，上吧……

4

廖老七吧嗒着烟锅望定双手抱头蹲在那儿的怀宝，脸上的皱纹在不停地聚拢波动，不过随后又慢慢舒展，终止于完全静止不动。刚才，儿子刚说完戴镇长谈的那番话之后，他也有些吃惊：一个人娶谁做老婆竟也需要他的上级同意？不过他很快就在娶妁妁做儿媳和让儿子当副镇长这两桩事上做了权衡，并决定了取啥舍啥。他慢慢腾腾地开口说：宝儿，既然是戴镇长说了这两桩好事你只能选一件，那你就狠狠心选吧，爹相信你会选对的。爹只想给你提一个醒，就是有些东西丢了后会永不可再得，有些东西今儿丢了明儿还会再有。

怀宝娘那当儿就急忙插嘴说：当然是要娶妁妁，丢了这姑娘不娶，人家要是找了婆家，你上哪再去找个妁妁？

放屁！廖老七狠狠瞪了老伴一眼。没有裴妁妁，不会再娶个刘妁妁张妁妁？

那可不一样，那不是一个人！怀宝娘大着胆子顶了丈夫一句。

不都是一个女人？廖老七的脸气白了。脱了裤子不都是一样？

说这话你不嫌脸红！怀宝娘的脸先红到了耳根。

好了，好了！怀宝这当儿赌气地打断二老的争执，站起身钻进了自己原来的睡屋里。

怀宝在睡屋里整整蒙头躺了一天，傍晚时才走出门来。一直不安地守在外边的廖老七那当儿小心地说：让你娘给你做点吃的吧?！晌午那阵喊你你不应，饿了一天——

爹，你去说吧！怀宝没理会爹的话，而是眼望着屋角，突然开口这样说。

廖老七先是一怔，不过转瞬间就明白了，于是问：是找姁姁——?

话要说得不伤她的心。

这我懂！只是我去时心里要有个底，你给我说句实话，你和她有没有做了那种——?

怀宝红了脸咳一声算做回答，尔后就急忙出门去了镇政府。

那天天黑之后，廖老七提了一篮鸡蛋，鸡蛋上盖了两块花布，向裴家大院走去。

姁姁一见廖老七进屋，慌得急忙让坐端茶，她内心里已早把这老人当做了自己的公公，她估摸老人来是同自己的妈妈商量定婚酒席的事，于是就红了脸说：俺妈身子不好，已先睡下了，我去叫她——

不用，不用。廖老七急忙摆手。我是来给你说桩事的。这两天我原本正忙着为你和怀宝置办定婚酒席，今儿后晌才得到消息，政府里不让咱两家结亲，说要是结了亲，怀宝就错了立场，就不能再在镇政府干了！要挨处分！怀宝的心意，当然是宁可不做那个官，也要和你过一家人，他说不行就和你一起去逃荒要饭。他让我来问问你是咋想这事的。我倒赞成他那想法，反正咱祖辈子没当过官也活过来了，不当官有啥不得了的，人有了好前程怎么着？到头来还不是个死？我如今是担心你和怀宝真要出去逃荒要饭，我和宝他娘就说凑合着活几天做罢，可你妈她一个人咋过日子？你心里咋安排这事？

见了公公满心欢喜的絇絇，被这番话说愣吓呆在那里，她根本没想到未来的公爹带来的是这样的消息。长长的一阵呆愣之后，她才能让自己说出话来，她的声音虽然抖颤，却也清晰：大伯，怀宝和你的心意我记下，可我不能毁了怀宝的前程，一个男人有个好前程不易，要是因为我把怀宝前程毁了，我会一辈子活不安生，告诉他，让他把我忘了……

一段满意和欢喜闪过廖老七的嘴角，不过只是一闪而已，随后他就又愁着脸痛着心说了许多安慰的话。当他终于走出絇絇的房门时，他听见絇絇压在喉咙的哭声到底放了出来，不过很低，他估摸她是扑在被子上哭的。他停了一下脚，摇摇头，仰脸向了天喃喃道：这也是没有法子的事，俺们廖家几辈才有这一个做官的机会，俺们不能丢哇！……

5

怀宝任副镇长的决定是在一个日头将熄的后晌宣布的。镇民们噼啪的掌声和同龄年轻人惊羡的目光令怀宝感到了一种由衷的自豪。不过一团不安总塞在他的胸口，弄得他有些难受。他知道这是因为对絇絇的背弃，他从内心里感到对不起她。但我没有办法，絇絇，水往低处流，人往高处走，我们廖家在官场里占个位子可不是常有的事！任命宣布的当天晚上，他把镇政府的通信员双耿叫到屋里，——双耿小怀宝两岁，是一个穷庄稼人的孩子，为人很实诚，小时候怀宝就常和他在一起玩，解放时两人又先后进到镇政府做事，彼此很知心。怀宝对双耿说：我过去和爹卖字时认识了裴家母女，如今她们日子过得很难，她们虽和咱不是一个阶级，终也让人可怜，你日后要悄悄给她们点照顾，经常观察着她们的生活情况，这事你知我知就行了。双耿当时就点点头应道：中，这事你放心就是。

这样一个安排使怀宝心里的那团不安慢慢变小，他开始把心思全转到工作上。他因为识字和聪明，加上肯学习，很快把一个副镇长要懂的东西全部弄懂了，如何下去检查工作，怎样向上级汇报；如何开会传达上级文件，怎样组织人们讨论；如何接待上级领导，怎样写总结报告，等等等等，一个基层政权的领导干部应懂的那一套，他没用多久便已掌握。

爹说得没错，有了官果然就有了一切。如今，他们家的许多事情几乎不用操什么心，就能很容易的办妥。镇上新成立的粮管所的所长跑到家里，请廖老七去当了会计；供销社的经理让怀宝妈去当了仓库保管员；识字不多的妹妹，也被请到镇办小学教书。更使怀宝意外的，是副镇长这个职务给他自身带来的东西是如此之多，先不说镇上人对他的那份敬畏，不说大姑娘小媳妇们对他的那份献媚，单说生活上的那份舒适吧，早上起来，镇政府食堂的厨子已把饭菜送到他的床前；上午开会，椅子、茶水也早有人摆好；后晌要是去稍远一点的地方检查工作，镇政府的那辆马车就会立刻套好在门口等着。这些对于从小受人白眼遭人欺负饥一顿饱一顿的怀宝来说，真等于上了天堂。人的生活还能怎么样？每当他想到这些，他就觉着当初自己在要姁姁还是要副镇长这个职务时选择后者是对的。当然，对于姁姁，他也不是一点不想，每到夜深人静他躺到床上时，姁姁的身影就会站在他面前，而且总是裸着身子，把双乳挺得好高好高，似乎要特意引他回忆他们过去在一起时的那些美好的时光。那些令人心荡身颤的一个个细节的回忆，总要把他弄得燥热激动而又痛苦不堪。有些夜里，他受不了那份可怕的欲望折磨，真想起身就去找姁姁，但至多是走到镇政府门口，凛冽的夜风就会使他冷静下来，使他强抑下那股冲动而返回到副镇长的宿舍。

他只能从双耿那里了解一点姁姁的近况，自从爹和姁姁谈了之后他就再没有见过她，所有可能与她见面的机会他都没有利用。他自觉心虚，他害怕面对姁姁的眼睛，他担心在姁姁面前他很难抑制住他那个宁可抛弃一切也要在镇政府干的决心。双耿对姁姁情况的汇报倒也及时。开始那一段，双耿总是说：她常常在哭。她总是呆坐在那儿。她扑在她妈妈怀里抹眼泪。她老在镇边的河堤上转游。她不大讲话……怀宝听了这些心里也暗暗难受，他知道这都是因为什么。又过了段日子，双耿汇报时话音轻松了许多：她开始到留给她和她娘种的那块地里干活，她愿意和邻居的姑娘们来往了。她开始进街上的店里买东西。她和她娘说话时带了笑意……

到这时，怀宝心里也才慢慢轻松起来。她到底也能承受这场变故。姁姁，原谅我，生活中的好东西很多，我们每次能拿到手的看来也就一件，总要有所舍弃，这没有办法……

三

1

秋天的一个潮湿的上午，县上突然来了一个电话，让戴化章即刻赶到县城，说有领导召见。第二天戴化章从县上回来，见到怀宝的第一句话是：我要走了。去哪里？怀宝有些意外。上级调我去任县委书记兼县长。戴化章的声音里浸着肃穆。

怀宝一怔：那这儿谁来接替你？

我已经提议，我离开柳镇以后，由你接替我的职务，我相信你会不负柳镇人，让这儿的百姓们生活幸福。我们的人民需要大批好官、清官，我自信我的眼睛看人准确，你会成为一个柳镇人喜欢的官！

怀宝吃惊地嗫嚅道：我咋能行？欢喜和恐慌同时涌进怀宝心

里。当镇长，主宰这镇上的一切，这个欲望是早就在怀宝心里悄悄滋生了，只是这欲望还很小很模糊，如今却突然就要变成现实，他能不欢喜？但恐慌却也是真实的，他过去都是在戴化章的指点下去干工作，干什么，怎么干，须先有人交待，今后全靠自己来，能行？

怎么不行？你现在不是已经学会当副镇长了吗？不管什么样的事，只要认真学，都可以学会！戴化章望着这个自己一手培养起来的干部含笑鼓励。当官无非是三条：第一，有一颗为百姓谋利益的心；第二，有点子，知道自己该先干啥后干啥；第三，会用人，知道一件事派谁干合适！……

怀宝急忙点头说对。

此后几天，便是怀宝陪着戴化章到镇上各个部门告别，同时，两人也一同办着交接手续。所有这一切都办完的那天晚上，两人在办公室坐下喝茶，双耿进来给他们续水时，脸红红地吞吞吐吐说：两位领导都在，我有一桩事想求你们同意，我要结婚！

结婚？好呀，新娘子是谁？戴化章笑问。

是姁姁，裴姁姁！双耿低了头扭捏着答。

哦？怀宝惊得差点跳起来，身上的血一下子冲到脑门上，幸好他坐在灯影里，双耿没看出他的失态。

你如今是镇政府的干部，和地主家庭出身的姑娘结婚，恐怕于你不好！戴化章这当儿开口，同时看了怀宝一眼，那意思仿佛是说：看，又出了这种事。

我反正是喜欢上姁姁了，领导要是觉着我和她结婚后不适合再在镇政府做事，那我就还回家种地，我们家老辈子都种地。双耿的语气里透着坚决。

走啥子路由你自己选择，你要是一定要娶她，我和怀宝也没办法。戴化章遗憾地摊了摊手。

怀宝那刻虽然望着双耿，目光却早已像沙一样地四散开了，他只在心里后悔：当初不该安排双耿去照应姁姁的，那样，他也就无从去接近旳旳并生了娶她的心！一想到旳旳有可能躺到双耿的怀里，他心里就别扭得难受。你既然已经决定不要她了，为什么还不愿人家嫁人？他心里的那股难受被自己的这句责问最后硬压了下去。

他勉强用一个微笑送双耿出了门。

戴化章是第二天去县上赴任的。送走戴化章的当天傍晚，怀宝慢腾腾地在街上踱步，整个柳镇从今往后就完全归我管了！那些商店、饭馆、旅栈，自己有权指点他们怎么经营；这些男人、女人、孩子，自己都可以有权指派。一丝莫名的快意又一次涌上心头。就在这时，他忽然发现在街道的另一头，双耿和旳旳相傍着从一家杂货铺出来。他们显然没看见他，两个人脚步轻快地折向另一条街走。一股冷风呼地钻进怀宝心里，把刚才萦绕在他心头的那股快意一下子刮走了，天呵，为什么有得就有失？旳旳，你知道我失去你心里是多么苦吗？当然，总有一天，我也要找个女人，而且一定要是一个比你还漂亮的女人！……

2

怀宝接任柳镇镇长日子不长，聪明的他便摸准了政界里的一条规律：你要想在工作上受到表扬，你就必须尽早摸准上级的意图，摸准后你就回来赶紧把它变为现实，不管下边有多少怨言，你都要尽快办，办到其它村镇的前头，这样领导才能注意到你，才能当上先进受到赏识。为了及时摸准上级的意图，他除了常到县上去见见戴化章之外，还同县委办公室和县政府办公室的两个主任交上了朋友。每次去县上开会，他都要给他们带点芝麻、香油一类柳镇的土特产品去他们家里看看，这样他们就常常把刚刚听到的动态性消息及时告诉他。办农业大社和公社的事就是县委办公室主任刚听到省委书记有这个意思，就通知了他。他知道后虽然心里也有些不解：让农民把土地、耕牛都交到社里，大家一块种一块收再平均分着吃，劳动和实际得益相分离，会不会使他们种庄稼时不再像过去那样卖力？但他还是立刻雷厉风行地干了。农民们想不通，就逼！他成立了一支由年轻人组成的入社帮教队，哪一家不同意入社，这支帮教队就开进那家，又讲又批又吓唬，而且吃住在那家里，直到这家人同意。在这种措施下，各家的土地很快交出连成了一大片，各户的农具很快集中堆在了一个院子里，各人的耕牛开始拉在一处喂。

一天晚上，怀宝正脸含笑意坐在办公室看建社进度表，双耿跑了进来。——双耿和姁姁结婚后，怀宝倒没有让双耿离开镇政府，这开始是因为怀宝和双耿毕竟是很好的朋友，他想庇护一下双耿；后来则是因为双耿弄清了姁姁的妈原来是裴仲公家的一个丫环，也是穷人家的女儿，是被裴仲公强行改为小妾的，这样，姁姁的成分可以随她娘，定为贫农。——喘着气说出的第一句话是：镇长，你这样办不行！

什么不行？怀宝一时不明白他所指是啥。

你把土地、农具、耕牛变成公家的。你想，地里的粮食不再属于农民自己，谁还会去精心种地？农具变成了大家的，谁还会去仔细爱护？耕牛成了集体的，谁还会去小心喂养？这样干下去的结果，恐怕是亩产降低，农具毁损，耕牛瘦弱……双耿说得很激动，他当时只是根据自己农民之子的直觉这样猜测判断，他还不知道他其实已经触到了一个深奥的道理，他更不知道几十年后，有一个伟人会依照他的心意又把这政策做了修改。

别瞎说，这是上级让干的！怀宝的神色很严肃。

上级让干也有个对不对——

双耿！怀宝站起来打断了双耿的话，你这样说是要犯错误的！我们如今是干部，上级指到哪儿，我们就要干到哪儿！我告诉你，我办的这一切，上级最终会肯定和表扬，不信你等着瞧！

怀宝的话果然没错，没有多久，一个全国范围的公社化高潮到来，柳镇办大社的经验立刻得到了肯定和推广，怀宝不仅受到了县里和专区里的表扬，事迹还上了省里的报纸，廖怀宝的名字在全县传开了。

怎么样双耿，我们谁对？有天晚饭后怀宝在镇政府院里碰见双耿，开玩笑地问。

双耿摇了摇头，叹口气：我真担心今后庄稼人的日子——

好了，别小脚女人似的担心这担心那，告诉你，我准备提你当副镇长！

双耿一惊：我——？

怀宝点了点头。怀宝最近读了点历史书，都是关于官场生活的，这些书有些是廖老七特意为他借的，有的是他自己去镇上学校图书馆里寻到的。他从那些书上明白，在政界里做官，要紧的是挑选好身边的人，尤其是副手，弄不好就会毁到副手身上。古今中外，很多官最后都是被他的副手搞下去的。副镇长这个位置他一直让它空缺着，就是为了慎重选择。他最近经过反复考虑，决定让双耿来干。双耿这个人除了和姁姁结婚这点让他觉得别扭外，其它的地方都让他放心：没有当官尤其是当大官的野心；不会玩心计要弄手腕；不爱出风头争成绩夺荣誉；干事认真不怕吃苦；懂种庄稼。

我干不了！双耿像推开什么重物一样的急忙抬手去推。

我说你能干你就能干，就这样定了！怀宝果断地挥了一下手。

我……我……起码得和姁姁商量商量。

又是姁姁！怀宝的眉头痛楚地一耸。一个男人干什么都要征求女人的意见，你这个男人还能干成什么大事？当然，也就是你这种干不成什么大事的样子，让我相中了你……

四

1

一九五八年是中国现代史上一个值得记住的年份，中国人就在这一年开始跑步进入共产主义。也就在这一年的年初，怀宝从县政府办公室主任嘴里得到一条动态性消息：省里准备提倡收小锅办大食堂，以显示共产主义的优越性。他听后如获至宝，决定立刻动手建大食堂，走在周围村镇的前面，像上次办大社一样，再次让上级领导刮目相看。

改变柳镇人在几千年间形成的以家为伙食单位的习惯，不是一件容易事，人们采用各种手段抵制吃食堂。但有了上次强行办社的经验，怀宝不怕这种抵制。他先指挥人买大锅、砌大灶，把七个千人食堂建好，尔后组建一支拿枪的民兵队伍，开始挨家挨户收小锅、收粮食。凡藏锅、藏粮不交的，便抓起来集中“教育”。人们家里没了锅，没了粮，自然得拿了碗到食堂吃饭，于是七个千人食堂便热热闹闹地开张了。

柳镇办食堂的消息很快在周围传开，这种迎合上级领导心意的事当然让领导高兴，专区和县立刻在柳镇召开了吃食堂现场会，省报头版刊登了柳镇办食堂的消息和经验，省长专门在推广柳镇经验的一份简报上划出廖怀宝的名字，并在这名字下批示：此人可用！

此时已升任专区副专员的戴化章，也专门来了柳镇一趟。在一个千人食堂门前，他看到社员们十人一桌围坐一起，大盆吃菜、大口嚼馍、大块吃肉、大碗喝汤，高兴得眼睛里都漫上了水雾，他喃喃对怀宝说：我们当初起来拎着头干革命，就是为了让人们吃饱吃好过上舒心日子。

戴化章临走时拍着怀宝的肩膀说：干得不错，不要骄傲，县上已决定调你去当主抓农业的副县长，近日可能就要任命，你可不要辜负人民的期望！怀宝听了这话，脸上虽是一副惶恐神色，心却因为高兴差点冲到胸外。副县长？这可是他一直在心里暗暗向往的位子。难道就真的归我了？这可就等于过去的知县啊！怀宝读过书、看过戏，知道一个知县坐轿的威风和权利！一个县几十万人，难道几十万人的耕种吃喝，今后就全归我管了？……

当晚怀宝回家给爹娘说了这个消息后，娘担心地连声说：你能行？不行趁早给人家辞了，免得将来出祸！爹却一声不吭地在屋里踱步，半晌之后才猛地抬头朝怀宝娘叫：真是头发长见识短，七品，懂吗？县官是七品，你儿子要当七品官了！而你却在这里胡唠叨，还不快去拿酒?!

晚饭后，怀宝心情畅快地出门向双耿家走去，双耿既是自己的朋友又是副镇长，这消息应该让他知道。再说，怀宝还有一个隐秘的打算想同双耿商量，一旦他到县上当了主管农业的副县长之后，他想把双耿调去当农业局长，这样干起工作来就比较放心。他从这些年的实践中已经明白，当一个领导干部，手下必须有一帮完全听你话的人，不然你的意志就很难贯彻。双耿这人平时虽常向自己提些不同意见，但一旦怀宝决定下来说必须办，双耿就不再言语认真协助办起来。这种不玩花招让你知道他的真正心思的人，才真正可靠！

双耿在家，在看一张报纸，旁边坐着正奶孩子的姁姁。见到他来，都起身让坐。自从双耿和姁姁结婚后，怀宝就没再来双耿家，怕的是见了姁姁想起旧事尴尬。他早听说姁姁已生了孩子，他原以为生了孩子的姁姁会像镇上大多数奶孩子的女人一样，变得头发蓬乱面色苍白衣履不整，没想到一见之下竟是一怔：姁姁竟还是那样水灵可人，凡是呈现在怀宝眼里的部位，都显得丰盈光洁。而且服饰素净雅致，透出一股让人舒心的妩媚。

姁姁起身到里间床上放孩子，怀宝扫了一眼她的背影，那饱满的分成两半的臀部让他陡然想起当初手扶在那弧形柔软的臀尖上的美妙感觉来。这一刹，一股对双耿的嫉妒又爬上了心头，这么美妙的一个女人，竟完全归他所有了。

姁姁给他端来一盅茶，在接茶盅的当儿，他瞥了一眼姁姁的脸，想发现她看他的目光中有些什么内容，但姁姁的目光早已晃开，根本没有看他。

最初的几句寒暄过后，怀宝用自豪的语气，把要调县上工作同时希望双耿也去的事讲了出来，双耿听罢还没表态，姁姁在一旁已冷冷开口了：双耿不去！

为啥？怀宝有些意外，他原以为姁姁会因为进城高兴。

官当到何时是头？俺们不想离开柳镇！姁姁眼斜向屋角，声音很硬。当初她含了苦痛狠心对怀宝爹说了不同怀宝结婚的话以后，她估计怀宝肯定会再来找她解释恳求的，没想到他就势作罢再不见自己一面，他的心好狠哪！

这倒也是，我不是当官的料，一个副镇长就够我干的了。双耿也轻声附和。

怀宝略略有些着急，倘是双耿真的不去，一时很难找到像他这样可以不用提防的助手。看来，这家里现在说话算数的是姁姁，得先把她说通。他于是改用恳切温和的腔调：叫双耿和我一块去倒不是图做什么官，主要是我俩熟，到一个生地方好互相帮忙，我想姁姁总不愿看我一个人在县上做难受罪，我真要是有个病病灾灾，双耿也好给我点照应，姁姁你说是吧？姁姁！

怀宝这几句满含感情的“姁姁”一喊，把原本压在姁姁心底的对怀宝的那种依恋又喊了出来，她呼吸变得不匀且颊上开始洇红，她经受不住他这种带了恳求的声音，她因为气恼而变硬的心在这种恳求中霎时变得柔软无力。

我不管，只要双耿愿去。她飞快地瞟了怀宝一眼。

你呐，双耿？姁姁可是已经允许！

那就去吧。双耿望着自己心爱的女人笑了。在这一刻，怀宝忽然判断：姁姁一定没把自己当初和她的那些事说给双耿！倘是说了，双耿决不会笑得这样满足……

2

县政府礼堂里座无虚席。全县所有的生产队长和各公社主抓农业的领导和县农机、农科站的干部全部坐在这里，准备聆听新任副县长廖怀宝关于农业生产大跃进的报告。

九时整，怀宝手拎一个皮包准时出现在主席台上，怀宝在掌声中向人们点头微笑。他今天的打扮十分讲究，他已按县城干部中流行的发式，把原来的平头留成了后拢头，黑亮的头发讲究地向后梳去，这使他身上平添了一种稳重和成熟；他按县城一些男青年的做法，把白衬衣塞进腰带扎起来，衬衣最上边的那个扣子不扣，两袖稍稍挽起。他的身材原本就很挺拔，这样装束便显出几分潇洒。他专门买了一块雪白的手绢，把它叠好塞进裤子口袋，在讲台上就坐之后先把手绢掏出，仿佛十分随意地按了按鼻子，这才开始说出第一句话："同志们"一种文雅的风度便显了出来。今天他是第一次同下属们见面，他要给他们留下一个很好的印象。给下属的第一印象很重要，他要觉出你窝窝囊囊不可敬不可怕了，你休想让他今后顺顺当当落实你的话！

他没有去看讲稿，而是双眼直盯着他的听众讲话。他已把讲稿熟记在了心里，为了准备这个讲话他用去了三个白天三个夜晚。一定要征服听众！他从县政府办公室主任那里借来的那本《领导人必读》上知道，讲演能力对于一个领导者十分重要，它可以增加你的魅力和威信，很多国家的元首和领袖都很注意锻炼自己演讲的本领。为了把今天的报告做好，他曾面对墙壁把讲稿背了两遍，尔后把农业局长双耿找来，让他做一个听众又听了两遍，并要他把听出的毛病全向他指出来。

讲得很成功！

这从听众的眼睛中可以看出，每一双眼睛中都有一点新奇和意外，农业工作的报告往常都比较枯燥，但今天的不同，怀宝知道，这一点要感谢爹爹从小逼他读的那些诗词、散文和史书，他在讲深翻土地，选种密植、田间管理时，不断地加上一点有趣的东西，他最后是用自编的一首诗歌结束报告的：

人间跃进一句话，
土地老爷都害怕，

我说亩产一千斤，
他说你还可再加！

种的高粱高又大，
戳进天宫一丈八，
织女开窗来相望，
碰了一头高粱花。
……

掌声雷动。在人们徐徐散去的时候，几个女青年拿着日记本向他跑来，为首的一个娇笑着喊：廖县长，请把你刚才念的诗给俺们写在本子上做个纪念！怀宝高兴地接过她们递来的笔和本，流利地写着，写字是他的拿手好戏，姑娘们接过本子一看他那近似钢笔书法字帖似的行书字迹，又相继啧啧地称赞：哟，廖县长的字写得这么漂亮！在姑娘们欢笑着离开他时，其中一个鸭蛋形脸蛋的漂亮姑娘以极快的动作把一个纸条塞进了他的手里。他懂，他没有立刻去看，只是淡淡一笑。自从他来县城上任之后，不算机关里那些愿当月老的介绍的那些姑娘，单用这种办法大胆追求他的漂亮姑娘，连今日这位已是第五个了。他慢腾腾地将纸条撕碎，他忽然记起很久之前爹阻止他和姁姁结婚时说过的那句话：天下漂亮姑娘多的是！

是啊，多的是……

3

听到那种敲敲停停停停敲敲的顽皮敲门声，怀宝就知道是县豫剧团的晋莓来了，他笑了笑，推开面前的报纸，叫道：还不快进来?!

晋莓便笑着推门跳进了门槛，把手上捧着的一张绿豆面煎饼送到怀宝嘴边叫：快，快吃，还热着哩！

怀宝于是伸嘴咬了一口，同时也把晋莓身上的香味吸了一股到肚里，边嚼边美美地舒了口气。

晋莓是怀宝在县城里众多的求爱姑娘中最后选定的对象。他所以选定这个豫剧团的红演员，除了她长相漂亮之外，还因为这姑娘在身个和脸型上略略有些像昫昫。当然，因为晋莓年轻而且受过表演训练，她和昫昫又有许多不同，她的那双眼睛不像昫昫那样文静沉郁，而是充满顽皮，双眸灵动飞腾，不时把千种风情万种娇媚向四下里抛掷；她走起路来也不像昫昫那样轻手轻脚如风吹弱柳，而是胸凸臀摆袅娜娉婷，十分招眼。

香吗？晋莓又倒了一杯水递到怀宝手里。

香！怀宝笑望着晋莓，在心里再一次把她和昫昫做了番比较。她一点也不比昫昫差，上天没有亏待我！

哟，天都县玉米亩产都六千斤了?！晋莓这时瞥了一眼报纸惊叹道。

是呀，如今是大跃进的年代，什么样的奇迹都会出现，我们都要跑步迈进共产主义的门槛！怀宝边说边走到晋莓身边，用手拍了一下晋莓的肩膀，意味深长地笑笑说：好了，我们不说那些大事，我还想喝点更香的东西！

啥？晋莓一时没有听懂。

怀宝抬手摸了一下晋莓的嘴唇：装糊涂？

晋莓明白了，脸倏然间涨红，忙垂了头说：那你把灯拉灭。

灯灭了，但窗外的月光却一下子溜进屋里，悄然而惊奇地瞧着怀宝把晋莓抱放到腿上，把水杯朝晋莓嘴边递去，晋莓喝了一口，却不下咽，只待怀宝的嘴接近自己的唇，两个人的嘴相挨时，只听怀宝滋滋滋又香又甜地从晋莓的口中吸那些水。三口水吸罢，怀宝扔开了杯，一下噙紧了晋莓的舌尖尖。

一阵长得没有尽头的吻。

他开始去解她的衣服，这还是第一次，他估计她会委婉地反对，但她没有，她只是轻轻地哆嗦了一下身子。

当他把她脱得通身银白时，他把脸朝她柔软的腹部埋去，那一刻，他再一次体验到了一种快乐的自豪：我想要什么，便都可以得到。爹，你说得对，一个人只要有了官位，他就会拥有一切……

4

双耿又一次抓了抓自己的头发，把目光投到那张《中原日报》上，用眼睛把头版头条消息再次逐字过了一遍：农业跃进捷报频传——天都县今年玉米产量大放卫星，平均亩产六千斤——省委省政府领导接见天都县长进行嘉勉。

四五根寸来长的黑发被他从头上抓掉，飘落到了那条消息里。这是第三遍！短短一条消息，他已经读了三遍。可能吗？双耿的家住柳镇边上，家有三亩祖传旱田，世代都靠这三亩地生活，双耿的父亲是一个种田好手。双耿自小在田里干活，知道父亲那双手是如何精心侍弄那三亩地的。但就是这三亩地，在最好的年景里，亩产玉米也不过一千多斤。不知天都县的玉米是如何种的，竟然能亩产六千！

这张报纸是怀宝刚才亲自拿来让他看的。双耿刚刚从乡下检查秋收回来。他本来还为今年的玉米产量高兴，他今年抓田间管理抓得很紧，他也很想做出成绩，让怀宝高兴，也让人们看到，他这个农业局长不是白吃饭的，他在几个生产队里估了一下产量，亩产不会低于六百斤。他刚进屋时还为这个数字高兴，现在一看报纸，方知应该脸红，两下相差太远了！

他默默地回想着怀宝刚才说的话：……双耿，今天郑书记和钱县长把我找去，专问今年的粮食产量，说别处都在放卫星，惟我们默默无闻，不声不响，可不能不敢想不敢做，在思想上右倾啊！……双耿，我们刚来县里工作，头三脚踢不开，这位子可不好坐呀……

他又揪了一把自己的头发，怎么办？得去取取经验，看看天都人究竟是怎么种的，或许真有什么秘方！但六千斤玉米粒需要长在多少株玉米上？一亩地能种那么多株玉米？心里晃着的那团怀疑使他的眉头紧蹙，他那张年轻光洁的额上一时出现了几道横纹。

双耿！姁姁挎着菜篮忽然由门外慌慌地进来，声音紧张地喊了一句。咋了！双耿起身，从姁姁手中接过菜篮，诧异地问。双耿来县里当了农业局长后，把家也搬了来，姁姁如今在书店卖书。

知道吧，县里的工业局长刚才让关起来反省了，上级让他年底以前炼出两千吨钢，他说他没办法炼，人家说他右倾！

哦？双耿打了个轻微的寒战。右倾?！谁发明的这个罪名？仅仅因为工作无法达到上级希望的目标，就要给戴上这个帽子？如果以后我在粮食产量上达不到上级希望的数字，也会得到这个罪名吗？他的心不由得一紧。

他爹，我有些怕。姁姁这当儿在双耿身边坐下。如今人们干什么事都说大话，俺们书店卖的那些书中，净是些喝令三山五岳开道之类的句子，而你，又不是个会说大话的人。

唉。双耿叹了口气。他再次想起了天都县的玉米亩产，六千斤，能吗？会吗？但愿这不是大话。

看见丈夫心情也不好，姁姁又紧忙劝慰：你也不要太担心，大不了咱们还回柳镇。

这倒也是。双耿轻轻抬手去抚妻子的头发，我家世代没当过官，我也从没想到来当官，不行了咱就还回去种田。我这辈子有了你和咱们的儿子，我就挺知足……

5

看嘛！我这条裤子行吗？晋莓将刚刚换上的那条卡叽新裤往上提了提，在怀宝面前转了一圈，好让丈夫欣赏。两个人是七天前举行的婚礼。

嗯，嗯。怀宝眼望着妻子，目光却缩在眼眶里，只是含混地应了两句。

怎么了，你？晋莓对丈夫的冷淡有些生气，声音提高了，同时三下五去二地褪下了那条新裤，上床钻进被窝里。

噢。怀宝被妻子的高声惊得一震，忙扭过身去轻抚了一下晋莓的额头，软声说：你先睡吧，我因为工作上的事心里有些乱。

他心里是真乱，是吃惊、意外、不解和茫然搀在一起的那种乱。——双耿下午由天都县参观回来，刚才来向他汇报，说天都县的玉米高产其实是假的，他已经看破了他们玩的把戏：先说假话，虚夸产量，然后在仓库里做名堂，在粮囤下半部填上麦秸草，麦秸草上铺一层席，席上才盛玉米粒，给人一种囤囤米满，仓仓粮丰的感觉……

假的?！怎么可以如此造假？为什么呢？

是农民自愿要造假的么？是他们想证明白己种粮的技术高吗？不，不可能！他们知道产量高交的公粮也要随之增多，他们不会去办这种傻事！

这样造假虚夸对谁好呢？对农民无半点好处！对县里干部呢？好处已经可以看见，他们上了报，出了名，今后可能会更快地晋升。对省里干部呢？也可以证明他们的领导正确，组织跃进得力，将来可以受到中央的表扬。

这就是说，这样造假，至多是引起农民不高兴，其它引来的后果都是高兴，专区的干部高兴，省里的干部高兴，农民不高兴有什么不得了的？他们至多不过是三几人凑在一起嘀咕嘀咕罢了，他们不敢对造假的干部怎么着。干部是上级任命的，只要上级高兴就成！农民们嘀咕的多了，可以吓唬！

一般的农民都经不住吓唬，用右派、反革命、反三面红旗这样的帽子稍稍一吓，他们就会闭嘴，就会老老实实，甚至还会替你掩护！胆小怕事是农民的本性，很少有人敢出头公开反映出当官的不对。

这就是天都县领导敢于造假的原因吧？

本县怎么办？天都县可以造假你就不会？当然，也不能乱造，只说某社的产量放了卫星，这样可以让一般人摸不着头脑；放卫星的产量也不能太高，太高了容易让人不信，比天都县略低一点就行。这样差不多就可以上报纸了，各级领导的面子上也可以过去了。

怀宝抽出钢笔，把手中的那张表格在桌子上铺好，仔细地看了一眼表格，尔后把柳镇人民公社玉米平均亩产 570 的数字，改成了 5700 斤。

他长舒了一口气，开始脱衣上床歇息。被子掀开时，已经沉入酣睡的晋莓翻一个身，把雪白柔软的臀部呈在他的眼里，他心中顿时起了一个冲动……

6

双耿默默地看着崔庄几个生产队干部向粮仓的一个个圆形粮囤里填麦草，崔庄是柳镇公社靠公路边的十几个生产队之一，他奉怀宝的指示，亲自来监督指导他们把粮仓弄好，弄成一副粮丰仓满的情景。怀宝估计，一旦柳镇公社玉米产量大放卫星的消息见了报纸，上级和兄弟单位说不定会派人来参观，这十几个靠公路边的生产队将可能是参观的重点，粮仓里必须是一幅特大丰收的景象。

每看见他们向粮囤里填一捆麦草，双耿的眉梢都要火烧似的抖一下，他看出敢怒不敢言的神色就隐在那些队干部的眼角里，但我有什么办法？有什么办法？几天前怀宝把他叫去进行那番交待时，他曾再三地表示了他的意见：决不虚夸！但他那颗善良诚挚的心经不住怀宝的反复劝说：大家都在虚夸，你一人不虚夸能有什么意义？上级喜欢这样做的干部，你不干就会失去领导的信任！我现在是抓农业的副县长，你即使不想干也要看在我的面上去办，再说，出了事也有我顶着，你只当是去执行我的命令就行……

还能有什么说的？作为怀宝的下级和朋友，双耿不能不默默点头，办吧，就这样办吧，但愿神灵能够宽恕。

这样行了吧，局长？一个队干部站在囤边问。双耿走过去看到麦草已快垫到囤顶，就把头点点。那几个人随后开始在麦草上铺一层苇席，接着：便往席上倒玉米粒，玉米倒得与囤顶相齐，站在囤旁一看，满囤都是玉米。全公社所有生产队的粮囤，都是这样满起来的。

叮铃铃。随着一阵自行车铃声，怀宝带着两个县政府机关干部到了仓库门前。咋样，都弄好了？怀宝笑问，同时从衣袋里抽出一张报纸朝双耿递来：看看，咱们柳镇放卫星的事已经上了省报，旁边还加了照片！双耿的手像被针扎似的向后一缩，但为了不露出什么，又伸手把报纸接过。

报上的消息是头版头条，旁边附了一张怀宝和双耿在一个大粮囤前会见记者时的照片，照片上的怀宝风度潇洒脸含自豪，双耿却有些忐忑不安缩头缩脑。他一看见这照片，一股巨大的歉疚感就又把他的心攥住，他觉到了一种彻身的疼痛。

再看看，各县都开始放卫星了！怀宝用手指了一下报纸的二版。双耿把目光移去，是的，都开始放了，双耿稍稍放了心，大伙都在这样办，老天爷要惩罚也不会就我一个……

双耿，昨天接专区通知，专区后天要组织十三个县管农业的副县长来咱柳镇参观，我们要抓紧准备！怀宝掏出折叠好的手绢，极高雅地擦了擦脸上的汗，言语中露出一股抑止不住的兴奋。

是吗？双耿一惊。双颊慢慢开始发白，心中不安地祷告道：神灵保佑，但愿别露馅……

7

副专员戴化章是在苑城专区医院的病床上，读到那张刊有柳镇公社玉米丰产消息的报纸的。他的目光一触到柳镇那两个字，因为低烧而发软无力的身体陡然来了精神，一口气把那篇消息读完。柳镇的一切，他不能不关心，那里是他转入政界的起点。就是在柳镇，他脱下军装走上政坛，开始执掌权力；也是在柳镇，他发现培养了这个极有才干的干部廖怀宝，这是他在内心一直引为骄傲的事情。

他仔细地审视着报纸上附在"消息"旁边的那张照片，照片上的怀宝比过去越加显得有风度了。戴化章眼中显出了笑意，他个人倒不讲究什么衣着风度，但他却希望怀宝有点风度，怀宝能写会说，处事灵活，有办法有魄力，会是一个很好的接班人，能担负更高的职务，他应该有点风度！培养一个接班人不容易，他应该在各方面都令人满意。有人说干部不能靠一个人去发现，接班人不是培养起来的，这是胡扯，一个人再有才，没有另一个人去发现他，他的直接上级不委任他职务，他怎能成功？

看一阵报纸上的照片，他又把目光停在了柳镇公社玉米平均亩产 5700 斤这个数字上，这是使他惟一有点不安的东西，这么大数字！产量会有这么高吗？戴化章自小跟父亲在铁匠炉上学打铁，对种田的事一窍不通，他当初在柳镇工作时，把主要精力放在镇反和肃反等政治问题上，对生产尤其是对农业生产很少过问。

他的心微微打了一个颤，他想起最近在各项工作中兴起的浮夸风，专区不论统计什么数字，其中都带了不少的水分，妈的，这些东西！但愿柳镇这丰产数字没有虚夸的水分。

可吃午饭时他还是让这件事搅得心神不定，他让护士找来一个家在农村的医生，问他家乡在丰收年景玉米一般亩产多少，那医生说最高时达到 700 斤。这个数字又让他心里犯了嘀咕：柳镇亩产 5700 斤可能吗？应该问问，问问怀宝，究竟这数字里有无水分！

他起身想去院长办公室给怀宝挂个长途电话，不料刚站起迈了一步，一阵带着金星的眩晕就猛扑过来，一下子把他按倒在了地上……

五

1

廖老七手捏香烟仰坐在当院那株榆树下的躺椅上，隔着枝叶的缝隙仰望着银河岸上疏淡的星星，远处的什么地方，有人哼着杨继业兵困幽州时有些悲凉的唱词，喜欢豫剧的他轻声随着那声音哼了几句，但终觉那调门不合自己的心境而很快止住。

廖老七现在的心境可以用“惬意”两字概括，如今，惟一让他操心的就是如何保护好自己的身体，好好享受享受一个县长的父亲应享受的东西。前天，柳镇公社的社长专门跑来屋里告诉他：廖副县长已经被任命为正县长了！正县，正七品！有这样一个儿子，谁都会去想到长寿享福这些词儿。

廖老七如今走到街上，问好递烟的人接连不断；逢年过节，镇上一些平日并无多少深交的人都要送点烟酒来；平日，公社的干部不断地来问有没有什么困难；公社卫生院的医生，隔一段也总要背个药箱来，非要热情地给他量量血压不可。这种尊重和待遇，老七何时受过？他现在越来越明白父亲临死时说的那些话是多么正确。看来，做官并不在官位本身的俸禄，而在受到的这份恭敬和额外收入。老七读过不少古书，知道自古以来，中国的官俸就不优厚，宋朝以前大体上还可以养家而仍有余裕，元朝以后官俸减得厉害，清朝时，官分九品十八级，一品官的俸银每年一百八十两，每月只合到十几两银子；一个七品县官，每年俸银仅四十五两，每月只有几两银子。依靠这样微薄的官俸，岂不要喝西北风了！重要的不在官俸，而在官俸之外的这份收入……

为了养好身体，老七现在基本上不再拿笔写字了，每日晨起，拄一根竹杖，去镇边的寨河旁散步；上午，泡一杯毛尖绿茶，和邻居一个老友下几盘象棋；午后小睡，然后去街上遛遛，乏了，回来躺在躺椅上看书。老七专门去镇上中学的图书馆里借来一些诸如《资治通鉴》一类的古书，回来看看想想，以史为镜方可久长，他要给儿子怀宝当个参谋，老七知道当官虽好，但也有险恶，必须多加小心，要时时用历史上的事给儿子一个提醒！

老七这两天就有些轻微的不安，主要是因为粮食征购得太多，公社里的人们有了怨声。老七知道原因是今年的产量说得高了，产量一报高，公粮自然要多交，公粮交得多了，人们说啥？没说的自然会有怨声，这怨声眼下还不太高，倘是高到载道的程度，恐怕就要麻烦，就要出乱子，乱子一出，当县长的就可能失了上边的喜欢，这一点得给儿子说说明白，他毕竟年轻，古书读得又少！刚好，儿子领着媳妇晋莓后晌回来看望全家，这正是一个说话的机会，老七原本想在晚饭时就给怀宝说的，不料公社的几个干部听说怀宝夫妇回来，来家硬把两人拉去接风了，到这阵还没回家。

老七又换了一根烟，慢慢地品着，银河岸里的星星又多了不少，地上一个丁，天上一颗星，不知地上的人是不是真和天上的星星一般多，倘是一般多，哪一颗星星是怀宝的呢？但愿那颗星星会越来越亮，越来越大。

外边响起脚步声和儿媳晋莓的笑声，他们回来了。老七坐起身，咳了一声。爹还没睡？怀宝拉着晋莓的手走过来问。

没呐。老七应道，莓儿忙了一天，该去睡，宝儿，爹有几句话给你说说。老七看着儿媳走进屋去，凑着屋里灯光，他发现晋莓走路的姿势与往日有点异样，莫不是怀了孙儿？

爹，有事？怀宝在爹旁边的一把木椅上坐了。一股酒气飘来，钻进了老七的鼻孔。老七抽了下鼻子，缓缓地开口：你如今喝酒的机会多了，记住，此物不可多！它有时会使人脑子不清醒，看不到危险，把正事误了！放心，我喝不多，不过是应酬。怀宝答。那么，你看没看出眼前的危险？老七的眼睛在黑暗中一闪。危险？怀宝的声音里透着茫然。对。你们把产量报得太高，征购公余粮的任务自然派得重，已经有怨声了。知道吧，唐永徽三年，青州有县令叫王彤的，征赋太重，引起民怨沸腾，后高宗知悉后，即将县令斩首以平民愤……

爹，天不早了，你去睡吧。怀宝平静地说道，而身子，却不由自主地打个寒噤……

2

当闷热漫长的秋季终于把太阳的热量耗尽，冷风开始漫天掠着的时候，饥饿怪兽的狰狞獠牙已开始露出来了。起初只是柳镇公社的几个大队报告，公共大食堂的存粮已经不多，希望上级给以解决。这时，怀宝心里虽然有些发慌，——他知道这是虚夸之后高征购的恶果开始暴露，但还不是很着急，毕竟面积不大、人数不多，他下令从其它公社给那几个大队调去3万余斤小麦、包谷。但当第一场大雪埋地不久，局面严重了，整个柳镇公社所有的食堂都已无了存粮，告急电话一个接一个。这时从县内其它公社调粮也已经很困难了，因为其它公社夏秋两季的粮食产量虽没有柳镇公社浮夸的幅度大，但也都有浮夸，上交公余粮后所剩都已不多。怎么办？向上级伸手要粮？如何开得口？大丰产之年竟无粮吃，如何自圆其说？打开国库赈济？谁有这个胆量？

身为一县之长的怀宝，此时是真正地慌了！他一面强令其它尚有不多存粮的公社匀粮救急，一面用电话通知下边，想尽一切办法寻找可吃的东西。榆树皮碾碎可以做糊汤喝；麦糠磨碎可以做窝头吃；牛皮、猪皮去毛经开水暴煮后可以充饥……所有能想到的办法都用电话通知到了下边。

当太阳经过一冬的歇息，慢慢缓过气来开始发热，地上错错杂杂地出现青草时，饥饿怪兽露出了它整个吓人的身形，遍及全县的粮荒开始了。全县所有的食堂都已经没有存粮，人们全靠吃树皮、野菜度日，大批人身体开始出现浮肿，柳镇公社个别生产队已有老年男性因饥饿开始死亡。

怀宝此时方知县长这副担子的沉重，怎么办？他开始睡不着觉、吃不下饭，感到一种无所措手足的恐慌。只有向上级真实反映情况了，再隐瞒下去，后果更不堪设想。他找到县委书记，两人边叹息边商量，最后决定向专区汇报饥馑情况，请求上级拨调救济粮。但当通往专区行署的电话挂通后，怀宝揉了揉发烫的脸刚准备说话时，未料接电话的行署秘书长先开了口：廖县长，我正要找你哩，全地区已有七个县发生了粮荒，我们准备从你们县调出十万斤粮食来救济他们……天啊……怀宝没听完对方的话就呻吟似的叫了一声，他不敢再犹豫，一口气把本县的情况说了出来，说完之后，电话那头出现了一阵长长的沉默，许久许久，对方才说：好吧，我马上向领导汇报，不过我先告诉你，你们不要对由外地调粮抱太大的希望，这次粮荒是全国性的……

全国性的？怎么会是全国性的？他昏昏沉沉地回到家，看见妻子晋莓正在由笼屉里向竹筛中拣刚蒸好的雪白馒头，还好，家里倒不缺吃的，这要感谢县政府的办公室主任，他在刚入冬不久的一天，让人送来了十袋面粉，当时怀宝还嫌保存这么多面粉麻烦，未料到这倒是一种先见之明。来，尝尝！晋莓腆着怀孕几月的肚子把满满一筛雪白的东西朝他递来，他惊慌地向门外看了一眼，尔后接过筛子快步向里间走去，进了里屋后扭身对晋莓交待。今后吃饭一律在卧室，不要端到外间，明白？晋莓先是一愣，随即把头点点……

当天晚上半夜，专区来电话通知：无力拨调大批救济粮，你们可先从本县的国库粮中调出二十万斤解急。同时告诫：加强对国家粮库的保卫，严防抢粮事件发生！

二十万斤粮食对于一个有五十五万人口的县来说，杯水车薪，能解什么急？不过七天，各公社就相继来电话报告：已经开始死人，死者多为壮年男性。半月之后的一个头晌，柳镇公社社长把电话打到了他的办公室里，他一拿起话筒，那惊慌的声音就掉到了桌上：廖县长，今天早晨，仅柳镇四条街上，就发现饿死的男尸十一具，女尸五具，如此死法，怎么办？你快给想个办法呀！……

怀宝长久地捏着话筒，直到对方没有了声音仍在捏着。他的目光穿过对面的墙壁，分明地看见了柳镇，看见了他熟悉的柳镇街道，看见了一个个横躺着的尸首，大片的水雾漫上他的眼睛，那些水雾很快凝成水珠……

3

当六部大卡车的引擎在十字街口骤停，戴化章走下驾驶室时，第一眼看到的是两具卧在街边的男尸，一具男尸的手中还攥着一把棉衣的套子放在嘴边；第二眼看到的是一个浑身肿得又黄又亮的青年妇女，拎一个小竹筐，筐里搁一把镰刀，正从一个门坎里趔趄着迈出来，显然是要去剜什么野菜；第三眼看到的是一个浮肿的男孩，正在街边大便，他显然是吃了糠和树皮一类的东西，大便干结得厉害，怎么也拉不下来，他哭着喊了一声妈妈，一个中年妇女出来，手中拿一根一头削尖了的筷子，伸进孩子的肛门里慢慢地拨着。剩下的就是寂静，一种彻底的寂静，不仅没有人的歌声笑声骂声话声，连鸡叫鸭鸣狗吠猪哼都没有，镇子完全如死了一般。

戴化章呆呆地站在那里。前天他听说柳镇公社发生了严重的饿死人事件之后，慌忙带病从医院出来回到机关，先是要求办公室迅速给柳镇拨去救济粮，但办公室主任拿出那张表格让他看了以后他才知道，专区掌握的救济粮已经全部分到了各县，中央拨调的大批救济粮还未到达，到处都需要粮食。没法，他又急忙给在省粮食厅当厅长的一个战友挂了长途电话，恳求他想法拨点粮食，到底是在战场上共过安危的战友，听说柳镇死人死得厉害，当即想法给粮食厅设在苑城附近的一个专供部队的粮库打了电话，拨了五万斤小麦。戴化章随即在地区运输公司要了六辆四吨装的卡车，连夜向柳镇赶来。在路上他还想着，车到镇上人们会欢呼着迎上来，现在方知道，人们已经饿得连迎上来说话的力气也没有了。

去，叫各大队的干部都来！他阴着脸对站在一旁的怀宝和其它公社干部说。戴化章从专区动身走时给怀宝拨了电话，让他也到柳镇。戴化章想弄清柳镇这次的饥荒为什么这样严重，怀宝是县长，他应该参加。

没有多久，各大队干部相继来了。戴化章站在他们面前，挨个地盯了一阵他们的脸，尔后冷冷地开口：我看你们中没有一个人浮肿，这证明你们这些人还能吃到粮食，但我告诉你们，如果有谁胆敢把这些救济粮贪污一粒，我戴化章决不饶他！你们应该晓得，我姓戴的说话算数！现在，你们上车，去挨队分粮，粮分完后你们仍来这里！还有，请顺便转告乡亲们，中央调拨的大批救济粮就要到了，让大家不要绝望，想办法坚持下去！

六辆卡车分头向几个大队驶去，戴化章眼望着汽车走远之后，无言地走进近处一家院子，怀宝默默地跟在身后。一个十来岁的女孩，正手拿一个早抠去了米粒的玉米棒芯啃咬着嚼着，嚼满一口吞咽时，粗糙的玉米棒芯憋得她流出了几滴眼泪。戴化章无言地站在那里看着，眼泪慢慢地漫出眼眶，顺颊而下……

当六辆汽车陆续返回十字街口把那些大队干部又带来时，戴化章缓步走到大家面前声音嗄哑地问：你们这里为什么会出现这样的情况？你们去年秋季玉米不是获特大丰收了么？究竟是什么原因？

人群一片寂然。

你说！戴化章指了一下公社书记。

我们工作没做好。公社书记嗫嚅着。

放屁！戴化章暴怒地跺了一下脚，你的工作当然没做好，我现在不是问你这个，我问具体原因！你说！他又指了一下站在近处的一个大队干部。

我们那里去年秋粮……亩产……不高……是说得……高。那大队干部话语吞吐。

怎么叫说得高了？戴化章瞪大了眼睛。

就是虚报了亩产……我们那儿玉米亩产只有几百斤，但说成了五千七……

哦，戴化章惊得退了两步。你们呢？你们也是这样？戴化章那越来越冷的目光在另外的大队干部们脸上一一扫过。

大队干部们都或先或后的把头点了。

是你们公社干部叫干的？戴化章猛地扭身抓住了公社书记的衣领。

不……不是，我们是按县上廖县长的指示——

戴化章的手一哆嗦，松开了，尔后极缓地转过身，望定了怀宝，冰冷的目光中搀了一点困惑：你?!

哗。怀宝分明感到自己的心脏被辘轳那样的东西一下子吊了上去。从戴化章最初从汽车上下来那一刻，从一看到他脸上那副暴怒而痛心的神色，怀宝就担心他要查问造成饥饿的原因，终于，担心的事来了。

你还有什么要说的？戴化章的声音变得狞厉无比。

我——怀宝一时竟忘了辩护的话该怎么说。

给我绑了！戴化章突然朝身后随来的两个干部吼。那两个干部始而一愣，继而上前，用汽车上绑麻袋的一截绳子，将怀宝的双手反绑上了。

怀宝被眼前的这一幕骇呆，这是他第一次看到戴化章性格的这一面。受批评、挨骂、降职，这些后果他刚才都想到了，却独独没想到竟会把他绑了。他被戴化章这种冷酷的处置完全震住，竟一句辩解没说就被拉上了车。

上车，去县城！戴化章猛挥一下手……

4

空气沉闷得令人窒息。

怀宝面向窗口，张大嘴巴呼吸，他知道这种窒息感不是因为空气污浊，而是因为内心的压力。

他刚刚做出了一个重要决定并把它付诸了行动！

从他被绑回县城到关到公安局这间拘留室内，中间不过几个小时，他却觉得仿佛是过了几个世纪。在最初被关进这间屋中时，攫住他全身的只是震惊：戴化章，我毕竟跟你干了一段时间你竟如此不讲情面？一个县长转眼间就变成一个囚犯，仕途竟这样凶险？接下来，那震惊就被恐惧所代替：戴化章最后会把我怎么样？判刑？一旦真的把我判了，就要临产的晋莓怎么办？倘若把我判得时间很长，晋莓带着孩子怎么生活？会不会杀头？想到这里他打了个冷颤，柳镇公社饿死了那么多人，这些人的死与自己都有直接关系，法律规定杀人偿命，这么多人饿死会不会要自己去偿命？可能，完全可能！他感觉到有冷汗从脊背上悄悄爬下。巨大的恐惧本能地使他开始思索摆脱这种可怕境地的主意：逃跑？不行！门外就有两个看守！再说，你往哪里跑？检讨？行么？说的是坦白从宽可只要你真的检讨出来，很可能就把那些作为定你罪的证据！推卸？对！不管浮夸的恶果和应负的责任多大，只要推到别人身上，就好办了！往谁身上推，县委书记？不，他并不具体抓政府的工作，很难成立，而且是同级，一旦你往他身上推，他可以向上级表白说明真相，这不会成功的！上级？说是受了省级的影响，说是受了上级要求大跃进放卫星的压力，不，不能，那样领导会更加生气，会对你处理的更重，也许真的会因此而枪毙你！只有推往下级，下级负有向领导反映真实情况的责任，如果他们反映的是假情况，你因此做了什么决定，那责任就应该由反映假情况的下级来负！对！寻找哪个下级？双耿？

他的双腿一个哆嗦，一股冰冷的东西由脚脖那儿升起，蛇一样地往上爬。

双耿是你的朋友！是你最忠诚的下属！你不能！但他是农业

局长，正管这一方面的工作，是他外出参观向你报告了外县浮夸的办法，是他具体去落实的假仓库，只有往他身上推，别人才能相信；也只有往他身上推，你才能推干净！当然，这样做不仗义，不够朋友，别人知道了会说你坏良心，可你又有什么办法？难道人可以眼睁睁看着自己沉进水里而不设法去抓住一个东西？再说这是政界，你是在搞政治，办公室侯主任那次送你看的那本书上是怎么说的？政界里只有下属，伙伴和上级，没有永久的朋友和友谊；所有保卫自己政治地位的努力只有成功不成功之分，没有合理不合理之论！还有，双耿只是个农业局长，职务低，把责任推到他身上，说不定上级会说他水平差而给予原谅！就这样办吧！

决定一经做出，他即刻向看守要求：我要见戴副专员！就在半小时前，戴化章阴沉着脸来到屋里，听他说完了柳镇公社乃至全县的浮夸风是怎样在农业局长双耿的操纵下刮起来的：双耿怎么去外县参观，怎么向他建议，怎么亲自去下边布置设假粮囤；他怎么受蒙蔽不知下情……戴化章刚一听完，就疾步走了出去。

他们会怎么对待双耿？

怀宝缓缓伸手捂住胸口，再一次觉得这屋中的空气令人窒息……

5

双耿把最后一嘴嚼碎的玉米面饼子塞进二儿子陌儿口中之后，便急忙把眼睛从儿子脸上挪开。他知道，孩子咽完这口之后，还会把一双乌嘟嘟的大眼望定他，盼望再来一口。陌儿没有吃饱！他不敢看儿子的那双眼睛，那晃动的两颗瞳仁似乎分明在说：爸爸，我还想吃，你为什么不喂？但确实不能再喂了，剩下的那半个玉米面饼子是儿子明天早晨的干粮，一顿吃完不行。陌儿，就这，你已经比多少农村孩子的处境好了！他站起身，抱着儿子在外间轻轻踱步，陌儿扬起小手，不停地抓他的下巴，他知道那是什么用意，却心酸地不再拿眼去看。唉，竟到了这种地步，眼睁睁看着儿子饿肚。作孽呀！作孽呀！在这一刻，他又想起了去年秋收过后领人去乡下指导农民建假粮囤以应付上级参观的事，他觉出心脏又刀剜似的一疼，急忙用一只手去按胸口。自打那次从乡下回来后，只要一想到这件事心口就疼。当全县范围的饥荒出现，饿死人现象不断发生之后，双耿越加被这负疚之心折磨得厉害，你身为农业局长，非但没有想方设法去指导农民们正确发展生产，反而要求他们去做假造假糊弄国家，弄得他们屋里没粮锅里没米，使得那些种粮的人竟死于饥饿，这难道不是罪过？还有什么样的罪比这罪大？你得为那些饿死的人负责！负责！……

他有些踉跄地抱着陌儿向里间走，想把孩子放到姁姁身边，然后去看看怀宝。自从听说怀宝被抓起来后，他心里的自责变得越加厉害。不，不能把所有这些责任都算到怀宝身上，做具体工作的是我这个农业局长，如果我当时坚决不搞浮夸这一套，或者把真实情况向县报，向人民日报、向中央领导报告，也许这个县的粮荒就不会像今天这么严重，或者根本就不会出现这种情况，我应该负责！再说，怀宝当初把你调来县里，就是为了让你帮他做好工作，如今他被关起来，而你这个得力的帮手却在外边过自由生活，这算帮的什么？应该让他解脱，把所有的责任全揽过来，不要因为这件事把他毁了，不能毁了他……

姁姁还在昏睡，几天前她试着把从树上扯来的一些柳叶搀在玉米糁里蒸饼，为的是延长那少得可怜的一点口粮的吃用时间，蒸了后她先吃，不知是洗法不对还是怎么的，吃完她就拉肚，直拉得浑身酥软没一点点劲，这两天一直躺在床上昏睡。陌儿刚睡到妈妈身边，便习惯而熟练地翻身用手把妈的衣襟撩开，哼哼着把嘴凑上了妈妈的奶头。陌儿，让妈歇歇。双耿从儿子嘴里把奶头拔下，看着姁姁那黄瘦的面孔和稀软耷拉的奶子，他心疼得实在不想让儿子再去吮吸她。让他吃吧。儿子的抚弄和丈夫的声音使夠夠从昏睡中醒了过来，她又把奶头塞到了儿子嘴里。

院子里忽然响起几个人急促杂沓的脚步声，正默望着妻儿的双耿扭身向外一看，只见戴副专员和几个不相识的人进了院子，他急忙出门招呼：是老领导来了，快请进屋。戴化章脚没动，只冷厉地问：晚饭吃过了？吃了。双耿感觉到气氛不对，有些诧异。吃的啥？声音冷得可怕。双耿原想说的是煮红薯叶，后想想自己还有脸向领导哭穷？就答：玉米面粥。你知道老百姓吃的什么吗？戴化章的眼中露出狰狞。狗日的，去年秋收之后，是你去柳镇公社指挥人们设假粮囤的吗？双耿此时方明白了戴副专员的来意，低了头答：是的。

你那样干是要干啥，是想叫那儿的人都饿死？

一股巨大的委屈涌上双耿的心，使他也有些生气：戴副专员，你不能这样说！

咋着，嫌老子的话不好听了？戴化章咬牙向双耿逼了一步，你知道老子们当初革命是为了啥么，是为了让百姓们过上好日子！可你竟让这么多人饿死了，老子现在就是枪毙你也应该！

毙吧！我也不想活了！双耿心中积聚着的那股内疚、委屈和烦躁使他张口叫出了这一句。

这句话把原来就气恼的戴化章彻底激怒了：狗日的，你以为老子不敢毙你吗？我今天就泼上这个专员不当，也要把你这个说假话祸害百姓的东西毙了！边说边猛地伸手去随行的警卫员腰中拔手枪，那警卫员见状死死按住枪套不给，同时对其他随行人叫：快把双耿带走！……

6

怀宝走进办公室重新在自己的办公桌前坐下时，心中竟有一种隔世之感。撤职、判刑、杀头，他原以为这三种下场恐怕自己难逃其中一种，未想到事情发展竟这样顺利！今天早晨戴化章去到公安局关押他的那间房里声音温和地说：我错怪你了，双耿已经完全承认所有造假浮夸的行为全是他干的，我已向地委请示了，决定恢复你的工作。当然，你也有责任，你也要从这件事上接受教训，要注意了解下情，不要被那些别有用心的下属蒙住眼睛……怀宝把心中的狂喜强抑下去，面色沉重地向戴化章表示：副专员，您放心，我一定把这个教训永记在心！戴化章缓缓拍了拍他的肩说，记着不要背思想包袱，我从一开始就不大相信这些事会是你干的：我的眼还没有瞎，我自己发现的人我心中有数……

过去了，这场灾难总算过去了，这是怀宝在仕途上遭的第一次挫折，他这时才有些明白，原来搞政治阶下囚和座上客只差一步，一步！乖乖，倘若没有双耿承担责任，现在遭逮捕进监狱的就是自己，想到这里，他的两排牙齿不由得一个磕碰。

当然，危机现在还不能说已经完全过去，死了那么多人，你又是县长，人们议论起来少不了要说到你的责任，这会使你逐渐丧失威信，失去人们的尊敬。要想法改变这种局面！要想获得威信和尊敬，目前情况下只有两条路子：一个是迅速让老百姓吃饱，让人们觉出你确实有本领！另一个是和人们共苦，让人们觉得你和他们确实贴心！第一条路现在行不通，要想让百姓们吃饱得有大批粮食，得拖到夏季；只有走第二条了：共苦！要让全县人觉得你在和他们一样受苦！

当晚回家，他交待晋莓用榆树叶、灰灰菜和红薯面和在一起做一点窝头，第二天上午时，他往县报社打电话约一个相熟的平日很会抓稿子的记者到办公室谈话，谈的是如何禁止浮夸坚持实事求是抓好救灾让农民休养生息一类的话题，谈到下班时还未谈完，怀宝就热情邀那记者：走，咱们到我家边吃午饭边谈，也好节约时间！那记者见县长一副盛情便没再推辞，到了怀宝家后，腆着肚子的晋莓就按丈夫前一晚的吩咐，往饭桌上摆了那种用野菜、树叶、红薯面做的窝头，另加一小碟捣碎的辣椒，再就是两碗开水。怀宝指着饭桌歉意地开口：很对不起，没有好东西招待你，想你不会见怪，待今后丰收了我一定再请你来家作客。说毕，先抓起一个窝头大口吃起来。那记者看见饭桌上摆的东西一阵感动，尤其是见怀了孕的晋莓也在吃这东西，差不多就想掉泪。第二天的县报上，果然就出现了那位记者写的一篇通讯，标题是：县长家也吃菜窝头。报纸刊登的当晚，县广播站又把它向全县广播了一遍。这篇通讯的影响和怀宝预料中的一样，不久，就从各乡干部的民情动态汇报上知道，群众晓得县长家也吃树叶野菜窝头，感动地说：有这样的县长，我们放心了，将来会过上好日子的！

这件事后来县政府办公室主任在向专区写的“救灾简报”上也做了反映，戴化章大概是看到了那份简报，有天突然打电话给怀宝……好样的！群众就需要你这样的干部……

过去了，总算过去了，这第一场灾难！今后再不翻这样的跟头了……

7

落雪了。

纷纷扬扬的雪花嬉闹着向地上拥去，眨眼间，院子里就如铺了一层白布。坐在室内的双耿便拿了扫帚出门去扫，在他停手跺脚，哈气暖手的当儿，他恍然记起，这是第六个落雪的春节了。六年！多快，他已经被撤职贬回到柳镇六年了！他扭头望一眼那个砖砌的八平方米的传达室，心里竟生了一点惊奇：自己转眼间就在这个小屋里生活了六年？

爸爸！陌儿的声音在大门外响起，双耿抬头，看见小儿子披一件蓑衣提一把伞站在大门外。妈让俺来接你。

待你郑伯来了就走，快去屋里暖——

快回家吧，我来了。随了这声音，一个五十来岁的汉子跺着脚上的雪到了大门前。

双耿接过陌儿手中的伞刚要回家，镇政府会议室门口突然传来一个威武嗄哑的声音：双耿，明儿会议室里有会，你要提前把暖瓶里灌上水，不能误事，误了事我可要拿你是问！双耿应了一声又挪步，但心情却被这番交待一下子弄坏，原先由这新雪飘扬所引起的那点快乐，转眼间消失得无影无踪。刚才那个嗓音嗄哑的家伙在双耿当初在职时，每次见面都要哈腰点头问候，自打双耿被贬，他便常用这种教训命令的口气说话，使得双耿感到一种被侮辱的愤怒，同时，又勾起了他压在心底的那股委屈。

父子俩一路无话走到位于镇街西头的家。姁姁来接丈夫手中的伞时，注意到他那不快的面色，知道他是遇上了不高兴的事，吃饭时便有意说些有趣的话题。但双耿一直闷头喝酒，一言不发。姁姁知道郁闷伤身，过去每当双耿苦闷时，就想些法子将他逗笑，不料今晚那些法子用尽，双耿还是两眉紧锁。夜色因为纷飞的雪花来得迟了，姁姁将两个儿子安顿睡下之后，屋内还有微弱的白光。姁姁没有点灯，轻步来到丈夫身边坐下，含了笑说：他爸，我问你一桩事，不知你能不能答出来。啥？双耿吐了口烟。你说，你们男人，一生在家中扮多少角儿？双耿边想边答：一开始是孙子、儿子，后来是弟弟、哥哥，接下来是丈夫、爸爸，再后来是爷爷、祖爷爷。

不全！姁姁在笑。

不全？哦，对了，还有公公，陌儿和他哥哥要是娶了媳妇，我就是公爹了。双耿的眉心慢慢舒开。

还不全！姁姁莹白的牙齿在渐浓的夜色里雪花似的一闪。

还有啥？双耿停了吸烟。

再想想！姁姁笑着。

噢，还有岳父和外公！假若我有个女儿，我以后还会当岳父和外公。

你如今已经扮了几个角儿？

五个：孙子、儿子、哥哥、丈夫、爸爸。双耿忘了吸烟。

你日后还能扮啥角儿？

公公、爷爷、祖爷爷吧。

你还有啥角儿不能扮？

还有——岳父和外公。

你不觉遗憾？姁姁柔细的声音变得意味深长。

那又有啥法子？我没有女儿呀！双耿笑着摊了下手。

真的没有法子？姁姁的质问很低且充满了蜜意。

噢，你！一阵冲动被这话倏然撩起，双耿伸手把姁姁揽在怀里，猛地抱起她向床走去。

当双耿激动的身体在温暖的被窝里渐渐平静，头安恬地枕在姁姁的臂弯里时，姁姁用很轻很轻的声音在他耳畔说：你已经有这么多角儿要扮，还不满足？那么希罕一个“农业局长”？……

不提那些，我该高兴！双耿满足地轻抚着妻子的腹部……

8

吉普车在橙州县城通往柳镇的沙土公路上不快不慢地跑着，车轮在落了一层雪的路面上碾过时几近无声，引擎的轻响大部被风裹走，车似在白色的湖中移动。这是今年的第一场雪，怀宝望着窗外纷扬的雪花，心中无声地祷告：下吧，下吧，今年倘再来一场丰收，我这个县长的日子就更好过了！

爸爸，老家快到了吧？五岁的女儿睛儿摇着怀宝的胳膊问。

快了，快到了。怀宝伸手把睛儿接进怀里，在她红扑扑的脸蛋上亲了一口。睛儿把晋莓和自己身上的所有优点全部继承了下来，长得又甜又俏让他非常喜爱。女儿长这么大，今天是第一次领她回柳镇老家过春节。以往晋莓总是以孩子小路上容易受凉得病为借口，迫他也在县城过节。他知道晋莓这是因为当演员喜欢热闹，不愿把年假放在小镇上过。今年，是经他再三坚持晋莓才让了步的。今年自己坚持回来的原因，是想借过春节这个机会去看看双耿和姁姁。几年了，他一直没有也没敢去看他们，一种深深的歉疚搅得他的心日夜不宁。

待一会车到柳镇，和家人们寒暄几句，就拉上睛儿去见双耿和姁姁，他们的小儿子好像是叫陌儿，陌儿比睛儿大，七岁了吧？……

未料到的是，车刚一进柳镇街口，街边突然闪出了柳镇公社的社长等一群干部，人们鼓掌向车前迎来，有人还点响了一挂鞭炮。怀宝皱了皱眉下车说：我今日是回家过年，又不是什么公事，你们怎么还来欢迎？

大伙也是自愿，听说你回来，都等在这儿想给你拜个早年！走吧，先到会议室里坐一坐，同人伙见见面，尔后再回家，我已给廖伯伯交待过了！社长笑指着公社的大门。

看见这么多的人冒雪来迎，看到街两边闻声围来的人们眼中的敬畏神情，看见晋莓因这欢迎而在脸上露出的激动，怀宝虽然眉在皱着，心中却也高兴！娇美的妻子，俊俏的女儿，崭新的吉普坐车，欢迎的人群，这一切不能不使人高兴。一刹间，怀宝的脑海里晃过了“衣锦荣归”四个字。

走进摆了糖果点心的公社会议室，怀宝和晋莓立刻就被热烈的问候所包围，怀宝正含笑应酬时，门外忽然传来睛儿的哭声，怀宝和晋莓听了这哭声一齐扭眼去看，只见睛儿正在院中的吉普车旁抹着眼泪，她的身边站着一个虎头虎脑的男孩。怎么了，睛儿？晋莓朝女儿走去。他不听话，非要摸我们的车不可！睛儿指着那个男孩哭诉。这当儿从传达室里奔出了手拿一双筷子口中还在咀嚼的双耿，双耿身后跟着手端半碗饺子的姁姁。

怀宝身子一个哆嗦：是他们?!

陌儿，怎么欺负人家女孩？双耿厉声训着儿子。我没有欺负，我只是摸了摸汽车……陌儿带着哭音辩解。姁姁这时走上前，弯腰将儿子拉开。只是在这时，晋莓才认出了眼前的女人是谁，叫了一声：姁姁！

姁姁和双耿朝晋莓和怀宝这边望了一眼，双耿说了句：廖县长，你们忙吧！就和妻、儿子又进了传达室里。

怀宝呆立在那儿，他曾设想了无数个看望双耿和姁姁的方式，却没有一个方式与这相同，他提了提脚想向传达室那边走，却最终没把双脚提动，他没有面对他们的勇气……

9

回县里后各项工作如常，日子像以往那样过去，不久，从专署传来一条消息，可能调他去地委办公室当秘书长，秘书长就是副专级干部。这传闻虽未得到证实，但怀宝也很高兴，这起码证明上级对自己的看法不错。

此后他工作更加认真，争取真的能调到地委去。

那是一个天空多云的星期一上午，早晨他起来得很晚，前几天他去一个偏远的山区公社检查工作，星期日晚上才赶回家。和晋莓几日不见，晚上上床时事情做得太久，加上几天的劳累，一觉醒来竟快十点，他匆匆洗漱吃了两口饭，就提了皮包去机关，进了机关院远远看见办公楼前有不少人在围着看什么东西，走近方见是沿墙贴了几十张大字报。他当时还未在意，这段日子县里几所中学开始“四大”，贴了不少学校领导的大字报，这事他知道。他估计八成是学生把那些大字报贴到这儿了，并未就这事产生更多的联想，学生们写点大字报还能算什么大事？直到他从那些大字报中看到一行大字标题：廖怀宝，你这个走资本主义道路的当权派往哪里躲？他才蓦然把眼睛睁大，才觉得心脏似骤然停跳！这时，他才突然想起，就在他这次去山区公社检查工作前的那个早上，办公室秘书给他送来一个传阅文件夹，上边有一份中央文件，好像是一个通知，说的是进行文化革命的事。他当时因为急着动身，只翻了翻，没有细读，以为文化革命是思想文化界的事，便没在意。莫非这就是那个通知的结果？

他的眼睛在大字报上又看到了县委书记，副书记的名字，看来并不是针对自己一个，而是整个党委和政府，这是要干什么？

他倒吸了口冷气……

10

晋莓被突发的一连串事件击蒙了：住所的院里院外贴满了大字标语和大字报，三间住屋被翻抄了一个遍，怀宝被剃了光头拉到体育场批斗，剧团里成立的所有战斗队都不让她参加，走到街上随时可以听到人们骂她当权派的“黑老婆”……

过去所有让她引为自豪的东西顷刻间全部消失，她和她的一家一下子坠入了社会的谷底。

最初的惊恐过后，她感到的是愤懑，她骂，骂一切翻脸不认她的人。每当她开口骂的时候，怀宝总是害怕地制止她，她于是转而把怒气对准了怀宝，你这个胆小鬼！经过批斗游街之后的怀宝，脸上是一副疲惫委靡颓唐之气。晋莓骂罢，又心疼地上前抱紧了他。

过去不曾想到的压力，在继续向她这个三口之家涌来。这压力中最大的一股来自晋莓自己的家庭。晋莓的父母过去在县城开一间杂货铺，如今是县商业局的干部，两人当初对长女同怀宝这个县长结婚，都是十二分的赞成，而且把女婿作为炫耀的资本。晋莓的妈对女婿和外孙女喜欢关心得更是出奇，三天差不多要向女儿家跑去两次。但这都是过去的事了，如今，这对做岳父岳母的却为有这样一个女婿后悔不迭：先是晋莓弟弟的对象因怕有这个走资派姐夫退了婚，继而是晋莓的两个妹妹在学校当不了红卫兵被列入了黑七类，再是晋莓的爸妈被本单位里的人称做了铁杆保皇派。于是一大团怒气就郁积在了做爸做妈的心里。那天晋莓领着晴儿提个瓶子来家想舀点甜酱，甜酱是怀宝平日爱吃的东西，妈每年都做了不少放那里，过去隔段日子妈总要送去一瓶，这段不见妈去，晋莓就自己来拿。未料到刚进屋，妈一看见她手中的瓶子，竟发了脾气：怎么，又是要甜酱？我这甜酱就是给你们做的？吃完了就来，还有完没完？晋莓先是一愣，见端坐一旁的爸爸也冷着脸，随即就也把眼睛瞪圆怒道：你不给就算，好希罕！过去不是你说甜酱吃完就讲一声吗？做过杂货铺老板的晋莓妈嘴头子厉害：我说过一句话还能管一辈子吗？你们是什么大人物，非要我们伺候不可？一句话噎得晋莓脸红脖子粗，半天喘不上气，等终于缓上气后，晋莓哇的一声哭了，睛儿也随即哭了。做妈的见女儿哭得那样伤心，心也一软，就上前抱了女儿诉说：我也不是嫌你们来舀点甜酱，实在是为怀宝的事心里憋闷，眼睁睁一个家让他给全毁了，咋办呢？你弟弟妹妹们有他这个社会关系日后的前途咋整？他已经成了走资派，出头的日子没了，眼见你年轻轻地拉一个孩子要跟他受一辈子苦，我这心里好受？……娘儿俩说着说着就哭成了一团。

11

怀宝胸前挂着纸牌向那辆拉他们这些走资派去各社巡回批斗的卡车走时，腿软得已几乎迈不开，这一方面是因为连续几天巡回批斗太累，更重要的是因为今天要去柳镇。柳镇，那是他的家人所在地，是他走进政界的起点，是他熟人最多的地方，那里还有让他见一眼心里就发虚的les姁姁和双耿，他不愿去，实在是不愿这样回到柳镇，哪怕去另外的地方再加斗两场也行。

但卡车还是开动了。

车到柳镇时径直开进批斗会场，会场就在公社门前的广场上。迎上来押他们往台上走的人他大部分都认识，多是公社里的一般干部，春节他回来时也是这些人冒雪在街上迎候，那时候他们一个个笑得亲切真诚好看，如今却一律的满脸冰霜竖眉瞪眼。在这一刹那他又一次想到了“权”这个东西实在太神奇，有它和没它会使一个人在世上的地位完全不同截然相反。杂种！只要老子还有将来，决不会让“权”从手边溜走，我早晚还要把它抓住！

他被押到台上时他听到下边起了一阵骚动，压得很低的声音不断地撞进耳中：……那就是廖怀宝！……天呀，过去多威风，如今……这县长也不是好当的……他家祖坟上的风脉也许破了……人哪……

台下响起了口号，批判会已经宣布开始，口号中有“打倒廖怀宝”什么的，接下来有人在念批判稿，他没有认真去听，他对这些已经习惯，但他担心这些会给他的父母家人带来巨大的压力，他不时借整理胸前的纸牌侧一侧身，用眼的余光去搜索家人，家人没看到，却看到了怀抱孩子的绚绚。他只看了绚绚一眼，就急忙把目光闪开。他原以为绚绚的眼睛里肯定是一副幸灾乐祸的神情，却未料到在那双他熟悉的美目里，只是一种茫然和淡漠，他的心一缩。

因他不断地想用目光寻找家人，原本低下的头不觉间抬了起来，两个看押的红卫兵见状，猛朝他的头和颈上捶了几拳，猝不及防的他只觉两眼一黑，便向地上扑去。在这同时他听到了台下响起一声惊呼：我的宝儿——是娘的声音！娘！他倒在了地上……

六

1

廖老七面孔阴郁地走进公社大院，两只老眼机警地在院内一转。院子里空旷无人。正是吃饭时分，公社干部在食堂陪押解走资派来的县上人吃喝；公社的会议室里，几个与怀宝同时来挨斗的走资派在那里闷头喝着稀面条：会议室旁边那间空房里的一张乒乓球桌上，躺着昏昏沉沉的怀宝。没有人注意到这个伛腰缩背的老人的到来。门开着，他闪身进去，把门掩上。儿子就躺在面前，双眼紧闭，面色蜡黄，头发蓬乱，他简直不敢相信这就是他那个一呼百应令他骄傲的儿子！世道变得这样快？难道我廖家的气数真的尽了？不！我不信！他昨天专门去廖家祖坟上看了看，一切如常，坟地中央大楸树上落喜雀的“凤巢”和树根部那个钻蛇的“龙窟”都如原样，没有跑脉的迹象！

他阴鸷的目光向室外扫了一下，赶忙走近乒乓球台，抓住儿子的胳膊使劲晃了晃，昏沉中的怀宝慢慢睁开眼来。怀宝，看见我了么？廖老七压低了声音问。

爹。怀宝微弱地叫了一句。

听着！廖老七眼直盯着儿子说，待一会儿你要忍住疼，来，把衣角咬在嘴里！说罢，撩起儿子身上的衬衣衣角朝他嘴里塞去。接着把别在裤带上的一块钉有一排铁钉的木板取下拿在手中，先看了一眼儿子，尔后咬起牙猛朝怀宝屁股打去。怀宝痛楚地低叫了一声：呀！廖老七不管不顾，又猛从怀宝的屁股上把有钉子的木板拔下。鲜红的血通过那些钉眼迅速涌了出来。廖老七这时把木板掖进自己裤腰里，开始把怀宝屁股上流出的血用两手一抹，在怀宝的白衬衣上和脸上、胳膊腿上抹开了。接着，又飞快地把儿子抱放到乒乓球台下，又把墙角的几块碎玻璃和半截砖捡到儿子的身边，再把手上的血朝地上摔了几下，这才嘱咐怀宝几句后，匆匆离去。

廖老七刚走到公社大门口，就听见院中有人喊：快呀，快呀，老廖出事了！

不一会，躲在公社卫生院附近的廖老七，看见几个人七手八脚地抬着怀宝向卫生院跑来。急诊室里的一名医生让把怀宝放在诊台上，尔后把抬送的人以防止把细菌带进室内为名赶到室外。半小时后，那医生满头大汗地出门摘下口罩声调沉重地宣布：你们送来的人脊椎骨骨折内脏出血，需立即住院手术，否则有生命危险！那负责押解的人中有一个就急忙跑回公社大院向县里打电话请示。一刻后又跑来向医生交待：上边同意让他就地手术治疗，你给我们写个诊断证明就行；他什么时候可以走路了你要报告我们！那医生就急忙点头写证明。

2

娘的棺材由堂屋中向外抬时，怀宝只敢站在厢房门后隔着门缝向外看。娘是那天在批斗他的会场上晕倒得了脑溢血几天后去了。是为心疼自己死的!

没有响器班子，没有鞭炮，没有火纸，更没有花圈。爹和妹夫以及两个邻居抬着那口薄薄的棺材，缓缓向院外走，棺后只跟着低声抽泣的妹妹。

他多想冲出去，扶棺哭一顿，可是不行，他现在必须装成一个脊椎骨骨折卧床不起的病人，倘若他一旦出门让人发现，爹使的这个苦肉计就完了，他就要重新回到批斗台上去。

他一直默站在门后，望着空旷的小院，直到爹和妹夫、妹妹从墓地回来。妹夫和妹妹因怕受他这个“走资派”哥哥的连累，进院放下抬棺材的家什，便出门回家了。怀宝看见爹一个人在院里枯坐抽着旱烟，一袋连一袋，直到暮色压进院来。

3

晋莓走出剧团大门的时候，天差不多黑了，街上的路灯已挤出昏黄的光。心中所受的刺激和下午打扫剧场的疲劳，使她连步子也不想迈。出剧场沿街走几百米，是一座石桥，走到桥边时，她无力地在桥头坐下了。

晋莓望着桥下那近乎凝固的河水，心中又想起了下午的那一幕：下午，她和本团另外几个黑帮 块打扫剧场。舞台上，本团造反派新成立的毛泽东思想宣传队正在排演节目，看着舞台上那些蹦蹦跳跳的演员，再望望自己手上的抹布和笤帚，她的心中憋闷得厉害。

想当初进剧团时，因为她的嗓子和身段相貌都很漂亮，她很快就成了台柱子。每次演戏，只要她一出场，准会有掌声响起。在和怀宝结婚前的那段日子，她几乎每天都要收到男人们的求爱信，那其中有些信让她读后真是心花怒放，促使她最后选定怀宝做丈夫，除了对他的爱慕之外，也是因为县长夫人的生活最引人注目，她愿意自己此生的生活能永远吸引人们的目光。没想到生活会突然来了个颠倒，唉……怀宝……

嗬，这不是晋莓吗？一个骑自行车的男子忽然停在了晋莓身边。晋莓抬头一看，认出是县红卫兵造反总司令部的副司令蒙辛，此人早先是县文化局的一个股长，当年也曾是自己的一个狂热追求者。她知道如今不能怠慢这人，忙站起身应了一句。

是要回家吧？来，我顺路送送你！那蒙辛边问边不由分说地拉过晋莓，就要她坐在车后座。晋莓见状不好再推，只得坐上。没走多远，车至一暗影处，蒙辛的车把一歪，蒙辛和晋莓同时倒地。吃了一惊的晋莓刚要从地上站起，不想蒙辛这时已麻利地爬到了她的身上，口中一边说着：可该我来尝尝味了吧？晋莓被这突然而至的侮辱气蒙了，她用尽全身力气一把将蒙辛推了个狗爬，同时迅疾地从地上摸了一块砖头跳起来叫：姓蒙的，小心我砸死你！

蒙辛悻悻地爬起来，讪讪地笑道：你别凶，如今不是过去，我只要看中了你，你就是我的！我是真心喜欢你，我想你想了多少年了！再说，廖怀宝有什么好，如今不过是一个我随时可摆弄的东西——

晋莓没有再听，只是捏紧手中的砖头。转身就走，走出几十步后，才抬手去抹屈辱的泪水……

4

一个飘着细雨的傍晚，廖老七正在做饭，忽见晋莓拉着晴儿进了院子。老七脸上笑着，把母女俩让进堂屋后说：你们先坐，我去看怀宝醒了没有。其实怀宝那阵早听见了妻子、女儿的说话声，正急着披衣起身要过来相见。老七推门进了厢房看见儿子的激动样子，忙压低了声音说：你慌啥子？先躺下！我们还不知道晋莓来是要干啥，女人的心像小孩的脸，容易变，这年月不能不防！你要告诉她你是脊椎受伤，不能动！

怀宝对爹这话有些反感，不过听出有些道理，就只好又躺到床上。老七这才过去喊儿媳、孙女过来，说怀宝已经醒了。那母女俩进了厢房看见怀宝躺在那里浑身缠着绷带，都扑到他身上哭了。怀宝那刻被妻子女儿哭得心里发酸，也流了眼泪。

在回答了晋莓的一番问询后，怀宝就开始问到晋莓她们母女的生活情况，晋莓哽咽着说：生活上难点没啥，就是文化局那个叫蒙辛的老去纠缠我。他如今是县造反司令部的副司令，咱不敢不让他登门，可让他登门我又害怕，他总劝着要我跟你离婚，跟他过日子，我听着恶心透了。他说他不达目的决不罢休，我实在是怕出事，便领着睛儿回来，咱们一家人住一起，我也好照应你……

怀宝听得又气又喜，气的是蒙辛那个杂种，敢欺负我的妻子，狗东西；喜的是晋莓对自己的忠贞。一直站在一旁的廖老七，这会儿脸上的阴云却越来越多，急忙重重地咳了一声。

怀宝听见了那声咳，抬头一看爹的脸色，一怔，将那股冲动压下了。

晚饭是晋莓坐在床头喂怀宝吃的。饭后，晋莓去灶屋洗涮锅碗时，廖老七走到儿子床头，压低声音说：晋莓不仅不能在咱家久住，而且你还要和她离婚！

为啥？爹，你疯了?！怀宝被这话惊得一下子坐起，双眼极度地瞪大。

你想，她是被县城里造反司令纠缠上的，那司令要是发现晋莓不在县城而住到了柳镇咱家里，他势必会想法找来的；他要看见晋莓还铁着心要做你的妻子，他就不可能不想法来找你的事！如今，一个造反司令，用批斗的方法弄死你一个两个廖怀宝可是如同踩个蚂蚁！要是弄残废，那就更容易！

啊？怀宝被爹的这番分析骇愣在那儿，惊讶的他，双唇张开久久没有合上。

你仔细想想，是要一个女人还是要自己的性命，要将来的前途！他们只要把你弄残废，你这辈子就算完了，日后就是有再大的官给你当，你也当不成了！而我看这世道是早晚要变的，有乱就有不乱，一旦不乱时，说不定会再让你当县长！我还是要给你重复那句话：这世上的漂亮女人多的是！……

爹，别说了，你让我想想，求求你，别说了！怀宝朝爹挥着手。廖老七朝门口走了一步，又回了头微声交待：既然是已经给晋莓说了你是脊椎受伤，躺那里不能动，那你今晚和她睡一起时，可不能做那事，以免让她看出破绽——

爹！怀宝脸红得如流血了一样制止父亲说下去。他感觉到心里起了一股对父亲的恨。

爹终于走了，怀宝重又躺在床上，呆着眼去想爹说的那些话，尽管有那股对爹的恨在干扰他的思考，他还是想通了爹说的那番道理。蒙辛既是看中了晋莓，不到手他是轻易不会罢手的，有没有别的办法？思来想去也没有。嗨，女人呐，你他妈的为啥要长得引人注目？

晋莓在灶屋洗涮完锅碗安顿好晴儿睡下之后，来到怀宝身边准备歇息。她在丈夫的身边另抻了一床被子，麻利地脱着自己的衣服。怀宝毕竟很长时间没见妻子，一看见晋莓那雪白丰盈的裸体，怀宝激动得手打哆嗦，以他心中的那股欲望，他是真想翻过身去压到晋莓身上好好揉她一番，但他一想到自己刚才的那番决心，便猛地咬一下舌尖，在尖锐的疼痛中把一口带血的唾沫咽进肚里……

5

第二天上午，廖老七把晋莓叫到堂屋，语音沉重地说：孩子，有件事我不能不给你说明白，怀宝被他们打伤了脊椎，医生说他后半辈子要瘫到床上。他不想再连累你，他已经下了决心同你离婚，……晋莓被惊呆在那儿，好久之后才能开口说：爹，他瘫了我养活他，我决不能在这个时候离开他。老七又急忙摇头：你的这份情意我和怀宝俺们父子都会记在心里，只是你带一个孩子再伺候一个瘫子过日月可是太难；再说他还是啥子走资派，这帽子压到你和睛儿头上可是不轻，就是为了睛儿你也该离开他……

晋莓哭得捂住了脸。这当儿廖老七进屋收拾好晋莓和睛儿母女的东西，拿出来递到晋莓手上说：走吧，全当是为了睛儿！唉……

晋莓哇一声冲进厢房扑到怀宝身上，怀宝那刻闭上眼睛啥也不敢说，他担心话语里会露出什么。晋莓眼见公公和丈夫都没有安慰自己软下心的样子，再想想自己的艰难想想自己母亲说的那些挖苦话，心真如刀割。但她仍坚持在廖家住着，不过住了三天，廖老七吃饭时就黑丧着脸，一副要赶人出门的样儿。有天早饭时，睛儿嫌红薯面稀粥不好喝，廖老七就话中有话地斥道：嫌这儿的饭不好就滚回你们县城去！睛儿被吓哭了，晋莓那刻一怒之下扔下手中的碗，转身拉了睛儿就走。

怀宝在厢房听见妻子女儿哭着出门的脚步声，忍不住跳起身扑到窗前张嘴要喊，口刚张开又被爹紧忙捂住了。

晋莓和睛儿走的当天，廖老七就以自己的名义，给县造反总司令部的副司令蒙辛写了一封信，说明自己的瘫痪儿子廖怀宝决定和晋莓离婚，对她今后的生活不再负任何责任……

那天晚上，怀宝僵了似的仰靠在床头，不吃不喝双眼紧闭，哈哈！没了，啥都没了，官职、名誉、家庭、妻子、女儿，什么都没了！奋斗了这么多年，原来如此！当初兴冲冲走进县城，如今孤零零躺到柳镇，而且让娘为你担忧而死！这一切全因为当官！当官！你为什么要去当官？……

乾隆二十八年——，不知什么时候进了屋的廖老七这时突然低沉地开口。声音惊得怀宝身子一战，睁开了眼。

韩州知府赵崇光，因同僚谗害他治河不力，皇上发怒，立刻传旨把他削职为民，并遣往西北不毛之地——

途中，妻、女、儿相继病死，可怜赵崇光咽苦入胸，忍辱活下去，四年后，谗言破皇上想起赵崇光，又即封他为河务大臣，总理黄河河务，官职比原来还高出一品。不过半年时分，赵崇光又娶妻纳妾，仆从如云……

说这些干啥？怀宝直直地盯着爹爹……

6

一个无月的晚上，双耿带着姁姁来看怀宝，怀宝那刻正在让爹给自己身上的伤口换药，见二人进屋，有些尴尬，一时不知说什么好。倒是双耿先开口：怀宝哥，伤怎么样？想开点。边说边蹲下身帮着廖老七换药。怀宝想起自己当初对双耿所做的那些事，想来点解释，刚说了一句：双耿，你撤职时——话就被双耿拦住：还说那些旧事做啥？如今看来，那对我倒是一件幸事，若我还在职，这场运动中我不死也要蜕层皮了。廖老七怕两人在这个话题上扯久了对怀宝不利，急忙岔开问：双耿，听人说你在试种新小麦，可是当真？双耿就答：是的，老伯，我培育了几个高产品种，我是种庄稼的出身，不摸弄庄稼急得慌，刚好如今也有空闲，读了点农学书，就在公社院内的空地上做了点试验。只是眼下乱成这样，好品种也无法推广……

姁姁自始至终没有言语，只是默默坐在一张椅上，偶尔把目光朝怀宝一扫，又迅疾离开，临走时也只是朝廖老七点了点头。怀宝估计，姁姁是为了当年双耿被撤的事生自己的气，唉，宽恕我吧。

怀宝这段日子过得倒是安稳，只是从县城传来有关晋莓的消息令他心碎。最初的消息是晋莓成了造反副司令蒙辛的姘头，后来传说她当上了县毛泽东思想宣传队的队长，再后来又传说她同蒙辛结了婚。这每一个消息都如砍在他心上的刀，要他咬几天牙才能撑过去。

这段日子也恰恰是县城造反派组织对“走资派”批斗最积极最频繁最严厉的阶段，县委齐书记就是在这个阶段被批斗死的，消息传到怀宝耳中时，怀宝浑身陡起一层鸡皮疙瘩，一种由心底生起的后怕使他几夜没有睡熟。

这之后局面开始演变，造反派们开始内讧，并渐渐发展成了武斗，人们都在关心本组织能否在武斗中胜利，走资派慢慢被人们忘记。

怀宝开始读书，他读书主要是两类：一类是历史上关于政治权力斗争方面的书，一类是国内外研究政权更替规律执掌方法方面的书。读第一类书使他看到历朝历代的人为了维护权力或夺取权力费尽了多少心机使用了多少计谋付出了多少血泪；读第二类书，让他明白了政权形式如何随着人类生产方式的发展而不断变化，懂得了权力执政者应具备的诸样条件。像这样比较系统仔细地读书在他还是第一次，他觉得自己对“政治”这个东西更有数了，对如何掌权更有底了，他渴望尽早返回政界一试。

7

怀宝的隐居生活一直持续到县革命委员会成立。革命委员会成立后不久开始解放一批干部，怀宝便也在其中。又过了些日子，县革委派人送来了一份通知，说已任命廖怀宝为新建的双河五七干校的副校长，如果身体康复就上任，未康复仍可在家休养。

怀宝读罢通知后心中热凉参半，热的是从今以后，自己也算革命干部而不属走资派，压在头上的那顶沉重帽子总算摘了；凉的是党只让当了个干校的副校长。双河原是柳镇公社辖区里的一个村庄，从五八年起专区在那里办了一个农场，现在兴办五七干校，这里又成了专区的五七干校，去这样一个地方有什么干头？

廖老七从怀宝手中接信看过之后，不声不响地去请一位名叫沈鉴的人。这个沈鉴早年在北大教书，打了右派后回到这个小地方工作，城府很深。廖老七每次有了疑难事都向他请教，那次让怀宝摔伤就是他出的主意，怀宝也逐渐相信他的话。今天爹从他那里回来时显得很高兴，怀宝不解地问，有什么可高兴的？不过是去农场当个领工！

错，错，错！爹急忙摆手，干瘦的脸上浮出肃穆之色：沈先生说，这个副校长的位置要用你们官场的话来说：叫看似“苦差”实是“肥缺”！

肥缺？怀宝一愣，他对沈鉴的判断越来越信服，所以心情一振。

沈先生说，在双河五七干校里的人，全是原苑阳专区苑阳地委的干部，这是一批重要的人物，你去那里工作，若能保护好他们，于国于己，都极有利！

哦？怀宝的眸子一旋。

他没有再听下去，他的目光已透过墙壁，飘向十二里之外的双河，但愿沈鉴的这次判断仍然正确，命运，你已经折磨了我几年，你应该给我一个重要机会……

8

戴化章拄着铁锄喘一阵气，待喘息变匀，才去裤腰上摸出那个装了凉井水的玻璃酒瓶，拔了塞子，往口里倒了一阵凉水。心里觉得好受些了，他这才抬头去看太阳。太阳就要当顶了，可分给他锄的这亩玉米地才锄了一半，他不敢再歇，完不成任务怕又要挨田头批斗，忙弯了腰挥起铁锄。太阳的温度是越加高了，仅仅几分钟之后，大串的汗珠便又从他消瘦多皱的脸上涌出。他没有停，也不敢再停。

戴化章做梦也没想到，身为副专员的他，有朝一日会被拉到柳镇双河干校锄地。锄地他倒不怕，自幼就干惯了活，尽管因为这些年有病身子虚弱，干一会就喘得接不上气，但干活他能忍受，他就是觉得委屈。我戴化章自参军到现在出生入死任劳任怨，对共产党从无二心，为什么要对我这样？毛主席呀，你老人家究竟是怎么回事？

太阳的温度在继续升高，他再一次觉到了头有些晕，便停了锄，又去摸裤带上拴的那个玻璃瓶，他刚刚喝了一口凉水，背后突然传来一声冰冷的低喝：戴化章，你又在偷懒！

没，没。戴化章慌忙扭过头来，一看见是他们这个学员队的副队长，心立时一沉。

没？那副队长讪笑着走近前来，没有你怎么才锄到这里？嗬，你干活时还敢喝酒?！他边说边猛从戴化章的手中把那个玻璃瓶夺过，啪的一声摔碎到田埂上。不是，那不是酒！戴化章急忙辩解。你这个死不改悔的东西还敢犟嘴！他啪地打了戴化章一个耳光。脾气暴躁的戴化章双眼一下瞪大，将目光中的愤怒向他砸来。你瞪什么眼？他扬手啪地又打了他一个耳光。戴化章被打得身子一晃倒在了地上。此时，几十米之外的田埂上，默默站着新任副校长廖怀宝，今天是他到任后的第一次田间巡查。他已经看出了那挨打者是谁，但并没有立刻赶过去劝止，他先是感到惊异，在他的印象中，戴化章一直是个威风凛凛的领导，可现在一个普通管理干部竟然随意打他的耳光。唉！我们每个人都有命定的劫数，戴化章，为了你曾经羞辱捆绑过别人，你也尝尝这耳光吧！

就在怀宝要抬脚向前走时，忽见戴化章摇摇晃晃地又从地上站起来，瞪了眼嘶声问：你为什么打人？我打你了，怎么着？那副队长双手叉腰站在那里嘲弄地反问。但他的话音未落，只见戴化章忽地抡起手中的铁锄，径向那副队长的腰部砸去。怀宝只听噗地一声闷响，那副队长便重重倒地滚了起来。怀宝被惊呆在原地，那一刹他又想起了戴化章当年挎枪出现在柳镇街上的威武形象。这当儿，跟随那副队长一块来的一直站在一旁看热闹的另外两个工作人员，已冲上去扭住了戴化章，一边叫骂着一边在他身上乱擂。

怀宝快步上前高声喝问：怎么回事？那俩人闻声凶凶地扭过头来，待看清是新任的副校长，才大声解释：这家伙竟敢行凶打我们队长！看我们揍死他。说着就又动起手来。这时围观的学员们只默默站一边看。戴化章早已被打得满嘴是血遍身是伤，但他执拗地站在那里并不求饶。怀宝冷冷地对那两个管理人员叫道：算了，现在打死他算是轻饶了他，把他带回校部，看我们怎么惩治他！那两个闻言住了手，悻悻地弯腰抬起仍在地上滚动呻唤的副队长，走了。

9

夜色将双河干校完全罩起的时候，怀宝手拿一张纸片，匆匆向临时关押戴化章的那间平房走去。门口负责看管的一个青年为他开了门，刚迈过门坎，墙角就响起一个暗哑愤怒的声音：要杀要剐快动手，老子活够了！

不杀也不剐，但要关你六个月禁闭！怀宝说着扬了扬手中的纸片，这是校领导的决定！

廖怀宝，看在我们曾经在一起工作过的面上，给我找点老鼠药来，我实在不想活了！戴化章的声音带着哀求。

想死？怀宝缓缓走到戴化章身边，猛将一个荷叶包放到了他的手上，好吧，给你！戴化章有些意外地打开那包，里边露出的是两个温热的馒头和切成片的酱牛肉。你？戴化章的嘴唇开始哆嗦。

吃吧，吃完了再说。怀宝在他面前慢慢蹲下身子，压低了声音责怪道：为什么只想到死？你要死了，那在苑城的嫂子和孩子们咋办？你怎么不替他们想想？

两滴浑黄的泪水，开始在戴化章的眼眶里晃动。

告诉你，关你禁闭的决定是我分别说服几个校干部做出的。怀宝的声音压得更低，你的身体不是有病么？我要你用这段时间把身子彻底养好！外边的这个看守是我特意挑的在咱柳镇长大的小伙，心眼儿不错，他从明天起会给你送吃的喝的，你每天吃饱喝足之后，就是休息。有外人来时，你要装出读语录反省检查的样子，后边的小院里可以散步、晒太阳，还可以听听广播节目什么的。怀宝说着，又从口袋中摸出一个袖珍收音机放到戴化章的手里。

怀宝——戴化章的声音里带了哽咽。

老领导，怀宝轻轻拍着他的肩膀，我是你带出来参加工作的，没有你，就没有我今天的一切，就让我用这个法子来对你做点报答吧！

几滴泪水从戴化章颊上滚下。

这苦日子也许不会很久，国家这么乱下去不行，早晚需要你们这些老干部……怀宝低低的劝慰渐渐变成了自语，他又想起了沈鉴的那些话，但愿他的那些话能够再应验，但愿起用老干部的那一天能够到来，但愿我的心机不是白费！

10

太阳正在缓缓西沉；风从远处正掰穗子的玉米地里刮来，带有一股微微的新粮的香味；几只鸟儿在暮空中上下翻飞嬉戏。

戴化章禁闭不过两个多月，他原本虚弱的身子已完全恢复正常，脸上已很有些红润，走路再也不发软再也不觉无力。两个多月来，他得到了最好的照顾，中间虽开过几次批斗会，但廖怀宝每次都借口说他头晕怕出危险，使得批斗的时间很短。他吃的除了供应的那份之外，还有怀宝让人偷偷送来的各样东西。这一切都应该感激怀宝！没有他！说不定自己早被批斗死了。感激老天爷让我在柳镇发现了这个小伙！今天是我四十八岁的生日，倘若此生还能重新工作，头一个任务就是要向上级推荐这个小伙……

咳！看守在门外发出了信号：有人来。他急忙走进室内，坐下摊开了那本毛选。门开了，从熟悉的脚步声中他辨出来者是怀宝，忙欢喜地站起。老领导，我记得今天是你的生日，对吧？怀宝笑微微地说。哦？你还记得这个？戴化章心里一阵感动，他哪里晓得，怀宝是从看守嘴里听说的，而那年轻看守又是从他的自语中知道的。你在这干校里还有哪些朋友？怀宝问的一本正经。朋友嘛，戴化章不知他问这何意，略一沉吟，说：老黄，就是地委的黄书记；老霍，就是地委的霍副书记；老艾，就是……平日要好的就这么几个人！好，你稍等！怀宝听罢走出门去，径去校部见了校长，说他琢磨了一个斗臭戴化章的好法子，叫“禁闭室小型对揭会”，主要让他当初在台上的老搭挡来当面揭批。校长点点头说好，怀宝便去给各大队打电话，通知当年的黄书记、霍副书记、艾专员、盖副专员和古部长速到戴化章的禁闭室去。不一会儿，五个干校学员便老老实实战战兢兢地来到了禁闭室门口，怀宝严肃地领他们走进屋去，屋内一灯如豆，五个人看见戴化章坐那里却都不敢随便开口招呼。戴化章乍看见几个老朋友一齐进屋也有些惊异，屋里出现了短暂静寂，怀宝就在这时低低地开了腔：今天是戴副专员的四十八岁生日，他很想邀你们这几个老朋友来喝一杯，我便用这个法子把你们请了来，来，拿住杯！怀宝从口袋中掏出几个小酒杯给每人手中递了一个，尔后又从门外的暗处摸出一瓶葡萄酒给每人的杯中斟满。戴化章已从惊愕中醒了过来，此时低声喃喃一笑，说：感谢怀宝一番好意！含泪把怀宝如何设计救他让他在此处疗养的事情说了一遍。众老友看看戴化章脸上的健康肤色，才知其中无诈，释了怀疑，才激动地相互碰杯喝酒。三杯酒喝罢斟第四杯时，怀宝说：刚才那三杯是你们为祝贺戴副专员生日喝的。这第四杯，是我这个下级敬你们这些老领导的！你们过去是我的上级，现在还是我的领导，从今往后，只要我廖怀宝在干校干一天，我就要想法让你们少受一天折磨，你们如果生活中有了什么困难，只需巧妙地告诉我一声就行，我会尽力办！同时请你们放心，即使一旦出了什么差错，我廖怀宝一人承担，决不会让你们受什么连累！来，喝！请接受一个下级和部属的一点敬意！长期遭受呵斥、批斗、打骂、侮辱的这些当年的领导者，都被这番饱含感情充满敬意和热爱的话语搅得心里发酸，一时间每人眼中都有泪光在闪，几只酒杯哨啷一碰，酒液便和着感激和激动咽下肚去……

11

气候转变的征兆到底来了，一个阳光灿烂的上午，艾专员接到了省革委命令，要他立即赶到苑城任生产指挥部的副指挥长。几个朋友在戴化章那里为老艾送行，大伙希望怀宝也去参加。怀宝心里生出了兴奋，老艾的复职是不是一种信息？一种要起用老干部的标志？不管怎么着，老艾复职了，这是自己投资的第一笔收获！几年来，怀宝不仅保护了戴化章，还以照顾病人为由把地委黄书记的爱人从另一个农场调到了这里，让他们夫妻得以团聚；他把霍书记的两个孩子安排到柳镇的工厂里当了工人；用巧妙的办法推荐艾专员的女儿上了大学……

他把这一切都视为投资！自然，政治投资和商业投资一样，也要冒风险，也正由于此，他获得的感激也就越大。艾专员当了副指挥长，这是一个好兆头！

快来，喝三杯！戴化章、艾专员几个人亲热地围上来，把酒杯捧到怀宝面前。艾专员激动地握住他一只手，声音颤颤地叫：怀宝，没有你的照顾，我这把骨头许已埋到这双河干校了，从今往后我们就是最亲密的朋友，我回苑城后，你若在生活上需要什么，尽管开口！……

怀宝轻轻地摇着头，微笑着说：我什么都不需要，只希望你保重身体！而他心里却在叫：我别的回报都不要，我只要一个满意的职务，我是在仕途上跌倒的，我还要在那里爬起来！……

12

哀乐是清晨开始在柳镇街上的大喇叭里响起来的。廖老七一开始并没辨出那音乐的性质，走到门外时他听出了这音乐的异样，如咽似泣，他有些惊异：出了什么事？随即，他从喇叭里听到了那个消息，他那浑黄而机警的眼珠一个惊跳：他死了？

那个曾经给他这个贫苦之家带来过幸福的人死了？他缓缓地走回到住屋，朝着墙上那个庄严的画像，扑通跪下了双膝，呜咽着叫了一句：你老人家不该现在就走，我儿子还在干校里，正等你——

他蓦地记起了沈鉴的那些话，心中打了个寒噤：莫非这同时也是一个机会？会发生什么事吗？会再出现那么一个人，再给我廖家带来福气？他慌忙又向那画像作了一个揖，口中喃喃道：求你老人家原谅我的不恭之想，我实在是替我的儿子着急……

廖老七的祈祷有了回音。调怀宝去地区报到的电话很快来了。

自从那显赫的四个人被批之后，怀宝心里就断定，自己的生活就要有一个变化了！两个月前，戴化章随最后一批老干部返城工作之后，他心中对这一天的到来更有把握！

干校的校长似乎也从这则通知中感受到了什么，今天早晨执意要给他派一辆吉普车送行。会是一个什么消息在等着？恢复原职？外调别县任职？上调专署、地委当局长、部长？……

车在他的七思八想中驰进苑城。他有些不安地走进地委办公室，那值班员听完他的自我介绍后便很客气地告诉他：黄书记和戴专员正在等你，请跟我来！怀宝尽量放轻脚步跟在那人的后边，他忽然莫名其妙地想起曾经在一本书里看到的一句话：有时一个人的命运在几分钟内就可以决定，历史在决定人的命运时通常很吝惜时间！

一间办公室的门开了，黄书记和戴化章几乎同时看见他又同时起身含笑向他走来，怀宝，你知道，文革结束了，积重难返，百废待兴，我们的民族已到了危亡的边缘，人民迫切希望我们党扭转局面，党需要经过考验的干部……黄书记一字一顿地庄严说道。怀宝眼一眨不眨地盯住他的双唇，恨不得钻进他的嘴里把他后面要说的结果看个明白。

……考虑到你在文革中的表现和你的工作能力及水平，地委决定调你来地区任常务副专员……

怀宝的心脏先是骤然一停随即又猛地加速跳动，他用了全身的力量才算把心底涌出来的那股狂喜压下去，平静地表示了态度：我很感谢组织上和老领导们对我的信任，只是我担心自己水平太差，难以胜任！

我们相信你会干好的！好了，先不说这些，走，去老戴家，今天中午他请客，我们边吃边聊。

这……

走吧！一直微笑着坐在一边的戴化章用拳头捶了一下他的肩膀，你在干校照顾了我们几年，今天中午，该我们照顾一下你了！今日你不喝醉就休想离开！

走出办公楼时怀宝才第一次注意到，今日的天蓝得纯净可爱，一切都很美好！

13

在橙州县委招待所吃罢晚饭，怀宝说他想去看个亲戚，避开了随行的几个干部，径向县府家属区那个熟悉的小院走去。他这次带着地委工作组到橙州，任务是了解揭批查情况和领导班子建设状况，下午一进城，生出的第一个愿望就是去看看晋莓和女儿，十年没见，现在的晴儿该已经长成一个很高的姑娘了吧？

县城比以往干净多了，但街两边的房屋墙上，偶尔还可以看到漆写的标语：橙州县委要向无产阶级革命派交出权力！……怀宝无声地笑笑，权力真是一个极好的东西，人创造出它实在是一桩很大的功绩，它转瞬间可以使人步入天堂，也可以转瞬间使人沉入渊底！怀宝边走边漫无边际断断续续地遐想着。他戴着一副墨镜，不想在这种非正式的场合让人认出。明天，县里要召开干部大会，他要在会上讲话，那时，人们会向他鼓掌欢呼的。

他心情轻松地敲了敲门，晋莓把门打开时问了一句，你找谁？他笑了笑，没应声，直盯了她的脸看，她那张早先漂亮的面孔已经有了衰老的痕迹，眼中也少了神采。晋莓这时才认出了来人是谁，惊得哦了一声。

一个面色颓唐的男人正仰在沙发上吸烟，怀宝估计这就是那个蒙辛。杂种，爷们来看你的下场了！他冷冷地盯了对方一眼。那蒙辛一怔！接着呼的一下跳起来叫：是老县长，哦不，是廖副专员来了，快坐！

怀宝稳稳地在沙发上坐了，微笑着环视这房间里的东西，他看见了那张宽大的床，一股尖锐的疼痛立时从心区那儿传出来——他仿佛已经看见赤身的蒙辛和晋莓在那床上滚动……

睛儿在家吗？为了抑制心中的疼痛，他转身问晋莓。

她已经上了中学，住在学校里。晋莓的话音很冷漠。

廖副专员，我想知道组织上对我如何处理？蒙辛这当儿一边恭敬地给怀宝递烟一边问。

这个嘛——怀宝故意拉长了声调，他注意到蒙辛的脸上现出紧张。关起来是一种，回原单位劳动改造是一种，开除工职后遣去山区也是一种，就看问题的性质和你的态度！

我在运动中是真心想做一个无产阶级革命战士的，我希望能够……蒙辛的话里带了哭音。

要相信组织！怀宝打了一句官腔便站起了身，现在应该走了，去学校看看睛儿，这个屋子已经没有什么看头和想头了。

晋莓和蒙辛送他到了院门外，蒙辛停步的时候晋莓还跟在他身边走。怀宝听着晋莓的脚步声，心中暗暗揣测：她要说点什么？要求复婚？关于睛儿的扶养费？为蒙辛求情？……终于，她停了脚步，声音平静地问：廖怀宝，你的脊椎不是断了吗？

噢，是……当然……后来治好了。他没料到她会忽然问起这个问题。

嗬嗬嗬。晋莓笑了，笑声出奇的冷。我在想，你什么时候才能对人说句真话呢？

你这话什么意思？

你的脊椎从来就没受伤！晋莓的眼一下子瞪了起来，脸上现出了仇恨。

谁……谁说的？怀宝有些慌。

一个女人！

女人？哪个女人？

一个很了解你的女人我的姁姁姐姐！怎么样，吃惊了！晋莓把嘴角高高斜起。过去，我很少听说过一个男人会把自己的妻子朝别的男人怀里推；后来，我总算见识了！晋莓咬着牙说。

你别误会——

我误会什么？我只想告诉你一句：你干的这个行当有点像我们演戏，有上台也有下台！晋莓说罢，猛然转身走了。

怀宝被惊呆在那里……

七

1

怀宝在常务副专员的位置上很快就熟练地干了起来。上级来了文件，自己加几句“此件很重要现转发你们”等，马上转发下去；上级来了电话指示，立刻再用电话通知到各县市；去上边开了会，回来再照样开个会贯彻下去，并不要费多少脑筋。此外，怀宝还注意抓住两条：一是吃透戴专员的心思，他已经越来越意识到戴专员对自己的重要，自己的每一次提升，都是因为他的提议。自己工作的好坏应该以戴专员是否满意高兴为标准，他不满意不高兴，你做的再多也是白搭。二是抓好宣传，怀宝和省各新闻单位驻地区的记者们以及地区的报纸、电台、电视台的记者们关系都处得很好，这样就保证了自己做出的任何一点成绩甚至一个举措，都能随时宣传出去。你的工作成绩再大，不宣传出去不让上级领导知道不也是白干？

怀宝如今的生活条件也变得越来越好。他一人住一套三室两厅的单元房，煤气、暖气、电话、太阳能热水器样样都有，白天出门有车，晚上娱乐有电影、豫剧。吃饭更不成问题，上边省里来人指导工作，周围地、市来人办事，办公室要招待，他是单身，刚好作陪。每当他在宾馆里那漂亮的旋转餐桌前坐定，看着满桌的山珍海味，接过女服务员递来的喷香的热毛巾去擦脸时，他差不多都要想起过去和爹爹一起，在柳镇邮局门口摆一个破旧的条桌代人写信的情景。他十分喜欢追忆往事，为的是好跟眼下的安逸加以对比，这样越比就越觉得舒心幸福。

一年多以后，他把父亲用丰田轿车接来同住。他原也打算把晴儿接来的，但晴儿执意不来。接父亲那天，父亲感叹地说：过去的知府大人，至多是坐个人抬的轿……

日子多好啊！

当然，有时候，他也感到了孤寂，那是他在忙完一天工作回到家舍的时候，那时他会不由自主地想到女人，一种隐秘的对女性的渴望会从心中升起。工作中他接触到的女人很多，他知道如今找个女人成家很容易，但他也认识到这可能是自己的最后一次婚姻，在处理时必须凭理智而不能凭感情，这次婚姻必须有利于自己在政界的发展而不是相反。

机关里不断地有人来给他介绍对象，其中只有两个引起了他的重视，一个是宣传部新闻科一个搞新闻的姑娘，工农兵大学生，人长得和晋莓当年一样漂亮，而且文章写得好，名字不时在报上出现，这样的姑娘结婚后会是工作上的一个好帮手；另外一个是计划生育办公室的一位科长，是个没有孩子的年轻寡妇，也才二十八岁，貌相比新闻科的那位姑娘要略逊一筹，但她有一个哥哥在给省里一位书记当秘书，这一点让怀宝不能不重视。怀宝知道在今天的政治生活中秘书是无冕之王，领导人的决策很多都要依赖秘书，秘书对一个人有了恶感，这个人的提升命令就很难在领导人那里通过；秘书对一个人有了好感，那个人提升时就比较容易。戴化章年纪已大，离退休已经不远，自己应该预先再找一个靠山。省委书记的秘书不能小看。

对于这两个女人，怀宝在感情上更愿要第一个，又漂亮又是黄花姑娘，总比一个寡妇有味；但在理智上他又倾向于第二个，毕竟前途重要。如果靠她哥哥的帮助能在政界再有一番发展，再登几个台阶，那咱这一生也算辉煌了。其实人生就是一个登台阶的过程。一个人不论他从事什么职业，都有一长溜台阶等着他去登。你做工，就要顺着一级工、二级工、三级工这些台阶登；你教学，就要顺着助教、讲师、副教授、教授这些台阶登……没有人不需要登台阶，你就是什么也不干，是女人，你也要顺着女儿、妈妈、奶奶、祖奶奶这些台阶登。既然登台阶对人不可避免，而且谁登得高谁就受尊敬，那就不能责怪人们为寻找登台阶的工具所做的努力。我此生从了政，政界的台阶又特别难登，我为此去寻找一根助登的拐杖不能说是不光明！……

怀宝思虑来思虑去，最后还是理智占了上风，决定要第二个，也就是那个寡妇！

因为是再婚，怀宝不想把结婚仪式弄得很张扬，况且他知道这种事太张扬了容易引起人们反感，会损害自己的威信。喜酒只办了一桌，除去媒人和岳父岳母之外，他只请了戴化章夫妇两个。

新娘的名字很好听，叫夏小雨。不过办起事来可不像小雨那样悠悠缓缓，而是风风火火泼泼辣辣。新婚之夜，小雨乒乒乓乓打开她带来的两口木箱，把三种规格的男用避孕套和两种型号的女用避孕膜以及说明书都啪啪扔到怀宝的面前说：你愿用哪一种你自己挑；你不想避了让我避也行，反正咱不能一上来就要孩子，我还想过几天快活日子！这种非常坦率的举动和话语令怀宝一惊，不过他也只能笑笑说：我来用吧。

新婚之夜过得倒是很尽兴，小雨不愧是在计划生育办公室工作，对做这种事懂得很多，一切都是她来引导，怀宝失去了当初同姁姁、晋莓做这事时的那种主动权，快活倒是快活，他总感到少了一种味道……

2

婚后不久，怀宝便催妻子小雨领他去省里拜见她那位秘书哥哥，小雨也想把自己的新丈夫领去让哥哥看看，两个人便很快动身了。

小雨的那位秘书哥哥显然很高兴妹妹又成了家，很满意妹夫的长相、谈吐和身分，对怀宝很亲热。怀宝和这位秘书虽然年龄不相上下，但他每逢开口必先叫哥，叫得那位秘书很舒服，两人谈得很投机。当怀宝把话题扯到政界扯到下边的人才上边很难发现时，秘书哥哥笑笑说：不要操那些心，你先在下边好好干，以后自会有人发现你。这句允诺让怀宝心里很熨贴很快活，以致当晚睡觉时又搂住小雨亲了好久，心上觉得要了小雨这个小寡妇还真是值当。

怀宝和小雨临离开省城和秘书哥告别时，秘书哥哥又透露了两条消息：一是今后用干部，要看他能不能坚持改革开放并在改革开放中做出实绩；二是苑城地区要撤区改市，苑城变为省辖市后，戴化章可能要来省里工作。

怀宝和秘书哥握别上了火车，在车轮的铿锵声中，他一直在思索着这两条消息。看来，自己也必须赶快行动起来，尽速在改革中亮出几手，自己前一段一直担心改革开放的政策会变，犹犹豫豫不动手，甚至跟着别人喊了几句发展市场经济是搞资本主义，如今看这是失策！既然改革的风刮大了，你就不能不动，否则风头就会让别人出了，好处就会让别人占去。可是怎么改革？改革什么？作为副专员，改革哪一点才能迅速引起众人注目引起舆论关注引起领导重视？精简行署的机构？这是个敏感问题，倒是容易引起上边注意，但这里边会有风险，不，不能改这个。那么就先抓引进人才？这桩事倒可以办，用优厚的条件引进外地的人才！凡来苑城工作的各类科技人员，除安排住房安置子女入学就业外，外加五万元安家费。这是一件保险的事，被引进的人才都会感激自己。而且五万元这个数字也会使新闻界感兴趣，这件事自己一抓就会上报纸……

苑城改成省辖市后戴专员上调，这对自己又是一个机会，自己是常务副专员，如果在引进人才这项改革中有了成绩和声誉，加上戴专员的举荐，再有姻兄在上边的活动，未来的苑城市长应该是自己的！……

火车正把两边的田野快速地向后扯去，怀宝望着车前方一块迅速移近的开满金黄色花朵的油菜田，强抑住心中的快活想：在前方等待我的，一定也是这金黄色的东西，倘是这一个目标实现，爹定会更高兴，便会说省辖市的市长相当于过去的巡抚或道台。道台大人！他倏然间想起豫剧舞台上的这个称呼。哈哈哈……

怀宝无声地笑了。

一直坐在旁边望着窗外景色的小雨，看见丈夫笑得开心，以为是车窗外的美景感染了他，便也欢喜地说：这景色多美啊！

多美啊！怀宝顺口接了一句，但他很快又沉浸在自己的思索里……

火车正飞也似的向前奔去……

腊 月 谣

王祥夫

一

李乡长舔舔嘴唇开始念区里的文件的时候，高小林就看见李建成不停地朝这边做鬼脸。等到李乡长开始念扶贫人员的名单时，李建成就不再做鬼脸，他这才听出这个扶贫文件是区组织部下的，这次扶贫不像是以往的扶贫要派人下去，而是所有党员都有份儿，人不用下去，一个党员包一户，只要按规定到年底给钱就行，会场马上热闹开了。“怎么是一个党员扶一个贫困户?”李建成小声问高小林。“咱们四个月没发工资了跟谁说？跟煤台说?”高小林说。这句话让李乡长听到了，李乡长往这边看看，他也只能苦笑，麻子玉乡的干部为了集资建煤台已经有四个月发不出工资了。“咱们只好也去火车站卖冰棍了。”李建成说，人们就哄地一笑。“就你那嗓门儿，还卖冰棍?”高小林说，周围的人又哄地一笑。不是党员的人便一个接着一个往起站，都显得很轻松，偏偏这时候张粉菊却站了起来，嗓子细细地说：“我不是党员也想扶一户行不行?”高小林知道张粉菊一直在写入党申请书，所以平时工作很积极，高小林正坐在张粉菊旁边，就拉拉她，让她坐下来，“你不如扶扶李建成的贫，离的又近。”李建成听了高小林的话，马上说：“她扶我我也不让她白扶，我在精神上也要扶扶她。”他这么一说，高小林就马上说“恐怕不是‘精神’两字吧，只怕是一个‘精’字。”这话也给李乡长听到了，李乡长便笑，忽然不笑了，说：“还没散会呢，还有两个文件，都乱什么乱?”又对张粉菊小声说：“你提的事，我可以向区里反映一下，是好事，我想不会成问题吧。”张粉菊是认真的，又嗓子细细地说：“要是区里同意，我真要扶一户呢。”乡里的人们都知道，全麻子玉乡最数张粉菊有钱，她男人冯敢死这几年开煤窑开得家里没有金山也得有个银海。

李乡长就又继续念关于计划生育的文件。

李建成又笑嘻嘻低声对张粉菊说：“你先考虑考虑我，乡里要是再不开资，我也许要绑架你。”李建成忽然用手摸摸张粉菊的肥腿，忍不住笑，想起昨天李乡长讲的那个笑话了，想一想，还是没有对张粉菊说，忽然又说煤窑前几天丢车的事。

“都不许说话，听好了。”李乡长停下念，又说。

乡里开会向来都是这样的，乡长念乡长的，别人说别人的。

“咱们真是不能活了，”李建成又小声说，指指在一边不出声的王文健，“昨天黑夜又和他小妈打架了，”李建成朝王文健努努嘴又在脸上摸摸，张粉菊和李建成便明白了王义健脸上是怎么回事。“他女人也太那个了，不就是四个月没发工资，”李建成说，忽然不说了，昨天，他女人，因为猪蹄的事也和他狠狠吵了一架，昨天他三岁的儿子非要嚷着吃猪蹄，他女人便下去买，却只买一个上来，李建成只笑嘻嘻说了一句，“你可真会过日子。”他女人就和他吵起来。“你四个月没往家里拿一分钱还想吃猪蹄?”直到今天早上，李建成女人还气鼓鼓的。

李乡长已经念完了文件，因为近四个月开不了工资，李乡长在各方面都放得很松，什么也不好说，比如一有什么说法，下边的人便马上会说“四个月不给人们发一分钱，还说什么大展鸿图的事。”这几天，李乡长和陈书记就到处忙着想给人们弄点钱先发一个月的工资，因为眼看天要大冷了，人们这几天又要储存冬天的菜，又要把冬天的煤准备好，到处要钱，再不给人们发点钱救救急，真是说不下去了。

“下午就把扶贫名单给你们发下去，谁扶谁，都别闹错了，到年底区里要验收呢，还有不到两个月的时间。”李乡长念完了文件又说，下边又一阵阵乱。

“不入党哪有这事。”李建成小声说。

“怎么说这种话，你现在又不是没有饭吃?”坐在那里老半天不说话的陈书记忽然说，忽然看定了李建成。

“我现在口袋里也只有伍毛钱了，刚好只能吃半碗面条。”李建成说。

“你别叫苦，你扶村里的党员贫穷户，村里的被你扶的那一户还要再扶一户呢，什么叫互相，别忘了。”陈书记说。

“还有这事?我怎么没听清?”李建成说。

“谁让你开会总是乱说话。”陈书记说。

陈书记站起来，他要张粉菊跟他到他的办公室来一趟，昨天李乡长和陈书记商量好了一个可以救急的办法，他要跟张粉菊谈谈。

“你来一下。”陈书记对张粉菊说。

“去吧，这回你可是火线入党。”李建成在后边做个摸张粉菊的屁股的动作。

陈书记、李乡长和张粉菊一走，会就散了，人们各回各的办公室，高小林对李建成说“你猜猜头儿找张粉菊说什么?”“那还用猜，”李建成说：“左不过是借钱，想跟张粉菊男人的煤窑里借些钱，给乡里的人们开一个月的工资。”这事，李建成昨天已经听到了。昨天，李建成在李乡长办公室送一份请帖，在门外听见李乡长和陈书记谈给人们发工资的事。“也只有这个办法了。”李乡长说。

“你说张粉菊男人会不会借，不是个小数字。”高小林说。

“要是有交换关系也说不定。”李建成说。

“啥交换？做这?”高小林做个手势。

“你就知道这个，比如，咱们头儿真答应给张粉菊入党。”李建成说。

“不会吧，那叫做成啥事了?”高小林马上说。

“看你这个囔头，狗急了还跳墙呢。”李建成说。

“你跟张粉菊一共借了多少了?”高小林问李建成。

“三千了。”李建成。

“多少的利息?”高小林又问。

“比银行低一点儿。”李建成说。

“真是扶的狗日的贫，四个月不发工资还让咱们扶贫。”高小林说。高小林还没结婚，虽然和父母在一起过，一连四个月拿不回钱，心里也不是滋味。

“我也准备跟张粉菊借点钱。”高小林说。

“你干脆吃她的软饭算了，还愁抽烟吃饭的问题?”李建成说。

“小心老王听见。”高小林朝那边看看，小声说。

李建成和高小林去洗澡。星期五是乡澡堂开门的时间。到了后院澡堂门前，却见澡堂门关着，一问，原来是烧锅炉的煤没有了，“别说洗澡，过两天取暖都成问题。”锅炉房的老王驼着背正在地上弄煤面，说。

“你比我们好，我们还得扶贫呢。”李建成对老王说。

“我也是党员，我也有义务，我也要扶一户。”老王忽然直起腰，很正经地说。

李建成便看看高小林，老王的口气让他觉得很意外。听老王的口气，老王倒好像很愿意扶。李建成和高小林忽然都觉得很好笑，莫非老王捡破烂真捡出了宝。

“你倒好像很愿意？”李建成便说。

“党员咋也不能和一般人一样吧。”老王说。

“你这岁数不用了。”李建成对老王说，老王退休已经有几年了，因为没有家，也没女人，就继续留在乡里，老王的党龄可能是乡里最长的，一九三九年入的党，当了三十多年的兵，不知怎么搞的就落到烧锅炉的份儿上。晚上就睡在门房里，春天的时候，门房张必富回了老家就再也没回来，老王现在还算门房。

“真不能洗了？”李建成问老王。

老王忽然好像生了气，驼着背一起一伏走了，走出一截子，猛地回过头来，说：“我老，我再老也是个党员。”

高小林看看李建成，忽然想笑，却又不敢笑，等老王又掉过脸走远了，却听李建成小声说：“这老家伙是不是有毛病？”

高小林便大声笑起来。

二

张粉菊的男人冯敢死是麻子玉乡北榆涧的人。

李乡长和陈书记两人进到冯敢死的办公室里时，冯敢死正在骂人。冯敢死人很胖，头很大，鼻子更大，看外表，就根本不像是个粗人，戴着副眼镜，因为有一只耳朵聋了，说话的声音总是很大，鼻子不但大，上边还有许多细碎的小坑儿，不但有许多极细碎的小坑儿，而且红，红得十分鲜艳。冯敢死在骂办公室的小罗。因为上午小罗带了一个人悄悄下了一趟井，那个人是小罗的老师，说是想写一篇文章，但就是没见过井下骡子拉煤，小罗的这个老师说过好长时间了，今天就忽然来了，没办法，小罗就只好带老师下井看，看在井下赶车拉煤的拉煤户，看井下的那种骡子车。不知怎么这事就给冯敢死知道了，无论小罗怎么解释，冯敢死的火气也消不下去。小罗说只带老师在大巷道看了看，又看不到采煤的地方，“放你妈的屁呢，看拉车也不行。”冯敢死说。

冯敢死的煤窑和所有的小煤窑一样，最忌讳的就是让外人下井看东看西，因为和所有的小煤窑一样，冯敢死的小煤窑也是留着国家划给自己的采煤区不采，专门偷挖附近大国营煤矿的煤。这是秘密。“我操死你个妈呀！”冯敢死骂小罗，小罗也还陪着笑脸。“我操你妈行不行？”冯敢死又说，“我操你妈不行吧，你不愿意吧，你带人下井乱看一气就顶操我妈呢。”冯敢死说。冯敢死已经骂了好一会儿了，这会儿也不想骂了。正好李乡长和陈书记也从外边走了进来，李乡长和陈书记一进来，小罗就赶忙往外走，“回来！”冯敢死又大喊一声，“你小子往哪走，你不给乡长书记倒水？”

小罗陪着一脸的笑倒水去了，一会儿端了水来。先给冯敢死，后给李乡长和陈书记，递完水准备出去，又给冯敢死一声断喝喊住，“你回来，你咋给倒的水？”冯敢死问小罗，小罗陪着笑脸，愣在那里，不知该怎么说话，“你咋能先给我倒？后给书记和乡长，我敢比书记乡长大？你他妈倒会给我加罪呢，重来。”冯敢死说。李乡长忙说“不必了，都一样。”“哪能一样，”冯敢死说：“倒了，再重来。”“要来你重来，我就这杯了。”陈书记把自己那杯端起来，不看冯敢死。

小罗便又重新倒了一回水，这次是先要给陈书记，陈书记不让重倒，他便再给李乡长倒，然后，又毕恭毕敬给冯敢死倒了一杯。冯敢死忽然又笑了，轻轻拍了一下小罗的脸蛋儿，说：“你说我骂你骂得对不对？”小罗没说话，眼里却一下子涌上了眼泪，

“出去吧。”冯敢死忽然又烦了，大声说。

小罗出去了，脸红红的，眼也红红的。

陈书记看着冯敢死，呷了一口茶。

“我养这些人还不如养条狗呢。”冯敢死让李乡长和陈书记往沙发上坐，他也坐到沙发上来，沙发上有中午打完没收拾的扑克，乱糟糟一大堆，冯敢死就一屁股坐在扑克上，忽然用手在屁股下摸摸，摸出个蓝塑料壳子打火机来，再摸摸，摸出一盒早已给他压得扁扁的红塔山来，抽出一支看看，已经压碎了，冯敢死把这盒烟攥攥，扔了，又站起来，从抽屉里取出一盒儿没拆过的。

“二位头儿，有啥事，说吧。”冯敢死说。

李乡长瞅瞅陈书记，陈书记在看茶几上的一张报纸，报纸竟是春天的，陈书记看看不对，又扔开，抬起脸看冯敢死，忽然笑了，说：

“我们俩是到你这儿讨吃来了。”

“我还跟人讨吃呢。”冯敢死马上说，他早见惯了这种事，不用问，他已经猜出了八九分。

“你讨吃？”李乡长马上在一边说：“你拔根汗毛比别人腰还粗！”

冯敢死就嘻嘻嘻嘻笑，他知道，李乡长说这话是亲热的表示。

“又咋了？”冯敢死说。

“你那只耳朵也他妈让驴毛塞住了，乡里头已经四个月了没开资，想跟你先挪借挪借给人们开一回资。”李乡长说。

“吃顿饭我还支应得起。”冯敢死说，话外之意不难听得出来。

“这一回给你利息，比银行高一点行不行？”李乡长说。

“要多少？”冯敢死马上说。

“乡里头上上下下怎么也得要三十多万。”李乡长说。

“多会儿还我呢?”冯敢死说。

“快年底呀，年底回来钱就先给你。”李乡长说。

“那就到明年了，那可不行。”冯敢死马上说。

“下个月?”陈书记说。

“我看看能不能回转来，过几天再说吧。”冯敢死说。

“等米下锅呢，还过几天!”陈书记说。

“又不是数九天买皮袄着急啥?”冯敢死笑嘻嘻说。

“现在是光屁眼儿，没裤子还顾得上买皮袄?”李乡长说。

冯敢死就又嘻嘻嘻嘻笑。他忽然想起件事来，就是前几天三友集团公司找他谈过的要想在麻子玉乡北边的路边办煤台的事，这件事一旦要办，非得求到麻子玉乡不可，麻子玉乡北边靠公路的地皮这几年就是口香掉牙的香饽饽。这么一想，冯敢死心里就活了，最好是这笔钱拿出去，麻子玉乡一下子又拿不回来，然后圈地的事就好说了，不过，这事最好有个定准。

“我打个电话问问账上还够不够。”冯敢死把烟一拧，站起来说。

冯敢死就到靠食堂的电话室里去打电话，电话是打给三友集团公司的。三友集团公司那边说麻子玉乡那边的事黄了，上边不批，因为麻子玉乡的煤台正在建设中，另外，要的地皮也已经谈好了，在六〇九国道边上，比麻子玉乡的地理位置还要好。“有了这儿，咱们跟麻子玉乡打那个麻烦?”三友方面的人在电话里说。

冯敢死又回到了自己的办公室，还没开口，李乡长就说：“你把这事情办了，我们马上给你把张粉菊的事也办了。”

“啥事?”冯敢死倒想不起自己女人有什么事情要办。

“她的入党问题我和老陈也研究过了……”李乡长说，看着冯敢死。

“笑死人啦，”冯敢死看看陈书记，忽然大笑起来，这么一来，借口也就有了，冯敢死摆摆手：“正好银行账上不够，我也不给你们了，省得让人说我是为了给我女人解决入党呢，不了，不了。”

陈书记的脸红起来，看着冯敢死，烟放在嘴边忘了点。

“我怕让人笑话，为了给女人入党，再说传出去对你们也不好。”冯敢死又说。

“你不借?”陈书记说，“你以后就不在麻子玉乡这块地皮上吃饭拉屎?”

“我想借还得有呢。”冯敢死笑着说。

“我就不信你没有?”陈书记说，“你别他妈看我瘦猴样，我消化得了你那三十多万，我也还得起你那三十多万，你别以为我瘦猴样肚里就没那两片荤油，剥下哪一片也能还得起你那三十万，乡里的煤台一开始运行，你就别从煤台上行走。”

“不说这行不行? 晚上咱们喝酒，还有税务所老张。”冯敢死摆摆手。

“不喝，我心也坏了，脑袋也坏了。”陈书记说。

“陈书记你不是骂我吧?”冯敢死笑着说。

“骂你做啥，真的，心脏老痛。”陈书记就用手摸自己的身体，“头也痛，一共有两个多星期了，咋也睡不着。”陈书记说的是实话，最近，他一直失眠。一躺下就怕睡不着，这么一想，果真就睡不着，再说家里这几天正在装璜，陈书记的女人闹了好长时间了，非要闹着装璜家不可，说再冷就不好装了。这几天，陈书记就请了工人在家里拆拆东边涂涂西边。

“今天别走了，今天别走了。”冯敢死说。

“你敢死，我可不敢死。”陈书记说。

这时候有人在外边朝屋子里招手。

冯敢死就出去，趁着冯敢死出去，李乡长说：“要不留下?喝喝酒还好说话。”

“我看见这种人就生气。”陈书记说。

“留下吧，我替你喝，谁让我比你小十多岁。”李乡长说。

冯敢死在院里说完话再进来的时候，李乡长就对他说：“不走我和陈书记就先洗一个澡。

“那还不行。”冯敢死说。

“小罗，来。”冯敢死就拉开门朝办公室喊。

小罗就马上跑了过来。

“拿两条干净毛巾，拿些洗头的，你带书记乡长洗澡去吧，给书记和乡长好好搓搓，他妈的，一人从他们身上给我搓下张狗皮才算。”冯敢死对小罗说。小罗马上去准备去了。

陈书记李乡长便跟上小罗去洗澡。澡堂里的水是新放的，矿工们还没洗，下二班的矿工们也正好往澡堂里进，有不少人一边走一边都把衣服脱了，长长短短露着，往池子里走。“等会儿，等会儿，”小罗忙对他们说：“你们等等再洗，先让客人洗了你们再下。”那些矿工有的是从河北来的，有的是当地人，都认识陈书记和李乡长，就都不动了，澡堂里又不冷，脱了衣服的也不再穿，都在那里等，忽然找来了比他们还要黑的扑克，便坐在那里玩起来。

陈书记和李乡长快洗完的时候，小罗也给他们都搓完了，忽然就听见了冯敢死的说话声，又好像进来一些人，果真就有人进来了，小罗认出了是税务所的。冯敢死还没进来，在外头对工人们嘻嘻哈哈地说：“再等等，让他们洗完了你们再涮洗。”说完，冯敢死也白白地进来，一进来就跳进了塘子，也不知怕不怕水热，说要表演水上漂，就真的在池子里呈个大字白白地漂起来。“你他妈是个‘太’字呢，啥大字。”税务所老张嘻嘻笑着说。冯敢死就不表演了，又坐到池边来，对小罗说：“好好搓，从张所长身上也搓下张老狗皮。”

李乡长却在喷头下小声对陈书记说：“待会儿你再问问？看看行不行？”

洗完澡，外面的工人黑乎乎已经等了一屋子，都赤裸着，互相开着身体下部的玩笑，里边的人一出来，外边的工人便都马上冲了进去。

“你说句痛快话到底行不行?”穿衣服的时候，陈书记又小声问冯敢死。

“账上真没钱。”冯敢死很认真地说。

“要是你陈书记私人的事，十万八万兄弟没问题。”冯敢死又小声说。

“不吃了，回家!”陈书记突然翻了脸。

三

第二天，扶贫名单下来了，乡政府党员们一人领到一份。名单是村子里先定扶贫对象，然后报到区里去，区组织部再按各乡政府党员的人头一对一地分派。麻子玉乡的扶贫对象没变，还是北榆涧村，北榆涧靠近麻子玉乡北边的山区，村子就在那一道黄黄的边墙下，村子里有一半的人家还住在边墙上掏的土窑洞里。

高小林和李建成在办公室里看扶贫名单时，张粉菊从外边走了进来。“我看看都有谁?”张粉菊说。李建成便忙转过身在自己那份名单上写了几个字，然后把名单递给张粉菊，张粉菊就先看到李建成写的那几个歪歪扭扭的大字:“未来优秀党员张粉菊扶穷鸡巴人李建成，款项八千元。”“你也太不值钱了，才八千。”高小林也在旁边看，把名单一下抢过来，用笔把八千后又填了一个万，“八千万怎么样?这才像个扶贫。”张粉菊又把扶贫名单一把抢过去，“鬼才扶你们呢，谁知道你们有了钱去驴圈还是去马圈?”

李建成和高小林两个人就“嘻嘻嘻嘻”笑。

张粉菊忽然“啊呀”一声，“咋还有我公公?”

“瞎说吧，你公公?”高小林不信，抢过名单看。

“你公公现在就是狗的老地主了，还能是扶贫对象?”李建成也说。

“咋还有北渝涧村长刘珠的爹?”张粉菊又叫了一声。

“净瞎说，刘珠爹还算扶贫对象?”李建成也不信，抢过名单看。

“不会吧，你公公还算扶贫对象?”高小林又说。

张粉菊又把名单抢过来仔细看看，忽然就不高兴了。

张粉菊转身从李建成他们的办公室里出去，她到旁边的妇联去给冯敢死打电话，“你看丢人不丢人？你爹也算是扶贫对象呢，倒好像咱们没人管他。”张粉菊在电话里对冯敢死说。“瞎说。”冯敢死马上在电话里那边说。“名单上印着呢，瞎说，谁瞎说?”张粉菊说。“真的？你好好看看。”冯敢死不相信，在电话里说。“你一天到晚不回家，就闹这笑话!”张粉菊把电话“砰”地一声放下了。

张粉菊刚放下电话，李建成和高小林就嘻嘻哈哈地过来了，他们已经在办公室里笑了一气，这会儿赶到妇联这边来，李建成对张粉菊说，“你昨天不是说要扶一户贫，这回正合适，不出窝就消化了，媳妇扶公公。”高小林说：“是不是在家里开过会？研究过？肥水不流外人田，有便宜也得让公公占?”

“有便宜也得让公公占，是不是?”李建成笑嘻嘻地重复一句。

“放屁!”张粉菊就拉下了脸，她忽然觉得是不是有谁在开她的玩笑，村里的谁这么大胆？谁这么缺德？想来想去，觉得都不像，便更气了。

“别气了，下去分萝卜去吧。”李建成弯腰拍拍张粉菊的肥腿。

萝卜已经拉回来好几天了，在后院食堂前堆着，黄黄的两大堆。

“谁想要谁要，我不要。”张粉菊把身子一侧。

“你愣啥？你不要还可以给别人，也算是扶贫。”李建成说。

张粉菊不再说话，抓起桌上心形的有机玻璃笔插“哗哗哗哗”摇，笔插里有水，水里有零碎的小贝壳，摇了摇，“砰”地把笔插又往桌上一扔，又给冯敢死打电话。

“你过不过来?”张粉菊对着电话大声说，说完，把电话“砰”地一放，坐在那里生气。

李建成和高小林一边笑一边“叶嗵叶嗵”下了楼到后院去分萝卜。

后院的萝卜堆上，坐着食堂的几个后生，正一人手里拿着萝卜比谁的粗谁的长，嘻嘻哈哈地笑，锅炉房老王在一边看着这几个后生笑，“嘿嘿”笑一声，“嘿嘿”又笑一声。妇联的李平和会计王月花已经分好了，并且已经把萝卜挑好了，正用食堂的大盆子洗。“回家洗还费水费呢。”李平说。李平和王月花的行动很富有号召力，人们分完了萝卜就都在后院食堂外收拾起来，有的挑，有的洗，很热闹。

太阳很好，人们都乐得在院子里晒晒这冬天里难得的好太阳。

陈书记和张乡长也下来，前不久，有风言风语传到他们的耳朵里，说乡长和书记肥得了不得，晚上趁没人往出扔鲤鱼和整扇的羊肉。这话好说不好听，所以，陈书记和李乡长也下来，也分那每人二百斤的萝卜。分完了，站在那里和人们说说话。人们忽然又开锅炉房老王的玩笑，说老王的萝卜怎么办?怕是“没人吃”?人们便都笑，便都看站在一边的老王，老王只是“嘿嘿”笑。李乡长就问老王，“你那萝卜准备给谁呢?”这话一问出口，人们都更笑，李建成便说：“你那萝卜是不是要给榆涧的刘婆?”人们就更笑得东倒西歪，刘婆是老寡妇，没儿没女，生活特别地清苦。“你给她算了，算你的扶贫。”李乡长对老王说，“你弄这么一大堆萝卜真也是没用，老王你吃在乡里睡在乡里要萝卜有啥用?”“给就给，那还不行。”老王“嘿嘿嘿嘿”笑着说。“好。”李乡长说。“她一个老婆婆咋往回拿呢?”老王看看脚下的萝卜，忽然说。人们就又笑，不知谁说“老王还挺上心。”想不到这话让老王听到了，老王回过身看看，说："她多老了，我多老了，还想那个？""乡里有车给你捎过去，就算你扶贫。"李乡长笑着拍拍老王的肩说。"这点萝卜就能算？"老王踢踢脚下的萝卜，说，"我还要按上级规定的钱数给呢。""算了，算了，乡里头也照顾你，不给你扶贫任务。"李乡长说。"不给我？"老王好像没听清李乡长在说什么，瞪着眼。"你老了，乡里照顾你。"李乡长说。"我不要这照顾，你吃奶的时候我就是党员了。"老王说，好像又气了。

李建成和高小林就在一边笑。

陈书记想不到老王会说这话，眨眨眼，笑笑，走过去，站在老王跟前，说："看不出，老王的觉悟还挺高。""那当然，再老我也是党员呢。"老王说。陈书记就问老王是哪一年入的党，老王一说"三九年"，陈书记就马上说："我那会儿真还没出生呢。"又说："你是不是咱们乡最老的党员？""赶不上姚区长吧？"老王说。陈书记便又说区委姚书记怕也没这么长的党龄。

"长也白长了，也没长出个名堂。"不知谁猛地冒了一句。

冯敢死突然出现在乡政府后院也是这会儿，他先进了前院，前院没人，又进了楼，楼里也找不到人，然后从楼道后门出来，"都在这儿闹萝卜呢！"冯敢死一出楼道门就大声说，一边往过走一边大声说。一边走过来一边又大声说："他妈的前头楼里没有一个人，后头院里萝卜大会战？"

"你替你女人分萝卜来了？"不知谁冒了一句。

"妈的，我多会儿看得起人参？"冯敢死说。

陈书记站着，侧着脸，没说话，看着冯敢死。

"陈书记，"冯敢死笑嘻嘻过去，"给我看看扶贫名单。"

"你还关心个扶贫？"陈书记说，慢慢从衣兜里掏，慢慢掏，慢慢掏，掏了出来，把名单一下一下叠，一下一下叠成个小方块儿，猛地一扔，扔给冯敢死。

"别扔别扔，"冯敢死两手一扑，接过名单，展开，马上就抬起头嚷道："咋真把我老子也写进来了。"

"哪一个是你老子？"不知谁又冒了一句。

"我老子不要扶贫，我能养活他，我不要党员们可怜他。"冯敢死说。

陈书记不说话，划火，点烟，抽一口。

"陈书记，你给我勾了。"冯敢死对陈书记说。

"区里头批的，村里头报的，要勾你自己勾。"陈书记把烟徐徐吐了。

"昨天的事，陈书记你真生气了？"冯敢死看着陈书记说。

"我生啥气，我头也坏，心也坏，不敢生气。"陈书记说。

"不是那个意思，银行里就是有，我也不为给女人换个党票。"冯敢死说。

"你说啥？谁说的？啥党票？"陈书记马上沉下脸。

冯敢死就不说话了，忽然笑了，看看陈书记，看看旁边的人，忽然从陈书记身边走开，去找办公室的刘召，扶贫派对，冯敢死的父亲正派给了刘召。"刘召，刘召，日你妈死刘召。"冯敢死看见了刘召，刘召正在萝卜堆边上给人们登记，冯敢死就走过去，用手拍拍刘召的脸蛋儿，"死刘召，别人不知道，你他妈还不知道？"刘召是北榆涧的人，和冯敢死是一个村，刘召就笑嘻嘻说："知道啥，名单我还没看呢！""啥屁党员，这种事也不关心。"冯敢死说，便转过身，对正在忙着弄萝卜的人们大声说："我来的意思就是告诉乡里头一声我老子不要党员扶，我老子啥也不愁，我老子不穷，饿死谁也饿不死他，只有我可怜别人的份儿，没有别人可怜我的事。"

陈书记不说话，两眼死死看着冯敢死。

看见陈书记看他，冯敢死又过来，笑嘻嘻说："陈书记你还真生气？党票不党票寡的，这两天要是账上来了款，我就一定先给乡里救救急，粉菊入党做啥，入那不就是多交几个钱，寡的，谁现在还入那呢，女人家……"

“你说啥呢?”

冯敢死忽然就听见有人在旁边大喊了一声，回过身，是锅炉房的老王，老王侧身站着，脸冲着这边，瞪着眼。冯敢死想想，把脸掉过来，这时老王又大喊了一声：“你驴嘴里喷啥狗屎呢?”

冯敢死想想，没说话。

“你有几个臭钱有啥了不起?”老王又大声说。

冯敢死掉过脸去，这一回他气了，“我想说啥就说啥? 咋啦?”

“你想说啥就说啥?”老王忽然激动起来，朝他就走过来，“你再说说看?”

“我再说你又能做啥?”冯敢死说，“我老子就是不要人扶?我女人就是不入，不入那又死不了。”

人们都想不到老王为什么激动成那个样子，老王忽然朝冯敢死撞过来，“你算个啥东西? 国家这几年就是让你们这帮家伙闹坏了!”

冯敢死也想不到老王会撞过来，忙侧身躲了一下。

院子里的人们都停下手里的事，都朝这边看。

老王再撞过来的时候，冯敢死推了他一下，老王往后退，一退，一退，又一退，站不稳，就掉到了榆树墙旁的小沟里。

“我他妈看你老了。”冯敢死说。

“老王是不是有神经病?”高小林小声对李建成说，想笑，忽然又笑不出来。李建成不说话，看着站在那边的冯敢死，冯敢死站着，不动，陈书记也站着，不动，李乡长从煤堆那边过来，对高小林说：“还不快往起掺掺老王。”高小林就和李建成把老王从小沟里拉了起来，让老王坐在食堂门口的草袋子上。“咋闹的?扶贫名单里真有冯敢死的父亲?”高小林对李建成小声说。“谁知道咋闹的?”李建成也小声说。“看看有没有刘婆?”高小林说。

李建成就从口袋里往出掏扶贫名单，“刘婆叫啥名字?”

冯敢死就那么尴尬地站着，没人和他说话，站了一会儿，冯敢死转身走了。

“有两个钱就臭成个这样子!”冯敢死一走进楼门，陈书记就大声说，陈书记忽然又对李乡长说：“你就不该让人往起扶老王，让老王给他冯敢死点儿难看。”陈书记朝老王走过去：“老王，有事没事，起来，走走看。”

老王不说话，脸煞白，坐在那里，喘气。

坐在旁边收拾萝卜的李平和王月花突然“嘻嘻嘻嘻”笑起来，又突然不笑了。

老王一下子站了起来，对李平和王月花大声说：“你们也不是好东西，你们家就没水了，就懂得占公家这点点便宜?”

“说得对!”陈书记说。

四

寒流是晚上来的，刮了一夜的风。

张粉菊早上一来就眼红红的，她把自己关在妇联的办公室里再也不出来。

“张姐张姐，开开门。”闲着没事，高小林过去拍拍门，想找她打扑克，张粉菊就是不开门。张粉菊真是气坏了，她昨天夜里把哥哥张粉权叫了来，张粉菊的哥哥张粉权在区里给区长李有年开小车，她让哥哥说说冯敢死，想不到两个人喝到半夜忽然都喝醉了，早上，她出门的时候，她哥张粉权和冯敢死还睡着没醒。她很生气，就把冯敢死用苍蝇拍子在脸上一下一下打醒。“知道了，知道了。”冯敢死眼也不睁很不高兴地说：“去吧，去吧，知道了。”

张粉菊不知道冯敢死的“知道了”是什么意思，是答应借还是不答应借?

张粉菊心里很烦，就扒在窗台上往后院看，后院现在没人，人们都已经分完了萝卜，分剩下的萝卜已经用草袋子苫了起来。

风很大，人们怕草袋子让风给吹跑，用几块红砖给压着。张粉菊趴在窗台上看着，天气真是一下子就冷了，看着看着，玻璃上就有雾了，什么也看不清了，张粉菊就用手擦擦，就看到锅炉房的老王，在萝卜堆边走来走去。张粉菊对老王一点好印象都没有，这个老头子一是脏，二是怪，三是倔，又加上昨天当那么多人给冯敢死难看。

“老不死的。”张粉菊骂了一声。

张粉菊不看了，坐到办公桌前去，把桌上那个心形有机玻璃笔插拿在手里“哗啦哗啦”摇。忽然把它又往桌上一扔，她要给冯敢死打个电话，看看他去了煤窑没，是不是还在家里睡觉？她先给煤窑打了一回，那边接电话的是一个女人，细声细气地说“冯矿长还没来呢”。张粉菊就又给家里打，家里的电话响了好一阵也没人接。放下电话，张粉菊去门口的镜子旁去照照，镜子里的她自己，两眼红红的。

这时外边忽然又有人打门，是高小林，“开开不开开？开开不开开？”

“干啥呢，人家心烦呢，开啥呢开。”张粉菊在里边嗓子细细地说。

“我给你送东西了你不开？”高小林在外边说。

“你能有啥好东西？”张粉菊在里边嗓子细细地说。

“你猜猜是啥好东西？”是李建成的声音。

张粉菊就不说话了。

“开开不开开？开开不开开？扔呀。”高小林又说。

“做啥呢，人家心烦呢。”张粉菊在屋里嗓子细细地说。

“扔了扔了，给她扔了。”李建成在外头说。

“啥东西？”张粉菊说。

“能有啥，你们妇联能有个啥？大中小号，胶皮套子。”李建成大声说。

张粉菊忽然想起下星期要下去发避孕用具的事，便忙开了门，一开门，李建成和高小林一下子笑嘻嘻地挤了进来，高小林手里并没有什么。

“你骗人。”张粉菊说。

“不骗你你还不开门呢。”李建成说。

“咋，眼红了？”高小林说，看看张粉菊的脸。

“我快让他气死了。”张粉菊说。

“让谁？让萝卜？”李建成摸了一下张粉菊的肥腿，笑嘻嘻说。

张粉菊把身子侧侧，“人家心烦呢，你还瞎说。”

“我还不知道他是个谁？”李建成说，“他这会儿在乡长办公室呢。”

“胡说！”张粉菊说。

“我胡说，我给你要要看，要通了咋办？赌盒烟？”李建成就拨电话，拨李乡长的电话，一下就拨通了，“找找冯矿长。”李建成对着电话说，听听，把电话一下子伸给张粉菊，“喂，”张粉菊不相信，对着电话喊了一声，又喊了一声，电话里，便有人说了话，果然是冯敢死。

“你咋在这儿？”张粉菊忽然精神起来。

“我咋就不能在这儿。”冯敢死在电话里说。

“你做啥来了？”张粉菊说。

“银行来款了，我给书记乡长效劳来了呢。”冯敢死在电话里说。

张粉菊一下子高兴起来，“我哥呢，起没起？”

“拉区长开会去了。”冯敢死在电话里说，冯敢死忽然在电话里放低了声音说：“你呆会儿到供销店买二斤点心看看那个老王，谁让我他妈昨天喝多了。”

电话里忽然就有了李乡长“嘻嘻嘻嘻”的笑声。

放下电话，张粉菊一点儿也不恼了，脸上笑开了花，“明天你们就能开资了。”

“光我们，你不开?”高小林说。

张粉菊要李建成和高小林随她去买点心看老王，高小林说不去。

“说话算话，买烟买烟。”李建成说。

“一盒烟算啥?”张粉菊说。

李建成便和高小林陪张粉菊去买点心买烟，买了点心，到了后院，老王在院里弄煤面子，满脸是黑煤面子。

“让他拿回去喂狗去吧。”老王看看点心，却说。

张粉菊忽然就气了，脸也涨红了，嗓子细细地说：“老冯他昨天喝醉了。”

“喝醉了咋不骂自己?”老王说，“咋骂共产党呢，共产党哪点对他不好?”

张粉菊就再不敢说话，李建成就和高小林“嘻嘻嘻嘻”笑。

“下午开资呀，是冯矿长借给乡里的钱，你不开?”高小林和老王开玩笑。

“我就不开。”老王说。

“你不开你吃啥?”高小林说。

“有共产党呢，我能饿死?”老王说，停停，忽然抬起腿，看定了高小林，“你说啥? 乡里头跟她男人借钱?”

李建成和高小林一下子都笑起来。

“老王你现在咋啥也不知道?”高小林说。

张粉菊把两包点心悄悄放在食堂的窗台上，和李建成高小林往楼道里走的时候，忽然听见老王在背后说：“谁稀罕你的点心呢。”回头看，老王把点心朝这边扔了过来。张粉菊愣了愣，看看给扔在地上的点心，对李建成说，“去捡捡。”“你去。”李建成对高小林说。“你咋不去?”高小林说。“一会儿咱们打扑克饿了吃。”张粉菊又说。李建成便去捡。

“看看你那骨头!”捡点心的时候，李建成听见老王站在那里说。

“点心是香的，有骨头，老王你就别开资。”高小林笑嘻嘻地朝那边说。

老王就站在那里“骨头软骨头硬”地骂起来。

这天上午，冯敢死在李乡长的办公室里说了好一阵子话才离开。

十一点多的时候，煤窑的小罗送来了支票，还有两包好茶叶，支票上是三十万，除了发一个月的工资，剩下点儿钱，刚好够交电话费。

“他妈的，咱们堂堂的乡政府倒要跟私人借款。”看看那张支票，李乡长忽然很有感触，“要不行，就先给教员，教员的工资还没着落呢。”

“十二月发八月的工资，咱们的脸就是屁股。”陈书记说。

“要不，”李乡长说：“先把剩下的那点点钱也发给党员，先打打扶贫的账，到了下个月月底区上要检查呢。”

“窟隆太多了，”陈书记说，想想，又说，“不行，群众又没这个任务，到时候闲话更多，算了算了。”

“还是先给教员吧。”李乡长说。

陈书记想了想，在心里算了算，“差得太远，”陈书记把扶贫名单从抽屉里取出来，看看，“一共七十二个党员，一人五十还差得多呢。”

“那就让人们自己想自己的办法吧。”李乡长说。

“也只好如此了。”陈书记说。

“要不，把党员的工资每人先扣五十，放在那里，反映不强烈就给村里的扶贫对象发下去？到了年底也好交差。”李乡长看着陈书记。

“可以试试。”陈书记想了想，说。

“那就试试？”李乡长看着陈书记。

“试试。”陈书记说，“大不了再给党员们发下去。”

“张粉菊填过表没有?”李乡长忽然想起了张粉菊的事。

“填表的人不止她一个人。”陈书记说。

“现在的事情真像是演戏，冯敢死那天一个样，今天又一个样，那天还说不入，今天又说要让他女人积极靠近组织。”李乡长说。

“我知道，我还不知道他心里想啥?”陈书记说。

陈书记和李乡长当然不会知道昨天夜里张粉菊的哥哥张粉权和冯敢死说的那番话。张粉权对冯敢死说，“现在的社会啥也不能缺，你挣钱，你女人入党抓权，两下子都有了多好。”“女人?女人能抓权?”冯敢死一开始还咧着嘴嘻嘻地笑，后来就不笑了。张粉权对他说：“有钱能使鬼推磨，现在没有办不到的事，你以前想过没想过这么大的一个乡政府会向你借钱?”一句话就把冯敢死的心说活了。“再说，乡里跟你是借钱，又有利息，又不是抢你，你为啥不行这好事?”张粉权又说。

这是昨天晚上的事情。

这时已经快中午了，张粉菊和李建成高小林还有团委的小金还在打扑克，桌上的电话忽然响了，是冯敢死打来的，高小林把电话递给张粉菊，张粉菊一手抓扑克一手接电话，只听冯敢死在电话里说。“粉粉，这回你高兴了吧?路我可是给你铺了，下一步怎么走就看你的了，钱我给你花，再过五年你当不上乡长就看你有没有本事。”张粉菊很怕这话让李建成他们听到，拿着电话到窗边去打。

李建成他们看着张粉菊打电话，忽然都觉得饿了，把那两包点心拆了包吃了起来。

五

星期六，星期日，人们在家里休息了两天，星期一一来，会计那边就通知人们去领工资。一领工资，党员们就都忽然乱起来，都很生气为什么一下子扣了五十，虽然会计王月花已经跟领工资的党员们说清楚了，但党员们还是来来去去地找陈书记和李乡长，偏偏陈书记和李乡长又不在，乡政府的楼道里就更乱。李建成和高小林只关心锅炉房老王去没去领工资。便都跑到西边会计的办公室翻开工资花名册看。一看就忍不住笑，老王的工资也早就领了。

“咋没扣老王那五十?”李建成看了花名册问会计王月花。

“你多会儿当乡长了?”王月花说。

“老王咋说也是党员呢，连扶贫这点权利也没有了?”李建成说。

“老了。”王月花说。

李建成和高小林就互相看着笑。

“你敢对老王这么说一句?”李建成说。

“老了就是老了，有啥不敢。”王月花说。

“还是你们普通群众轻松。”李建成对王月花说。

“你以为就扣这五十，一共要扣八百呢。”王月花说。

“一年才能挣多少?”李建成叫起来。

“书记没教育你，入党就要有个党员的样子，要不就别入党，入党就得扣，”王月花说，“我们想让扣还轮不上呢!”

“你不向张粉菊学学，人家就自动向组织靠拢，自动要扶贫呢。”高小林说。

王月花马上撇撇嘴，“学啥? 学放高利贷?”

“高利贷?”李建成笑了。

“一块儿的同志借点钱还要利息，这种人还想入党呢。”王月花又说。

“她要的比银行利息低。”李建成说。

“她是银行?”王月花说。

“谁让咱们开不了资。”李建成说，“好容易乡里跟资本家借了点钱开一回资还让咬去一块肉。”

“你这话说得才好呢，资本家，”王月花笑笑说，又说：“人家资本家还有文化呢，冯敢死还比不上人家资本家呢。”

“让你说得更可怜了，是土地主?”李建成说。

走廊里，开完资的人走来走去说给扣了五十的事，乱得很，党员们都想不到真会扣，更想不出还有七百五到时候怎么出？外边的风刮得很大，太阳白白的，让人觉得更冷。星期一是人们洗澡的日子，澡堂自然还是开不了，人们不免又唠哩唠叨。都说乡里不是也开了两个煤窑，两个煤窑就屙不出来一两车煤？给人们烧点水洗洗鸡巴？“乡里的小煤窑已经承包给了私人，别说煤，煤面儿也不会白给乡里。”刘召说，“现在啥也是经济核算。”

到了下午，陈书记和李乡长还不见人影。

陈书记和李乡长去了北边的乡办煤台，陈书记和李乡长都急着想看看煤台那边的二十四吨大过煤秤安装得怎么样了，想不到到了煤台中午又陪着那个从四台沟请来的技术员王小长喝了一中午的酒，王小长说这次绝不会再出什么问题，过煤秤一安装好就能走煤了，加加班，这个月也许就能往天津走车皮。一听这话，李乡长就高兴，煤台一能投入使用，乡里的困境就能得到缓解，另外，毕竟又给乡里的人们借到了钱，发了一个月的工资。煤台的老周说：“一能走煤，乡里的死钱就能变成活钱，日子就会好过了。”李乡长忽然想喝酒了，忽然就喝多了，“呜呜呜呜”捂着脸哭起来，一边哭一边说：“修路、搞工程、买设备，党员集一万，群众集五千，再不运行起来，乡政府那块牌子都快急哭呀!”

“你歇会儿吧。”陈书记对李乡长说。

陈书记让煤台的人把李乡长扶客房里去睡，他跟上老周去磅房看安装工人们干活儿，磅房里很冷，但人们都干得很热火，上次作废了的过煤大秤堆在那里，像一堆废铁。

六

早晨起来，陈书记还觉得头有些痛。

昨天晚上他没能回家，又给煤台的车送回到乡里来。刚才他女人来了电话，问他昨天为什么不回家，说家里的木匠闹事呢，不好好给做了，三个木匠一下子跑了两个，去给另外一家做活去了。“你白天回来不回来？”女人在电话里说。“白天咋能回去，不工作了？”陈书记对着电话大声说，“白天是工作时间，家里的事晚上再说。”

陈书记去食堂吃饭，这时候乡里的接送车还没有来，院子里很清静。

陈书记在小食堂里“嘘嘘嘘嘘”喝着粥，就看见接送车来了，是那辆小白面包，车里面的人挤得满满的，车门一开，人们就一个跟着一个往出掉，天很冷，要在往常，人们一跳下车就往食堂里跑，可现在人们跳下车都站着，看车里，不一会儿，就从车里下来个小个子女人，胖胖的，个儿也太低了，陈书记就一眼看出来不是乡里的人。这女人一跳下车，后边就跟着跳下了王文健，王文健一跳下车就和那个女人拉拉扯扯，陈书记马上就明白那女的是什么人了。

陈书记已经喝完了粥，吃完了他的早饭，但他不马上出去，他站在窗前看着王文健把他女人拉拉扯扯拉进了楼道。

陈书记知道又要有事，回到办公室，才坐了一会儿，就听见有女人的声音哭哭啼啼往自己的办公室里来，是王文健的女人，后边，跟着怒气冲冲的王文健。“你问问我们书记，你要是再胡说看我不揍扁你。”王文健一进来就嘴扁扁地道。

王文健的低个儿胖女人一进到陈书记的办公室就开始哭。

“别哭，坐下，为啥？”陈书记说。

“他刚刚一开资就没了五十。”王文健的女人说。

“我跟她说是扣了扶贫款她死活不信。”王文健满脸羞红。

“我是不相信他。”王文健的女人马上说。

陈书记倒不好说了，看看王文健的女人，搓搓手，“乡里的日子也不好过。”

“他一天到晚就知道要钱。”王文健的女人说。

“这回是真的，是乡里扣的。”陈书记说。

王文健的女人就止住了哭，看着陈书记，站在一边的王文健倒来了火，一把把女人从沙发上揪起来。嘴扁扁地说：“看我今天不打死你。”

“放手。”陈书记说。

王文健的女人就又哭起来。

王文健的女人在市酿造厂当会计，厂子已经半年多发不出工资，每人每月发二百斤酱油顶工资，厂子里的人们只好到处推上酱油去推销，酱油怎么说也不是紧俏商品，咋能好卖？王文健的女人只好在路口推销，一开始怕熟人看见，现在是一见了熟人就叫熟人帮帮忙。王文健女人从沙发上站起来，过来，伸出手，让陈书记看她那双手，手上满是冻裂的口子，左一块右一块贴着胶布。“我当会计都当了二十多年了，咋就当成个这下场。”这么一说，王文健女人才止住的泪水就又流下来。王文健的女人愈说愈伤心，忽然又把脚伸了伸，让陈书记看她穿的那双黑灯芯绒棉鞋。“现在谁穿这种鞋，我现在愈活愈不像个人了，我半年不开资，文健四个月不开资，小伟有两个月连一口肉也没吃过。”小伟是王文健的儿子。王文健的女人这么一说，王文健长长叹口气，把头往后背，脸一下抬得有多高，但眼泪还是顺着脸流下来，王文健怕哭出声，嘴一扁一扁。

在乡里，王文健从没说过这些，人们也都不知道王文健女人有半年多不开资的事。陈书记想想，便拿电话，叫食堂管理刘召，“你上来一趟。”

刘召来了，一身一头的白面，他正在收拾库房。

“你从王文健这儿先进二百斤酱油。”陈书记对刘召说。

“酱油有呢。”刘召说。

“有也买。”陈书记说。

刘召就看看站在一边的王文健，小声说：“一时就怕拿不出现钱?”

“你先给垫上,”陈书记低声对刘召说，想想，从自己口袋里掏出二百元，小声说:“去，先给她。”

刘召接过钱便要递给王文健的女人。

王文健的女人倒不哭了，摆手，身子往后缩。

王文健一下子又把头往后背，脸抬多高，泪又流下来，嘴一扁一扁。

“收下收下,”陈书记说，“煤台一上马乡里的日子就好过了。”

王文健女人忽然又哭起来。

王文健和女人都说啥也不拿那二百元钱，两个人忽然好像和好了，从陈书记的办公室出去的时候，王文健用手揽着那个小个女人。陈书记让刘召留下，要他把那二百元拿给王文健。“以后就跟她买酱油，这点忙咱们还能帮上。”陈书记对刘召说。

刘召把那二百送到王文健办公室里去，王文健不在，他送他女人坐车去了，他女人还得赶回去卖酱油。两口子到乡政府院子外的路边去，在那里等了一辆车王文健的女人坐车回城了。

天上开始往下飘碎碎的小雪花儿，很快，周围都白了。

冯敢死这时又从煤窑那边打来了电话，告诉乡里的电话员小杨说一会儿煤窑要派车来拉人们到煤窑上去洗澡。小杨便打电话通知人们，让人们准备洗澡的事，一个办公室一个办公室地打着电话，正打着，电话忽然就没有了声音，小杨便站在走廊里喊。人们便都纷纷收拾洗澡的用品。李建成和高小林也准备去洗，正要到乡政府院子外的小卖铺去买洗头的东西，却听张粉菊嗓子细细尖尖地在走廊里大声说:“不用拿呢。啥也别拿，煤窑上给咱们准备好了。”人们自然都听到她的话，拿好了东西的，又都把东西纷纷送回去。

煤窑的大轿子真的一晃一晃地开来了，人们纷纷下楼，上车。

陈书记没去洗澡，他站在窗口，看着人们上车，看着车慢慢开出乡政府的院子，脸一下子沉下来。

李乡长也没去洗澡，这会儿过到陈书记这边来。

“你咋也没去?”陈书记说。

“我要再去，连乡政府这块牌子也要哭了。”李乡长说。

食堂管理刘召也没去洗澡，他来告诉陈书记说没找见王文健。

“钱你拿着，多会儿碰见他多会儿给他。”陈书记说。

“你咋也没去洗澡?”陈书记忽然问刘召。

“表还没做好呢。”刘召说，忽然想起说扶贫的事，“冯敢死的爹到底扶不扶?”

“扶他? 那不可能。”陈书记说，“你回去看看是不是弄错了。”

刘召再说话的时候，陈书记和李乡长都大吃了一惊。

“我早看过了，该报的都没报上来，”刘召掏出了自己的那份名单，名单他已经看过了，“不该报的都报上来了。”

“你说啥?”陈书记在一旁说。

“我是这村的人，我熟悉，不信我一个一个给你念，”刘召说，用缠满了胶布的手指指着名单一个一个念起来，念完，把扶贫名单拍拍，说：“报上来的大多数都是村干部的亲戚。”

陈书记和李乡长脸对脸互相看看，他俩都想不到报上来的名单里，会大多数都是村干部的亲戚，比如北榆涧村长刘珠的父亲，支书刘弯地的母亲，还有开焦炭厂的刘红球的老子。陈书记也知道，这些人根本就不是扶贫的对象。像最该扶贫的刘婆竟没上这个名单? 还有瘫在炕上的铁匠刘金毛。

“你不是瞎说吧?”陈书记压着火儿。

“我都认识，我保证。”刘召说。

“他妈的，像他妈啥话!”陈书记一下子火起来。

“村干部都懂得给自己人捞便宜呢，”刘召说，“这还看不出?”

“重报，让底下重报。”李乡长说，“重报一回。”

“还有别的村呢，也都该核实核实。”刘召也说。

陈书记忽然抓过那张名单，“喳喳喳喳”扯碎，往地上一扔。

屋子里，气氛突然沉闷起来。

雪下得更大了，雪下到半夜，都有半尺厚了。

七

雪飘飘洒洒一连下了一个多星期，天气忽然一下子大冷起来。

因为下雪，乡里的事就不多，车没事也不往外跑。人们都嘻嘻哈哈到外边公路上铲了一回雪，铲也是白铲，雪很快又在路上堆积起来。司机把汽车轮上的防滑链找了出来给车轮上安上，车再开起来就很慢，像虫子在爬。因为下雪，人们就不方便出去，人们在乡里打电话到下边去，询问计划生育的事，比如谁谁谁用什么，是用套儿还是上环儿，比如问谁谁谁刚结婚，行房事的时候有没有措施。收电费的收水费的收土地征用费的都雪天雪地的来了，都知道这种天气里能抓到人，书记和乡长便免不了到路边的饭店陪客，饭店的主人不免又唠叨隔年旧账，拿出油乎乎的账本让乡长过目。去年给矿上跑煤的司机也都来要钱，乡政府找不到人，就都跑到饭店里找，陪笑脸说好话的，横眉立目厉声骂的，什么样的人都有，很热闹。“欠不下你们的，煤台一开始走煤，就一分也欠不下你们的。”李乡长对那些人说，又对那些人说乡里的琉璃厂马上要开工的事。

“紧也只是这几天的事，谁让这是腊月呢？”陈书记对那些人说。

这天，张粉菊来找陈书记，进来，站在书记对面，把一只白白的手放在桌上，笑笑地看着陈书记，嗓子细细地问她想扶一户贫的事怎么样了？

“这是好事，不用到上边问，我和李乡长都同意。”陈书记说。

“还是向上边问问好。”张粉菊笑笑，嗓子细细地说话。

陈书记马上就明白了她的意思，想想，把笔往桌上一扔。

张粉菊的脸就微微一红，马上说：“那就请陈书记给我安排一户？”

“你自己选个对象吧。”陈书记又拿起笔。

“我就扶刘婆吧。”张粉菊说，她已经想好了。只是，她还没见过村里的刘婆，也只听人们说过她，毕竟，和冯敢死结婚后她很少回榆涧村去，主要是怕见到冯敢死的前一个老婆，还有敢死那两个凶神恶煞样的儿子。

“好，你就扶刘婆，刘婆才是真正应该扶的对象。”陈书记说，把那张扶贫名单从抽屉里找出来，在上边把张粉菊的名字写下，又写刘婆的名字，想想，问张粉菊：“刘婆叫啥名字？”

张粉菊自然是不知道刘婆叫啥名字。

“不过，扶贫名单还要重新弄呢，先就这么着吧。”陈书记说。

张粉菊一离开陈书记的办公室，陈书记就又想起扶贫名单的事来。

陈书记抓电话，他想让办公室的李建成来一趟，听听电话没音才想起电话因为没钱交费让邮电局停了有两天了。陈书记就从自己办公室里出去，站在走廊里喊：“李建成，李建成，嘿，建成，来一下。”

李建成正和人们打扑克，高小林也在，李建成已经让在脸上贴了好几块胶布，这会儿就忙往下扯。“别扔，待会儿还要用呢。”高小林说。

李建成忙把脸上的胶布扯下过到陈书记这边来。

陈书记叫李建成没别的事，是要让他再跑一趟，这次是让榆涧村的村长和支书上来一下，“再不能拖，不催不行了，名单的事说了又有快一个星期了，下去催催，去一趟，让他们马上上来。”陈书记对李建成说。

“电话也没了……”李建成面有难色。

“没电话才叫你去呢，坐我的车去！”陈书记说。

“那就去吧。”李建成没得说了。

听见下边车子响，陈书记忽然又想起了老王的萝卜，陈书记就想打开窗子说句话，窗子已经给公务员糊死了，怕吹进风。陈书记只好披着他那件军大衣从办公室里出来，下楼，到院子里去说话，“去问问老王，他那份萝卜要是真没法子打发就给刘婆捎过去。”陈书记对李建成说。小刘就又把车掉一个头，开到后院去，车到了后院，很快就把老王的萝卜装好了。把萝卜放在车上，李建成忽然想起一件事，那天他去煤窑上洗澡，冯敢死说乡里的日子不好过，煤窑上就应该支持，别的不行，白送几车煤还是有的。李建成不知道这话乡长知道不知道？也许，张粉菊已经对李乡长说过了？

“你知道不知道这事？”李建成问小刘。

“他妈的，又让人去洗澡，又要给乡里拉煤，收买人心。”小刘说。

“冯敢死这回是真想开了。”李建成说。

“啥想开？”小刘说。

“还不是想让张粉菊入党。”李建成说。

“张粉菊，连我也不如。”小刘就笑，把裤子上的烟灰掸下去。

“有一句话，我对你说你谁也不许对别人说。”小刘忽然看看李建成。

“说吧，你还不信我？”李建成说。

“陈书记说了，就是冯敢死给乡里搬来个金山，乡里也不会让张粉菊入党。”

“我看不可能。”李建成马上说。

“绝对，陈书记这人我还不知道?”小刘说。

“要是入了呢?”李建成说。

“要是她入了我叫你爹!”小刘说，“我入了她也入不了，别看冯敢死有几个臭钱，天下还是共产党的天下呢，狂啥？拉人们都到矿上洗澡？还想做啥呢，跟你说，你们那天到矿上洗澡，陈书记可不高兴呢。

“陈书记不高兴了?”李建成说。

“就是不知道冯敢死这家伙扶不扶贫?”小刘忽然说，又说：“他他妈最应该扶贫？他靠啥？还不是靠公家那点儿煤，国家的煤，狗发财!”

李建成忽然说不出话来，“开车吧，开车吧。”

车还没开出乡政府的院子，高小林从楼里跑出来，小刘又把车停下。

“好冷，好冷，”高小林一边往过跑一边说，挤进车里来，坐好，又说：“他妈的，冯敢死想让人们去给他铲雪，我才不去呢。”

“去哪铲雪?”李建成说。

“刚才冯敢死打来电话了，让乡里的人都去煤窑那边铲雪呢，路冻得开不了车，说谁去铲就给谁发五十元补助。”高小林说。

“铲一天给五十，还是铲半天给五十?”小刘说。

“那么多下井的，要乡里的人去?”李建成说。

“狗日的王文健去了。”高小林说。

“他妈的，给他铲？你们咋说也是国家干部，给他私人铲马路?”小刘说。

“人们去的多不多?”李建成又问。

“陈书记生气了，一个办公室一个办公室挨着告诉人们不许去，还说共产党员就更不能去，谁敢去就开除谁的党籍。”高小林笑了，又说，“陈书记真气了。”

“陈书记也真想不开，五十也不算少了，让人们挣盒烟钱。”司机小刘说。

“陈书记怕党员们去，这会儿正忙着组织党员开会呢。”高小林说。

“再下得大些才好，让狗日的煤都拉不出去！”李建成说，把车窗忽然开了伸出手去，去接那飘舞的雪花，大片大片的雪花一落到他手上就马上化了。

“咋搞的，过些天我看连乡政府也得要让冯敢死扶贫了。”高小林说。

“我看是暂时的。”李建成说。

“快别说扶贫，”小刘说，“听刘召说该扶的一户也没报上来，报上来的都是不需要扶的村干部的亲戚，这叫啥扶贫？”

“就是为这事陈书记才叫咱们去叫刘珠和刘弯地。”李建成说。

“要重搞？”高小林说。

“当然要重搞，咱们勒紧了裤带也要扶对了对象。”李建成说。

李建成和高小林忽然都不说话了，车轮压得路上的雪“咯崩咯崩”响，路上的雪很厚。车开出一会儿，李建成忽然想撒尿，下了车，走出几步，忽然又返回身，“风大得尿不出来，”便到车跟前来尿，一泡尿都尿到车轮子上，天太冷了，尿撒在车轮上连点热气都没冒就给冻住了。

“天冷得真要冻死人了。”李建成跺跺脚，又跳上车，“狗日的刘珠刘弯地，扶贫名单还是瞎报的？该报不报，不该报乱报，连冯敢死的爹也报上了，不像话！”

八

榆涧的村长刘珠和支书刘弯地到乡里是第二天的事。

雪停了，雪一停，天气就更冷了，风也大了起来。

没见榆涧的村长和支书时陈书记有一肚子的怒火，见了刘珠和刘弯地李乡长倒骂不出来了，刘珠和刘弯地都冻得鼻子彤红，两个人鼻子尖上都挂着清鼻涕。他俩是骑着车子从村子里赶来的，一路上没少摔跤，手都冻僵了，一进办公室就往暖气那边跑。“先坐，先喝点水。”陈书记对村长刘珠和支书刘弯地说。刘珠和刘弯地就互相看看，路上，李建成已经对刘珠和刘弯地说了，说“你们等着受训吧”。所以刘珠和刘弯地这时都有点害怕。

李乡长也从他的办公室过来，端着大茶缸，进来就坐在窗边的暖气旁边，把茶缸子放在暖气上，看着他俩儿。

“冷不冷？”李乡长问刘珠和刘弯地。

“脚也快冻黏了。”刘珠说。

“数你们冻黏了才好呢。”陈书记说。

村长刘珠眨眨眼，直看陈书记。

“你冻黏了没了劳动力我好明年扶你的贫。”陈书记一下子就把话引到正题上来，“我问你们俩儿，你们的扶贫名单是咋报的，依据啥，啥标准，刘婆咋没报？咋倒把冯敢死的爹报上了？”

村长刘珠和支书刘弯地两个人互相看着。

“扶贫名单你们是咋报的？”李乡长也说。

村长刘珠和支书刘弯地早就在路上商量好了，也猜准到乡里是啥事。“去了你听我说，”刘珠对刘弯地说。“你咋说？”刘弯地说。“你听着就是。”刘珠说。“咋说也是个挨骂。”刘弯地说。“我就让你不挨骂。”刘珠说。

刘珠忽然笑了，笑嘻嘻地看着陈书记。

“你笑啥？”陈书记说，“我问你话呢？”

“您让我咋说呢？”刘珠说。

“让我教你？”陈书记说。

“您让我说真还是说假话？”刘珠说。

“我多会儿教你说假话了？”陈书记说。

“那我就说真话，”刘珠坐起来，“您肯定是生我们俩的气，嫌我报我爹，弯地报他妈？”

陈书记抽一口烟，慢慢吐出来，看着刘珠。

“我和弯地商量好的，乡里头四个月不开资了，真把贫困户报上来，那伙子人当真跑到乡里来要咋办？乡里还开不了资呢，报我们的家人好说，我老子还能不听我的？他妈，”刘珠掉过脸看看刘弯地，“他妈还能不听他的？这么报，区里也交待了，乡里的领导也不用真出钱了。”

陈书记忽然愣了，把一口烟“噗”地吐出来，竟一时找不出话来。

支书刘弯地眼睛忽然亮了起来，他想不到刘珠会这么说话，他一直很佩服刘珠，这下子，他觉得自己更从心里服气刘珠了。

陈书记想好的一肚子训人的话忽然就说不出来了，想想，又怒得不行，再想想，盯着刘珠看了看，刘珠满脸陪着笑。

“真他妈胡闹，乡里发工资不发工资要你考虑？乡里再穷再勒裤带扶贫这件事也不能走调。”李乡长在一边说。

“这又不像是往年扶贫，下个干部就行，今年是党员都扶，一对一，你们闹啥，给党员脸上抹黑？”陈书记也跟上说。

“我们也主要是给乡里领导考虑呢。”刘珠笑嘻嘻说。

“春天呢，春天发捐的衣裳，你让你小子拿上挑出来的好衣裳到集上卖也是给乡里领导考虑？好的你们挑来挑去，剩下烂的不好的再给人们发？”陈书记忽然火得不行，盯着刘珠。

村长刘珠就又笑，说：“我那小子真也不成个气候，背上我瞎闹。”

“别乱推，我只问你。”陈书记说，“我也不跟你生这闲气，我让你来的意思是再把扶贫名单重报一回，把那穷的，真没办法的给我报上来。”

刘珠不笑了，他早就不想当村长了，给乡里说了几次，乡里都不同意他不干，现在的事是肥一点儿的村子人们抢着当村干部，穷村子让谁出来干谁都不愿意。刘珠就忽然站起来，刘珠往起一站，刘弯地也跟上往起站，陈书记知道他俩又要说什么。陈书记也站起来，说："你们是党员，就别跟我说那话，干也得干，不干也得干，谁让你们是党员！"

刘珠好像快哭出来的样子，又软软地坐下来："我们还没报我们自己呢，有的村村长支书把自己都报了，我俩也要扶贫呢，咋也要打个平？我们出钱？我们到哪闹钱？谁给我们钱？"

陈书记忽然不说话了，李乡长也不说话。

办公室里静下来，只听见外面的风声，一阵阵刮得像打雷。

"富裕的党员扶村里不富裕的党员，村里不富裕的党员还要再扶一户，我们让谁扶呢？"刘珠又说，"村里的不是干部的党员顶多是把别人给他的那一份再给别人，我们呢？去年的奖金乡里到现在还没给我们兑现呢。"

陈书记说不出话来，不知道该咋责备榆涧的村长刘珠和支书刘弯地，他看看李乡长。

"反正你们这么做不对头。"李乡长说了话，"这回是党员扶贫，陈书记也说了，坚决不能走了味儿，啥叫党，党就是不走味儿。"

"我早说不当了不当了，"村长刘珠说。

"不当也得当，谁让你是党员。"陈书记说。

村长刘珠张张嘴，眼里竟有了泪花。

"算了算了，重报一回就行了，中午也甭回了，在乡里吃顿饭。"李乡长突然说，想想，李乡长忽然也火了，他最近动不动就发火，"你们北榆涧也是，让你们把户都迁下来，你们又舍不得那穷窝，为啥？为啥？地又不好，水又没有，为啥？为啥？真也想不通人们为啥？这两年还出了个冯敢死，人家敢死出了个煤窑。七揪八扯给你们村解决了些劳力，要不，你们更难，跟你们两个说，你们也都是党员，别胡闹，别让人们笑话，扶贫就是扶贫，你报你爹，"李乡长对村长刘珠说，"你报你妈，"李乡长又对支书刘弯地说，“都还说得过去，你们咋还报冯敢死的爹？他穷？没人养活他？胡闹！别怕他，连冯敢死也不说你好呢，我猜也是他老子要呢，要就给？党员是啥？党员是啥？怕他？”

“别给党员脸上抹黑！”陈书记忽然也大声说。

村长刘珠擦擦泪，张张嘴，“唉”了一声。

“陈书记你别说了。”村长刘珠说。

“你羞得慌了！”陈书记说。

“我羞？我是穷得慌。”村长刘珠眼里忽然又涌上了泪水，“真要扶也甭给钱，给人们买些羊羔猪娃，要是给了现钱，人们拿上就要了钱了。”

“那是后话，乡里的煤台开了你们就有事做，乡里比你们谁不急？这回回去先好好报一回扶贫名单！咋样？”李乡长在一边又说。

“好好报一回咋样！”陈书记大声说。

中午，陈书记和李乡长陪上榆涧的村长刘珠和支书刘弯地到食堂里去吃饭。

风更大了，从乡政府楼的后门出来往食堂走，风大得让人张不开嘴，说不出话，院子里的电线“呜呜”乱叫，院子里的萝卜都已经下了窑，再不下窑就要冻成一股水儿。

九

乡政府每月是七号开工资，因为扣的那五十元钱，党员们乱了一阵子，到了中旬，基本已经没人说扣钱的事了。很快就又到了月底。榆涧的村长刘珠已经把正式的扶贫名单又报了上来，拿到名单，陈书记马上让刘召来自己办公室一下，“你看看这回报得怎么样？”陈书记让刘召看新拿上来的名单。刘召站在那里，乍着两手，手上都是绿油漆。他把名单看了看，心里不免发笑，但这一次名单报得面上还是说得过去。“这回差不多。”刘召说。

“咋就没有刘婆?”看着名单，刘召忽然想起了那个刘婆，但刘召没说，刘召知道报这样一个名单已经是很不容易了，刘婆没亲没故，谁会提她?

“差不多就发吧，把那五十元先给扶贫对象兑了现怎么样?”李乡长对陈书记说。“发吧，快到大寒了，过了大寒就是又一年了。”陈书记也同意发。

这天下午，乡政府一进楼门的走廊的墙上便贴出了红榜，榜上写明了谁谁谁扶谁谁谁，款项无一例外都是五十。红榜贴出去，不少群众就都围着看，乡政府走廊里一时很热闹，“这回党员才真像是党员呢。”不少人都这么说。

二楼礼堂里乡剧团正在排戏，敲打得很热闹，唱生的男演员是正经剧团下来的，一张嘴就知道是个角儿。他正在唱《割莜麦》:

哥哥那在山头上，
身穿白衫，满头大汗，
手拿镰刀，低头弯腰，
一搂一把，哧溜哧啦，割莜麦。
小妹妹那在沟底下，
头罩香帕，身穿凉纱，
苹果脸脸，毛个眼眼，
白胳膊膊，银指甲甲，
嫩小手手，一个一个拣山药呀亲亲……

乡政府里的不少人都去看排戏，坐在下边一边嗑瓜子一边说话。

红榜贴出后，马上有两个人来找陈书记，一个是张粉菊。

张粉菊已经交了五十元钱，也说好要扶刘婆的。“榜上咋没有我的名字?”张粉菊嗓子细细地来问陈书记。“咋就会把你的名字落了?”陈书记想想，只好这么说，“让刘召马上补上吧，另出一张红榜，你现在毕竟还不是党员呢。”一听另出一张红榜，张粉菊就高兴起来，张粉菊没再多说什么，出去了。第二个来找陈书记的是锅炉房老王，老王穿了件黑棉袄，外边又套了件蓝色的制服，里边的袄大，外边的袄小，样子很滑稽。天气冷，老王的鼻尖上挂着清清的鼻涕。老王的手是黑的，裂满了口子。老王一进到陈书记的办公室就气乎乎把一卷钱放在陈书记的办公桌上，放下钱他转身就走。“干啥呢老王?”陈书记说。

“我交我的扶贫钱呢。”老王说。

陈书记就拿起那卷钱拉住老王要还给他，老王像是真气了，一下子甩开陈书记的手，“谁说我就不能扶贫了?”老王说。

“乡里已经研究过了，不能收你的。”陈书记说。

“为啥? 我莫非不是党员?”老王说。

陈书记倒不好说什么了。

老王拉开门气乎乎地出去了，才出去，又回来，站在门口大声说:“我再老也是党员呢。”

天是大冷了，人们都奇怪今年的天气怎么冷得这么快，这么冷，真是奇寒。“快过年了，再过几天就是又一年了。”陈书记这天又说。李乡长看看玻璃上的霜，又把桌上的台历翻翻，已经是一月九号了，“说啥也得再给人们开一回资。”李乡长说。

“再跟冯敢死借?”陈书记说:“要不跟水库先挪挪?”

“已经三十万了。”李乡长说。

“再给咱们煤窑打打电话，催催他们把去年的上交款先打一部分?”陈书记说。

“催也白催，”李乡长说:“除非公安局去人把人铐起来。”

“悄悄去，一下子把家伙们抓起来算了。”陈书记又说。

“你看看咱俩谁像是做那营生的?”李乡长说。

“咱们的煤台一旦开始运行不能走他们的煤!”陈书记说。

“不走他们的走谁的?”李乡长笑着说。

这两天，因为要帐的人太多，李乡长已经吩咐了办公室的人，谁来找都说不在，要是有特别重要的人来找，敲门的时候也要记住先敲四下，再敲两下，再敲四下，这就表明是自己人。但是这点儿秘密很快就被人们知道了，乡政府公路对过的小饭店老板那天就先敲四下，停停，再敲两下，停停，再敲四下，李乡长就以为是自己人，一开门就气了。

那天，冯敢死来了电话，冯敢死在电话里对李乡长说："你不行就到煤窑上躲两天，我给你找间房，谁也不知道，一天三顿酒，你想做啥做啥。""我怕你把我当人质扣起来呢。"李乡长便说。冯敢死便在电话里边嘻嘻嘻笑，"哪至于呢，煤窑上还开得了锅。""要不，多也是借，少也是借，再供给乡里三十万?"李乡长说。冯敢死就嘻嘻嘻嘻笑，很快把电话搁下了。"他妈的，让我到煤窑上躲，我还怕让他扣住呢。"李乡长放下电话。

"要不，明天咱们干脆下去吧，下去发那笔扶贫款。"李乡长对陈书记说。

"对，说啥也得让下边的贫困户过年有口白面吃。"陈书记说。

发这第一笔五十元的扶贫款陈书记和李乡长是偷悄悄进行的，第二天，陈书记和李乡长都坐车去了榆涧，刮着很大的风，陈书记和李乡长按着名单一户户把五十元亲自发下去，冬季里的乡村，到处都显得很宁静，很安详，风呼呼刮着，天蓝蓝的，远远的边墙黄黄的，人们都在家里待着，家毕竟是个家，暖暖和和的，有一家人家里的炕上坐着四五个女人，正在一边纳鞋底，一边吃烤山药，大个儿的山药烤得很软和。有一家人家炕上地上挤了七八个后生，在看电视，屋子里烟雾腾腾。

中午，陈书记和李乡长去了妇联主任王国美家，喝了些酒。

晚上天快黑的时候，陈书记和李乡长离开了榆涧，车开出村子好一会儿，陈书记忽然想起刘婆，连连拍自己的脑门儿，"咋又把刘婆给忘了?"

“下次再来，别让刘珠领，咱们自己看。”陈书记说。

“对，我咋把这事忘了。”李乡长说。

“他只领咱们看好看的脸，不让咱们看烂屁股?”陈书记说。

李乡长就笑起来，“我也想了，不行就再跟冯敢死张张嘴，再借三十万吧，咋也要把这个年过去，不能光看戏，也得让人们吃点儿喝点儿，水库那边的钱我看不能动，小心动出漏子。”李乡长说。

“真是年关难过。”陈书记说。

“问题是张粉菊，”李乡长看看陈书记，又把那话说了出来：“咱们能不能给她在年前办了，冯敢死那天挑明了。”

陈书记老半天没说话，看着车外。

“陈书记你看行不行?”李乡长又说。

“利息比银行还高，还要解决这事，”陈书记说，“咱们还是党员呢，我自己都觉得丢人，啥也搞交易，再这么办，镰刀斧头也快哭了。”

“那该咋办呢?”李乡长说，“前几天冯敢死又打电话了，先说借钱的事，后又紧接着说这事，不行就给她办了吧，再说张粉菊平时表现也不错。”

“不错?啥东西?小老婆!”陈书记生起气来。他不再说话，看着车窗外，用手擦擦车窗上的霜，看着。

“不行就那么办吧，再借三十万。”李乡长突然长叹一口气，又说。

“你说给张粉菊解决?”陈书记说。

“不如她的人还多着呢，也是党员呢。”李乡长说。

“要是党员不通过呢?”陈书记说。

“那谁也没办法。”李乡长忽然坐起来，“不行先在下头做做工作?”

“那你就试试看!”陈书记说，“七十多个党员呢，你以为好做?”

“你同意了？”李乡长说。

“说心里话，我不同意。”陈书记说。

李乡长就又看着车窗外发呆，一棵树，又一棵树，冬天的光秃秃的树，从车窗外一闪一闪地过去，“谁出的好主意？党员扶贫？”李乡长突然大声说，“这又不是战争年代，大款们呢，一个一个这时候都死了，咽气了、阳痿了、烂掉了！”

“话是那么说，但再困难也得咱们党员上，谁让咱们是党员？”陈书记说。

“说实话，我可真是不想扶，党员的日子好过？不好过！入党为啥？就是为了不好过？党员也应该开窍了。”李乡长说。

“开窍？”陈书记说，掉过脸看李乡长，“咋开窍？”

李乡长竟回答不上来。

“我这两天真想唱个歌呢。”陈书记忽然说。

“唱歌？唱啥？”李乡长说。

“国际歌。”陈书记说。

李乡长忍不住笑了，“现在谁还唱那歌？”

“为了钱让这么个货入党，真对不起镰刀斧头。”陈书记说。

“有啥办法，”李乡长说，“好在张粉菊工作还不错，人也不错。”

“不错？”陈书记说，“什么不错？”

“你要同意，就抓紧弄吧，”李乡长说，“离过年没几天了。”

“闹吧，为了全乡咱俩就顶全眼瞎了。”陈书记两眼看着车窗外。

十

刘召通知全体党员到二楼礼堂开会。

乡剧团在二楼礼堂里排练了有半个多月了，各种乐器都在靠墙的桌子上乱放着。党员们进去，有对乐器感兴趣的，拿起这个敲敲，拿起那件打打，高小林和李建成却拿起小号，“吱”地你吹一下，又“吱”地我吹一下，两个人脸都憋得彤红。人们忽然都又坐好，陈书记已经在正面坐好了，大声说了一句：“都开会吧。”

陈书记说话的时候，李建成和高小林就不说话了。

陈书记一说话，人们才知道不是说扶贫的事，是说张粉菊入党的事。

“咱们乡里的情况咱们大家都知道，”陈书记说，“建煤台跟大家每人集资了一笔钱，上个月又借了三十多万，加上建煤台的一共是六百多万了，又要过年了，咋也得给人们再发一回工资，行政拨款暂时下不来，只好再借，跟谁借，真也是不好借呢，今天咱们开会就是先要跟党员们通个气，实话实说吧，”陈书记看看坐在旁边的李乡长，“我和李乡长也商量过了，关于张粉菊的入党问题，张粉菊已经写了好多入党申请书是不是?”陈书记问李乡长。

坐在陈书记旁边的李乡长点点头。

“看看，咋说，是不是交易?”李建成忙在下边推推高小林，小声说。

“别说，听着。”高小林说。

陈书记朝这边看看，又说，“今天的会按说不符合组织程序，但是咱们又有啥办法，张粉菊工作还不错……”陈书记停了下来，他忽然不知怎么说下边的话，又看看坐在旁边的李乡长，李乡长两手捂着杯子，礼堂里挺冷。

“咱们都是自己人，有啥就说啥，”李乡长把身子往后靠，说，“也不是为谁，就是为我们大家伙儿，说明了，打招呼，咱们这是打招呼，前提是张粉菊是好同志，工作干得不错，咱们就通过一下，上会的时候一致一点，行不行?也是为了那三十万，为了乡里，乡里现在是困难时期，不过马上就要过去，煤台马上就上马啦。”

人们都不说，礼堂里一刹间很静，暖气管“砰”地响了一下。

“说明了，就是为了再跟冯敢死借那三十万，行不行?”李乡长也说。

二楼的礼堂很大，这会儿就显得更大，更空空荡荡，没有人说话，静静的。

“行不行，大家都表表态，举举手。”李乡长又说。

“为了乡政府，还有年底的扶贫。”李乡长又说。

还是没人说话，忽然有一个人站了起来，是老王，“瞎闹啥呢，瞎闹，我不同意。”老王大声说，说完又“卟嗵”坐下。礼堂里人们“嗡”的一声，有人“嘻嘻嘻嘻”笑，马上不笑了。

“我不同意!”老王忽然又站起来，又高声说了一声，又坐下。

“都说说，都说说，都表表态，举举手。”陈书记说。

还是没人说话，放在桌上的铙钹不知给谁不小心碰了一下，“哗啦”一声，“哗啦啦啦”从桌上掉到地上来，人们都掉过头朝那边看。

李建成捅捅高小林，小声说：“看看李乡长咋下台?”

“你看陈书记。”高小林却小声对李建成说，捅捅李建成，让他看陈书记。

陈书记的神情很古怪，好像是在笑。又好像不是笑，好像坐不住了，两只手不停地敲桌子，看坐在下边的人，看看这边，又看看那边，看上去激动得很。

会场里很静，党员们还是不说话，这种场面让人很尴尬。

“行不行?”李乡长又说。

这时老王忽然又站了起来，但这次他没说话，张张嘴，又坐下去。

人们还是不说话，不知谁“嘻嘻嘻嘻”笑起来，马上又不笑了，这就更让人感到尴尬，会场里就更静，没一个人表态，也没一个人举手。

“大家都表表态，举举手，不说话怎么行?”李乡长又说，看看这边，看看那边，舔舔嘴唇。

人们还是不说话，都好像事先说好了一样，都不说话，都不举手。

李乡长掉过脸看看陈书记，陈书记的表情让他吃了一惊，他发现陈书记在抖。“你咋了?”李乡长小声问陈书记。

让人想不到的是，陈书记忽然站了起来，他一站起来，就把人们惊了一下，他一开口说话，就更让人们吃惊。“好!”陈书记一站起来就用很大的声音先说了一个好，声音很怪，接下去，就让人们更吃惊了，“我很感动，我很感动，我真也想不到，”说到这儿，陈书记又停了，下边的人们不知道陈书记要说什么，不知道陈书记说的“想不到”的是什么，人们都看着陈书记，陈书记张张嘴，又开始说话，“我想不到我们觉悟会这么高，不为那两个钱，咱们都不为那两个臭钱。”陈书记忽然变得结巴起来，忽然显得不会说话了，脸涨得彤红。人们都愣了，想不到陈书记说的是这话。

李乡长突然愣了，直盯盯看着陈书记。

“大家都不举手才好呢，我尊敬大家。”陈书记忽然又说。

这简直让任何人都想不到，想不到陈书记会说出这样的话!李建成忽然笑起来，有人跟着笑了几声，马上就都不笑了，李建成拍了一下掌，想不到，有人跟着他三三两两地拍起掌来。人们都想不到陈书记会这样，人们都觉得意外。

“什么会?”李建成对旁边的高小林说：“我从来没开过这种会!”

“想不到陈书记还挺可爱。”高小林说，他怎么也忍不住想笑，便低下头，捂住嘴，还是“气气气气”笑出声。

“我们咋说也都是党员呢!”陈书记更激动了，他站着，看看下边，没坐下，李乡长却坐下去，侧过脸看着陈书记，脸突然红了起来，又站起来。

“想不到，咱们觉悟都这么高，我真想给大家敬个礼。”陈书记说，忽然弯下腰去，真给人们敬了一个礼。

人们忽然都静了一下，都看着站在台上的陈书记。

“真的，我很感动。”陈书记又说，停停，又说：“我真想唱一支歌。”

礼堂里更静了，人们你看看我，我看看你。

“唱啥歌？”李建成忽然问了一句，声音虽然小，却被人们都听到了。

陈书记朝这边看了看，说：“我想唱唱《国际歌》。”

下边的人们又一下子笑起来，但人们很快都不笑了，陈书记站在那里，脸抬得很高，已经唱了起来，声音有些发颤。人们都看着他。

“你看。”高小林又捅捅李建成，让他看陈书记，有什么东西亮亮的，从陈书记的脸上慢慢慢慢流下来。

“陈书记哭了。”高小林又小声说。

李建成不再说话，礼堂里，人们都也不再说话，都盯着陈书记，有人从座位上站起来，很快，人们都站起来，又有人跟着唱了起来，很快，人们都跟着唱了起来，高小林不会歌词，他想笑，看看左右，看看身边嘴一动一动的李建成，再也笑不出来。

听见礼堂里的歌声，那几个剧团的演员“卟嗵卟嗵”跑了过来，都在门外边的楼梯上听。

“唱的是什么歌？”一个年轻女演员问。

“唱的是什么歌？”一个年轻男演员问。

“是不是又要搞歌咏比赛？”又过来一个演员问。

烧锅炉的老王突然倒下来的时候是人们唱完了歌的那一刹间，老王也站在那里跟着唱，唱着唱着，他的身子就靠在了前边的座椅上，旁边的人没察觉老王有什么异样，直到他“卟嗵”一声倒下来。

老王得的是脑溢血。

十一

又一次寒流从遥远的西伯利亚袭来时也带来了一场大雪。

这场大雪注定是要到了来年才会消融的，路面都给冻得溜光，路上所有的车都开得很慢很慢。煤台那边终于可以上煤了，只要车皮一批下来，就可以往外运煤。乡里的干部没法出去，一部分人打扑克，一部分人下象棋，一部分人到二楼礼堂里去看排戏。

张粉菊忽然不再打扑克，她帮着刘召去准备新年的对子、标语、彩旗什么的，李建成和高小林好像忽然不再好意思跟她开玩笑，李建成也不再摸张粉菊的肥腿，这天，张粉菊把李建成拉到一边悄悄说："你借的钱我不要利息了，你也别跟别人说。"张粉菊这么一说，李建成就觉得更没意思，他想自己应该到什么地方先挪借点钱把借张粉菊的钱先还了。

乡政府的日子又是快乐的，二楼礼堂里排戏的敲敲打打声告诉人们一年就这么快过完了，礼堂里这一天正在排《腊月谣》，那个唱小生的唱得很是欢快：

十一月来快一年
叫声四哥听我言
我短你的你拿上
你短我的下年还。

十二月来整一年
掌柜的算盘算工钱
不用打来不用算
再给哥哥加两串

就是这天上午，乡政府电话员小杨忽然接到了榆涧打来的电话，小杨马上把电话转给了陈书记，陈书记一听电话就马上吓了一大跳。

“榆涧村有人冻死了！”陈书记对李乡长说。

“谁？刘婆？”李乡长也吓了一跳。

“不知道？”陈书记说，乡里的电话常断线，就在这关节眼上又断了线。

陈书记扔下电话就马上跑到三楼电话房里去，要电话员马上再要榆涧。

李乡长也马上跟到电话房来，“肯定是刘婆冻死了。”

“我这回饶不了刘珠。”陈书记说，陈书记已经问明白了刘婆的名字，刘婆只叫“刘氏”。李乡长也看了那张扶贫名单，上边就根本没有刘氏这两个字。前天，山阴县县长张楚雄刚刚召开了各乡乡长会议，在会上还特别提到今年秋季欠收冬季又这么寒冷，要让各乡认真搞好扶贫和防寒工作，不许冻死饿死一个人，如果哪个乡冻死或饿死了人就拿乡长是问。

“我饶不了狗刘珠！”李乡长看着电话员小杨接电话，急得了不得。

电话要通了，接电话的是榆涧支书刘弯地。

听完电话，李乡长忽然又愣在那里，老半天才说：“是不是错了？咋会是冯敢死的爹？”

乡政府的干部们马上都知道了榆涧村冻死人的事，也都知道冻死的人竟然是冯敢死的爹。这真是怪事一桩，人们都不相信。

“再问一遍，倒底是谁？”李乡长又对电话员说。

电话员小杨就又挂电话，很快就挂通了，一问，就是冯敢死的爹。

“怎么回事？”李乡长倒不明白了。

“先告诉一下张粉菊吧。”

“不会吧？”张粉菊也不相信冻死的人会是冯敢死的父亲，自己的公爹，“大腊月天的出什么洋相，不让人过年了？”张粉菊这么说。

陈书记坐车去榆涧是第二天的事，无论怎么说，冯敢死的父亲也是麻子玉乡的村民，原来说好李乡长也要和他一起去，可昨天晚上又下了一晚上的雪，路又让雪堵了，李乡长去了煤台那边，因为下雪，许多运煤车不得不停了下来，即使有胆大的司机敢跑车，车也开得像虫子爬。李乡长带着乡里的干部都去那边的路上铲雪，煤台那边已经堆了小山样的煤，跑天津的运煤车皮也已经批了下来，所以乡里的干部都热情很高，人们围得严严的，穿得厚厚的都到煤台东边和西边的那两条路上去铲雪，风很大，呼呼的西北风把地上的积雪一下一下卷起来，那纷纷扬扬的雪在空中扬上去又落下来，直往人们的脖子里灌，早晨雪就已经停了，太阳也已经出来，但天气反而更冷，人们在路上一点一点铲着雪，把身子背着风，慢慢往更东更西的地方挪动着，通往麻子玉乡煤台的路两边的村子里的人们也纷纷出来铲雪，人们都知道，乡里的煤台终于可以上煤了。

在这场大雪里冻死的人确确实实是冯敢死的爹。

无论怎么说，这都是麻子玉乡的一件事，李乡长和陈书记坐上车去榆涧是这天中午的事，路太滑，车开得不能再慢，还有山路，上山，下山，车就变成了一只行动不灵活的虫子。快到榆涧村时，太阳要落山了，太阳那么红，忽然把雪地照得像着了大火。

李乡长让小刘停停车，车停下，李乡长把车窗打开朝那边望去。

落日更圆更红了，在它即将落下的那一刹间。

捉　奸

邬月照

故事的起源可能是老总秘书张伢小姐刮小车司机胡风的那一巴掌，也可能是那天晚上帝豪苑一带事先没有预告的停电，还可能是张伢小姐在傍晚时不知何故多喝了两杯。

总而言之，倘若没有这些起源，就不会或者起码暂时不会发生令先锋公司全体员工以及主管部门领导大为震惊的事，先锋公司因此面目全非更无从谈起。

一年后先锋公司绝大多数人十分痛苦地溯本追源，总结历史教训，除了找到罪魁祸首胡风先生，还追到了自己头上。

自然这是后话。

那天傍晚的饭局设在离机场不远的香港人开的大贵族海鲜鱼翅酒家。老总潘奇、秘书张伢、贸易部部长古志仁、小车司机胡风，还有四个北方客，八人一席，吃鲍鱼、龙虾、大闸蟹、老鼠斑，喝两瓶长颈 XO。

吃饱喝够后，老总和部长与四个客人一道飞北方，落实一宗大额的矿产出口生意。胡风则奉命载送张伢小姐回家。

张伢的家其实不是家，应该称为单身宿舍。张伢的身份在公司里举足轻重，所以公司出资数十万元，在属高尚住宅区的帝豪苑购置一单元供她居住。

胡风常常驾车来往帝豪苑，路熟得如回自家。可是他一次也没进过张伢的居室，以往都是驶到楼前卸下乘客便掉头离去。这回情况不同，张伢醉得连开车门也不会，而且张伢没人陪伴。于是胡风便送佛送到西为人为到底，替张伢开了车门并且勇敢地将一支胳臂插到张伢柔软温热的腋下，一路搀扶，上了四楼，开门开灯，直抵卧室。

这一过程确实令胡风很难受，陌生或者说虽然不陌生但从未肌肤接触过的女性如此密切依傍他，致使他的触觉嗅觉视觉高度敏锐和亢奋，热血奔流。然而胡风这时尚有足够的力量镇压自己，可以做到坐怀不乱，因为他早就明白这个可爱的来自四川的美妞名花有主，谁也沾碰不得，她的主就是掌握先锋公司命运的潘奇老总。

别的人或许不知道，他胡风却是一清二楚的。老总和张伢出双入对，从来都是坐他的车，种种亲昵行为，都发生在他的眼皮底下。自从张伢住进帝豪苑，老总便常常在周末叫胡风载他往帝豪苑，并且嘱咐胡风在星期一早上来接他和张伢回公司上班。半路上，老总总是不会忘记用手提式电话往家里打，告知老婆说他要出差。

胡风跟大多数的单位自用的小车司机一样恪守这一行业的道德和规矩，对领导的公事私事绝对不闻不问，更不会多嘴多舌将见闻告诉他人。坐小车的人物往往把开车的看作一台机器，所以开车的就往往把坐车的人看作运载的货物，大家心照不宣，保持主仆关系的宁静与和平。

然而胡风对这一切的缄默和超然不等于胡风真的如一台机器没有思想。胡风常常将完美无暇的张伢和大概因为早年饱受苦累而满脸皱折的老总摆放在一起评价分析，总觉得老总去吻那张剥皮鸡蛋般光洁嫩滑的脸很自然，而张伢用樱桃小嘴去吻那些皱折则不可思议。每逢这么想，胡风就会或多或少生出一些不平，淡淡地为张伢惋惜，继而将自己摆了进去，肆无忌惮地将张伢意淫一番。可是最后，胡风总是能理智地跳出来，承认樱桃小嘴啄吻松树皮般的皱折的合理性：老总，代表公司的权力和金钱，权力和金钱可以吸引世间万物，自然包括女人。

胡风除了常常作这种毫无得益的思想，还常常作一些实惠的计算。每逢老总和张伢在车上拥抱接吻，过后胡风常常会找烟抽却摸出一个空烟盒，老总便会从皮匣子里摸出两盒555或者万宝路扔给他，有时干脆给他整条。每逢老总到帝豪苑“出差”，胡风常常会提议老总先去桑拿按摩一番或者说很久没有卡拉OK过了不如邀张小姐去OKOK，老总就会很慷慨地抽出两张或三张百元钞票递给他，嘱咐他找几个朋友去轻松一下。有时见老总掏出个精美的高级打火机点火抽烟，胡风总会不失时机拿出个塑料打火机打火而且连打五六下也打不着，老总就会将高级打火机扔给他，说送给你。

其实这些香烟打火机几张钞票对胡风来说只是鸡毛蒜皮，胡风作为老总的专用司机所得的实惠除了他自己谁也无法估算。小车一年的维修保养费和汽油费胡风就吃了不少。至于发票的来源，胡风易如借火，修车店和加油站有的是朋友，发票的款额几百几千任由你写。胡风便常常兜里揣一大叠发票，专等老总心情最佳急着去会张伢的时候就递过去请求签批，老总自然看也不看，拧开钢笔龙飞凤舞“同意。潘奇”。

老总对胡风来说是衣食父母是财富源泉，决定胡风对老总金屋藏娇一事视而不见，更不会对老总心爱的娇娥作非份之想，尽管胡风生性好色，随时随地渴望接触新鲜的女人。

然而这天晚上当胡风搀扶张伢进了张伢的卧室并且几乎是靠搂抱将张伢弄上床然后握住张伢的小腿替张伢脱鞋之后，胡风的自我镇压已到了极限，意志如同一道单薄脆弱的闸门，面对滔滔洪流难以抵挡。

张伢半睁半闭的醉眼和被酒精烫得绯红的双颊以及轻轻浅浅的呻吟令胡风联想到以往做爱时的女人的模样。张伢的晚礼服歪歪斜斜凌乱不堪致使张伢坦露半边乳房和几乎整条结实颀长的大腿，胡风更是不舍得离去逐一细细观赏。

胡风和不少女人上过床，他已记不清准确的数字是多少。可是胡风染指的女人全都是发廊的洗头妹大排档的洗碟洗菜女工成衣档的街边女一类，顶高级的，也只是宾馆服务员，最低级的，便是影剧院前公园里的职业妓女。因此眼前这个张伢对胡风来说，因其归属高级的档次和具有陌生感和神秘感，足以煽起胡风史无前例的全部的热情。

胡风知道张伢出身名牌大学，贸易金融的知识比他胡风对汽车的结构与维修的知识还要多还要熟；张伢叽哩呱啦说的英语比他胡风说普通话还要流畅；张伢懂得穿着打扮，既新潮又不俗套，谈判穿什么赴宴穿什么在公司上班穿什么都恰到好处；张伢待人接物更是十分到家，既给你带两个小酒窝的甜笑，又给你一种高贵和典雅，叫你觉得她态度真诚和蔼却同时超凡脱俗居高临下。

尝尝这种女人的滋味。胡风钉牢在张伢的卧室里，这念头反复出现而且越来越强烈和顽固。然而他还未敢行动，老总的一脸皱折不时出现在眼前。

“谢谢……小胡，你回去吧……谢谢……”张伢闭上眼，口齿含混地说。

不早不晚就在这时候停电了。胡风撩起窗帘看，外面一片漆黑。

胡风看不见张伢的形态，鼻子却异常敏锐起来。透过淡淡的国际型香水味，胡风闻到浓郁的张伢的体香，似兰花香，又似带微酸的草莓。胡风单薄脆弱的闸门结果被这股神秘的体香的洪流冲垮。

当张伢呼吸平稳均匀后，胡风便宽衣解带摸上床，紧紧搂住了张伢。

张伢翻身说："你来了，我知道你会来的，飞北方让小古一个人去就行了……你是打的来还是小胡载你来？你干吗不开灯？你这馋猫！慢点，别太快嘛……奇，你怎么啦？粗鲁得像换了个人似的……"

后来胡风无法控制仓促完事而张伢仅仅才开始不肯罢休，胡风企图急急穿衣逃离现场，没料到这关头帝豪苑恢复供电，于是两人赤条条暴露在明亮的灯光下两人惊得如同木鸡。

张伢于是扬手狠狠扇胡风一记耳光然后拉过衣物捂住胸前怒骂胡风"流氓"。

胡风挨了耳光倒恢复了理智，边穿衣服边冷静地说："你给老总那么多次，给我一次也是应该的。你们的事，我至今没张扬过，作为报酬，也不过分嘛。"

之后，胡风就在"流氓"的骂声中离去。

胡风驾车时努力回味张伢，脑袋里却一片空白，无法寻到一丝一毫特殊的感受。

胡风后悔事情来得太急。

胡风在电话里接到老总"你来一下"的命令时心里十分坦然。事实上胡风那天晚上挨了张伢一记耳光之后很快就把事情忘得一干二净，他认为小事一桩无足挂齿，他料定张伢也会认为小事一桩无足挂齿。一个可以跟有妇之夫经常上床的女人想必观念新潮行为开放，怎么会因为他胡风偶然一次的冒名顶替大吵大闹兴师问罪呢？就算张伢心胸狭窄认为是吃了大亏向老总告他胡风的状，那又如何？老总奈他胡风何？老总总不能搞性垄断不能只许州官放火不准百姓点灯，况且他胡风早就知晓老总放火的全部历史而他胡风仅仅点了一回灯。

胡风走进总经理室问大班椅上的老总："出车吗？去哪？"

老总从文件堆里抬起一脸皱折，平淡地说："储运车队缺人，调你过去，你交奔驰的钥匙吧。"

胡风如雷轰顶，他明白州官惩罚他点灯。

皱折继续平淡地说："储运车队是公司属下的单位，经济效益不错。开货车也是开车，对你来说性质一样。我已通知财务科给你多发一个月奖金，交钥匙吧。"

胡风无话可说，掏出钥匙，想了想，问："谁接替我开奔驰？"

"张伢，她上个月已经考了驾驶牌照。"老总接过钥匙，不耐烦地说："你可以走了。"

胡风走出总经理室的时候，觉得左脸颊火辣辣的，他分明感受到张伢又刮了他一记耳光。

胡风觉得自己这样走出总经理室很窝囊，以挨一巴掌和丢掉开奔驰的美差为代价去兑换那天晚上暂短的欢愉十分不合算，自己明明吃了大亏。结果胡风踅回总经理室，不卑不亢地问老总："没商量的余地吗？"

老总抬头瞟胡风一眼又低头看文件，说："没有。"

胡风想了想，说："我跟你这么久……"

"因为你跟我这么久，我才对你这么客气。"老总头也没抬。

胡风突然觉得底气十足，提高声调说："老总，你这样为了一个女人，很不值得……"

老总猛然拍桌子，脸色煞白，指着门口喊："出去！滚出去！"

胡风耸耸肩说“OK”，便头也不回地离去。胡风很满意自己所表现的风度。

胡风走进人事保卫部的时候部长常志健伏在办公桌上呼呼大睡。

昨夜隔邻的副食品公司宿舍楼三楼那户人打麻将打通宵，可怜常志健也得陪个通宵。八十年代初期建的住宅楼宇不讲究间隔空间，一幢幢亲亲密密挤在一块，相距不过三五米，此楼放个屁，彼楼清晰可闻，何况打麻将。

要命的是常志健自从转业到地方，便莫名其妙患上神经衰弱症，躺在床上会无端端生出些躁火来，倘若外界有些杂音，更会火冒三丈，恨不得弄来个炸药包将整片楼群都炸掉。

尽管呼呼大睡，常志健却保持着往昔军人的警觉。胡风走到办公桌前，常志健就猛然抬头问：“什么事。”

“老常，我来告诉你，从今以后，我再也不能载你上下班了，你自己骑车吧。”胡风说。

常志健愕然地眨眨眼。

先锋公司只是常志健和胡风住那座破楼。每天早晨，胡风从四楼下来，敲敲三楼常志健家门，就把常志健捎回公司，然后才去接老总、副老总和张伢；下班，则先送老总他们回家，然后再送常志健和自己回家。其实那座破楼离先锋公司不远，骑车顶多十分钟路程。然而常志健一般极少骑车，倒不是怕辛苦，而是爱面子。破楼的各式人物谁也比不上常志健体面，有专用司机，而且坐的是奔驰。所以常志健设想自己风雨烈日下骑车上下班就痛苦万分。

胡风说：“马死下地走吧，我也得骑车上下班呢。”接着，胡风告诉常志健，因为得罪了“奸妃”，如今被贬到储运车队开大货车。

“奸妃”是指张伢。胡风好几回听常志健背后骂张伢是“奸妃”。胡风知道常志健与张伢有深仇大根。

常志健果然把牙齿咬得格格响，骂道：“不除那骚货，没好日子过。”

常志健由“奸妃”想到被夺走的那套帝豪苑住宅，想到屈居的那座破楼，想到昨夜的麻将声，恨不得立马把张伢“狗日”了。

常志健带着级别转业到先锋公司，刚好遇上帝豪苑竣工交货。先锋公司半年前预购一单元，打算给会计师住，可是会计师等不及就一家大小迁居澳洲去了。常志健将公司各级人物排队，得出结论是帝豪苑一套房子非他莫属。因此常志健有一段时间天天跑帝豪苑跑家具店，就等新居入伙。

帝豪苑令常志健心往神迷，主要在于楼前宽阔的草坪和楼后一片茂密的松林，幽静、优美，比部队的高级首长的疗养院还高级。没料到突然冒出一个张伢，凭一张北京名牌大学的毕业证书，凭媚狐子般的长相和骚气，几个回合便将小老头般的老潘俘虏，硬是迫使老潘不仁不义说话不算数让她夺了帝豪苑。

常志健曾打算到上级主管部门的党组告状甚至到市纪委告状，可是怎么告？常志健一直没有想好。潘奇曾经给常志健做善后工作，勉励常志健发扬部队的光荣传统，吃苦在前，暂时克服困难，以便让知识分子张伢安心在先锋公司工作。潘奇还许诺，公司赚了钱，必定再购房，到时第一个考虑安排你老常。然而如今又过了一年了，房价飞涨，先锋公司没有购房迹象。

胡风扔给常志健一支健牌烟，自己也点着一支，表明不急着走。常志健就问胡风“怎样得罪奸妃了”。胡风说“一言难尽”。

常志健来了兴致，三番四次要求胡风说一说。

胡风就说：“奸妃不仁，我也不义。老常，假如有这么机会，可以肯定张伢在帝豪苑那套房里干见不得人的勾当，你敢不敢和我一道去捉奸？”

常志健便笑，笑得很暧昧，说：“有什么不敢的？我是人事保卫部部长，这方面的事我有责任去管。对了，我还可以叫派出所的人一齐去，所长是我的战友，狗日的我要妓女嫖客一把抓。”

胡风很高兴，拍拍常志健的肩膀说：“好，有你我就放心了。先不要张扬，免得打草惊蛇。你等我的消息。”

胡风离去很久，常志健才想起胡风并没有说他怎么得罪了张伢。不过常志健相信自己可以猜估得八九不离十：胡风这家伙比较好色，可能对奸妃动手动脚，而奸妃根本瞧不起胡风。不过常志健丝毫没有兴趣研究谁对谁不对，重要的是帝豪苑那套房子。如果奸妃真的接嫖客回来卖淫——这毫不出奇，如今漂亮的女人贪钱的女人往往会走这条致富之路，那么，就可以将奸妃开除出先锋公司，谁也保她不住，那么，帝豪苑那套房就可以归他常志健了。

从部队转业到公司初期，常志健处处时时颇感别扭，每天的工作（其实没多少工作）、人际关系，乃至衣食住行，好像都得从头学起，仿佛他常志健来自另一个星球似的。尽管主管部门的领导，老总老潘、各部的头头乃至一般办事员业务员都对他客客气气彬彬有礼，但他仍很快就发现，所有的人压根儿就瞧不起他，他之所以当个鸡巴人事保卫部部长，之所以一个子儿也不少地享受部长级的丰厚待遇，只是他们奈政策无何而不得不将他供养起来。然而他也明白，人们瞧不起他，是没有法子不这样，说实话，他至今弄不明白老潘他们怎么做生意怎么能给公司一年弄来几百万元的利润，打打电话，出出差，签签合同，报报关，大把大把的钱就来了。这对他常志健来说匪夷所思。

常志健开始时曾参加过几次业务会议，想活到老学到老投身经济工作，可是一听什么铝锭、锡砂、玉米的价格、航运船期、美元兑换汇、关税、信用、订金……之类就头昏脑胀，更要命的是那些业务员常常说话夹杂鬼话，明明可以说百分之多少，他偏要说成多少个“撇仙”，还将办公室说成“喔飞”，将传真说成“啡”，将电梯说成“镍”。光是“撇仙”，也让常志健花几个月才弄懂。既然隔行如隔山，常志健干脆就老老实实呆在山这边，对山那边不闻不问。你们瞧得起我也好瞧不起我也好，反正工资奖金津贴你们不敢少发我一个子儿。常志健这么想就不再觉得别扭，天天上班坚守阵地，对非人事保卫的事一概不问不理，于是心宽体胖悠哉游哉喝茶读报翻翻杂志。如果不是神经衰弱夜难成眠再加上居所环境恶劣周围噪声污染，常志健一定会承认自己是个幸福之人。

胡风的来访重新煽起常志健对帝豪苑的热望。尽管胡风平时喜欢夸夸其谈吹牛撒谎，但只要奸妃张伢确实犯规越轨，他常志健就能出其不意严加打击毫不手软。他常志健有权这么干而且有责任这么干，谁叫他常志健是人事保卫部部长？

常志健这天一扫往日的懒散慵倦，心情愉悦精神饱满地策划和完善一个捉奸计划。

胡风到储运车队报到后就到医院开病假条请病假，不肯善罢甘休去开那些脏兮兮的笨头笨脑的大货车，此外，他得花些精神和时间，好好报复一下张伢，至少得狠狠扇她两记响亮的耳光。

胡风东游西荡，苦思苦想，设想过种种计划，譬如找几个哥们儿埋伏在帝豪苑揍张伢一顿，又譬如找几个哥们到张伢的办公室吵闹，谎称张伢欠他们一笔赌债。后来胡风分析比较，觉得最妙的还是捉奸，一伙人夜闯帝豪苑，将赤条条的张伢和老总从被窝里抓出来，该是何等的痛快！胡风甚至设想张伢的惊叫、老总的狼狈，自然还设想他胡风上前刮张伢的耳光并且趁混乱抓捏张伢的奶子。

胡风冷静时觉得捉奸计划要实施实在困难，关键问题是除了老伢和老总，谁也没有帝豪苑那套房子的锁匙，一伙人如何在张伢他们做爱的时候神不知鬼不觉地闯进去？只有一个办法就是破门而入，要携带铁锤之类的工具要在最短的时间里把门砸开……

傍晚时分沉寂了大半天的 BP 机鸣响，胡风根据 BP 机显示的数字知道是公司副老总召唤自己。一个星期前不知何故副老总赵宝权和老总潘奇吵了一架，当天下午赵宝权就住进疗养院。胡风估计赵宝权在疗养院住腻了要出院回家。

胡风初时打算不理睬赵宝权，一是因为如今没有奔驰开，接送领导已不再是他的职责，二是他一向对赵宝权没有好感，觉得此人架子大却没什么本事，且从来不把他胡风放在眼内，以往坐他胡风的车，总是绷着一张马脸，木头般一声不吭。可是胡风转念一想就觉得自己如果不理睬赵宝权将大错特错，赵宝权好歹也是副老总，先锋公司的第二把手，还兼党总支书记，潘奇虽然厉害，也得看他几分脸色。

于是胡风在街头截一辆出租车，直抵疗养院。

赵宝权果然提着个行李袋站在疗养院大门口等候。胡风钻出车子毕恭毕敬向赵宝权致以问候同时接过行李袋在车内放好，然后请赵宝权入座。

赵宝权见不是奔驰而是夏利牌出租车就一脸冻霜，考虑是否应该拒乘。胡风说："赵总你将就吧，我已被人撵到储运车队开货车了，见你召我，只好打的来接你，否则，你等到明天还不一定有车，明白对你说，打的的钱还是我自掏腰包的呢。"赵宝权只好将就了。

一路上，胡风对赵宝权的提问答得迟迟疑疑，显得心事重重的样子。赵宝权就说："小胡，怎么回事你尽管说，我这个副老总还没死呢！小车开得好好的为什么要撤你？"

胡风就说张伢怎么勾引潘奇，潘奇怎么难过美人关，潘奇把帝豪苑那套房子给张伢住其实是金屋藏娇，潘奇常常谎称出差其实到张伢那里过夜，为了方便随时幽会避人耳目张伢考取驾驶执照于是依仗潘奇权势从他胡风手里夺了奔驰的钥匙。

胡风还发誓说他所说的千真万确地愿以人头担保，并且说如果副老总愿意可以在某一个周末之夜前往帝豪苑那套房捉奸必定可以看见张伢和潘奇双双在床。

赵宝权听了胡风的举报沉默不语，依旧绷紧一张马脸，令胡风探不出其内心的深浅。直至驶抵赵宝权居住的楼前，赵宝权才咳了一声然后庄严地宣布："暂时不要扩散，你别到储运车队上班，暂时到行政科打杂，有什么情况你单独和我联系。"

赵宝权对桃色新闻毫无兴趣，他认为潘奇玩玩张伢算不了什么，即使潘奇偶尔嫖一两回妓也不算什么。这不说明赵宝权主张性自由性解放性泛滥，恰恰相反，赵宝权在男女问题上奉行的近乎是禁欲主义，女性们难得看见他的笑容更不可能看见他蕴含一丝半缕欲望的目光，因此他在公司里乃至主管部门机关里，他的严肃严谨不拘言笑颇有口碑，女性们要博取他的热情是异想天开，包括他的妻子。赵宝权之所以对潘奇和张伢之事反应平淡，只是因为近年来厂长经理阶层以及一些官员嗜好女色沉迷肉欲成了家常便饭，赵宝权见得多听得多就不觉新鲜不觉得值得大惊小怪。而且赵宝权知道，如今要拿一些生活作风问题去打倒一个人已经过时已经十分老土已经不大可能。

因此，赵宝权宁可获悉潘奇挪用公款贪污公款或者接受客户大额贿赂的消息。赵宝权自从被先锋公司的主管部门派往先锋公司任副总经理那天起，他就一直盼望等待潘奇中饱私囊犯经济错误。可是潘奇鬼得很，宁可在公务交际时一掷千金大笔挥霍，也绝不往兜里塞进一元半毛。赵宝权记得潘奇在一次酒宴后曾说过："钱，要来干什么？生带不来死带不去。"

赵宝权拿潘奇没办法，潘奇根本不可能犯经济错误。潘奇和当今大多数国营企业的老板一样，深谙财富的实际意义和个人消费在公款中报销的技巧。诺大的公家钱柜随时可以取用，傻瓜才会把那钱柜往自家里搬。

此外，还有一个因素令赵宝权觉得难以撼倒潘奇，就是潘奇在生意场上左右逢源所向披靡。先锋公司百分之九十以上的大生意，都是潘奇一手策划亲自经办的。这令潘奇在公司内乃至主管部门是享有绝对的威信和声誉，以致一些人错误地认为是潘奇养活了公司乃至主管部门。

赵宝权也承认潘奇确实有一些商业才能，但潘奇的成功绝非仅仅是才能的结果，主管部门的权威性和国营大公司的良好信誉才是最重要的成功因素。假如潘奇是个体户或私营业主，任他再神通广大也只能做些蝇头小生意。换言之，换上别人来当先锋公司的总经理，也不可能不左右逢源所向披靡。

赵宝权就屡屡设想过自己当公司第一把手，觉得自己当得不会比潘奇差甚至可能当得更好。生意，无非是一买一卖，低价买来高价卖出，复杂不到哪里去。亮出个国营大公司总经理的头衔，自然会有卖主和买主围着你转。

事实上赵宝权也曾多次做过努力，想漂漂亮亮做成几宗大生意，以纠正人们认为他赵宝权只会吃政治饭不会做生意的偏见，无奈几宗大生意都虎头蛇尾不明不白地被对方“研究研究”最后不了了之。赵宝权寻找失败原因，归结于潘奇的名气太大和自己的名片上那个“副”字太碍眼。客户往往会说：“哦先锋公司，潘老总我认识。”有的干脆说：“是潘老总叫你来找我的?”或者一脸狐疑问：“你在先锋公司说话算不算数？譬如，是否调得动资金?”

严峻的现实最终让赵宝权明白：在以经济为核心运转的公司里，要当第一把手，必须在生意场中当个“大腕”人物；而要当个“大腕”人物，必须在公司里当第一把手。这等于说，必须有鸡才能有蛋，而有蛋必须先有鸡。

赵宝权于是陷入无望的痛苦，于是常常做梦梦见潘奇出车祸梦见潘奇肝癌心肌梗塞梦见潘奇速老白发苍苍步履蹒跚……

这天晚上赵宝权再一次玩味胡风的举报，猛然发现捉奸虽不足以将潘奇打倒，却不失为一次重挫潘奇气焰的壮举，至少，可以因此将潘奇的心腹人物张伢去掉，这无异于断了潘奇的一支臂。

潘奇和张伢一连几天穿梭于市内几家银行，为进口一批铝锭筹集一笔数额巨大的贷款，因此两人的办公桌都敷了薄薄一层的尘土。

赵宝权常志健以及会计师经济师等人物自然没有奔驰接送上下班。赵宝权只好通知行政科改用一辆平时极少使用的残旧不堪的面包车作临时交通工具。

一伙高级人物屈在哐哐作响的破车里自然十分不悦又十分无奈。行政科长有点不好意思，用讨好的语调安慰大家："暂时的，过几天老总贷了款就好了。"常志健却火爆爆说："好个吊！往后我们都得坐面包，奔驰人家专用啦！"众人哗然，常志健又说："不信？走着瞧吧。小胡都被撤了，奔驰交张伢开，她会接送你们？她是你们的相好是不是？"

赵宝权适时制止："老常，说话注意点分寸嘛。"常志健不买账，越发粗声粗气："我说话得注意分寸，他们俩做事却不用注意分寸？什么时候张伢弄出个大肚子来让你们瞧瞧分寸。"赵宝权只好叹气说："胡说八道。"

一连几天，先锋公司各部室都有人嘀嘀咕咕，传播、推测、演绎张伢和潘奇的桃色故事。赵宝权装作一无所知，到处溜达，捕捉各种议论和评判。

情形出乎赵宝权意料之外，众人几乎百分之百相信潘奇确实和张伢有染，但几乎百分之百对潘奇的"失足"表示惋惜和同情却对张伢表示鄙夷和愤怒。众人颇欠公允的评判令赵宝权大皱眉头，赵宝权由此可见潘奇的威信太高，再一次明白这类丑闻根本不足以将潘奇打倒。

在财务部，赵宝权进门时听见会计李大姐说："潘老总的太太可能还根本不知道。"赵宝权的心头就闪过一道光亮——如果让潘奇老婆目睹把潘奇和张伢捉奸在床的一幕，潘奇的后院就起火。

赵宝权回到办公室，用电话召来兼管妇女工作和工会工作的团总支书记陶斯斯。陶斯斯是潘奇老婆的表妹，当初调进先锋公司时赵宝权曾极力反对，最后经不起潘奇的压力才勉强首肯。

陶斯斯像青蛙般蹦跳着进来，这个矮而胖的老姑娘总爱作青春活泼状，表现永不消褪的蓬勃朝气。赵宝权不明白她为什么不结婚和她将会跟什么样的男人结婚。

“老赵，我也正想找你!”陶斯斯坐在赵宝权对面说：“你说，现在公司里的人盛传张伢跟老潘怎么样怎么样究竟是真还是假?”赵宝权没料到陶斯斯自动扯开这话题，便反问：“你说呢?”陶斯斯说：“我要是知道还用问你?”

赵宝权迟疑一下，又问：“假如是真的你会怎样是假的又会怎样?”

陶斯斯咬咬嘴唇，想了想，说：“我认为爱情应该是绝对专一的。如果表姐夫真的跟张伢勾上了，我会劝表姐离婚，妇女应该表现自爱自强应该具有现代意识，同时，我建议把张伢调走或者开除，第三者无论怎么说都是卑鄙的不合国情的。如果传闻是假的，则应调查谣言的起源，看看什么人搞鬼为了达到什么不可告人的目的。”

赵宝权点点头说：“我相信是真是假很快就会见分晓。你刚才说的基本正确，只是有一点我不赞成，不要轻易就劝人离婚，老潘一时自我控制失效犯了错误，可以改正嘛，你表姐应该原谅他……”陶斯斯十分惊异，插嘴问：“你的意思是……真的?”赵宝权连忙否认有这个意思，继而严肃地说：“不管怎样，我建议你这段时间多点关心你表姐。有些事情，有思想准备总比没思想准备好。不过你也不必把那些传闻告诉你表姐，党组织会严肃认真调查处理这件事。”

最后，赵宝权“为了挽救潘奇同志”同时也“为了证实传闻是真是假”，交给陶斯斯一个特殊的任务：如果潘奇告诉妻子说去出差，陶斯斯得第一时间用电话告诉他赵宝权。

陶斯斯欣然答允，她说她至今仍住在表姐夫家，表姐夫出差她肯定知道。

陶斯斯离开赵宝权办公室时说不出是悲哀还是喜悦。她从赵宝权的口气得知传闻似乎不是无风起浪。如果传闻属实，她真为亲爱的表姐悲哀，同时也为自己的爱情的转机喜悦。

陶斯斯走进报关员冯青办公室，微笑地看着从文件堆里抬起来的一张俊脸。冯青说："我很忙，没时间聊天。"陶斯斯依旧微笑，柔柔地说："我知道你躲着我是因为追求张伢，我也知道你在张伢处碰一鼻子灰的原因。你呀，傻乎乎的真是不识好歹。"

冯青眨着眼问："你这是什么意思？"

陶斯斯十分真诚地说："我是为了你好，我不忍心看你为了这么一个女子耗尽热情……"冯青突然发火，粗暴地说："张伢怎么啦，我就是喜欢她又怎么样？你管得着？我已经退了团，就算没退团，你也没权利干涉我的私生活！再说，张伢是特务间谍爱滋病患者还是什么？为什么我不能爱她？"

陶斯斯摇头叹息，觉得面前这位英俊青年又可怜又可爱。沉默了一会儿，陶斯斯忧伤地说："你爱张伢爱得太糊涂了！难道张伢对你的热情曾回报过一丝一毫吗？"英俊青年仿佛重重挨了一击，颓然垂下脑袋。

冯青开足马力追求张伢大半年，送鲜花寄爱情诗闯张伢办公室守在路口拦截却一无所获，连一次约会的机会张伢也不给。张伢始终只对冯青说一句话："别来烦我我是不会喜欢你的。"冯青对这句话百思不解，论身高论长相论学历论才能论种种外在内在条件他冯青都与张伢堪称匹配，自己在张伢眼里何以一钱不值？因为百思不解，冯青结果找到一种连自己也不大信服的解释，就是张伢太忙太事业了，张伢不想在干大事业实现大抱负之前谈情说爱继而结婚生子做个平庸女人。冯青就拿这个解释自我安慰和支撑爱情的等待。

陶斯斯极想伸手抚摸冯青浓密乌黑的头发甚至将那颗可爱的脑袋搂进怀里。她叹了口气，又说："我为你对张伢的那份痴情感动。张伢也太那个了，你没有听公司的人怎样议论张伢吗？"冯青猛然抬头问："议论张伢什么？"陶斯斯平静地说："说张伢跟潘奇老总勾上了。”

“勾”字令冯青觉得十分刺耳十分猥亵，也令冯青大为震惊。陶斯斯继续说：“传闻这东西往往无风不起浪，公司里这么多小姐女士，却没谁说谁跟老总那个而偏偏说她张伢……”冯青几乎歇斯底里喊道：“她是老总秘书公关小姐常与老总在一起是她的工作你们的心理太阴暗了简直俗不可耐！”

陶斯斯仍微笑着柔柔地说：“如果有这么一天晚上，张伢和老总双双被人捉奸在床呢？你会怎样？”冯青脸色苍白咬牙切齿说：“我会杀了老总然后杀了张伢最后杀了我自己！”

陶斯斯转身离去，在门口处回头说：“冯青，这样，我会为你惋惜一辈子。”

周末傍晚陶斯斯在公司食堂吃了晚饭心里就空落落地难受。她憎恨空闲继而憎恨自己，她觉得世上再没有比这样无所事事无所依托的境况更苦煞人。都二十八岁的人了，仍孑然独身，连男人的气味也没认真闻过。陶斯斯每这么想便觉得浑身凉透，世界便灰暗起来。

陶斯斯为了驱散这种极不健康的灰暗情绪，自然就想念冯青。这种想念恰如在黑茫茫的大海遥望隐约闪烁的灯塔的微光，陶斯斯知道这叫做希望。

以往的想念大都停留在一种虚构上，诸如与冯青在咖啡厅的烛光下一边对视一边啜咖啡，或者与冯青在交际舞场上跳如醉如梦的慢四步，或者与冯青一起郊游，或者与冯青在公园的灌木丛后幽会拥抱接吻。有时甚至虚构冯青生一场很厉害的病，她则女主人一般在冯青的宿舍里端茶送水悉心照料。

如今陶斯斯刚想冯青就连带想起漂亮妖冶的可恶的张伢，张伢实际上夺走了她陶斯斯的冯青同时又毫不吝惜地抛弃冯青，张伢既令她陶斯斯爱情无望同时也使冯青饱受痛苦，因此张伢毫无疑问算得上是个害人精。既然是害人精，就越早曝光越好。倘若真的把她捉奸在床，那才好呢，这样才能教育这个蠢头蠢脑的可怜的冯青。当然，这么一来，对表姐的打击太大，可是这有什么办法？与其用纸包住火不如让火把纸烧掉。

陶斯斯走进表姐的家，见表姐一人独自吃饭，心中便涌起怜悯。表姐的一儿一女念大学，很少回家，表姐夫应酬多，一个月回家吃饭不过三五顿。陶斯斯便想，女人实在不该嫁企业家党政领导人，嫁这些人等于没嫁。

表姐很平静地吃着饭一边跟陶斯斯聊天，问陶斯斯今晚的《包青天》包公将会怎样判案那对奸夫淫妇将会怎样下场。陶斯斯听闻"奸夫淫妇"就心惊肉跳想到表姐夫和张伢，呆呆看着表姐夹杂在黑发里的为数不少的白发，胆怯地问："周末表姐夫也不回来吃饭?"

表姐吐出一块鸡骨头然后说："打电话回来说出差了，去深圳搞一批电脑。惯啦，当个狗屁老总，一把老骨头满世界颠。"陶斯斯更是心惊肉跳，她想起赵宝权的叮嘱，知道一宗重大事件很可能在今晚发生。表姐拿牙签剔牙缝，又说："你以后嫁人可得小心，嫁普通男人是上策，否则也会跟我一样天天一个人吃饭。"

陶斯斯不禁眼热鼻酸，安慰道："表姐夫是做大事业的人，社会不能缺少这些人。"迟疑一下，陶斯斯改用开玩笑的口吻说："表姐，你从来不担心表姐夫在外面……"陶斯斯找不到合适的字眼。表姐却接着说："拈花惹草是不是？谁知道呢！如今这世界，很难说，到处都是妓女，到处都是二奶，良家妇女给挤得无处立足。潘奇在外边规矩也好乱搞也好，对我来说都差不多，反正都是常常不回家，他别给我出丑就行了。"

陶斯斯发现表姐说这番话时的慢不经心是装出来的，她不相信世上会有容许丈夫在外边乱搞的妇女。果然，表姐沉默少许便问她："你在公司听到什么没有？人们怎样说潘奇的?"陶斯斯答道："我没听到什么。不过，你也不要对表姐夫掉以轻心，有点提防有点心理准备总比没有好。”表姐点点头，陷入木然的沉思。

陶斯斯离开饭厅来到客厅，拨通赵宝权的电话，悄声报告“老总说出差了”，赵宝权连声说好，然后叮嘱陶斯斯等待他的指示。

夜幕完全笼罩了这座城市。到处是无所顾忌的喧哗，到处是闪烁不定的灯光，结构着城市的浮躁和诡秘。

潘奇和张伢在一家用大量的艺术雕塑工业品堆砌而成的欧陆古典风格的西餐厅就餐。他们举起盛着法国红酒的高脚杯频频碰击频频饮呷，庆祝借贷成功预祝铝锭生意成功。桌上的小蜡烛摇曳着柔柔的光芒，抹平了潘奇一脸被岁月风霜刻下的皱折，给张伢甜美的脸庞镀上一层金光。

俩人极少说话，靠得很近的两双被适量红酒和烛光染渍的眼睛却一刻不停地交流着。偶尔，俩人会禁不住搁下刀叉，四只手同时集合、握捏、绞缠、抚摸、揉搓。目光仍粘连着，燃着焦灼的火。

潘奇终于说话："又是周末了。"张伢便低头垂目，呈现一种令人心醉的羞样。潘奇又说："可以吗?"张伢娇娇地剜潘奇一眼，马上又低头垂目，然后轻轻点了一下头。这时西餐厅恰巧播完《蓝色的爱情》，接着是《少女的祈祷》。

潘奇和张伢吃牛扒吃沙律的时候先锋公司一伙人正忙得不可开交。赵宝权、常志健、胡风、陶斯斯分别在各自家里频繁电话联系。待潘奇和张伢从西餐厅出来钻进奔驰并由张伢驾驶开往帝豪苑的时候，赵宝权他们已经完成了一个完整的捉奸行动的计划构想。当奔驰停在帝豪苑的停车坪潘奇和张伢从车里钻出来继而一起进了楼门之后，胡风便在帝豪苑路口附近的电话亭向等候在家的赵宝权报告目睹情况，赵宝权就决定在今夜行动。

接下来，一伙人又频频打电话通知联络，并且确定具体参与的人选和行动的程序和细节以及注意事项。赵宝权用电话反复向众人强调行动的宗旨是“端正公司道德风气纯洁公司中干部员工队伍加强精神文明建设。”

胡风觉得十分好玩很够刺激恰如香港警匪片火爆艳情电视剧。他在负责监视跟踪的过程中屡屡提醒自己到了最后胜利时刻一定不要忘记扇张伢耳光，他想象自己的手掌刮在张伢那张嫩脸上，就觉着一种奇妙的快感。

常志健花了很多时间和精力主要用于说服当派出所所长的战友。战友初时不肯答应为一家公司的内部问题出面，而且强调帝豪苑不属他的派出所的管辖范围。常志健便很生气，骂所长摆架子不念战友情份，还指责所长对群众举报不负责任不敢主动出击打击社会丑恶现象维持社会治安。所长被说得十分无趣，只好应承，但提出“两不”，一不开警车，二不带其他警员。常志健说没问题，只要所长你穿警服负责喊开门就行了。

陶斯斯则叫响冯青的 BP 机，并在冯青复机时大谈特谈爱情和纯洁性和人的外在美和心灵美，让冯青以为这位团总支书记在梦里作报告，正要挂断电话，陶斯斯才开始切入主题，要求冯青在今夜晚些时候和她一道去看看张伢的丑恶表演，以便让他透过表面现象看事物的本质，结束对偶象的盲目崇拜。冯青十分吃惊，连忙追问什么丑恶表演你怎么预先知道今夜晚些时候张伢会有丑恶表演。陶斯斯说到时候你便知道你只要在二十三时三十分在公司大门口集合就行了。

剩下来的时间一分一秒对冯青来说都是折磨，他绝不相信纯洁高傲的张伢公主会做什么丑恶表演，他甚至怀疑疯婆子一般的陶斯斯可能制造什么阴谋迫害张伢。冯青设想像香港电视剧的情节一般的种种可能，越想越焦虑越可怕，他想立刻找到张伢或者用电话通知张伢让张伢小心谨慎防备不测，却既不知张伢的住处也没有张伢的电话号码。最后冯青决定应陶斯斯之邀亲临现场见机行事，必要时挺身而出救张伢于危难，上演英雄救美的古老戏。

接近十一点钟，陶斯斯一脸严峻和悲怆地与看完电视的表姐促膝谈心："表姐，本来我不想告诉你，我怕你受不了这么大的打击。但是事情好像一个脓疮，与其死捂着倒不如挑穿了让脓血排出来……"表姐连打三个呵欠，说："什么脓疮你说话简练一点好不好。"陶斯斯就开门见山一针见血说："表姐夫今夜没有出差而跟一个不三不四的女子通奸。"

表姐第四个呵欠刚打了一半嘴还张着就定了型。陶斯斯看看手表又说："你别问什么你过几十分钟随我一道和公司的其他同志一齐到一个地方去看看你就知道了。你不要害怕更不要激动，我陪着你。"表姐仍张着嘴瞪着眼样子令陶斯斯有点害怕。陶斯斯拿来一叠纸巾给表姐，说："你哭一场吧。"表姐摔掉纸巾咬牙切齿道："我为什么要哭！"陶斯斯直觉表姐怒火焚烧可能会做出过火举动，便赶紧做充分的过细的思想工作，她向表姐指出问题全出在那个不三不四的女子，表姐夫当然也应该负起一定的责任，他放松了思想经不起那女子的百般勾引没能拒腐蚀永不沾人在河边走鞋子永不湿，总而言之表姐夫经过这次教训一定能悔过自新改恶从良发扬廉洁守纪的传统，而那个不三不四的女子一定不能从轻处理，最恰当稳妥的解决方法是坚决将其开除出公司……最后，陶斯斯再三告诫表姐到时千万别打别骂表姐夫，别让表姐夫太难堪以免今后在公司丧失威信以免夫妻之间的裂缝更大。

距零时还差五分钟，一行人在胡风的带领下进入帝豪苑的楼门拾级而上直登四楼。胡风在四楼门前闪开身，让派出所所长当先锋。所长整整警服钮扣和端正警帽，然后曲起手指叩门。所长身后的人就紧张起来。冯青倒反松了一口气，觉得眼前的现实不像是陷害张伢的阴谋。

张伢此时正与潘奇在床上调情嬉戏，互相以手和嘴在对方肌体上追逐作乐，因此俩人时而卷曲时而翻转表演各种非常姿态恰如天真儿童忘乎所以，因此枕头被褥乱作一团其中有一半掉在地上，因此持续不断地叩门声很久未被俩人发觉。

陶斯斯在门外说：“是不是睡着了？”赵宝权说：“没有这么早。”胡风则说：“我们上楼之前他们还亮着灯，鬼东西可能穿衣服。”所长没搭话，坚持叩门，并且加大了力度。

床上的俩人终于听见叩门声，停止游戏。张伢说：“又是什么人认错门了，找五楼的人常常弄错。”潘奇说：“真讨厌！明天我派个电工来在楼梯口装一盏电灯，在墙上写个醒目的‘四’字。”

张伢十分不情愿地下床，在椅上捡起一件睡袍披在身上，赤足走出卧室穿过客厅，用手掩好睡袍前襟遮住胸部，然后将门打开一线，说：“这是四楼不是五楼你敲错门了。”门外的人迅速将门推开并且说：“查户口。”

于是张伢就看见一个警察，接着是胡风、赵宝权、常志健、冯青、陶斯斯和几位公司干部以及一个陌生的女人鱼贯而入。张伢觉得事情不对劲，然而要制止要掩饰却来不及了，那伙人如旋风一样迅速进了卧室。张伢知道潘奇此刻正赤条条呈大字样躺在床上等她。

潘奇果真赤条条躺在床上，看见突然冒出一大伙人，吓了一跳，连忙扯过被子一角掩住阴私。潘奇定睛看，除了为首的警察，全都是熟悉的，他便明白是怎么回事。张伢从椅上捡起潘奇的衣服扔给潘奇，然后以异常镇定的语气说：“劳驾各位先到客厅回避一下让他穿衣服。”

张伢以女主人的态度令潘奇妻子气得几乎昏死过去，她猛然挣脱陶斯斯的胳臂扑到张伢面前下死劲扇了张伢一巴掌，断喝：“你是什么东西！”要不是陶斯斯及时上前将她搂住，她将会扯张伢的头发或抓破张伢的脸。

这时潘奇已在被子下套上了短裤并下了床，他扫了众人一眼，低沉喝道：“你们都给我出去！”胡风这时的手掌痒得难受，同时意识到这是讨还一巴掌的最后机会，于是敏捷地窜上前去，抡圆了胳臂给张伢刮了个火辣辣的耳光，同时骂了一声“臭婊子。”

胡风没料到报仇雪恨之后立即挨了重重一击，潘奇一记勾拳打得胡风的五脏六腑乱了套，痛得他几乎滚倒在地。这时秩序大有大乱之势，所长便喊：“都站好，不准打架！”

冯青趁混乱之际悄悄退出，独自在寂静的马路上游荡。他恨张伢，更恨老总潘奇，同时还恨陶斯斯以及赵宝权常志健之类的人物。世间所有的美丽此刻全部粉碎，恰如海市蜃楼瞬间消逝。半路，冯青走进一家大排档要了五瓶青岛啤酒，连杯子也不要，坐下就灌……当灌下第三瓶的时候，冯青杂乱无章的脑袋顿时清晰起来，他明白他的青春期已在今夜结束，他将步入一个冷静的平庸的无奈的中年期。

此时帝豪苑四楼的事态也趋于理智和平静。潘奇和张伢都穿好衣服甚至衣冠楚楚，他们礼貌而镇定地接受所长的盘问。张伢说：“警察同志，我不是卖淫，我们是情人关系。”所长转脸问潘奇：“你怎么解释？”潘奇说：“我爱她，我们在谈恋爱，情到浓时就自然要发生性关系。”所长瞟一眼潘奇妻子，又问：“你是有妇之夫，怎可以再谈恋爱？”潘奇答：“这不奇怪，没有哪一条法律说结了婚不可以再爱别的女人。不过我承认我跟非妻子的女人发生性关系是一个错误，错在为时太早。”

潘奇妻子终于昏倒。陶斯斯命令胡风和她一起将表姐搀扶下楼送往医院。所长觉得没什么可问，便随便将潘奇和张伢教训几句，事情就结束了。

三天之后，潘奇到主管部门递交一份言辞坚决却不说明理由的辞职书。下午，潘奇走进赵宝权的办公室，在沙发上坐下抽烟。赵宝权正苦思冥想亲自执笔起草一份呈上级主管部门的关于潘奇错误的报告，见潘奇的脸色并不阴沉，心中不免生疑同时有点恐惧。

潘奇按熄烟蒂开始说话：“老赵，我已向主管部门辞了职，公司内的事，我已跟各部门办妥了手续，所有客户的资料和生意上的手尾也跟业务部交接好了，还有印鉴文件之类也交给了财务部。我是来向你辞行的。”

赵宝权十分惊愕，他万万没料到事情会进展得如此神速，眼前这位对手居然如此不堪一击不打自倒。赵宝权此刻除了惊讶还是惊讶，却没有丝毫的喜悦，他想说点什么，他知道这样一声不吭太显得自己没有风度，结果就说：“何必呢老潘，干得好好的……当然，那件事确实令人不愉快，但生活小节嘛，跟工作没有关系……”潘奇挥挥手打断说：“别说了，我也知道你对老总这把交椅很有兴趣，我如今成全你了你还说那么多废话干什么！”赵宝权说：“老潘你误会我了，我希望你能留下来我们继续共事。”

潘奇站起来，笑着说：“好啦，再见啦老赵，好好干。”说完头也不回离去。

与此同时，张伢在常志健的办公室递交辞职书，同时告诉常志健：“帝豪苑四楼的房门钥匙和奔驰的车钥匙已经交回行政科，我如今跟先锋公司是两清了。”

打扮得花枝招展的张伢离去时回头对愕然的常志健说：“谢谢你常部长，真的谢谢你！”嫣然一笑，然后随后掩上门。常志健对着门眨眨眼睛，轻声骂：“臭婊子神经病。”

张伢经过报关员冯青的办公室时，想了想破例踅进去。冯青腾云驾雾吸着烟，脸孔朦胧。张伢说：“冯青，对不起，倘若我曾伤害过你，我真诚地向你致歉。我走了，离开这公司，离开这城市。再见，我衷心祝你幸福！”张伢说完把手越过办公桌伸给愕然的冯青。冯青看了张伢一眼，见她丝毫没有游戏的味道，还发现她双眼有点潮润，便一阵感动，捉住那只可爱的小手摇了摇，然后理智地说：“再见，祝你幸福！”

张伢走出冯青办公室的时候陶斯斯正兴冲冲地走进来。陶斯斯看着花枝招展的张伢，一时呆若木鸡。张伢却目不斜视一脸高贵地与陶斯斯擦身而过。

赵宝权果然当了先锋公司的第一把手。

常志健果然住上帝豪苑四楼，神经衰弱症好了很多。

胡风如愿以偿重新开奔驰，载着赵宝权老总满天飞，享受诸如虚报汽油费和维收费得来的外快和种种老总专用小车司机的特权。

陶斯斯向冯青发动爱情攻势却久攻不下，一横心嫁给了主管部门一个死了老婆的处级干部。而冯青则莫名其妙沉迷于昆虫学的研究，每逢假日都到远郊采集标本。

光阴似箭日月如梭，转眼到了年底。先锋公司破了天荒没有一分钱奖金可发。赵宝权焦头烂额到处求借却均告失败，各家银行的行长都以对付乞丐的脸孔让赵宝权脸热心寒。行长们说："赵老总，假如让你坐我的位置你也不肯借出，你想想，你们先锋公司自从潘奇走后一分钱生意也没做成，怎能叫人相信你们会有偿还能力?"

其实差不多一年来赵宝权并没疏懒过一天，他按图索骥拿着潘奇时代的客户名单联络图逐一访问拜会请吃送礼，无奈客户全都认人不认公司，要么随便敷衍，要么干脆言明："你们叫潘奇来谈，我信得过他。"更有好事的追问："潘奇犯了什么错为什么不当老总了?"赵宝权屡屡碰壁之后，曾打算丢开旧客户白手起家另起炉灶，可是商海茫茫不着边际不知从何处做起。好歹想出一个项目计划，则往往找到买主而弄不到货，或者弄到货源却没有买主。

赵宝权心力交瘁，终于明白这生意场早就让一批潘奇们织好一张网，你不是网络上的经纬休想能分得一份吃食，除非你十个体户。赵宝权还细心翻阅公司的所有贸易记录，发现没有一笔生意不是潘奇联系或主持做成的，这等于说，这些年来，是潘奇养活和发展壮大了公司。

进入第四季度之后，公司吃潘奇留下的老本吃得差不多的消息终于从财务部流传出来，赵宝权明显感觉到公司里人心浮动和对他不满的情绪。因此倘若弄不到一笔钱在年底发奖金赵宝权于情于理于面子都过不了关，更无法向上级主管部门交待，那么，他连明年奋发图强的机会也很可能丧失。

最后，赵宝权咬咬牙，决定卖掉那辆漂漂亮亮威风凛凛的奔驰。

奔驰卖了五十多万元。赵宝权拿一半给全体干部员工发奖金，皆大欢喜。另一半则留作新的一年发工资。

胡风领奖金的时候很懊丧，他知道今后不大可能再有奔驰可驾驶了。陶斯斯则很高兴，连夜给当地一家党报写了一篇文章，报道先锋公司党总支雷厉风行响应廉政号召，发扬艰苦奋斗精神，毅然卖掉奔驰改骑自行车。至于卖车所得款项的用途，陶斯斯当然不作交待，反正文章的主题是弘扬一种精神，而不是财务报表。

先锋公司至今还存在着，至今仍是赵宝权当老总。至于潘奇，下落不明。有人说看见过他和张伢在深圳，有人则肯定地宣称他在珠海一家进出口公司当老总，秘书仍是张伢。陶斯斯曾向表姐打探表姐夫的下落，表姐说她也不大清楚，只是常常收到他或从深圳或从珠海或从海南或从上海寄回来的汇款，偶尔还有简短的信，信上大体说他承认自己是个很不好的丈夫，还说他再过三几年就封刀告退还乡养老，每封信的结尾他总是要求她原谅他。

陶斯斯就说："表姐夫是一个怪人。"表姐叹了一口气。陶斯斯也叹了一口气，同时闪过一个念头：那回捉奸可能捉错了？

检 举

正 昌

一

故事开始在秋末的那个黄昏。那天，区检察院的小罗在市里开了一天会，赶回单位时已是黄昏。小罗看看表，离下班还有一刻钟，他想他应该再做点事情，应该把那个检举箱挂出去。小罗就找了铁锤和铁钉，抱着检举箱跑下楼，把检举箱挂在了区检察院和区政府大门口左侧的门柱上了（区检察院和区政府在同一个大院）。小罗将检举箱挂好，后退几步，偏着头看看，绿色的检举箱在黄昏里泛着微光，显得冷静和庄重。小罗就满意地笑笑，收拾完东西，骑上单车，哼着一个什么曲子回家。

小罗在挂检举箱的时候，并没料到有两双眼睛认认真真地注视着他。当那两双眼睛相撞后，那个黄昏，对那两个人便有了特殊的意义。于是那一夜，那两双眼睛上都像是扎了如刺一样的东西，都没有很好地合拢。

几天前，那两双眼睛已经这么相撞过一次。那天，区里召开反腐倡廉工作大会，新上任的区检察院检察长赵科作动员报告，台下秩序出奇地好。这个赵科原是区物资局党支部副书记，顶着各方压力，揭发检举了局领导索贿受贿十二笔，接连干掉了局长、副局长和物资局四个中层干部，在市里成了反腐败风云人物，不久就当了区检察院检察长。成了检察长的赵科，一上任就抡圆了架式，几天一个告示，几天一个大会小会，搞得区委区政府空气异常紧张。过去还常有其他单位的人在工作时间去检察院办公室聊天，下了班在那里打扑克，现在谁也不敢去了。赵科每天黑着个脸在大院出入，让一些人看着心里发紧。中央和省市各级纪检部门，发过多次这样通告那样文件，也没有让这些人心里如此紧张过。当然，那些文件也使他们产生过冷嗖嗖的感觉。后来，冷嗖嗖的人们就不再感到冷嗖嗖了，他们皮了，木了，他们产生了耐寒性。经验告诉人们，从上到下这么多组织，你最不能忽视的是离你最近的组织；中国这么多人，你最不能掉以轻心的是你身边的那么几个人。所以，那天赵科的讲话比中央文件对一些人更有威慑力。那时候，那两双眼睛就相撞了，撞得心里惴惴不安。而这一次的相撞，显然又具有了某种灾难性质。

那两双眼睛，一双是副区长胡克仁的，一双是区土地局局长胥树友的。他们都觉得，那个检举箱很可能将和他们发生某些关系，因为他们俩都念着半年前的那件事。半年前的那天上午，胥树友去找胡克仁，送来一张港商的帖子，请他赴宴。胡克仁问：“什么意思?”

胥树友说：“还不是为了在开发区买地皮。”

胡克仁说："我不是跟你讲过吗？市里最近有个精神，开发区的地皮停止出售，市里要统一规划。"

胥树友说："这事我知道是知道，可市里的精神怎么说也成了马后炮。开发区的地皮哗啦啦卖出去了那么多，你看大楼都一个个冒起来了。"

胡克仁说："过去卖过的就算卖过了，现在要执行现在的政策。咱不管他马后炮马前炮，你知道，什么事情都是一刀切，切上就切上了。"

胥树友说："切是切。可好多事情，你不叫他切他就切不上。我想这样你看行不行，市里的规定不是才有吗，咱们不妨灵活一下，把审批手续提前个把月。开发区开发区，人家港商就是帮着我们搞开发。他们有立项书，产品在市里填补空白。"

胡克仁断然道："不行！这么干，被人知道了，你我怎么解释，你这个局长还想不想当？"

胥树友停了停说："不就是几亩地吗。再说，也只是你知我知，鬼都不知道。"

胡克仁不说话了，手轻轻叩击桌面，拿眼盯着胥树友。胥树友不知道他是什么意思，先是有点不自在，后来就笑了："这港商也真是怪了，这么大个城市，他们还就认准了开发区，换了茅坑不屙屎。"

胥树友说完，就掏出烟来，给胡克仁一支，为他点上，自己也点上一支。顺手拿过一张报纸，眼睛却瞥着胡克仁，吸了几口烟，就将报纸放下，凑近胡克仁的耳朵道："港商说过，不会叫白帮忙的。"

胡克仁就有些烦躁了，使劲磕一下烟灰，说："什么白帮忙不白帮忙，这是两码事。我提醒你啊，你这个样子下去，可离铁窗不远了！"

胥树友使做出吃惊的样子，遂又笑笑，说："这么点个事！比这大的事多了，叫你这么一说，到处都是铁窗。"

胡克仁说："好了好了，不管有多少铁窗，只要咱们别往里边钻就行了。"

那天夜里，胡克仁和胥树友都想，要是事情就到那个地步，打住，别有下文，一切也就不会发生了。但是事情已到了那个地步，没有下文往往是不大可能的。

几日后的一个晚上，胥树友就带着港商去家里找胡克仁，胡克仁还是一直没有松口。等把港商送走，胥树友又折回来，对胡克仁说："你看你，该灵活的就要灵活点。现在这事你还看不出来？处处是方便之门，你把你能够打开的顺手给别人打开一扇，你自己同时也就多了一扇。要不你白拿着钥匙当摆设。"

说着，胥树友就将一个大信袋放在茶几上。胡克仁瞥一眼大信袋，警觉地问："那，那是什么？"胡克仁有些口吃。胡克仁一着急就口吃。

胥树友说："好了好了，我看你就省两句话吧啊。"就起身告辞。

胥树友走后，胡克仁意识到要发生什么了。他把信袋打开，果然是一捆大钞！手便有些哆嗦，心也咚咚跳得厉害，匆匆又把大钞放回信袋，下意识地向窗外看看，旋即觉得可笑，窗外是不会有眼睛的。他燃上一支烟，深吸几口，隔壁妻儿看电视的声音传过来，他将大信袋放进抽屉，把门关好，坐到沙发里，微闭上眼睛，觉得有些疲惫。工作了三十多年，还是第一次碰到这种事情。三十多年来，自己从一个小学教师，一步步成了现在这个副区长，步子走得挺正的。已经五十多岁的人了，再打发几年，虽说没有什么波澜，这一生也就算平稳地过去了。弄这么一件事，弄不好就把自己弄灰了。快退休了，再闹个不光不彩？

事后想来，一切都是该着的。那个时候，胡克仁不知怎么就想到了几天前在电视上看到的小袁。小袁向希望工程捐款十万，众记者纷纷围上前，拍下副省长笑眯眯和小袁握手的镜头。之后，掌声响起，雷鸣般经久不息。小袁是胡克仁的同乡，曾是汽车司机，几年前托过胡克仁想调到区政府开车。那时胡克仁刚当上副区长，正夹着尾巴做人，怕一上任就调自己的同乡进来让人说闲话，事情自然没有办成。不久，小袁就辞职下海，搞了个公司，很快就发了，有了专车，有了小秘。后来，生意越做越大，搞了个中美合资的什么企业集团，任中方总裁，小袁当然也就成了社会名流。看电视的时候，胡克仁后悔当时没帮小袁的忙。可是又一想，要是当时帮了他，让他进区政府开车，每天跑东跑西，也就没有今天的小袁了。人家小袁常和副省长在一起，自己在官场混了这么多年，省级领导的手没有握过一个。这世道真是英雄辈出，你对谁都不得小视，是个长脑袋的就可能摇身一变成了人物。胡克仁佩服小袁，也嫉妒小袁。一想自己这辈子不可能再有什么作为，只能是这般了此残生了，就有了浓重的失落感。

想完了小袁，胡克仁就想，为党工作了快一辈子，当这么个副区长，在过去，人前人后，说起来也算个人物，但现在的情况就大不相同了，像自己这样的小官，在人们的心目中，不断随着人民币的贬值而贬值。人民币越是贬值越被人爱，自己这样的小官贬了值，就没多少人真拿你当事了。现在人们是看你有没有本事抓钱。悠悠万事。唯此为大，手里有钱才是好汉。用合法的手段抓了钱是好汉；用不合法的手段抓了钱而不被逮住，也是好汉。老婆已退休了，收入少了不少，儿子准备结婚，女儿正在上自费大专，越来越大的开销常常把他搞得头痛。老婆孩子断不了埋怨，“你看人家×××！”胡克仁有时心烦了，嘴上也说：“我谁也不看，就看我自己，求个心里踏实！”但从根本上，他的腰杆已经塌下去了。他常常觉得，自己撅着个屁股，一天到晚地与报纸、材料、文件、会议搅到一起，每天就是家——单位——家的折腾，两眼一睁，忙到熄灯，真有些滑稽，有些尴尬，自然也有些无奈。

于是胡克仁再看那个大信袋时，心下就平静了许多，目光里甚至溢出一些温柔，把自己搞得有点不好意思。他想，看来，谁在钱面前也难做到无动于衷。自己过去也曾咬牙切齿地骂世风日下，老实人受穷。老实人为什么一定就要受穷呢？老实人就不可以不受穷吗？老实人要做，但也不能做不通窍的老实人，老实而不通窍，那是傻。一个傻老实人，当然要受穷。如今眼看就要发点外财，能说自己不老实吗？不能这样说，只能说自己开始通点窍了。时代在发展，观念在更新，现在不受穷的办法，真像有人说的，很多很多，遍地是黄金。做个安于清贫的老实人，曾被认为是革命情操，如今则是过了期的罐头。都在那里受穷，一个国家还怎么富？从这个意义上讲，胥树友这家伙还真有两下子，到底是比我年轻个十几岁。一个单位不能没这样的人，他吃上肉了，别人跟着喝点肉汤，总比都在那里喝清汤有滋味。当然，不能办损害国家利益的事。为港商批了地，是违背了市里的规定，但市里的规定就是绝对正确的？我看不一定。一个国家有时还做出错误的决定，给人民造成损失，何况一个市？人家港商离家别舍到你这个不算发达的城市来搞开发，不该给人家提供方便吗？香港人讲风水，人家还就看中开发区了。人家说了，如在开发区买不到地皮，就要走。人家的产品在市里填补空白，要是走了，这空白就还是个空白。空白对于一个城市，就如人脑袋上的斑秃。少填补一项空白，这个城市不知要少多少光彩。说不准，我还替这个市立了一功呢！想到这里，胡克仁猛吸几口烟，把烟屁股向烟灰缸里使劲一摁，就将大钞从信袋里抽出来，数了数，一万块！心还是又有些跳。紧接着，就劝慰自己，不就是一万块钱吗？我不拿，也有别人拿，别人也不拿，也就被那挥金如土的港商挥霍了。一万块钱，在他们手里，听说也就是吃一顿饭，而用到我的身上，可以解除许多后顾之忧，我好更安心地为党工作。话说回来，就算在这件事上犯了错误，比起那些捞起来就是几万，十几万，几十万的家伙们，又算什么？

于是胡克仁再见到胥树友时，就说："你看咱们这事是不是这样，我现在还真是缺钱用。这钱就算我借，你做个中间人，以后我想办法还人家。”

胥树友说：“你看你胡区长，借什么借？人家又不是银行信用社，银行信用社也不是随便就可以借钱给你的。咱把事情给人家办了不就行了？”

二

那一夜，胡克仁一直大瞪着眼睛前前后后想那件事，想那个检举箱，想胥树友看到检举箱时那种古怪的眼神，越想心提得越高。他觉得从明天起，应时时注意胥树友的行动了。如果他先动手向检举箱里投东西，我也要立刻出击，不能干等着叫他胥树友把我算计了。

胡克仁看看表，凌晨三点了。他想他应该睡一会儿，于是把眼闭上，不再想那件事，一切等到天明后再说。但他觉得身上有许多条虫子在爬，爬得他皮肉发紧。他就一次一次地翻身，把床弄得吱吱响动，想把那些虫子赶走。老婆就在隔壁嚷：“还没睡呀你？”

胡克仁说：“睡。”

胡克仁与老婆分居多年了，他常常夜里加班看文件搞材料，怕影响老婆休息。老婆有心脏病，且神经衰弱。

胡克仁就控制自己，尽量不把床弄出声响，自己睡不着，别再影响了老婆。老婆跟他这么多年，从一个少女，一天天熬成了老太婆，头发都白了。从结婚那天到现在，一直是精打细算度日月，也真是不容易。他又想起五个月前那天与老婆逛街的情景。那天是老婆的生日。老婆没退休前，她的生日从没过过。这一次，胡克仁就想，这个生日，一定给老婆买一个金戒指，叫她高兴高兴。五十多的人了，生日过一个少一个，不能太亏了她。那时候，正是胡克仁得了一万块钱不久。胡克仁没把那一万块钱告诉老婆，自己私下放着。他总觉得这样的钱先不能动。但先拿出一千块为老婆过生日，也没什么不可以，以后万一有了什么闪失，一千块钱，再凑起来也不太困难。于是老婆生日的前一天，胡克仁晚上下班回到家，就把一个大信袋放在老婆面前，满面春风地说，给朋友办了点事，非要给我一千块不可。明天给你过个好生日，我陪你去买个戒指去。老婆一听，自然很激动，从信袋里拿出钱，数了又数，之后，倒劝起胡克仁来，说你可别做出格的事。胡克仁说，哪能呢，我要会做出格的事，咱们家早不是这个样子了。放心吧，这是我应得的劳动报酬。老婆眼圈就红了，默默地把钱放起来，说，别给我买戒指了，儿子就要结婚了，给他们添点东西。胡克仁说，不，这钱给你过生日，明天一定去给你买个戒指，儿子他们以后的日子长着呢。老婆听了，泪水终于落下来。那一天，老婆一夜没睡，盼着快些天亮，如同小孩子盼过年。

天一亮，胡克仁和老婆吃了早点，两个人就一起逛街去了。胡克仁已经好几年没陪老婆逛过街了。大街两旁矗起一座座商业大厦和购物中心，店铺也装修得豪华气派起来，出现了许多稀奇古怪的招牌。一个个昼夜卡拉 OK 歌厅内灯光闪烁，人影憧憧，传出或狂放或悠扬的歌声。街上的人流较过去稠密了许多，色彩也斑斓了许多。这一切，胡克仁已是非常陌生。胡克仁便感慨，自己于这个城市是多么不协调，再这样下去就要被远远排斥在这个城市之外了。

到了金店，胡克仁花八百块钱买了一枚镶钻戒指。老婆往手指套那个戒指的时候，胡克仁看到，她的手在发抖。

从金店出来，老婆执意要为胡克仁买套西装。在那之前，胡克仁总是一身中山装，从秋天穿到来年春天。胡克仁依了老婆，买了一套西装。没出服装店，老婆就叫胡克仁穿上。胡克仁穿上西装，老婆挽着他的胳膊（这是他们多年没有的举动了），走到试衣镜前，老婆故意把戴戒指的手露出来，当着店里那么多人，居然扭了几下粗腰，弄得胡克仁一个劲地摇老婆的胳膊，生怕碰见熟人。老婆那时也有点不好意思，满脸潮红，向胡克仁媚笑了一下。那笑，一下子叫胡克仁忆起了他们三十年前的热恋，那时候，他们常在月光下的小树林里，老婆就常向他这样笑。胡克仁的心情一下子也兴奋了，觉得自己年轻了许多，要不是当着那么多人，他真想把老婆搂在怀里，闭上眼睛，再体味一下那久违了的甜蜜。胡克仁强烈地意识到，钱真是好东西，钱不仅能换来物质，还能唤回青春。可事隔五个月，胡克仁想，看来，许多快乐，是要付出代价的。

胡克仁再看表时，五点了，窗外，天已开始发亮。他终于忍不住穿衣起床。老婆听见了，又嚷："你怎么了这是，起这么早?"

胡克仁就对老婆说："我不吃饭了，单位有点急事。"便匆匆下楼，跨上单车，越蹬越急，出了一身热汗，好像事情马上就要发生似的。

三

到了单位门口，胡克仁先瞥一眼那个火烧火燎的检举箱，一回头，见一个人从自行车棚里出来，是胥树友！胥树友也看到了胡克仁。两人先是一愣，又都说：早！之后，就一前一后进了办公楼。过去，两人的关系应该说是不错的，私下还常有一些走动。一万块的事情发生后，两人的走动就开始减少。胡克仁慢慢觉得胥树友在疏远他。正巧不久胡克仁不再分管土地局，没了工作上的关系，两人的走动就没有了。再见了面，胡克仁就总有些不自在，在人家手里握着一个把柄，失了自己的尊严和多年的清白，觉得自己在胥树友面前矮下去了。他曾打算把钱退回去，但想想地皮已经批出去了，再退钱回去已没有什么意义。况且，这不光是自己的事，还涉及到胥树友。胥树友自然也得了一份好处，肯定还要比自己的多。你一退，就把事情公开了，谁的脸上都不好看。

胥树友是不是已向检举箱里投过东西了？坐到办公室里，胡克仁这样想。从时间上看应该不会。他刚放下自行车，看样子也是刚来。再说，只一夜功夫，他的动作不会这么快。那他来这么早干什么？他胥树友是极少来这么早的。

他是来防我的？他也是一夜没睡？

那个时候，胡克仁很希望胥树友来找他，他愿意和胥树友谈谈，商量个对策，共同的事情，共同面对，度过这一关。胡克仁也想过主动去找胥树友，但前前后后认认真真想了想，依然觉得不妥。在没把握准胥树友是怎么个想法之前，最好不要流露对此事的重视。常有那种心怀鬼胎的人，他本来在某事上心很虚，但你若表示出对某事关心来，他却拍着胸脯充壮士，倒显得你多此一举。而且，他知道了你对某事的关心，就会围绕那件事处处对你设防，甚至无端给你闹出点麻烦来。还有一个因素，谁敢保证这只是我和胥树友两个人之间的事？还有港商，如那港商保不住密，或是其他方面露了风声，到头来也会把臊引到你的身上。

胡克仁办公室的后窗，正好对着挂检举箱的门柱。那几日，他晚上不再回家，除了去食堂打饭，上厕所（往往也是看好了时机匆匆去匆匆回的），便坐在窗后的椅子上，注意那个门柱及其周围的动静。屁股坐麻了，站一阵，腿站累了，再坐下去。尤其胥树友不在办公室的时候，更是不敢懈怠（胥树友的办公室和胡克仁的办公室在一个楼层，胡克仁自然非常注意胥树友办公室里的动静）。及至深夜，除了大门柱上那盏昏黄的壁灯，整个世界都安然睡去了，胡克仁才在办公室的床上歪一歪。白天，胡克仁有几次看到胥树友到大门口左侧的菜市去。有时，天快黑了，市场上的人渐渐散去了，胥树友还在那里踯躅。胡克仁知道，胥树友在家里一向是甩手掌柜，买菜的事从来不管的。他在那里踅摸，只有一个目的，他那双贼眼总向检举箱上贴。每当那时，胡克仁就希望有辆什么车向胥树友冲过去！有一次，胥树友的眼睛猛然向胡克仁的窗口射来，胡克仁就像中弹似的迅即蹲下去。

胡克仁去厕所，小跑着回到办公室，正要关门，副区长老房跟着进来。老房叫房希，绰号房稀屎，说话做事拖泥带水，像拉稀。老房人窝囊，但有响当当的大本学历，在提拔干部注重学历那几年，当上了副区长。说是个副区长，但别说在区政府领导班子中，就是在区政府大院，也没人看重他，常有人拿他开玩笑。老房倒是有个长处，哪怕一个小孩子玩笑他，他也从不会急。老房对自己能混到这个位子很满足，养了一身的肉，一天到晚总是笑眯眯的。老房不会吸烟，胡克仁看他向外掏烟，知道老房有事求他。这老房要说起话来，不知会啰嗦多长时间，胡克仁就马上抄起桌上的公文包，说，有事老房？老房看看胡克仁手中的公文包，嗫嚅道：你——出去？胡克仁说，我到市里办点事，有事回来再说好不好？老房就又把烟放进衣袋里，说，那好，那好。两人一起往外走，胡克仁下了几步楼梯，听到老房已进了办公室，就悄悄回到自己办公室里。进了屋，胡克仁就想到了老房为什么事找他。区商业局要提拔一个副局长，老房推荐了他的对门小邱。小邱是商业局商管科副科长，按资历，不会提他。但小邱爱人是大夫，老房的老婆经常找人家看病买药。老房的儿女都住得远，小邱夫妇还常帮老房家做些家务，所以老房就要给小邱活动这个副局长。胡克仁几天前听另外一个副区长说过，这件事商业局长的意见很重要。老房虽然分管商业局，但他的话在商业局长那里不占地方，老房正在托人说话。胡克仁听了有些反感，不仅是对老房这个人，主要还是他一向反感把提拔干部当成交易。胡克仁就在鼻孔里哼了一声，把老房的事情一丢，两眼又接着关注那个门柱。

那几日，胡克仁的眼睛里总有些星星点点的眼屎，而且眼圈发黑。他用异样的眼神浏览周围的每一个人，总觉得每一个人都在审视他。人们往往因为他的眼神异常而以疑惑的眼光注视他，胡克仁就又从人们的注视中感到更加恐慌。不需要特别注意那个门柱时，他也不愿出门，机关里开会，他也不参加，他害怕人们的目光。他甚至控制自己的饮水量，以减少去厕所的次数。

四

下午开分房会，主要涉及调房和增房。胡克仁这次既在调房之列又在增房之列。他现在的住房，是十年前当区政府办公室副主任时分的。那次分房，人们都争得眼绿。按胡克仁的条件，他应分在四楼，但有几个该上五楼的住户也争四楼，其中一个因工龄计算问题与主管分房的行政科长吵起来，砸了行政科门上的玻璃，还踢了行政科长的裤裆，多亏行政科长躲闪快捷，没踢中要害，要不后果不堪设想。那么一闹，分房方案就一拖再拖，无法公布。行政科长在征求意见时，胡克仁说："都在一个大院里共事，低头不见抬头见，干什么搞得这么剑拔弩张。你下我上，我下你上，不就是差一层楼吗？多上一层楼，还锻炼了身体。"

行政科长听胡克仁这样一说，激动得不行，说："胡主任，要是都像你这么想，这事还是难事吗？"

其实胡克仁那么说，只是表示一下对有些人的不满，并不是打算发扬风格。可过了两天，行政科长就尴尬地笑着找到胡克仁，先骂："都是他妈一只只的狼，他们就不能算人！"行政科长递给胡克仁一支烟，又面带难色地说，"你看胡主任，要不是前两天你跟我说的那番话，我今天也不找你，这样跟你商量商量你看行不行，这次你就委屈一点，上五楼怎么样？你要是同意，这次的分房工作就收尾了，也算为我们解决了一大难题。以后再调房，我保证第一个就给你调。"

行政科长这么说，胡克仁觉得有些突然，心想我的条件应该分到四楼，为什么要多上一层？但想想自己已唱了高调，再看看行政科长两眼乞求，满脸苦相，还叫人踢了裤裆，也是不容易，人家又许诺说以后帮着调房，于是便说："五楼就五楼。为了大家早点住上新房，我做这点让步也值得，以后有机会再想着给我调就行了。"

行政科长非常感动，红着眼圈，半天说不出话来。

胡克仁怎么也没想到，几天后，行政科长又哭丧着脸气咻咻来找他，荤荤素素骂了一通。骂完了，行政科长一说，胡克仁才知道又出了麻烦。他发扬风格放弃了四楼上五楼，该分到五楼的人们根本不买这个帐。行政科长跟大家做工作，说胡克仁是办公室副主任，按理应该分到四楼，人家发扬风格了，来到五楼，为整个分房工作解决了难题，要不总这么僵着，谁也住不上房。咱们应该感谢他，咱们分在五楼的同志应该叫胡主任先挑。大家一听就跳起来了，说他愿发扬风格就发扬风格，那是他个人的事。他把四楼的房子让给谁谁感谢他，我们没必要感谢他，这是分房，不是排队买油条。之后大家又在那里争，争来争去就剩了一个楼头。

一听这情况，胡克仁急得一支支抽烟，一个劲地喝茶水，半天没对行政科长说一句话。怎么弄来弄去竟把大院最差的房子分给我？还不如一个工龄比我短的司机。我这个办公室副主任也太掉价了，回家怎么对老婆交待？

行政科长说："事情没有这么干的，胡主任，现在的方案只是个草案，还没最后定。你收回你的风格，你没必要跟他们这帮王八蛋发扬风格，你就还要你的四楼。这事我他妈也不管了，这个科长我也不干了。分房的事难做，也没见过咱们这个难法。咱们区政府风气太坏！"

行政科长的话是有所指的，胡克仁也清楚，闹得最凶的，都是跟区委区政府头头们有瓜葛的人，这事谁也没办法把一碗水端平。事已至此，如果自己再收回初衷，就会又乱了套。

胡克仁就咬咬牙说："事情已到了这个地步，只有就这样吧老刘，我就去住五层的楼头，你还当你的科长，你也不容易。老婆的工作我慢慢做。”

行政科长被胡克仁感动得热泪盈眶，嘴唇直哆嗦，恨不得给胡克仁磕响头，稳了半天情绪才说：“我算是了解你了胡主任，我永远不会忘了你！”

胡克仁的老婆自然无法想通，和他哭闹了好几次。到后来搬进那个冬冷夏热天天听车叫的楼头（楼头下面紧贴马路），胡克仁还常遭老婆奚落。

这次分房，形势依然严峻。按条件，胡克仁这次调增之后应该是二加一，两居室从五楼下到三楼，另加个一室一厅的独居。区政府副职以上的干部，有异性子女的都是这个标准。因家里住房紧，胡克仁的儿子结婚后一直租房住，房租每月一百多，冬天还没有暖气。儿子结婚时，胡克仁和老婆都说，先租间房子凑合住着，下次调房，就能再扩个独居，给你们住。但这次独居与独居有很大差别，有房间大小之分，有新楼旧楼之分，有市内市郊之分。十年前分房时那位被胡克仁感动得热泪盈眶的行政科长早已调到市里了。你那次发扬风格，人们完全可以忽略不计，你对别人发扬过风格，可别人不一定非要对你发扬风格。胡克仁的老婆已给他吹了多次枕头风。胡克仁也多次对老婆说，你放心，再也不能叫你受委屈了，该是我的就是我的。这次我谁也不让，过几年我一退休，这些事就更不好办了。但在这个时刻，又出了个检举箱问题，成了压倒一切的大事。这次能再分到一个独居，也因为我胡克仁是个副区长。检举箱的问题要是处理不好，事情暴露了，副区长一保不住，你还能再享受副区长的住房？所以，首要的，还是先把检举箱的事情处理好，先过了这一关。胡克仁又想，是否主动找胥树友谈谈，总不能什么也不做，光提心吊胆地盯着，要盯到什么时候？最终还是觉得不能主动去找胥树友，还是盼着胥树友找上门来。他想：要是胥树友主动找我，我把一万块钱都给了他也干。

下午上班前，胡克仁就提前把门关好，怕有人叫他开会，果然，不久便有人敲门喊胡区长。胡克仁屏住呼吸，不敢出声。稍顷，电话铃又响起来了，胡克仁两眼呆直地看着电话响，也不接。自然心里也惦记着分房的事，等电话铃停了，就拿起电话，拨到会议室，找现在行政科长老陈。老陈一听是胡克仁就有些发急，说你在哪儿呢？胡区长，今天这个会可关系到你家的大事，就差你一个人。胡克仁压着嗓门说，实在是不巧啊老陈，我在医院看一个重病号，病号现在很危险，我不好离开。分房的事就请你多费心了，有什么精神我回去再说。

放下电话，胡克仁无奈地苦笑：我如今靠说假话过日子了。想想十年前那次分房，虽然不得已分了最差的房，但自己在人们心目中的威信提高了许多，那一年，胡克仁被评为区劳模，不久又被提拔为区政府办公室主任，不能说不与那次让房有关。通过那件事，胡克仁当时坚定了一条：吃亏往往是福。想想眼下的处境，都是因为没能坚持那个信条，占了便宜，悲哀的情绪于是就从四面压过来。

五

那一刻，胡克仁觉得空气像是凝滞了，胸中如有一堵墙訇然倒塌，心脏将要跳到胸膛外边。他透过窗口，看到原区政府机关食堂炊事员老侯，颤颤巍巍向检举箱走去，将一个东西塞进检举箱，那老侯明显有些慌张，把事情做完，四下看了看才走。老侯的出现，胡克仁无论如何没有料到，他的头一下子涨大了，思维瞬间失去了逻辑性。

胡克仁觉得老侯塞进检举箱里的那个东西肯定与自己有关。那个时候天刚断黑，在那之前的半天里，胡克仁正巧没看到胥树友出现，是胥树友把事情安排好，自己躲开了？怎么就没想到胥树友会借刀杀人呢？怎么就没想到老侯这个老家伙呢？老家伙开始报复我了？

胡克仁想起前年秋天的那件事。

前年秋天，老侯在做鸡蛋汤时，不小心把假牙掉进锅里。他把假牙捞出来，又把鸡蛋汤卖给大家喝了。这事后来被一个烧锅炉的临时工传出去，那天喝过鸡蛋汤的马上就有人胃痉挛，恶心。胡克仁正巧那天中午有事没回家，在机关食堂吃的饭，也喝了鸡蛋汤，就也恶心了半天。他把伙食科长找来，狠狠训了一顿，要伙食科长加强对炊事人员的职业道德教育。伙食科长挨了训，窝了一肚子火，一气之下，叫老侯提前两个月退了休。虽然胡克仁的本意只是叫他批评一下老侯，同时也教育一下食堂的其他人，并不是要老侯提前退休，但这终究与他胡克仁有直接关系，那老侯，自然也就对他胡克仁有不满情绪。

胡克仁又突然想起，前一段时间，有那么几天，每天晚上，他都看到胥树友和老侯在机关传达室下棋（胡克仁的家离机关较近，他几乎每天晚饭后都要到办公室看会儿报纸）。他胥树友什么时候和老侯下过棋？胥树友和老侯下棋，除了拉拢老侯，还会有什么意思？

几天来，怕发生的事情终于发生了。胡克仁恨自己总是观望等待，没有主动出击的勇气。事情已经来了，就不能怕了，面对现实吧。胡克仁又想了一夜，第二天上午没上班，拿了两瓶酒，一包茶，给老侯送去。

半年前，老侯的老伴死了，儿媳容不下老侯，女儿又在外地。老侯就自己单过，光景是寂寞的。胥树友也就是利用这一点，再加上老侯对我胡克仁有点不满，施点小恩小惠拉拢老侯搞我。你胥树友能拉拢他我胡克仁就不能拉拢他？我几句话就能把他说得忘了南北东西。再灌他点酒，他能把心掏出来给我看，马上就会把矛头对准你胥树友。退一步想，通过见老侯，也能先探个虚实。万一他投进检举箱的那个东西与我无关呢？

在敲老侯门的时候，胡克仁还充满自信，想好了跟老侯说些什么。但敲了半天门，里面没有反应，倒是把一个邻居老太太给敲出来了。邻居老太太说："老侯今天一早就走了，找闺女去了。"

"走了？"胡克仁感到意外。

邻居老太太说："他本来说过几天再走，可昨天夜里突然翻箱倒柜地折腾，不知想起什么，说今天一早走。"

胡克仁的心一下子凉了，呆站在那里半天未动。晚了晚了，他想，老家伙这一走，很可能是为了躲避这件事，情况显然不妙。

"老侯说什么时候回来了吗？"胡克仁问。

老太太说："他说也许两三个月，也许半年。"

胡克仁正想问最近都谁来找过老侯，就听有人上楼的声音。他还没来得及回头，就听到背后胥树友阴阴阳阳地说："噢，胡区长，我当是谁呢！"

胡克仁转了身，僵着脸说："啊，来看看老侯，没什么事。老侯不在，我先走了。"胡克仁于是便走。手里的东西碰到楼梯栏杆上，酒瓶发出声响，胡克仁立刻就感到脸及脖颈的温度争先恐后地升高了，脚步迈得也不自在，像摸黑走路。那个时候，胡克仁的窘迫一下转化为激愤，他恨不得用手里的东西向胥树友头上砸去！他强忍着激愤下楼，隐约听到，胥树友与那老太太在说老侯的什么事。看意思很可能是胥树友为老侯送站去了，送走老侯，又回来与老太太交待老侯的什么事。

"王八蛋！狗日的！"胡克仁一边下楼一边在心里骂。出了楼，看看前后无人，竟骂出声来："妈个×！你别以为老子是好惹的！"

六

胡克仁觉得一切都明白了，无论是胥树友指使老侯写的检举信，还是胥树友写了检举信指使老侯去发，后果都是一样的。胡克仁于是又后悔自己为什么就没有先下手。本来，那件事的主谋是他胥树友。是他胥树友拉我下的水，其实我是个受害者。我先检举他并不过分。即便我与他是同谋，先检举了他，也就争取了主动。当然也要做一个自我检查，检查得深刻一些，再把钱上缴了，事情就不会有太大的问题了。但如今，事情的性质就不一样了。胥树友先下了手，自然要把责任推到我身上，话怎么对他有利怎么说。胡克仁这才明白，这原本就不是论谦让讲义气斯斯文文的事情，这是刀枪剑戟你死我活的战争。事情到了这一步，清除隐患已不可能，化险为夷也不大可能。最好的结果是化大险为小险。于是胡克仁开始设计对策。他首先想到破坏那个检举箱，马上就觉得不妥，太小儿科，不是从根本上解决问题的路子。当务之急，应是先检举胥树友，之后再去自首，变被动为主动。我这样一向循规蹈矩，谨小慎微，为党辛辛苦苦工作了几十年的人，偶尔犯点错误，组织是会给我机会的。再有，我一个副区长，怎么也比你胥树友这个破局长的人缘好吧？看我掉进泥坑里，大家能不拉我一把？这样一想，胡克仁的情绪立刻好了许多，心里也有些轻松了。胥树友，你小子等着瞧吧，给我弄事，你还差点！

胡克仁回到家，把气喘匀，就准备去区检察院。等抽完一支烟，又觉得亲自去不好，有些话不便当人面谈。他不敢想象会是一种什么气氛，总之会很难为情。还是写检举信吧，不面对他人，心理负担轻一些，可以平心静气，可以字斟句酌。胡克仁思虑了半天，就开始写信了。他写，作为一个老同志，以很痛心同时也很自责的心态，向组织反映胥树友的问题。胥树友平时不注意学习，不注意世界观的改造，生活腐化，拜金思想严重。在开发区出售土地问题上，胥树友接受了港商贿赂，在我不了解情况的前提下，唆使我违反原则。由于我对政策的学习不够，违反了市里有关规定，为港商办理了土地购买手续。事后，胥树友曾代港商给我送过现金一万元，我断然拒绝。他们执意要送。当时我儿子正准备结婚，女儿刚上自费大专，经济十分拮据。我便暂时把钱收了，但明确表示，一万块钱我暂借，日后一定要还。在这个时候，我又犯了严重错误，对胥树友的行为只是私下进行了批评，没向组织反映，从客观上纵容包庇了有错误的同志，使胥树友在资产阶级腐败生活的道路上越走越远。教训是非常深刻的，我将承担不可推卸的责任。写到这里，胡克仁想写上，因为胥树友的贪欲，不知他利用职务之便，还干了多少中饱私囊的勾当。但想了想，觉得这样写不好，说些没把握的话，容易给人一个坏印象，反而会淡化了检举信的分量。于是便写，我建议检察院认真调查胥树友的问题，我也随时等候组织的处理。最后，胡克仁故意将落款提前几天，写的是小罗挂检举箱的日期。

写完检举信，胡克仁已是大汗淋漓了。他脱了件衣服，无力地躺在沙发里，闭上眼睛，身子觉得疲软而轻飘。这种感觉，不知怎么，一下子让他想哭，泪水就涌出眼眶。他把门关死，痛痛快快哭了一场。到这时，他才感到自己像是做了一场恶梦。他想，过去，日子虽然过得清贫一些，但心里总是踏实的，清白的，即使在那极度贫困难耐的年代。

往事不堪回首。

那一年，是三年困难时期最难熬的一九六一年，他刚从小学教师调到区商业局做会计。那时候，每人一天的定量只有四两粮食。人们吃野菜，吃槐花，吃树皮，吃秕糠，吃一切感觉可以吃的东西。人们在不停地吃，肚皮依然无法填饱。人们都饿得暴着双眼，说话没力气。眼看着一个人，走着走着，就摇摇晃晃倒下去了。有一天，区商业局局长终于说，妈的，咱们不能就这么等着饿死！便派副局长带人用商业局仓库里的商品到山东换来白面。每天下了班，局长就留下几个人，在办公室支个锅，偷偷烙饼吃。起初，胡克仁也被留下，但他下不去嘴吃烙饼，大家怎么叫他吃他也不吃。不久，局长就叫他交了财务室和保险柜的钥匙，派他到下属一个商店做售货员。他一言不发，默默地去了。

他没与任何人讲吃饼的事。不是不敢讲，他知道饥饿的滋味，他理解吃饼的人们，只是觉得自己不能那样做，就是饿死，也不吃一口不属于自己的东西。那个时候，他虽然常常饿得前胸贴着后背，但他的腰杆是能够挺直的。多年以后，他曾把那段历史当做他生命本质的光辉向人炫耀。那个时候，他绝对想不到，自己会成为这个样子。

七

胡克仁把检举信装入信袋时，又有些踌躇。老侯投检举箱里的到底是怎样一封信？自己这样写是写重了还是写轻了？胡克仁就想到了小罗。小罗掌管着检举箱的钥匙，要是打通小罗这个关节，把检举箱打开，看一看那封检举信，知己知彼，有针对性地以其人之道，还治其人之身，事情就比较稳妥了。想到这里，胡克仁就很后悔平时没把那个娃娃脸的小罗放到眼里，其实小罗是从区政府调到检察院的，胡克仁跟他是很熟的。现在就去找小罗，沟通沟通感情。临渴掘井虽然不好，但总比等着渴死好。他突然想到小罗喜爱书画，常在区政府院搞专栏。晚饭后，拿了别人送给他的一块歙砚给小罗送去。不巧小罗不在家。小罗老婆说，下午他打电话说晚上有人约他吃饭，下了班就没回来。小罗老婆看看表又说，快了，快回来了，他说超不过九点。坐下等会儿吧胡区长，您难得到我们家来。说完，便为胡克仁拿烟倒茶。

胡克仁就坐了，一边看电视一边和小罗老婆聊天。胡克仁问，孩子几岁了？小罗老婆答，五岁半了。胡克仁问，上学前班了吗？小罗老婆答，刚上。市里的离家近但没关系进不去，跟着他姥姥上。他姥姥又有心脏病，可是没办法。胡克仁马上就说，你看这事，小罗怎么没对我说呢？这样，明天我给市委一个朋友打电话，叫他给想想办法。小罗老婆感动得不行，扔掉手中的毛活，说，真是太谢谢您了胡区长，真是，这事还得麻烦您。胡克仁说，谢什么，小罗我们都在一个大院工作，互相有个照应是应该的，说不准我什么时候还有事求到你们头上呢？小罗老婆说，我们能为您做什么呀胡区长，我们倒是盼着能为您做点什么。

这时，小罗回来了，一进门就喊："他妈胥树友，今天我算栽到他手里！"说着"哇"地吐了一地。

小罗老婆一下子弹起来，跑到中厅，说："你看你看你看，我跟你说什么了？又喝成这个样子，没出息！胡区长来了，快去漱口。"说完便清理小罗吐到地上的秽物。

小罗一听说胡区长来了，口也不漱，歪歪斜斜旋进屋里，张着个大嘴喷着酒气说："噢胡区长，欢迎欢迎！您可是稀客。您看您看，我本来喝酒就不行，这胥树友，真是没办法，他非拉我去喝。"

一听是胥树友拉他喝酒，胡克仁心里就是一沉，正一时不知道说什么，外边有人敲门。是胥树友来了。小罗老婆一见胥树友，就指着地上的秽物故作埋怨道："您看胥局长您把小罗灌的。"

胥树友绕开地上的秽物走进中厅，说："我怎么能灌得了小罗？是他把我给灌了，我头晕得站都站不稳，可他比兔子跑得还快，转眼就不见人了。你看我，摔了几个跟头。"

小罗老婆一看，胥树友的身上果然有许多土。

小罗这时就从屋里跑回中厅，说："你可都看见了胥局长，我一进门就吐了，你说我喝的，怎么样？"

胥树友说："吐了并不能说明你喝多了，吃得不合适了也是会吐的。"又说，"不过话说回来，你老弟今天还算够哥们儿。"说着就向屋里走。

屋里的胡克仁一听到胥树友来了，头皮就发紧，心里也发虚。真是冤家路窄，怎么在这里又碰见他？听着胥树友向屋里走来的声音，胡克仁倒是在瞬息间镇静下来，迅速扭动了一下胯骨，让臀部与沙发完全契合。捏烟的右手向上抬了抬，左手在沙发扶手上轻轻叩着。又把头扬起来，准备好脸上的笑容迎接胥树友。

胥树友一进门竟撞见了胡克仁。胡克仁笑出的牙齿在灯下泛着白光，于是胥树友的双腿及全身及脸上的表情一下子就定住了。他呆在那里足有十几秒钟才张了张嘴："胡区长。"

胡克仁见状就更显得泰然，说："树友也喝了不少？"又说，"小罗刚才跟我告你的状。你可不能再灌他，免得小两口闹矛盾。"说完，哈哈干笑几声。

胥树友忙说："哪里哪里，今天主要是我喝多了，小罗其实没什么，没什么。"这时，小罗老婆走进屋里说："你不知道胥局长，他一喝成这个样子，夜里躺在床上就折腾。他明天还要出差。"

胡克仁心里一震，问小罗："到哪儿去出差？"

小罗说："到省里，本来是头儿们的事，头儿们都走不开，叫我替他们去。"

胡克仁问："去多长时间？"

小罗说："说是一周吧。"

胡克仁说："回来后到我家坐坐，我家里可是有好酒。"说完瞟了胥树友一眼。

小罗说："哪能喝区长的酒。我请客，到我这里来喝，胥局长也来，把你们请来喝我的酒比我喝你们的酒还高兴。"

胥树友一直站在那里，滚着喉结咽唾沫。小罗老婆忙为胥树友让座。

胥树友说："我就不坐了，你们坐你们坐。小罗回来了我就放心了。我还真是喝多了，头晕。再不走弄不好一会儿就走不了了。"说完便走，走几步又折回来，说，"胡区长你先坐。"

胡克仁坐着没动，说："好，好。"又提着嗓门说，"路上注意啊树友。"

送走胥树友，胡克仁问小罗："常和胥树友喝酒？"

小罗说："哪里。今天下午胥树友到我办公室聊天，聊着聊着就说晚上去喝酒。我问他什么意思，他说喝酒就是喝酒，一问什么意思就没意思了。"

胡克仁想了想，两眼盯着小罗问："我怎么看着胥树友的脸色不太好？像是有什么事。"

小罗说："有什么事？没什么事吧。"之后又说，"不过他喝了不少，比我喝得多。"

胡克仁觉得这样问话太笨，看来小罗这小子头脑还很清楚，便意味深长地点点头。点头的时候，看到小罗衣领上的一片秽物，又闻着满屋的残腐酒气，便恶心起来，站走来强忍着说："你歇着吧小罗。醒醒酒。我走了。没什么事，今天走到这里，顺便来看看，有空到家里玩小罗。"

小罗摇晃着说："别看我吐了，吐了就没事了。您难得来，再坐会儿。"

胡克仁："不早了，我也没什么事，你们也该休息了，有空一起到家里玩。"

小罗就和老婆一起把胡克仁送下楼。

等和小罗夫妇告了别，胡克仁才发现那块歙砚还在手提包里放着。就想，多亏没提前拿出来，拿出来就算白扔了。不过这一趟也没白来，遭遇了胥树友，从气势上压了他一把，叫他晚上睡不好觉。又知道了小罗要出差一周，他拿着检举箱钥匙，至少这一周内不会有人打开检举箱，事情也就不会出在这一周内。小罗这条路看来不能走，胥树友又走在了前头。前面的许多路，可能胥树友都已先我而去了。胡克仁开始佩服胥树友，在这方面，自己远远不是他的对手。

胡克仁骑着单车走在夜间的马路上，就如一只偷了肉骨头被主人撵出家门的狗，眼前一片茫然。天地玄黄，夜风萧萧，头顶上传来一只什么鸟孤独凄凉的叫声。马路上前后没有人迹，胡克仁独自的身影被一个个路灯搞得短短长长，成了这夜色惟一的流动的点缀。胡克仁就觉得，其实每个人活着，于这世界都是一个点缀，准都想让自己这个点缀有点光彩。此刻的自己，给这个世界是什么样的点缀呢？想着想着，悲哀就滚滚而来。胡克仁不想让这悲哀无序地流动下去，他觉得必须要面对眼前的现实了。他清楚虽然自己也写了检举信，但胥树友已绝不是一封检举信的问题了。看意思他已在外圈布好了阵营，等着收拾我胡克仁。可我胡克仁也不能这样坐以待毙。他干他的，我干我的。区检察院走不通，还有市检察院。那个时候，胡克仁就想到了市检察院的副检察长老康，心中顿然开朗了许多。这几天满脑子是检举箱，是区检察院，怎么就一点没想到老康？

八

回到家里，躺到床上，胡克仁就想明天应立即去找市检察院的老康。区检察院这边的事叫老康给顶一顶，凶险即使不能化解，也能弱化许多。想着想着，胡克仁心里又忽地晃出了另外一张脸，那张脸阴鸷狰狞，在向他冷笑，那是区纪委书记于占鳌。那于占鳌从不错过任何一个显示自己存在的机会，何况我胡克仁还与他有过那么一个过节。胡克仁心里又充满了恐惧，事情一暴露，检察院一关即使过了，于占鳌也不会放过我。

几十年来，胡克仁从不为个人名利与人碰撞。但在提拔他当副区长的过程中，无奈和于占鳌撞到一起。市府决定在区政府机关提拔一名副区长，准备拿到人代会上的有三人，排在首位的是胡克仁（当时胡克仁是区政府办公室主任）。排在第二号的，就是当时的区民政局长于占鳌。论资历、学历、党龄、能力，胡克仁都优于于占鳌。但于占鳌偏要拿着架子与胡克仁争，在人大代表中到处拉票。于占鳌还有一个亲戚在市府做秘书长，也为他在上边说话。胡克仁知道了情况，对区长说，我还当我的办公室主任吧，副区长叫于占鳌当，当什么都是干工作，何必在这件事上折腾。区长一听就急了，说：“你怎么这样认识问题？这个副区长是谁想做就能做的？于占鳌四处活动，这很不正常，是违反组织原则的，很能说明他的品质。就凭这一条，别说副区长，就是现在这个局长我看也不够格。他市里有人怎么了，市里也得考虑咱们区里的情况！”接着，区长又批评胡克仁，你以后不能总这么个精神状态，要挺起腰杆来，咱们是为党工作，不是什么交易。要是谁想当官就叫谁当，许多事情还不乱了套？

其实，胡克仁也知道区长为什么这么支持他。一年前，区长曾有一个机会去市政府做秘书长，据说主管副市长已和他谈了话，但在最后决定之前，被于占鳌的亲戚给顶了。区长为此大骂市府风气不正，他对跑官要官，尤其对市府秘书长的对抗情绪可想而知。从内心讲，胡克仁也不是不想当这个副区长，就是为当副区长，得罪个把人也是值得的，只是对自己能否当成信心不足。于占鳌有背景，与其争来争去争不过人家，将来在人家鼻子底下瞧眼色，还不如提前知趣地退出来。看到区长这么坚定地站在自己一边，虽然心里知道个中因由，还是非常感动，便在区长面前表了半天决心，打发得区长很高兴。不久，胡克仁就当上了副区长，当副区长的感觉，自然要比当办公室主任好多了，混到这个地步，在区里才算得上个人物。于占鳌白折腾一场，但心性并没弱下来。起初两人走个对面，倒是胡克仁打招呼，可见他拉着个驴脸，鼻孔里哼气的样子，胡克仁心里就起了火，想：他妈我欠你了？本来我就应该当这个副区长，你在那里瞎他妈折腾，我没与你计较，是我大度，你小子还有什么可驴的？于是再和于占鳌走对面，直着脑袋就过去了。这于占鳌倒也算是有官运，不久就补了区纪委书记的缺。再与胡克仁碰了面，驴脸拉得更长。胡克仁就在心里骂：他妈一个纪委书记怎么了？老子一身正气，你奈我何？但如今，自己陷到泥坑里，事情一旦暴露，于占鳌很可能就要插一手。检察院处理得越轻，他插手的可能性就越大。这样一想，胡克仁就决定先给于占鳌弄点事，叫他自顾不暇，再没精力找我胡克仁的麻烦。那个时候，胡克仁面前就自然地闪出了于占鳌老婆的影子。五年前，于占鳌的原配病死，后来又结了婚。现在的老婆不仅长得漂亮，还小他九岁，于占鳌对她的怜爱可想而知。过去，于占鳌邋里邋遢，经常裤管一高一低，屁股后边拧着麻花，脸也像是总洗不干净，眉目模糊到一起。和现在的老婆结婚后，穿着仪表如换了一个人，身上常飘着香味。而且，人们还多次在他的办公室看到滋补药的瓶子。这样一来，于占鳌就添了一个毛病，爱吃醋，恨不得天天跟在老婆屁股后头，生怕老婆跟别人走点火。老婆有时到单位找他，哪个男人与她搭讪几句，被于占鳌见了，弄不好就要私下阴半脸悄悄问你："跟我老婆说什么?"让人哭笑不得。要想跟于占鳌弄事，从他老婆身上做文章，一弄一个准。当然胡克仁不是打算拉于占鳌老婆下水，一是不善此道，二是那样会更激怒于占鳌整他。他决定给于占鳌写信，告诉他他老婆搞野男人。于占鳌不急个半死才怪，一下子就得把心思都投到这件事上。说干就干。胡克仁就开始找纸笔，带字头的信笺或稿纸当然不行，那样会暴露线索。找了半天，找出几张白纸。但在开始写信时，胡克仁又犯了难。他和于占鳌一起工作过多年，彼此的笔迹都熟悉，他变着法子写，甚至用左手写，孙猴子再变也总露着尾巴。他想起个草，找个人去抄，找谁？不能找熟人，也不能找成年人，找个小学生？也不妥，这事小孩子也会感到好奇，又嘴上没毛，转脸说出去非砸不可。出了几头汗，胡克仁终于想出了一个高招，他在白纸上画了一只龟，在龟的下面，用尺子比着写了一行字："于占鳌的老婆跟别人干，于占鳌是个大王八。"又用尺子比着写好信封，贴上邮票，左右端详了半天，孙猴子的尾巴不见了，鬼也看不出这是我胡克仁干的，便舒了一口气，笑了。笑过，就又觉得自己这样做太卑鄙，太下作，太小人。但事情已到了这个地步，就顾不得这么多了。阴谋也好，智谋也好，一旦你用了它，你就必须义无反顾地干下去，任何的内疚和自责都毫无意义，否则，往往就要功亏一篑。

想到这封信将要对于占鳌产生的伤害，胡克仁心中充满快感。他倒有些佩服自己能有这样的计谋，特殊的处境，能唤发出特殊的机智。这种勾当，是他平时绝不会想出来的。这真成了一场智能的战斗。那一万块钱似乎显得不是十分重要了，重要的是看他和胥树友谁能斗过谁。

九

第二天，胡克仁先到邮局，把寄给于占鳌的东西投入信筒，之后又回到单位，坐车去了市检察院，去找副检察长老康。三年前，胡克仁与老康一起跟地市里的考察团去海南。在海口两人住在一个房间里，因是同龄人，经历相似，说起来文革时还参加过同一个群众组织，谈得很投机。考察团离开海口的前一天中午，他们吃了螃蟹。那天的螃蟹本来就不太新鲜，老康又不会吃，把螃蟹的屎包也吃了，到了夜里又吐又泄，肚子疼得在床上虾着身子直哼哼。胡克仁不爱吃螃蟹，吃得少，倒一点事也没有。他见老康闹得不轻，忙送老康去医院。医生简单问了一下情况，说要化验大便，就递给胡克仁一个小瓶，叫他到厕所帮老康去取。老康的身子虚得蹲不稳，屁股那里又没有眼睛，大便怎么也搞不到小瓶里。胡克仁急得心里冒火，拿出口袋里的烟盒，拆开，做了个喇叭口漏斗，漏斗的小口对准瓶口，大口放到老康屁股下面。老康一使劲，弄了胡克仁一手。老康很不好意思，一个劲表示歉意。胡克仁笑着说，没关系，没关系。取了大便，胡克仁又跑上跑下地取药，又搀着老康跑了几趟厕所，闹得一夜没睡，感动得老康眼泪直往外冒。第二天别人都离开海口回家，胡克仁又在医院陪了老康两天。两人回来分手的时候，老康握着胡克仁的手说，你救了我一命老胡，以后用得着我的时候，一定找我。胡克仁当时笑着说，别盼着我找你，我要是一找你老康，十有八九就是犯法了。后来胡克仁一直没有找过老康，倒是老康找了胡克仁几次，求胡克仁帮忙为他一个朋友农转非的家属安排工作，那件事胡克仁费了很大劲才办成。事后，老康几次想请他去饭店吃饭，胡克仁一直借故没去。他不愿与老康把关系搞得太近。他发现老康是一个太入世的人，天天像个打足了气的皮球蹦来蹦去，给这人办这事，给那人办那事，为人拉纤，乐此不疲。交这么个朋友，说找你就找你，不是个轻松的事。胡克仁的性格与老康不同，遇事能自己克服便自己克服，不到万不得已不求人。自他给老康的朋友办了那件事后，都是老康有时给他打个电话问候一下，还有一次老康到家里给他送了两箱水果，两箱饮料。胡克仁一次也没主动找过他，怕烧香引出鬼，一找找出些麻烦事来。但这次胡克仁再也顾不了那么多了，主动去找老康。先沟通一下感情，第二次再把实底告诉他，求他必要时拉自己一把。见了胡克仁老康很高兴，一边笑一边握着胡克仁的手说："怎么你老兄今天这么新鲜，是不是离犯法不远了？"

老康这样一说，胡克仁就听到自己的脸和脖子刷的一声，他想一定是红了，怕老康发现，就迅速做出笑来，说："路过这里，顺便看看你。天天瞎忙，总也抽不出空来。什么时候到我那里喝酒啊？"

老康就来了兴致，说："该是我请老兄喝酒，你总也不肯赏光。"

胡克仁说："先喝我的。你备下好酒，下次再去你那里喝。"

老康说："这次你就先喝我的，前些日子我还想找你。"

胡克仁说："有事吗老康？"

老康说："一个朋友想搞个歌厅，你看能不能在你们区找个地方？"

胡克仁心想这一来果然就撞到枪口上了。想想往下就要用着老康，就说："你怎么不去找我？"

老康说："光求你老兄还真有点不好意思。"

胡克仁说："怎么你老兄倒客气起来了？"

老康说："我是怕总给老兄添麻烦。那好，咱就别客套了，回头我领朋友去找你。"

胡克仁说："随时恭候。"想想面临的当务之急，又说，"不过这几天事情是多了一些，过了这几天怎么样？"

老康说："这又不是火上房的事，你什么时候不忙了，什么时候再说。"

胡克仁说："好，你听我电话。"

两个人又闲扯一阵，胡克仁便告辞。老康送胡克仁下楼，胡克仁刚钻进汽车，又被老康叫出来。老康悄悄说："差点忘了问你，后天马光孙子结婚你去不去？"

马光是原市委书记，去年退到市人大当主任。三年前他们到海南考察就是马光带队。那次马光带了夫人，路上说起话来，胡克仁和马夫人原是同乡，两人聊起乡俗，聊得还很热乎。那次考察后，他没再与马夫人有任何联系。胡克仁平时很看不惯那些竭尽心力傍大官的人。现在看来，不免不识时务。马光如今虽然去了人大，但谁都明白现任市委书记是马光一手提上来的，马光在市里的位置依然举足轻重。要把马光抓住，在这个市里什么风浪不能阻挡？老康这么一提，胡克仁心里顿然亮堂起来，强忍着兴奋问老康："你去不去？"

老康笑说："去吧，咱们一起去。我也能跟你老兄沾点光嘛。"

胡克仁说："从那次海南回来，再也没跟马夫人见过面。"

老康说："你这个老兄啊，天天都忙些什么？"

胡克仁不好意思地笑笑："这次，咱们一起去。多亏你老兄提起这事，要不还真把老乡给忘了。多亏今天来看你。"

老康也笑道："这说明你老兄以后要常来，有什么信息及时通报通报。好，那咱们就后天见。"

两个人又握别，胡克仁两手使劲摇着老康的手，一个劲地笑。

胡克仁坐到车上，还忍不住偷偷地笑。这一趟来得真是太必要太及时了。又觉得自己过去与外界联系太少，尤其不懂走上层，今后也应该走出去，不能老在办公室里窝着。这次要像样地给马光送份礼。这真是个好机会，要不是马光孙子结婚，这礼还真不好送，弄不好人家不收。回到机关又想起，后天去只是参加个仪式，当着许多人送东西太惹眼，必须今明两天送。送什么？他没这方面的经验，别钱也花了，送的东西人家再不喜欢。人家马光是什么人物？儿子也不会是普通老百姓。孙子结婚，肯定什么也不缺。现在红白事都兴送钱礼。送着方便，人家收着也方便，不带幌子，而且钱这东西送多少也不会多余，便决定也干脆送钱。送多少？胡克仁咬咬牙，在那九千块钱中又取出一千，找块红纸包好，吃过晚饭，便骑着单车去了。马光还记得他。马光夫人对这个同乡还算热情，给他拿饮料，削水果。胡克仁很激动，吃着水果，头上总是出汗，一想到时要向外掏那一千块钱汗就止不住，直恨自己实在没出息。虽然到时说的话都想好了，心里还是犯怵。

坐了一会儿，胡克仁就告辞，他不敢当着马光向外拿红包，等马夫人把他送到门外，才把手伸进衣袋里，攥紧红包，悄悄对马夫人说："老大姐，早就打算来看您，每天瞎忙，总也没抽出身。听朋友说您孙子要办喜事，这个大事我可不能不来，我也不会买什么东西。说着就把红包拿出来递过去，说这是我的一点心意，请老马大姐一定收下。"马夫人不肯收。两人都费了半天口舌，最后胡克仁就趁机把红包塞进马夫人的衣袋里。

离开马光的家，胡克仁才想起忘了问后天的婚礼在什么地方举行，估计一定在什么宾馆或饭店。不问也罢，礼已经送了，目的也就达到了。

胡克仁骑着单车，呼吸着夜风，夜晚的空气沁人肺腑，身上于是充满了活力。第一次给这么大的官送礼，想想前后过程，像在瞬间经历了许多。谁说我迂腐？谁说我不会公关？如今我已把公关搞到了马光家里。看来，没有过不去的火焰山，只看你的工夫下得到不到。生活真是有意思，不知道什么时候就山穷水尽，又不知道什么时候就柳暗花明。想着想着就激动起来，晃着身子把单车蹬得飞快。胡克仁许多年没这么快地骑车了，便又想起了胥树友，就在心里骂：他妈胥树友，你算个什么鸟？

一进家，老婆对胡克仁说："刚才行政科陈科长来电话，说这次调房增房的事叫你走点心。叫你给他回电话，他在办公室等你。"

胡克仁说："这次我还偏不找他们，看他们怎么分，要是弄得不像话了，看我怎么跟他们折腾！"

老婆说："我看你还是回个电话问问情况，商商量量的来，你跟人家较那个劲做什么。"

胡克仁想想说："明天吧，明天我亲自找他。"

胡克仁又想到一个实际问题，那一万块，给老婆过生日花掉一千，又给马光送去一千，还剩八千。要赶紧凑起来，别该往外拿时拿不齐。这事先不能叫老婆知道，所以不能向老婆要钱。他就想到了同乡小袁，决定去向他借。

十

胡克仁又想起了副区长老房。在区政府领导班子中，从区长到几个副区长，胡克仁都处得不错，都可以说说心里话。惟独这个老房，胡克仁从没把他放在心上，倒是没有过什么不愉快，只是瞧不起他。老房那天又找了一次胡克仁，胡克仁又一次借口有急事把他引走了。再这样躲来躲去，老房再窝囊也有个头脑，在这件事上得罪了他，他老房怎么说也是个副区长，如果不能顺利过了这一关，身上多他一只脚总比少他一只脚好。往往越是老房这号人，踩起人来越是没章法。何必伤了他。再说，于人方便自己方便。给别人开个绿灯，到时别人也会给你开个绿灯，在提拔干部上，谁也免不了有个亲亲疏疏。胡克仁于是一上班就去老房的办公室里找他。老房见胡克仁进去，赶快起身让座，起得匆忙，把椅子踢得乱响。接着就给胡克仁沏茶。胡克仁看着老房的举动太可笑，就说，你看你还忙什么老房，好像我是远道来的客人。老房就嘿嘿笑了几声，又从口袋里掏出那半盒红塔山，给胡克仁抽出一支。胡克仁说，老房你又不抽烟，什么时候开始口袋里装烟了？老房又嘿嘿笑了几声，拿火柴给胡克仁点烟。胡克仁说，你找我有事老房？老房就吞吞吐吐把推荐小邱当副局长的事说了。说商业局长老钱的意见很关键，托胡克仁给他打个电话。胡克仁说，你老兄分管商业局，我说话哪比得上你？老房说，我的话怕老钱那家伙不听。我知道你跟他的关系，别人也给我出主意找你。老钱的老婆与胡克仁的老婆在一个单位，两家关系走得很近。胡克仁就说，你老兄推荐的人我想不会错。胡克仁就当着老房的面给老钱打电话。他并不太熟悉小邱，但是电话里说小邱的时候，像是说自己的儿子。胡克仁打电话，老房嘿嘿笑个不停，又从衣袋里掏出那半盒红塔山塞进胡克仁的衣袋。

十点以后，胡克仁就总往厕所跑，准确的说是总往二楼厕所跑（胡克仁办公室在三楼），因为去二楼厕所，正好路过于占鳌的办公室。按常规，本市的信一般次日上午即可到达。投递员每日上下午各送信一次，上午一般十点左右，下午一般四点左右。上午十点钟一过，胡克仁就去二楼办公室取报纸（平时报纸都是有专人送，胡克仁极少去取），对负责收发的小陈说他要急着看看波黑局势新动向。在小陈给他拿报纸时，他一眼瞥见了那封信，心脏就在胸腔内怦怦撞击了几下。他抓起报纸，抑制住兴奋，出了门，见前后无人，小跑着上楼回到自己办公室。他经过于占鳌办公室时，从门缝里斜一眼，于占鳌正在办公桌前看什么材料。胡克仁坐在沙发里，平息着情绪，心想过一会儿就有你小子好看的了。二十几分钟后，胡克仁就到二楼上厕所看动静。见于占鳌还在办公桌前看那个什么材料，看样子小陈还没把东西送去。这个小陈是怎么搞的？工作怎么这么拖沓？十一点后，胡克仁再一次下到二楼，正巧看到小陈拿着东西进了于占鳌办公室，胡克仁的心又在胸腔里撞击起来，就又一头钻进厕所里。他想在那里躲一会儿再出来看于占鳌的反应。但那时已接近下班，不少人习惯在下班去厕所，厕所里的人出入不断，胡克仁不好久呆，便做了做样子退出来。他经过于占鳌办公室时，见那门已经关上了。想于占鳌一定正在屋里接受那个杰作的折磨。于占鳌一定对信中所示确信无疑，以往的担心获得了佐证，他痛苦，他绝望，他要歇斯底里！

胡克仁回到办公室里，收拾一下东西，锁上门，悄声走到二、三楼楼梯之间，静心听于占鳌屋里的动静。房门还是关着，听不到任何声音。已经走了？好像不会。他应该自己一个人平静一会儿。这时，上边传来有人下楼的声音，胡克仁也就只好下楼回家。想，把好戏留在下午看！

行政科长老陈在大门口堵住了胡克仁，说胡区长，你该知道，这次调房增房，房子和房子差别很大。除了你，别人都天天围着这件事转，你也该盯一盯了。胡克仁说，都有条件卡着，要是谁争什么就能得到什么，还成立分房委员会做什么，你说是不是老陈？你来的时间还不算长，上次分房你没赶上。你去问问机关的老同志，我在这事上争过没有。上次分房，我一让再让，住了现在这么个五楼楼头。这次调房增房，你们就看着办。你也和大家说说我这个意思。行政科长老陈嘴上没再说什么，却在心里说，你这话等于没说。问题是这次调房增房的人有的比你官大。有的虽然比你官小，可找了比你官大的人给说话。你就在那里等，看你最后等个什么结果！

吃过午饭，胡克仁没有歇息就立即赶到单位。一个下午，胡克仁又到二楼厕所跑过多次，于占鳌的办公室一直紧闭着，没见着他的人影。一直到将近下班的时候，终于传来于占鳌的消息，他出了车祸。于占鳌午饭后骑着单车刚出家门就被车撞了。

有的说撞断了腿，有的说连胳膊也断了，是粉碎性的，当时就被送到医院。于占鳌家的对门是区政府行政科的老崔。老崔瞪着眼睛对大家说，这个于占鳌啊也不知是怎么回事，他中午回家时我看就不正常。我刚进家，还没来得及把门关上，他就也跟着我进来了，直着个眼，着了魔似的，问他，他也不说话。半天他才嘀咕一句，说走错了门。等进了他自己的家，一进门就听着像是在摔东西。我们家好几个人敲门都敲不开。

听到这个消息，胡克仁不再兴奋，身上倒冒开了凉气。于占鳌这不就叫我给毁了？他事先没想到事情会闹得这么严重。愣了半天神，怎么想怎么觉得对不起于占鳌，打算明天买点东西去医院看看。走在回家的路上，又觉得自己的想法好笑。平时和于占鳌关系生分，工作上又没联系，这时去看他，不是犯愚吗？人家会怎么想？现在良心发现还有什么意义？无毒不丈夫，无恶成事难。毁了于占鳌，也许是保全自己至关重要的一步。那天给马光送了礼，也曾想过要是早料到能抓住马光，就不该给于占鳌发那个东西，总感觉不该做这等下流事。可转念一想，弄了也就弄了。到时马光能不能起作用还未可知。就是能起作用，就怕于占鳌不吃马光这一套，这小子又不是省油的灯，小河沟里翻船的事也是常有的。

夜里躺到床上，胡克仁自然又无法入睡，想明天再去找老康，把事情跟他说说，先让他有个思想准备。该做的工作提前做。同乡小袁处也应快安排时间去，把借钱的事落实了。区委、区政府可能用得着的，也该抽空分别坐坐。于是就想到了答应请老康喝酒，就又爬起来，到了老婆屋里，把睡着的老婆推醒，说："我想抽空请几个朋友来家坐坐。"

听胡克仁这样一说，老婆感到意外，迷迷瞪瞪地问："你这是想起什么来了？"

胡克仁说："跟潮流吧，要不，很多关系慢慢就淡了。"

老婆是个场面人，平时总怪胡克仁连个朋友也没有。上班时就知道在办公室里闪着，下了班不是在家里一呆，就是又回到办公室。除了工作上的一些应酬，吃请的事从来没有。别人请他他不去，他又从不主动请别人。看到周围邻居断不了热热闹闹摆酒场，老婆就总是说他，该走的以后咱也走动走动，一天到晚就知道你自己那点事。现在听胡克仁这么一说，老婆倒挺高兴，说：“好。什么时间请，怎么请，你说。请完了你的朋友，找个时间也把我们单位的人请请，人家谁退了休不得常请着点单位的人，要不以后你有了事谁也不爱管。”

胡克仁回到自己的房间。老婆刚要睡，他又折回来，对老婆说：“抽空也请亲家来吃顿饭吧。”

一说请亲家，老婆就把眼睛睁大了，感到更加意外，在床上坐起来，看着胡克仁有些发愣。

胡克仁过去一直看不上亲家。因为看不上亲家，起初还反对过儿子的这门亲事。亲家是个市侩气很浓的小市民，说起话来满嘴铜臭气。他常说的一句：口袋里没有钱，放个屁都不响！因为有点钱，就到处吹大牛，放响屁，怀里揣个酒壶，吹累了就拿出来喝，俗不可耐。亲家做过一个服装厂的业务科长，因经济问题被撤了职，后来就一直在家泡病号。再后来，四十多岁就办了“病退”。他毕竟搞了多年服装，懂业务，与人合作在郊区搞了个服装厂，钱挣了不少。儿子结婚前，亲家请胡克仁夫妇吃饭时，多喝了几杯，向胡克仁炫耀他发财的伎俩。胡克仁听了一阵阵恶心，回到家就要儿子散了这门亲事。可那时儿子已与人家姑娘有了感情，还时不时睡到人家家里。老婆对那姑娘的印象也还算不错，帮着儿子说话。儿子总算与人家姑娘结了婚。但成了亲家后，胡克仁极少与他们走动。一见亲家，甚至一想起他，心里就不舒服。但想想现在的自己，弄不好不也要在经济上栽跟头吗？不管怎样，这件事不可能对自己没有影响。人家栽了跟头，还有技术办厂子，自己这件事要是处理不好栽了跟头，还能做什么？你还有什么资格瞧不起人家？没准到时候还被人家瞧不起。

胡克仁说：“既然成亲家了，为了孩子，往好里处吧。”

老婆就笑了。其实老婆也看不上亲家，尤其看不上亲家母，快五十的人了戴两个铃铛似的大耳环，每天描眉画眼，还是一个烟鬼。但胡克仁这么一说，她心里还是高兴。就这一个儿子，就这一门亲家，该把关系往好里处，于是就说：“就是就是，腻腻歪歪是亲家，好来好往也是亲家。那两口子俗是俗气点，人倒也不算坏。”

十一

故事结束在那个初冬的午后。区检察院检察长赵科接到通知，要他到市检察院开会。赵科走之前找到小罗，要小罗把检举箱打开，看里边有没有东西。小罗打开检举箱，里边果然有三封信。小罗的眼睛亮了，就说，栽下梧桐树，就有凤凰来。三封信中，有两封是写给区检察院检举中心的。另一封信，邮票、收信人地址、姓名、寄信人地址一应俱全，是一封发往外地的平信，令人哑然失笑。小罗打开两封检举信，只见一封是胡克仁检举胥树友，一封是胥树友检举胡克仁，不禁啧啧有声，愈发兴奋。那封平信，显然是寄信人把检举箱错当了信箱。小罗好奇，骑着单车照寄信人地址按图索骥，最后找到原区政府食堂炊事员老侯家。老侯的儿子正好倒休给老侯养的鹦鹉喂食。老侯的儿子一见信封，说这不是寄给我姐的？把信打开，原来是老侯告诉外地的女儿，说他想女儿和外孙了，打算到女儿家小住，告诉女儿他的大致行期。

两日后，胡克仁和胥树友便分别被区检察院立案侦察。胡克仁明白了检举箱事件真相，当场犯了心脏病。经抢救脱险。胥树友则用右手狠擂了一下桌子，导致掌骨粉碎性骨折，打了石膏，每天吊着个胳膊。胡克仁和胥树友几乎是同时回味过来，那老侯根本就不识字。那封家信，听说是他求邻居代写的。

镇长之死

陈世旭

1

十几年前，我们小镇文化馆一个面黄肌瘦的年轻人，因为写作了一篇小说改变了默默无闻的命运。那小说获了那一年的全国文学大奖。他后来也因此被调到省里去做专业作家，自然是很扬眉吐气的了，整天一副天才在思考的深沉样子，在镇子里走着，觉得一切都那么琐屑和肮脏，心里充满了悲悯。没想到有一天却遭了一个人的迎头棒喝。

那天他在镇中学里跟一班崇拜者讲了奋斗史回来（他调省的调令

已经来了，这些日子许多单位都抓紧请他讲演），过河的时候，忽然看见河对岸的镇长。镇上的河水浅，河上删节号似地横了一串大卵石，便是桥。他看见镇长时，已经走过一大半卵石了，镇长就在卵石后头站着。过了桥，他本来打算侧着脸从镇长身边擦过的，镇长却喊住了他。

“那个写小说出名的，就是你么？”

镇长光头底下那张尽是疙瘩的脸绷紧了，让他有些发毛。他垂了头，四处张望，惊怕地发现自己孤立无援。

“人倒霉，盐罐子生蛆。如今是人是鬼都往我头上扣屎盆子。你这小子只顾自己出名，就不管别个死活了。我一个小镇长，迫害得了那么大一个人物么。如今你小子是行了时了，老子却是永世不得翻身了！”

镇长话说得咬牙切齿，却并没有什么进一步的行动。说完了就沿了那串卵石，一跳一跳地走了，再没有回头。等他过了河，年轻人才缓过神来，回头看定镇长那一蹶一蹶的屁股明白自己再没有了危险，怒火便一点一点在心里升腾起来。一再下决心追上去，朝那屁股上踹一脚，终是隐忍住了。他气得还不至于失去理智，真要是打起来，镇长的两只手指头就可以捏扁他的。

当时的镇长早已不是镇长了，被停了职，在镇上的蔬菜大队劳动，待分配工作。他的被停职，当然不是因为那个年轻人写的小说的缘故，但那小说跟他却不是没有一点关系。小说里写了一个级别很高的老干部被流放到小镇来，镇上以镇长为代表的恶势力给了他许多的迫害。倘若不是因为镇长当时的处境，小说作者肯定不会把反面人物安排成“镇长”的。

2

那年轻人的得奖小说里写到的镇政府当时叫镇革委会——听说有些读者曾就此提出质疑，说作者违背了历史的真实。这意见并不错，只是少了些幽默感——当时的镇革委会倒是很革命的，就在镇口的大路边上，先前是本地一个大姓宗族的祠堂，多年失修，破烂不堪，四墙裂了缝，已经歪斜了，屋头上长了草，衰败成灰色；祠堂改成办公室后开的窗子上，没有玻璃，蒙在上面的是包装化肥的透明塑料袋。文革时候才在满墙刷了红漆黄漆，不是为了维护屋子，是为了写语录。红红黄黄的颜色像在一张苍老的脸上化妆，不仅是难看，简直是狰狞。屋子里也几乎没有一样完整的东西，桌子要互相靠着才放得稳，椅子要靠了墙才敢坐，会计的算盘和圆珠笔上都包扎着医院用的胶布。镇上原本就穷，再经了几年革命洗礼就更清白了。不过，再穷也有穷开心的法子。镇长到小镇上任，开第一次镇革委领导班子会，就领教了这开心。

乡镇上从来没有按时开会这一说。人总是先先后后参差不齐，说是九点开，十点人能坐拢就不错。等人的时候，先到的人就讲笑话打发时间。在这类笑话里，开心的对象总少不了妇女主任。说多了，就觉得是老套子，没有新意。这一天，有人出了个点子，对另一个人说，我们莫总是图嘴巴皮子快活。今天不来素的，要来就来点荤的。你平日跟妇女主任眉来眼去，今天敢不敢当大家的面，在她胸口抓一把，也给我们开个眼界。

大家就起哄，一致说："好！"一片山响，如同誓师。

妇女主任是六几届下来的知青，很积极能干。下来不到一年就入了党，成了知青模范。镇革委筹办妇代会时被抽上来，以后就留下来当了新生的妇代会主任。镇上的知青有"五朵金花"，最好看的两朵都进了镇革委。一朵是镇广播站的播音员；一朵就是这妇女主任。妇女主任是工农兵型的，很丰满壮实，胸脯特别高，让许多人垂涎。

被提议的那另一位是镇革委副主任（也就是副镇长），妇女主任就是由他发现推荐上来的，两人的关系自然也就不一般。私底下有人问他跟妇女主任是不是有事，他总是反问：你看呢？分明是得了手的神气。只是大家还没有看到公开的证明。

妇女主任总是最后一个到会。一是因为来早了，会让这些臭男人没头没脑地打趣；二是因为当了干部，又碰到场面的事，一个女人上下总要收拾得光鲜些。那天她穿了件短袖衫，那衫子很薄，其实遮掩不住什么，里面肉色的胸罩远远看起来跟没戴一样(这其实是镇上人的看法。妇女主任的穿着还是很得体的，只是因为带着些城里人的趣味，镇上人觉得有些惹眼就是)。

妇女主任高耸着那似乎没有戴胸罩的胸脯，大踏步地走进来。她走路的步伐和声响，跟她说话做事一样，都是很轰动很壮烈的。相反屋子里倒是显出格外的安静。一向高声大气的男人们都凝了神，似乎在深思国家和世界的前途。这使妇女主任有些意外，有些奇怪，又有些泄气。回回，她总是最招人注意的，这回却遭了冷落。

"出什么事了么?"

她也不由得放轻了脚步，走到副镇长身边推推他的肩。

先前闷头抽烟的副镇长慢慢地把吸剩的烟头在一块西瓜皮里揿灭，忽然一扭头，伸出那只粘着瓜汁的手，一把抓住了妇女主任的一只乳房。

屋子轰地一声像是突然坍塌了。先前一个个做出深沉样子的男人们一齐爆发出哄笑，有人笑岔了气，连同椅子一下仰翻在地上。

妇女主任并不示弱，劈头盖脸地同副镇长揪打起来，一片"死鬼、畜生"地乱骂，脸涨得通红。但听起来，只是三分恼怒，却有七分快活。

终于平静下来，副镇长宣布开会。镇上原先的镇长调走了，一直由副镇长主持工作。副镇长原以为自己这回填镇长的空是没有疑义的，没想到县里却又派了新镇长来。

"今天的会，就是欢迎新镇长。"

副镇长懒洋洋地说，瞟了一眼在对面角落里坐着的一个人，又懒洋洋地举起手带头拍巴掌。好像他刚刚想起来屋子里还坐了一个镇长。底下的巴掌跟着响了几声，稀稀拉拉也是懒洋洋的。副镇长是本镇人，从读书到工作一直没有离开镇子。镇政府也大都是跟他一起共事或由他提拔起来的熟人，大家都看他的眼色行事。在他上面，镇长换了好几位，都呆不长。但是上面也绝，宁可走马灯似地换人，就是不给他转正。他也就立了志斗法。县里要调他走，他就是不走。又抓不到他什么大错，他在上面也有帮忙说话的，就这样僵持着。对这一回新来的镇长，他自然也是不在乎的了。

新来的镇长不但没有可以让人在乎的地方，反而是很让人看不上眼的。一个疤痕累累的癞痢头，那疤痕显然是剃头佬的杰作，粉红间以灰白。这累累疮疤之间，偶有几绺稀毛，像沙漠上的骆驼草。脸很黑，满是粗糙的皱纹和紫色的小瘤子。这样一个人来做镇长，实在是对全镇的一种欺负。

这欢迎会，不过是个例行公事，显示副镇长大度。因此他们该说什么说什么，该做什么做什么，全然不顾及新来的镇长会有什么态度。镇长也一直安然地坐着，带着一种憨憨的新奇看着众人。众人笑，他也跟着笑。众人笑完了，他也就不笑，只不说话。等到副镇长宣布了请他说话，他才开口。

他说他今天并不是头一回到镇上来。县里决定调他到镇上来之后，他已在镇上各处转过几回，镇上七七八八的情况，他是晓得一些的。

他的话一出口，大家就听出他的中气是很足，嗓门也大，但是他克制着。他的话听起来很和缓，但其实很硬扎，没有一句客套，也没有一点要请教的意思，甚至没有一点隐讳："今天的会不必开长。这样的会开长了也没有意思，欢迎不欢迎我反正都得来。我看这样，办公室下个通知，开个两级干部会，把全镇下属各单位的负责人都集中到镇里来，镇革委所有负责人都参加。报到时间就定在下个星期一。"

镇长说完就宣布散会，随即就起身走出会议室。既没有问副镇长有没有什么补充，更没有征求任何人的意见。会议正式开始到结束，前后不到十分钟。

其他的人一时呆在座位上没有动。大家面面相觑，觉得这回有点“来者不善”。有道是“十个癞痢九个哈（音 hǎ，同“蛮”）”，这回恐怕是遇上一个难剃的癞痢来了。

副镇长脸色铁青。跟镇长的这头一回交手，他明显是输了。镇长毫不客气轻易地就把会议的主动权夺了过去，等于把他晾在那里。末了他冷冷地一笑，他对自己在镇上的绝对地位还是有信心的。

镇长第二天上班就坐在镇革委办公室，一直看着办公室主任把会议通知起草、油印出来，又分装信封邮寄出去。然后又吩咐要一个一个单位打电话，保证不能缺漏一个人。电话要做记录，他回头要核实的。

3

又是公函，又是电话，应到的人全部到齐。其实不这样，人也到得齐的，除非哪个遭了天灾人祸。那年头，乡镇干部指望开这类会，就像伢儿指望过年，说的就是：口里没有味，开个现场会。

但这一回副镇长却有了别的心思。会议后勤，由他具体负责。他通知办公室主任，新镇长来了，要有新的作风，开革命化的会，会议伙食按最低标准办。以往都是在财务规定的范围外再增加一笔开支。这笔开支跟规定的经费比，是大头，出处最后都分摊给下属各个单位。各单位的头都来了，分享了这开支的结果，他们都很乐意，因为理由很正当。副镇长这回不增加这笔开支的理由也很正当。办公室主任心领神会，但心里有些打鼓：副镇长这一手很绝，明摆着是要坍新镇长的台，却让你恨得想咬他也找不到地方下牙了。

镇长听汇报的时候却说，要得，就要这样。听口气不像是反话，倒似乎是正中下怀。镇长后来又让把租用的客栈退掉，把镇革委的办公室都腾出来铺了干禾草，让参加会的人全部打地铺睡在这个老祠堂里。厢房不够，镇长自己带了镇革委机关的干部就睡在堂屋里。好在这祠堂有些规模，参加会的连工作人员一起不足半百，勉强挤得下。只是吃和拉有些问题。祠堂做了镇革委机关后，在屋后加了个院子，建了食堂和厕所。先前主要是供机关的人使用，现在一下子加了许多人，自然就难以满足需要。镇长说，革命化么，就化彻底些。这些的困难有什么大不了的，尿就滋在墙脚上，拉屎和吃饭，分批。凡事妇女优先。

大家觉得新鲜，倒没有几个有怨言。报到的当天夜里，一屋子男女嘻嘻哈哈，荤的素的，笑话不断。

第二天起来大家都变了脸色。不晓得从何时起，祠堂外布了岗哨，背了真枪实弹的民兵，不准一个人出进。屋子里的几只摇把电话也都摇不出声音，明显是有意切断了线。大家你看我，我看你，不晓得出了什么事。正要闹，镇长一下从什么地方站出来（他夜里不晓得什么时候出了祠堂），身后跟了两个武高武大的带枪的民兵。他清了清喉咙，压低了声音说，大家不要乱，哪个作乱莫怪我不客气。老子今日就是来专政的。你们这班家伙，共产党叫你们当干部，你们一件好事不做，不是扒灰就是作奸。把男人轰出去上水利，自己就去糟踏人家老婆女儿。镇上我是来了些时候的，你们各人做的好事一桩也瞒不过我。这回我让你们自己交待。老实交待了没有事。哪个要打埋伏，我拆他骨头。现在都去吃早饭，吃完了，回到各人铺上写交待。交待一个出去一个。一日不交待，一日不准出这祠堂门；一辈子不交待我就让他坐穿牢底。莫想带口信，莫想串供。两里路处我就派了岗，除了雀了跟老鼠，哪个也过不来。

这些年，大家什么莫名其妙的事没有见过做过。自己对别人做得，别人也就对自己做得。理是没有讲头的，镇长将来时，大家就听说是有些来头的。倒不是做了什么惊天动地的事业，是因为县革委主任看重他。

县革委主任是“三结合”后从军管部队留下的，又是刚成立的省革委主任的直接下级。说是说强龙不压地头蛇，但也还有一句话：“好汉不吃眼前亏。”

不满三天，大多数人都写出了交待。那三天里头，整个祠堂里死气沉沉。镇长派了民兵，轮流在各个的铺前来回巡逡。堂屋和厢房里只有一片轻轻的翻动引起的禾草的悉悉声和笔尖在纸上的划拉声，偶尔夹杂着一二声咳嗽和叹息。有人放屁引起了嗤笑，但立即就止住了口。夜里，才有人做恶梦，从地铺上跳起来，鬼哭狼嚎。值夜的民兵，哗哗地拉动枪栓，又压抑下去。

白天，镇长在食堂的仓库里清出了个角落，等着一个接一个来送交待的人。他不看，让交待的人自己念。他闭起眼睛一边听一边拗椅子。那个人念完了，他才睁开眼，说：“行，材料放在这里。你可以回去听候处理。”三天后，祠堂里只剩下镇革委机关本身的几个人。副镇长一直咬紧牙，黑了脸，仰在自己的地铺上，用无言表示最高的轻蔑。妇女主任和办公室主任也都没有动静。镇长并不跟他们打照面。到第四天上午，他让民兵把妇女主任带到食堂仓库里来。好长时间，他一言不发，闭着眼睛，专心地拗他的椅子。妇女主任则隔了桌子坐在他对面，低着头捻自己的衣角。这几天她也没有认真梳洗，披头散发，面色蜡黄。先前的风骚劲一点看不到，像一棵霜打了的菜。

镇长终于开口，说：“别的我都不想问，只问你一件事，有一回你开妇女会，讲计划生育，动员大家上环，有人担心上环出事，难受，你说，你就上了环，一点事没有。你一个大闺女，上环做什么？”妇女主任抬起来，愣愣地看了一会镇长，忽然“哇”地一下哭起来。这几天，因为副镇长的顽抗，她也一直硬撑着。现在，她实在撑不住了。

妇女主任随后就交待了自己的错误事实。镇革委没有干部宿舍，家不在镇上的干部要在镇上过夜就睡办公室。妇女主任没有成家，就只有住在镇妇联办公室，在床铺和办公桌中间挂张帘子。副镇长的家在镇下面的生产大队。他平时很少回去，也在自己办公室搭了张床。逢到别的干部都不在的时候，他把祠堂大门一关，同妇女主任就做成了夫妻。妇女主任起先不肯，到底受了他的培养，却不过情分。他说，这是对她最好的再教育……

镇长打断她的哽咽，说："你不必讲那么细，不要前言也不要后语把刚才讲的这段写下来就行。"

妇女主任刚出门，办公室主任一头撞了进来。他已经在门外等了多时。他两只脚索索抖着几乎要下跪。镇长让他坐，他坐了几次也没有坐稳，屁股老是不得落实。他牙齿"格格"地打着战，结结巴巴地求镇长高抬贵手。他说他胆子小，做不成什么事情。年轻时冒失过一回，到如今一想起来就心惊肉跳。他把那次冒失写在了纸上，作为交待：那时候他刚到镇上，做民政工作。有一回，一对在他手上打了结婚证的新婚夫妇来找他，说圆房三天了，就是成不了事。那时正是正月里，镇政府很多人都还没有来上班。中午他在镇上的一个亲戚家里喝了很多酒，胆子正是麻的。他就突然心血来潮，对那男的说，你在这里待着，我给你老婆检查一下，就带了那女的进了自己的宿舍。那时候的人百分之百相信政府干部。相信干部，也就是相信政府；相信政府，也就是相信干部。那男的也就老老实实地等。那女的也就老老实实地让他检查。他检查的办法很实在，就是把那件事做一遍，算是试验。试验结束，他大汗淋漓地把那女的带到男的面前，说，没有问题，通了。过了一个月，夫妻二人居然带了礼来谢他，说是他们那回一回去就果真成了事，现在怀上了。他涨红了脸不敢再看他们。他是罪该万死，利用了革命群众对政府的信任，应该让革命群众打翻在地，踏上一千只脚，一万只脚。

镇长耐心地听办公室主任念完了自己的交待，停止了拗椅子，睁开眼睛，没有像对待先前的那些人那样让他把交待留在桌上，倒是隔着桌子，伸手把办公室主任手上的那叠纸接过来，扇扇子似地摇了摇，然后拿过桌上的打火机，点着了那叠纸。火舌沿着那叠纸的下角往上舔，一片一片燃烧后的碎屑虫子似地飞起来。一直到快要烧到手指了，他才松了手。又看着那点纸屑烧完，收缩成一团，打了个旋飘起，才抬起头，对办公室主任说："这件事就到此为止。"

办公室主任一直惊怕地睁大的眼睛里泪水一下涌出来，一直想跪没有跪成，现在"咚"地一下跪了个扎实。

镇长笑了笑，说："行了，以后注意，要跟路线，不要跟人。"

办公室主任说："我晓得的，晓得的。你就是路线。"

以后的日子，镇长就带了那一大摞交待一个单位一个单位去落实处理。自然并不是每个单位的负责人都有偷鸡摸狗的劣迹，但这些人也都搜肠刮肚地写了些平时吆五喝六，好吃懒做的事来凑成交待，斗私批修总之很彻底，只求尽早出那祠堂门。镇长一律拿了对付办公室主任的方式如法炮制，当了各人的面烧了各人的材料。他说，他要看的就是各人的态度，各人今后的工作。至于过去的账，一笔勾销了。

但有一个人，他没有放过。他把妇女主任的交待作为揭发报到县革委。全国上下都正在落实新发布的最高指示，检查知青工作，就等着要一个典型。副镇长刚好撞到枪口上，问了个奸污女知青的罪，抓起来判了重刑。依县革委主任的意思，要杀头的。好歹副镇长在县里有些根基，许多人冒险说情，才保住性命。

妇女主任自然在镇上呆不住，回城去找了个工人下嫁，随后就调去了丈夫的那个烧砖瓦的工厂。

4

然后是镇长一生中最辉煌的一段日子。

省革委主任是个极有雄心也极有胆略的人，抓工业抓农业都有许多惊世骇俗的创造。镇长的真正发迹，就得力于这创造。

根据我们这个农业省丘陵山地多的特点，省革委主任亲自确定了一个改天换地的战略，概括起来是个顺口溜："八字头上一口塘，周围栽树满山岗，中间一条机耕道，新村建在山边上。"就是在两条山丘的上方拦坝筑水库，水库下边的田垅中间修机耕道。先前田垅中间的村庄全部拆迁到山丘脚下去，建成像军队营房一样整齐的"新村"。简称"大搞八字头上一口塘"。进行了全省的动员布署，社社队队都必须大搞八字头上一口塘，不搞的按反革命论处。

小镇除了镇子之外，就是一个种蔬菜的农业大队，而且在平畈上。没有山丘，也就搞不成八字头上一口塘。但镇长还是召开了全镇大搞八字头上一口塘的战略部署动员大会。镇长说，搞不搞是态度问题，搞成什么样，是水平问题。没有山，建不了塘，机耕道总可以修的，新村总可以建的。

一散会，就让人按事先画好的机耕道、新村规划图打石灰线。线一打出来，就让人动手，边拆旧屋，边做新屋。那个农业大队一时鸡飞狗跳，烟尘滚滚。却有一个村子没有动静。这个村子还恰恰紧挨着规划图上的机耕道，是非拆不可的。

这村人所以这样胆大，不怕做反革命，是因为一个寡妇做了他们的盾牌。这寡妇的屋子立在这村子的最前沿，而且压着那条按规划图打出的石灰线。寡妇是新寡，男人害病，没有钱住医院，在家里拖了几个月死了，给寡妇留下了六个儿子，最小的还在怀里吃奶，最大的刚刚挑起一担粪。

镇长听说居然有人敢对抗，便带上民兵跑了来。寡妇面对气势汹汹的镇长和把枪端在手上的民兵，全无惧色。几个儿子都挤在她身边。她一手搂着吃奶的儿子，一手挡定了自己的屋门，说，横直是死，你们有种就把老娘一家人连屋子一起拆！

一村子男女都围上来，看镇长怎样唱这台戏。

镇长的癞痢头涨得通红，眼角很有力地弯下来，射出凶光。

“真不走?”

“不走!”

“还是走吧。”

“不!”

“那就怪不得我了。”

镇长咬了咬牙，后退一步，示意民兵上前。几个民兵围上去，把寡妇一家人一个一个地从屋门口扯开。寡妇一家人杀猪似地嚎叫起来，骂声哭声惊天动地。寡妇满地打滚，“畜生”“癞痢”骂个不休。围观的人中，几个年轻的血性涌上来，呲牙咧嘴地想要冲出来拼命。镇长喝道：哪个敢动，动就开枪！年纪大些的赶快靠拢把那几个年轻人挡了起来。镇长回头，向一台早已停在那里待命的拖拉机挥了挥手。

马力很大的“东方红”轰轰地冒着黑烟，履带沉闷地格拉格拉响着，好像是从每个人的胸口轧过。寡妇的那幢茅草盖顶的土坯屋几乎听不见声音就塌成了一堆土。

一村人一轰而散，晓得是再没有理可讲了，都回去抢自家的东西。想让这样一个哈巴癞痢发善心，除非日头从西边出来。

镇长并没有让拖拉机继续推下去。他对生产队长说，去，叫他们莫慌，不作对就行了。先去清新村的地基。

寡妇一家人则被关在生产队的仓库里。寡妇已经声咽气短，依旧挣扎着要寻死觅活。镇长让把她的手脚捆住，系牛一样系在柱子上。跟寡妇一样捆住的，还有她那个可以担起一担粪的大儿子。

夜里，镇长一个人摸到仓库来，让把守的民兵开了门，交待他不要让别人进来。自己进了仓库，又随手把门带上。

仓库里的情形很狼藉。寡妇的几个儿子，除了老大跟她一样被捆着，吃奶的那个白天已经被民兵抱走，其他几个儿子横竖乱躺在地上，满头满脸乌黑，都沉沉地睡着了。有一个忽然翻动了身子，嘴里咕哝了一声，似乎是喊饿。白天让人送来的饭菜仍七零八落地搁在地上，一口没有动过，早已冰冷了。显然是寡妇有过绝食的命令。寡妇的大儿子是醒的，看见镇长进来，肩膀动了动，又无力地垂了下去，目光也很黯淡。镇长进门的时候，坐在地上的寡妇大约是睁开过眼睛的，但现在她头歪着，仰靠在柱子上，眼睛紧紧地闭着。她明显在极力控制自己。从梁上悬下的那盏马灯离她的头不远，灯光亮亮地照着她的脸。那张脸枯黄而憔悴，像一张干缩的贴上去的纸。但她的眼睛的上下眼皮在格外有力地紧张地颤动，里边有一股凝聚的极大的力量在向外奔涌，却不是眼泪。

镇长垂了头，静静地看着。他好像感到了疲倦，感到自己要垮了，突然双膝一软，跪在了寡妇面前。

“婶娘!”他轻轻地喊。“我对你不起。”

寡妇睁开眼睛，狐疑地看着镇长。

镇长避开她的眼睛，看着地下，继续说:“我也是没有法子。都是吃五谷杂粮长大的，我不晓得我们瞎办不得么！现在上头叫办，你不办，是要法办的。法办了我一个人不要紧，你们到头还是躲不过这一劫的……”

寡妇往起欠了欠身子，嘴巴嚅了嚅，忽然把一大口带血的痰吐到镇长的额头上。

带着浓血的腥臭的痰慢慢地流下来，流进眼窝，又顺着鼻梁流到嘴唇边上。镇长任它流，不擦。

“有气你只管出吧，只不要作践自己。死鬼给你留了群崽，这就是宝，不要几年，他们一个个就会像扁担一样站起来了。”

寡妇重又闭上眼睛，不理睬他。但眼皮子却不再抖动了。

“婶娘!”镇长又喊，“我是为你好，拆了旧屋你可以住新屋。新屋让队里做，不要你出钱。几个伢崽就算我的兄弟，我月月给你们送口粮。我活着在，你们就死不了。”

寡妇第二天就带着大儿子上工了。大家都觉得蹊跷。寡妇原是三番五次的真地寻过死的，现在却安静下来了。日子不咸不淡，都很硬扎地拖着。寡妇本来话就不多，镇长那天夜里又交待过，他许的愿，她不要在外头说。自古救急不救穷，他就是一身是铁，也打不了几颗钉的。

镇长的话都作了数。新村建好之后，在生产队的新仓库边搭了两间披厦，安置了寡妇一家。镇长如期给寡妇一家送了几年米，回回都是夜里他自己背去，一直背到寡妇那个吃奶的儿子都上队放了牛。镇农业大队吃的是定销粮，镇长背的米，都让粮站用自己的名字记在账上，到他下台的时候，粮站举报了这笔贪污粮。寡妇那时候正有一个儿子要去当兵，怕政审不合格，不敢出头给镇长说话。便让大儿子凑了钱，夜里送到镇长家屋去，让他去归还粮款。镇长不收，说，虱多不痒，债多不愁，了了这回事，我不还是个罪人。一直到镇长死了，寡妇熬不过良心，到坟上烧纸钱，才把这些哭诉出来。只是这时候说什么也都晚了。

镇长落个很惨的下场，是很多年后的事。当时他是红得发紫的。新村建好之后，全县都到小镇来开个现场会。县革委主任把这里的经验总结后又专门报告了当省革委主任的老首长，引起了老首长的极大兴趣。接着又在小镇开了全省的建新村现场会。省革委主任带了随员、记者以及全省各县的革委主任浩浩荡荡几百人到小镇来，把镇里镇外压得塌了三寸。镇长先是成了省劳模接着又成了全国劳模。省报和全国的大报都登了他的大幅照片。那颗疙里疙瘩的癞痢头经过很巧妙的洗印处理，竟反而有了几分艺术效果。

但这回的现场会也差点惹出大祸。

5

原说是视察了新村，在现场会开始时作完指示就到市里去的，但讲话的时候，话筒突然没有了声音。省革委主任撂下话筒，回过头就要发作。正在主席台后侧照应扩音器的镇广播站播音员赶紧跑出来，抓过话筒连拍了几下，仍是没有动静。她很尴尬，一时慌了手脚。整个会场的气氛也一下僵住，似乎是等待着一场战争的爆发。

省革委主任的脸色却不知为什么重又容光焕发起来。他和颜悦色地对可怜巴巴的播音员说，小鬼，下去吧，我讲话本来不需要扩音的。接着他就大了声讲起话来，并且越讲越有兴致，幽默风趣，妙语连珠，不时引起满场的笑声和鼓掌。

吃过饭，省革委主任竟不走了，对镇长说，让广播站那个小鬼来，我想跟她谈谈。

让人敬畏的省革委主任在位不久，全省各级领导就晓得了他的一个极有个性的嗜好，就是每到一处就要找到好看的女孩子进行革命教育。他虽然年过半百，但精力旺盛得吓人，白天不论怎样辛苦劳碌，这教育还是要通宵达旦的，一点不知疲倦。他抓这教育同他抓革命、抓生产一样都是极有魄力的。就有了种种传言，说是省革委主任到了哪里，哪里的母鸡都要赶紧穿裤子。都说这是阶级敌人用心险恶的攻击，但私底下大家又都把这攻击一遍又一遍用心不无险恶地重复，还加了一个形象的描绘，说是“大搞八字头上一口塘”。

镇长说，那太好了。省革委主任要在小镇过夜，要对播音员进行革命教育，无疑是对播音员最大的鞭策，最大的鼓舞，也就无疑是小镇广大革命干部和革命人民最大的光荣，最大的幸福。我马上去做安排。镇长欣欣然、跃跃然，受宠若惊。

然后他就陀螺一样在镇革委的院里院外转起来，收拾省革委主任一行过夜的房子和床铺；吩咐准备省革委主任一行的夜宵；布置保卫省革委主任一行的民兵岗哨……省革委主任很感动说，你歇着吧，忙活一天了，把那小鬼给我叫来就行啦。

“好的，就来了。”

镇长一边雷厉风行地调度，一边利落干练地应诺。

但是镇长再次出现在省革委主任面前的时候，仍是一个人。

“小鬼呢?”

省革委主任显然有些不悦了。他迫不及待地要做一个女孩子的工作，结果却老是这么一只可恶的癞痢头在他面前进进出出。常常有这样的情况，许多下级干部以为只要自己忠心耿耿，尽心尽责就能讨上级领导喜欢，却往往因为抓不住上级领导的主要意图而总是搔不到领导的痒处，反而更添了领导的心理负担，使得种种殷勤，种种辛苦都成为一场白忙。更严重的甚至招致了领导的怨恨。因为领导的有些心思是要靠下级去领会而不便明确指示的。一个下级干部乖巧不乖巧，能干不能干，要害和标志常常就在这里。

镇长自然不是不乖巧，不能干的人，只是这一回，他实在无能为力：他去找镇广播站播音员的时候，才听说，仅仅在约五分钟之前，播音员搭了一辆拉货的便车，匆匆赶去了城里搭火车。当时她刚刚接到从上海老家打来的电报，祖母病危，让她速归。她甚至来不及向镇长当面请假，写了张假条连同电报一起让人带给镇长，就哭哭啼啼地跑到公路上搭车去了。

镇长现在带来的，就是这张电报。他请示省革委主任要不要过目。那上面还留着一个上海女孩子到什么时候什么地方也免不了要用的护肤脂的温柔气息。

省革委主任锐利的眼睛静静地看了一会镇长，什么话也没有说，径直从镇长身边走过，走到门外，喊了一声什么，就竟自走到了镇革委的院子里。

几辆从省城开来的吉普车很快就轰轰地吼起来，雪白刺眼的车灯横扫着镇革委的院子。随后车队就向镇外的黑暗风驰电掣似地扑去。

被省革委主任抛下的镇革委的一院子人都呆了，弄不清省革委主任为什么忽然做了战略转移；来的时候轰轰烈烈，小镇一时间福星高照；走的时候阴阴森森，小镇似乎要大难临头。这样的跌宕起伏，反差实在是太大太猛了。小镇人见的世面、经的事少，受不得这样的惊吓。

镇长倒是很安然，说，首长就是这样火爆的性格，工作作风一向泼辣，这在全国都是很有名的。真要有什么什么也是我担着，没有你们的事，各人回去吧。

后来果然也真没有什么事。镇长和小镇都依旧是全省的先进典型。镇长后来还是依旧多次出席了全省、全国的各种表彰会、讲用会、经验交流会。省革委主任也没有因为那天晚上的事对他生出什么隔阂。证明是，镇长后来还特地从省城带了一张省革委主任在一次会议上单独接见并同他亲切交谈的合影的放大照片回来。那照片用镜框镶了，挂在镇革委会议室主席像的下边。不过，再后来，这又成为镇长上了反党贼船的铁证。

省革委主任那天晚上突然离去给小镇留下的谜，也是在镇长下台后解开的。

先是镇邮电所的所长揭发镇长曾经让他给镇广播站播音员——那个上海女知青出一张假电报，让她回上海。当时的小镇邮电所还没有直接的电报业务能力。外地来的电报先打到城里的邮电局，再由那里挂长途到镇上，镇邮电所记录后再送交受报者。但那天城里并没有电话来。播音员上海家里的那个电报，电文是镇长在电话里口授的。他当时想问，镇长说，你莫管，照记就是，记了，亲自送到播音员手上，不准再对别人说这回事。你要误了事，我法办你。邮电所长说，那时候，这个臭癞痢在镇上一手遮天，我给他吓住了。今天终于可以申张正义，水落石出了。

专案组把这件事单独立了一个案，口授电报的事，镇长供认不讳。他并且补充说，播音员祖母生病也是事实，只不过老人家早已瘫痪在床。另外，那辆货车，也是他临时安排的。后来，那个播音员从上海回来，同样是他写信通知的。回来的当天，他就给了她一张上大学的推荐表。推荐表上所要求的全部手续都是在他的监督下闪电式地办完的。正好是上海的一所美术院校，播音员没有几天就永远地从镇上消失了。

专案组派人去了上海找那个前镇广播站播音员出旁证，证实了上述的种种。正在上大学的播音员只是一直没有搞明白，那天晚上镇长为什么突然来找她，告诉她家里会有电报来，让她接到电报马上动身，到镇街口的那棵樟树下面去，那里会有一辆货车等她，千万不要犹豫。镇长说，你什么也不要问，走你的就是，以后有机会再告诉你原因。回了上海先住着，什么时候回来，我会给你去信。你要不听我的，出了事那就莫要怨我。镇长当时的样子又神秘又紧张。播音员虽然有些糊涂，但让她回上海总是件意想不到的好事，她也顾不得那么多了。后来镇长又来信，让她回小镇办理上大学的手续。她就赶紧去了，又快快地回上海了。就是这样。至于镇长那天为什么匆忙让她去，她后来一直也没有问，也没多想，因为没有必要。她觉得这个乡下人样子难看死了，心肠倒蛮好的。问到她晓不晓得镇长为什么对她那么好。她笑一笑，说："谁晓得！"脸上分明现出上海人常有的优越，意思很明白：我这样一个上海女子，能不让男人喜欢么！而且是那样丑的一个外省乡下人！给人的感觉镇长是打了她的主意，癞蛤蟆想吃天鹅肉的。

这样倒使镇长得了一个解脱。专案组原是想从中问出镇长同播音员的私情的。看这种情形，委实也不像。回来再向镇长做最后核实，问他为什么对播音员那么关照，镇长说，你们想是为什么呢？你们怎么想怎样写就是了。结论横直是你们做的。

6

镇长的辉煌很短促，像扫帚星划过小镇的空中。

先是中央的林彪，接着是省革委主任，接着是县革委主任，接着是镇长，一个个地被押上了历史的审判台。就像他们当初理直气壮地把别人押上历史的审判台一样。据说，他们竟是串通好了谋反的。省革委主任大搞八字头上一口塘，是战略工事的一部分。他那回来小镇，主要是来看地形的，计划在小镇修一个地下指挥所。那天晚上说住下又突然撤走，就是为了保密。总之事情很严峻，很可怕。大家这才晓得，一个臭癞痢当初能那么不可一世，原来竟有这样的背景，也就激起大家无比的痛恨，声讨起来一个个义愤填膺。

但这个“臭癞痢”却满不在乎，开批斗会的时候，他依旧像先前做镇长时一样神气活现。

一上台，他跪下一条腿，另一条腿伸着，两条手臂平展着。主持人喊：“你起来，我们不搞体罚。”他说：“我自己罚自己，跟你没有关系。”主持人说：“你这样子是什么意思?”他说：“你这还看不出来？我没有文化的都认得：一个头，两只耳朵，平伸两只手，伸条腿，跪条腿，这不是个‘光’字么。不过不是光荣的‘光’，是光卵一条绳的‘光’，如今我光卵一条绳，什么都不是了，甘心情愿接受批斗。”大家听了，又看他怪模怪样，想笑又不敢笑，就开始揭批。

镇食品站的站长上去说：“你当个镇长，专搞特殊化，回回买肉，精的不要，肥的不要，专要猪头肉。镇上一个月才供应几头猪？一头猪有几两猪头肉？你回回只要猪头肉，别个吃什么？要是让你这样的人篡党夺权的阴谋得逞，劳动人民不重吃二遍苦，重受二茬罪，才怪哩。”说着狠狠地跺了跺脚，高呼：“我们是一千个不答应，一万个不答应的！”

在台角上的镇长疑疑惑惑地瞟了瞟食品站长，说：“你是表扬我还是揭批我啊？世上哪有不吃精不吃肥只吃猪头肉的人？我是穷得没有法子啊。你要喜欢，二回我拿猪头肉跟你换精肉肥肉，你只莫加收我的钱就是。免得你吃二遍苦，受二茬罪。”

食品站站长给他说得噎住，一时不晓得怎样回复。主持人就及时地喊：“下一个上来。注意这是你死我活的阶级斗争，要说大是大非问题，敌我矛盾问题。”

“我来!”

下面一个人奋勇地应了一声，挺身而出。是镇革委办公室主任。

办公室主任先前是跟镇长跟得最紧的一个。大家人前人后叫他做“镇长的吊刀”。他并不恼火，反而乐意，说是“跟路线”，一脸的自豪。镇长也是少不得他的。镇长走到哪里都喜欢讲话，讲话便少不得稿子，稿子都是由办公室主任写。写得好不好，主要就看厚不厚。拿到手上，先掂掂分量，再看看页码，好几十页，就说要得!

但是，其实，再短的稿子，镇长也念不完的。他放牛放到十几岁才去上小学，上了没有几年，家里没有口粮了，就又回去种田。他胆大。他那个山里没有学校，他居然敢办学，一个人当校长当老师——当老师又教语文、又教算术、又教画、又教体育，当伙头、当打钟的。当了几年，教出些什么桃李自然是天晓得，倒是他自己出了名，被调到公社做干部。文化革命，他那个公社造反最早。司令自然是他。他把公社机关所有的公章用麻绳串成一串，当裤带系在腰上。大约是因为大家都晓得十个癞痢九个哈，居然当地没有人敢另立山头跟他对抗。有几个人背后嘀嘀咕咕过几回想想还是觉得惹不起癞痢，便死了心。因此，文化革命了几年，别的公社都牺牲了人，他那个公社连武斗也没有发生过。癞痢也就因此显得出类拔萃，然后就成了镇革委主任。惟一可惜的是字依旧是认得不多，跟镇长的身份远不相称。但是他决不肯因此跌价，稿子总要有一定厚度的，因为那是镇长权威的体现。至于念不全，他有法子解决。

那法子很简单，就是将稿子复写成两份，他拿一份，另一个字认得多的人拿一份。他作报告的时候那个人就站在他身后，遇到有他不认得的字（预先看一遍做好记号)，就给他提词。本来这不失为一种可靠的保障，但他性子急，有时候报告作到兴头上，他就顾不得听人提词，依旧信口开河地念错。好在他不怕出丑，别人要是纠正了，他马上又改回来。比方，他把“赤裸裸”念成了“赤果果”，后边提词的人赶紧轻轻地纠正：不是“赤果果”是“赤裸裸”。他听见了，就放下手上的报告稿扭回头大声问：“不是赤果果?”“不是。”“是‘赤裸裸’?”“是。”“那好。”他回过头，对台下黑压压的一片人说：“我刚才念错了，不是‘赤果果’是‘赤裸裸’。”他念错字别字，大家开头常笑，后来见他坦白得可爱，就笑不起来，反而觉得他人实在。他的坦白就像他对待自己的癞痢。别的癞痢六月三伏都想方设法捂着，他则一年四季从不戴帽子，就那样暴露着，炫耀似的。

办公室主任走上台的时候，镇长并没有什么惊讶的表示，事情原本也是意料中的，文化革命了几年，这种人见多了。

办公室主任的揭发主要围绕着镇长做过的报告里的黑话，都是些大歌大颂“四人帮”及其爪牙的话。这些话都是有文字根据的，出自某年某月某日在什么会上的报告。办公室主任说得有鼻子有眼，一清二楚。

镇长起先一副满不在乎的神气，听久了，好像有些烦，就说：“那些话都是你写的，我不过就念念罢了，还念不完全。要是有罪，你总要担当一半，莫往我一个人头上栽赃，莫墙倒众人推哟。”

办公室主任给他说得尴尬，站在台上脸红一下，白一下，憋了好久，突然声嘶力竭地喊：“你作威作福的时代一去不复返了。到如今你还敢强辩，你有几个脑袋!”

镇长低了头，咕哝说，我有几个脑袋！我要有几个脑袋，还会有这个癞痢头么！

虽然是咕哝，但声音大家都听得见，不由哄笑起来。主持人赶紧抓起话筒喊“严肃些，严肃些”，却自己也终于忍不住笑了。

7

对镇长的处理没有批斗时以为的那么严重。到底只是个基层干部，红是红过，却同上面的那些大人物没有什么非法的组织上的瓜葛。但已经批斗成敌我矛盾了，总不能一风吹，就下到蔬菜大队去劳动。镇长自然不当了，但工资还在镇上拿，先挂起来再说。

这一挂挂了有六七年。这期间，不管是镇上的还是外面赶到镇上来的受了冤枉的大干部、小干部都落实了政策；以这冤枉和平反做素材写了电影、电视和小说的文人许多出了名，还没有听到他有工作变动的消息。那个年轻人写的获奖小说里关于镇长迫害老干部的事，自然跟他没有关系，因为他不在位上。但小说出了名，大家便都对号入座，把那个该死的“镇长”安到他头上，因为只有他在背时。他有怨气，也是自然的。但他却并不是一个记恨别人的人，那回在桥头跟那个春风得意的小人物偶然相撞，他那些话，其实并非特地找人麻烦，心里未必有什么恶意的。

这可以从他后来说的话里得到证明。

那之后不久，他就死了。他随拖拉机进城去送菜，中间有段山路，是个下雨天，山路打滑，拖拉机翻到山坡下，把几个坐在拖斗菜堆上的人一起扣在里边。他和生产队的一个副队长把拖斗前边有抓手栏杆的地方让给了几个女社员，两个人坐在旁边的车帮子上。车子一翻，车帮子就横压在他们身上。那个副队长当时就死了。他送到镇医院还活了几天。死之前他不知为什么特意提到了两个人：一个是那个镇广播站的播音员上海女知青。如今她是电视、电影上能让一般观众觉得脸熟的演员了；另一个就是那个写小说的人，如今是杂志报纸上常常出现名字的作家了。一个他拼了命救过；一个把他做过垫脚石。好歹这镇上也出了有头有脸的人物了，好像这些都成了他的什么荣耀。这使大家很是为人性的弱点感慨。人终是不甘心寂寞的，像他这样一个人，早已一文不值了，却到死还要把自己同一些名人攀扯上。这些名人其实同他八竿子也搭不到边的。

那位女明星曾经到镇上来过一回。他们要拍一部电视剧，里边也有一个像法国的《巴黎圣母院》的敲钟人那样的角色，内心美好，外表奇丑。他们在上海当地找了好久都没有物色到理想的人。最后女明星忽然想起了她插队地方的镇长。当时他还没有死。一伙人风风火火跑到镇上，一打听，“镇长”在下边监督劳动，懊丧不已，后悔当初没有先打个电话来问问情况，弄得白跑这么一趟。这地方又没有什么可白相的。

那位作家来得晚些。那回在镇上的小河桥头同镇长的遭遇，让他什么时候想起什么时候恶心，脸上由不得就发烧发烫，就像是当众被人抽了一耳光。在省城听说“镇长”死了，他还恨恨的，遗憾不能鞭尸。以后年月久了，关于小镇的记忆日渐淡薄，自然也就淡薄了“镇长”和“镇长”对他的侮辱。直到不久前，他同省城文化界的几个朋友觉得在城里呆得有些腻了，想寻一处偏僻乡村找一点回归自然的感觉，叫做寻找“精神的家园”。其中一个人忽然想起作家发轫的小镇，几个人就雀跃起来，说是去访一访作家的故居。结果几个人同样是大失所望。

十几年之后的小镇，早已面目全非。镇上先前排列着古旧雕楼的老街早已拆了个精光。代之而起的是用劣质水泥和等外瓷砖敷就的店铺门面。镇外的小河早已干涸（据说是由于上游办了工厂，抽多了地下水的缘故），却造了粗蛮的水泥大桥，叫“长虹卧坡”，那几个字也不知出自哪位庸官的手笔，写得极恶俗。沿河修了很宽的马路，却让各类摊贩拥塞得水泄不通。总之是了无牧歌的情趣。几个人要走，又错了返回省城的班车。县里来作陪的人很惭愧，觉得对不住让他荣幸了一回的这班人，挖空心思想了好久说，静穆的地方倒是有一个，就是作家写过的癞痢山，先前那位老干部流放的地方。那里的树都长起来了，成了林，不过如今那里是镇上的公墓区。不晓得各位有不有兴趣。

大家说：那有什么，爱和死本是永恒的主题。正要去感受感受死亡意识。

癞痢山倒真是差强人意。因为其实只是一个大土坡，坡也平缓，从山脚铺了很宽很直的水泥台阶达到山顶。顶上是造型简陋却不失庄重的当地烈士的纪念碑。纪念碑俯视的四面山坡上，便是本镇仙逝者的归宿。因为是新开辟的公墓区，坟茔都是近十几年立起的，每一座都自然有修得极虔敬的墓碑，一方方都极像是讲究的门楼。水泥、青石、花岗石、大理石都可以一眼看出不惜工本的上等材。碑上的字都烫了金或描了红。相比之下，倒是那水泥剥落，基石凹陷，字迹模糊的纪念碑显得寒伧冷寂了。这现象也许并不难理解。作家自己所在的单位，办公室破烂得像个废弃的寒窑，宿舍却装璜得一家比一家豪华。作家去年到日本访问，见到的日本国会灰溜溜的，倒是三菱重工一类私家公司的办公楼更适合称作宫殿。富了和尚穷了庙，看来这也是一个世界性的流行趋势。不免喟叹一番。

不过，整个公墓区也并非座座坟墓都那样堂而皇之。在公墓区背面的山坡脚下，就有一座坟，没有墓碑，也没有草皮，光秃秃的一小堆土。从坡上流下的水把这一小堆土冲刷得稀稀拉拉，不仔细辨认，很难看出这是一座坟。一个人小解时偶然发现了的。这个人择了一个高些的土堆站上去，刚好就站在了那坟堆上。那泡尿也就刚好撒在了坟头上。

“这好像是堆坟。”痛快淋漓之余，他似有所觉。

“不错的，”县里陪同的那个人证实说，“就是作家在小说里写过的那个镇长的坟。年年除了一个老寡妇来烧几张纸，没有人管的，等于野坟。”

“你说什么?”已经走到前面去了的作家回头说，“哪个镇长?”

“就是在你小说里跟老干部作对的那个。”“真是他?”“真的。”“他怎么埋在这里?”

“不埋这里埋哪里。他死的时候家里没有人来收尸，还是县民政局处理的。要不，还真是死无葬身之地呢。”

为什么没有锣鼓

汤世杰

一

秋天还没过完，旷达便提前结束了他的挂职生涯——他去年春上到金县，原定明年春天挂职期满，省里却突然通知：根据工作需要，免去旷达同志金县县委副书记、县长职务，回原单位分配工作；任命崔升平同志为金县县委副书记、县长，免去其金县人大主任职务。

县委书记王忠民读完了通知，抬起头来一脸笑容地说，旷达同志，祝贺你祝贺你，看来省里是要委你以重任了?!

一句笑言，会议室顿时热闹起

来。县委常委们纷纷向旷达表示祝贺，什么“鹏程万里”、“前途无量”啊，甚至有人说，旷县长从此身居高位，日后可要多多关照啊！只有管科技的副书记耿一山没吭声。

旷达奇怪为什么明明是免职，怎么都还一个劲儿地“祝贺”？是逢场作戏还是当真？便说，诸位静一静！诸位就不想想，我这样的人还能委以重任？话虽这么说，其实他自己开头也有过错觉，真是“天将降大任于斯人”也？但很快他就发觉了那个念头的可笑。做什么天上掉馅饼的梦？事情突然，是红是黑还没弄清呢！干挂职县长将近一年尚无建树，怎么会无功受禄？无功受禄的事当然有，但绝轮不到你旷达。何况眼下跟会议开始时的气氛也反差太大——前面像悲剧，后面就像闹剧了。走进会议室时，王书记满额头皱纹像刚耙过的地，深着呢，见他进来只点了点头，动作小得像是下巴发痒不舒服才动了动。常委中，除了崔升平和管财经的副书记老秦跟他寒暄了几句，大多也都绷着个脸，像在等候判决。可就像山里的天气说变就变，会议室里转眼又风和日丽了。旷达这一年多也练出来了：虽然诸公都满脸笑容，眼神不同，心情也不一样，有人两眼放光，有人眼带嘲讽，也有人眼里充满疑虑，但大家都在哈哈哈——人之将走，其言也善嘛！

王书记说，通知传达完了，旷县长，哦，还有崔县长，你们看……

旷达就问，是所有的挂职干部都走呢，还是我一个人提前回去？

金县有五个省级机关来的挂职干部，其中一位还跟他一个单位。

王书记说，通知上没提别的人。旷达就不说话了。他倒不在乎当不当这个县长——挂职干部有个职务，本来就是为了工作方便，当不得真。问题是来前有关部门讲得很清楚：没有特殊原因，下去的干部一律要在基层工作满两年。十多天前，原单位派人来慰问时也没说到这事。旷达倒是早就盼着回家，但对提前回去却毫无思想准备。通知他回县城开紧急会议时，他正在五十多公里外的马场坪乡，跟耿一山一起察看那里的虫灾。乡干部接电话后骑车到地里找到他，说王书记叫他们马上回去开会——开什么会，研究什么问题，乡干部一问三不知。旷达奇怪：他昨天才从县里下来，行前没安排开什么会呀！于是他匆匆安排了一下就往回赶。路上他问耿一山，你说会有什么事？耿一山说，是锣鼓艺术节的事吧？你都不知道，我会知道？旷达想，艺术节筹备了大半年，眼下已进入了倒计时，下乡前他跟王书记说要开个会，把一些悬而未决的事赶快定一下，老王书记说不急不急，你先下乡，农村生产第一，没饭吃是大事，等你回来再开不迟。难道一夜之间情况就有了变化？一路上他东想西想，就是没想到会让他提前结束挂职回省城。于是旷达自言自语地说了一句，没想到……

老王书记马上说，啊，旷达同志，有什么意见可以说说嘛！旷达说我服从组织决定，没意见，只是……艺术节这一摊子怎么办？交给谁？

老王书记说，通知来得太急，时间紧，具体由谁接你的工作，我们再研究一下。不过你放心，我们一定会把艺术节办好，办出成效来，这也是你的心愿嘛对不对？老王书记想想又说，这事让我非常遗憾，正忙呢，旷达同志却要走了。组织上这样安排，我们当然只有服从。旷达同志为金县做了很多工作，当然，既然是干工作，就免不了会有缺点、错误。在旷达同志临走之前，就借这个机会开个小型座谈会，请同志们有好说好，有意见说意见，也算是临别赠言吧。旷达同志，你看好不好？要不你先说几句？

还是专门开个欢送会吧，老崔说，旷达同志又不是现在就走！

那就不必了，大家都忙！旷达说，因为没有思想准备，刚才一下子还拐不过弯来——说实话，刚来时我想，反正到基层挂职是一项制度，混两年回去，不出什么问题就行。刚才一听通知，才发觉这两年我对金县也有了点感情。快两年了，大家对我支持帮助很大，可我工作没做好，缺点错误不少，请大家多多批评。

旷达眼里一热，那些风风雨雨、酸甜苦辣，一下都涌上了心头！

老王书记想必看见了，忙说，旷达同志，你回省里工作是好事，我高兴，大家高兴，你自己也应该高兴，对不对？好了，大家说说吧。

常委们就开始发言。有为旷达评功摆好的，也有给旷达提意见的，表扬得很抽象，意见也属鸡毛蒜皮。县委常委会开会大多如此，能说的往往轻描淡写，该说的却很少在会上说，今天恐怕又是那样了吧，旷达想。不料最后总算有人"刺刀见红"了。老秦说，旷县长主持政府工作期间，总的干得不错，只是处理干部问题有时太急躁，那次一家伙撤了三个部门负责人的职，现在看是不是太重、太情绪化了？所以下面有人议论说，旷县长抓工作看起来很坚决，但牺牲下属干部为自己晋升垫底，是不是有用别人的血染红自己顶子的嫌疑？我声明我并不赞成这种说法，但总是一种反映，说出来供旷达同志参考。

旷达一听，心里的火直往上冒。"用别人的血染红自己的顶子"，这算什么话？太过分了！类似的说法虽然以前他也偶有所闻，心想那只是个别人，无非那几个被县委批评过、撤了职的干部。现在是县委常委会，说话怎么这么不负责任？正想发作，就见老崔向他微微一笑，还轻轻摇了摇头。什么意思？

老崔说，老秦啊，你的话过头了吧？我不敢苟同。旷达同志响应号召到金县来，现在又服从组织决定愉快地走，还要怎么样？缺点哪个没有？旷达同志有时急躁，那是恨铁不成钢！只有那些不思上进，一心保官的人，才一点都不急。当然，旷达同志干工作，有时有点一般人不容易看出来的个人动机，请注意，我说的个人动机没别的意思，无非是想开创局面，做出成绩——这种动机谁没有？我就有。再说，那件事是县委常委会定的，要说责任，也不该由旷达同志负。完了！

老崔的慷慨陈辞让旷达摸不着头脑。仗义执言？还是老秦说得太过火，大家都知道他俩穿的是连裆裤，才出面圆圆场？也许如愿以偿当了县长，要给大家留个好印象？细想才发觉是话里有话：处理那三个干部是王书记拍的板，老崔当时就不赞成。好嘛，又来了！快两年了，旷达一直处在他们争来斗去的漩涡之中，前后夹击，进退维谷。现在人要走了，看来还要进行一场加时赛！旷达想说点什么，想想又忍了。反正要走了，何必管那么多事？人在江湖，还是“得让人处且让人，须抽身时早抽身”的好。

老王书记却引而不发，难道他没听出来？倒是开会很少发言的耿一山突然说，这事我说两句，旷达同志是县长，不管干部，撤职的建议纪委提出来后，是常委会集体做的决定，大家都有责任，我也有责任，对不对？我要说的是另一个意见，旷达同志有思想有能力，本来可以做更多工作，因为多少有点临时思想，影响了发挥，希望以后要注意。

旷达想，好个老耿，你倒会抓要害！可挂职干部早晚要走，没临时思想行吗？

又有几个人发言后，就冷场了。老王书记问旷达还有什么要说的，旷达说谢谢大家，对大家的意见一定认真思考，有则改之，无则加勉。

老王书记最后说（旷达想，这就算是总结了吧？），大家刚才的发言都很好（都很好？），我看都是出于公心的（未必吧？）。大家对旷达同志的工作做了充分的肯定，这是主要的。当然也提了些意见，有的虽然说得重一点（多轻巧，只是重一点？），但我相信，大家都是出于善意提出来的（这话是说给新县长老崔听的吧？），希望旷达同志回去后，在今后的工作中多加注意。对组织的决定，希望旷达同志能正确对待，不要背什么包袱（此话从何说起？我背了什么包袱?)。以我个人的心情，原来希望能和旷达同志有更多合作，可没料到……遗憾啦！这是上级组织的决定，我们想留也留不住你。老王书记最后问旷达，你打算什么时候动身？对了，省里昨天还打电话来，说希望你尽快回去。到时候我们派车送你回省城，敲锣打鼓为你送行！

我过两天就走，旷达说，敲锣打鼓的事千万不要搞了……

老王大概忘了，老崔说，我们定过一条规矩，对干部一律不搞敲锣打鼓的迎送。

我怎么忘了？老王书记说，不说旷达同志是上级派来支援我们工作的，就是朋友，也要讲讲交情嘛！金县是锣鼓之乡，那年我们敲锣打鼓欢迎你来，现在能让你冷冷清清地走?

那也不在乎有没有锣鼓，旷达说，王书记，千万别搞了！

老王书记不语，看着大家。老秦说，既然旷县长不同意，还是不搞的好。老王书记犹豫了一阵说，那好吧，我们尊重旷达同志的意见，不搞敲锣打鼓，今天就算为旷达同志送行了，祝你一路顺风！有时间了，一定再来金县走走！

于是大家握手道别，一派难舍难分的样子。耿一山最后一个跟旷达握手，他说，老旷，路上难走，多多保重！

二

第二天上午，旷达就抓紧时间到县委组织部办手续，转组织关系。组织部长不在，开会去了，办公室里只有个年轻的女干事。她一边给旷达办手续一边说，旷县长，听说你要升官了？以后我们到省里找你办事，不会说不认得我们吧？

看你说的！旷达说，你别听他们瞎说，来之前我是小公务员，回去照样当我的小公务员。

女干事说，你一走，我们就难过了。旷达问怎么了？有人欺负你了？女干事说，有人说我们是你提拔的人，都要回原单位。

怎么能这样说呢？旷达说，干部任免都是县委常委会集体讨论定的，提拔年轻干部也是我们的干部政策，这你就放心好了。

唉呀我的旷县长，女干事说，你还不相信？小会议室里现在就在讨论干部问题。机关里人心惶惶，都说要大换血了。

旷达心里“咯噔”一下，嘴上却说，你们也不要大惊小怪嘛！

就连你，人家也有话哩！女干事说，说你在金县不到两年，就串通一些人，先夺了王书记的权，后来又打击排斥另一些干部，你没听说？

这话倒让旷达吃了一惊。

旷达初到金县时，担任的是县委副书记，主管文教——原来主管文教的孙副书记因肺心病长年住院——只是个临时官衔，这一点旷达非常清楚。尽管来之前好多人都说，下去挂职锻炼的人，混上两年回来，一般都会提升，他也没做这个指望。单位上定了他来，他就来，反正自己不来别人也要来。开头他也想下来好好干一场，让单位上的人看看，他旷达到底是个什么样的人。可后来他想清楚了：什么都别考虑，两年时间，能为金县做一两件好事就不错了。大超还特别提醒他说，反正你老兄别想去做侠客，什么替天行道、锄邪扶正啊，路见不平拔刀相助啊，全他妈的是胡球扯！

大超是旷达的老同学，小时候一起和尿玩泥巴，长大了一起当兵，回来后又在同一个机关做事。在部队，他当副连长，大超是一排排长；他当团宣传科长，大超是三连副指导员。现在大超早就是厅里一处的处长，旷达还在当主任科员。说起这事，大超说那完全是运气。两个人，上下级关系倒了个个儿，关系却一直不错。

单位上动员干部到贫困县挂职时，厅里符合条件的人都报了名。大家都明白，报不报名都那么回事，报了名未必派你去，不如先做个样子，省得领导说你不积极。没想到这回偏偏选上了他。厅里一共去两个人，名单宣布后，另一个被选中的家伙脸上顿时有些挂不住，旷达听说后觉得那家伙没出息。旷达开始也不是很想去——谁都知道下去挂职是件苦差事，何况他结婚晚，孩子还小，家里也有些难处。后来想，这些年坐机关，他早就有些不耐烦，下去未尝不是好事——哪怕是下去散散心呢？于是他一副欢天喜地的样子，像中了头彩，表态说，他早就想到贫困地区去锻炼锻炼了。

挂职名单一宣布，大超就悄悄问旷达，你真那么想？旷达说你说呢？大超说，看上去你倒是什么都无所谓，可我劝你还是要有思想准备……旷达说准备什么？吃苦？老子连猫耳洞都蹲过，连命都可以不要，还怕苦？大超说，那可跟在前线不一样，第一人事关系复杂，陷进去就爬不出来。再说你又闲不住，总想做点什么。对了，你老婆找过我，让我劝你要多为她们着想，能不去干的事就不去干，好好去，好好回来。旷达说，说了半天，你还是没说我为什么要去。大超说，你那点花花肠子我还不知道？无非还想到处作报告，出人头地呗！旷达听了说，我还以为你真是我肚子里的蛔虫呢，我会那么蠢？此旷达非彼旷达，你就放心好了！

旷达在部队时立过功，口才好，部队又是英雄团，几次战斗中牺牲了几百个战友；他是团宣传科长，那时就代表部队到处作报告，为此还专门读了好多书，讲起来绘声绘色激动人心，一时还小有名气，好多报纸都报道过。下地方后当了个主任科员倒没什么，只是没事干，心里就憋得慌——偌大个省级机关，什么时候轮到他出头露面？有次他对大超说，这种日子真他妈的难熬，当年还不如在前线拼死了算球！大超说，当年你脑子那么好用，如今怎么会想不通？洒脱一点嘛！

大超又说，谁都知道，挂职无非下去锻炼锻炼，说穿了，那是提拔晋升的捷径。下去个一年两年，只要“表现尚可”，回来就官大一级，科员提科长，科长提处长，比在机关里苦熬来劲得多。旷达说，你以为那两年是好熬的？大超说，看你又错了吧？所谓“表现尚可”，无非当地一句话，关键是你要把关系搞好，给下面要点经费，上个项目，能为县上的干部换个实惠的单位就更好。大超说，有一次他去一个小县城公干，县长亲自陪他吃饭，酒过三巡，县太爷借着酒意公开说，老兄，我他妈的当这个县长实在当得没滋味，以后有机会，别忘了拉老弟一把。大超说我一个普通工作人员管什么球用？那位县长说，这你就莫瞒我了，再大的事都要经你们工作人员的手，何况老兄也不是等闲之辈。我听了想，基层干部辛辛苦苦也很不容易，你得体谅点。旷达不吭声。大超又说，我老实告诉你旷达，前一条根本没问题，我们厅有权有钱，我就经手办过这样的事。后一条即使你不想做，也不要让人难堪，回来给领导反映反映也好，不就一句话么？办不办得成是另外一码事。你记住我的话，两年时间眨眼就到，咬咬牙就过去了，犯不着跟人家较劲儿，何苦呢？高高兴兴地去，高高兴兴地回来！

临走前，大超又请旷达到陶陶居喝茶。陶陶居在城中心南湖的太阳岛上，很幽静。旷达想，大超特意选这么个地方，大概是想跟他好好聊聊，再教他几手绝招。大超倒是真够朋友，要不还算什么生死之交？那年在边境猫耳洞里蹲了几个月，夜深人静时，透过洞口，看着战区黑黢黢的山野，他们相互表过心迹：都是跟死神打过照面的人了，要能活着回去，一切都要看得透一点、淡一点，凡事也都要互相关照着一点。那时大超说，你做得到吗？还说看淡点，你旷达是有野心的！旷达说，我有什么野心？大超说，你不是信奉那句屁话吗？什么“不想当将军的士兵不是好士兵”？个个都想当将军，哪个来当兵？旷达说那是以前，现在你猜我最想干什么？最想当个普普通通的老百姓。可刚下地方那阵儿，旷达那股舍我天下其谁的劲头，时不时还是会冒出来。有一天他俩一起出去办事，看见厅里一位女副厅长就在他们前面走。旷达指着那位女厅长跟大超悄悄地说，妈的，你看那个老妖婆，与其她干，还不如我干。大超说，看不出来嘛，旷达兄还颇有点汉高祖刘邦“彼可取而代之”的气概嘛！旷达说，有的人看了就让人心烦！你说，要是在前线，能指望这种人领着弟兄们打胜仗？大超说，问题就在于这里不是前线，她就是卖屁股，关你球相干？人在江湖，犯不着到处树敌，要为自己留点后路！你不是劝我看点金庸吗？我还真看了。金庸笔下的人，口口声声都说人在江湖，你说江湖是什么？其实官场就像江湖，做官有时也像做侠客。你不信？金大侠书里那些侠客，一种可叫儒侠，他们真心实意想为老百姓办事，以为自己师出有名，正义在握，便忘我无我，猛冲猛打，不注意策略和方法，到头来常遭小人暗器伤害，尽管让人尊敬，但壮志未酬身先死，总让人惋惜长叹；一种可叫道侠，尽可能做好事，不做坏事，但不主张牺牲自我，而是要实现自我，讲究清静无为，不鲁莽蛮干，不无谓地得罪上司和周围的人；道侠有一种变异，我叫他们是仿道之侠，有道侠之外表，无道侠之骨髓，他们不得罪上司和同事，工作得不好也不坏，善于周旋，这种人如今最吃得开，那些得到提拔的人，多是这种人。第三种实际上已不是侠，只能叫做魔怪，看上去事事他都干得漂亮潇洒，其实小九九拨得噼啪响，心狠手辣，寸利必争，醉心升官，事必张扬；时间一长被人看破，也就完蛋了。旷达说那你是什么侠？大超说我当然属于道侠，真正的道侠。旷达说，我看你就是不折不扣的魔怪。那你是想当儒侠喽？大超说。我？旷达说，我不知道，我就是我自己！

那晚月亮很好，一湖碧水波光粼粼。大超问旷达还记不记得“神鹰”？旷达一时没想起来，大超说，就是那个有三个大姐的“神鹰”啊！旷达回过神来说，哦，怎么啦？大超说“神鹰”已经调到他们厅里当厅长助理了，正处级，下一步就是副厅级干部了，你看看人家！

那次他们是作为省里一个项目组的人下去的，同行的除了一个厅级干部，还有三位女士，虽然都只是处级干部，手里却都有实权。“神鹰”正好是财政系统下去的挂职干部，那天轮到地区财政局出面接待，“神鹰”一路陪同，对三位女士一口一个“大姐”，还按三位女士的年龄排了座次，分别唤为大姐、二姐和三姐。而“大姐”正好是财政系统的那位女处长。

旷达说，老子就是死在山里，也决不会去找他妈的三个“大姐”！真的，花力气找三个“大姐”，不如去找个野鸡……大超就说，我不是要你去找“大姐”当靠山，是说你下去后，做事一定要悠着点儿。旷达说，你是不是还是叫我下去混两年？大超说，你怎么总是把话说得这么难听？我敢打赌，你这样下去迟早要出事！旷达说我能出什么事？大超说不信我们打赌！当兵时大超就爱抬杠爱打赌，遇事扯不清了，就打赌。旷达说赌就赌，赌什么？大超说，赌你能不能好好回来，哪个输了哪个请客！

临走前，旷达一家到灵山风景区玩，走到一个僻静处，正好碰到个道士在路边拆字看卦。旷达问算个卦多少钱？道士说，贫道乃遵师父之命出山走走，实不为钱，看得不准，分文不取；看得准了，客官愿给几文，一概悉听尊便，就是分文不给也无怨言。旷达心想，说不定碰到个真家伙了，说你给我看一卦。依道士指点，旷达在沙盘上抛了三次铜钱，每次三枚，道士按铜钱在沙盘上的不同位置，给旷达排了一卦，七句卦语，前六句都模棱两可，在似与不似之间，最后一句却让旷达十分吃惊：不可争强好胜——得让人处且让人，须抽身时早抽身。旷达当即掏了一百块钱给道士。妻子后来说，你疯了？怎么给那么多钱？旷达说，你别管，反正他还说得真准，我服了。

到金县的第三天晚上，县人大主任老崔就来看他——按理该他去“拜码头”，怎么老崔会先来了？旷达如履薄冰，生怕一步走错，全盘皆输。老崔却不谈县里的事，只是聊家常。听说旷达是从部队下地方的，老崔说那我们是战友嘛！又问旷达家在哪里，老婆啊孩子啊什么的，一派礼贤下士的样子。老崔说，你从省里下来工作不容易，金县穷，条件差，有什么困难，可以跟老王书记说，老王书记抓全盘，忙，也可以跟我说，我是本地人，人头熟，办事也方便。老崔走后旷达觉得这人还不错，有些亲近感。不久旷达才听说，老崔和老王书记一直不和，老王书记是本地干部，从村、乡干部一步步升上来，文化低一点，但许多乡、局级干部都是他一手提拔的。崔升平也是本地人，原来在地委工作，下来时是金县县委副书记兼第一副县长，到金县虽然时间不长，同学、战友却到处都是，加上上头有热线，看样子迟早要顶老王书记那一角。金县的风向顿时为之一变，一些人便悄悄改了门庭。上次换届时老崔踌躇满志，以为该当县长了，不料最后还是由王书记兼，他反倒去了人大。旷达明白，自己在金县虽时间不长，却必是双方都要争取的对象。他告诫自己，不要成为任何人手里的牌。老崔来联络感情，看似下了一步先手棋，可动用大将打前站，礼仪虽重，却有些露骨。这事要是让王书记知道，把我当成老崔的人，那就不大好了。他几次想去看看老王书记，但苦于没有合适机会，贸然闯去，弄不好会更糟，只好再说。

那以后，县人大每有活动，老崔都派人来请旷达，还要他代表县委做指示。旷达不好说不去，去了也从不说自己是代表县委来的，能不讲话尽量不讲，实在要讲也是随便说几句，还一再表示纯属个人意见，仅供参考。但老崔总在他讲话前请他“代表县委作指示”，讲完后又强调“旷副书记的讲话很重要，大家回去要认真领会”。下来旷达就说，崔主任，你再这样我就不敢来了。老崔说，你刚来，就是要让下面多了解你，树立威信，不然以后怎么工作？

一次开常委会，事先通知说要学习党的民主集中制。老王书记带头发言，说，我们都是党的干部，虽然负责一些工作，但个人就是个人，个人没有经过集体讨论认可的讲话，纯属个人意见，不能代表组织。如果走到哪里讲话都说自己代表县委，那就搞混淆了。旷达一听，这不是在批评我么？有些话肯定传到老王书记那里去了。会后旷达找机会向王书记委婉地解释了一下——

也不好说那是崔主任介绍他时那样说的，只说听了王书记发言启发很大，自己缺少经验，以后要向王书记学习，加强组织纪律性。老王书记说，你言重了，那是我的一点学习体会，还不知道讲得对不对。听说你理论功底深，以后还要多帮帮我，靠吃老本不行啊！

半年后金县政府班子换届，不少人寝食不安，活动频繁。旷达是挂职的副书记，开会照样参加，心想自己不作为候选人，大概是整个班子里最轻松的人了。酝酿候选人的时候，有人提老王书记，有人提老崔，可县长实行等额选举，候选人只能有一个。最后由县委常委会确定上报的候选人。那天老秦突然提出了旷达，旷达马上声明：我是来挂职锻炼的，请不要考虑我。老王书记说，有这个规定吗？那话听起来像明知故问。有人说当然有，也有人说没有。老崔提议表决，结果老王书记和旷达的得票各占一半，再次陷入僵局。老王书记因为牵涉到自己，老崔大约考虑到事情的敏感性，都不说话。老秦说既然如此，我建议一起报上去，请上级决定。大家同意了。旷达想这怎么行？当晚便通过大超找人给地区人大打电话说明情况，不久上面果然答复说，旷达同志是来挂职的，这次就不作为候选人了。老王书记在常委会上传达后，这事就算定了。

第二天是中秋，下午上班时，老王书记的秘书小何拿着一摞文件来，说王书记已圈阅，顺便告诉旷达：王书记说，今天是中秋节，你一个人在金县，过节也没地方去，请你去他家过节。旷达左思右想不知该不该去。自从来金县，别说王书记家，哪家他都没去过，正好过节，去一下也无妨。就答应了。又琢磨不知该不该带点礼物，提着礼物往书记家走，路上碰到人怎么办？那就干脆什么也不带。

老王书记住着自己家一大院房子，进门是个院子，很宽敞，种着果树花草，围墙根还有一溜蔬菜。一株桂花正好开了，满院飘香。旷达想，要是在院子里过中秋倒有些风味。王书记早等着他了，把他请进客厅，书记夫人看样子是农村妇女，又倒茶又上水果，很客气。客厅是装修过的，不过花花绿绿的有些土气。王书记关了门，两个人坐在那里随便瞎扯。吃饭时旷达听见外面不断有人进进出出，想必过节了，来访的人多，一些说话声也好像很熟——却一个也没让进来，这才明白为什么不在院子里喝酒赏月。吃完饭王书记说，像你这样的干部，我们县是太少了，要能留你在金县工作，当县长倒非常合适，可惜你是省管干部，我们县上不好办，希望你一定理解。旷达听了说，这事您就不必解释了，第一，我有自知之明，知道我是几斤几两；第二，我是来挂职锻炼的，迟早都要走……请您放心，我完全理解，没有任何别的想法。老王书记说那就好那就好。话题一转又说，我在金县这么多年，当然不能说没有一点成绩，但问题也不少。如果有个年轻的同志来干，我绝对没有意见，保证支持他的工作。可现在……旷达听得出来，王书记是担心自己到时候能不能当选吧？旷达就说，有些同志可能不了解情况，我下去后会给他们做工作的。旷达后来确实也找了几个熟一点的同志说明了情况，请他们顾全大局，多做些工作，那几个人满口答应。旷达有一天碰到老王书记，说你放心，该做的工作我都做了。老王书记那天又要请他吃饭，旷达说还有事，就走了。

到选举那天，也不知怎么回事，不是候选人的旷达，得票却远远超过了惟一一个候选人王忠民。旷达开头听唱票的人偶尔念到自己的名字，还没有意识到问题的严重性——个别人不了解情况硬是要投他一票，也无关大局。可当他的票数越来越多，渐渐超过了老王书记时，他坐立不安了。唱票的人每念到旷达的名字，代表们就会发出兴高采烈的一声“嗬——”；而念到老王书记时，要么没有声音，要么就是轻轻的“嘘”声。这怎么行？旷达急也没用，最终硬是以多数票当选。

选举结束后会餐，旷达没看到王书记，听说是有些不舒服。旷达也没事先联系，后来径直就去了王书记家。王书记正靠在客厅沙发上养神，见旷达来了，要挣扎着起来。旷达忙说，您就躺着别动——不舒服了？王书记说这两天太累了，你有事？旷达说，从这里过，顺便来坐坐，有几句话跟王书记说说。王书记说，我累了，有事我们改天再聊好吧？旷达说，我只有几句话，这次选举……老王书记说，选举不是很顺利吗？旷达说，就是太出乎我的预料了，好像有点不正常……王书记说，正常不正常，大家心里明白，不过你放心，我们都是党的干部，要服从组织，大家信任你，你就放手干好了，我会支持你的。旷达听了有些感动，心想毕竟是老同志，胸怀宽广。但他还是说，老王书记，这个结果我没有料到，也无法接受，希望县委慎重考虑，千万不要这样往上报……王书记说，小旷（除了公开场合，王书记从来都叫他小旷），你这话就不对了，报是一定要报的，个人没有任何权利推翻全体代表的意见，对不对？至于上级怎么考虑，那是上级的事。旷达突然明白了，对呀，上次地区没有批，这次怎么会批呢？看来老王书记做事还是心中有数的。

那天晚上，旷达那间小屋来了好多人，都是来祝贺他当选的，不少人他都还不认识。快十二点了，人刚走完，老崔打电话来，说祝贺祝贺，同志们都为你高兴呢！几个基层的同志约我来这里小聚，让我请旷副书记也来坐坐，我先就给你打过电话，你不在……现在过来吧？我等着。旷达想想说，崔主任，你看，我正在等我老婆的电话……哦，老崔笑得很爽朗，对了对了，我怎么忘了牛郎还没会织女呢？那你不来了？旷达说，您就不要等了，多谢了！行啊，老崔说，那就再一次祝贺你了！旷达说，你还祝贺呢，我都急死了！老崔说，怎么，出什么事了？旷达说，代表们也不知是怎么弄的，这不是让我为难吗？我可挑不起金县这副重担啊！老崔说，这有什么好急的？你年轻，有理论，懂政策，还怕搞不好工作？放心，我们都会支持你。旷达说，我不是这个意思，崔主任，你人熟，能不能跟上面说说，千万不要批？

老崔说这样做不妥吧？旷达说，我是从工作出发，请崔主任一定帮我这个忙。老崔说，你要真这么想，我也只能试试。旷达想，你还用试吗？这局面不就是你一手导演的吗？嘴上却说，那就谢谢崔主任了！

结果旷达再一次估计错了。选举结果报上去，上面很快就批了下来：旷达任副书记兼县长，老王书记只担任金县的县委书记。老王书记亲自宣布了上面的批复，鼓励旷达好好干。事已至此，旷达虽说有点不安，也只能硬着头皮接受这个事实。开始他还以为那是金县的干部群众迫切希望金县改变面貌，外来的和尚好念经嘛，后来才明白，那是有人在背后操作，旷达就更谨慎了。主持政府工作大半年来，他凡事小心，办事尽可能先向老王书记汇报，征得他的同意和支持，同时又注意不要让崔主任他们觉得自己有什么倾向，自己觉得干得还算平稳。就为这，一个月前，旷达还作为贫困地区挂职干部的典型，在全省的扶贫工作会上受到了省委组织部门的表扬。那次回省城开会，旷达还特意约大超聊了聊。大超说，我倒是提醒你，越到最后越要小心。旷达说，大局已定，我就等着吃你为我摆的庆功宴了。可转眼……事情还真被大超不幸言中。看来几年修行，大超还真是得了点道行，成了正果？

旷达一边看着那个女干事为他办手续一边想，如此说来，昨天常委会上老秦提的那些意见，就不是随便说说的了。他的心情突然有些沉重。可当他走出组织部时，心情又好多了。金县的天空一向都碧蓝如洗，今天就更是蓝得没有一丝云。空气也不错，他深深地吸了一口气，心想一个普通干事的几句话，至于让你这么急吗？你现在已经不是金县的人，你问心无愧，那又着什么急？下来时你没有任何野心，干干净净地来，干干净净地走，你什么都没有丢，虽说你也可以说什么都没有得到。人生在世，不就这么回事吗？

他的步子变得轻快了一些。

三

吃过晚饭，旷达就没任何事情可干了，将近两年的挂职生活结束了，明天就要回省城了。那就放松放松吧，该做做“放松运动”了。做学生时他学过好多套广播体操。他喜欢做广播体操，最喜欢每套操的最后一节“放松运动”——那意味着结束，意味着轻松，懒洋洋的，吊儿郎当的，胡乱地伸伸胳膊伸伸腿，舒服自在，想怎么做就怎么做。一套广播体操如果没有“放松运动”，恐怕就不是一套真正的广播体操了。到金县挂职是他做过的一套难度最大的“广播体操”，一做将近两年，现在总算做完了，不管是好是坏，最后也必须做做“放松运动”。

整整一晚上，干什么呢？睡觉？没劲。闷在屋里难免东想西想，坏情绪都是想出来的。去哪家坐坐？也不行，去哪家不去哪家，容易得罪人。那就在城边随便走走吧，走到哪算哪。最好别碰到熟人，碰到个熟人一说个把钟头，一晚上就报销了。难得有这样的轻松，几天前他想都不敢想他会这么轻松。平时事情太多，白天要开会，要处理各种必要和不必要的文件，晚上不开会就有人来找，公事私事，或非公非私的杂事，不熬到夜里一两点不得安宁。现在好了，你再也不是金县县长，可以百事不管了。于是他拿了一点钱，出去了。

他挑了一条僻静小路，先去城边绕了一圈。天刚擦黑儿，晚霞还没落尽，重叠的山影，就耸立在从他脚下伸展开去的一大片田野尽头，一条小河在坝子里蜿蜒而去，波光闪闪，看上去像幅浓墨重彩的油画。这么好一片地方，这些年却变化不大。树早砍光了，水土流失严重，老百姓的日子不好过。旷达独自在一棵大树下坐了一会儿，眼见晚霞消散，山影隐遁，四周渐渐一片漆黑，全身都处在某种放松状态。记得有人说，隐姓埋名生活在人群中的人最自由。现在，他终于是个自由之身了。直到有些凉意了，他才往回走。

街上的路灯亮了，昏黄一片——金县的电力供应一直不足。拐过一个弯，眼前却突然一亮，他想起那是个歌舞厅。金县至今没有霓虹灯，那家歌舞厅却用灯光把“夏威夷”歌舞厅几个大字装扮得一派辉煌。路过歌舞厅门口时他听见有人喊他，一看是歌舞厅门口的一个中年女人。他想起那是歌舞厅的老板娘，姓什么他忘记了。老板娘一见是他，简直喜出望外，满面春风地迎了上来。

唉哟我的旷县长，什么风把您给吹来了？还有客人吗？您也真是的，有事叫秘书打个电话不就行了吗？还怕我们怠慢了您的客人？

旷达说，这么说，没带客人你就不欢迎了？

旷县长，您这话我可担待不起！老板娘说。您是大领导，我请都请不来的！我们开业那天就托人请过您，您哪肯赏脸！

刚到金县不久，有人来请旷达去为一家新开张的歌舞厅剪彩。那时他初来乍到，心想最好少出头露面，何况拿了人家的红包什么的，以后就要给人家当公关部长拉客——哪家饮食娱乐业不是靠公款请客才发起来的？这么一想，他就回绝了。后来听说是老崔去了。

旷达笑笑说，跟你开个玩笑，今天没有客人，就我自己出来走走，路过你的这方宝地。老板娘说既然来了，请进来坐坐嘛。旷达不想一个人进歌舞厅，却突然想起了一件事，何况时间还早，回去也没事，就说，那好，你给找个清静的地方。老板娘说，那我给您开间包房，请跟我来……旷达说，包房就不去了，我就随便坐坐。老板娘凑过来说：您不是想清静吗？包房就清静……老板娘魅人的眼睛刷刷地转着，旷县长，你就放心好了，我这里绝对清静。旷达料定她把事情想歪了，连声说不用了。老板娘说，您莫客气，今晚算我请您，您要不嫌弃，就让我来陪您……旷达说，不了，我就在外面坐一会儿。

穿过歌舞厅时，好几个熟人跟他打招呼，还有来邀他去喝酒唱歌的。他都摇头。他突然觉得他还是不该到这里来，明明是想轻松轻松，怎么反倒跑到这种地方来了？到金县快两年了，独自进歌舞厅这还是头一次。过去当然也来过，都是些应酬。刚到金县时，说是县委副书记，其实工作还不太明确，王书记叫他先熟悉熟悉情况，那一熟悉就好几个月。逢到县里各部门有客人来，其他领导又忙不过来，就会来请他出面作陪。也不知道一个偏僻小县哪来的那么多客人，今天是省、地领导，明天是要来合作、投资的外地老板，还有一拨又一拨的记者。开头旷达说，你们去就行了，何必非要我去？部门负责人说，都是远道而来的，您出出面，以示领导重视啊！那就去吧。旷达想，无非陪人家吃吃饭，说几句话吧。哪知道他想错了。以前他听说省城有“三陪女郎”，殊不知这里还有“三陪干部”，陪吃之外，还要陪唱歌、陪跳舞。旷达一般也就在吃完饭后，陪客人过来坐几分钟，然后说声对不起失陪了，我还有点事，先走一步了。即便这样，次数一多，旷达还是腻烦了，一听说要陪客人吃饭，就反胃吐酸水，何谈吃？有天晚上妻子在电话里问他现在最想干什么，旷达说，最想回家吃吃你做的饭。妻子一听大笑说，你骗人！旷达说，怎么是骗人，是真的！妻子说，算了吧，假惺惺的，你不是喜欢热闹吗？说假话都说得不像！旷达说，骗你我不是人，跟你说吧，每次从那些地方回来，晚上我的肚子就饿得咕咕叫，只好吃点饼干。每到那种时候，旷达都发誓再也不去，没想到，今天晚上倒自己来了。

老板娘帮他在大厅角落里找了地方坐下，点亮了一支红蜡烛，问他想喝点什么？旷达想想说，啤酒吧。他从来只喝啤酒。老板娘又问要什么啤酒？蓝带，他说。他从来都只喝蓝带。

老板娘刚走，一个人就走到了他面前，哦，旷县长，您好啊！

旷达一看，是县公路局前任局长老马。是你呀老马，旷达说，好久不见了，今天也有空出来走走？我哪有这份雅兴？老马说，省交通厅下来了几位领导，要帮我们解决几条乡村公路的资金，你说我作为一局之长，不出面陪陪行吗？

旷达吃了一惊。大半年前，正是旷达代表县政府亲自下令，撤了这个家伙的职。怎么他旷达刚刚离任，他就官复原职了？看来，这位马局长是特意来通报他重新上任的消息的吧？

大半年前，县纪委接到群众举报说，县里有几个局级干部不光陪客人吃吃喝喝，还在歌舞厅用公款请“坐台小姐”作陪。举报信由县纪委调查落实后送到了县委，问怎么办，他们的处理意见是就地免职，因为不久前县委为此专门作过一个决定——凡用公款娱乐的，一律撤职。

那时旷达刚当县长不久。过去县里对这种事也是睁只眼闭只眼，旷达初来时就是这么成了“三陪干部”的。当县长后，他给老王书记说了几次，老王书记也说他早就想刹刹这股风了，是不是你在会上提一下？旷达就在一次会上说，搞开放，领导或是客商来了，吃顿饭不奇怪，可用公款给客人请“小姐”一陪一晚上，就太离谱了。金县是穷县，怎么就不想想连温饱都没解决的老百姓？提了几次，看起来好了一点，其实并没有解决。有人悄悄说，要让人家在金县投资、上项目，不接待好那些老爷，他会白给？又要马儿跑，又要马儿不吃草，世上哪有这么便宜的买卖？花点小钱换回大钱，有什么不好？只要我们自己不花公家的钱就行了。旷达下狠心要解决这个问题，先来了个安民告示：经县常委会讨论决定，宣布对敢用公款请客到娱乐场所的，一律撤职。他也想这样会不会得罪人？可明摆着不是针对哪一个人，怕什么？没想到规定出台不久，县公路局的局长，县旅游局、县文化局的两个副局长，居然照样上歌舞厅请“小姐”作陪，不处理怎么得了？旷达向王书记汇报时，平时总有些黏黏糊糊的王书记说，我支持你的意见！这些人也太无法无天了，照常请客，坚决处理！

县委常委会讨论这事时，老王书记说明了情况，请大家发表意见，他自己是什么意见却没有说。旷达觉得怪，王书记又怎么了？旷达最先发言，他说，对干部，也要搞法制，县里刚刚作了决定，他们就敢顶风违犯，不处理怎么行？不处理，以后县里的决定还有人听？几个常委，有的主张快刀斩乱麻，老秦和另两个人说，就为这么点事，对干部是不是太绝情了？老崔一直靠在沙发上，眯着眼睛抽烟，一言不发。最后才说，这种事的确让人痛恨，不像话嘛！但从工作考虑，这几个同志都是骨干，也都是为工作，我看是不是先给个警告处分，以观后效？或者先跟本人谈谈，看看态度再定？争执不下，王书记说，我看还是要维护县里的决定，没有了张屠夫，我们就要吃混毛猪？最后举手表决，赞成立即给予撤职处分的多一票。王书记说，那就这么定了，三个干部都是政府部门的，请旷达同志召集个会，向全县干部宣布。开全县干部大会那天，王书记说他有点不舒服，最好请崔主任参加。崔主任开始说他另有安排，到开会前他又来了。旷达宣布了县委决定后，老崔又慷慨激昂地讲了一通，声色俱厉得让旷达大感意外。

决定宣布后，全县大哗。有人拍手称快，但随即就有人说，旷达无非是要在挂职期间搞出点政绩，就拿下面的干部开刀。为此旷达向老王书记汇报过，说，明明是县委的决定，怎么会说是我旷达干的？老王书记说，你别怕，有什么事，还有我嘛！有天旷达很晚才回家，进门就见地上有封信，打开一看，信上说，旷县长，你为金县做了件好事，可你同时也犯了个错误。你知道吗，那三个干部都是当年崔升平一手提起来的，王书记早就对他们耿耿于怀，苦于没有时机，也考虑到各种利害关系，所以迟迟没有动手。正好碰到这事，他算是干净利落地除掉了崔升平的三个羽翼，有人肯定怀恨在心，你要小心！落款是“知情者”。旷达看了那封信大吃一惊：我的天，这水也太深了，你一不小心掉进了漩涡，还不知道是怎么回事！

老马请旷达也过去坐坐，说省里的客人说不定您也认识。旷达心想，这位马局长是在显示他的权力了。便说，谢谢了，我想单独坐一会儿。他说得很客气，你就别叫我县长了——我现在已经不是县长了。老马说，旷县长是不是还在生我马某人的气？他干脆坐了下来。我生什么气？旷达说，恐怕是你在生我的气吧？旷县长，看你说到哪里去了？我是那样的人吗？老马说，工作了几十年，上上下下就像上下自己家里的楼梯，还在乎这个？马局长意味深长地看了旷达一眼，这半年闲着没事儿，我就想，您要不那么提醒提醒我，我不知道还要犯什么错误呢！我感谢您还感谢不过来呢！感谢我？旷达说，不记恨我就谢天谢地了。他记得，就是这位仁兄，在得知被撤职的当天，就站在县委大院里破口大骂："姓旷的你给我听着，我们走着瞧，老子这辈子都不会放过你！"那么现在，面前的这个老马又是怎么回事儿？旷达记得，在收到第一封匿名信后不久，他又收到了一封匿名信，信上说，其实县委这时候撤了老马的职，他正好求之不得——县里修公路多花了几百万，路面不到半年就起壳了，坑坑洼洼，根本就无法通行。听说那个承包商是崔升平介绍的，这里面到底有什么问题？马向东一走，这事就更难查清了。云云。旷达那时已经感到了崔主任方面的不满，心想，老马用公款请客和修公路中的经济问题（如果有的话），两件事不能一锅煮。尽管事情重大，有了前一次的教训，旷达开始有些担心自己陷得太深，后来又想过些时候还是要报告县委，组织人查一查，因为忙于艺术节的事，只好暂时放一放。不料现在他就离任了。现在看来，当初那样大动干戈，或许真是帮了这位马局长的忙。

旷达不再说话。您要实在不肯赏脸，老马说，我就不勉强了。

旷达看着老马潇潇洒洒地走了过去，路上碰到老板娘，他好像跟她说了几句什么。

老板娘给他送来了啤酒，亲手为他斟了一杯，然后说，旷县长，那您就请慢慢用，一定要多坐一会儿——有事随时叫我啊！

后来，旷达就一个人在那里自斟自饮，独自喝着他的啤酒。他尽量不去想刚才那位马局长，管他的，现在你就是当了省长，也跟我旷达没关系了！歌舞厅里灯光闪烁，杯里的啤酒一会儿像墨汁，一会儿又像果汁，红得有些吓人。他喝得很慢，好像杯子里不是啤酒，倒是烈性的白酒。歌舞厅里的卡拉OK一直有人在唱着，五音不全，鬼哭狼嚎似的，却都很陶醉，好像他们都是帕瓦罗蒂。舞池里也有人在跳舞，成双成对，恩恩爱爱。旷达突然有些想家了。出来快两年了，他真有些对不住他的妻子。孩子还那么小，就靠她一个人操持，也真难为了她。上次她在电话里说她们棉纺厂要被兼并了，弄不好她会下岗，要他赶快想办法。旷达离得这么远，只好求大超帮忙。有什么办法呢？人在江湖，他旷达不来，别的人也要来。回去要多帮她干点家务活儿，补偿补偿……刚才那位马局长也跟他旷达说什么“人在江湖”。这话旷达最早是从金庸武侠小说里读到的，不知从什么时候起，成了如今基层干部们的一句口头禅。“人在江湖”！所谓“人在江湖”，是不是说，好多事，他们也是出于无奈呢？既是无奈，当然属于可以原谅之列。再往下推，还可以说什么事你都不必太认真。山不转路转，石头不转磨子转，说不定哪一天，你就又转到了别人手下。可他们却都忘了“人在江湖”还有另一个意思，那就是侠肝剑胆。

正那么想着，一个打扮入时的女孩走了过来，一屁股就在他座位旁边坐下了。你好啊先生！女孩说，我来陪陪您好吗？哦不用，我自己坐一会儿。旷达说。一个人坐着多没意思？女孩说，要不我请你跳舞？旷达说我不跳舞。女孩顶多二十岁，虽然化过妆，旷达一听她说话就知道她是金县本地人。他就是想来看看这里的情况的。没想到，歌舞厅里不仅照样有县里的干部在那里请客，他面前竟然也坐着一个花枝招展的坐台小姐。看来，当初你那几板斧砍下去，到底还是没多少人害怕啊！包管让你满意啦，先生。女孩又说。你快走！旷达愠怒地说，再不走我就要喊你们的老板娘了！唉呀先生，不瞒你说，就是老板娘叫我来的。女孩说，我这么回去，她会骂我的……你们的老板娘倒是很大方嘛！旷达说。她大方？女孩说，她还不是花的别人的钱……喔？旷达觉得话越说越怪了。花谁的钱？反正有人花钱，你就不用管了。那你就告诉那个花钱的人，说是我叫你回去的。旷达说。快走吧！

女孩站起来翻了他一个白眼，骂了一声什么，悻悻地走了。

旷达原来的那点兴致全没了，正起身想走，就听一个人大声武气地喊道：哎呀我的旷县长，全城都找过来了，没想到你会躲在这里，真是好福气呀！光线很暗，直到走近了，才看清是白房子村的村长老姚。哦，是老姚啊，旷达说，真想不到，你也有这种雅兴，来，坐！你怎么知道我在这里？马局长要我做东请客，我是听他说你在这里。老姚说。怎么要你请客？旷达问。老姚说马局长说的，省里答应拨款给你们修公路，你们请人家吃顿饭还不应该？我没办法……

旷达避开那个话题说，怎么，找我有事？老姚说，旷县长，你答应给我们村锣鼓队的服装款，到现在都没拨下来，县服装厂衣服早做出来了，我们没钱去拿，你说急不急人！

白房子村是全县锣鼓敲得最好的村，县里搞锣鼓艺术节，白房子村的锣鼓队是台柱，开幕式那天要走在彩旗队后面，说是仪仗队也行。做出这个决定时，县里答应给他们置一套行头，这事两个月前就定了的，哪晓得到现在还没落实？按说旷达现在已“不在其位”，当然也就“不谋其政”了，但老姚大约还不知道旷达离任，这话当着这个火烧眉毛的大个子村长，他还真不好意思说出口。

你先回去好了，他想想说，回头我再给有关部门说一声。旷县长，你可要说话算话！老姚说。我不是县长了。旷达忍不住，还是说了。旷县长，您就莫跟我开这种玩笑了……他是真不知道还是假不知道？旷达想，不过他没吭声。旷县长，这事就拜托您了！他点了点头。可老姚走了几步又折了回来。算了，旷县长，还是麻烦你现在就给我打个电话，催一催——你多说一句话，就省得我跑断两条腿啊！旷达心里说，现在我就是多说十句话，也不管用了啊！但这话他还是没法说。老姚掏出烟来，递给旷达一支。我不抽烟。旷达说。那我请你喝酒！老姚说，你要什么酒？酒我有了，旷达指了指啤酒杯，你还想请我干什么？我……请你……老姚一副叫天天不应叫地地不灵的样子，我是急的！反正，今天问题不解决，我就不走！

旷达没办法了，说那好吧老姚，你就在这儿等着，我去打个电话。旷达起身到总台给县里“锣鼓艺术节组委会”的罗副主任打了个电话。那个家伙有点不买账，说他没钱，县里给艺术节组委会的钱早就用完了。旷达心想，他妈的，人一走茶就凉，要是前两天，你罗长安敢跟我这么说话？保准一口气说出一大串的“好好好”来，最后还要加上一句“旷县长你就放心好了”。但他没有发作，还是用商量的口气说，哎老罗，白房子村的那笔钱是早就定下来了的，你怎么也要给他解决吧？到那天，你忍心让他们穿得五花八门地走在队伍的前头丢人现眼？老罗在电话里说，旷县长，不是我不办，你叫我怎么办？我又不会印票子！崔县长昨天说了，艺术节组委会以后花每笔钱，都要经他批准……旷达口气强硬起来，那好，我现在就给崔县长打电话！老罗一听又说，算了吧，我可不敢让您和崔县长发生冲突——您让老姚直接找我吧，我带他去找崔县长。旷达说现在？现在也行吧，老罗说。

回来旷达不想把刚才的事告诉老姚，只说行了，罗主任让你现在就去他那里一趟，具体谈谈……真的？老姚大叫起来，谢谢你了，旷县长！难怪大家都说还是旷县长好。然后，老姚欢天喜地地去了。

旷达想，我好，好在哪里？说别的干部不好，又不好在哪里？现在很多事情你根本就说不清。他脑子突然变得热烘烘的，就像一锅快要开的水。

四

走出“夏威夷”歌舞厅时已经很晚，到底几点钟了旷达也没在意——他故意没带表，省得老挂着时间。现在他想该回去睡一会儿了，兴许他会睡不着，可明天还要起早赶路，坐长途班车回省城——从金县到省城，汽车要走十多个钟头，颠颠簸簸，两头摸黑，县里的人开玩笑说，那就像通过一条封锁线，新车在那条路上跑上两年就要报废，何况一个大活人？

旷达晃晃悠悠地在小县城的大街上走着。

小县城的人现在大概都睡了——县城从来都很安静，好睡觉。街上没有什么人。昏暗的街灯下，只有一些蚊虫在飞舞，嗡嗡嗡的，听起来让人有些莫名其妙的燥热。地面被街灯照亮的地方，像泼过水一样，森黑的一片，全都是蚊子的尸体。蚊子的生命真短，他想。

走着走着，他听见在很远的什么地方，好像还有人在敲打锣鼓。这么晚了，他们还在敲个什么劲？他停下来听了听，不错，真是在敲打锣鼓。对了。说不定那是村子里的人在连夜练习锣鼓吧，比方羊角村或是白房子村的锣鼓队，那里离县城七八公里路，没想到夜里的锣鼓声会传得这么远。老姚不会这么快就赶回去了吧？

锣鼓声隐隐约约，时松时紧时高时低时快时慢，即使隔得这么远，他还是能听出那不断变着花样的锣鼓点儿。敲锣打鼓谁都见过。以前他在部队，经常到基层连队送喜报送慰问品什么的，团里就有个锣鼓队，连队也有，人一到，两台锣鼓就敲得个热火朝天。可那些锣鼓跟金县的锣鼓比起来，只能说是胡敲乱打，完全没有章法。说起来人家可能不信，他当了两年的挂职干部，最大的收获是懂得了敲锣打鼓也有学问，学问还很深。

金县是锣鼓之乡，他到这里的头一天才听说。据说这里原是内地通往西域的古道上的一个村子，当年一个内地的外放官员前往边疆赴任，带了一个锣鼓班子同行，一路吹吹打打。锣鼓班子走到金县一带，一嫌官人钱给的太少，二见这里山好水好，竟不想走了。锣鼓班子的头领跟官人说，钱他们不要了，宁愿在那里住下来。官员说那怎么行？怎么也要把我送到省城嘛！僵持多时后终于达成协议：锣鼓班子把老爷送到省城，老爷在锣鼓班子看中的地方划一片地，交其耕种。如此，一班敲锣打鼓的人就在那里住了下来，慢慢繁衍出了一个县城。细数起来，金县和附近村子的人，都是当年那个锣鼓班子的后人，几乎人人都敲打得一手好锣鼓。婚丧嫁娶，红白喜事，开春下种，秋来收割，添丁得女，生日寿辰，锣鼓都能派上用场。而每到年节，他们又用敲锣打鼓祭奠祖先，回想往事。口传不足信，金县县志里还有“没有锣鼓不办事”的民谚为证。邻村的锣鼓队在路上相遇，往往会演成一场锣鼓比赛：你敲一段“九龙戏水”，我来一段“凤凰展翅”；你再敲一段“百花盛开”，我便敲一段“丰收锣鼓”……反正，锣鼓就是金县人通行的语言、自娱的手段、斗法的家什。传说的真假没人考证，但金县村村寨寨都喜欢敲锣打鼓倒是事实，也惟有敲锣打鼓才能显现金县人豪爽的本性。当县长前，旷达几乎走遍了金县的村村寨寨，也听遍了村村寨寨的锣鼓。去年秋天在白房子村，旷达一晚上就听到了他一辈子都从没听过的锣鼓点儿。三个多钟头，三十多套锣鼓点儿，听得他如痴如醉。忽如千军万马呼啸而来，转似弱柳临风无声而去；郁闷时鼓是长歌当哭，激昂中锣又清脆如歌……他完全忘了那是一种简单的敲击，倒像是面对着一群活生生的精灵，在歌唱、在舞蹈、在狂欢。锣鼓声那么激动人心，声声搅动着他的五脏六腑，让他热血奔涌。他当时就想，金县人如此热爱生活热爱艺术，在敲锣打鼓这事上就有这么多发明创造，怎么就不能在别的事情上有所建树?

年中时，老王书记有次从省里开会回来，在常委会上传达会议精神，提出要想办法为金县引进资金发展经济，现在外面都在搞什么艺术节，搞招商引资，我们是不是也能搞点什么?旷达听了，就说了他听金县锣鼓的那番感受，然后说，金县现在人心太散，而独一无二的金县锣鼓最有凝聚力，何不搞一次“金县民间锣鼓艺术节”，招商引资，促进全县的经济发展?老王书记当即表示赞成，老崔却不同意，说搞什么艺术节?完全是劳民伤财的事!可大多数人还是赞成搞，最后确定由旷达负责，立即着手筹备。搞“艺术节”那时在别处已不算稀奇，金县却是头一回。旷达为那事忙了好几个月，到各乡各村一一落实，帮他们建起锣鼓队，组织练习。

按照老王书记的意见，各乡各村参加“锣鼓艺术节”的队伍，都要新做一套服装，最好到省城去做，要气派，能展示金县人的精神风貌。通知发下去，各乡各村都开始叫苦，说他们的锣鼓队原来就有行头，有什么必要重新做衣服?何况那要花一大笔钱。跟着，各乡各村又为抽人练习锣鼓的事，提出要给锣鼓队的人发误工补助。那正是秋天，农民正在忙着收割庄稼，人手很紧，虽说他们都喜欢敲锣打鼓，但那个时候让人出来练习，他们觉得太耽误时间。也不知是不是各个乡的干部互相有过“串连”，在一次全县干部会上，他们一齐发难。老王书记一听大发脾气:你们还执行不执行县委县政府的决定?要钱没有，一分钱也没有!谁到时候穿着旧衣服出场，莫怪我不客气!

会议室里一下子没人说话了。

旷达作为艺术节组委会主任，感到事情很难办。他不知道老王书记到底在考虑什么问题。县里为艺术节准备了一笔经费，不用在这样的事情上，要用到哪里去?或者，老王书记是怕这个口子一开，各路诸侯一起伸手，他就招架不住?但把话说得这么绝，至少有些伤大家的感情。

就在这时，白房子村的老姚说话了。老姚说，艺术节是县里要搞的，县里不出钱哪个出钱？刚才老王书记说县里一分钱没有，那还搞什么艺术节？丑话说在前头，县里不出钱，白房子村就不参加了。

跟着，又有几个村长表示要退出艺术节。

老王书记大怒，说，你们是不是要造反？

老姚说，我们哪敢造反？我们是演不起。敲锣打鼓本来是大家的爱好，凑在一起敲打就行了。为搞个艺术节，农民要花这么多钱，没人愿意干！

旷达说，这样吧，这个问题下来后我们再研究一下，希望各个有锣鼓队的村继续组织大家练习，不要耽搁了时间。王书记，你看是不是这样？王书记说，好吧，散会！

下来后，旷达找老王书记商量，问事情到底怎么办？老王书记说，这事你就不要管了。这些人，都是些吃里扒外的家伙，他们那个穷坑你永远都填不满！哪个村不愿参加，就不要他参加！旷达说，这样不行，白房子村的锣鼓队是最好的，他们和别的几个村如果都不参加，艺术节的水准会受到很大影响……老王书记说，这你放心，我会考虑的。

后来旷达才知道，老王书记让组委会的老罗象征性地给白房子乡一点钱，堵住老姚的那张臭嘴。旷达知道了也就没有再问，哪晓得直到今天，那笔钱还是没给。可当他真要打电话找老崔时，老罗又软了。老罗到底在搞什么名堂？

再过几天，金县“民间锣鼓艺术节”就要开幕，可他旷达却看不到了。现在他和那事已再没什么关系，要不，今晚他就不会这么悠闲，就不会有什么“放松运动”，不定现在还在羊角村、白房子村或别的什么村子里，喝着浓茶，熬更守夜地听他们练习锣鼓。

他就那么走着。从今天起，在金县，他再也没有什么公务了。

五

金县县委机关大院占地大，从机关大门走到旷达住的那间屋子，几乎要穿过整个院子。那间小屋在大院最靠里的那幢小楼的二楼，是个里外小套间，四周有树有花，环境清幽；面积不大，设施却一应俱全，外面是个小客厅，里面是卧室，还有卫生间、厨房。可惜快两年了，他从来就没在厨房里做过一次饭，顶多烧点开水。

那还是他刚来时，县里特意为他安排的。记得那天他进去一看，还真有些吃惊：这个在外面看起来有些破旧的县委机关大院，竟然还有这么好的房子！金县冬天长，小客厅靠窗户的木地板上挖了一个方框，里面埋着个电炉，专为取暖用的，功率很大，他摸索着打开了电炉，却不想开灯——每次他忙了一天回到屋里，就总是这样，打开电炉，黑着灯坐一会儿，免得人家一看见灯亮了就找上门来。

屋里很快就被电炉映得一片红亮。他在电炉边的木沙发上坐下，什么也不想干，就那么发呆。眼睛渐渐适应了那片黑暗，一切都朦朦胧胧，但他还是看见了旧沙发旁的电话。不一会儿电话响了，他却没去接。今晚他不想接任何电话。电话响了一阵又无可奈何地停了。他很得意地笑了笑，像是搞了个恶作剧。他索性把话筒摘下来，省得电话再响。现在该我打电话了，过了一会儿他想，手在黑暗中穿过那片红光，伸向了话筒。

话筒稳稳握在他手里时，他还没想好要给谁打。最先想到的是在省城的妻子，但他不想给她打。他在金县的事也暂时不能告诉她，她听了肯定一头雾水，说不定会在电话里哭起来——她本来就反对他来挂职，现在倒好，她为他吃了那些苦，他倒出了问题。那给谁打？没人。事实上他并不需要给谁打电话。直到话筒已在手里焐热，他才想起他该给谁打电话了。

——他想起了大超，也想起了那个赌局。

他拨了号。电话里传来一声声悠长的鸣号声。没人接，没人接也好。那就谁也不用告诉悄悄地回省城。他想。再说我还没想好跟他说点什么呢。大超这家伙会到哪儿去了？妈的，他骂了一声，正要放下话筒，电话里有人说话了。

喂，哪位？那边问。

是我，旷达，他听出那是大超，你怎么这么半天才接电话？

你还嫌慢，你不看看现在他妈的几点了？

几点了？旷达看了看表，已是夜里两点多了。

有这么三更半夜打电话的吗？大超嘟哝着，还让不让人睡觉啊你？有话快说，我实在困得不行了！

也没什么大不了的事，睡不着，想跟你聊聊……

去你妈的！大超狠狠骂了一句。你是不是刚从哪个卡拉OK包房回来，小妞走了，就睡不着了？要聊，怎么不打电话跟你老婆聊？

这种事，跟老婆聊有什么劲？他说。

有什么事儿你就快说啊！大超说，今天你怎么这么啰嗦？

我他妈的可能被人告了，被解职了。

电话里传来一阵大笑：你这家伙活该！我早说过……

省里让我马上回原单位，过几天我就能跟你一样，坐在办公室里，喝茶、看报纸、聊天……

这是他妈的什么时候的事？

昨天。旷达说。

你是不是犯什么案了？大超说，比如贪污受贿卖淫嫖娼吸毒……

你就别开玩笑了！你怎么忘了，半个月前省里还表扬过我，在一次扶贫工作会上？

那可难说，大超说，现在可是越红的人越敢干坏事！我早就提醒过你，可惜你不愿听。

随你说吧，你是不是幸灾乐祸了？

那你他妈的是不是要我陪你哭？

行啊，那场赌局算是你赢了……

我就知道我会赢！大超说，说吧，打算怎么办？

当然，我请客。

去你妈的！我是问你下一步打算怎么办？

回来上班，继续当我的公务员。

那就回来吧，大超说，什么时候动身？

明天一早——对的，就是明天一早。

好啊，你这家伙可真够朋友！不到紧要关头不会给我打电话！明天回来，现在才告诉我！是不是要我去接你？

不敢劳驾。

那就回来再聊？你回来就给我打电话。

行啊，对了，先别告诉我老婆……

六

第二天旷达起得很早。东西昨天下午就收拾好了。是他自己收拾的——其实旷达在金县没多少东西。

从省城来时，金县派了专人专车去接他。县委办公室老罗，就是昨天晚上他给他打电话的那位罗副主任，提前两天就到了省城，一见他准备了那么大几包东西，连声说，哎呀旷副书记您也真是，还带什么行李？带几件换洗的衣服就够了，您还怕我们没地方给您住？旷达那时很犹豫——到一个贫困县去挂职，总不能去住旅馆吧？老罗说，住什么旅馆？县里早就给您安排好了住房，一室一厅，外带一个卫生间、一个小厨房，您要嫌小，我给您重新换间大的……旷达说，我不是这个意思，我是说这样……不合适吧？老罗说，现在下去挂职的，谁不是这样？铺盖您就不用带了，县里都给预备了。旷达还是坚持自己带行李。老罗拗不过他，只好给他把两个行李卷儿装上了车，可到县城后根本就没打开过。他想想也就算了——虽然当过兵打过仗，可他最怕洗衣服洗被子。公家有被子，自己就不用为洗被子发愁了。

那天原说下午五点就能到，不料路上遇到一起交通事故堵车，到县城已是晚上六点多。远远地，老罗就指给他看：那就是县委机关的大门——上面挂着很耀眼的牌子，看上去还很有点气魄。车刚开进县委院子大门，突然响起了一阵震耳欲聋的锣鼓声。一看，从机关大门到办公楼将近二十米的路两边，整整齐齐地排着两行人，穿的衣服虽说五花八门，却扎着一色的红头巾，看样子都是机关干部，有手持彩旗的，有敲着锣鼓家什的，好不热闹。旷达凭经验就能听出，那不像是机关干部临时凑合起来随随便便的敲打，倒像是一支训练有素的专业锣鼓队，节奏分明，锣、鼓、钹几样家什配合得有板有眼，那时紧时缓的锣鼓声，直敲得他精神一振。旷达不禁脱口叫了一声：“好！”回头又问老罗，怎么，县里今天有什么庆祝活动？

老罗说，那倒没有！

旷达感到奇怪，那为什么敲锣打鼓？

老罗说，不是欢迎您吗？

旷达一听忙说，这有什么必要？这太过分了，我不过是个普通干部，是下来工作的！老罗，请你去跟大家说说，赶快别敲了！

老罗说，这您就别管了，反正他们敲也敲了……

旷达说不行不行，你还是叫他们别敲了，赶快别敲了。

老罗说，金县自古就爱敲锣打鼓，也算是传统了，遇到喜事，老百姓都要敲敲打打。所以县里有一条不成文的规矩，凡有新同志来，不管是领导还是一般干部，都要敲锣打鼓表示欢迎。就是各乡对从上面下去工作的干部，也一律都要敲锣打鼓欢迎。这是我们县的传统礼仪。

旷达想，真是孤陋寡闻，他怎么从没听说过金县是个锣鼓之乡？既然是民间传统，还是县里的规矩，一来就让人家扫兴怕不大好，那就硬着头皮从夹道欢迎的锣鼓队中走过去算了——当年他代表部队到许多地方去作报告，介绍部队的英雄事迹时，地方群众也是敲锣打鼓地欢迎，算得上已久经锻炼。管他娘的，走！刚走出几步，想想还是不妙：现在你可不是代表部队来的，你不代表任何人，你是个到基层挂职锻炼的干部，只能代表你自己。于是他走过去，对那些正敲打得兴高采烈的干部们深深地鞠了一个躬，说实在对不起大家了，让大家等了这么久，大家都别敲了，都请回吧。机关干部们还是敲。旷达见敲锣打鼓的人们脸上都毫无表情，他们瞪着眼睛看着旷达，好像是说，谁知道你说的是真是假呢？旷达大声喊道，我请大家不要敲了！老罗在一边悄悄地说，你说不让敲了，真不敲了，他们明天就会挨批评。旷达说，谁批评？老罗说，谁批评不是批评？您就赶快走吧！旷达说，那不行！他冲过去，把领头的鼓手、锣手手里的鼓锤、锣锤一个个夺了过来，大声喊道，同志们，都请回去吧，有什么问题我负责！

第二天，县里正好开县委常委会。旷达作为挂职的县委副书记，上任后的第一个提议，就是今后无论哪里的干部来，特别是领导干部，都不许敲锣打鼓。他的话说完了，半天没有反应，会议室里静悄悄的。过了一会儿，还是老崔说，旷达同志提了个很好的建议，我看应该采纳嘛，怎么都不说话？于是好几个人都说，是啊是啊。县委当场就作了决定，今后对干部个人，一律再不搞敲锣打鼓的迎送。老王书记散会前还特意强调说，还是从省里来的同志有眼光有胆识，一来就发现了我们的问题——有许多问题，我们长期在这里工作，不容易发现，希望旷达同志今后多提好建议。大家都说是啊是啊。

旷达不久就听说，决定宣布后，县里的机关干部都兴高采烈，说没想到，旷副书记一来，就解决了他们多年来一直没有解决的那个难题——县城的老百姓早就说他们是专业锣鼓队了，他们敲锣打鼓也实在敲怕了，打怕了！或许因为这里的人都喜欢敲锣打鼓吧，就连跟敲锣打鼓有关的消息也传得很快，不久就传遍了全县的村村寨寨，人们都说，从省里来的那个旷副书记，是专门来解决县里的问题的。旷达心想糟了，怎么我一来就干了这么件事？不行不行，再不能干这种事了。可不管旷达怎么想，他还是很快在全县就有了好口碑，干部有事也爱找他商量。有一次旷达向老王书记汇报工作，老王书记问他对金县印象怎么样，工作还顺利吗？旷达说，大家都很支持我的工作，虽说县里条件差，经济也比较落后，但大家都想尽快改变现状，这就是希望所在。老王书记说，是啊，许多同志都反映你工作得不错，有魄力，也有点子，你就放开手脚大胆地干，有什么困难，我会支持你！旷达听了很感动，心想自己原来是不是太鸡肠小肚了？还有，临走前大超给出的那些主意，那要做道侠的谈论，恐怕也属多虑了吧？不过，那以后旷达还是非常小心。想不到事情最终还是变成了这样。

县委办公室主任小李来了，特意来为旷达送行。小李是旷达当县长后才任职的，昨天他告诉旷达，说已经给他安排了一辆车，送他回省城。旷达谢绝了：我坐长途车走，车票都买好了。小李说，那怎么行？旷达说有什么不行？来的时候我听了你们的，回去就请你听我的，行吧？这样我们就拉平了，小李想想说，那我还是派辆车，送你到长途车站。

旷达坐着车，经过去年春天第一次走进县委机关大院、受到敲锣打鼓欢迎的那条路时，突然有点感慨。星期天，空空的大院里没有一个人，办公楼所有的窗户都关着。旷达突然让司机停车。

小李问，旷县长，忘了什么东西？

旷达说没有没有，我只是想下来走走。

车停了，旷达从车里出来，走在那条他已走过无数遍的柏油路上。大院里静得要命。路边的杨树正在落叶，霜黄的叶子飘了一地，脚踩上去簌簌地响，像有人在窃窃私语。秋天就要过去，地上铺了一层薄霜，不过凭肉眼很难看出来，只是走在上面稍微有点滑，走得太快的话，弄不好还会摔跤。如果现在响起了锣鼓声，像初到金县那天在这里听到的那种锣鼓声，你会是什么心情？是高高兴兴地从夹道欢迎、敲锣打鼓的人群中穿过呢，还是像当初一样，让敲锣打鼓的人都赶快回去？他问着自己，发觉他现在很想听到一点锣鼓声，也许那样你的心情会好些？可现在哪有什么锣鼓？各乡各村的锣鼓队都在准备县里的锣鼓艺术节，县委机关的锣鼓队也在两个月前重新组织起来，每个星期天都在机关大院里练习。旷达曾从白房子村为机关锣鼓队请来一个老把式，让他们学着敲一些新锣鼓点儿，那比他刚来那天听过的好听多了，那才叫敲锣打鼓呢。有几个星期天，旷达还和他们一起练，把锣鼓敲得热火朝天。可惜今天走得太早，听不到了。今天没有锣鼓。为什么没有锣鼓？当初，正是你建议不让敲锣打鼓迎送干部的，没想到这条规矩这么快就用到了你自己头上。你不想要锣鼓的时候，人们给你敲锣打鼓；你想要锣鼓时，偏偏没有锣鼓。怪吗？怪也怪在你自己。还说要当什么道侠呢，你那点红尘凡心看来还远远没有得到超度。你从骨子里还在渴望功勋。他在心里冷笑了一声，悄悄结束了这段小小的内心活动。

车一直朝长途车站开去。眼看就要到了，奇怪，车站前面不知哪来的那么多人，比金县每月一次的大集人还多。稍远一点的地方，汽车、拖拉机挤了个水泄不通。旷达以前也到车站来过，从来就没见过这么多人。那些人也不像是来赶车的，一个个手里什么东西也没有。小李帮他取下了行李，司机也帮着拿了一点，一起朝车站大门走去。刚走了几步，人群喧哗起来，乱七八糟地喊叫着：

“旷县长！你等等！”

“旷县长！我们要见旷县长！”

旷达回头问小李，怎么回事？出什么事了吗？

小李大惊失色，以为人们是来找旷达的麻烦的，忙说，我也不知道……旷县长你看怎么办？我担心……

旷达说，有什么担心的？好汉做事好汉当，乡亲们还会把我吃了！走，看看去！

旷达走到人群中，大声喊道：乡亲们，我就是旷达！大家有什么事？

人群安静下来。旷达看见，几百双熟悉而又陌生的眼睛在看着他。

你们怎么不说话？旷达说。有什么事就说嘛。

我们没什么事旷县长，人群中有人喊道，听说你要走了，我们来送送你！

旷达这才看清那是白房子村的老姚。和他在一起的，还有县城附近几个村的村长。

口才一向很好的旷达突然觉得不知说什么好。

那就多谢了，他喊道，大家都回去吧！老姚，让大家都回去吧！

老姚挤过来说，旷县长，你太不够朋友了，你要走了，怎么直到昨天晚上都不告诉我？

我告诉你了，旷达说，可你不相信。

我还以为你是在开玩笑！老姚说，我是到罗主任那里才听说的。怎么回事？怎么走得这么急？

工作需要，旷达说，我本来就是来挂职的嘛，现在挂职结束了，我该回去了。

罗主任倒也是这么跟我说的。老姚说，哦对了，昨天晚上我也来不及回去，想想就跟几个我认得的村长打了电话，今天他们就都来了。唉，走得这么急，也没什么东西送给你——旷县长你说，金县的东西，你想要点什么？告诉我，我想办法给你送去。

谢谢了老姚，我什么都不需要，旷达说。

你是不是瞧不起我？老姚说，今天无论如何你也要给我留个话。

那我想想……旷达说，只是……只是没有锣鼓……

你是不是想要一套锣鼓？你怎么不早说？老姚万分遗憾。我家里就有一套祖上留下来的锣鼓，你要就送给你！

不不不，旷达说，我是说，就要走了，原来我倒很想再听听你们的锣鼓，可惜没听到。

你看我，老姚恍然大悟，怎么就没想到你喜欢锣鼓呢？

广播里在催去省城的旅客上车了。

好了，请回吧，旷达说，我走了。再见！他跟老姚和几个村长握手道别，然后转身大声喊道，乡亲们，请回吧，再见！再见！

有空儿常来走走，旷县长。老姚说，一路顺风！

老姚身边那一大群人都在向他挥手。

旷达在心里说，什么时候，才能再听到你们的锣鼓呢？

到了车站里面，正要上车，却见耿一山站在车门口，手里还提着个鼓鼓囊囊的塑料袋。旷达迎上去说，老耿，这么一大早的，你怎么来了？耿一山说，本来我也没打算来——那天已经告别过了，可昨晚想到你今天要走，我倒睡不着了，干脆起来送送你！这是一点自家做的咸菜，上次你说咸菜好吃的那个村子是我老家，你喜欢吃，我就叫老婆一样装了一点，不值钱的东西，你就带去吧！

旷达想起来，有一次他和耿一山一起到下面检查科普工作情况，在一个村子里吃到了很好吃的咸菜，就说，等我什么时候回去的时候，一定带点回去。这话连他自己都忘了，亏耿一山还记得。在金县，旷达跟耿一山接触最少，说话也最少，有一次为县里安排全县科普经费的事，还跟老耿发生过争执。但不知为什么，他对耿一山也最敬重。那天在常委会上，耿一山提的那个意见，旷达开始觉得怪，后来一想，恐伯还只有他耿一山说的是真心话。他接过那个鼓鼓囊囊的塑料口袋，握着老耿的手说，老耿，那我就不客气了，谢谢了，回去代我问嫂子好！

你赶快上车吧，耿一山好像还有什么事，最后只说，我还是那句话，回去的路难走，多多保重！那我走了。

你也多保重！旷达握了握耿一山的手，觉得耿一山的手简直凉得像冰块。他说，老耿，多保重，要注意身体啊！

七

回省城第二天，旷达就给处长打了个电话，说他回来了。处长说，好啊好啊，你在下面辛苦了，先休息几天。旷达想那也好，两年不在家，妻子只是勉强对付，该由他这个男人干的事情都摆在那里，正好帮着干干。就说，那我三天后来上班。处长说，你急什么？先好好休息，那就再见了！旷达又给大超打电话，大超说怎么样，我们一起吃顿饭？旷达说行啊，时间、地点都由你定。大超说，那好，到时候我开车来接你。旷达说，你都会开车了？大超说，现在开车算什么？你到机关问问，十个处长九个半都在开车，还有半个是没拿到驾照——你别害怕，我可是正经科班训练出来的。

大超挑了湖滨旅游度假区一家刚开张的粤式酒家，事先就订了一间小包房，就他们两个人。进去一看，豪华得让旷达大吃一惊，心想这家伙真他妈的是狮子大开口，这要花我多少钱？可还是硬着头皮请大超点菜，大超让旷达点。旷达点了几个菜，大超看了说，这是粤式酒家，旷县长也太小气了，这叫请客？大超对服务小姐说，再添一个象鼻蚌——要两斤重的，一个清蒸鲑鱼，要一斤重的，一瓶长城干红，快点儿啊！

边喝酒，旷达边讲了他在金县的情况，大超把他臭骂一顿，说你他妈的活该！早听我的话，何至于落到如此地步？现在你就等着吧，有你的好戏看！完了又说，情况到底怎么样，我还没打听清楚，不过，有人说你是在金县受了处分回来的。那怎么是处分？旷达一听大叫，通知上明明说是工作需要，这是处分？大超说算了算了，我们也不用争了。回来就好，别的事先不要去想，留得青山在，不怕没柴烧。

结账时一算，花了一千多块钱，贵得惊人！可惜心情不好，旷达也没吃出什么味道。旷达说，我输了，我请客，可我没带这么多钱……大超说，唉呀我的老兄，你以为我真想吃你这顿饭？当初跟你打赌是激你，结果你硬是不听，我还好意思吃你的饭？还是我来吧——小姐，开张发票！临走时大超说，一有消息，他就给旷达打电话。

回机关上班那天，旷达心里七上八下，不知道等待他的究竟是什么。在家几天他想了很多，最后打定主意豁出去了，不管发生什么事，都要挺住，不能垮。开头他想穿上他那套毛料军装，被妻子骂了几句，又换西服打领带，收拾得干净整齐，走进办公楼时，还挺了挺胸。

机关是幢老楼，水磨石地板还那么滑，长长的走道还那么暗，也还那么静。穿过那条走道时旷达仿佛又回到了两年前。敲开处长办公室的门后，处长平静地说，哦，你回来了。他先汇报了下去一年多的大体情况，又请处长安排工作——上次回省城开会时听说，下去后，原来的工作已由别人顶上去了。处长说，本来想让你多休息几天，你着急，那就回原来的办公室吧，具体工作你找你们科长谈谈。科长是新提的一个年轻人，说您是老同志了，科里反正就那些事，大家一起干吧。旷达又回到各个办公室转了转，没有他预想的惊喜或是冷淡，有的只是根本没拿他当回事，见了他差不多都是那句话：哦，你回来了，然后很友好地朝他点点头，笑笑，神情就像他从来就没离开过机关；也有人客气得像对下面来办事的基层干部。旷达想起下去时机关的热烈送行，酒宴、碰杯、祝辞。现在是怎么了？有个老兄第二天碰到他时又说，哦，你回来了？旷达想，他大概忘了昨天他们就见过面了。第三天再见到时，那位老兄还是说，哦，你回来了？旷达想，这他妈的到底是怎么回事？

转眼一个月就过去了，旷达的日子既好过又不好过。前几天听说，那个一起下去、一开始愁眉苦脸的同事，如今已内定为厅办公室副主任，回来就将走马上任。旷达还在原来那个处里上班，连办公室和办公桌都没变。原来他在处里就没多少事干，现在事就更少，除了喝喝茶、看看报，只有坐在办公室里发呆。有时同事们也请他帮点小忙，校个文稿装个信封什么的，干完了就又没事了。旷达有些沉不住气了，好几次主动要做工作，处长都和颜悦色地说，算啦，老旷，你就别忙乎了，多休息，啊？

旷达说，我休息了一个月了。

你又不是不知道，处长说，现在机关里到处人浮于事，你在下面那么辛苦，多休息几天是应该的嘛！

是不是出了什么问题？旷达实在忍不住了。

出什么问题？处长一愣，我没听说呀！

旷达只好不再说话。我成了一条被晾在沙滩上的鱼，他想。老婆也察觉了。开头她对这种状况还很满意，说操那么多心干什么？人家想轻松还没法轻松呢！留点心思把自己的日子过好就行了——现在谁不是这样？有时旷达也这么想，可他还是没法把日子过好。老婆终于下岗了，大超给找了个当售货员的差事，她还不想去。旷达好像生了一场大病，人瘦了，连跟老婆亲热也提不起精神。老婆就说，你到底怎么回事？自打回来，整天无精打彩，丢了魂儿还是怎么的？过了几天又跟他吵，你跟我说清楚，你要是有了什么相好的人，早说早散！旷达不吭声。无论妻子说什么，他都不吭声。

又过了些日子，大超告诉他，组织上一直在对他在金县的表现进行审查。大超说，金县先后有两起一共十多个人联名告了你旷达的御状，说你在金县挂职期间，以钦差大臣自居，胡作非为，串连一些干部，打击、排挤另一些干部，动不动就撤这个的职，罢那个的官，闹得全县人心惶惶，工作简直没法开展。上面把信转回省里，让省里调查处理，你旷达这才倒了大霉，被免了职。大超说，直到最近那边还有信来，说你在一家歌舞厅请过一个坐台小姐，呆了一晚上，是不是干了别的什么见不得人的事，就不知道了。还有，说你动员一些不明真相的群众到车站为你送行，向县里施加压力。有这事吗？你说话呀！

旷达大叫起来，胡说八道！完全是他妈的血口喷人！

胡说八道？大超说，你猜告你的是什么人？

老子不管是他妈的什么人写的！

一起是你们的书记，一起是你们的县长。

为什么！旷达说。我到底怎么了？

你还不明白？连我都明白了。你先在政府换届时得罪了书记，后来又为处理那几个干部得罪了现在的县长——那都是他的人，他先用你拱掉了书记，千方百计不让老王当县长，让你上，然后再把你搞走，这分明是个计划，你想对不对？幸好还不是“洪桐县里无好人”，金县也还有人主持公道，写信到省里为你鸣不平，表扬了你一番。那人叫耿……耿什么？旷达说，是不是耿一山？大超说，对，就是他，这人干什么的？旷达说，是金县管科技的副书记。大超说，我就说呢，难怪他死得这么早！旷达大吃一惊：老耿死了？老耿怎么就……大超说，去调查的人回来说，耿一山一个礼拜前死在医院了，晚期肝癌。所以你的事现在还在调查，没下结论。我现在问你，那些告状信里说的，一点根据都没有？

什么根据？旷达喊道，全都是欲加之罪！

还是那句话，你老兄在下面得罪的人太多了！大超说。你怎么能他妈的这样干？你一个外地干部，自己脚跟未稳，就四面出击，怎么不输？打仗要集中优势兵力，各个击破，树敌太多，兵家大忌嘛，还想当将军呢，怎么连最起码的常识都忘记了？

那晚旷达苦思苦想了一夜，半夜三更悄悄爬起来写材料——他突然想起了那些举报信。幸好他多了个心眼，走时把举报老马的信留了下来。写那些举报信的人到底是谁？会不会是耿一山？不知道。他说的“回去的路难走，多加保重”显然是暗示，可惜当时你什么都没听出来。现在，那个不爱说话的人已不在人世，临终前他肯定有许多遗憾。不能再沉默了！看来现在还不是做“放松运动”的时候。旷达拿出纸笔，要向有关部门写一份情况反映。夜深人静，窗外寒风初起，远处传来夜行列车隐隐的车轮声。他一边写，一边想着在金县的那些日子，想起了老耿、老姚，还有金县有名的锣鼓。现在没有锣鼓。现在缺的就是锣鼓，那催动三军、让人浑身血涌、充满了激情、震天动地的锣鼓。现在没有锣鼓，可你为什么不可以自己把锣鼓敲起来？

妻子不知什么时候起来了，给他悄悄地披上了一件衣服，还冲了一杯热茶。旷达回头说，你去睡吧！她说，你该早说啊！旷达，我劝你就别写了，我不要你当官，只要一家人平平安安的，站柜台我去，不行我就到街上去摆摊，做小买卖……旷达说，你放心，我不是为我自己——你去睡吧，我一会儿就写好了。

第二天，他把材料递了上去——这回他没跟大超说。

一天、两天……十天，一直没有消息。

八

那天上午，旷达突然听见机关大院里响起了锣鼓声。旷达那时正好从另外一幢楼里办了点事出来，远远看见一个锣鼓队。敲敲打打地过来了。锣鼓声让旷达为之一震，整个机关大院都被惊动了，办公楼的人打开窗户，纷纷探头往下看。旷达见锣鼓队前面有两个人扛着一块大红匾，正向他上班的那幢楼走去。旷达想，我的天，是不是金县的锣鼓队来了？看，那个在前面擂着大鼓的，不就是白房子村的老姚吗？还有老耿，耿一山，哦，你们来干什么？是啊是啊，是你们——金县的锣鼓队，金县的锣鼓声！旷达正想过去叫他们别敲了，就听锣鼓队突然喊起了口号：

向旷达同志学习!

向旷达同志致敬!

旷达想，这些山里人啊，几百公里路，你们犯得着这么兴师动众吗?

他觉得锣鼓敲得越来越热烈越来越欢快了。爱读金庸的旷达在心里对自己说：哎伙计，你算个什么样的“侠”呢?看见了吗，他们才是真正的“侠”呢!还有那个耿一山!

锣鼓声越来越近，越来越响了，旷达一时不知怎么才好，正想要说什么，觉得突然有人在他肩上拍了一下，回头一看是大超。

嗨老兄，大超，傻乎乎地站在这里干什么呢?

哦，没什么，我……我在听他们敲锣打鼓。

这有什么好听?人家早走了!

是哪里的?旷达问。

管球他是哪里的?大超说，对了，前两天你不是说想喝酒吗?正好几个老战友来了，晚上我请客，六点半，我来车接你。

旷达摇了摇头，又点了点头。大超说你怎么了?旷达说没什么。

转身，他们一起朝办公楼那边走去……

图书在版编目(CIP)数据

另一种禽兽/李师东,王强,卢今主编;阿宁等著.
北京:文化艺术出版社,2001.9
(当代中国社会写实小说大系)
ISBN 7-5039-2098-X
Ⅰ.另… Ⅱ.①李…②王…③卢…④阿… Ⅲ.中篇
小说-作品集-中国-当代 Ⅳ.I247.5

中国版本图书馆 CIP 数据核字(2001)第 062041 号

另一种禽兽

主　　编　李师东 王　强 卢　今
著　　者　阿宁等
责任编辑　仲　江
封面设计　康笑宇工作室
出版发行　文化艺术出版社
地　　址　北京市丰台区万泉寺甲1号　100073
网　　址　http://whysbook.yeah.net
电子邮件　whyscbs@126.com
电　　话　(010)63457556(发行部)
经　　销　新华书店
印　　刷　一二〇一工厂
版　　次　2001年9月第1版
　　　　　2001年9月第1次印刷
开　　本　850×1168 毫米　1/32
印　　张　13.5
字　　数　350千字
书　　号　ISBN 7-5039-2098-X/I·930
定　　价　22.00元
